Sona Charaipotra | Dhonielle J. Clayton

DEIN LETZTES SOLO

Sona Charaipotra | Dhonielle J. Clayton

DEIN LETZTES SOLO

Aus dem Amerikanischen von Stefanie Zeller

WILHELM HEYNE VERLAG
MÜNCHEN

Die Originalausgabe erscheint unter dem Titel *Tiny Pretty Things*
bei Harper Teen, New York

MIX
Papier aus verantwortungsvollen Quellen
FSC® C014496

Verlagsgruppe Random House FSC®N001967
Das für dieses Buch verwendete
FSC®-zertifizierte Papier *Super Snowbright*
liefert Hellefoss AS, Hokksund, Norwegen.

Redaktion: Diana Mantel
Umschlaggestaltung: t.mutzenbach design, München,
unter Verwendung eines Motivs von © Marrius/
© Ayakovlevcom, Shutterstock
Satz: Christine Roithner Verlagsservice, Breitenaich
Druck und Bindung: GGP Media GmbH, Pößneck
Printed in Germany

ISBN: 978-3-453-26987-3

www.heyne-fliegt.de

0 | Cassie

Es fühlt sich immer wie Sterben an. Wenigstens anfangs. Die Muskeln spannen sich und brennen, bis man meint, sie müssten reißen. Es ist, als würden sich die Hüftknochen aus den Gelenken herausdrehen. Die Wirbelsäule streckt und dreht sich in unmögliche Formen. Die Adern in den Armen schwellen an, wenn das Blut durch sie hindurch pulsiert. Die Finger zittern, weil man versucht, sie gespannt und trotzdem anmutig zu halten, genau so, wie es sein soll. Die Zehen sind in eine hübsche, rosa Box gequetscht, die den Füßen Blasen und Quetschungen zufügt.

Aber alles sieht mühelos und schön aus. Denn das ist das Einzige, was zählt.

Im Studio B fühlt man sich heute wie in einem Fischglas. Ich kann Liz' bohrenden Blick durch das Fenster spüren; sie presst ihr Gesicht gegen die Scheibe. Ich wusste, dass sie jetzt genau hier stehen wollte – vielleicht sogar noch mehr, als ich das wollte – doch das bedeutet nicht, dass sie es auch verdient hätte. Sie wird behaupten, ich hätte nur Glück gehabt. Dass ich bevorzugt wurde, weil ich Mr. Lucas' Nichte bin. Bette hat mir gesagt, dass sie gestern Abend, als sie betrunken war, so etwas hat anklingen lassen. Aber ich weiß es besser. Ich habe es verdient.

Morkie bellt den Corps-Mädchen Anweisungen zu und wendet sich dann an den Klavierspieler, um am Tempo einer Akkordfolge für die Frühlingsaufführung – *La Sylphide* – herumzukritisieren. Ich bin die Einzige aus dem zweiten Jahr und aus Stufe C, die eine Solorolle hat. Die anderen tun so, als würden sie sich für mich freuen – na ja, die meisten zumindest –, aber ich weiß, dass sie hoffen, dass ich versage. Diese Genugtuung werde ich ihnen allerdings nicht verschaffen. Mit eingefrorenem Lächeln sehe ich zu, wie sie Pirouetten drehend über den Boden fliegen. Ich werde nicht schwächeln. Und ich darf sie nicht merken lassen, wie schlecht ich mich fühle. Meine Muskeln tun weh, und mein Magen revoltiert. Er ist leer, weil ich mich, nach der Party gestern Abend, den ganzen Morgen habe übergeben müssen. Ich hätte mich nie von Bette zum Trinken überreden lassen sollen. Jetzt bezahle ich den Preis dafür.

Die Musik hört ganz plötzlich auf, und Sarah Takahashi landet auf dem Po. Morkie steht vor ihr und brüllt sie auf Russisch an, als könnte Sarah sie verstehen. Als Sarah sich wieder und wieder verbeugt, scheint das Morkies Wut nur noch anzufachen. Sie ist meine Zweitbesetzung und aus dem letzten Jahr, aus Stufe D. Eigentlich hätte auch ein »D-Mädchen« die Hauptrolle bekommen sollen. In ein paar Wochen wird Sarah bei anderen Ballettensembles vortanzen. Hier hat man ihr keinen Platz angeboten, weder als Eleve noch im Ensemble.

Ich nutze jede Sekunde dieser Pause, um die Variation, die Musik, noch mal im Kopf durchzugehen. Morkie macht die Schritte einen nach dem anderen vor und stampft dabei mit dem Absatz ihres kleinen Ballettschuhs auf. Obwohl sie fast siebzig ist, verkörpert sie immer noch die personifizierte Anmut – eine echte russische Ballerina eben.

Bette schlüpft durch die Tür. Und sie lässt diese zuknallen, damit ich weiß, dass sie da ist. Es ärgert mich, dass sie immer einen Weg findet, auf sich aufmerksam zu machen, doch das könnte ich ihr niemals sagen. Alle Blicke richten sich auf sie – die leuchtend blonden Haare, die zu einem straffen Dutt zurückgebunden sind, der Designer-Tanzrock, der sich um sie bauscht wie Zuckerwatte, der fachmännisch aufgetragene pinkfarbene Lippenstift. Sie wird ganz nach hinten geschickt und lässt sich neben die Tanztaschen plumpsen. Es heißt, ein fetter Scheck ihrer Mutter hätte ihr diesen Platz bei den Proben gesichert, damit sie die Rolle ebenfalls lernen kann, aber ich habe mich nicht getraut, sie danach zu fragen. Sie war immer so freundlich und hilfsbereit. Als ich ganz neu hier war, hat sie mir alles gezeigt und mich vor Liz und den anderen Mädchen in Schutz genommen.

Will kommt ein paar Augenblicke später herein. Sein Haar ist hochgegelt, und er ist stark geschminkt. Er bläst mir einen Kuss zu und winkt. Heute Morgen wurde verkündet, dass er die Zweitbesetzung meines Pas de deux-Partners ist. Er setzt sich zu Bette nach hinten.

Morkie ruft mich in die Mitte. Die helle, heitere Musik setzt ein. Normalerweise lasse ich mich davontragen, von den Klängen mitreißen, sodass ich nicht mehr ich selbst bin, aus den Bewegungen meiner Arme und Beine mehr als nur kleine einstudierte Bewegungen werden und ich schließlich die Waldfee bin, die den Schäfer bezirzt. Doch heute zieht mich mein zu großer, plumper Körper herunter. Ich kann den Sog in jedem Muskel spüren, während ich über den Boden gleite und mich bemühe, jeden Schritt richtig zu setzen.

Ich ertappe mich dabei, wie ich hinunter auf das Klebeband sehe, das die Schrittfolgen markiert, und zur Musik mitzähle. Dabei versuche ich, nicht an jede einzelne Bewegung zu denken, aus der die Variation besteht. Alte Gewohnheiten. Schlechte Gewohnheiten. Mittlerweile sollte ich sie auswendig können. Ich sollte den Geist der Fee verkörpern. Also sage ich mir, dass ich so leicht wie Luft bin, doch meine Füße sind immer eine Sekunde zu langsam, meine Arme zu schwerfällig.

»Mehr! Mehr!«, schreit Morkie, und ihre Stimme hallt von den Spiegeln wider. Ich spüre, wie mein Lächeln zittert. Neben ihr wirke ich tollpatschig. Mit jedem Schweißtropfen verliere ich mehr von meinem Selbstvertrauen. Scott erwartet mich auf der linken Bühnenseite. Ich flattere zu ihm und reiche ihm die Hand. Er zieht mich an seine Brust. Morkie schreit über die Musik hinweg: »Lächle! Du bist verliebt in ihn!«

Mein Lächeln wirkt gequält im Spiegel. Meine Magenmuskeln ziehen sich zusammen, als sich seine Hände fest um meine Taille legen.

Morkie winkt mit erhobenen Händen. Wir halten mitten in der Hebefigur inne.

»Ihr sollt verliebt ineinander sein. Wo ist das? Wo ist das?«, sagt sie und winkt mich zu sich heran. »Haben wir einen Fehler gemacht, als wir dir die Rolle gegeben haben, Cassandra?« Ihr russischer Akzent schärft die Worte zu winzigen Messern, die in meine Eingeweide schneiden. »Finde ihn! Finde den Grund, warum wir dich ausgewählt haben.« Sie scheucht mich mit einem dürren Arm fort.

Sarah übernimmt meinen Platz bei Scott, um die gestreckte Schulterhebung zu üben, die ich nicht hinbekommen habe. Frustriert gehe ich nach hinten zu Bette und Will. »Du musst es tun«, höre ich sie flüstern, aber er bedeutet ihr zu schweigen, während er mir entgegensieht.

»Hey«, grinst er und klopft auf den Boden neben ihm. »Ein schwieriger Start, was?«

Schwer atmend wische ich mir die Schweißtröpfchen von der Oberlippe. Als sich Bettes eisblaue Augen auf mich richten, fühle ich mich abstoßend und schwer und fehl am Platz. Will betrachtet mich mit traurig gerunzelter Stirn, wie einen Hundewelpen, der gerade einen Tritt bekommen hat. »Nimm es nicht so schwer«, flüstert er wieder. »Morkie ist echt ein Biest.«

»Alles in Ordnung?«, fragt Bette und schenkt mir ein Lächeln, das eher eine Grimasse ist.

»Ich weiß nicht, warum plötzlich alles weg ist.« Ich schließe die Augen und dehne und strecke mich in alle Richtungen. »Gestern hat noch alles prima geklappt, das habt ihr ja gesehen.«

»Du siehst aus, als hättest du Angst vor ihm«, sagt Will, der jede von Scotts Bewegungen mit seinen Blicken verfolgt. »Hast du dich etwa in ihn verguckt?«

»Ich bin mit Henri zusammen«, fauche ich ihn an, obwohl ich es gar nicht so meine. Ich wünschte, mein Freund wäre auch mein Tanzpartner. Seinen Händen vertraue ich. »Tut mir leid, ich weiß nicht, was mit mir los ist.«

»Hmm«, murmelt Bette vage. »Ich würde sagen: zu viel Alkohol.« Und das erinnert mich daran, wie sie mir trotz meiner Proteste immer wieder das Glas mit dem teuren Wein aus der Sammlung ihrer Mutter nachgefüllt hat.

Ich nicke, froh, eine Entschuldigung gefunden zu haben. »Ich hätte sofort ins Bett gehen sollen.«

»Bist du das nicht?« Ihre Stirn kräuselt sich überrascht.

»Manchmal tanze ich noch spätabends, damit es mir im Gedächtnis bleibt, wenn ich dann einschlafe.« Ich lege die Hand an die Stirn. Keine Ahnung, warum ich ihr das gerade jetzt erzähle. Aber ich kann Bette vertrauen. Das hat Alec mir gesagt, auch wenn ich zuerst meine Zweifel hatte. Und Will ist Alecs bester Freund. »Meine Beine machen, was sie wollen.« Ich stelle mich unter das Oberlicht, in die warmen Sonnenstrahlen, weil sich mein Bauch plötzlich ganz kalt anfühlt. Obwohl es Frühling ist, zittere ich. »Was soll ich nur tun?«

Bette und Will tauschen Blicke. Sie wissen, was Morkie will. Sie sind schon seit Ewigkeiten hier und wissen, was ihr gefällt.

»Du musst dich zusammenreißen«, sagt Bette, die eine unsichtbare Fluse von ihrem makellosen Pullover zupft. »Morkie mag kein Drama und keine Entschuldigungen.« Dann beugt sie sich vornüber in eine Dehnung. Sie wärmt sich auf, als würde sie jeden Moment in die Mitte gerufen werden. Als hätte sie einen Grund, hier zu sein. »Und du darfst nicht so viel trinken.«

»Autsch, Bette«, feixt Will.

Ich versuche, meinen Schock nicht zu zeigen. »Eigentlich habe ich vorher noch nie getrunken«, flüstere ich ihr zu. Falls Bette überrascht ist, lässt sie es sich nicht anmerken. Aber mir ist das Geständnis peinlich. Bevor ich zu meinem Cousin Alec und seinem Vater nach New York gezogen bin, um auf das Konservatorium zu gehen, bestand meine Welt nur aus Tanzunterricht, Schule und Herumsitzen auf der Couch mit meiner britischen Gastmutter, während ich auf einen Anruf oder eine SMS von Henri wartete. New York ist ganz anders als London. »Ich wusste nicht, dass es mir anschließend so schlecht gehen wird.« Ich bin versucht, sie darauf hinzuweisen, dass Bette mir den Wein aufgedrängt hat, tue es dann aber doch nicht. Sie ist die einzige echte Freundin, die ich gefunden habe, seitdem ich in New York bin, und das will ich nicht verderben.

»Es gibt so Tage, da klappt es einfach nicht«, sagt Will und tätschelt mein Bein, als würde das helfen.

Ich merke, wie meine Augen feucht werden. Ich lecke mir das Erbeer-Gloss von den Lippen und höre die vorwurfsvolle Stimme meiner Mutter, die mir sagt, dass das ganz und gar nicht damenhaft ist. Als ich über die Schulter blicke, sehe ich, wie Sarah die Hebung mit Scott, die ich eben verbockt habe, perfekt gelingt. Morkie strahlt sie an.

»Keine Sorge, Cassie«, sagt Bette. »Will lässt dich gleich gut aussehen. Er rettet dich, genauso wie er mich immer rettet.« Das Wort »retten« trifft mich hart. Wills Augen schießen im Studio umher, als würde er eine Fliege verfolgen.

Bette schenkt mir ein Lächeln, das so breit ist, dass ich alle ihre Zähne sehen kann. Perfekt, so wie alles andere an ihr auch.

Ich kann Bettes Blick auf mir spüren, als Morkie Will und mir den nächsten Teil des Pas de deux zeigt. Mit quälender Genauigkeit markieren wir die Posen, eine nach der andern. Es dauert fast eine Stunde, bis ich sie so perfekt draufhabe, dass Morkie zufrieden ist und sie uns diese alleine versuchen lässt. Dann endlich stehe ich in der Mitte, bereit, ihr zu zeigen, was ich gelernt habe.

Die Musik beginnt. Ich nehme Positur ein und warte auf die ersten Akkorde. Nun bin ich ganz ruhig: die Sorgen, die Kritik, die Gesichter vor dem Studiofenster verschwinden. Ich sehe Will vor mir, der auf mich wartet, und stelle mir vor, er wäre Henri. Dann beginne ich mit der ersten Schrittfolge, biege mich in die Musik hinein. Jede Bewegung des Armes verkörpert die Kadenz. Ich hüpfe und wirble und springe und gleite, hinüber zu Will.

»Mit der Melodie«, schreit Morkie.

Wills Hände finden meine Taille. Er hebt mich in die Höhe. Seine rechte Schulter presst sich in meinen Po.

»Sie ist keine Kiste, William«, sagt Morkie. »Sie ist ein Juwel, trag sie auch wie eines. So hübsch. So leicht.«

Seine Finger drücken sich in meine Hüftknochen, während er darum kämpft, mich dort zu halten.

»Sehr schön, sehr schön. Lächle, Cassandra«, schreit Morkie über die Musik hinweg.

Ich lächle, so gut ich kann, den Blick auf den Spiegel gerichtet, und konzentriere mich auf Morkies Korrekturen. Will beginnt, mich langsam abzusenken. Ich wackle. Ich versuche, mich nicht nach vorne zu lehnen, aber es fühlt sich an, als wären seine Finger plötzlich verschwunden. Mein rechtes Bein fällt.

Ich kippe vornüber, als würde ich von der Kante eines Kliffs stürzen. Der Boden scheint so weit weg, doch dann treffe ich auf ihn auf.

1. AKT: HERBSTSAISON

I | Bette

Man sagt, Vorfreude sei die schönste Freude, also werde ich jeden Augenblick des Wartens genießen. Denn eines steht fest: Mr. K liebt es, uns warten zu lassen. Wir haben uns in der Lobby der American Ballet Company versammelt, um seiner jährlichen Rede über den *Nussknacker* zu lauschen. Anschließend wird er die Besetzungsliste der Studenten verlesen. Denn zweimal im Jahr, im Herbst und im Frühjahr, dürfen die Studenten die Tänzer des Ensembles an zwei Abenden im Lincoln Center vertreten – als Bewährungsprobe. Ein Vorgeschmack auf unsere Zukunft.

Dieses Stück Papier zeigt deinen persönlichen Wert in unserer Schule an, der Nachwuchsakademie. Und ich bin viel wert. Alec und ich halten uns an den Händen, und ich kann ein Lächeln nicht unterdrücken. In wenigen Momenten wird mein Name an dieser Wand neben der Rolle der Zuckerfee stehen, und der Rest meines Lebens kann endlich beginnen.

Vor sechs Jahren habe ich meine Schwester Adele die Rolle tanzen sehen, als ich noch als Engelchen in goldenen Flügeln und mit dem Lippenstift meiner Mutter herumhüpfte. Damals war die Vorfreude *nicht* das Beste. Damals war das Beste die Hitze der Lampen auf meiner Haut, das Publikum vor uns und synchron im Takt mit meinen kleinen Ballett-Freundinnen zu tanzen. Das Beste war die kratzige Strumpfhose, der süß-metallische Duft von Haarspray und die funkelnde Tiara in meinem babyfeinen Haar. Der Glitzerstaub auf meinen Wangen. Das Beste war die Nervosität in meinem Magen vor dem Auftritt und der Freudenrausch, nachdem wir wieder von der Bühne getänzelt waren. Und die Blumensträuße und die Küsse auf beide Wangen von meiner Mutter, und mein Vater, der mich hoch in die Luft hob und mich eine Prinzessin nannte.

Damals war *das alles* das Beste.

Die Eingangstüren der Schule sind nicht nur zu, sondern sogar abgeschlossen. So wichtig ist Mr. Ks Rede. Ich werfe einen Blick zurück durch die großen Fenster und sehe ein paar Menschen mit roten Nasen, dick eingemummelt, denn es ist Oktober und kalt. Sie stecken auf der Treppe fest. Diese Tür wird sich erst wieder öffnen, wenn Mr. K fertig ist. Sie werden wohl oder übel frieren müssen.

Als Mr. K sich über den wohlgepflegten Bart streicht, weiß ich, dass er bereit ist anzufangen. Diese kleinen Dinge über ihn weiß ich dank Adele, die Solistin in der Kompanie ist. Ich richte mich ein bisschen mehr auf und lege die Hand um Alecs Hals, um ihn an der Stelle zu kitzeln, wo sein kurz geschnittenes blondes Haar auf seine Haut trifft. Auch er lächelt breit. Nun werden wir endlich die uns zustehenden Hauptrollen im Winterballett bekommen.

»Jetzt ist es so weit«, flüstere ich ihm ins Ohr. Er lächelt zurück und küsst mich auf die Stirn. Auch sein Gesicht ist vor Aufregung gerötet, und ich weiß einfach, dass ich von jetzt an wieder alles am Ballett lieben werde. Ich erinnere mich noch, wie lächerlich glücklich Adele als Zuckerfee aussah. Diese Rolle war es, die dazu geführt hat, dass man sie aus der Schule und in die Kompanie genommen hat. Und ich träume einfach davon, genau dieses Gefühl zu erleben. Niemand steht mir mehr im Weg. Liz zeigt dieses Jahr einige Schwächen. Und niemand kann das, was ich kann.

Ich lasse meine Hand auf Alecs sinken und drücke sie. Alecs bester Freund Will – mit dem auch ich vor Kurzem noch befreundet war – sieht zu uns herüber. Eifersüchtig.

Die Eltern und Geschwister hinter der Masse aus schwarzen Trikots verstummen.

»Das Casting für den *Nussknacker* ist nicht nur eine reine technische Übung«, beginnt Mr. K. Unser Ballettmeister spricht langsam, so als würde er erst jetzt entscheiden, was er sagen will, obwohl er doch diese Rede, wenn auch in ein wenig abgewandelter Form, jedes Jahr hält. Trotzdem hänge ich an seinen Lippen, als hätte ich sie noch nie zuvor gehört. Mr. K ist ein Mensch, der nichts dem Zufall überlässt. Deshalb weiß ich auch, als er mir jetzt in die Augen sieht, dass mein Schicksal mit diesem kurzen Kontakt besiegelt ist. Dieser Blick in meine Richtung war Absicht. Ganz sicher. Ich neige leicht und respektvoll den Kopf, kann aber nicht verhindern, dass sich meine Mundwinkel ganz automatisch ein wenig nach oben ziehen.

»Technik ist die Basis des Balletttanzes, aber nur eine Persönlichkeit verleiht dem Tanz Leben. Im *Nussknacker* erfüllt jeder Charakter einen wichtigen Zweck für das Ballett als Ganzes, und das ist der Grund, warum wir uns so viel Mühe geben, jedem von euch die perfekte Rolle zuzuteilen. Wer ihr seid, drückt sich in eurer Art zu tanzen aus. Sicher erinnert ihr euch alle noch an Gerard Celling, der letzten Winter den Mäusekönig getanzt hat, oder an Adele Abney als Zuckerfee. Das waren bahnbrechende Darbietungen, die sowohl beeindruckende Technik als auch außerordentliche Freude und Schönheit gezeigt haben. In diesem Moment waren die Schüler keine Schüler mehr, sondern wurden zu Künstlern, wie eine Raupe, die ihre Puppe verlässt und zu dem wird, was ihr vorherbestimmt ist – zu einem Schmetterling.«

Mr. K nennt uns immer seine Schmetterlinge, nie seine

Schüler, Tänzer, Athleten oder Ballerinas. Auf der Abschlussfeier schenkt er dem besten Tänzer einen diamantenbesetzten Schmetterlingsanhänger. Adele legt ihren nur während der Auftritte ab.

»Diesen Erfolg verdanken Adele und Gerard der Beziehung, die sie zu ihren Rollen als Zuckerfee und Mäusekönig hatten«, fügt er hinzu. »Es war die Verbindung, die sie mit ihrem Part geschaffen hatten.«

Ich neige den Kopf noch tiefer. Dass Mr. K über meine Schwester spricht, ist wie ein weiteres absichtsvolles Nicken in meine Richtung, da bin ich mir sicher. Adeles Darbietung als Zuckerfee ist seit ihrem ersten Auftritt in der Rolle vor sechs Jahren Gesprächsthema. Damals war sie erst in Klasse C1. Noch nie hatte eine so junge Tänzerin den Vorzug vor einem älteren D-Mädchen bekommen. Und als ich als zehnjähriges Engelchen meine Schwester vor Stolz platzend umarmte und ihr gratulierte, kam Mr. K mit einem zuversichtlichen Lächeln zu uns.

»Adele, du strahlst«, sagte er. Seitdem will ich nichts mehr, als dass er mich »strahlend« nennt. Bisher hat er es nicht getan. Noch nicht. »Und liebe kleine Bette, nachdem ich dich heute so wunderhübsch habe tanzen sehen, weiß ich, dass du sehr bald in die Fußstapfen deiner Schwester treten wirst. Eine zukünftige Zuckerfee.« Er hat gezwinkert, und Adele hat mich zustimmend angelacht.

Auf diesen Moment spielt er sicher jetzt gerade an. Er will mich an seine Voraussage erinnern und mir zu verstehen geben, dass er es schon damals gewusst hat.

Vor Aufregung wippe ich auf die Zehenspitzen. Alec drückt meine Hand.

Mr. Ks Stimme wird weicher. »Die junge Clara, zum Beispiel, muss lieblich sein und das Wunder der Weihnacht mit jedem Schritt und jedem Blick beschwören.« Seine Augen wandern zu einer hübschen *petit rat* in einem schwarzen Trikot, mit einem ordentlichen dunkelhaarigen Dutt. Sie errötet, als sie den Blick bemerkt, und ich freue mich mit der kleinen Maura. Die junge Clara war ich selbst vor ein paar Jahren. Ich weiß, wie aufregend eine solche Rolle ist, und sie verdient es, diese Erfahrung richtig auszukosten.

Noch Jahre später hatte ich nie wieder so viel Spaß wie bei diesem Auftritt damals. Gleich nach den Weihnachtsferien hatte meine Mutter angefangen, mir alte Aufnahmen von Adele zu zeigen, damit ich meine Technik mit ihrer vergleichen konnte. Nach diesen Weihnachten änderte sich alles zwischen meiner Mutter, Adele und mir von Grund auf, wie in einer dieser schlechten Fernsehserien. Schon allein wenn ich daran denke, wird mir ganz anders. Heute noch höre ich das leise Piepen der EKG-Maschine und das Surren des Röntgenapparats, als wäre es gestern gewesen. Um nicht zu sehr in die Erinnerungen abzutauchen, schließe ich kurz die Augen, um die Gedanken zu verscheuchen, so wie ich es immer mache. Ich drücke Alecs Hand noch einmal und versuche, mich zu konzentrieren. Dies ist mein großer Augenblick.

»Onkel Drosselmeyer muss mysteriös und düster sein – ein Mann mit einem Geheimnis«, sagt Mr. K. »Der Nussknacker-Prinz sollte majestätisch sein und Selbstvertrauen ausstrahlen. Unberührbar und elegant, aber trotzdem maskulin.« Dann sieht Mr. K Alec an, der sofort den Mund zu einem Lächeln verzieht, bis sich seine Grübchen zeigen. Diese Beschreibung passt genau auf Alec. Ich lehne mich leicht an ihn, und er lässt meine Hand los und legt mir den Arm um die Schultern. Und als wäre dieser Moment nicht schon wundervoll genug, lässt Alecs Zuneigung mein Herz noch höher schlagen. Mr. K zählt noch ein paar mehr Charaktere und deren Qualitäten auf, die die Tänzer, welche sie verkörpern wollen, mitbringen müssen. Ich streiche mein Haar glatt, damit ich für meinen großen Moment perfekt aussehe.

»Und die Zuckerfee«, fährt Mr. K fort und lässt den Blick suchend über die Menge wandern, »sie muss nicht nur schön, sondern auch freundlich, fröhlich, geheimnisvoll und verspielt sein.« Seine Augen suchen immer noch, was seltsam ist, denn er weiß ja, wo ich bin. Ich sage mir, dass er nur ein bisschen Show macht. Das kennt man von ihm.

Die idealen Eigenschaften der Zuckerfee: Die habe ich eigentlich nicht. Mit diesen Worten hat mich jedenfalls sicher noch nie jemand beschrieben.

Aber die Rolle ist meine. Das bestätigt mir Mr. K schließlich mit den letzten Worten seiner Rede.

»Und vor allem«, sagt er, »muss die Zuckerfee strahlen.«

Ich drücke wieder Alecs Hand.

Das bin ich.

Ich strahle, wie Adele. Ich bin es. Bin es immer gewesen.

Aber trotzdem finden Mr. Ks Augen nicht den Weg zu meinen.

2 | Gigi

Ich knabbere an meiner Unterlippe herum, bis ich Blut schmecke. Die Stelle fühlt sich wie ein winziges Herz an, das heftiger pocht als das in meiner Brust. Obwohl es wehtut, senken sich meine Zähne weiter in den Schnitt; ich kann einfach nicht damit aufhören. Ich will nicht auf die Toilette gehen, um nachzusehen, wie schlimm es aussieht. Es ist alles so aufregend, das will ich nicht verpassen. Ich kann jetzt nicht weg.

Wir stehen Schulter an Schulter, wie ein Meer aus hauchdünnen Körpern. Ein starker Windstoß würde genügen, um uns durcheinanderzuwerfen, wie das Herbstlaub, das draußen vor den großen Fenstern der Eingangshalle zu Boden wirbelt. So leicht sind wir, so verletzlich, so ängstlich. Ich bin nervös und aufgeregt. Selbst die ganz Kleinen, die *petits rats*, kauen an den Fingernägeln, und die Jungs halten die Luft an. Das Glucksen der halb leeren Mägen, die sich mit der Ballett-Diät aus Grapefruit und Energy-Tee begnügen mussten, füllt die kurzen Momente der Stille, als Mr. K schließlich eine Pause macht – aus reiner Effekthascherei.

Wir lauschen gebannt. Jedes gelegentliche Flüstern hallt wie ein Feuerwerk. Durch die Melodie seines russischen Akzents wirken die Worte schwerer, wichtiger. Er geht vor uns auf und ab, gestikuliert heftig mit den Händen, und sein Geruch von Zigaretten und warmem Wodka legt sich um uns. Ich konzentriere mich auf jedes Wort, das aus Mr. Ks Mund kommt, als könnte ich es so für immer einfangen. Hinter ihm stehen unsere Lehrer aufgereiht. Zusammen mit Mr. K entscheiden noch fünf weitere über unser Schicksal. Der Klavier-Maestro, Viktor, der von allen am wenigsten zu sagen hat. In seinem lächelndem Mund steckt eine Zigarette, und er redet nur selten, weiß aber alles – alles, was *sie* über uns denken. Dann Morkie und Pavlovich, unsere Ballettlehrerinnen. Wir nennen sie die Zwillinge – obwohl sie weder verwandt sind, noch sich irgendwie ähnlich sehen. Ihre schmalen Augen huschen so schnell über uns, als wären wir Geister, die sie kaum wahrnehmen.

Und zu guter Letzt sind da Mr. Lucas, der Präsident des Kuratoriums – Alecs Vater – und DouBrava, der andere männliche Lehrer.

Mr. K kommt zum Ende seiner Ansprache. Nun ziehen sie sich alle in sein Büro zurück. Jemand flüstert, dass sie die Besetzungsliste holen gehen. Ohne diese Respektspersonen fühlt sich der Raum leichter an. Alle beginnen leise zu reden. Ich höre, dass die Worte *neu* und *dunkelhäutig* und *Mädchen* in verschiedenen Kombinationen gewispert werden. Nach einem Monat an dieser Schule lässt mich das erste große Casting meine Hautfarbe wie einen frischen Sonnenbrand spüren. Ich bin, abgesehen von einer *petit rat* namens Maya, die einzige dunkelhäutige Ballerina. Die meiste Zeit versuche ich nicht daran zu denken, weil ich bin wie alle anderen auch: Ich habe eine klassische Ausbildung und bin hier, um den russischen Ballettstil zu lernen, in der Hoffnung, es vielleicht von der Schule in die Kompanie zu schaffen.

Aber meine Hautfarbe ist hier wichtiger, als sie es je in meinem kalifornischen Ballettstudio war. Dort haben wir uns während des Wartens auf die Besetzungsliste an den Händen gehalten und uns dann umarmt und herzlich gratuliert. Aurora in *Schneewittchen*, Kitri in *Don Quichotte*, Odette in *Schwanensee* – sie hatten alle möglichen Hautfarben. Auf die Frage, welche am besten auf der Bühne aussehen würde, kam überhaupt niemand. Die Vorliebe der Russen für das *ballet blanc* – bei dem alle auf der Bühne weiß sein sollen, und damit ist leider meist nicht nur die Kleidung gemeint (wegen des einheitlichen Gesamtbildes) – war nie ein Thema.

Hier binden wir alle unser Haar in Dutts, wir tragen alle schwarze Trikots und hellrosa Strumpfhosen, wir schminken uns alle für den Unterricht, und wir lernen nur klassische Variationen. Wir befolgen die Tradition und machen alles so, wie es schon immer gemacht wurde. Das ist die russische Methode. So habe ich es gewollt. Deswegen habe ich meine Eltern angefleht, mich ans andere Ende des Landes zu schicken. Meine beste Freundin Ella zu Hause sagt, ich wäre verrückt, dass ich so weit weg ziehe, nur um zu tanzen. Sie versteht es nicht, wenn ich ihr antworte, dass Ballett mir alles bedeutet. Ich kann mir nicht vorstellen, etwas anderes zu tun.

Ein Mädchen flüstert: »Wen sucht er für die Zuckerfee aus?« Aber sie wird schnell zum Schweigen gebracht. Außerdem wissen wir alle, dass es Bette sein wird.

Jeder will einen Solopart. Jede will die Primaballerina des American Ballet Conservatory sein. Jeder will einen Platz in der Kompanie. Jeder will Mr. Ks Lieblingsschüler sein. Selbst ich.

Der Mond starrt durch die Scheibe herein, obwohl es gerade erst begonnen hat zu dämmern. Zu Hause in Kalifornien ist es jetzt noch Nachmittag, und Mama wird gerade mit dem Garten fertig sein. Ich frage mich, ob auch sie auf Neuigkeiten über die Besetzung wartet und ob sie sich doch endlich für mich freut. Eigentlich wollte sie, dass ich in ein Ballettstudio in der Nähe gehe. Dass ich Ballett weiter nur zum Spaß tanze, nach der Schule. Sie hatte sogar Dad auf ihre Seite gebracht, selbst wenn der jetzt so tut, als wäre er stolz, dass ich das Durchhaltevermögen für Ballett aufbringe.

»Du könntest dich dauerhaft verletzen«, sagte sie, bevor ich an der Schule vortanzte, als wenn Ballett mit seiner Härte so etwas wäre wie vom Rad zu fallen. »Du könntest krank werden. Oder sterben.« Mit dem Tod droht sie immer am liebsten.

Ich kämpfe mit den Nerven. Und ich kämpfe gegen das Heimweh an, das mich plötzlich überkommt. Denn ich fühle mich sehr einsam. Die meisten dieser Jugendlichen sind schon seit Jahren hier, so wie meine Zimmernachbarin June, oder wie Bette und Alec, die aller Wahrscheinlichkeit nach dieses Jahr die Hauptrollen bekommen werden. Ich beobachte, wie Bette ihren goldenen Kopf an seinen legt – sie sehen aus wie ein zusammengehöriges Set – und höre, wie sie zufrieden seufzt, weil sie weiß, dass gleich ihr großer Moment kommen wird. Den leichten Stich, den ich dabei verspüre, versuche ich zu ignorieren. Ich bin erst seit Kurzem hier, ich bin die Neue. Deshalb sollte ich nicht wollen, was sie hat, ob es die Rolle ist oder Alec. Aber ich kann nicht anders. Um mich abzulenken, wende ich den Blick ab.

Ich starre hoch zu den Hunderten von Schwarz-Weiß-Porträts der Absolventen des American Ballet Conservatory, die anschließend Eleven, Solisten und erste Tänzer in der American Ballet Company und anderen Ensembles überall auf der Welt wurden. Sie bedecken alle Wände dieser Halle, blicken auf uns herunter, zeigen uns, was aus uns werden könnte, wenn wir nur gut genug sind. In diesem weißen Meer gibt es nur zwei weitere dunkelhäutige Gesichter. Ich werde das dritte sein. Ich werde mir einen der raren Plätze in der Kompanie verdienen, die für die Schüler des Konservatoriums reserviert sind. Ich werde meinen Eltern beweisen, dass ich es schaffen kann, und zwar alles von mir: meine Hände, meine Füße, mein Verstand, meine Beine, mein Herz.

Ich suche in der Menge nach meiner Tante Leah, die sich mit

Leggings und einem selbstgestrickten Kleid schick gemacht hat. Ich habe ihre Stimme aus den anderen herausgehört, als sie sich ein wenig zu laut den anderen Eltern und Vormunden als Mamas jüngere Schwester und als Kunstkuratorin in der Brooklyn Gallery vorgestellt hat. Grinsend winkt sie mir jetzt zu. Mit ihrer pinkfarbenen Strickmütze und der sommersprossigen braunen Haut ist sie in dieser Lobby genauso eine Außenseiterin wie ich, dabei ist sie schon seit Jahrzehnten in New York.

Ich winke zurück. Die Mädchen um mich herum spannen sich an. June, meine Zimmergenossin, bewegt sich einen kleinen Schritt weg von mir. Selbst mein Winken ist zu auffällig, doch das ist mir egal.

Die Bürotüren öffnen sich; das Quietschen der Angeln bringt alle zum Schweigen. Wir schnappen gemeinschaftlich nach Luft. Ich lege die Hand auf die Brust. Klatschen hallt im Raum wider, als er erneut vor uns tritt. Mr. Ks hübsche Sekretärin geht mit einem Blatt Papier an das Schwarze Brett, die Arme ausgestreckt, um es festzupinnen.

Mr. K blickt sich um. »*Podozhdite!* Warten Sie, warten Sie.« Er hebt die Hand, bevor sie den Blick auf das Blatt freigibt.

Dann geht er mitten durch die Menge der Schüler hindurch. Mr. K ist düster – fast bedrohlich – ganz in Schwarz gekleidet. Anton Kozlov, ein echter Meister des *ballet russe*. Ich bin kribbelig, wie elektrisiert. Alle Tänzer treten schnell beiseite, um ihm Platz zu machen. Ich senke den Kopf; ich bin immer noch aufgeregt, wenn er in meine Nähe kommt.

Ich zwinge meine Hände stillzuhalten. Meine Muskeln, sich zu entspannen. Mein Herz, langsamer zu schlagen. Ich höre, wie die Atmung der Mädchen neben mir sich beschleunigt. Wir sind in unserer eigenen Sphäre aus Nervosität und Übelkeit, nur auf das eine konzentriert. Ich versuche, Mamas Entspannungstechnik anzuwenden: auf das Geräusch in unserem riesigen rosa

Muschelhorn zu lauschen. Dann denke ich daran zurück, wie Dad es diesen Sommer auf Hawaii gefunden hat. Ich suche das melodische Rauschen, aber die Ruhe kommt nicht.

Plötzlich höre ich Schritte, dann sehe ich mein Spiegelbild in den Spitzen zweier schwarzer Schuhe. Zwei von Mr. Ks langen Fingern heben mein Kinn an, und ich sehe in seine gesprenkelten grünen Augen. Mir bricht der Schweiß entlang des Haaransatzes aus. Ich spüre das getrocknete Blut auf den Lippen, als sei es ein winziger Strich von Mamas Lippenstift. Alle Augen sind auf mich gerichtet. Unsere Ballettlehrerinnen sehen zu. Die Eltern verstummen, genauso wie meine Tante Leah. Ich lecke mir über den Schnitt, in der Hoffnung, dass damit das Pochen aufhört.

Mr. Ks Gesicht schwebt gleich über mir. Hitze steigt mir in die Wangen.

Ich kann seinem Blick nicht entfliehen. Er hält mich fest, und alles verlangsamt sich.

3 | June

Ich fand es nicht schlimm, dass Mr. K seine Rede unterbrach, um Gigis Kinn anzuheben, damit sie besser aufpasste. Es ist gemein von mir, aber ich freue mich immer, wenn sie wegen ihrer kalifornischen Schusseligkeit Ärger bekommt. Geschieht ihr recht. Er sagte kein Wort, aber ich weiß, dass er sie damit hat warnen wollen: Gib acht. Immer.

Ich nehme einen Schluck Tee aus der Thermoskanne, um mein Lächeln zu verbergen. Die bitteren *omija*-Kräuter wärmen meinen gereizten Magen und beruhigen die Galle, die sich ständig meldet. Ich kämpfe gegen den Drang an, mich auf die Toilette zu flüchten, wo das kalte Porzellan und der darauffolgende leere Magen mich beruhigen könnten. Aber ich kann es mir nicht leisten, diesen Moment zu verpassen. Ich muss wissen, wo ich stehe.

Mr. Ks Sekretärin hält das Blatt Papier an ihre Brust, als würden wir es ihr entreißen wollen – und vielleicht hat sie damit sogar recht.

»Strahlend«, sagt er und wiederholt es dann noch fünfmal, wobei er die Tänzer um ihn herum auffordert, es zu definieren, zu beschreiben, was es auf der Bühne bedeutet, sonst würde er die Verkündung der Besetzung noch weiter hinauszögern. Sie beben und stottern, sind nicht in der Lage, ihm zu antworten. Wenn er mich gefragt hätte, hätte ich genau gewusst, was ich sagen würde: Auf der Bühne zu strahlen bedeutet, sie in Besitz zu nehmen, mit einem eigenen Licht. Das ist eine Eigenschaft, die nur wenige von uns besitzen, aber ich weiß, dass ich eine von diesen wenigen bin. Trotzdem geben sie mir nicht die Rollen, die ich will, doch das ist nur noch eine Frage der Zeit.

Ein Kitzeln kriecht meinen Rücken hoch. Die Sorgen, die Anspannung, die Nerven. Ich genieße es. Meine Klassenkameraden sind alle dumm und hohlköpfig, mit ihren Gefühlen beschäftigt, unfähig, die Dinge klar zu sehen. Sie passen nicht auf. Wenn sie es getan hätten, wüssten sie bereits, wessen Name wo stehen wird. Mr. K ändert sich nie. Die, die seit Ewigkeiten hier sind, kennen seine Gewohnheiten, seine Verhaltensmuster, und wissen, wie er entscheidet. Neulinge haben keine Chance. Beim Ballett geht es um Routine, um die Muskeln so zu trainieren, dass sie dem kleinsten Befehl gehorchen. Ich bin hier, seitdem ich sechs bin, wurde von Queens immer hin und her gefahren, bis ich alt genug war, in das dazugehörige Wohnheim zu ziehen. Ich kenne mich aus.

Alles läuft letzten Endes darauf hinaus: das Casting für den *Nussknacker*. Das erste Ballett des Schuljahrs. Damit beginnt das Spiel. Ich kann es gar nicht erwarten, endlich mitzuspielen.

Mittlerweile ist das American Ballet Conservatory mehr Zuhause für mich als die Zweizimmerwohnung in Flushing, die ich mir mit meiner Mutter geteilt habe. Ich kenne die Studios, die Klassenräume, die Mensa, den Freizeitraum der Schüler, mein Eckzimmer im Wohnheim. Ich kenne jede knarrende Diele und jedes fleckige Fenster, alle Tänzer auf den Schwarz-Weiß-Fotografien, die ruhigen Plätzchen, um zu lernen, und die dunklen Ecken, um sich vor den Betreuern zu verstecken, die Studios, in denen man die Mitglieder des Ensembles proben sehen kann, die besten Plätze, um sich zu dehnen oder rumzumachen. Nicht, dass ich Letzteres oft machen würde.

Die Menge in der Eingangshalle wird immer dichter, noch

mehr Erwachsene kommen hinzu. Eltern. Sie sind hier, um die *petits rats* abzuholen oder weil sie neugierig sind, wer welche Rolle bekommen hat. Jeder ernsthafte Tänzer sagt seinen Eltern, sie sollen am anderen Ende des Flurs bleiben oder, noch besser, am Telefon warten. Mr. K mag es nicht, wenn wir uns benehmen wie Kinder, die Mamis brauchen. Auch wenn wir noch jung seien, sagt er, sollten wir Professionalität zeigen.

Natürlich sind meine Eltern nicht da. Meine Mom weigert sich, einen Fuß in das Atrium zu setzen. Wenn sie doch einmal kommt, hält sie einfach vor der Schule, damit ich mir die Reiswaffeln und die unzähligen Pakete Algen und Tee, die sie mir gebracht hat, aus dem Wagen holen kann. Und einen Vater habe ich nicht.

Gigis Tante mit dem aufgeplusterten Haar schiebt sich näher und näher an uns Schüler heran, so nah, bis ich sie reden höre. Das lenkt mich ab, sodass ich nicht mehr richtig zuhören kann, als Mr. K erklärt, wie schwer es ihm dieses Semester gefallen sei, die Studenten für die Rollen auszusuchen. Ich bohre meinen Blick in Gigis lockigen Hinterkopf und möchte ihr sagen, dass sie ihre Tante darüber hätte aufklären sollen, dass sie so lange nicht sprechen darf, bis die Besetzungsliste enthüllt wurde. Am liebsten hätte ich leise *joyonghae* geflüstert – sei still –, so wie meine Mutter es immer macht. Ich muss jedes Wort hören, das aus Mr. Ks Mund kommt. Nun werde ich erfahren, wie weit ich gekommen bin, was er jetzt von mir denkt.

Mr. K macht eine Pause, und die Eltern klatschen nervös. Er nickt und legt einen Finger an den Mund. Vielleicht wird er etwas Neues hinzufügen. Wahrscheinlich aber nicht. Mittlerweile könnte ich die Rede selbst herunterbeten. Und ich kenne die Besetzung, bevor seine kleine blonde Assistentin das Blatt Papier feststeckt.

Vor mir zittert Gigi. Das Beben arbeitet sich erst über ihren

Rücken, dann die Beine hinunter. Sie ist wie eine von den *petits rats*, die ganz vorne in der Gruppe stehen. Ich spüre ihre Angst und ihre Aufregung. Mr. K wird ihr die Rolle des Kaffees geben, wie schon dem anderen dunkelhäutigen Mädchen vor zwei Jahren. Gigi ist exotisch, genau wie dieses andere Mädchen damals. Ich kann mich nicht mal an deren Namen erinnern, so schnell hatte sie alles aufgegeben, als es hart wurde. Sie jammerte immer, als einziges dunkelhäutiges Mädchen an der Schule würde sie sich einsam fühlen. Was meint sie wohl, wie es ist, die einzige halbasiatische Ballerina sein? Da passt man auch nirgendwo richtig rein. Pech. Und Mr. K besetzt ethnische Rollen mit Minderheiten, Punkt. Den chinesischen Tee wird er mit dem Grüppchen der koreanischen Mädchen besetzen. Aber nicht mit mir, denn mein Gesicht ist nicht koreanisch genug. Und ich würde so eine Rolle auch nicht wollen. Ich will nichts mit ihnen zu tun haben.

Alle wissen, dass Bette Abney die Zuckerfee sein wird. Seit ihre Schwester die Rolle ergattert hatte, als wir noch Kinder waren, wird von ihrem Auftritt geschwärmt. Und die gemeinen Mädchen hier bekommen immer, was sie wollen. Bette ist längst nicht so strahlend wie Adele, trotzdem wird Mr. K sie wählen. Ihre Füße sind gut – flink und leicht –, und sie ist unbestreitbar elegant. Auch wenn wir keine Freundinnen sind (und nie gewesen sind und nie sein werden), hätte ich nichts dagegen, sie als Zuckerfee zu sehen. Mit Bette ist nicht zu spaßen. Das ist ein faszinierender Kontrast zu ihrem süßen, puppenähnlichen Gesicht und ihrem beeindruckenden Stammbaum.

Ihr Schoßhündchen Eleanor – ihre Zimmergenossin – wird selbstverständlich ihre Zweitbesetzung sein. Und Bettes Klon Liz Walsh steht zwei Schritte entfernt von mir in perfekter Haltung: Brust raus, die Hände locker an den Seiten und Füße in der ersten Position. Eine eisige Brünette, sie wäre perfekt für die Schneekönigin.

Doch obwohl sie so entspannt aussieht, schießen Liz' Augen hektisch durch den Raum, und ich bin froh, dass ich nicht so verzweifelt sein muss. Egal, wie viele Stricklagen sie übereinander zieht, es ist immer noch zu sehen, dass ihr Körper untergewichtig ist. Ich nippe an meinem Tee, froh, dass er mir das Hungergefühl nimmt. Die weißen Mädchen kennen sich nicht mit asiatischen Diättees aus. Sie kippen literweise kalorienreiche amerikanische Marken in sich hinein. Eigentlich sollten wir sie aufklären. Was wir aber natürlich nicht tun.

»Mr. K, na los«, ruft Alec. »Lassen Sie uns die Liste sehen.«

Mr. K setzt ein strahlendes Lächeln auf. Nur der blonde, blauäugige Alec kommt mit so was durch. Sein Vater steht neben dem anderen männlichen Ballettlehrer, mit einem breiten Grinsen im Gesicht. Alec ist der Sohn des Kuratoriumspräsidenten, er kann also machen, was er will.

Alec stört Mr. K noch einmal mit einem Zwischenruf. Er wird der Nussknackerprinz, und er wird mit Bette tanzen. Passt ja auch, wenn das einzige Paar in unserer Stufe zusammen tanzt. Von den sechzehn Mädchen und sechs Jungs in unserem Jahrgang sind nur zwei Jungen hetero: der neue Superstar Henri und Alec.

Bette strahlt und streicht ihm über die Wange wie eine verliebte Ehefrau, und Alecs bester Freund Will gibt ihm einen Schubs gegen die Schulter. Dabei betastet Bette das blöde Medaillon, das sie immer trägt. Wahrscheinlich war es ein Geschenk von Alec. Ich lege die Hand an meinen nackten Hals. Das einzige Schmuckstück, das ich möchte, ist Mr. Ks Schmetterlingsanhänger.

Der rothaarige Will wird natürlich dazu verdonnert werden, den alten Drosselmeyer zu spielen. Schmalbrüstig und zart wie er ist, könnte Will die weiblichen Variationen besser als jedes Mädchen in unserer Klasse tanzen. Wenn es ihm erlaubt wäre,

Spitze zu tanzen, würde er auch das tun. Sein Eyeliner ist immer fachmännisch aufgetragen, und er besitzt eine Anmut, für die die meisten aus unserer Klasse töten würden. Doch Mr. K und DouBrava sind ihm nicht wohlgesonnen, und falls er nicht doch noch sehr maskulin wird – wie der perfekte *ballet russe*-Tänzer es sein soll –, kriegt er nichts anderes an Rollen.

Mr. K tritt wieder in unsere Mitte. Er bereitet uns auf das große Finale vor. Endlich wird er es uns sagen. Die Tänzer schieben sich aus seinem Weg. Gigi guckt immer wieder zurück zu ihrer Tante, und vor Aufregung springt sie fast ein *sauté*. Das wird sie sich schon noch früh genug abgewöhnen. Zeige niemals, wie du eine bestimmte Rolle findest. Die anderen beobachten dich. Ständig. Und sie nehmen sich, was du willst.

Mr. K bleibt vor Henri stehen und mustert finster das wallende Haar um seine Schultern. Obwohl die Tanzmagazine ihn den nächsten großen Ballettstar nennen, einen kleinen Mikhail Baryshnikov, behandeln wir ihn immer noch, als wäre er ein Nichts. Er kam im letzten Sommersemester. Henri sagt etwas in Französisch und nimmt sein dunkles, zotteliges Haar zu einem Zopf zusammen. Er war mal mit Cassie Lukas zusammen. Ich erschauere, wenn ich daran denke, was die Mädchen ihr letztes Jahr angetan haben. Deswegen müssen wir nun alle diese Seminare über Wettbewerb und Konkurrenz über uns ergehen lassen. Henri redet mit niemandem, und mit ihm will sowieso niemand reden. Ich denke, sie haben Angst, dass er weiß, was mit seiner Freundin passiert ist. Dass er es jemandem von Bedeutung sagen könnte. Ballerinas haben ihre Geheimnisse. Und Henri hat außerdem ein böses Glitzern in den Augen.

Allein deswegen würde ich ihn mit dem Mäusekönig besetzen.

Während Mr. K noch ein paar andere inspiziert, kommt die Stimmung im Raum an ihren Siedepunkt. Ich zähle alle Hauptrollen an den Fingern ab und weise meinen Klassenkameraden dann die Rollen zu, die meiner Meinung nach zu ihnen passen: Clara, der Nussknacker, die Schneekönigin, der Schneekönig, Onkel Drosselmeyer, arabischer Kaffee, chinesischer Tee, die russischen Tänzer, Columbine und der Harlekin, die spanischen Tänzer, die Schneeflocken, die Zuckerfee, die Rohrflöten, die Tautropfen-Fee, Mutter Gigoen.

Erst am Ende meiner imaginären Liste fällt mir auf, dass ich einen Fehler gemacht habe. Ich habe mich selbst vergessen.

Winteraufführung: *Der Nussknacker*

BESETZUNG

Solisten

Clara: Maura James
Ältere Clara: Edith Diaz
Der Nussknacker: Alec Lucas
Schneekönigin: Bette Abney
Schneekönigin Zweitbesetzung: Eleanor Alexander
Schneekönig: Henri Dubois
Drosselmeyer: William O'Reilly
Kaffee: Liz Walsh
Tee: Sei-Jin Kim, Hye-Ji Yi
Zuckerfee: Giselle Stewart
Zuckerfee Zweitbesetzung: E-Jun Kim
Mäusekönig: Douglass Carter

4 | Gigi

Es ist Mitternacht. Der Besetzungstag ist offiziell vorbei. Der Schock und die Aufregung halten mich wach. *Ich bin die Zuckerfee. Ich, Giselle Stewart! Ich bin Mr. Ks moya korichnevya.* Sein brauner Schmetterling. Ich lasse die Worte in meinem Kopf herumflattern wie meine eigenen kleinen Schmetterlinge in dem Terrarium auf dem Fensterbrett, leicht und schnell und so wunderschön. Sie leisten mir hier Gesellschaft.

Ein paar meiner Mitschüler haben mir gratuliert, was sich vor allem seltsam und hohl angefühlt hat, ein paar wenige haben mich auch umarmt. Aber wohl nur, damit Mr. K und die Lehrer, die uns beobachteten, es sehen konnten. June war die Einzige, die mich *wirklich* umarmt hat.

Ich kann nicht aufhören, nachzudenken und herumzuzappeln. Obwohl es zu spät ist, wollen meine Muskeln sich bewegen. Nur so kann ich den Kopf freibekommen, ein bisschen schlafen und dann morgen früh im Ballettunterricht frisch sein. Ich schlüpfe aus dem Bett und verlasse auf Zehenspitzen meine Seite des Zimmers, damit ich meine Zimmergenossin June auf dem Weg nach draußen nicht aufwecke. Leise schleiche ich an der Nachtaufsicht vorbei, die im Mädchentrakt patrouilliert. Eigentlich sollte ich mich besser ausruhen. Wenn ich zu Hause wäre, würde meine Mutter dafür sorgen. Es wäre besser für die Gesundheit. Aber ich weiß, Tanzen ist das, was ich wirklich brauche. Vor allem jetzt. Ich brauche Raum, um nachzudenken.

Ich brauche Raum, um mich vorzubereiten auf das, was jetzt kommen wird.

Also schleiche ich zu meinem geheimen Ort, an den Verwaltungsbüros vorbei, schnell von Flurpflanze zu Flurpflanze huschend, damit der Wachmann am Empfang mich nicht sieht. Das Flüstern von vorhin verfolgt mich, als wären die Eltern und die anderen Tänzer hier in unserem Wohnheim.

Das dunkelhäutige Mädchen. Die Neue. Sie ist keine Zuckerfee. Sie hat schlechte Füße. Sie in dieser Rolle? Das passt nicht. Bette hätte es werden müssen. Bettes Schwester, die hat gestrahlt, ihr habt ja gehört, wie Mr. K es gesagt hat. Das könnte Gigi nie.

Die geisterhaften Worte schieben mich weiter durch den Flur. Altes Holz ächzt unter meinen Füßen. Das Konservatorium liegt in einer Reihe Upper West Side-Villen in der Nähe der Gebäude der American Ballet Company und des Lincoln Center. Hohe Buntglasfenster tauchen das Parkett in Rot, Blau und Gelb. In den alten Räumen stehen noch die seltsamen Möbel der viktorianischen Familie, die hier einst gelebt hat, die Chases. Seit mehr als achtzig Jahren – seitdem diese Villa der Schule gespendet wurde – laufen Tänzer durch diese Flure.

Mit angehaltenem Atem ducke ich mich am Büro der Ernährungsberaterin vorbei. Ihre Tabellen und Waagen und der kalte Untersuchungstisch aus Metall lösen regelmäßig hysterische Anfälle aus, denn diese winzige Frau hat die Macht, einen Tänzer aus dem Konservatorium zu werfen, wenn er oder sie untergewichtig wird. Mich zumindest motiviert das, damit ich ausreichend esse. Als ich plötzlich Alec aus einem der Studios schlüpfen sehe, fahre ich erschrocken zusammen. Es ist mitten in der Nacht. Unsere Blicke treffen sich. Ich öffne und schließe den Mund wie ein Fisch und nuschle dann irgendeine Erklärung, warum ich hier unten bin. Er lächelt, als werde er es niemandem verraten.

»Warum bist du denn noch auf?«, sagt Alec, nimmt meine Hand und zieht mich in eine dunkle Ecke des Flurs, weg von der Kamera. Die Geste bedeutet natürlich nicht das Geringste. Er gehört zu Bette, mit ihrem glatten Porzellangesicht, die ihre Worte immer so sorgfältig und treffend wählt. Mein Haar ist kraus und wild, und ich sage nie etwas. Ich hoffe, dass meine Hand nicht feucht ist.

»Wir stehen immer unter Beobachtung«, flüstert er. »Du musst wissen, wo du dich verstecken kannst.« Sein Körper ist ganz nah an meinem. Er riecht gut, vor allem für jemand, der den ganzen Abend getanzt hat, und ich atme verstohlen sein holziges Deo und die Süße des frischen Schweißes ein, der im Dunkeln auf seinen Unterarmen glänzt.

»Und ich tanze gerne nachts«, sage ich und versuche mich daran zu erinnern, wie leicht mir das Reden zu Hause in Kalifornien gefallen ist. »Dann gehe ich in das verschlossene Studio.« Ich weiß nicht, warum ich ihm das sage.

»Ich bin auch gerade erst mit dem Training fertig«, sagt er.

Ich versuche ein Lächeln und zwinge mich, den Augenkontakt mit Alec zu halten. Insgeheim frage ich mich, warum er tanzt, wovon er träumt, wie es wohl wäre, ihn zu küssen. Noch nie zuvor habe ich mich so für einen Jungen interessiert. Jungs sind reine Ablenkung. Na ja, für Ballerinas. Für normale Mädchen wohl nicht.

Das ist Bettes Freund, sage ich mir noch mal, doch dabei betrachte ich seine breiten Schultern, die Form seiner Muskeln unter seinem Trikot und der Kapuzenjacke. Ein Tänzerpaar hat so etwas Romantisches. Unwillkürlich bewundert man ihre Schönheit und Symmetrie, wenn sie zusammen den Flur hinuntergehen. Die langen Glieder, das blonde Haar und die anmutige Leichtigkeit. Und ich wette, wenn sie auf der Bühne sind, merkt auch das Publikum, dass sie zusammen sind.

Ich meine, es ist offenkundig.

»Du verrätst mich doch nicht, oder?« Ich versuche zu flirten, wie die Mädchen in den Filmen.

»Nicht, wenn du mich nicht verrätst, Zuckerfee«, antwortet er mit gespieltem Flüstern. In seinen Worten liegt nichts Böses, keine Drohung. Es klingt eher, als würde er dabei lachen. Ich lächle zurück. Und ich weiß nicht, ob mich in dem ganzen Monat, den ich jetzt hier bin, schon jemand wirklich angelächelt hat. Doch Alec war eigentlich immer sehr nett zu mir.

»Abgemacht«, sage ich und berühre ihn am Arm. Ich weiß nicht, warum. Um unsere Abmachung zu besiegeln, ist keine Berührung nötig, aber wie in einem seltsamen Reflex lasse ich meine Finger auf seinem starken Unterarm ruhen. Seine Muskeln spannen sich an, doch er zieht den Arm nicht sofort zurück.

»Du bist eine interessante Wahl für eine Zuckerfee«, sagt Alex.

Ich kann nichts erwidern.

Er füllt die Stille. »Ich meine, du wirst der Rolle viel Energie verleihen.« Sein Arm streift an meinem entlang – ein Hauch zwischen unserer Haut, so nah, dass ich die Wärme spüre, aber keiner von uns beiden tritt zurück, um Distanz zwischen uns zu bringen.

»Danke«, sage ich und gestatte mir zu glauben, nur für eine Sekunde, dass Alec genauso interessiert an mir ist wie ich an ihm. »Hatte letztes Jahr nicht Cassandra die Rolle? War sie nicht erst im zweiten Jahr?« Ich weiß nicht, warum ich das gesagt habe, und als ich sein gequältes Gesicht sehe, wünsche ich mir, ich könnte es wieder zurücknehmen.

Er nickt. »Ja, hatte sie. Cassie ist meine Kusine.«

Ein eigenartiges Schweigen entsteht. Niemand verliert je ein Wort über das Mädchen, das letztes Jahr die Schule verlassen hat, was mich traurig und neugierig zugleich macht. Und ich wusste nicht, dass sie seine Kusine ist. Ich beginne, mich zu entschuldigen.

»Schon gut. Lass uns nicht über sie reden. Reden wir über dich und die Rolle.« Mir entgeht nicht, dass Alec lächelt, als ich jetzt lächle, oder wie seine Augen aufleuchten, als ich mit viel zu leiser Stimme sage, dass ich mich darauf freue, mit ihm zu arbeiten. Und er entfernt sich nicht von mir. Muss er nicht zurück in sein Zimmer, braucht er keinen Schlaf?

»Ich freue mich auch darauf, mit dir zu arbeiten«, sagt er, und seine blauen Augen strahlen noch heller.

Vom Ende des Flurs kommt ein Geräusch. Er weicht von mir zurück. »Dann sehen wir uns morgen?«, fragt er.

»Ja«, sage ich.

»Bleib nicht zu lange auf«, sagt er und geht in die entgegengesetzte Richtung, während ich, über seine Worte und die leichte Berührung nachdenkend, dem Flur folge, weiter in die Dunkelheit hinein.

Der Korridor endet vor einer Treppe. Ich renne sie hinunter. Dieser Teil des Kellergeschosses liegt weiter ab vom Aufenthaltsraum und von den Umkleiden, so als wollte man, dass niemand sich hierher verirrt. Hier gibt es ein Studio, das immer abgeschlossen ist. Laut einer Tafel über der Tür war dies das Zimmer von Lucille Chase, der jüngsten Tochter des Hausbesitzers, die immer hatte tanzen wollen, es aber nie konnte, weil sie an Polio litt.

Die nackte Glühbirne an der Decke flackert unstet. In der ersten Woche in der Schule habe ich June nach dem unbenutzten Studio gefragt, und sie sagte, es gäbe ständig Umbauarbeiten darin und dass die Lehrer dieses Studio hassen würden, weil es fensterlos ist und man beim Ballett doch Licht braucht. Die Russen nennen es *nevezeniya* – einen dunklen Raum, der

Unglück bringt –, und deswegen bleibt dieses Studio ungenutzt.

Doch ich bin nicht abergläubisch. Weder verlasse ich die Umkleide mit dem linken Fuß voran, noch nähe ich mir einen Talisman in das Tutu, noch küsse ich vor einem Auftritt den Boden der Seitenbühne oder lasse andere Tänzer vor der Premiere *merde* zu mir sagen. Zu Hause haben meine Eltern so einen blöden Besen, mit dem sie das Böse hinauskehren, und sie verbrennen oft Salbei, um die Energie im Haus rein zu halten. Aber ich glaube nur an meine Füße und was sie in Spitzenschuhen tun können.

Ich ziehe eine Haarnadel aus meinem Dutt und drücke sie in das alte Schloss, bis sich der winzige Bolzen nach unten schiebt und herausschnappt. Ich bin schon immer gerne dorthin gegangen, wo es eigentlich verboten ist – zum Beispiel in ein verlassenes Reihenhaus in meiner früheren Nachbarschaft in San Francisco. Es ist immer wieder aufregend, ein Schloss zu knacken und einen Ort zu entdecken, den andere verschlossen halten wollen.

Das Schloss gibt nach, ohne dass ich mich sehr anstrengen muss. Ich blicke nach links, dann nach rechts, und verschwinde in dem dunklen Raum. Schmutz und Schutt knirschen unter meinen Sandalen. Dann fahre ich mit der Hand an der Wand entlang und betätige den Lichtschalter.

Die einzige Lampe summt und geht dann flackernd an. Das trübe Licht beleuchtet abgedeckte Gegenstände, einen teilweise entkernten Tanzboden und mit schwarzen Laken verhängte Spiegel. Zerbrochene und vermoderte Ballettstangen stehen in seltsamen Winkeln, von Spinnweben und Staub bedeckt. Die Luft ist schwer und dabei verlockend.

Ich gehe in meine kleine Ecke, lasse meine Handtasche fallen und betrachte mich prüfend in dem einzigen Spiegel, der nicht verhängt ist. Von der oberen Ecke des Glases zieht sich ein winziger Riss wie ein Blitz über mein Spiegelbild. Mama sagt, in einen zerbrochenen Spiegel zu sehen bringt Unglück, doch das ist mir egal. Auf meiner Lippe ist eine leicht erhabene Kruste. Ich kann nicht glauben, dass ich tatsächlich so fest zugebissen habe. Dass meine Nerven so mit mir durchgegangen sind. Das hässliche Ding ist so verunstaltend, dass mein Gesicht nichts Hübsches mehr hat. Ich darf nicht noch einmal so nervös werden.

Mein Telefon brummt in meiner Tasche. Meine Eltern. Sie wissen, dass ich noch wach bin. Ich lasse die Mailbox rangehen, denn ich weiß schon, was sie wollen. Sie werden fragen, ob die Krankenschwester mich nach all der Aufregung über die Besetzung untersucht hat. Über meinen Erfolg werden sie schnell hinweggehen und nur wissen wollen, wie ich mich körperlich fühle. Seitdem ich hier bin, behandeln sie mich, als wäre ich krank, wie einen Patienten, der nicht aus dem Haus gehen oder im Rollstuhl sitzen sollte oder besser noch, den man in Watte packt. Dabei habe ich schon vor Monaten die offizielle ärztliche Untersuchung bestanden, um hier am Konservatorium tanzen zu dürfen. Ich versuche nicht darüber nachzudenken. Und ich will nicht, dass jemand mein Geheimnis erfährt. Niemals.

Als Erstes drücke ich auf meinem Handy »Play«. Die Melodie des *Nussknackers* klingt blechern und wie von weit her, doch das muss so genügen. Ich muss einfach tanzen. Also fische ich meine Spitzenschuhe aus dem Durcheinander in meiner Tasche und schlüpfe hinein. Meine Beine fangen mit den Bewegungen an, indem sie sich von meiner Hüfte aus strecken, so weit, dass ich das Gefühl habe, ich stünde auf Stelzen. Groß und dünn wie ich bin, dehne ich mich nun vom Oberkopf bis hinunter zu den Zehenspitzen zu einer möglichst geraden Linie. Während ich tanze, beruhigt sich mein Geist, und mein Körper übernimmt. Ich folge dem Strom der Musik, jeder Akkord ist eine Welle, jede Note eine Schaumkrone der Musik. Meine Füße bewegen sich im Rhythmus und zeichnen verrückte, unsichtbare Muster auf den Boden.

Mein Herz rast. Ich sage mir, dass das nur vom Tanzen kommt und von der Aufregung darüber, diese Rolle bekommen zu haben. Doch eine Stimme in meinem Kopf flüstert, dass es auch daran liegt, dass ich an Alec denke. *Bettes Alec.* Meine Brust wird eng. *Kontrolliere deine Atmung.* Bisher hatte ich nicht einen einzigen Anfall, nicht im Ballettunterricht, nicht beim Pilates, nicht im Charaktertanz, nicht einmal während des letzten Jahres in meiner alten normalen Schule. Mir geht es gut. Ich zwinge mein Herz, langsamer zu schlagen. Schließlich habe ich die Kontrolle über meinen Körper.

Ich komme von der Spitze herunter, wische mir den Schweiß von der Stirn und lege die Hände auf den Kopf, bis ich wieder zu Atem gekommen bin. Beim Dehnen kann ich mich vielleicht noch besser entspannen. Wenn ich mich auf das Ziehen in den Muskeln konzentriere, komme ich wieder runter. Ich schiebe mein Bein über die Stange, um die Dehnung und die Ruhe zu spüren, die dem normalerweise folgen. Meine Muskeln zittern, mein Fuß krampft, meine Hände beben. Meine Fingernägel sind lila. Flackernd geht das Licht für einen langen Moment aus. Traurige Dunkelheit umgibt mich, bis es wieder hell wird. *Vielleicht bin ich nicht gut genug, um die Zuckerfee zu tanzen. Vielleicht bin ich nicht für diese Rolle gemacht. Vielleicht werde ich Mr. K und Alec enttäuschen und allen beweisen, dass sie recht hatten. Vielleicht hatte auch Mama recht – mir geht es nicht gut genug, um zu tanzen.*

»Sei still«, sage ich zu dem Spiegel. »Entspann dich.« Ich kämpfe gegen die negativen Gefühle an. »Ich habe die Rolle!«

Doch mein Herz beruhigt sich nicht. Das ist mir schon seit

einem ganzen Jahr nicht mehr passiert. Normalerweise gehorcht mir mein Körper. Ich setze mich auf den Boden und presse die Fußsohlen zusammen, sodass meine Beine Schmetterlingsflügel bilden. Ich drücke auf meine Knie und versuche wie ein Yogi zu atmen – tiefe, lange Atemzüge. Nichts wird mir das alles jetzt noch wegnehmen. Nichts.

5 | Bette

Niemand hat mit mir gesprochen, seitdem die Besetzung bekannt gegeben wurde, nicht einmal Eleanor, die jetzt gerade im Bett neben mir schwer atmet, so zufrieden mit der Mittelmäßigkeit als Zweitbesetzung, dass sie selig schlummern kann. Ich habe alles versucht: Schäfchen zählen, mir vorgestellt, ich würde auf dem Meer treiben, so getan, als wäre mein Körper mit Sandkörnern gefüllt und würde schwerer und schwerer werden.

Nichts hilft. Ich kann nur immer wieder denken: Ich bin nicht die Zuckerfee. Ich bin nicht die Zuckerfee. Wie in einer Endlosschleife. Wahrscheinlich habe ich Textnachrichten von Alec auf meinem Handy, der wissen will, ob es mir gut geht, weil ich einfach weggelaufen bin und mich in meinem Zimmer versteckt habe, nachdem die Liste aufgehängt wurde, doch nichts kann den Fluss dieser Worte unterbrechen und die Macht, die sie über meinen Geist haben. Deshalb brauche ich auch einen Moment, bis ich das laute Klopfen an unserer Tür registriere, um ein Uhr morgens, wenn, abgesehen von dem Geflüster zwischen Zimmergenossen und heimlichen Rendezvous, Ruhe im Wohnheim herrscht.

»Bette?«, sagt Eleanor, und es ist ihre schläfrige, weiche Stimme, die die Schleife durchbricht. Dann das kräftige Klopfen und unsere Betreuerin, die laut und immer lauter meinen Namen ruft.

»Meine Güte, was ist denn los?« Ich steige schließlich aus

dem Bett und gehe zur Tür. Eleanor wird nur langsam wach, reibt sich die Augen und grummelt etwas über die Uhrzeit und den Lärm. Unsere Betreuerin steht mit saurem Gesicht vor der Tür, als ich öffne. Sie reibt sich die Fingerknöchel, als wenn sie sich bei dem pausenlosen Klopfen verletzt hätte.

Sie sieht nicht sehr erfreut aus.

Ich allerdings sicher auch nicht.

»Deine Mutter«, sagt sie.

»Kannst du sie nicht wegschicken?«, sage ich. Eleanor ist inzwischen wach genug, um hinter mir zu lachen.

»Das gehört wohl kaum zu meinem Job«, sagt unsere Betreuerin und stapft davon, um dann ihre Zimmertür hinter sich zuzuknallen und damit vermutlich all die Schüler aus dem Schlaf zu reißen, die sie nicht schon mit ihrem Klopfen geweckt hatte. Ein paar haben ihre Türen geöffnet, und weitere schlurfen hinter ihnen heran. Die Mutigeren folgen mir hinunter in die Eingangshalle, obwohl Eleanor versucht, sie zu verscheuchen, und Liz sie sogar mit körperlicher Gewalt bedroht. Es ist zwecklos: Meine Mutter liebt den großen Auftritt, und sie wissen das. Außerdem warten diese Mädchen seit Jahrzehnten auf meinen Sturz. Das wollen sie um nichts in der Welt verpassen.

Sie steht am Fuß der Treppe, kurz davor, sie auch ohne Erlaubnis hinaufzusteigen: stählern, dünn, den Mund zu einer so geraden Linie zusammengepresst, dass ich ihn als Lineal benutzen könnte. Meine Mutter. Sie riecht nach rotem Wein und blutigem Steak und dem Schweiß des Ärgers.

»Bette«, sagt meine Mutter, und ihre Lippen sind schmal und zu pink von dem Chanel Lippenstift, der hastig über die Rotweinflecken gezogen wurde. Die Ts in meinem Namen klingen hart. Jemand lacht, doch die Feiglinge verstecken sich fast alle im Treppenhaus und warten still auf das, was sie mir zu sagen hat. Sie sind zu weit weg, um den Alkohol in ihrem Atem zu riechen oder die hässlichen Achselflecken zu sehen, die ihr Dior-Kleid ruiniert haben. Aber sie werden jedes gelallte Wort hören können. »Das nächste Mal sag mir die Wahrheit über dein Vortanzen.«

Meine Mutter erhebt ihre Stimme nicht. Niemals. Sie weiß, dass die Wirkung größer ist, wenn sie leise und kontrolliert spricht. Sogar wenn die Vokale lang und locker sind und die Worte verschwimmen, beherrscht sie immer ihre Lautstärke. Wir sind schließlich WASPs – weiße protestantische Amerikaner angelsächsischer Herkunft – wir schreien nicht.

»Es ist ja nicht so, als wäre ich irgendeine Zweitbesetzung, Mutter«, sage ich. Ich lasse nicht zu, dass meine Stimme bricht, aber meine Augen füllen sich mit Tränen. Im letzten Winterballett war ich außer Cassie die Einzige aus dem zweiten Jahr, die eine Solistenrolle hatte. Ich war der Harlekin, zusammen mit den anderen aus meinem Jahrgang. Ich versuche mich an das Gefühl zu erinnern, aber meine Mutter hat es restlos ausradiert.

»Ich habe bereits einige sehr wichtige Leute informiert, damit sie kommen und dich tanzen sehen, Bette«, sagt sie. »Du sagtest, dein Vortanzen wäre *gut* gelaufen. Das habe ich so verstanden, dass man dich auch tatsächlich *sehen* wird. Als deine Schwester ...«

»Möchtest du das mit Mr. K besprechen?«, sage ich. »Ich war super beim Vortanzen. Er hat gelächelt. Hat er Adele je angelächelt? Oder irgendjemanden sonst? Er hat praktisch gestrahlt.«

»Vielleicht, weil er dich ausgelacht hat. Ist dir das schon einmal in den Sinn gekommen?«, sagt sie. Ich würde mir ja gerne einreden, dass sie so etwas nie sagen würde, wenn sie nicht getrunken hätte, aber ich weiß, dass das nicht stimmt. Das pinke Chanel-Lächeln ist wie festgefroren, und ihre Augen lassen meine nicht los. So betrunken ist sie nicht. In den Worten, die aus ihrem Mund kommen, liegt nicht ein Hauch von Traurigkeit oder Mitleid.

Eleanor und Liz schleichen aus den nächtlichen Schatten. Unsere unausgesprochene Regel lautet, dass keine von ihnen mich mit meiner Mutter allein lässt, wenn die Lage außer Kontrolle gerät, und ich schätze mal, jetzt ist es so weit. Eleanor, Liz und ich sehen uns an, und die beiden machen ein paar Schritte näher zu mir.

»Hallo, Mrs. Abney!« Eleanors helle Stimme ist eine willkommene Unterbrechung, doch sie ist zu leise und zu hübsch für diese nachtschlafende Zeit und diese Art der Unterhaltung.

»Hallo, Mrs. Abney!«, sagt auch Liz, und in ihrem Tonfall schwingt deutlich Erschöpfung mit. Meine Mutter ignoriert sie beide. Noch ist sie nicht damit fertig, mich herunterzumachen.

»Du denkst nicht nach, du machst einfach«, sagt sie. »Genau wie dein Vater. Das ist dein Problem.«

Ich beschließe, bei der Erwähnung meines Vaters nicht zu weinen, aber verspreche mir, dass ich später deswegen traurig sein kann, allein in meinem Zimmer, vielleicht wenn Eleanor unter der Dusche ist.

»Wer hat sie gekriegt?«, fragt meine Mutter dann. Ich kann praktisch sehen, wie sich ihre kleinen Ohren aufrichten wie die eines Hundes, der auf die nächste Beute lauscht. Sie ist direkt von ihrer Gala hierhergekommen, um die Antwort auf diese sehr wichtige Frage zu erfahren. Ihr Blick bleibt erst auf Eleanor liegen, streift dann Liz – meine einzige naheliegende Konkurrenz.

»Ist doch egal, auf jeden Fall nicht ich«, sage ich. Ich will Gigis Namen nicht aussprechen. Ich will nicht hören, was meine Mutter über sie sagen oder welche Vorwürfe sie mir machen wird. Ich will nicht, dass Gigi, falls sie zusammen mit den anderen im Treppenhaus ist und lauscht, denkt, sie wäre mir wichtig. Oder dass meine Mutter das denkt.

»Wer, Bette?« Sie beugt sich ein wenig näher, sodass ich ihren

Chanel Lippenstift nicht nur sehen, sondern sogar riechen kann, dieses absolut perfekte Aroma, das sich mit ihrem alkoholgeschwängertem Atem zu etwas Saurem vermischt. Diese Kombination ist ein Schlag für meine Geruchsnerven.

»Die Neue«, nuschle ich.

»O mein Gott«, schreit meine Mutter und bricht damit ihr Gelübde, in jeder Lebenslage leise und ruhig zu bleiben. Liz weicht zurück, selbst für sie ist es zu viel. Eleanor packt mich am Ellbogen, so als würde mich die Grausamkeit ohne ihre Hilfe umwerfen.

»Ihr Name ist Gigi«, mischt sich Eleanor ein. »Sie ist ein ganz anderer Typ als Bette, deswegen denke ich, dass es nicht wirklich ums Tanzen gegangen ist ...« Sie versucht ihr Bestes, um mich vor dem unaufhaltsamen Orkan, der meine Mutter ist, zu beschützen.

»Gigi ...« Meine Mutter zählt zwei und zwei zusammen. Die Frau hat den Sommer damit verbracht, sich über die Neuaufnahmen im Konservatorium zu informieren. Wenn jemand ein Gesicht diesem Namen zuordnen kann, dann sie. »Gi... nein.« Sie bricht ab. Ihre Augen weiten sich, während sie Eleanors rotes Gesicht anstarrt.

Ich sollte mich erleichtert fühlen. Der Druck weicht so plötzlich von mir, dass ich fast das Gleichgewicht verliere. Die ganze Last fällt einfach von mir ab. Eleanors Griff um meinen Ellbogen wird fester.

»Nun«, sagt sie. »Das können wir sicher in Ordnung bringen.«

Ich fasse nach ihrem Arm, denn ich ahne, dass sie sofort zu Mr. K will. Sie weiß, dass er manchmal noch sehr spät in seinem Büro ist. Aber mein Griff ist zu zittrig und schwitzig von dem Kreuzverhör, in das sie mich gerade genommen hat. Deshalb entwischt sie mir und strebt in ihrem langen Kleid, das über den

Boden schleift, zu den Büroräumen, mit einer Entschlossenheit, mit der nur meine Schwester Adele konkurrieren kann. Wenn ich Glück habe, ist er nicht da, und sie hinterlässt bloß eine böse, betrunkene Nachricht auf dem Anrufbeantworter, die seine Sekretärin morgen früh wieder löscht. Meine Mutter hat das Handy schon in der Hand, bewaffnet mit allem, was sie braucht, um einen Riesenwirbel zu machen – und aus unserer Familie einen Witz.

»Ist schon gut«, flüstert Eleanor mir ins Ohr, was heißt, dass es ganz und gar nicht gut ist. Eleanor sagt das nur, wenn die Dinge wirklich schlimm stehen. Liz gibt keinen Ton von sich. In diesem demütigenden Moment legt sie bloß die Stirn in Falten und spitzt den Mund. Sie weiß, dass es schlimm aussieht. Sie lügt mich nicht an. Nicht mal, damit ich mich besser fühle.

Die anderen Schülerinnen rennen wieder die Treppe hinauf, wobei sie nicht länger versuchen, leise aufzutreten, keinen Lärm zu machen. Ich höre kaum unterdrücktes Lachen und ein paar Imitationen der großen betrunkenen Mrs. Abney.

Ich blicke hinüber zum Treppenaufgang. Dort steht Will, in den roten Haaren eine Farbauffrischer-Creme, die er jeden Abend hineinschmiert, sein Handy in der Hand, ohne Zweifel Massen-SMS über das verschickend, was gerade geschehen ist (hoffentlich hat er nicht auch noch ein Video gemacht). Und ich weiß, dass er der Grund ist, warum die halbe Schule überhaupt hier unten ist und gafft. Er erfreut sich an meiner Demütigung.

Eleanor versucht, mich festzuhalten, damit ich den Geiern nicht nachrenne, aber ich stoße Eleanor praktisch von mir. Vielleicht bin ich vom Atem meiner Mutter betrunken, ich weiß es nicht. Ich bin es leid, mich zusammenzureißen, vor allem, wenn es überhaupt keinen Unterschied macht. Also renne ich den Schülerinnen nach, angetrieben von dem Wunsch, eine von ihnen zu schlagen. Und fast hätte ich es auch getan. Schon ist eine nur eine Handlänge vor mir, und wenn ich wollte, könnte ich ihren mageren Hintern die Treppe hinunterstoßen. Und ich will es. Nur um jemandem wehzutun. Nur um die Befreiung zu spüren.

Aber wenn ich dieses Mädchen schlage, bekomme ich nur noch mehr Ärger, und sie ist nicht diejenige, die ich jetzt gerade am allermeisten hasse.

»Passt auf, Ladies! Bette ist ein richtiges Tier«, ruft Will mit einem süffisanten Grinsen im Gesicht. Ich möchte es ihm aus dem Gesicht schlagen, aber ich schiebe mich nur an ihm vorbei, an June, an ihnen allen, wobei ich auf meinem Weg die Treppe hinauf so vielen Mädchen wie möglich einen Ellbogenstoß verpasse. Ich reiße die Tür zu meinem Zimmer auf. Dann die Tür zum Badezimmer. Und dort ist sie, das Mädchen, das ich richtig hasse. Die, die ich wirklich schlagen will. Ich mache zum ersten Mal in meinem Leben eine richtige Faust und boxe in den Spiegel hinein. Fest. So fest, dass er um meine Hand herum zersplittert. So fest, dass die traurigen Scherben in das Waschbecken klirren. So fest, dass meine Knöchel zu bluten anfangen. Es tut weh, aber nicht so sehr wie dieser Tag.

6 | June

Jeden Morgen um 7:30 Uhr und jeden Abend um 20.30 Uhr, auf die Minute genau, ruft meine Mom an. Pünktlich wie ein Uhrwerk. Sie will sichergehen, dass ihr braves kleines Mädchen auch brav bleibt, was bedeutet, dass ich eine halbe Stunde vor der Sperrstunde sicher und wohlbehalten in meinem Zimmer sein muss. Um festzustellen, ob ich wirklich im Wohnheim bin und nicht nur so tue, ruft sie mich nicht auf dem Handy an, sondern auf dem Münztelefon im Mädchentrakt. Was sie nicht begreift, ist, dass ich immer hier bin – in den Studios, im Wohnheim, im Klassenzimmer oder im Aufenthaltsraum. Denn ich tue nichts anderes als lernen und tanzen. Ich bin ihr braves kleines Mädchen.

Immer wieder werfe ich einen Blick in den Flur, ob Gigi zurückkommt. Diese Verrückte ist um sechs Uhr morgens aufgestanden, um in den Central Park zu gehen und dort die Enten zu füttern. Das letzte Mal hat sie mir eine Blume für meinen Schreibtisch mitgebracht, was ja eigentlich ganz nett ist. Sie liebt die Natur, aber sie sollte die Zeit besser nutzen, um sich zu dehnen oder sich zu informieren, wie Bette heute drauf ist, denn Gigi hat das ganze Drama gestern Nacht verschlafen. Schließlich ist sie die Zuckerfee, und das bedeutet, dass sie vermutlich Bettes nächstes Opfer sein wird. Oder eigentlich das nächste Opfer von allen. Wir können nicht sehr gut damit umgehen, wenn sich unsere Hierarchie verändert. Ich bin immer noch erschrocken über Mr. Ks Entscheidung. Und unschlüssig, was ich von Gigi halten soll. Es gibt Tage, da mag ich sie, und Tage, da mag ich sie nicht. Es ist so lange her, dass ich eine Freundin hatte, dass ich nicht weiß, was ich tun soll, wie ich mich verhalten soll.

Heute Morgen bin ich erschöpft, weil ich zu lange auf war, um zuzusehen, wie Bette von ihrer Mom runtergeputzt wurde. Nicht, weil ich Spaß daran hatte, so wie die anderen Mädchen, sondern weil ich gern weiß, womit ich es zu tun habe. Ich weiß gern über jeden Bescheid, denn an dieser Schule ist alles wichtig: was man isst, was man anhat, wo man herkommt, wie viel man wiegt, welche Ballettausbildung, welche Freunde, wie viel Geld man hat, ob man gute Füße hat, ob man Turniere gewonnen hat, welche Connections man hat, ob deine Eltern ein Abo fürs Ballett haben, ob dein Vater oder deine Mutter Tänzer waren, ob man sich in der Geschichte des Balletts auskennt. Und ich habe vor, alles zu wissen. Auch alles über jeden einzelnen Tänzer hier. Das ist die einzige Möglichkeit, nach ganz oben zu kommen.

Um 7:26 Uhr habe ich die Hand am Hörer des Münzfernsprechers und warte auf das Klingeln. Mein Magen grummelt. Ich fühle mich, als hätte ich zu viel gefrühstückt. Da meine Mom immer pünktlich ist, weiß ich, dass mir noch exakt vier Minuten bleiben, und renne zu den Toilettenräumen, wo ich eine Mischung aus Wasser, Tee und Grapefruit erbreche. Zwei Finger befördern sie leicht und geräuschlos zutage. Zum ersten Mal habe ich das in der dritten Klasse gemacht. Damals erwischte ich meine Mom dabei, wie sie sich nach einem Diner bei den Nachbarn übergab. Mit schweißglänzendem Gesicht und zitternden Händen scheuchte sie mich aus dem Badezimmer und erklärte mir, amerikanisches Essen sei Gift und man müsse es immer wieder loswerden. Ich fragte sie, warum sie es dann überhaupt gegessen hat, und sie sagte, man müsse aus Höflichkeit essen. Wenn man ein schlechter Gast sei, werde man nicht wieder eingeladen. Und das wäre blamabel.

Mittlerweile gebe ich die meisten Sachen, die ich zu mir nehme, wieder von mir. Selbst koreanisches Essen.

Aber solche Gedanken verdränge ich schnell. Ich tue das alles fürs Ballett, aus Liebe zum Tanz. Nun ist mein Kopf klarer. Mein Magen hat sich beruhigt. Als ich wieder an meinem Platz bin, starre ich auf das Telefon, um gleich beim ersten Klingeln abnehmen zu können. Ich werfe einen Blick auf meine Armbanduhr. Eine Minute nach halb. Unruhig gehe ich die Grundpositionen durch – die erste, die zweite, *plié*, *tendu* und *pas de bourrée* – als sie endlich anruft. 7:30 Uhr. Auf die Minute.

Ich ergreife den Hörer, bevor das zweite Klingeln endet. Sie verschwendet keine Zeit mit einer Begrüßung. Oder damit, dass sie sich vergewissert, dass sie auch wirklich mit mir spricht und nicht mit einem der anderen Mädchen auf dem Flur. Ihre Stimme füllt mein Ohr. »Ich habe eine E-Mail von Mr. Stanitowsky bekommen. Du hast eine Vier in Mathematik. Eine Vier, 62 %. Ich verstehe nicht, wo das Problem ist. Du hast es so einfach. In Korea sind die Kinder sogar *nach* der Schule in der Schule. Sie arbeiten hart. Du tanzt den ganzen Tag und bekommst trotzdem schlechte Noten.«

Ich versuche etwas zu erwidern, aber ihre Tirade geht weiter. »Du weißt, E-Jun, Colleges achten auf alles. So kommst du nicht auf ein gutes College. So wirst du nicht erfolgreich sein.«

Sie nennt mich nie June, sondern immer nur bei meinem koreanischen Namen. Während sie redet und redet und redet, halte ich den Hörer ein bisschen weg von meinem Ohr. Ich bin jetzt fast ein Jahrzehnt auf dem Konservatorium, und sie kommt immer noch nicht auf den Gedanken, dass dies mein Traum ist. Dass dies mein Leben ist. Dass ich Tänzerin sein werde. Dass ich nicht aufs College gehen werde. Für sie ist dies eine alberne, kurze Phase, die ich irgendwann hinter mir lassen werde. Etwas für den Lebenslauf, vielleicht etwas, das mir bei meinen Collegebewerbungen nützlich sein kann, aber nicht mehr.

Ich versuche nicht hinzuhören, es nicht an mich heranzulassen, nicht auf die Worte zu hören, die sie falsch ausspricht, aber jedes einzelne findet seinen Weg in mein Ohr. Meine Wangen sind heiß, und Schweiß verklumpt meine Foundation. Ich bemühe mich immer sehr, perfekt auszusehen. Ein puppengleiches Ballerinagesicht zu haben. Zart und weich. Das Gefühl des Make-ups auf meiner Haut und der Puderduft erinnern mich daran, dass ich mich in eine Ballerina verwandelt habe, in etwas Besseres als nur ein einfaches Mädchen.

Mir ist, als könnte ich diesen ganzen Stress auslöschen, wenn ich eine weitere Schicht Puder auflege. Während meine Mom weiterschimpft, höre ich nur noch mit halbem Ohr zu und wühle hektisch in dem Durcheinander aus Schuhen, Bandagen und Beinwärmern in meiner Tanztasche nach der fehlenden Puderdose. Ich lasse mir meinen Puder immer extra zusammenmischen, und ohne ihn bin ich zu nichts zu gebrauchen. Die neueste Dose vermisse ich seit gestern. Vorhin musste ich eine alte, abgelaufene benutzen, in der fast kein Make-up mehr war.

»Es ist Zeit, das Tanzen aufzugeben, E-Jun«, sagt meine Mom.

»Nein«, sage ich. Es rutscht mir einfach heraus.

»Was hast du gesagt?«

Dann herrscht Schweigen. Koreanische Kinder sollen ihren Eltern nicht widersprechen. Das tun nur weiße Kinder – und auch die Tatsache, dass ich halb weiß bin, verschafft mir dieses Privileg nicht. Ich höre, wie ihr Atem sich beschleunigt. Ob sie nun gewillt ist, es zuzugeben oder nicht – und normalerweise ist sie es nicht – das Tanzen liegt mir im Blut. Ich habe vielleicht kein weißblondes Haar oder kristallblaue Augen, aber ich gehöre hier genauso hin wie Bette oder Eleanor oder sogar Alec.

»Du hast selbst mal getanzt«, flüstere ich, ein bisschen ängstlich, als könnte sie mich durch das Telefon ohrfeigen. Sie räuspert sich, und ich weiß, dass sie sich über die Vorderseite ihres gebügelten Rocks streicht und versucht, Fassung zu bewahren. Manchmal wünschte ich, sie würde mir erzählen, wie es war, als sie hier getanzt hat oder mir besondere Tipps geben, die nur eine erfahrene Ballerina kennt. Ich wünschte, sie würde eines der alten Trikots anziehen, die sie unter dem Bett versteckt, und mit mir in einem Studio tanzen.

Noch drei Herzschläge lang lausche ich auf ihren Atem. Endlich sagt sie: »Was hast du gestern zu Abend gegessen? Lass die Finger von diesem fetten amerikanischen Essen. Ich bringe dir *jap-chae* und *baechu gook*.« So macht sie es immer, sie schweigt alles tot. Wie ihr großes Geheimnis. Die Sache, die meine Mutter bis zum letzten Atemzug wohl nicht erzählen wird. »Vielleicht kann dir Hye-Ji wieder Nachhilfe in Mathematik geben. Ich habe mit ihrer Mutter geredet. Mrs. Yi sagt, dass Sei-Jin und die anderen Mädchen dich immer zu ihren Partys einladen, aber du gehst nie hin. Sei-Jin und Hye-Ji sind nette, hübsche Mädchen.«

Sei-Jin ist *kein* nettes Mädchen. Und ich auch nicht, tief in meinem Inneren. Unsere Mütter glauben, wir wären liebe und gehorsame Kinder, dass wir uns so benehmen, als wären wir in Korea geboren und aufgewachsen. Sei-Jin und ich waren früher Zimmergenossinnen und beste Freundinnen. Gegen meinen Willen zieht sich mein Herz leicht zusammen. Ich werfe einen Blick zu Sei-Jins Zimmertür, unsere alte Zimmertür, und denke daran, wie nahe wir uns gestanden haben. Seither habe ich keine echte Freundin mehr gehabt.

Ich lüge meine Mom an. »Ich war mal bei Sei-Jin zum Tee trinken. Alle haben die ganze Zeit Koreanisch gesprochen. Und echt schnell. Ich kam nicht mit.«

»Das ist deine eigene Schuld«, unterbricht sie mich. Und natürlich nicht ihre, weil sie mich so erzogen hat. Ich kenne nur wenige koreanische Ausdrücke, die Wörter für alle Lebensmittel und gerade so viel, um die Gespräche zu belauschen, wenn wir koreanische Veranstaltungen besuchen, aber nicht genug, um eine ganze Unterhaltung zu führen. »Ich erhöhe dein Taschengeld, du nimmst Sprachunterricht. Das hilft bei den Collegebewerbungen. Oh, außerdem, hast du dich für den Aufnahmetest eingeschrieben? Der akademische Berater sagt, einer findet Ende Oktober statt und ...«

»Ich habe die nächsten zwei Monate jeden Abend drei Stunden Probe«, sage ich und koche im Stillen vor Wut. »Ich bin die Zweitbesetzung für die Zuckerfee, das habe ich dir doch erzählt.«

»Zweitbesetzung«, sagt sie verächtlich. Am liebsten hätte ich heruntergebetet, was Morkie den Zweitbesetzungen nach jedem Casting einschärft: dass ich jeden Moment übernehmen kann, dass ich ausgewählt wurde, weil ich schnell lerne, weil ich mit dem Druck umgehen kann, die Rolle gleich das erste Mal vor Publikum zu tanzen, dass es eine enorme Verantwortung ist.

»E-Jun, du wirst nie etwas anderes sein. Die Hauptrolle wird man nie mit einer Asiatin besetzen. Akzeptier das. Das haben die Russen nie getan, auch als ich noch dort ...« Sie hält inne, redet nicht weiter. Da ist es wieder, das Geheimnis. »Besser, du strengst dich an, um in ein gutes College zu kommen.«

»Sie haben die Zuckerfee mit einem dunkelhäutigen Mädchen besetzt. Mit meiner Zimmernachbarin, Gigi«, sage ich und bin mir nicht sicher, ob das alles besser oder schlechter macht.

Der Punkt ist trotzdem der, dass ich die Rolle nicht bekommen habe.

Es folgt Stille. Sie sagt wieder das Wort Zweitbesetzung. Ich höre, wie sich ihre Enttäuschung in Ärger wandelt. »Ich meine es jetzt ernst, E-Jun«, sagt sie. »Keinen Unsinn mehr. Es gibt Wichtigeres. Das wird dein letztes Jahr dort sein, wenn du nichts Besseres wirst als eine Zweitbesetzung. Schluss mit Tanzen. Du wirst auf die öffentliche Schule hier in der Gegend gehen.« Dann legt sie einfach auf, ohne darauf zu warten, dass ich ihr widerspreche oder um sich auch nur zu verabschieden. Wenn man sie so über das Tanzen reden hört, würde man nie denken, dass sie selbst einmal durch diese Flure gegangen ist, in diesen winzigen Zimmern gewohnt, in den Studios getanzt hat, dass sie einmal zu dieser Kompanie gehört hat. Aber irgendetwas ist passiert, etwas Schlimmes. Warum sie aufgehört hat, hat sie mir nie erzählt.

Seitdem ist sie eine erfolgreiche Geschäftsfrau geworden, die hochwertige Tanzkleidung aus Korea importiert, und dasselbe will sie auch für mich. Sie will, dass ich in ihre Fußstapfen trete und irgendwann einmal die Firma übernehme. So ist es in Korea Sitte. Soweit ich das weiß, und ich weiß nicht viel. Sie hat mich allein großgezogen; ihre Eltern haben sie enterbt, weil sie hiergeblieben ist und mich bekommen hat. Ich bin alles, was sie hat. Ich weiß, ich sollte ihr gehorchen. Eine gute Tochter sein. Am Wochenende nach Hause fahren, samstags mit ihr auf den koreanischen Märkten einkaufen, sonntags mit in die Kirche gehen – wie damals, als ich mich noch in ihrem Bett wie ein kleines Löffelchen an sie geschmiegt habe.

Aber der Gedanke, in eine öffentliche Schule zu gehen, macht mir solche Angst, dass ich mich am liebsten noch einmal erbrochen hätte. Doch mittlerweile wimmelt es auf der Toilette von Mädchen, die sich für den Ballettunterricht fertig machen, und mein Magen ist leer. Also mache ich mich stattdessen auf den Weg zum *The Light* – eine kleine Abstellkammer am Ende des Mädchentrakts, die zu einer Art Beichtstuhl geworden ist. Niemand weiß, wer damit anfing, sie zu benutzen, sie war einfach schon immer da. Sie heißt *The Light* nach dem Rampenlicht, in dem wir alle stehen wollen. Die Wände sind mit Collagen bedeckt, einem Teppich aus Bildern, der zu leben und zu atmen scheint. Berühmte Ballerinas, wunderschöne Kostüme, ein perfekt gewölbter Fuß, anonyme inspirierende Zitate und Nachrichten. Sogar Sachen aus den Achtzigern. Es gibt einen kleinen Fernseher und einen DVD-Player und einen Schrank voll mit DVDs der besten je aufgeführten Ballettstücke, falls jemand Inspiration benötigt. Und ich könnte sie im Moment wirklich gut gebrauchen.

Ich schlüpfe hinein, immer noch aufgewühlt von dem Gespräch mit meiner Mutter.

Wenn ich nur einmal die Chance bekäme, dann könnte ich es ganz sicher schaffen. Ich bin eine Primaballerina. Ich muss sie nur dazu bringen, das zu sehen. Meine Mom muss es sehen. Ich kann das Konservatorium nicht verlassen. Ich will nicht. Die Zuckerfee ist meine Chance. Vielleicht meine einzige. Zweitbesetzung, das ist nur ein kleiner Schritt entfernt von der Hauptrolle. Ich muss es hinkriegen. Egal wie. Ich schiebe die Gedanken an Gigi beiseite – wie wir manchmal lange aufbleiben, um alte Sitcoms und Online-Videos von klassischen Ballettstücken anzusehen, wie sie mir immer kleine Nachrichten und Blumen hinlegt. Das hier ist zu wichtig.

Als ich in meiner Tasche erneut nach der Puderdose wühle, lenkt meine alte Spieldose mich ab. Ein Geschenk von einem Vater, den ich nie kennengelernt habe – zumindest glaube ich, dass es ein Geschenk von ihm ist. Seitdem meine Mutter einmal eine vage Andeutung in diese Richtung gemacht hat, will ich das einfach glauben. Die Spieldose passt perfekt in meine Handfläche. Ich trage sie immer bei mir, als ein Versprechen, dass ich meinen Vater irgendwann finden werde. Ich fahre mit den Fingern über die Rückseite, finde den winzigen Schlüssel und öffne den Deckel, um die kleine sich drehende Ballerina zu betrachten. *Muyongga*, Tänzer. Die liebliche Melodie erinnert mich an alles, was ich am Ballett liebe: die Kontrolle, die Schönheit, die Musik. Im Ballett kann ich an allem immer und immer wieder arbeiten, bis ich es beherrsche, meine Muskeln trainieren, bis mein Körper sich meinem Willen ergibt. Es ist egal, wer meine Familie ist oder ob ich Freunde habe oder ob Jungs mich mögen – wichtig ist nur, zu was mein Körper imstande ist.

An der Wand hängt eine Kopie der Besetzungsliste, neben denen aus den vorangegangenen Jahren. Ich sehe Gigis Namen über meinem. Ich starre darauf, bis die Schreibmaschinenbuchstaben verschwimmen, bis ich meinen Namen über ihrem sehe. Ich darf nicht mehr unsichtbar sein. Egal, wie nett Gigi zu mir ist.

Das Blickduell mit der Wand hilft mir, mich zu beruhigen und mich die Unterhaltung, die ich gerade mit meiner Mom hatte, vergessen zu lassen. Ich werde nicht aufgeben. Wenn es nötig ist, werde ich auch jemanden aus dem Weg schaffen. Ich hebe einen Marker vom Boden auf. Meine Hand zittert. Schuldbewusstsein steigt in mir auf, trotzdem schreibe ich in dicken, schwarzen Buchstaben an die Wand: *Gigi sollte auf sich aufpassen*.

7 | Gigi

Eineinhalb Wochen nachdem die Besetzungsliste ausgehängt wurde, haben wir eine gewisse Routine in den Proben entwickelt. Wir drängen uns alle in das größte Studio, von wo aus ich das Ende des Sonnenuntergangs nicht beobachten kann. Ich habe versucht, Mamas Rat zu befolgen, und ihn jeden Tag anzusehen, um positiv zu bleiben. »Lass die Sorgen hinter dir«, sagt sie immer. Es fällt mir schwer, mich hier daran zu halten. Bei all dem Stress vergisst man es so schnell. Aber ich muss mich daran halten, und es hilft mir auch, sodass ich keinen weiteren Anfall hatte, seitdem die Liste veröffentlicht wurde. Es gibt also nichts, weswegen meine Eltern sich Sorgen machen müssten.

Eleanor betritt neben mir das Studio. Ich mache einen Witz über die neue Frisur unserer Ballettlehrerin, nur um sie dazu zu bringen, mit mir zu reden. Es ist nicht leicht, mit den Mädchen hier eine echte Verbindung herzustellen oder auch einfach nur eine Unterhaltung zu führen. Aber sie lacht, und ich lache zurück.

Im Raum herrscht ein Chaos aus Beinwärmern und Spitzenschuhen, und alle plappern durcheinander, während wir unsere Körper dehnen, damit sie sich wie Knete biegen lassen. June legt den Kopf gegen die Wand, ihre Beine sind wie zwei Pfeile, die in entgegengesetzte Richtungen abgeschossen wurden. Sie wärmt sich immer auf, obwohl sie nicht mit uns anderen in der Mitte tanzen darf. Dann sitzt sie einfach nur da und trägt meine Bewegungen und mein Timing in das Zweitbesetzungsbuch neben die Variationen ein. Ich hatte eigentlich gedacht, dass wir zusammen proben würden, so wie zu Hause in Kalifornien. Dort hatten wir alle immer viel Spaß, haben uns gegenseitig kleine Sachen beigebracht und die Bewegungsabläufe geübt. Aber June weigert sich. Egal, wie oft ich sie frage.

Bette behält mich immer im Blick. Während sie sich einen durchsichtigen Wickelrock so langsam umbindet, als hätte sie alle Zeit der Welt, beobachtet sie mich aus dem Augenwinkel, so als hätte ich sie noch mehr verärgert, weil ich mit Eleanor zu den Proben gekommen bin. Als hätte ich gegen irgendeine Regel verstoßen. Nie war ein Messer schärfer als diese blauen Augen. Und wo ihre Augen hinwandern, folgen alle anderen auch. Es dauert nicht lange, dann sind die Blicke des gesamten Ensembles auf mich gerichtet. Erfreut über mein Publikum mache ich ein Pupsgeräusch mit dem Mund. Einige lachen, andere runzeln die Stirn, und Bette verdreht die Augen.

Ich lasse mich neben June plumpsen und lächle. Ihre Antwort ist die Karikatur eines Lächelns. Aber ich habe gelernt, dass sie eben so ist. Es nicht persönlich zu nehmen. Ich ziehe die Warm-Ups aus: Joggingshorts, die früher meiner Mutter gehört haben, und ein altes T-Shirt, das ich am Ausschnitt und am Saum abgeschnitten habe. Dann mache ich mich daran, neue Bänder an meine Spitzenschuhe zu nähen, aber meine Finger kämpfen mit der Nadel, der Zahnseide und dem glitschigen Satin. Ich versuche die Nervosität irgendwie aus den Händen zu schütteln. Heute muss ich vor allen meinen Solopart vorführen, zeigen, wie mein Timing ist, ob ich Fortschritte gemacht habe. Ich hatte nur eineinhalb Wochen, um mich unter der Leitung von Morkie und Pavlovich mit dem Part vertraut zu machen. Und diese Schuhe hätte ich schon gestern bearbeiten sollen, damit sie heute perfekt sind. Die Zahnseide reißt leider sofort, als ich sie durch die Schuhe ziehe.

Entspann dich, sage ich mir, und ziehe den Faden noch einmal durch. Ich stehe auf und trete mit der Ferse vorne auf jeden Schuh, wobei ich die geklebten Fasern der Zehenbox unter meinem Gewicht brechen spüre. Mit flinken Fingern löse ich den winzigen Nagel in der Innenseite des Schuhs und schäle den Stoffbezug ab, als wäre es eine Banane, um an die Ledersohle zu kommen. Ich weiß noch, wie ich geweint habe, als ich mein erstes Paar Spitzenschuhe so malträtieren musste. Damals dachte ich, damit würde ich die Schuhe verhunzen, nicht sie weich machen, damit meine Füße sich so weit wie möglich darin biegen lassen. Ich umwickle jeden Zeh mit Tape, schlüpfe hinein und binde die Bänder mit einem Kreuzknoten.

Neben mir wärmt sich Eleanor auf. Ihre Schuhe machen ein seltsames Knackgeräusch. Wir sehen uns an und brechen in Gelächter aus.

Eine Tasche schlägt mir gegen den Kopf. »Aua!«

Ich blicke auf.

»Oh! Tut mir sehr leid! Ich habe dich nicht gesehen.« Bette steht plötzlich neben mir. Sie lässt sich in die Lücke zwischen Eleanor und mir fallen und zieht das Tuch, das den Spiegel bedeckt, ein Stückchen zurück. Die Spiegel sind allesamt verhängt, weil Mr. K glaubt, dass die Spiegelbilder die Tänzer daran hindern, eins zu werden mit ihrem Charakter, dass sie die Tänzer faul machen.

Bette starrt sich im Spiegel an. Ihre grellpink geschminkten Lippen bilden eine perfekte Herzform, wenn sie sie so spitzt. Den Mund voller Spangen und Haarnadeln zieht Bette ihr blondes Haar zu einem perfekten Knoten zusammen. Jede Strähne lässt sich widerstandslos bändigen, ganz anders als mein Haar. Sie sprüht Haarspray darauf, um es zu fixieren.

Ich spüre dagegen richtig, wie sich meine Locken gegen den Knoten wehren und sich in ein krauses Nest wandeln. Wahrscheinlich hätte ich sie glätten oder Tante Leah bitten sollen, mich zu einem Friseur zu bringen. Ich suche im Spiegel nach Bettes Blick, als sie gerade dabei ist, sich mit beiläufigen, geschickten Bewegungen falsche Wimpern anzukleben. Sie sind dunkel und fedrig, wie die Flügel der Schmetterlinge in dem Terrarium in meinem Zimmer. Ich fasse mir an die Wange. Mein Gesicht ist nackt – kein Make-up, kein Lippenstift, kein Lidschatten. Seit dem ersten Schultag ermahnt June mich, ich solle mich schminken, dass das zu einer seriösen Ballerina gehöre, dass die Lehrer es gerne sähen. Aber ich kann nicht. Ich mag das klumpige, klebrige Gefühl auf meiner Haut nicht. Mit dem Lippenstift, den Bette trägt, würde ich mich wie ein Clown fühlen. Ich lege Lippenstift nur zu Auftritten auf, und selbst dann kann ich es kaum erwarten, ihn im Green Room wieder abzuwaschen.

Sie muss wohl bemerkt haben, wie ich mit den Fingern sacht über meinen Hals streiche, denn sie hält mit ihrer fachmännischen Arbeit inne, um mich anzusehen. »Ich finde es toll, dass du gar nichts an deinem Gesicht machst«, sagt sie, aber ich verstehe, dass »toll« eigentlich »schrecklich« bedeutet. Ich spreche die Sprache, die diese Ballerinas miteinander sprechen, nicht fließend, aber ich verstehe inzwischen genug. Die Mädchen in meinem alten Tanzstudio waren allerdings nie so. »Findest du nicht auch, Eleanor?«

»Hmm«, murmelt Eleanor.

»Oh. Ja. Mama sagt immer, Make-up wäre unehrlich, deshalb ...« Sobald die Worte meinen Mund verlassen haben, will ich sie einfangen und zurückstopfen. »Damit meine ich nicht, dass sie recht hat, ich habe mich nur nie damit anfreunden können.« Ich schenke ihr das breiteste, ehrlichste Lächeln, das ich aufbringen kann. »Aber du siehst immer schön aus«, füge ich hinzu. »Ehrlich.« Ich komme mir dumm vor.

»Ich bewundere wirklich dein Selbstvertrauen und alles«, sagt Bette und übergeht damit geschickt meinen Patzer. »Aber du solltest dich trotzdem ein bisschen schminken. Die Rolle spielen und die Rolle sein sind manchmal ein und dasselbe, denkst du nicht?«

Nein, finde ich eigentlich nicht, aber da sie mir so gnädig meinen Fauxpas verziehen hat, nicke ich leicht. Sie reicht mir eine Puderdose und einen Rougepinsel. »Ganz leicht nur. Versuch es, es wird dir gefallen«, sagt sie mit einem ebenso breiten Lächeln wie ich eben. »Und den Jungs gefällt es.«

Ich streiche einen Hauch von Puder auf. Und vielleicht hat sie ja recht. Das Rot auf meinen Wangen schmeichelt meiner Hautfarbe. Ich wirke frischer. Gerade will ich die Unterhaltung weiterführen und mich noch ein wenig in der Aufmerksamkeit sonnen, mit der Bette mich auf einmal überhäuft, aber bevor ich etwas sagen kann, ist sie schon auf den Beinen und legt den Fuß auf die Stange. Der Moment ist vorüber. Liz kommt herüber, flüstert Bette etwas ins Ohr und blickt abfällig auf mich, die dünne, weiße Nase gerümpft, als würde sie Müll aus einer Tonne am Straßenrand riechen.

Die Jungs kommen hereingetrampelt – Alec vorneweg, Henri als Letzter, wie immer. Alec zwinkert mir zu, geht dann schnell zu Bette und zieht sie an sich. Überrascht bemerke ich einen Anflug von Eifersucht.

»Kommst du heute Abend zu mir?«, schnurrt sie ihm ins Ohr, gerade so laut, dass wir alle es hören können.

»Mal sehen, wie müde wir nach den Proben sind«, sagt Alec. Ich könnte schwören, dass er den Blick dabei eine halbe Sekunde über ihre Schulter richtet, auf mich. Dass er sogar lächelt. Aber es geht alles zu schnell, um sicher zu sein.

»Du hast es versprochen«, sagt Bette. Nicht quengelig, das wäre unter ihrer Würde. Es ist eine reine Feststellung, wobei sie die Arme vor der Brust verschränkt, den Rücken strafft – wie ein Anwalt, der einen Zeugen befragt.

»Könnt ihr eure Seifenoper bitte später weiterspielen?«, sagt Will und unterbricht damit den langen Blick zwischen ihnen. »Ich bin mir sicher, dass du deinen Willen bekommst.«

Bette macht ein empörtes Gesicht, obwohl es doch ein Kompliment ist, finde ich. Eine Bestätigung von Bettes Schönheit, ihren Verführungskünsten und vor allem von Alecs großer Liebe zu ihr.

Alec küsst sie auf die Wange, und ich verspüre einen neuerlichen Stich, als Bette sein Gesicht nimmt und es zu sich zieht, bis sein Mund auf ihrem liegt. Wie aufs Stichwort gucken alle im Raum weg. Als hätten sie das ihr ganzes Leben lang so getan. Was wahrscheinlich auch so ist.

Aber ich nicht, deshalb kenne ich die Regel nicht, dass wir Bette und Alec ihren kleinen privaten Moment lassen, und allein meine Augen bleiben auf sie gerichtet. Deshalb sehe auch nur ich, wie Alec Bette von seinem Mund löst. Ihre Stirn kräuselt sich, und er versucht, sie wieder auf die Wange zu küssen, aber sie dreht das Gesicht weg von ihm und macht einen Schritt zurück, so verletzt, dass ich es fast riechen kann.

Dabei ertappt sie mich, wie ich sie beide geradewegs angucke, was so wenig ratsam ist, wie direkt in die Sonne zu schauen. Bette gibt einen animalischen Laut von sich, schlägt aber die Hand vor den Mund, bevor er ihr ganz entschlüpft ist. Und sofort sind alle Nettigkeiten, die wir eben noch vor dem Spiegel ausgetauscht haben, vergessen. Ich habe etwas gesehen, das ich nicht hätte sehen sollen.

Schnell wende ich den Blick ab, aber gefühlte Stunden zu spät. Ich gehe auf die Spitze für ein paar *relevés*, wippe auf den

Fußballen, um den Schaft noch weicher zu machen und die Zehen an die Zehenbox zu gewöhnen.

Mr. K stürmt in den Raum, die anderen Tanzlehrer im Schlepptau. Sie nehmen entlang der Frontseite des Raumes Platz. Wir drängeln uns alle nach vorn.

Mr. K klatscht in die Hände und nickt. »Heute Abend markieren wir den letzten Teil des *Nussknackers*. Ich will Fortschritte sehen. Schneekönigin, du zuerst. Die Schneeflocken sammeln sich um sie, und die anderen stoßen in die Mitte und wieder heraus, wie Schneeschauer, die der Wind treibt. Wir gehen nur die ersten zwei Minuten durch, denn dein Pas de deux mit Henri haben wir noch nicht geübt. Ich möchte deinen Auftritt sehen. Henri, stell dich auf die Seite, als würdest du dich bereitmachen, zu ihr zu kommen.«

Dies ist Bettes erster Durchlauf, doch als sie tanzt, ist es, als würde eine Schneeflocke über den Boden fliegen: die Definition von Anmut. Ihre Drehungen wirken so leicht, ihre Gesten sind fließend, ihre Hände und Füße, das Gesicht, alles ist perfekt. Die anderen Mädchen wirbeln um sie herum, versuchen mitzuhalten, aber neben ihr sind sie nur Anfänger. Ihre Armhaltung, ihre Handhaltung sind genau richtig – so wie bei unserer Lehrerin Morkie. Ihr Gesicht ist weich, und sie weiß genau, wie sie es drehen muss, um perfekt auszusehen. Alle schauen ehrfürchtig zu. Ich spüre einen schmerzhaften Stich. Denken sie etwa alle, dass Mr. K die falsche Entscheidung getroffen hat? Finden sie, dass Bette die Zuckerfee sein sollte? Ich kämpfe gegen diese Gefühle an.

Mr. K schreit über die Musik hinweg: »Mehr Charisma, du bist der Schnee. Leichter. Leichter!« Bettes Wangen brennen. Morkie sagt etwas auf Russisch, und Bette verändert ihre Beinhaltung. Sie macht eine Pirouette, und die Musik endet. Wir klatschen alle. Bette knickst und tritt von der Bühne ab. Als sie die Hände auf den Kopf legt, sehe ich, dass sie zittern.

Mr. K wendet sich an Morkie. »Die Drehungen sind schlampig. Das Spotting ist nicht sauber.«

Morkie antwortet auf Russisch. Mr. K wirft die Hände in die Luft. »Die Grundlagen müssen sitzen, müssen so eingeschliffen werden, dass es ganz automatisch geht. In Fleisch und Blut übergehen. So sehen sie aus wie Amateure.«

Mr. K winkte Bette in die Mitte der Bühne. Sie stellt sich vor ihn hin.

»Die ganze Kombination war hübsch. Deine *piqués*, deine Pirouetten, alles in Ordnung. Schöne Streckung und optimale Körperausrichtung.« Er streicht sich über den Ziegenbart. »Das macht den Unterschied zwischen einer Leistung aus, die dich ins Corps bringt, oder einer, mit der du Aurora, Kitri und Odette tanzen kannst: Charakter, Gefühl und Verwandlungsfähigkeit, Schmetterling. Ich muss vergessen, wer du bist, Bette Abney, und nur die Schneekönigin vor mir sehen.« Er scheucht sie weg, sie knickst und eilt aus der Mitte, um sich dann mit dem Rücken zu allen anderen gegen die Stange zu lehnen.

Mr. K lässt sich dort, wo Bette eben gestanden hat, auf den Boden fallen, damit die männlichen Tänzer in ihren Sprüngen über ihn hinwegfliegen. Alle Jungs wirken nervös, außer Henri. Er ist so gut, dass sogar Alec ein wenig zu nahe bei ihm bleibt, um zu sehen, wie hoch Henri steigt. Ich habe Fotografien von seinen hohen Sprüngen in Tanzmagazinen gesehen, als er und Cassie das vielversprechende neue Paar des Balletts waren. Schließlich streckt Mr. K den Arm nach mir aus. Nun bin ich an der Reihe. Ich schlucke und gehe mit schleifenden Schritten nach vorn. Viktor beginnt zu spielen. Ich hebe leicht flatternd die Arme, warte auf den dritten Takt, atme ein und mache mein erstes *piqué*. Doch bevor ich anfangen kann, winkt Mr. K ab und läuft dann mit der Hand vor dem Mund durch den Raum. »Pardon, dass ich unterbreche, *moya korichnevya*. Aber bevor wir heute Abend weitermachen, möchte ich noch eines sagen ...« Er kratzt sich am Kopf.

Mir sinkt der Mut. Ich zapple in meinen Spitzenschuhen und wische mir den Schweiß aus dem Nacken. Dann tue ich so, als würde ich ein paar Haarnadeln im Dutt feststecken müssen, aber das ist nur eine leere Geste. Nicht eine Locke ist verrutscht.

Mr. K und Morkie diskutieren heftig auf Russisch. Als er die Hände hebt, hört sie auf zu reden.

»Können wir vielleicht den Spiegel benutzen?«, fragt Will, als wäre er aus ihrem Kauderwelsch schlau geworden. »Nur heute? Ich weiß, es ist ein Sicherheitsnetz, aber vielleicht könnte es helfen. Mir zumindest würde es helfen.«

Vor Erleichterung über Wills Vorschlag fällt meine Brust in sich zusammen. Ich habe noch nie in einem so frühen Stadium ohne Spiegel trainiert. Er zwinkert mir zu, als ich dankbar zu ihm hinblicke. Ich forme mit den Lippen: *Danke.*

»Gut, gut. Jungs, zieht die Vorhänge zurück.« Mr. K schüttelt den Kopf und sieht uns finster an. Enttäuscht. Er befiehlt ihnen, sich aufzuteilen. Hastig laufen die Jungen hierhin und dorthin und ziehen die schwarzen Stoffbahnen zurück.

Meine Musik setzt wieder ein. Ich konzentriere mich auf meine Fußarbeit und die Variation. Dann beginne ich, auf Zehenspitzen über den Boden zu tänzeln. Mein Verstand lässt los, mein Körper übernimmt – alles fließt. Meine Füße finden jeden Ton, jede Melodie. Ich spüre, wie ich lächle, wie ich anfange, nicht mehr an die Schritte zu denken, mich von der Musik leiten zu lassen. Aber dann höre ich das Flüstern über die Musik hinweg.

Es wird lauter und lauter, bis meine Konzentration dahin ist und ich nicht mehr eins mit dem Tanz bin.

Siehst du das? Guck mal!

Da hinten steht es. Was hat das zu bedeuten?

Unheimlich. Damit ist Gigi gemeint.

Viktors Hände hämmern erst weiter frustriert auf die Tasten ein, dann hört er auf zu spielen. Plötzlich sind die Stimmen ganz laut zu hören. Der plötzliche Abfall von Energie lässt mich taumeln. Ich strecke die Arme aus, um das Gleichgewicht wiederzuerlangen. Doch ich muss mir keine Sorgen machen, dass jemand die ungelenke Bewegung gesehen hat: Sie schauen alle auf die Spiegel. Jeder Einzelne von ihnen, dicht zusammengedrängt. Eines der Mädchen zeigt auf einen Eckspiegel.

Die Lehrer fangen an, wild in Russisch durcheinanderzureden. Ich gehe an den Rand der Gruppe.

»Was ist los?«, frage ich, ganz außer Atem und zu leise, als dass mich jemand gehört hätte. Die Körper verstellen mir die Sicht. Mein Herz rast, und meine Hände beginnen zu zittern, als die andern sich umdrehen und mich anstarren. Mr. K winkt DouBrava heran. Sie schreien sich auf Russisch an. Dann brüllt er auf Englisch, dass alle sofort wieder an ihre Plätze gehen sollen.

Bette beobachtet mein Gesicht. Die Jungen halten noch die Vorhänge gepackt, die sie gerade weggezogen haben. Es wirkt, als wären sie an Ort und Stelle erstarrt. Über die Menge hinweg kann ich nichts erkennen, die Körper sind mir im Weg, flattern herum wie Schmetterlinge. Alles, was ich höre, ist mein Herzschlag. Ich schiebe mich durch die Körper.

Mr. K betrachtet kopfschüttelnd den Spiegel. Ich höre ihn sagen: »Wer war das?« Er dreht sich zu uns um und mustert uns alle finster. Seine Frage wiederholt er noch dreimal, dann fährt er uns an: »Ich werde diese Art von Verhalten an meiner Schule nicht tolerieren! Nicht noch einmal! Ballett soll schön sein. Ihr macht es hässlich.«

Ich will fragen: »Was ist passiert?« Aber ich schlucke hart. Ich fühle mich zittrig.

Mr. K schreitet durch unsere jetzt schweigende Gruppe. Mein rasendes Herz, die vielen Stimmen, die Aufregung, all das bewirkt, dass mir schwindlig wird. Jetzt habe ich freie Sicht auf den Spiegel. Etwas steht darauf mit pinkem Lippenstift geschrieben:

Die Zuckerfee fällt am tiefsten.

8 | Bette

Nachdem die Schrift auf dem Spiegel entdeckt wurde, war die Freitagabendprobe früh beendet. Gerade bin ich high und habe außerdem ein bisschen freie Zeit, was selten genug ist, deshalb werde ich sie klug nutzen. Als ich sah, wie Alec sofort an Gigis Seite geeilt ist, als wir alle die Nachricht gelesen hatten, habe ich eine Tablette genommen, und dann eine weitere, als ich ein paar Fetzen von Gigis Gespräch mit Mr. K über das Mobbing und ihre zarten Gefühle aufgeschnappt habe.

Eleanor ist in der Cafeteria, deshalb nutze ich unser privates Badezimmer, um einen tiefroten 1940er Dior Lippenstift aufzulegen. Was mich nicht vor den Verdächtigungen der Lehrer schützen wird, die wissen wollen, wer es getan hat. Sicher wird es einige geben, die meine schnörkelige Handschrift erkennen oder den Chanel Lippenstift, dessen Farbe mein Markenzeichen ist, wie schon für meine Schwester und ursprünglich meine Mutter. Ein kräftiges Pink, das viel zu auffällig für eine solche Aktion war und mir wahrscheinlich richtig Ärger einbringen wird. Aber ich konnte nicht widerstehen, ich musste die Botschaft einfach dorthin schreiben. Das war dämlich. Ich wollte nicht mal, dass Gigi sie sieht. Will hat absichtlich dafür gesorgt. Er kennt mich zu gut. Früher bin ich viel diskreter vorgegangen, immer so, dass man mir nichts nachweisen konnte.

Ich erinnere mich an die kleinen Streiche, die Liz, Eleanor und ich Cassie letztes Jahr gespielt haben: Wir haben lila Haarfärbemittel in ihre Spülung gefüllt, sodass ihre blonden Locken ganz fleckig wurden, haben ihre Trikots und ihre Strumpfhosen zerrissen, nur um zu sehen, wie sie von den Russen ausgeschimpft wurde, weil sie im Unterricht nicht richtig angezogen war, haben alle ihre Schuhe zerschnitten oder sie in Essig getränkt und ihr Zimmer verwüstet. Aber das war alles nichts im Vergleich zu dem Ausdruck auf Gigis Gesicht heute. Sie ist so ein leichtes Opfer. Und diese Nachricht war so viel cleverer. Durch den Nervenkitzel habe ich mich mächtig gefühlt, aber ich darf nicht dieselben Fehler machen wie letztes Jahr.

Ich sehe auf meinem Handy nach, ob Alec eine Nachricht geschickt hat. Nichts, aber drei verpasste Anrufe von meiner Mutter. Doch ich habe nicht vor, sie zurückzurufen. Gigis Mutter backt ihr bestimmt Kekse, schickt ihr Carepakete und sagt ihr, dass sie genau so perfekt ist, wie sie ist. Gigi hat etwas an sich, ein Leuchten, wie jemand, der viel Glück gehabt hat. Wahrscheinlich bekommt sie eine Extralieferung, wenn sie ihren Eltern von der Nachricht und ihren kleinen verletzten Gefühlen berichtet.

Ich lasse mich heftig gegen die Kanten des Badezimmerwaschbeckens sinken und denke daran, wie Alecs Hände sich um Gigis Taille gelegt und sie in ihrem Tutu hochgehoben haben, um sie während ihres Pas de deux herumzuwirbeln. Ich stelle mir vor, wie sie seine Berührung genießt. Ich stelle mir vor, wie er sie küsst. Dass es ihm gefällt, wie anders sie ist: das lockige schwarze Haar, die hellbraune Haut, die niedlichen Sommersprossen und die kalifornische Entspanntheit. Zwei Tabletten reichen nicht, um diese Bilder und Gefühle auszuradieren. Ich schlucke die dritte trocken und kann die Bitterkeit schmecken, während sie herunterrutscht. Wenn ich in diesem Tempo weitermache, brauche ich bald Nachschub. Meine Energie richtet sich auf ein neues, einzelnes Ziel: Alec zu finden. Das vorhin geschluckte Aderall putscht mich so hoch, dass jede Art von Selbstmitleid ausgeschlossen ist. Mein ganzer Körper, mein Geist wollen nur noch Alec, jetzt sofort. Wenn ich die Tabletten genommen habe, kann ich nur noch ein Verlangen auf einmal haben.

Mein Handy brummt, und ich werde wütend, weil ich denke, es wäre meine Mutter, die nicht lockerlässt. Aber es ist Liz. Sie ist im Coffeeshop und berichtet mir, dass Alec und Will auch dort sind. Nicht als Einladung, sondern eher als Warnung, denn ich will nicht, dass Alec und Will ohne mich miteinander reden.

Ich streife meine Ballettschläppchen ab und schlüpfe in flache Schuhe, mache mir aber nicht die Mühe, mich umzuziehen. Alec mag mich in Trikot, Tanzröckchen, Beinwärmern und mit zurückgekämmtem Haar. Er zieht gern einzelne Strähnen aus dem perfekten, kleinen Dutt heraus und streift mir das Trikot von den Schultern. Bei dem Gedanken erschaudere ich. Die letzte Tablette hätte ich nicht nehmen sollen. Ich werde ganz scharf, wenn ich an ihn denke, und so kann ich sein Interesse nicht erregen. Alec mag mich eisig und unerreichbar.

Und Will hasst es, wenn ich Alecs Interesse errege.

Der Nachtwächter hat die Stiefelabsätze auf den Empfangstresen gelegt, die Hände auf dem Bauch gefaltet, und schläft tief und fest. Ich trage mich selbst aus, während die Betreuer in ihren Büros die Eltern anrufen. Wie immer bemerkt mich niemand. Ich schlüpfe aus dem Gebäude und nutze den kurzen Spaziergang, um mich in den Griff zu bekommen. Es ist kühl für Ende Oktober. Normalerweise speichert New York City die Sommerhitze ein wenig länger. Ich zittere, als ich am Coffeeshop ankomme, und meine Fingernägel sind blau. Eine echte Schneekönigin eben.

Alec sitzt an einem Tisch am Fenster, eingemummelt in einen gestreiften Schal und einen Kaschmirpullover. Mädchen aus dem ersten und zweiten Jahr mustern ihn über den Rand ihrer mit Kalorien gefüllten Becher. Selbst eine Lerngruppe der nahe gelegenen katholischen Schule wirft ihm immer wieder Blicke zu. Ich hasse es, wenn ich nur eine von vielen bin, die sich an Alecs gutem Aussehen nicht sattsehen können. Doch jetzt stehe ich in diesem kleinen Coffeeshop und lasse meinen Blick auf ihm ruhen, bevor ich näher trete. Ich mag es, ihn zu betrachten, ohne dass er mich sieht. Ohne Spielchen. Ohne dass ich einen Schmollmund machen, mich beherrscht geben muss. Einfach aus Freude an jemandem, der so schön und selbstsicher ist.

Es dauert nicht an.

Aus ihrer Ecke wirft Liz mir einen wissenden Blick zu, als Alec mich zu sich winkt. Ich schulde ihr was. Natürlich gehe ich nicht zu Liz' Tisch, weil ich nicht will, dass Alec weiß, dass sie mir gesimst hat. Dass ich überall Augen habe. Will sitzt hinter ihm, teilweise verdeckt hinter einem Holzbalken. Zu nah an Alec. Er sieht so jämmerlich aus, dass ich ein Gesicht schneide. Ich weiß nie, ob ich sauer auf ihn bin oder ihn einfach bemitleide.

»Willst du zu mir?«, fragt Alec, und sein Gesicht erhellt sich. Ich finde es wunderbar, dass ich diese Wirkung auf ihn habe – immer noch.

»Natürlich will sie das«, sagt Will, und dabei berühren sich seine Augenbrauen fast. Früher war er so lustig. Früher war er so normal. Früher behielt er seine Gefühle für sich.

»Willst du mir keinen Platz anbieten?« Ich mache weiter spitze Lippen und lasse mich von Alec mustern.

»Ich mag es, wenn du stehst«, sagt Alec. Er versucht schroffer zu sein, weil ich ihm gesagt habe, dass mir das gefällt. Ein anderes Mädchen würde jetzt vielleicht verlegen werden. Aber ich habe splitterfasernackt vor Kostümschneidern, Lehrern und

Klassenkameraden gestanden. Ich wurde in aller Öffentlichkeit in die Seite gekniffen und gewogen und bis auf den letzten Zentimeter ausgemessen, um zu sehen, wie weit entfernt von der Perfektion ich bin. So schnell werde ich nicht verlegen. Also stemme ich eine Hand in die Hüfte und lasse mich von ihm in Augenschein nehmen. Wahrscheinlich hat er recht. Wahrscheinlich sehen sie alle zu mir hin. Ich bin eine Primaballerina, egal, was Mr. K dazu zu sagen hat, und alle anderen haben es erkannt.

»Du siehst toll aus«, sagt Alec endlich. Was bedeutet, dass ich diese Runde gewonnen habe.

Will seufzt laut. Ich übertöne es, indem ich mich heftig auf den Stuhl plumpsen lasse. Schließlich lege ich einen Fuß um Alecs Bein. Als Antwort zieht er mich zu sich und küsst mich hart auf den Mund. Er riecht nach Kaffee und Anstrengung; er hatte noch weitertrainiert. Als ich seinen Schweiß rieche, verspüre ich einen Anflug von schlechtem Gewissen, weil ich meinen Fuß Alecs Unterschenkel hochschiebe, statt zu trainieren, Pirouette um Pirouette zu drehen und das frühe Probenende zu nutzen, um an meiner Variation zu arbeiten. Ich küsse ihn wieder, um es zu vergessen.

»Okay, das reicht, ihr beiden«, sagt Will. Auch seine Stimme ist nun angespannt. So wie seine Miene. Er sagt dasselbe wie immer, aber es klingt so ... so anders.

»Kannst du uns nicht mal einen Moment allein lassen?«, fauche ich. Heute Abend ertrage ich seine Stichelei einfach nicht. Ich drücke mich noch enger an Alec, bis kein Zentimeter Abstand mehr zwischen unseren Körpern ist. Will sieht aus, als wollte er etwas sagen, aber er muss sich wohl erbarmt haben, denn er nickt und rafft seine Sachen zusammen. Die winzige Kapitulation reicht, damit ich ihn anlächle, doch er sieht meinen Blick nicht und hätte ihn vermutlich auch falsch interpretiert.

Früher mussten wir uns heimlich anlächeln oder die Augenbrauen heben, doch das ist vorbei. Seit diesem Sommer ist er nicht mehr mein Kleiner-Bruder-Ersatz. Ich weiß nicht, was wir noch füreinander sind.

»*Alec*, rufst du mich nachher an?«, fragt er. Er betont Alecs Namen besonders und hält an der Stelle, wo früher *mein* Name gekommen wäre, sogar kurz inne. Noch einer, der mich hasst. Obwohl ich weiß, dass es alles nur noch schlimmer macht, lehne ich den Kopf an Alecs Schulter und lege besitzergreifend die Hand auf seine. Will wendet sich ab und durchquert mit den langen Schritten eines Tänzers den Coffeeshop. Ich beobachte immer noch gerne die Bewegung seiner Glieder, bewundere immer noch seine unnachahmliche Anmut. Ich wäre schon glücklich, wenn ich nur halb so viel Leidenschaft hätte wie er. Das würde ich ihm auch sagen, doch dazu müssten wir mehr als nur kurze, einsilbige Worte wechseln.

»Such dir deinen eigenen Freund!«, rufe ich, als er schon halb durch die Tür ist. Wills Schultern sacken tiefer, und alle im Café haben mich gehört. Er wird tiefrot, so wie sein Haar. Noch hat er sich nicht ganz von seinen konservativen Moralvorstellungen befreit. Jungs aus Kentucky dürfen nicht auf andere Jungs stehen. Seine Augen sehen traurig aus, als sein Blick auf meinen trifft. Ich wollte ihn nicht verletzen. Nicht wirklich.

»Das war hart, B«, sagt Alec. »Könnt ihr euch nicht wieder vertragen?« Grinsend legt er seine große Hand auf meinen Oberschenkel. Ich spüre ihre Wärme durch meine dünne Strumpfhose.

»Noch nicht«, sage ich. Seine Hand fühlt sich gut an, deshalb schiebe ich sie nicht weg. »Also halt dich da raus«, gebe ich zurück, damit er weiß, dass ich kein zartes Blümchen bin, das Angst hat, ihm zu sagen, was er tun soll, so wie die anderen Ballerinas, die nur zu froh über die Chance wären, mit ihm zusammenzukommen. Er liebt mich, weil ich hitzig und streitlustig und stärker bin als alle anderen.

Weder Will noch ich haben Alec darüber aufgeklärt, worum es in unserem Streit ging. Denn es ging um Alec. Manchmal liegt es mir auf der Zunge, Alec das Geheimnis zu erzählen, das Will mir anvertraut hatte, aber dann denke ich an die Folgen und halte doch den Mund.

»Du bist heute total aufgedreht. Und ich nehme an, das ist der Grund, warum du das über Gigi an den Spiegel geschrieben hast«, sagt Alec. Ich rücke ein paar Zentimeter von ihm ab, womit ich die Wärme seiner Hände auf meinen Schenkeln verliere. Dass er ihren Namen sagt, gefällt mir gar nicht. Dass er ihn überhaupt je sagen muss. Aus seinem Mund hört er sich zu hübsch an.

Ich überlege, ob ich ihn anlügen soll. Dass nicht ich das geschrieben habe. Aber er redet weiter.

»Hör mal, dass Mr. K dir nicht die Zuckerfee gegeben hat, bedeutet nicht das, was du denkst. Sei nicht so wie andere Mädchen, die zickig werden und anfangen, sich gegenseitig fertigzumachen. Das ist unter deiner Würde.«

Ist es nicht. Genau so ein Mädchen bin ich. Ich habe es bisher nur gut vor ihm zu verbergen gewusst.

»Die Schneekönigin ist eine Gelegenheit, Mr. K zu zeigen …«

»Mir geht es gut«, sage ich, lauter als beabsichtigt. »Hör auf, mich anzusehen wie alle anderen. Du weißt, dass es mir gut geht. Mir geht es super. Kann ich dich nicht einfach so sehen wollen?« Ich höre die Schärfe in meiner Stimme und versuche dann, sie weicher und sexyer klingen zu lassen, küsse ihn auf den Hals und lasse die letzten Worte auf den Stoppeln gleich unter seinem Kinn landen. »Wir hatten in den letzten Tagen so wenig Zeit zusammen.«

»Ich freue mich immer, dich zu sehen«, sagt Alec, aber er

braucht einen Moment, bevor er mich wieder anfasst. Er klingt traurig, als wäre er von mir enttäuscht. Diesen Tonfall höre ich oft in diesen Tagen. Er zieht die Speisekarte unter seinem Kaffeebecher hervor und beginnt sie zu knicken und zu falten. »Wenn wir feiern, brauchst du deine Glückwunschblume«, sagt er. Seitdem wir kleine Kinder waren, bastelt er mir Papierblumen. Seine japanische Kinderfrau hatte ihm nämlich Origami beigebracht. Es ist ein schräges Hobby, mit dem die Mädchen ihn aufziehen, das sie aber insgeheim sexy finden. Was es auch ist. Ich liebe es zuzusehen, wie seine Finger das Papier bearbeiten. Jeder Knick ist achtsam, sanft. So wie er.

Als er fertig ist, ist so eine perfekte Rose entstanden, die durch den Speisekartentext auf den Blütenblättern sogar noch hübscher wird.

»Für dich«, sagt er. »Und wenn du darüber reden willst ...« Aber er bricht ab, weil wir beide wissen, dass das nicht passieren wird. »Na ja, ich bin sicher, dass die Arbeit mit Henri Spaß machen wird«, endet er, und da ist wieder das süffisante Grinsen, als wäre es nie weg gewesen. »Er fragt die ganze Zeit nach dir. Will Tipps von mir haben, als dein Partner.« Henri und Alec teilen sich ein Zimmer. »Vielleicht kommst du als seine Partnerin sogar in eines von diesen Magazinen.« Zum ersten Mal klingt seine Stimme leicht gequält, woraus ich schließe, dass er Henri nicht leiden kann.

»Kann sein.« Ich zucke die Achseln und stecke mir die Papierblume hinters Ohr, wo ich sie mit einer Haarnadel befestige. Wir haben bisher noch nie mit jemand anderem getanzt, weil wir immer einander zugeteilt wurden. Unsere Namen standen schon so oft nebeneinander auf Listen, dass sich diese Kombination in mein Gedächtnis eingebrannt hat. Ich will seinen Namen nicht neben Gigis sehen. Und ich will nicht mit Henri tanzen.

»Irgendwann müssen wir uns wohl daran gewöhnen, dass auch andere unsere Partner sind. Zuerst wird es bestimmt komisch sein. Gigi hat einen anderen ...« Ich küsse ihn, um ihren Namen auszulöschen. Es fühlt sich gut an, loszulassen und ihn hier bei mir zu haben. Nur wir beide. Zumindest in diesem Moment kann Giselle Stewart mir nichts wegnehmen.

Ich nehme Alec mit in mein Zimmer. Wir schleichen uns an dem schlafenden Wachmann vorbei und die Treppe hinauf in den Mädchentrakt, während die Betreuer immer weiter Telefonanrufe beantworten und Medikamente an ein paar Schüler mit verschwollenen Gesichtern aus dem ersten Jahr verteilen, die vermutlich Kopfschmerzen vom vielen Weinen haben.

»Raus«, sage ich zu Eleanor, lächle aber, damit es nicht ganz so hart klingt. Sie liegt ausgestreckt auf dem Bett; wahrscheinlich macht sie gerade wieder ihre »Visualisierungen«. Doch sie ist keine echte Gefahr für mich, denn sonst würde sie jetzt im Studio tanzen, statt hier zu liegen und über das Tanzen nachzudenken. Auf meinem Flachbildfernseher läuft eine Aufnahme von einem von Adeles Auftritten – das Ballett *La Bayadère* von vor drei Jahren. Ich stelle es ab und sage nichts. In der letzten Zeit sieht sie sich oft alte Filme von meiner Schwester an. Und ich frage mich, was als Nächstes kommt. Lungert sie dann vor den Wohnungen der Kompanie-Solisten herum wie ein Groupie? Bittet sie meine Schwester um Tipps für ihre Technik?

»Wir sind Zimmergenossinnen, Bette«, sagt sie mit einer Stimme, die ich noch nie von ihr gehört habe. »Ich bin nicht deine kleine Sklavin. Und hallo, Alec. Glückwunsch zu deiner Rolle.«

»Du *darfst* meine Zimmergenossin sein«, betone ich. Ich muss nicht mal lügen. Eleanor könnte sich dieses Zimmer – Adeles altes Zimmer – nicht leisten, es ist das einzige auf dem

Flur, das ein eigenes Badezimmer hat. »Zwing mich nicht, dich daran zu erinnern, okay? Das ist peinlich.«

»Bette«, sagt Alec. Dass er mich zurechtweist, ist neu. Es hat ihm immer gefallen, dass ich so direkt und geradeheraus bin. Außerdem war in unserem früheren Dreiergespann immer Will der richtig Fiese gewesen, und Alec hatte über unsere kleinen abfälligen Bemerkungen meist doch lachen müssen.

Eleanors Gesicht fällt in sich zusammen. Das war auch meine Absicht, aber ich bin kein Roboter, und sie ist eigentlich meine beste Freundin. Ich hole tief Luft. In letzter Zeit streiten wir uns oft, und ich hatte mir vorgenommen, mir mehr Mühe zu geben, damit es wieder so wird wie vorher. Aber an manchen Tagen weiß ich gar nicht mehr, wie es vorher war, wer ich war, wer sie war und warum wir Freundinnen wurden. Seit ich die Rolle der Zuckerfee nicht bekommen habe, fühlt sich nichts mehr richtig an. Und sie guckt sich diese DVDs an und verschwindet immer wieder für längere Zeit, ohne mir zu sagen wohin. Sie hat Geheimnisse vor mir. Irgendwie benimmt sie sich komisch in letzter Zeit.

»Alec bleibt vielleicht eine Stunde. Könntest du möglicherweise im Aufenthaltsraum arbeiten? Oder im Flur? Du bist so hübsch, dass du bald doch selber mal jemanden mitbringst, oder?«

Ich zwinkere ihr sogar zu. Und mache einen Schmollmund.

Ihr Telefon klingelt. Sie springt auf, um es auf stumm zu stellen, und gibt dann klein bei. »Daran werde ich dich erinnern«, sagt sie auf dem Weg zur Tür.

»Ich schwöre bei meiner Seele«, sage ich und grinse. Es ist ein gutes Gefühl, sich daran zu erinnern, dass wir uns eigentlich doch sehr mögen – irgendwie. Sobald sie aus der Tür ist, vermisse ich sie ein wenig.

»Nur eine Stunde?«, fragt Alec, den Mund an meinem Hals.

»Eine Stunde, die wir gut nutzen sollten«, sage ich.

Und das tun wir. Aber die ganze Zeit fühlt es sich an wie ein großes Vortanzen, und dieses Mal muss ich die Sexyste, die Begehrenswerteste, die Wildeste sein. Ich schlinge die Beine so fest um ihn, dass ich überrascht bin, dass er überhaupt noch Luft bekommt. Aber ich will und kann das Mädchen sein, in das er sich vor Jahren verliebt hat. Das Mädchen, das er jetzt immer noch liebt. Das einzige Mädchen, dessen Tanzpartner er sein will.

Dennoch schlafen wir nicht miteinander. Alec sagt, er sei müde und müsse seine Energie für die morgige Probe aufsparen. Ich bin nackt, als er damit herausrückt, und merke, wie aus meinem sexy Gesicht ein saures wird.

»Wir haben doch immer Proben ...«, sage ich.

»Ich habe eine große Rolle. Und ein Pas de deux, das ich üben muss.«

»Mit Gigi«, knurre ich und explodiere dann. »Du hättest nicht mit hochkommen sollen. Wo ist mein scheiß Shirt?« Hastig will ich aus dem Bett klettern, um etwas zu suchen, irgendetwas, mit dem ich bedecken kann, was er eben zurückgewiesen hat.

»Ich finde, es hat trotzdem Spaß gemacht«, säuselt Alec mir ins Ohr. Er küsst mich aufs Ohrläppchen und dann am Hals hinunter.

»Mir kommt es komisch vor, dass du nicht willst ...«

»Ich will dich. Immer. Ich bin nur nervös, weil ich Mr. K morgen beeindrucken will. Ich schwöre. Dieses Wochenende bin ich wieder ganz der Alte, okay?« Er wird rot, so als wären wir beide heute Abend nicht auf der Höhe unserer sexy, romantischen Beziehung gewesen.

Als er geht, gibt er mir einen Kuss auf den Kopf, und diesen einen Moment lang, als seine Lippen die Stelle zwischen Haaransatz und Stirn berühren, habe ich gewonnen. Gigi ist unwichtig.

»Sag Eleanor, sie kann wieder reinkommen, okay?« Ich kann ihn immer noch dazu bringen, Dinge für mich zu tun. Er nickt.

»Kannst es wohl gar nicht erwarten, ihr alles über mich zu erzählen?« Er zieht mich gerne auf und fasst sogar nach mir, um mich zu kitzeln. Ich winde mich und unterdrücke ein gequältes Lachen. Mit ihm könnte ich das ewig tun.

»Eleanor und ich reden nicht die ganze Nacht über unsere Freunde«, gebe ich zurück. »Mach dir keine falschen Hoffnungen.« Ich kichere kokett und berühre ihn an der Schulter. Er ist überraschend verspannt und errötet sogar ein bisschen. »Auch wenn ich dich liebe«, füge ich schnell hinzu, als wäre es vielleicht das, was ihm Sorgen macht.

Er erwidert es nicht, sondern küsst mich nur noch mal auf die Stirn. Fast hätte ich wiederholt: *Ich liebe dich,* weil er mich vielleicht nicht gehört hat. Doch das Risiko kann ich nicht eingehen.

Es sind lange, einsame fünf Minuten, bevor Eleanor zurückkommt. Ich will nicht, dass wir uns wieder streiten, ich will nur meine alte Freundin zurück.

Eleanor reißt die Tür auf. »Fertig?« Ihr Gesicht ist immer noch rosig, wie an dem Tag, an dem ich sie das erste Mal traf. Sechs Jahre alte Ballerinas, die für das Konservatorium vortanzten, die in ihren winzigen Trikots Hand in Hand dastanden, um inspiziert zu werden.

»Können wir *Frühstück bei Tiffany* sehen?«, frage ich. Meine Stimme ist leise; ich will sie nur neben mir haben, unter einer Decke mit mir, und dass wir zusammen Fernsehen gucken, als wäre es ein Portal zu einer Welt außerhalb dieses blöden Wohnheims. Eleanor seufzt. Sie glaubt, sie müsste mir weiter böse sein, aber ich weiß, dass sie das nicht kann. Dazu ist sie nicht stark genug.

Wir legen uns auf das Schlafsofa und spulen vor bis zu der

Stelle, wo Audrey ihre Wohnung aus Trauer verwüstet. Eleanors Atem geht langsamer. Sie schläft immer als Erste ein. Ihr Kopf sackt auf meine Schulter. Ich wünschte, ich könnte so tief und fest schlafen wie sie. Aber ich weiß, dass das für lange Zeit unmöglich sein wird, bis zum Ballett des Frühjahrssemesters und bis zu meiner zweiten Chance, die Hauptrolle zu ergattern.

»Was hältst du von Gigi?«, flüstere ich in die Dunkelheit hinein, wohl wissend, dass sie es nicht hört. Oder vielleicht in ihren Träumen.

»Hmm«, murmelt sie, was ich so deute, dass sie nicht viel von ihr hält. Dass sie nichts Besonderes ist.

»Sie kann mir ja schließlich nicht alles wegnehmen, oder?«, frage ich und lausche wieder auf Eleanors unbestimmten Seufzer. Er kommt, und ich versuche, mich von ihm trösten zu lassen, so als hätten wir tatsächlich darüber gesprochen.

Bevor ich endlich einschlafe, kommen mir ein paar Tränen. Stille Tränen. Nur ich und die Dunkelheit wissen davon.

9 | June

Ich gehe allein zum Ballettunterricht, ganz früh, damit ich das Studio für mich alleine habe und mich sammeln kann, bevor alles anfängt. Ich habe mehrere Schichten Kleidung übereinander an – es ist zwar erst Ende Oktober, aber die Kälte sickert schon in jede Pore. Außerdem geben mir die Schichten gerade genug unsichtbares Polster, damit mein geringes Gewicht nicht zu offensichtlich ist. Damit ich nicht auffalle. Aber ich weiß natürlich, dass ich Morkie gleichzeitig dazu bringen muss, mich zu *sehen*. Nur so wird man ein Star. Wenn man seinem Lehrer ins Auge fällt. Vor den Doppeltüren angekommen, lasse ich fast meine Thermoskanne fallen. Sei-Jins Freund Jayhe sitzt auf der Bank vor dem Studiofenster, dort, wo gewöhnlich die Eltern sitzen, um uns beim Tanzen zuzusehen. Er ist in sich zusammengesackt, trägt Converse mit offenen Schnürsenkeln und eine schmale schwarze Hose. Die Kapuze seines roten Pullis ist hochgeschlagen, und er blickt auf sein Handy.

Ich habe ihn nicht mehr gesehen, seitdem Sei-Jin und ich keine Zimmergenossinnen mehr sind – und keine Freundinnen mehr. Seit fast zwei Jahren also. Er sieht eigentlich noch genauso aus wie damals. Aber süßer. Weniger linkisch. Ich kenne ihn schon länger als Sei-Jin. Als Kinder sind wir zur selben Sonntagsschule gegangen, er hat drei Blocks entfernt von mir gewohnt, und bevor ich aufs Konservatorium gewechselt bin, hat seine *halmeoni* nach der Schule auf uns beide aufgepasst. Sie hat mich ihre kleine Enkelin genannt, und ich bin immer in seinem aufblasbaren Schwimmbecken geschwommen. Ich weiß sogar, dass er ein Geburtsmal am Hintern hat. Aber jetzt sind Sei-Jin und Jayhe wie eine Version von Bette und Alec: füreinander geschaffen, perfekt, das Prinzenpaar der koreanischen Gemeinde.

Er beugt sich vor und blickt zu mir hoch.

Ich spüre, wie mein Gesicht heiß wird, und habe Angst, mein Make-up könnte verlaufen. Ohne etwas zu sagen, starrt er mich an.

»Hallo«, sage ich, nicht sicher, warum ich überhaupt mit ihm rede. In der neunten Klasse habe ich alle meine Freunde verloren, als Sei-Jin sich gegen mich gewandt hat. Plötzlich waren alle verschwunden. Sogar er. Vor allem er.

»Hallo«, murmelt er zurück und reibt sich die verschlafenen Augen.

»Was machst du hier?« Ich nehme noch einen Schluck Tee, um die Pause bis zu seiner verspäteten Antwort zu füllen. Ich frage mich, ob er die Schule schwänzt. Ich frage mich, ob er sich geändert hat.

»Sei-Jin«, sagt er. »Ich soll zugucken.«

Ich versuche noch weiter, Small Talk zu machen, und mir fällt auf, dass ich zum ersten Mal seit langer Zeit außerhalb des Konservatoriums mit einem Jungen rede.

»Kommst du endlich in unsere Ballettklasse? Erinnerst du dich, wie du versucht hast, Pirouetten in unserem Keller zu drehen?« Ich lache, von mir selbst überrascht. Für einen Moment kommt es mir vor, als wäre ich zurück in meinem alten Leben. Einem Leben mit Freunden und Leuten, die gerne in meiner Gesellschaft waren. Ein Leben mit Insiderwitzen und Erinnerungen und Traditionen. Als ich mir neben dem Ballett noch Zeit genommen habe, um mit meinen Freunden abzuhängen, für Marathon-Chats und Abenteuer außerhalb der Schule.

Er zeigt so etwas Ähnliches wie ein Lächeln. Seine Wangen sind voller, und die leichten Bartstoppeln darauf sind neu. Der Anblick lässt meinen Atem stocken, vor Sehnsucht oder vielleicht etwas anderem.

Hinter mir ertönt ein Räuspern. Jayhe windet sich unbehaglich und wendet den Blick von mir ab, als wäre ich nicht mehr da. Als hätte er gar nicht mit mir geredet. Das zarte Band zwischen uns ist zerrissen. Das Gefühl meines alten Lebens zerplatzt wie eine Blase.

»Heute Morgen sind wir aber nicht sehr hübsch, was, June?«, sagt Sei-Jin und schürzt die perfekten pinken Lippen.

Sie hat mich erschreckt. Und sie klingt, wie eine Schlange klingen würde, wenn sie sprechen könnte. Die anderen Mädchen hinter ihr tuscheln; sie haben zu viel Angst, selbst etwas zu sagen, mustern mich aber nur zu gern von oben bis unten, lachen mir ins Gesicht, flüstern etwas in schnellem Koreanisch und zeigen auf meinen Körper, als wäre er eine Dartscheibe für ihre eigenen Unsicherheiten. Das neue chinesische Mädchen steht mit verschränkten Armen am Rand der Gruppe und versteht nicht, was die anderen sagen, findet aber trotzdem einen Weg, um nonverbal daran teilzunehmen.

»Oh, du siehst gar nicht so übel aus«, erwidere ich und bin für einen kurzen Moment stolz, dass mir eine schlagfertige Antwort eingefallen ist. Sei-Jin tritt näher an mich heran. Ich kann ihr Frühstück riechen und erkenne den Duft des Lippenstifts, den sie schon seit der Middle School trägt. Weil sie versucht, wie Bette zu sein.

Als wir ins Wohnheim der Schule zogen, waren Sei-Jin und ich zuerst unzertrennlich. *Jeol chin* – beste Freundinnen. Sie war die Schwester, die ich nie hatte. Dann aber änderte sich alles. Sie brachte ein Gerücht über mich in Umlauf, durch das sie erreicht hat, dass die Betreuer mich aus dem gemeinsamen Zimmer ausquartiert haben. Anschließend sprach sie kein Wort mehr mit mir. All das begann an einem Morgen wie diesem hier, es war ein kalter Herbsttag, und wir saßen an den beiden identischen Schminktischen, die ihre Mom für unser Zimmer gekauft hatte – genau die gleichen wie die in der Garderobe der American Ballet Company. Sei-Jins Mom war so nett, mir einen zu schenken, weil meine Mutter ihn sich nicht leisten konnte. Das Licht der Glühbirnen warf einen warmen Schimmer auf unsere Gesichter.

Sei-Jin öffnete ihren Schminkkoffer. »Du solltest mehr Make-up tragen«, sagte sie und holte Rouge, Lippenstift und Puder heraus. »Vor allem im Ballettunterricht.«

»Ich schwitze es ja doch nur runter«, sagte ich. Ich war damals ziemlich ahnungslos.

»Echte Ballerinas tanzen immer mit Make-up, ohne einen Tropfen Schweiß im Gesicht.« Sie beugte sich nah zu mir, nahm mein Kinn in die Hand und zog mich ins Licht, als wäre sie eine der Visagisten, die uns für unsere kleinen Rollen in den Aufführungen der Kompanie zurechtmachen. »Ist dir das schon mal aufgefallen?«

Ich antwortete nicht.

»Mach die Augen zu«, sagte sie. Ich gehorchte. Ich habe immer gehorcht.

Sie strich Puder auf mein Gesicht; es fühlte sich an, als würden Schmetterlingsflügel gegen meine Haut flattern. Dann trug sie mit ihren weichen Fingerspitzen Rouge auf meine Wange auf und rieb einen öligen Lippenstift auf meinen Mund. »Mit diesen Farben wirken deine Untertöne weniger gelb. Meine Mutter sagt immer, man wolle ja nicht, dass die eigene Haut aussehe wie ein toter Hühnerflügel.« Dabei klang sie so weise.

»Und diese Palette ist am besten für uns.« Ich war voller Ehrfurcht, weil sie Worte benutzte wie *Untertöne* und *Palette*, Worte, die ich nie zuvor gehört hatte.

Sie wischte mit einem kleineren Pinsel über meine Augenlider. »Damit macht man einen Schatten. So, als hättest du eine Falte entlang des Lids. Damit sehen deine Augen weniger schlitzförmig aus. Die Russen mögen unsere Augenform nämlich nicht.« Sie legte den Pinsel ab.

»Mir doch egal, wenn es ihnen nicht gefällt.« Ich fand es schrecklich, dass sich so viele asiatische Mädchen operieren ließen, um ihre Augenform zu ändern. Dass Sei-Jin eine von ihnen sein wollte.

»Oh, nein, das ist es nicht. Niemandem ist es egal, was sie denken. Auch wenn es schlimm ist. Das schafft keiner. Denn wenn es einem nicht wichtig ist, kriegt man nicht, was man will.« Sie rieb mit der Fingerspitze an meinen Augenwinkeln entlang. »Jetzt schau dich mal im Spiegel an«, befahl sie mir.

Ich öffnete die Augen, unsicher, was ich nun zu sehen bekommen würde. Ein fremdes, weicheres Mädchen blickte mich an. Sei-Jin führte ihr Gesicht ganz nah vor meines. Ihre Augen waren groß und dunkel, wie die eines Rehs.

»Siehst du? Du siehst ganz anders aus«, sagte sie.

Ich fühlte mich auch ganz anders. Besonders. Ich fühlte mich wie eine Solistin oder eine Erste Tänzerin in der Kompanie. Nicht wie ich selbst, bei der nie etwas völlig anstrengungslos wirkte. Ich versuchte mich zu bedanken, aber ich fand die Worte nicht.

Wieder hob sie mein Kinn an.

»Du siehst hübsch aus«, sagte sie, und ihre Stimme war plötzlich nur ein Flüstern. Sie starrte mich an, und eine seltsame Energie entstand zwischen uns. Dann beugte sie sich näher zu mir. Ich sah die zwei winzigen Sommersprossen auf ihrer Nase und spürte ihren Atem auf meinem Gesicht, ohne dass ich mich rühren konnte. Im nächsten Moment küsste sie mich. Ihre pinken Lippen drückten sich auf meine. Weich, warm und fremd. Ich war noch nie zuvor geküsst worden.

Ihre Augen schlossen sich. Ich hielt meine geöffnet. Unsicher, was ich tun sollte. Ich sah, wie sich ihre Augenbrauen hoben.

Sie versuchte, meine Lippen mit ihrer Zunge zu öffnen.

Ich wich zurück. »Was machst du?«, fragte ich. Das Herz schlug mir bis zum Hals. Das Geräusch hämmerte in meinen Ohren.

Ihre Nase kräuselte sich, und eine tiefe Röte stieg von ihrer Brust hoch, über ihren Hals und in ihr Gesicht. »Äh, tut mir leid.«

Sie drehte das Gesicht zu ihrem Spiegel und nahm einen Lippenstift aus dem Koffer, den sie dann mit zitternder Hand an die Lippen führte. Ich wischte mir die klebrige Paste – von ihr und von mir – mit einem Papiertuch vom Mund. Ich warf einen Blick auf die Uhr. Der Unterricht fing gleich an. Ich stand auf, um zu gehen. Sei-Jin machte keine Anstalten, mir zu folgen. Immer noch saß sie wie versteinert da, den Blick auf ihr Spiegelbild gerichtet.

Ich wartete darauf, dass sie sich erhob. Als sie es nicht tat, eilte ich zur Tür.

»E-Jun«, rief sie.

Ich drehte mich um. Sie sah mich lange einfach nur an, bevor sie etwas sagte.

»Sag bitte, dass ich krank bin, okay?«, sagte sie schließlich, und in ihren Augen standen Tränen.

»Okay«, sagte ich.

»Ich habe nicht ... ich bin nicht ...« Ihr Stimme brach. »Ich habe nur ...«

»Natürlich nicht.« Koreanische Mädchen küssen keine anderen koreanischen Mädchen. Sie küssen Jungs. Sie heiraten Jungs. Ich wollte sie so vieles fragen, wollte wissen, warum sie mich geküsst hatte und was wirklich los war.

Noch bevor der Tag zu Ende war, bat Sei-Jin die Betreuer darum, dass ich umziehen sollte, und eine Woche später kam das Gerücht auf. Dass ich lesbisch wäre und sie deshalb nicht länger mit mir zusammenwohnen wollte. Meine Mutter wurde angerufen, und der Beratungslehrer erklärte mir, dass sich die anderen Schüler in meiner Gegenwart unbehaglich fühlten.

Sei-Jin trägt jetzt immer noch den gleichen Lippenstiftton, und ich würde wetten, dass ihr Mund genauso schmeckt wie damals. Nach einer Mischung aus Lippenstift, Grapefruit und Tee.

»Du bist immer nur zweite Wahl, nicht wahr?«, sagt Sei-Jin und kommt noch einen Schritt näher.

Sei-Jins süßes Parfum legt sich um mich. Sie klappert mit den Wimpern, die aussehen wie Spinnen. »Zweitbesetzung für Gigi. Nicht die erste Wahl. Du findest dich so toll, aber niemand sonst tut das, hm?« Sie kneift die Augen zusammen.

Das trifft. Sofort ist es mit meiner vorübergehenden Schlagfertigkeit vorbei, und ich zapple herum, versuche, mich ihrem Blick zu entwinden. Nur die Wahrheit tut weh, denke ich. Ich spüre, wie die Spieldose in meiner Tasche hin und her rutscht, und höre das Klirren aus seinem Inneren. Ich kann nicht anders, als bei ihren Worten an meinen Vater zu denken – so wie Sei-Jin es vielleicht auch gewollt hat. Das Einzige, was meine Mutter mir je über ihn gesagt hat, ist, dass er eine neue Familie gegründet habe, eine, die er uns vorziehe. Was Sei-Jin sagt, ist also in mehr als einer Hinsicht wahr.

Von allen Beleidigungen, die sie mir an den Kopf geworfen hat – Zicke, Angeberin, Möchtegern-Weiße –, ist das die schlimmste. Zweitbesetzung. Ich muss daran denken, was meine Mutter am Telefon gesagt hat. An ihre Drohung. Wenn ich nicht besser werde, nimmt sie mich von der Schule.

»Niemand will dich«, sagt Sei-Jin.

Ich will sagen, dass sie mich sehr wohl gewollt hat. Ich will den Kuss ansprechen. Was ich noch nie getan habe. Nicht in all diesen Jahren. Aber ich tue es nicht. Ich habe ihr kleines Geheimnis gewahrt.

Jayhe sagt etwas auf Koreanisch zu ihr. Daraufhin sagt sie nichts weiter.

»Du hast schon gewonnen«, sage ich schließlich. Damit weiß Sei-Jin nichts anzufangen. Die anderen Mädchen belegen mich auf Koreanisch mit Beleidigungen, und obwohl ich einige davon verstehe und weiß, wie gemein sie sind, könnten sie mir niemals so wehtun wie Sei-Jin eben. Sei-Jin bringt sie mit einem Wink zum Schweigen, so wie ich es Bette mit Eleanor und Liz habe tun sehen. Sie versucht tatsächlich, Queen Bette zu imitieren, und es gelingt ihr auch. Die Mädchen verstummen auf der Stelle.

Ich drehe mich um, um mich ins Studio zurückzuziehen.

»Ich habe das hier gefunden«, sagt Sei-Jin und greift in ihre Tasche. Etwas schimmert in ihrer Hand, und ich weiß sofort, was es ist. Meine verlorene Puderdose. Sie weiß, wie wichtig sie mir ist. Dass ich sie immer bei mir habe, auf dem Schreibtisch oder in der Tasche. Ich sehe sie vor mir, wie sie mein Zimmer durchsucht. Schnell greife ich danach, wie ein Kind, und bin überrascht, als Sei Jun mich sie haben lässt. Ihr Mund zuckt, weil sie ein Lächeln unterdrückt. Ich öffne die Dose, doch der Spiegel im Inneren ist zerbrochen, und das Glas hat das kleine Puderstück zerschnitten. Es ist zerstört.

»Ups«, sagt Sei-Jin.

Der Flur ist nun voller Ballerinas, die uns wohl alle zusehen, denn es ist ganz still, und ich spüre die Hitze von Dutzenden von Augenpaaren auf meinem Gesicht.

Jayhe sagt noch etwas auf Koreanisch. Sei-Jin und er beginnen heftig aufeinander einzureden. Ich frage mich, ob es um mich geht. Ich drücke die Puderdose zu und überlege, ob ich den kleinen Spiegel wieder zusammenkleben kann.

Schließlich scheucht Morkie alle ins Studio, zum Unterricht. Wir wärmen uns auf, machen unsere Übungen an der Stange, dann lässt Morkie uns Drehungen in der Mitte machen. Ich wirble durch ein paar der anderen Mädchen ganz nach vorne, die Arme weit ausgestreckt, damit sie zur Seite gehen. Manche murren. Andere murmeln leise etwas. Ich achte nicht darauf. Denn ich will, dass Morkie sieht, wie ich mich drehe.

Die Musik beginnt. Die Mädchen um mich herum beenden ihre vier Drehungen. So wie Morkie es gesagt hatte. Aber ich kann nicht aufhören. Ich wirble herum und herum, als wollte ich das Gespräch ausradieren, das ich gerade mit Sei-Jin hatte. Eine Umdrehung für jede Beleidigung und jedes gemeine Wort.

Zum ersten Mal spüre ich Blicke auf mir. Morkie tritt vor mich. Die anderen Mädchen weichen von mir zurück. Ich weiß, sie wollen, dass ich aufhöre. Ich weiß, dass sie denken, ich hätte nur die vier Drehungen machen sollen, so wie Morkie es verlangt hat. Dann bin ich allein in der Mitte. Ein Kreisel.

Ich weiß nicht mehr, wie viele Umdrehungen ich gemacht habe, als ich mich schließlich vom Standbein absenke.

»Bravo!«, sagt Morkie. Sie nennt mich engagiert, vor allen anderen. Sie sagt, meine *fouettes* wären perfekt. Normalerweise bin ich unsichtbar für sie und alle anderen Lehrer. Nicht wert, bemerkt zu werden. Aber nicht heute. Ich habe es gewagt. Ich habe mich überwunden und mich ein bisschen aufgespielt.

Alle klatschen, außer Sei-Jin. Einige reiben mir über den Rücken und machen mir Komplimente, die sich nicht falsch oder lächerlich fadenscheinig anhören. Gigi drückt mich so fest, dass ich keine Luft mehr bekomme. Sie grinst, als wäre sie stolz darauf, mit mir zusammenwohnen zu dürfen. Ich kämpfe gegen die warmen Gefühle an, die der Anblick in mir auslöst. In der Studiotür steht Mr. Lucas, Alecs Dad, und sieht mir zu – was er fast nie tut. Er schenkt mir ein seltsames kleines Lächeln und nickt.

Als ich knickse und an die Stange zurückgehe, fange ich Jayhes Blick auf, der durch das Fenster hineinspäht. Ich halte ihn eine gefühlte Ewigkeit lang fest und drehe ihm dann den Rücken zu, ein zufriedenes Lächeln unterdrückend, als ich seine Augen auf meinen dünnen Schultern spüre. Offenbar bin ich nun nicht mehr unsichtbar.

Ich weiß jetzt, wie ich mich an Sei-Jin rächen kann.

10 | Gigi

Jeden Abend habe ich seitdem vor dem Spiegel im Proberaum gestanden und nach den letzten Spuren der Nachricht gesucht, die Bette mir hinterlassen hat. Die Mädchen haben mir gesagt, dass sie es war, wahrscheinlich zusammen mit Liz und Eleanor. Die Nachricht wurde schon vor Tagen abgewischt. Alle anderen scheinen längst vergessen zu haben, dass diese Nachricht mal auf diesem Spiegel stand, aber ich höre die Drohung immer wieder in meinem Kopf, wie die Musik bei einer Aufführung. Jedes Mal, wenn sie von Neuem beginnt, bin ich fester entschlossen, die beste Zuckerfee überhaupt zu sein. Nicht vor der Gemeinheit und der Engherzigkeit zu kapitulieren.

Im Flur werden die Lampen ausgeknipst. Die Betreuer beginnen, die Studios für die Nacht zu schließen, deshalb schleiche ich mich runter in meinen Raum im Keller.

Abgesehen von ein paar Staubmäusen in den Ecken ist er leer. Nur das Knirschen und Klackern des alten Heizkörpers und das Summen der altersschwachen Glühbirnen ist zu hören. Doch auch in diesem Spiegel verliere ich mich. Ich kann mich nicht rühren, kann meine Augen nicht schließen, um zu meditieren – ich muss immer weiter mein Spiegelbild ansehen. Mama sagt immer, es sei nicht gut, viel Zeit vor dem Spiegel zu verbringen, weil er das Schlechteste in uns ans Licht bringe. Aber für einen Tänzer ist der Spiegel sein Zuhause.

Ich versuche, mich zu konzentrieren und mir vorzustellen,

wie ich mich mit Licht fülle, so wie ich es immer im Yoga-Unterricht zu Hause gemacht habe. Ich will, dass die Strahlen die Nachricht auslöschen und all meine Sorgen mit ihr. Dann hebe ich ein Bein, zuerst auf die Stange, dann an mein Ohr. Ich will zu einer geraden, unmöglichen Linie werden, vom linken Zeh am Boden bis zum rechten Zeh in der Luft. Aber mein Körper reagiert nicht wie sonst. Mein Herz schmerzt ein wenig. Und ich weiß nicht, was besser wäre: wenn das wegen Alec oder wegen etwas Medizinischem geschieht. Keine Ahnung, was gefährlicher wäre.

»Damit kann ich dir nicht helfen«, durchschneidet eine männliche Stimme die Stille.

Ich drehe mich mit erhobenem Bein, in dem Glauben, es wäre Alec. Er ist der Einzige, der weiß, dass ich hier unten tanze. Ich strahle und mache ein Gesicht, das viel zu erfreut ist, um noch unschuldig zu sein.

»Ich freue mich auch, dich zu sehen.« Es ist Henri Dubois, der einzige andere Neue, und starrt mich herausfordernd an. Er hat Augen wie die Leute in Mamas Kunstwerken, dunkel und verträumt und gequält. Langsam fährt er sich mit der Hand durch das zottelige Haar. Er trägt noch das Suspensorium und die Leggings aus der Probe. Unwillkürlich muss ich zwischen seine Beine gucken. Durch das Suspensorium sieht alles so riesig aus. Er fängt meinen Blick auf und weicht zurück, deshalb sehe ich zu Boden.

»Ich schaffe es schon, denke ich«, sage ich und sinke noch weiter in die Dehnung.

Er kommt näher.

Bisher haben wir nicht mehr als drei Sätze zueinander gesagt. Was ich über ihn weiß, habe ich aus Tanzmagazinen. Er war ein aufsteigender Stern in der Paris Opera School. Mit Betonung auf »war«, zumindest laut der Gerüchteküche.

»Oh, komm schon«, sagt er in einem weichen Singsang. »Ballett ist ein Mannschaftssport.« Den zerbrochenen Stangen ausweichend kommt er ganz in den Raum herein.

»Wie hast du mich gefunden?«, sage ich und senke ohne Hilfe das Bein, weil ich nicht will, dass seine Hände sich an mir hochschieben, um mich an der Stelle zu stützen, wo mein Oberschenkel auf meine Hüftknochen trifft. Noch fühle ich mich nicht dazu bereit. Eigentlich sollte ich sauer sein, dass er mein Versteck gefunden hat. Nur Alec soll davon wissen.

Ich lasse mich auf den Boden sinken, weil mir das einen kurzen Moment lang sicherer vorkommt.

»Ich habe nicht nach dir gesucht.« Er setzt sich vor mich. Sein Akzent ist attraktiv und fließend, und widerstrebend merke ich, dass ich es schön finde, wie die Worte ineinander übergehen. Sechzehn Jahre lang habe ich mich absolut nicht für Jungs, die Ballett tanzen, interessiert – überhaupt nicht für Jungs, um ehrlich zu sein –, aber auf einmal habe ich ständig Schmetterlinge im Bauch und überraschende Schweißausbrüche. Ich erkenne mich nicht wieder. Mein Kopf ist voll mit neuen Gedanken und Gefühlen und Ideen. Henri war wahrscheinlich immer schon süß, im Unterricht und in den Proben, nur dass ich das noch nie wirklich *bemerkt* habe. Aber in dem seltsamen, gebrochenen Licht dieses ominösen Kellerstudios wird meine Kehle in seiner Gegenwart plötzlich trocken.

»Du versteckst dich hier, oder?«, sagt er. »Wenn ich dich nicht im Gemeinschaftsraum mit allen anderen sehe, dann bist du hier.«

Ich antworte nicht. Ein schiefes Lächeln huscht über seinen Mund. Mir ist nicht klar, was daran so lustig ist, aber so fallen mir seine hübschen Grübchen ganz besonders auf. Ich bin versucht, meine Daumen hineinzulegen. Um zu sehen, wie tief sie sind.

»Solltest du nicht nach der Probe abkühlen?«, sage ich, weil mir nichts Besseres einfällt.

»Und du?«, gibt er scharf zurück und grinst dann. »Ihr Ballerinas nehmt immer alles so ernst.« Er murmelt etwas in Französisch, das sich schön anhört, und mir gefällt die Art, wie sich dabei sein Mund biegt. »Lass uns ein paar Dehnübungen machen, Giselle.« Er nennt mich nicht Gigi, aber spricht meinen Namen so aus, wie es sich gehört – mit langen »l«s und weichen »e«s. Ich würde ihm gerne sagen, dass meine Eltern sich in Paris kennengelernt haben. Dass sie mich nach dem berühmten klassischen Ballett *Giselle* benannt haben.

»Wir brauchen ein bisschen Musik«, sagt er. Er holt sein Handy hervor, und die Tastenklicks hallen wider, bis aus dem Gerät eine leise, helle Melodie klingt. *Der Nussknacker.* Er öffnet die Beine zu einem V und greift nach mir. Mit starken Händen zieht er meine Hüfte an seine und platziert meine Beine wie die einer Puppe. Ohne auch nur einmal zu fragen, legt er die Finger einfach um meine Beine und spreizt sie. Ein Teil von mir wehrt sich nicht gegen seine Berührung. Der Teil, der mir fremd ist. Er fasst mich an, als wären wir schon länger Freunde. Und seltsamerweise finde ich das angenehm.

Er zieht seine Mokassins aus und legt unsere Füße aneinander, sodass sich die Fußsohlen leicht berühren. Seine Fersen sind hart und rau, und seine Zehengelenke sind dick und erhaben – die Füße eines Tänzers. Unsere Beine bilden ein Diamantmuster, bis er mich nach vorne zieht. Ich strecke die Beine zu einer geraden Linie. So habe ich mich bisher noch nie mit einem Jungen gedehnt. Wenn die anderen Schüler es tun, mache ich nie mit. In meinem Studio in Kalifornien gab es keine männlichen Schüler, deshalb haben die Mädchen sich gegenseitig gedehnt. Hier scheint es keinerlei Grenzen zu geben. Ich bin es nicht gewöhnt, so viel angefasst zu werden, trotzdem schiebe ich mich noch näher, obwohl mein Kopf sagt: Nein, mach das nicht.

»Überstreck dich nicht«, warnt er mich.

Ich lache spöttisch auf und zeige ihm, wie dehnbar ich bin. Die Stelle zwischen meinen Oberschenkeln rückt näher an sein Suspensorium. Als er sich vorlehnt, entdecke ich ein winziges Muttermal unter seinem rechten Auge. Jetzt ist er so nah, dass er mich küssen könnte, wenn er wollte, und ich könnte nichts dagegen tun. Ich bin noch nie geküsst worden. Ein paarmal war es ziemlich nahe dran, eine kurze Berührung der Lippen, ein schnelles Küsschen auf der Bühne, aber nichts Echtes. Kein leidenschaftlicher Kuss.

Er rollt ein weißes Pfefferminzbonbon im Mund. Der kleine Kreis blitzt immer wieder über und unter seiner Zunge auf – ein weißes Boot in einem roten Meer. Schweiß steht auf meiner Stirn, und meine Hände werden feucht. Er scheint es nicht zu bemerken und verschränkt bloß seine Finger mit meinen. Mein Herz macht einen kleinen Satz nach dem anderen. Ich sollte ihm sagen, dass er damit aufhören soll.

Ich sollte aufstehen, ins Wohnheim gehen, mich zum Schlafengehen fertig machen. Aber ich kann nicht. Ich fühle mich wie festgewachsen.

»Komm hier rüber.« Wir ändern die Position. Er zieht mich nach vorn, sodass ich über ihm liege, nur wenige Zentimeter von seiner Brust entfernt. Das dehnt die hinteren Oberschenkelmuskeln, damit sie sich nach neuen Sprüngen nicht verhärten. Wir halten diese Position und wechseln dann. Als er sich nach vorne fallen lässt, kann ich seinen Atem an meinem Bauch spüren. Die Härchen an meinem Körper stellen sich auf, und zwischen meinen Beinen fühle ich ein leichtes Klopfen beginnen, wie von einer winzigen Trommel.

Ich fahre erschrocken hoch, sodass ich ihn anremple. »Ich

bin ganz locker«, sage ich hastig und schließe die Beine, damit die neue Empfindung aufhört.

Es ist zu still im Raum. Ich höre das Summen der Lampe überdeutlich. Es vibriert unter meiner Haut, halb angenehm, halb schrecklich. Ich höre seinen Atem. Ich höre, wie sich mein Herzschlag beschleunigt. *Kontrolliere deine Atmung.* Er hält mich fest, und seine Augen mustern prüfend mein Gesicht. Ein Schauder überläuft mich, als wären tausend Augenpaare auf mein Gesicht gerichtet. Bevor ich ausweichen kann, beugt Henri sich vor, und seine Lippen streichen leicht über meine Wange und meinen Mundwinkel. Zu nah.

Ich schnelle rückwärts. Sein Gesicht fällt in sich zusammen. »Giselle, es tut mir so leid. Ich ... weiß nicht ... warum ich das getan habe.«

Ich habe keine Ahnung, wie ich reagieren soll.

»Du erinnerst mich einfach an meine Ex. Cassie«, sagt er und lässt den Kopf sinken. »Ich vermisse sie.«

Ich öffne den Mund, aber es kommt wieder nichts heraus. Immer wieder sage ich mir, dass ich aufstehen und gehen muss, aber mein Körper ist zu schwer und steif. Ich weiß nicht, wie ich mich zurückziehen soll, ohne dass es seltsam wirkt. Wir sind beide neu an der Schule. Er kam nur ein paar Monate vor mir, im Sommer. Eigentlich wäre das ein Grund für uns, uns zusammenzutun.

Ich fülle die Stille. »Also. Frankreich. Da war ich schon mal. Na ja, in Paris. Und Toulouse. Und ... in ... Bou ...« Ich stolpere über die Aussprache. »Boulo ...«

»Boulogne.« Seine Stimme ist im Vergleich zu meiner so tief und rau, dass ich erröte. Er drückt die Daumen in meine Beinmuskeln. »Wenn du Französisch sprichst, musst du die Lippen locker lassen und den Mund langsamer bewegen.«

Ich nicke. Er lässt mich den Stadtnamen noch einmal laut

sagen, aber ich habe meine Mühe mit den langen französischen Silben.

»Dann kennst du mein Land ja schon ganz gut«, sagt er.

Ich nicke erneut. Meine Eltern besitzen eine Wohnung im 19. Arrondissement in der Nähe der Sacré-Coeur, wo wir fast jeden Sommer sind, damit meine Mutter malen kann, aber das sage ich ihm nicht.

»Ich wurde in Charenton-Le Pont geboren, nahe Paris. Meine *maman* und ich sind in die Stadt gezogen, als ich acht war.«

»Hast du dann mit dem Tanzen angefangen?«, frage ich.

»*Ouais* ..., äh«, sagt Henri. »Ich glaube, ich war fast zehn.«

»Zehn«, sage ich so erschrocken, dass es mir peinlich ist. Die meisten Tänzer fangen mit fünf an oder sogar noch jünger.

»Ich lerne schnell. Ballett wurde zu einer Besessenheit. Davon habe ich viele«, sagt er. »Kommst du aus New York?«

»Ich? Oh, nein«, sage ich. »Kalifornien.«

»Da war ich noch nie. Ich habe es im amerikanischen Fernsehen gesehen. Strände, Sonne, Surfen, kleine Hunde in großen Handtaschen, Autorennen«, sagt er mit belustigtem Gesicht. »Alle lächeln die ganze Zeit.«

Ich gebe ihm einen spielerischen Klaps aufs Bein. »Das ist sicher nicht alles.« Er reibt meine Hand, und ich ziehe sie zurück. Schnell stelle ich ihm eine weitere Frage. »Hast du Heimweh? Gefällt es dir hier?«

»Gefällt es dir?«

»Ja, ich schätze schon. Ich gewöhne mich daran.«

»Du solltest vorsichtig sein«, sagt er. »Cassie war es nicht.« Er berührt mich am Arm. Mein Magen flattert, und ich frage mich, ob ich mich je an die vielen Jungs um mich herum gewöhnen werde – Alec und jetzt Henri.

»Was ist mit ihr passiert?«

Er schneidet eine Grimasse, und ich frage nicht weiter nach, obwohl ich es nur zu gern gewusst hätte. Ich kenne diese Art von Unbehagen.

»Pass auf dich auf, das ist alles«, sagt er. »Vor allem nach dieser Sache mit dem Spiegel.« Er schüttelt den Kopf und murmelt etwas auf Französisch, das sich anhört wie ein Fluch.

»Die Mädchen haben mir gesagt, dass es höchstwahrscheinlich Bette war«, sage ich, unsicher, ob ich sie vor anderen Leuten beschuldigen sollte.

»Die musst du ganz besonders im Auge behalten, die ist die Schlimmste.« Seine Finger streichen leicht über meine Wange, fast als würde er es gar nicht bemerken. Ich versuche, nicht zurückzuzucken. »Ich will nicht, dass dir was zustößt.«

Die Glühbirnen an der Decke leuchten immer schwächer, als würden sie gleich ausgehen. Die Lichtveränderungen entstellen sein Gesicht; in den neuen Schatten ist er ein ganz anderer Mensch. Kräftigere Stirn, tief liegende Augen, nach unten gezogene Mundwinkel. Mir ist, als sollten wir besser nicht mehr hier allein im Dunkeln sein. Die letzten Noten des *Nussknackers* klirren aus seinem Handy, und dann gibt es nur noch mich und Henri in der Stille. Keiner von uns sagt ein Wort, und als das Licht plötzlich ganz ausgeht, greift er wieder nach mir und küsst mich noch einmal auf die Wange.

11 | Bette

Es ist spät – fast neun Uhr abends, das heißt: Sperrstunde – doch ich bin auf dem Weg zu den Übungsstudios im Keller, und zwar so, dass es möglichst viele Leute mitbekommen, vorbei an den offenen Zimmertüren und am Aufenthaltsraum. Ich will, dass sie mich ganz genauso sehen, wie ich bin: fleißig und engagiert und nicht gewillt, sich von so etwas Lächerlichem wie Gigi Stewart aus dem Gleichgewicht bringen zu lassen – die wahrscheinlich den Part der Zuckerfee ohnehin nur bekommen hat, weil sie Mr. K erlaubt hat, sie ein paar Augenblicke länger anzufassen als nötig. Vielleicht hat sie mit den Lippen seinen Hals gestreift. Oder Schlimmeres. Es wäre nicht das erste Mal, dass ein Mädchen sich Mr. K an den Hals wirft, um eine Rolle zu bekommen. Und auch nicht das erste Mal, dass er weich wird.

Das ist eine der Sachen, die ich aus meinen ausführlichen Gesprächen mit Adele erfahren habe. Einmal ist ihr so etwas herausgerutscht, und da hat sie mir von diesen Momenten erzählt, wenn man sich durch harte Arbeit und spätabendliche Proben ein bisschen zu nahe kommt. Dass diese intensive gemeinsame Arbeit Gefühle wecken kann. Dass es dann auch manchmal zu weit gehen kann. Und dass sich manche Mädchen davon mitreißen lassen. Doch bei mir hat Mr. K nie etwas versucht.

Ich kenne die Geschichten dieser Schule in- und auswendig, und wenn ein unbekannter, trampeliger Niemand mit einer wichtigen Rolle besetzt wird, gibt es dafür gewöhnlich einen guten Grund. Nach diesen Überlegungen fühle ich mich besser.

Voller Stolz und in einem neuen Trikot gehe ich an den anderen Tänzern vorbei. Auch im Unterricht bin ich die perfekte Ballerina. Selbst wenn ich ganz allein in einem verschlossenen Raum bin, nur ich und die Spiegel und die Musik, bin ich genau so, wie Mr. K und meine Mutter und Adele und die Schule mich haben wollen.

Ich bin perfekt.

Ich gehe wieder hinauf ins Erdgeschoss, ins Atrium, in dem gerade geputzt wird, weil dort vor Kurzem ein Empfang stattgefunden hat. Schnell husche ich an Mr. Ks Büro und der Besetzungsliste vorbei. Als ich den Flur mit den Übungsräumen betrete, werfe ich wie immer erst einmal einen Blick in jeden hinein, nur um zu sehen, wer so spät noch wach ist und trainiert und wer sich dagegen hängen lässt, weil eine Englischhausaufgabe oder ein neuer Freund wichtiger sind. Eleanor ist in einem der Räume, aber sie arbeitet an der Stange vor dem Spiegel.

Früher haben wir immer Seite an Seite trainiert, uns gegenseitig zu besseren Leistungen gepusht und unsere Fußarbeit gelobt. Irgendwann jedoch sagte sie, ich wäre zu ernst während des Trainings und es würde ihr keinen Spaß mehr machen. Wahrscheinlich hat sie nicht unrecht. Und sie sieht tatsächlich glücklich aus, als sie sich jetzt langsam vom Spiegel wegbewegt, fasziniert von ihrem eigenen Körper. Das möchte ich niemandem nehmen – vor allem nicht ihr.

Ich laufe Liz in die Arme. Sie ist nassgeschwitzt und war offensichtlich im Fitnessraum. Nicht, dass sie es bräuchte. In letzter Zeit ist sie hohläugig, und ihre Arme und Beine sind so dünn und drahtig, dass ich mir Sorgen mache, sie könnte nicht genug Kraft haben. Aber so etwas sprechen wir nicht an.

»Pilates?«, frage ich.

»Crosstrainer«, keucht sie leise und wischt sich den Schweiß von der Stirn. Was sehr unschön aussieht. »Ich habe 600 Kalorien verbrannt.«

Ich mustere sie mit gerunzelter Stirn. Sie braucht kein Extratraining. Im letzten Jahr ist sie von einer respektablen Größe 2 zu einer Ich-weiß-nicht-was geschrumpft. Minus zwei, wenn es so eine Größe geben würde. Wo findet sie überhaupt noch etwas, das ihr passt?

»Meine Güte, Bette, was guckst du denn so?« Sie tupft die letzten feuchten Tropfen fort und streicht sich übers Haar. »Und was ich dich immer schon fragen wollte: Wie ist es denn so, mit Henri zu trainieren?« Ihr Ton ist scherzhaft, aber mir gefällt die Anspielung nicht. Alec und ich hatten unsere Höhen und Tiefen, aber im Moment läuft es sehr gut zwischen uns.

»Ja, er ist heiß«, sage ich, während ich schon in die entgegengesetzte Richtung weitergehe. Mein Ton ist kälter als beabsichtigt. »Aber du weißt ja, dass ich einen Freund habe.«

»Hmm«, murmelt sie, während sie ihr langes dunkles Haar zu einem Zopf zurücknimmt. Unwillkürlich starre ich auf ihre mageren Beine und weiß nicht, ob ich besorgt oder eifersüchtig sein soll, als sie jetzt in ein anderes Studio späht, in dem ein paar Jungs Sprünge üben. Sicher sucht sie nach Henri.

Aktuell verstehen Liz und ich uns gut, aber es gab mal eine Zeit, als wir um alles konkurrierten – Alec eingeschlossen. Aber er hat seine Entscheidung für mich ziemlich früh klargemacht, und irgendwann hat Liz begriffen, dass sich daran auch nichts mehr ändern würde. Dass sie nur verzweifelt wirkte. Außerdem hatten wir endlich verstanden, dass wir gemeinsam stärker waren, als wenn wir gegeneinander arbeiteten. Das war nur logisch.

Schließlich geht Liz nach oben, um sich zu duschen. Gerade als ich ein freies Eckstudio betreten will, kommt mir plötzlich eine Bemerkung in den Sinn, die Eleanor vorhin hatte fallen lassen – nämlich dass Gigi im Keller trainiert. Das hatte ich mir gemerkt, und jetzt will ich mal nachsehen, was dran ist. Sie soll wissen, dass sie in dieser Schule nichts machen kann, ohne dass ich davon weiß. Mir entgeht nicht viel. Das wird sie schon noch lernen.

Ich komme erst am Büro der Ernährungsberatung, dann an dem des Beratungslehrers vorbei. Am Kopf der Treppe bleibe ich stehen. Ich weiß noch, wie ich mich als kleines Mädchen zusammen mit Eleanor, Alec und Will hierher geschlichen habe. Der, der sich dann traute, sich vor die verschlossene Tür zu stellen und es dann am längsten dort aushielt, bekam Süßigkeiten aus unserem Geheimvorrat und, was noch wichtiger war, den Ruhm.

Stimmen wehen zu mir hoch. Ich kann sehen, dass die Tür einen kleinen Spalt offen steht, und wenn ich eines bin, dann leise, deshalb schleiche ich auf Zehenspitzen dort hin und spähe unbemerkt hinein. Da ist sie. Gigi. Die Zuckerfee. Doch sie tanzt nicht. Sie liegt im Halbdunkel auf dem Rücken, während Henri gegen ihre Oberschenkel drückt, um sie zu dehnen.

Ich weiß nicht warum, aber mich überläuft ein Schauder, als ich das sehe. Fast so, als wäre ich draußen in der kühlen Herbstluft. Mir fällt ein, dass auch Cassie immer hier hinunterging. Das schlaflose Mädchen, das Ärger bekam, weil es die ganze Nacht tanzte. Das Mädchen mit dem perfekten 180 Grad *grand jeté*. Die Einzige aus dem zweiten Jahr, die letztes Jahr eine Solisten-Hauptrolle bekam. Die sogar noch besser war als ich. Ich mag nicht an sie denken. Lieber will ich vergessen, dass ich sie überhaupt kannte und wie gut sie war. Und vor allem, dass sie Alecs Cousine ist.

Henri fällt sein langes Haar um das Gesicht, und er sagt etwas, das ich nicht hören kann. Mir gefällt die Art nicht, wie er

Gigi berührt und sie zum Lachen bringt. Wie seine Finger eine lose Locke an ihrem Hals streifen. Ihre Stimme ist leise und zart – viel zu hübsch. Henri ist hin und weg. Und wenn Henri hin und weg ist, ist die Gefahr groß, dass sie auch Alec einwickelt, sobald sie anfangen zu proben.

Mir dreht sich der Magen um. Ich kann mich an keine Zeit erinnern, in der Alec und ich kein Paar waren. Er taucht schon in meinen allerersten Erinnerungen auf, in denen von früheren Familienessen, von meinem Vater, als er noch bei uns war, von Tanzunterricht und von Küssen in den dunklen Ecken der Schule. Wir haben immer schon zusammengehört.

Ich hole mein Handy heraus, zoome mit der Kamera auf Gigi und Henri und mache ein Foto. Der Blitz ist zu hell, deshalb ducke ich mich und schleiche mich schnell und leise weg. Bisher bin ich noch nie erwischt worden, wenn ich so etwas mache, und ich will nicht, dass sich daran etwas ändert. Ich renne zurück zu dem Studio im oberen Stock und fange an, die Schneekönigin-Variation zu tanzen. Also drehe ich fünf, zehn, zwanzig Pirouetten, doch zusammen mit der Musik wirbelt das Bild von Gigi und Henri durch meinen Kopf.

Schließlich gehe ich von der Spitze herunter und laufe durch den Raum. Ich schreie mein Spiegelbild an und hoffe, dass niemand mich hört.

Dann halte ich mir die Ohren zu und lasse den Kopf nach links und nach rechts bis auf die Schultern sinken, dehne mich tief. Um mich aufzumuntern, denke ich an die Nachricht in Pink zurück und wie clever es war, sie so kryptisch zu verfassen. An das starke Gefühl, das ich hatte, als ich sie schrieb und dann wartete, bis sie jemand entdeckte. Wie Gigis Gesicht in sich zusammenfiel, wie viel Glück ich hatte, dass alle die Nachricht zur gleichen Zeit entdeckt haben. Ich war wahrscheinlich die Einzige, die die Tränen in Gigis Augen bemerkt hat, und ich hoffe, dass sie seitdem jede Nacht geweint hat. Nein, das stimmt nicht ganz: Ich hoffe, dass sie zurück nach Kalifornien geht. Dort wäre sie sowieso glücklicher, deswegen ist es nicht mal schlecht von mir, dass ich will, dass sie geht. Es wäre besser für alle. Das Mädchen ist zu zart und lieb und zu weich, um es hier zu schaffen. Wenn man es so sieht, will ich nur ihr Bestes. Sie wird schon noch begreifen, dass diese Art von Ballett – *ballet russe* – zu hart für sie ist. Dass es einen dazu treibt, alles zu tun, was nötig ist.

Ich erinnere mich an den Rat, den Adele mir vor meinem ersten Vortanzen für eine Aufführung gab. Sie zerrte mich aus der Gruppe der *petits rats*. »Du hast nicht viele Versuche, Schatz.« Ihre Hände fummelten an meinem Haar, um den Knoten zurechtzumachen, mit einem Haarnetz, wie es sich gehörte. »Also wenn sich die Gelegenheit bietet«, sie beugte sich zu meinem Ohr, »dann fahr die Krallen aus.«

Als ich daran zurückdenke, entspannt sich mein Körper. Adele würde es gut finden. Vielleicht nicht diese Methoden. Aber auf jeden Fall, dass ich so motiviert bin. Ich raffe meine Warm-up-Klamotten zusammen und mache mich auf den Weg nach oben in mein Zimmer. Als ich die Tür öffne, springt Eleanor vom Sofa und stellt den Fernseher aus. Auf dem Boden liegen die alten Videos von Adele.

»Schon wieder?«

»Sie hat perfekte Füße, Bette«, sagt Eleanor. »Gebogen wie Bananen.« Diesem Kompliment, das sie meiner Schwester macht, kann ich noch nicht mal widersprechen.

»Kann ich deinen Drucker benutzen?«, frage ich, wenn auch nur ungern. Aber da ich im Moment nicht mit meiner Mutter rede, konnte ich sie schlecht bitten, mir Geld für neue Tintenpatronen zu schicken.

»Wozu?« Sie stellt den Fernseher wieder an.

»Nur eine kleine Überraschung für Gigi.« Vor Aufregung klingt meine Stimme eine Oktave höher. »Ich habe Bilder von ihr und Henri in kompromittierenden Positionen.«

Eleanor runzelt die Stirn. »Wir fangen jetzt aber nicht wieder *damit* an, oder?«

Ihre Worte treffen mich so sehr, dass ich fast mein Handy fallen gelassen hätte. »Doch«, fauche ich und warte darauf, dass sie den Blick abwendet und sich für ihre Schwäche entschuldigt. Dass sie bei dem kleinen Spaß mitmacht, den ich plane, wie schon tausendmal zuvor.

»Hmm-hmm. Klingt gut«, sagt sie und lässt sich langsam zurück auf das Sofa sinken, um meiner Schwester weiter dabei zuzuschauen, wie sie eine perfekte Interpretation von Kitris Solo aus *Don Q* abliefert. »Lass mich wissen, wie es läuft.«

Doch ich lasse mich von ihrer Zurückhaltung nicht aufhalten. Ich verbinde mein Handy mit Eleanors Computer und warte darauf, dass das Bild lädt. Dabei versuche ich, den Bildschirm so zu verdecken, dass sie es nicht sehen kann, aber sie schaut nicht mal her. Manchmal kann Eleanor sich in eine wahre Heilige verwandeln. Aber ich weiß schon, welche Hebel ich bei ihr betätigen muss. Ich drucke das Foto aus, lösche es aus Eleanors Download-Ordner und schlüpfe durch die Tür hinaus, solange Eleanor sich immer noch in Adele-Trance befindet.

Der Flur ist leer. Die meisten sind sicher in ihren Zimmern und hören Musik, gucken Fernsehen, nähen an ihren Schuhen oder dehnen sich. Ich gehe zum *The Light* und klopfe dreimal an die Tür – niemand da. Dann schließe ich die Tür hinter mir.

Umgeben von Bildern von Primaballerinas, schönen dünnen Körpern und perfekten Füßen atme ich tief durch. Am Tag nach meinem zwölften Geburtstag hat meine Mutter mich quer durch den Central Park in das Schulwohnheim verfrachtet. Endlich alt genug, um allein hier zu wohnen. Damals war ich jede Nacht in dieser Kammer. Manchmal bin ich sogar auf dem Fußboden eingeschlafen, und die Betreuer mussten mich wecken, um mich wieder in mein Zimmer zu schicken. Ich fahre mit den Fingern über die Collagen an den Wänden und finde eine Stelle für das Foto in meinen Händen. Bevor ich es anbringe, sehe ich einen Spruch, der mich lächeln lässt. *Gigi sollte auf sich aufpassen.* Ich reibe mit dem Finger darüber. Es gibt noch jemanden, der sie so sehr hasst wie ich. Ich bin nicht allein.

Dann nehme ich einen der Klebestifte, die auf dem Fernseher liegen, und streiche damit über die Rückseite des Fotos. Als Nächstes klatsche ich es an die Wand und schlage dagegen – so als wäre es Gigis Gesicht. Immer wieder.

Irgendwann trete ich zurück, um das Bild zwischen den anderen zu bewundern. Auf den ersten Blick sieht man gar nicht, dass es anders ist. Ich wünschte, ich könnte das Gesicht derer sehen, die es entdecken – und vor allem den Ausdruck auf Gigis Gesicht.

12 | June

Ich habe Glück, mein Wiegetermin ist um 17:10 Uhr, nach dem Schulunterricht. Gigi ist irgendwo allein unterwegs, wahrscheinlich um an Blumen zu riechen, die sie immer wer weiß wo pflückt, und ich habe das Zimmer für mich. So geht das schon seit einigen Tagen. Sie behauptet, ihre »Mama« hätte gesagt, der Duft einer Blume würde im Gehirn Glückshormone freisetzen. Ob ich glücklich bin oder nicht, ist mir dagegen egal. Ich will nur die Beste sein.

Kurz rekapituliere ich, was ich heute zu mir genommen habe: drei Tassen puren Tee, eine Grapefruithälfte mit einem Hauch von Zucker, eine Reiswaffel, einen Viertelliter Suppe, einen gemischten grünen Salat ohne Dressing und mit einem halben Löffel Thunfisch. Obwohl ich zugeben muss, dass ich den Thunfisch nicht angerührt habe. Aber ich zähle ihn mit, weil er auf dem Salat war. Wenn es einen Tag gibt, an dem ich essen darf, dann ist er heute. Der Mittwoch ist bei uns allen dick im Kalender angestrichen, denn dann wird gewogen. Für manche Mädchen, wie Bette, ist das nie ein Problem. Sie haben hier und da ein paar Pfund zu viel, gerade genug, um Schwester Connie in Sicherheit zu wiegen.

Aber ich brauche mehr. Schwester Connie hat schließlich ihre Regeln. Bei meiner Größe sollte ich hundertzehn Pfund wiegen, als sei ich ein Nilpferd in Strumpfhosen. Stattdessen tue ich alles, um ein Muster an Anmut zu sein, mit perfekter Haltung und geschmeidiger, schmaler Gestalt – durch und durch eine Gewinnerin. Ich tue, was ich tun muss. Dazu braucht es intensiver Anstrengung. Weil ich meine Arbeit und mich selbst ernstnehme. Anders als ein paar von den anderen Mädchen.

Als ich mich heute Morgen gewogen habe, zeigte die Waage neunundneunzig Pfund an. Eine Zahl, für die andere Mädchen töten würden. Eine Zahl, die bedeutet, dass ich leicht bin und gut zu heben. Aber hier wird jeder, der in meiner Altersgruppe unter hundert Pfund wiegt, nach Hause geschickt. Und das darf ich nicht zulassen. Das werde ich nicht zulassen.

Ich gieße ein großes Glas mit Wasser aus meiner Teekanne voll. Das ist mein viertes in einer halben Stunde. Heute brauche ich das Wassergewicht, so wenig es auch sein mag. Doch es wird nicht reichen. Deshalb setze ich mich an meinen Schreibtisch, hole Nadel und Faden aus meiner Tanztasche und aus einer Schublade vier koreanische *won*-Münzen, die meine Großmutter mir gegeben hat, das eine Mal, als ich sie traf. Das Beste an ihnen ist, dass sie schwerer sind als amerikanische Münzen. Ich ziehe mein Mittwochstrikot aus der markierten Kommodenschublade und drehe es auf links. Im Schritt ist eine kleine Tasche aus Netzstoff – genau dort, wo niemand nachsieht. Ich lege vier *won* auf meine digitale Küchenwaage. Die Zahlen blinken: 612 Gramm, 1,33 Pfund. Genau richtig.

Die *won* passen perfekt in die kleine Tasche im Trikot, also nähe ich die in Papier eingewickelten Münzen in das Futter ein. Niemand außer mir wird es bemerken. Ich ziehe das Trikot über meine rosa Strumpfhose und streiche es glatt, damit nichts vorsteht. Das Beutelchen mit den Münzen drückt zwischen meinen Beinen wie die dicken Binden, die ich nicht mehr tragen muss, weil ich meine Periode nicht mehr bekomme. Über das Ensemble ziehe ich ein schmal geschnittenes Tanzröckchen. So wird keiner etwas sehen.

Ich trete auf meine Körperwaage. Die Zahlen springen hin und her und bleiben dann bei 110 Pfund stehen. Ein warmes Gefühl rauscht durch mich hindurch. Nur um sicherzugehen, trinke ich noch zwei weitere Glas Wasser.

Auf dem Weg zur Krankenschwester lege ich einen Halt im Computerraum ein, um einen hastig zusammengeschriebenen Englischaufsatz auszudrucken, weil ich noch Zeit totzuschlagen habe und mich das Herumstehen beim Warten nervös macht.

Der Computerraum ist ganz von den Koreanern übernommen worden. Sie machen immer alles in großen Gruppen: Essen, koreanische Seifenopern auf ihren Laptops angucken und die Wochenenden bei Sei-Jins Tante auf der Upper East Side verbringen. Jetzt sitzen sie alle gerade vor einem Videochat mit Verwandten in der Ferne und quatschen alle so schnell und laut Koreanisch, dass ich nicht mal hier und da ein Nomen ausmachen kann. Sei-Jin sieht mich und wirft mir, wie gewöhnlich, ein paar Beleidigungen auf Koreanisch an den Kopf, woraufhin der ganze Raum lacht. Wahrscheinlich hat sie mich eine Banane genannt, oder wie auch immer das koreanische Wort für einen Mischling lautet.

Ich erkenne Sei-Jins Mutter auf dem Monitor und hätte ihr am liebsten zugewinkt. Nur damit Sei-Jin gezwungen ist, mit mir zu sprechen und sich irgendeine Lüge auszudenken, warum wir keine Freundinnen mehr sind. Als wir noch kleiner waren, kam Sei-Jins Mutter uns immer im Konservatorium besuchen; sie erinnerte mich ein wenig an meine eigene Mom. Als wir uns noch ein Zimmer teilten, haben Sei-Jin und ich uns beklagt, dass sie beide immer so gestresst sind und über ihre hässlichen Haarschnitte und ihre Abneigung gegenüber amerikanischem Essen gejammert. Ich habe Sei-Jin ein paar Flüche auf Englisch beigebracht, die wir dann leise vor uns hin gemurmelt haben, wenn unsere Mütter uns wütend machten. Sie fand, dass sie schön klingen. Im Gegenzug brachte sie mir ein paar Flüche auf Koreanisch bei, die ich dann meiner Mutter bei einem besonders hitzigen Streit entgegenschleuderte. Das Gefühl, als ich Sei-Jin von meinem Triumph berichtete, war es wert, den Zorn meiner Mutter über mich ergehen zu lassen.

Heute scheint das alles so lange her zu sein. Ich bin so anders als das Mädchen von damals. Und Sei-Jin ist erst recht nicht mehr dieselbe.

Sie nimmt den Kopfhörer und das Mikrofon ab. »Als meine Mutter dich hereinkommen sah, wollte sie wissen, wer das hässliche amerikanische Mädchen sei«, sagt Sei-Jin, gerade als ich mit meinem Englischaufsatz in der Hand wieder gehen will. Durch ihren Akzent klingen die Worte noch härter. »Ich sagte ihr, es wäre E-Jun Kim, und sie sagte, das könnte sie nicht glauben. Sie sagte, wer immer dein Vater ist, er muss ein sehr hässliches amerikanisches Schwein sein.«

Sie betont das Schimpfwort »Schwein«, als wäre es etwas, das normale amerikanische Teenager ständig benutzen. Am liebsten hätte ich ihr ins Gesicht gelacht. Sie zur Seite gestoßen und ihrer Mutter erklärt, dass wir nicht mehr befreundet sind.

»Oh richtig, du weißt ja nicht, wer er ist. Ja, es muss ein Schwein gewesen sein, das dich gemacht hat.«

Ich versuche zu verhindern, dass mein Körper und mein Gesicht reagieren, aber sie gehorchen mir nicht. Stattdessen atme ich scharf ein, stolpere über meinen eigenen Fuß und wünschte, ich würde nicht hinter den Ohren schwitzen. Also versuche ich mir meinen Plan ins Gedächtnis zu rufen, wie ich sie verletzen kann. Meinen Plan, Jayhe zu benutzen, sobald sich die Gelegenheit bietet.

»Oh, tut mir leid«, sagt Sei-Jin, die mein Gesicht mit Argusaugen beobachtet. »Habe ich etwas falsch übersetzt?«

Nicht einmal als sie lächelt, bekommt ihre Alabasterhaut eine

Falte. Nicht ein einziges Grübchen zeigt sich, kein Lachfältchen, kein Makel. Natürlich hat sie keinen Übersetzungsfehler gemacht. Ihr Englisch ist perfekt, aber wenn sie etwas Grausames sagt, schiebt sie es immer auf die Sprachbarriere. Und ich kann meinen unbekannten Vater nicht mal verteidigen. Ich habe keine Ahnung, wer er ist. Nur dass er weiß ist und praktisch ein Geist. Die anderen Mädchen halten in ihren eigenen Gesprächen inne, um Sei-Jin und mich zu beobachten.

Die meisten von ihnen kamen im Alter von sechs Jahren aus Seoul, als auch ich aufgenommen wurde. Zuerst waren wir alle Freunde. Sie wohnten bei koreanischen Verwandten in der Nähe, und meine Mutter lud sie öfter zu uns ein, um gemeinsam etwas zu unternehmen. Dann aßen wir zusammen zu Abend, und sie haben bei uns übernachtet. Aber nachdem Sei-Jin dieses Gerücht gestreut hatte, haben sie sich alle auf ihre Seite geschlagen. Damals haben sie auch aufgehört, Englisch zu reden, wenn ich dabei war, oder nachts in mein Zimmer zu kommen, um über die blöden amerikanischen Mädchen zu lästern. Plötzlich gehörte ich nicht mehr zu ihrer Gruppe, war eine Außenseiterin.

Jetzt will Sei-Jin die anderen glauben machen, ich würde nicht zu ihnen passen, weil ich halb weiß bin, weil ich nicht Koreanisch spreche, weil ich mich an sie alle heranmachen würde. Das allein reicht, um sie in ihrer Prüderie zu schockieren und mich auf Abstand zu halten. Aber eigentlich hat Sei-Jin Angst, dass ich ihr Geheimnis verrate. Wie würden sie dann Sei-Jin behandeln? Was würde Jayhe denken? Dann wäre sie diejenige, die ganz allein ist, die Ausgestoßene.

»Meine Mutter sagt, deine Mutter hätte sich nach oben geschlafen«, sagt Sei-Jin. »Sie sagt, dein Vater war wahrscheinlich einer der Lehrer oder jemand mit einem Haufen Geld.« Sie legt den Kopf schief. Da ich nichts zur Verteidigung meiner

Mutter anzuführen habe – denn soweit ich weiß, stimmt, was sie sagt –, gehe ich ohne ein weiteres Wort. Aber ich weiß, dass ihre Mutter nichts von alledem gesagt hat. Das waren meine Theorien, die ich mit ihr zusammen durchgegangen bin, wenn ich sauer auf meine Mutter war, weil sie mir nichts über meinen Vater erzählen wollte. Sei-Jins Mutter ist immer nett zu mir, wenn sie mich sieht. Sie tätschelt stets meinen Kopf und sagt mir, wie hübsch ich sei.

Hitze kriecht meinen Nacken hinauf, und ich kämpfe dagegen an zurückzublicken, obwohl ich Sei-Jins Blick auf mir spüre und ihre Gemeinheiten noch in meinem Kopf nachhallen und mich quälen. Ich gehe langsam und aufrecht und gefasst, so, als würde sie mich überhaupt nicht treffen.

Nach der Szene mit Sei-Jin und ihren Gefolgsleuten verspüre ich fast Erleichterung, als ich in dem sterilen Untersuchungsraum mit dem vielen Metall bin, der der Ernährungsberaterin gehört. Aber eben nur fast Erleichterung. Wenigstens kann ich mich auf den kühlen Metalltisch setzen und die Stille genießen, bis Schwester Connie erscheint, um alles zu verderben. Das weiße Papier knittert unter meinem Po, als ich unruhig hin und her rutsche.

Da sind sie, Schwester Connies Werkzeuge: zwei schimmernde, bösartige Waagen, eine digital, die andere analog. Und dort an der Wand die Maßbänder, aufgereiht wie Schlangen, die dir ins Handgelenk, in die Taille, in die Oberschenkel beißen und drohen, deine dunkelsten Geheimnisse aufzudecken. Wenn die heruntergeholt werden, weißt du, dass du zu weit gegangen bist, dass dein Zuhause ruft, dass Haut und Knochen dich nicht länger tragen können. Bisher war ich nur einmal den Schlangen ausgesetzt, in der achten Klasse, als ich sechsundneunzig Pfund wog und die Schule meine Mom anrief, die mich regelrecht nach Hause schleifen musste. An diesem Wochenende aß und aß ich, habe mich vollgestopft wie ein fettes rosa Schwein, bis ich endlich bei hundert Pfund war und sie mich wieder in die Schule zurückkommen ließen.

Ich spüre das kühle, beruhigende Gewicht der Münzen. Daran denke ich, als Schwester Connie hereingeschneit kommt und ohne ein Wort meinen Blutdruck misst – der wieder niedrig ist – und meine Herzfrequenz prüft.

»Leere bitte deine Taschen«, sagt sie und zeigt auf die Puderdose, die ich eingesteckt habe. Die neue habe ich immer noch nicht wiedergefunden, deshalb nehme ich die alte, auch wenn ich auf dem Boden kratzen muss, um genug für mein Gesicht zusammenzubekommen. Ich lege sie auf den Tisch, sodass ich sie im Blick habe und sie nicht vergesse.

»Ich wollte nicht ...«, stottere ich.

Sie winkt ab. Heute will sie es nicht hören.

»Wann war deine letzte Periode?«, sagt sie.

»Vor zwei Wochen.« Die Lüge fällt mir leicht, weil ich festhalte, wann ich eigentlich meine Regel haben sollte. Nur um vorbereitet zu sein.

»Bist du sexuell aktiv?«

»Nein.« Ich frage mich, ob diese Antwort eines Tages anders lauten wird. Sie ermahnt mich trotzdem, an Safer Sex zu denken. Ich denke daran, wie im letzten Jahr diese verrückten Sex-Gerüchte die Runde machten, dass Cassie angeblich ihren tollen Freund Henri betrügen würde – was aber nur ein vergeblicher Versuch war, die beiden auseinanderzubringen, weil sie drauf und dran waren, das neue It-Paar des Balletts zu werden. Ich frage mich, ob sie miteinander geschlafen haben. Ob ihnen das geholfen hatte, so leidenschaftlich miteinander zu tanzen. Ob Schwester Connie es in ihrem Fall nicht nur bei einer freundlichen *Ermahnung* zu Safer Sex belassen hat.

»Stell dich auf die Waage«, sagt Schwester Connie, und ich

steige auf die wackelige Trittfläche der analogen Waage, die so altmodisch und gemein wie alle unsere Lehrer ist. Vielleicht sogar gemeiner. Ich schließe die Augen und halte den Atem an, wobei ich überlege, ob die Luft mich noch schwerer macht. Sie schiebt die Gewichte von der einen Seite auf die andere und wieder zurück und rechnet mit finsterem Gesicht. Beschließt über mein Schicksal, so wie sie es jede Woche tut.

»Hmm«, murmelt sie. Der besorgte Tonfall sickert in meine Poren. Kalter Schweiß tropft still meinen Rücken hinunter und sprenkelt meinen Haaransatz. Verwischt mein Make-up. Und dann sagt sie es. »Um die hunderteins. Nicht gut. Geh mal auf die andere Waage.«

Ich tue, was sie mir sagt, und steige mit mechanischen Bewegungen auf die digitale Waage, so wie ich es seit einem Jahrzehnt jede Woche einmal tue. Dabei verschränke ich die Hände ganz fest, fast wie im Gebet. Wieder halte ich den Atem an. Flüssigkeit grummelt in meinem Bauch. Sie sieht nicht zufrieden aus. In der Hand eine Tabelle, auf der sie meine Größe, mein Gewicht und meine Seele protokolliert, entscheidet sie gerade darüber, ob ich einen Platz an dieser Schule verdient habe oder nicht. »Hunderteins«, wiederholt sie, und ich atme aus – erleichtert, aber auch ein bisschen ängstlich und zweifelnd und ja, zufrieden. »Das ist gar nicht gut, E-Jun.«

»Ich weiß.« Dass ich nur über die hundert kommen musste, kann ich ihr nicht sagen. Das war *mein* Ziel.

Ich trete herunter von der Waage wie ein braves Mädchen, nehme wieder Platz und bete, bete, bete, dass ihre anderen Schlangen, die Maßbänder, mich heute in Ruhe lassen. Denn sie würden mich sicher verraten.

Sie betastet meine Beinmuskeln. Ich zucke zusammen und rechne damit, dass sie sagt, meine Beine wären zu dünn, meine Arme zu schwach für Ballettbewegungen. Dass ich irgendwann zusammenbrechen werde, weil ich mein eigenes Gewicht nicht mehr tragen kann. Und das darf nicht sein, nicht, wenn ich so nah dran bin. Nicht, wenn ich den Erfolg fast schon schmecken kann. Nicht, wenn meine Mutter damit droht, mich vom Konservatorium zu nehmen.

»Ich weiß, dass ich dich nicht daran erinnern muss«, sagt sie in herablassendem Ton, »aber du musst mehr essen. Sag mir mal, was du zum Frühstück und zum Mittagessen gegessen hast.«

Worauf ich ihr natürlich nicht die Wahrheit sage, sondern das aufzähle, was ich mir extra zurechtgelegt habe: »Eine halbe Grapefruit, einen Becher fettfreien Joghurt mit frischen Kirschen, zwei Bananen, einen Salat mit Thunfisch, Milchkaffee.« Während ich diese geschönte Liste aufzähle, kann ich fast spüren, wie mein Magen plötzlich von den erfundenen Kalorien und dem eingebildeten Koffein schmerzt.

Natürlich durchschaut sie meine Lügen sofort und schaut aufmerksam auf die Tabelle. »Du warst gestern Abend nicht in der Cafeteria. Ich sehe deine Unterschrift nicht auf der Liste.« Ihre bösen Listen, in die man sich einschreiben muss, starren hoch zu mir; so kontrolliert sie, ob wir auch alle zu den Mahlzeiten erscheinen. Wie im Gefängnis. »Was hast zu Abend gegessen?«

»Meine Mutter hat mir *baechu gook* gebracht.« Ich lächle freundlich, weil ich weiß, dass sie mit dem fremden Namen nichts anfangen kann. »Weil ich so hart gearbeitet habe, verstehen Sie, als Zweitbesetzung für die Zuckerfee.«

Sie lächelt zurück, aber ich weiß, so ganz kauft sie es mir nicht ab. Dabei sollte sie sich besser Mädchen wie Liz vorknöpfen. Sie ist diejenige, die ernsthaft untergewichtig ist. Das würde ich ihr gerne sagen, aber ich weiß, dass es mich nur schuldig aussehen lässt. Sie legt die Hände auf die Maßbänder. Ich höre das Echo meines Herzschlags in den Ohren. *Jetzt kommen die Schlangen.*

»Nun«, sagt sie, »in zwei Wochen will ich dich wieder bei hundertvier sehen, mit dem Ziel, so nahe wie möglich an hundertzehn heranzukommen. Und ich will, dass du jeden Abend in der Cafeteria erscheinst. Ich werde selbst nachsehen kommen, und ich werde auch die Betreuer informieren, damit sie aufpassen, dass du dich richtig und ausgewogen ernährst.« Auf einmal ist ihre Stimme eisig. »Denn, E-Jun, das hier ist sehr ernst. Du bist jetzt alt genug. Und du kennst die Regeln. Du hast noch eine Chance, dann bist du raus. Eine zweite gibt es nicht.«

Ich tue mein Bestes, um das freundliche Lächeln zu halten, aber ich merke, wie es mir entgleitet. Das Herz droht mir aus der Brust zu springen. Sie ist nicht auf meiner Seite. Auf niemandes Seite hier. Sie wird uns melden und alle notwendigen Papiere ausfüllen, um uns nach Hause zu schicken. Und sie wird den Beratungslehrer hinzuziehen und dann Mr. K. Ihr ist es egal, was es heißt, ein Tänzer zu sein. Welche Opfer nötig sind. Und sie weiß, dass es Mr. K nicht schwerfallen wird, mich gehen zu lassen. Dass ich ein Nichts bin. Ich kann ersetzt werden. Mädchen gibt es zuhauf in einem Ensemble, nicht wie Jungen, die wie Prinzen behandelt werden. Man sucht sich einfach bei irgendeinem Vortanzen ein anderes Mädchen aus.

»Alles klar.« Ich stehe auf und nehme meine Tasche. »Ich weiß. Hundertdrei. Nächste Woche.«

»Hundertvier«, mahnt sie mich streng. »Und wenn du das nicht schaffst, müssen wir einen Knochen-Scan machen.«

»Den brauche ich nicht«, sage ich, aber das Lächeln ist von meinem Gesicht verschwunden.

»Das sagt uns aber genau, was du brauchst. Und alles, was die Waage nicht merkt.«

Ich kaue auf der Innenseite meiner Wange und weiß nicht,

was ich tun soll. Sag etwas. Dreh dich um und geh. Stürz dich auf sie. Fang an zu weinen. Letztes Jahr musste eines der koreanischen Mädchen sich einem Knochen-Scan unterziehen, und er zeigte all ihre kleinen Geheimnisse: wie wenig sie wirklich gegessen hatte, dass sie nicht mehr ihre Periode bekam, dass sie trotz einiger Stressfrakturen weitergetanzt hatte, nur um ihre Rollen zu behalten. Danach haben sie sie nach Hause geschickt. Nach Südkorea.

»Ich frage meine Mutter, ob ich einen brauche«, bringe ich gerade noch heraus.

»Nicht nötig. Ich habe ihre medizinische Einwilligung. Das reicht uns, um einen anzuordnen, wenn wir einen brauchen. Ich bin hier, um mich um alle Tänzer zu kümmern, um das zu tun, was das Beste für sie ist, damit sie stark und gesund für die Bühne sind.«

Ich versuche, nicht zu heftig zu atmen. Eigentlich will ich sie eine Lügnerin nennen.

»Oh, und Gigi ist deine Zimmergenossin, richtig?«, fragt sie beiläufig, als hätte sie damit nicht eine Person erwähnt, die mein gesamtes Leben ruinieren kann.

»Ja«, sage ich ein wenig schärfer als beabsichtigt. Ich will nicht Gigis Zimmergenossin sein. Sie sollte *Junes* Zimmergenossin sein. *June*, das Mädchen, das seit zehn Jahren auf dieser Schule ist.

»Gehst du jetzt rauf in dein Zimmer?«, fragt sie.

»Ja«, sage ich vorsichtig, weil ich nicht weiß, was sie will.

»Sag bitte Gigi, wenn sie dort oben ist, dass sie zu mir kommen soll. Ich habe etwas für sie.« Sie tippt auf einen unordentlichen Stapel von Umschlägen. Auf einem ist Gigis Name aufgedruckt.

»Okay«, sage ich. Ohne sich zu verabschieden, geht sie in das Büro, das an den Untersuchungsraum grenzt. Ich weiß, dass sie fertig mit mir ist. Schnell nehme ich den Umschlag von dem Stapel. Es liegen dort so viele, dass sie diesen hier nicht vermissen wird. Sie wird wohl annehmen, dass sie ihn verlegt hat, und den Inhalt noch mal ausdrucken. Ich befühle ihn und frage mich, was wohl darin ist. Selbst wenn es nicht wichtig ist, es ist immer gut, alles zu wissen. Vielleicht ist es aber auch etwas, das Gigi am Tanzen hindern könnte. Wie eine Verletzung zum Beispiel. Dafür gibt es ja Zweitbesetzungen. Ich schiebe die anderen Umschläge zurecht und schlüpfe aus der Tür, meinen Preis in der Hand.

Ein Lächeln unterdrückend verlasse ich den Untersuchungsraum und freue mich auf die unterhaltsame Lektüre in meinem Zimmer. Ich werde nur einen kurzen Blick darauf werfen. Niemand wird es je erfahren.

13 | Gigi

»Wir müssen an unserem Pas de deux arbeiten«, sagt Alec, nachdem die Probe für heute Abend offiziell vorbei ist. »Ich habe die Lifts noch nicht richtig drauf.«

Er nimmt meine Hand und führt mich zu einem der leeren Studios. Ich spüre Bettes Blick im Rücken, ignoriere ihn aber. Schließlich tue ich nichts Unrechtes. Wir müssen ja wirklich trainieren. Er schließt die Tür hinter uns, geht sofort zur Stange und packt sie. Ich stelle mich hinter ihn und bewundere seine Beinmuskeln und seine breiten Schultern. Bisher habe ich noch nie wissen wollen, wie ein Junge ohne sein Trikot aussieht, und mich nie gefragt, was mir wohl alles entgeht, da ich ja bereits ziemlich viel von ihren Körpern sehe.

»Wir sollten uns wieder aufwärmen«, sagt er. »Und dann den Lift üben. Hast du Lust?«

Ich nicke und lasse meine Tasche mitten im Studio fallen, ohne auf das Durcheinander zu achten, das herausfällt. Die Spitzenschuhe spare ich mir, stattdessen streife ich mir nur die weichen Mukluk-Strickstiefel ab, die Mama mir von einer Reise nach New Mexico geschickt hat, und gehe barfuß zu ihm. Wir dehnen die Beine auf der Stange. Meine Glieder fühlen sich an wie unter Strom, weil ich ihm so nah bin. Als ich ins Wohnheim gezogen bin, begleitet von meinen Eltern und meiner Tante, war Alec der Erste, der sich vorstellte. Er kam einfach lächelnd zu uns und hat mich im Konservatorium willkommen geheißen.

Und seitdem hat er jeden Tag nach mir gesehen und mich gefragt, wie mein Tag war und wie ich mich eingewöhnt habe, immer bereit, mir hier und da einen Tipp zu geben. Er war derjenige, der mich aufgeklärt hat, dass June nicht wegen mir so ein finsteres Gesicht macht, sondern dass sie einfach immer so guckt. Bei dem Gedanken daran kichere ich. Alec wirft mir einen Blick zu, der fragt: Was ist so lustig?

»Nichts«, sage ich und gehe tiefer in die Dehnung.

»Hast du schon immer getanzt?«, fragt er.

»Eigentlich ja«, sage ich, beuge mich nach rechts und spüre die Dehnung in der Seite. »Und du?«

Er folgt meinem Beispiel. »Mein ganzes Leben. Mein Vater hat hier getanzt. Der große Dominic Lucas.« Er macht dabei Mr. Ks schweren russischen Akzent nach.

»Oh, richtig.« Ich komme mir ein bisschen dumm vor, weil ich nicht daran gedacht habe. »Ich vergesse immer, dass Mr. Lucas dein Vater ist. Das muss ... toll sein.«

»Meine Schwester und ich tun unser Bestes, um es zu vergessen.« Er lächelt traurig. »Er benimmt sich nicht wirklich wie ein Vater. Und wie ein Ehemann auch nicht.«

Ich weiß nicht, was ich sagen soll, deshalb lasse ich meine Hand zu seinem Rücken wandern und streiche ein paarmal lang und sanft über seine Wirbelsäule.

»Tut mir leid«, sage ich schließlich. »Das wusste ich nicht.«

Er erwidert mein Lächeln und schiebt meinen Körper so, dass wir Plätze tauschen. Ich blicke mich im Raum um. Wir sind allein, was ich auch wollte, aber nun fühle ich mich eigenartig. Seekrank. Ich versuche, mich wieder zu fangen. Das ist es doch, was ich wollte, oder? Und jetzt bekomme ich es.

»Kannst du mir helfen, mein Bein zu dehnen?«, frage ich. Eigentlich brauche ich seine Hilfe nicht, aber ich möchte, dass er mich anfasst.

»Klar.« Er kommt näher. Ich lege das Bein auf die Stange, dann hebt er es vorsichtig herunter und bis über meinen Kopf. Ich blicke hoch zu meinem Fuß. Meine Hüfte lockert sich, und ich spüre ein befriedigendes Ziehen.

»Fühlt sich das okay an?«, fragt er.

Ich nicke, und es fühlt sich an, als würde jedes einzelne seiner Worte direkt auf meiner Wange landen. Plötzlich wünsche ich mir, dass er mich küsst. Dabei dürfte ich gar nicht in ihn verliebt sein. Allein dieses Wort nur zu denken lässt mich erröten. Er ist mit Bette zusammen. Wir beide tanzen bloß zusammen. Nach der Aufführung des *Nussknackers* ist alles wieder vorbei. Er stellt mein Bein wieder ab, dann hebe ich das andere für ihn. Und er wiederholt die Bewegung, drückt sich gegen mich, mit der Brust an meinem Bein. Er tippt einen Rhythmus an meinem Oberschenkel, und ich versuche, nicht zu lachen.

»He!«, sage ich mit einem breiten Lächeln.

Er zeigt mir sein charakteristisches Grinsen und stellt mein Bein auf den Boden. »So. Ich würde gerne ein paar Lifts probieren. Hast du was dagegen? Irgendwie habe ich damit Probleme.«

Fast hätte ich ihn gefragt, ob ich zu schwer bin. Aber ich beiße mir auf die Zunge. Er ist daran gewöhnt, mit Bette zu tanzen, die kleiner und zarter ist als ich. Ich schüttle den Gedanken ab. An so etwas Dummes sollte ich nicht denken, wenn mein Körper doch stark und verlässlich ist. Ich muss mich darauf konzentrieren, die Lifts richtig hinzubekommen, den richtigen Partnerrhythmus mit ihm zu finden. Das Grand Pas de deux des *Nussknackers* ist eine der kompliziertesten und schwierigsten Variationen für Paare. Das Publikum wartet das ganze Ballett über auf den Tanz der Zuckerfee mit ihrem Prinzen. Ich werde nicht zulassen, dass es enttäuscht wird.

Wir machen die Lifts nicht so, wie wir eigentlich sollten, wie es uns von den Lehrern beigebracht wurde, nämlich inszeniert und kontrolliert, mit markierten Bewegungen, um dann langsam in die gefährlichen Bewegungen hineinzugleiten. Stattdessen packt Alec mich um die Taille, drückt die Daumen in meinen Rücken und stemmt mich mit einem Ruck in einen Schulter-Lift. Weder ist es eine allgemein anerkannte Ballettfigur noch Teil unserer Choreographie noch etwas, das wir je in dem Druckkochtopf des Klassenraums proben würden. Aber ich fliege in die Höhe, und er verharrt stark unter mir. Ich werfe den Kopf zurück und verliere mich in den Rissen an der Decke. Meine Arme strecken sich zurück, mein Herz klopft, und Alecs Armmuskeln zucken unter mir.

Der Weg nach unten ist rutschig und heiß. Er senkt mich ab, sodass mein Körper an seinem ist und unsere Rümpfe sich berühren. Es kribbelt auf meinem Rücken, in meinem Bauch, meinem Herzen. Mein ganzer Körper pulsiert, was mich verlegen macht. Wenn er meine Haut anfasst, wird er es merken, und dann weiß er, wie sehr er mich erregt. Wir wiederholen die Hebung noch ein paarmal, bis ich fühle, dass seine Daumenabdrücke in meinem Rücken nicht mehr verschwinden und sich kleine Blasen bilden. Ich lasse mir nicht anmerken, dass ich Schmerzen habe, als er mich zum letzten Mal hinuntergleiten lässt.

Ich stehe unter ihm, den Kopf noch zurückgeworfen, sodass ich mich in seinen Augen verliere. Und während ich noch ganz fasziniert bin von dem Wechsel von Blau zu Grün zu Schwarz am äußersten Rand seiner Pupillen, überrascht er mich, indem er mein Gesicht berührt. Seine Finger, die meine Wange hinunter und über meinen Hals gleiten, als würden sie Formen in meine Haut zeichnen, hinterlassen eine brennende Spur.

Ich will, dass er mich küsst. Ich will wissen, wie sein Mund schmeckt. Wie seine Zunge sich anfühlt. Doch ich zucke zurück, als ich sehe, dass jemand durch das Fenster späht. Eleanor. Ihr Atem beschlägt das kleine Glasquadrat.

Ich löse mich von ihm.

»Was ist?«, fragt er.

Eleanor ist nicht mehr hinter dem Fenster. Ich will ihm nicht sagen, dass ich sie gesehen habe. »Was ist mit Bette?«

Er kratzt sich am Kopf und zuckt die Achseln.

Ich kaue auf meiner Unterlippe und muss mich bremsen, damit ich die Haut nicht wieder aufbeiße. »Seid ihr nicht zusammen?«

»Mal so, mal so. Heiß und kalt. Wir drehen uns irgendwie im Kreis. In einem, der nicht ganz rund ist. Aber jetzt« – er berührt mich wieder an der Wange – »will ich was anderes. Dich.«

Ich halte seinen Blick fest, während Erregung mich überströmt wie eine Sturzflut. Meine Wange wird warm, und ich hoffe, dass er mit »anders« nicht die Farbe meiner Haut meint oder einfach, dass Bette und ich völlig unterschiedliche Persönlichkeiten sind.

Er legt die Hand um meinen Nacken und wickelt eine lose Locke um seinen Finger. Ich versuche, nicht zusammenzuzucken, und kämpfe gegen den Impuls an, nicht zu wünschen, dass er mein Haar anfasst. Was, wenn es ganz klebrig von den vielen Produkten ist, die ich hineingebe? Was, wenn sich die Locken rau anfühlen und nicht seidig wie Bettes glattes blondes Haar?

»Ich werde mit ihr reden. Ihr sagen, dass es vorbei ist. Eigentlich war es das schon in den letzten Wochen.«

Ich unterdrücke ein Lächeln. »Worin sind wir verschieden, mal abgesehen von dem Offensichtlichen?« Ich reibe mit dem Finger über meinen Unterarm, um ihm zu zeigen, dass ich die Farbe meine.

»Als ich sah, wie du einem der kleinen Mädchen mit ihren ersten Spitzenschuhen geholfen hast, wusste ich es«, sagt er. »Ich habe dich vom Fenster des Jungen-Studios beobachtet.«

»Oh, Celine«, sage ich, als ich mich an die Kleine im Flur

erinnere, die sich mit der Bearbeitung ihrer ersten Spitzenschuhe abmühte.

»Du kamst zu spät zum Unterricht, aber es war dir egal.« Das Kompliment lässt mich wieder erröten. »Ich will dir was zeigen.« Er zerrt mich mit sich, aus dem Studio. Wir steigen die Hintertreppe zum Mädchentrakt hinauf und schlüpfen geduckt durch die Tür. Hier oben ist kein Betreuer. Wir schleichen an angelehnten Türen und dem Badezimmer vorbei. Er zieht mich vorwärts. Ich verkneife mir ein Lachen, damit wir nicht erwischt werden. Ich höre nur ein paar der Mädchen, die meisten anderen sind in der Mensa, um sich nach der Probe zu stärken. Wir gehen ganz bis ans Ende des Flurs.

»Warst du schon im *The Light*?«, fragt er.

»Wo?«, erwidere ich.

»Dann also nicht.« Wir betreten eine dunkle Kammer. Während er so tut, als würde er nach dem Lichtschalter tasten, streicht er mit den Händen über meinen Hals und meinen Dutt.

»Alec«, sage ich mahnend, obwohl ich eigentlich nicht will, dass er aufhört. Er knipst das Licht an. Der kleine Raum ist eine einzige Bildercollage: Anna Pavlova, Mikhail Baryshnikov, Margot Fonteyn, Rudolf Nurejew und andere. Zitate übers Ballett. Zitate über den Tanz. Perfekte Körper, perfekte Zähne, perfekte Kostüme. Absolventen des Konservatoriums. Mitglieder der Kompanie. Werbung für Tanzkleidung mit aufstrebenden Primaballerinas.

»Was ist das?«, frage ich.

»Hat June dir nicht hiervon erzählt? Den Raum gibt es schon so lange, wie es die Schule gibt. Niemand weiß, wer damit angefangen hat.«

Natürlich hat sie mir nichts erzählt. Überhaupt redet sie kaum noch mit mir in letzter Zeit. Egal, wie sehr ich mich um sie bemühe.

Er redet weiter, während ich meine Finger über die Wände wandern lasse und versuche, jedes Zitat in mich aufzusaugen, jedes Bild genau zu betrachten.

Als ich plötzlich meinen Namen sehe, gehe ich auf die Zehenspitzen, komme aber nicht ran. »Alec«, sage ich.

Er tritt hinter mich. Seine Hüfte drückt sich gegen meine, und mir wird ganz heiß. Es ist kaum noch Platz zwischen uns. Ich kann die Wärme seines Körpers durch mein Trikot fühlen.

Alec greift über mich hinweg, nimmt den Zettel herunter und überfliegt ihn, bevor er ihn zerknüllt. Er will ihn wegwerfen, doch ich nehme ihn ihm ab. »Es war ein Fehler, dich mit herzunehmen«, sagt er. »Ich hätte wissen müssen, dass sie wieder damit anfangen.«

Schnell lese ich, was darauf steht. *Gigi sollte auf sich aufpassen.* Ich fahre mit den Fingern über die Worte. Auf einmal bin ich wütend. »Siehst du sonst noch was?«

Er zeigt nach links, auf ein Foto. Von mir und Henri, wie wir uns an dem einen Abend in dem Studio im Keller gedehnt haben. Ich reiße es herunter.

»Das glaub' ich nicht«, ist alles, was ich sagen kann. »Wir haben uns nur gedehnt. Ich wollte eigentlich viel lieber allein sein.« Ich koche vor Wut, versuche aber, es mir nicht ansehen zu lassen.

»Magst du ihn?«, fragt er.

»Wen, Henri?«

»Ja.«

»Nein«, sage ich und will dann doch hinzufügen, dass ich ihn mag. Aber das tue ich nicht.

Alec sagt nichts, aber ich sehe, dass sich seine Mundwinkel zu einem leichten Lächeln verziehen. Er nimmt das Foto herunter und zerknüllt es in der Hand.

»Es tut mir leid, dass ich dich hergebracht habe. Jetzt ist die Stimmung ruiniert.«

»Nein, ich bin froh, dass du es getan hast«, sage ich. »Ist doch gut, wenn ich weiß, was mich erwartet, oder? Kenne deinen Feind und so.«

»Dasselbe dämliche Zeug haben sie mit Cassie gemacht«, sagt er nach einer Pause. »Genau so hat es angefangen. Nachrichten in ihrem Zimmer oder in ihrer Tasche. Selbst in ihren Schuhen haben Nachrichten gesteckt.«

»Wer war das? Und was genau ist mit Cassie passiert?«, frage ich, während ich immer noch beunruhigt die Wände nach etwas anderem absuche. Mir ist übel. Er warnt mich, genau wie Henri.

»Hier ist es schwer, ganz oben zu sein. Und noch schwerer ist es, sehr gut zu sein und trotzdem Freunde zu haben. Vor allem für die Mädchen. Jungs mögen den Konkurrenzkampf. Wir brauchen ihn, dann arbeiten wir härter. Mädchen dagegen machen immer ein Drama daraus. Das ist der Druck. Der macht sie verrückt.« Er streicht mir eine Locke hinters Ohr, und ich beherrsche mich, um nicht zurückzuzucken. Ich mag nicht, dass er mein Haar anfasst, wenn es so verschwitzt und voller Stylingzeugs ist. »Cassie brauchte eine Pause. Na ja, die Pause dauert immer noch an.«

»Eine Pause?«, frage ich.

»Ja. Meine Tante hat sie in Therapie geschickt. Mein Vater sagt, es wäre eine Entzugsklinik«, flüstert er. »Bitte erzähl es keinem. Niemandem.«

»Natürlich nicht. Was haben sie mit ihr gemacht?«, frage ich vorsichtig und leise.

»Alle möglichen Streiche«, sagt er, ohne es weiter auszuführen. »Bis es dann zu weit ging.«

»Wer war es?« Ich weiß nicht, ob ich ihm sagen soll, dass Bette den Spruch auf den Spiegel geschrieben hat.

»Ganz genau weiß ich das nicht. Viele verschiedene Leute. Was es den Lehrern und Mr. K schwermacht, die Schuldigen zu finden. Bette stand ihr sehr nahe, und selbst sie kam nicht dahinter.«

Ich bemühe mich sehr, nicht die Stirn zu runzeln. Oder nicht zu denken, dass Bette etwas damit zu tun haben muss. Mir scheint, als wäre sie stets der Mittelpunkt von allem, was an dieser Schule geschieht. Er erzählt mir von der Zeit, als sie alle noch Freunde gewesen sind, was sie zusammen unternommen haben.

Ich nicke und wende mich von ihm ab. Ein weißes Blatt ragt zwischen den bunten Ausschnitten hervor, einmal gefaltet, einladend. Vorher hatte ich es übersehen. Neugier treibt mich, es mir anzusehen, während Alec an der gegenüberliegenden Wand beschäftigt ist und darüber redet, wie er mit Cassie aufgewachsen ist.

Ich schlucke. Es ist mein Krankenbericht aus dem letzten September. Mein letztes EKG. Die Linie schlägt nach unten und nach oben aus wie die Zeichnung eines Kindergartenkindes und offenbart meine seltsamen Herzschläge. Ich reiße das Blatt herunter und knülle es zornig zu einem Ball zusammen.

»Was ist los?« Alec kommt schnell zu mir herüber.

»Ich bin nur erschrocken über das, was mit Cassie passiert ist.« Ich fühle mich schrecklich, weil ich ihn anlüge, aber er darf es nicht erfahren. Niemand darf es erfahren. Wie ist der Bericht hierhergekommen? Wer käme überhaupt an so etwas heran? Ich sage mir, dass ich mich beruhigen muss, freier atmen muss. Aber mein Herz schlägt trotzdem nicht langsamer. Das ist der Stress. Oder Alec.

Sein Arm streift meinen. Ich schiebe meine Hand in seine, und er beugt sich vor. Ich weiß, dass wir nicht hier drinnen sein sollten, dass wir nicht so nah beieinanderstehen sollten, dass ich das alles nicht mögen dürfte. Er überrascht mich mit einem Kuss. Einem echten. Warm und nasser, als ich erwartet habe, und so tief, dass ich Angst habe, er könnte hinter alle schrecklichen Geheimnisse meines Körpers kommen, allein durch das gegenseitige Erkunden unserer Münder.

Wir küssen uns so lange, dass meine Lippen taub werden. So lange, bis ich vergesse, mich zu fragen, ob er Bette gehört oder mir oder nur sich selbst. Bis ich vergesse, mich zu schützen, meine Atmung zu kontrollieren, vor irgendetwas Angst zu haben. So lange, bis es mir egal ist, was an den Wänden um mich herum hängt.

Und gerade als alle Angst aus meinem Körper durch unsere sich öffnenden, schließenden, erkundenden Münder gewichen ist, strömt sie wieder zurück. Ich schiebe ihn ein Stück weg. Mein Herz klopft heftig, und ich bekomme keine Luft. Das hier ist falsch. Ich will ihn so sehr, aber er gehört nicht mir. Noch nicht.

»Bette«, flüstere ich so leise, wie ich kann, weil ich nicht will, dass ihr Name den kleinen Raum einnimmt.

Er sagt mir, dass es aus ist zwischen ihnen. Er sagt mir, dass er es ihr erzählen wird. Er sagt mir, wie sehr er mich will. Ich presse mich an ihn, küsse ihn dieses Mal zuerst und lasse das Gefühl seiner Lippen und den Geschmack seines Mundes alle Geheimnisse und Lügen auslöschen, die mich umwirbeln.

14 | Bette

Als ich nach der Probe in mein Zimmer zurückkomme, ist Eleanor da, in ihrem Flanellpyjama, die Augen geschlossen, vertieft in eine ihrer Visualisierungen. Ich höre, wie sie jede Schrittfolge in einem Singsang wiedergibt. Ich knalle die Tür zu, um sie aufzuschrecken. Es ist Freitagabend, und ich bin voller Energie, will etwas unternehmen, doch sie ist schon im Schlafanzug. Wie immer. Ich versuche, nicht wütend zu werden.

»Alec war da«, sagt sie, nicht im Geringsten verärgert. Sie glaubt, wir könnten über Alec reden, als wäre er ein Filmstar oder ein Date für den Abschlussball, aber das, was zwischen uns ist, ist so viel größer, so viel ernster als all das. »Sah aus, als wäre er traurig, dass du nicht da bist. Er sagte, er hätte dir eine SMS geschickt, und dann hat er eine Stunde im Treppenhaus gewartet, bis der Betreuer kam.«

Ein Lächeln beginnt in meinem Inneren und bahnt sich dann seinen Weg nach außen. Mein Herz zieht sich vor Freude zusammen. Er sah traurig aus? Hoffentlich hat sie das nicht nur gesagt, damit ich mich besser fühle. Seit dem letzten Mal, als er hier bei mir war, stimmt es irgendwie nicht mehr zwischen uns. Mir kommt es vor, als wäre das schon Monate her. Ich umklammere mein Handy.

Manchmal antworte ich nicht sofort auf seine SMS, weil ich will, dass er denkt, ich wäre zu beschäftigt. Um ihn ein bisschen zappeln zu lassen. Damit er weiß, dass ich eine ernsthafte Ballerina bin und das Leben nicht für ihn stoppt. Obwohl es das doch irgendwie tut.

Eleanors Handy klingelt. Sie stellt es aus. Dann fängt es wieder an. Sie versucht, über die nervenden Pings hinweg zu reden.

»Wer ist das?« Sie wird nie angerufen. Außer von mir. Ihre Mutter hat zu viel Arbeit am Hals, um sie anzurufen; Eleanor hat viele Geschwister, die ernährt werden müssen.

»Niemand.« Ihr Gesicht wird von Sekunde zu Sekunde röter. Wenn sie nervös ist, beginnt ihre Stimme zu vibrieren, und jetzt spielt sie verrückt. Sie zittert und wird schneller. »Haben dir Morkies Ideen für das Solo gefallen? Das ist so anders als …«

»Die Probe ist mir gerade ziemlich egal.« Ich mustere sie. Dann frage ich sie noch mal, wer angerufen hat, aber sie will es mir nicht sagen. Also wechsle ich das Thema. »Hast du Alec gesagt, wo ich war?«

»Ich wusste nicht, wo du warst. Wo warst du denn?«

»Wer hat dich angerufen?«, fahre ich sie an.

Eleanor seufzt. »Mein älterer Bruder.« Sie lügt. Sie weicht meinem Blick aus, und ihre Unterlippe bebt ganz leicht. Ich kenne sie zu gut. Seit wann haben wir Geheimnisse voreinander? Aber ich darf sie nicht merken lassen, dass es mir etwas ausmacht. Bald wird sie mich wieder brauchen. Das ist sicher. So ist es immer.

»Egal, jedenfalls hat Alec dir eine Nachricht hinterlassen«, sagt sie.

Wie eine frisch verknallte Zwölfjährige nehme ich das aus einem Notizbuch herausgerissene Blatt mit Alecs Handschrift darauf entgegen. Mein Herz macht einen Satz, so wie damals, als wir dreizehn waren und gerade gelernt hatten, wie man küsst.

B, Lincoln Center? Ich bin auf der Treppe. A.

Eleanor sage ich, dass sie nicht auf mich warten und mir einfach ein Alibi geben soll, falls jemand nach mir sieht. Was nicht passieren wird. Solange wir zu den Proben und zum Unterricht kommen und dabei noch genug wiegen, kümmert es die Lehrer und Betreuer nicht, was wir sonst so treiben.

Ein- oder zweimal im Semester machen wir einen, wie Alec es nennt, »Ausflug« ins Lincoln Center, spätabends, wenn der Vorhang längst gefallen ist und der Hausmeister sich über einhundert Mäuse freut, wegen denen er so tut, als hätte er uns nicht gesehen. Alec kommt problemlos hinein, denn seine Eltern sind in allen möglichen Ausschüssen, und er kann sich gut Sicherheitscodes und Passwörter merken. Das ist eine Sache unter vielen, die ich an ihm mag. Er ist ein guter Mensch und trotzdem interessant.

Als ich eintreffe, ist er bereits da, in seiner grauen Caban-Jacke, um den Hals den rotgestreiften Schal. Seine Augen huschen über mein Gesicht, als würde er mich gar nicht richtig ansehen.

»Hallo, Fremder.« Um die Atmosphäre ein wenig aufzulockern, lege ich die Hand auf seinen Unterarm, der mir so vertraut ist, der Sicherheit bedeutet. Ich denke daran, dass Thanksgiving bevorsteht und wir dann allein in seinem Zimmer zu Hause sein werden und die verlorene Zeit nachholen können. An das große, weiche Bett und seine frisch gewaschenen Laken, die stets nach Lavendel riechen.

»Komm, es ist kalt«, sagt er, ohne mich an sich zu ziehen oder mir einen Kuss zu geben. Er tippt den richtigen Sicherheitscode ein, und wir betreten die Hinterbühne. Es ist stockdunkel, deshalb suchen wir nach Lichtschaltern, indem wir mit den Händen über die Wände tasten. Schließlich geht das Licht flackernd an, zumindest ein paar Glühbirnen beginnen zu brennen. Die Bühne liegt im Zwielicht, der Zuschauerraum ist dunkel, und Alec und ich sind endlich allein. Die Seitenbühnen sind leer, und die Vorhänge haben den vertrauten Duft von Samt, von Staub und von etwas, das ich nicht beschreiben kann.

Alec klettert auf die Bühne, macht ein paar schnelle, aber präzise Sprünge und Drehungen, und lässt sich dann betont respektlos auf den polierten Boden fallen. Ich nähere mich der Bühne bedächtiger. Sie ist meine Kirche. Selbst wenn ich manchmal vergesse, wie es war, eine winzige Tänzerin zu sein, im Lincoln Center fühle ich mich wieder klein und leicht und lebendig.

Ich lege mich auf das polierte Holz, starre hinauf zu den hohen Decken und stelle mir mich im Kostüm vor, wie ich die komplizierteste und schwierigste Choreographie, die Morkie und Mr. K je ausbrüten könnten, perfekt ausführe. Ich will auf der Bühne schlafen, in meinen Träumen das Wachs riechen und immer die Wärme der Reihen von Lampen spüren, die über mir glitzern wie ferne Sterne. Normalerweise würden Alec und ich jetzt ein bisschen knutschen, er hätte die Hände in meinen Haaren, ich meine in seinen, das Holz würde unter uns knarren, und die Lampen würden uns noch mehr einheizen. Aber er sieht nur mit ernster Miene auf mich herunter.

Ich setze mich auf. »Irgendwie vermisse ich es, mit dir zu trainieren«, sage ich. Als ich versuche, den Kopf auf seine Schulter zu legen, rutscht er weg. »Ich liebe dich, weißt du?«

Er erwidert es nicht, deshalb lasse ich die Worte im Halbdunkel verklingen. Sie hallen wider. Wir sind zu klein und zu unsicher für solch einen majestätischen Raum.

»Bette?« Mein Name klingt gut aus seinem Mund. Sanft. Er betont das T am Ende nur ganz leicht.

»Hmm-hmm?«, murmle ich, so schläfrig und sexy, wie ich kann. Das Geräusch vibriert an meinen Lippen. Ich sehne mich danach, ihn zu küssen.

»Hör zu, ich wollte dich hier treffen«, sagt Alec nach einer kurzen Pause, »um dir von Angesicht zu Angesicht zu sagen, dass es aus ist.«

Ich muss mich verhört haben. Ich bringe kein Wort heraus.

»Wir müssen uns trennen. Mal sind wir zusammen, dann wieder auseinander, das war schon immer so. So geht es nicht mehr weiter.«

»Aus?« Ich weiß, wenn ich es schreie, wird der Laut verstärkt und kommt mit grausamer Genauigkeit zu mir zurück. »Du glaubst, das wär's?«

Ich will unbedingt meine Stimme unter Kontrolle halten, doch in mir tobt es. Mir ist, als würde der Schmerz bis in meine Knochen dringen.

»Unsere lange Freundschaft bedeutet mir unglaublich viel ...«

»Freundschaft?«, sage ich. Das Wort ist viel zu wenig, um das Große, das mich und Alec verbindet, zu umfassen. Ich bin seit meiner Kindheit auf dieser riesigen Bühne. Jetzt will ich mich nur noch in eine Decke einwickeln und irgendwo gemütlich einkuscheln, nicht hier sein, verloren in der Weite des Lincoln Center. Hier ist es nicht sicher. Und seine Worte treffen mich wie Kugeln.

»Es ist einfach so weit. Schließlich läuft es schon seit einer Weile nicht mehr zwischen uns.«

»Es läuft nicht?«

»Irgendwie ist es komisch, dieses Jahr. Vielleicht ist es an der Zeit. Selbst Will ist es aufgefallen ...«

Glühender Hass auf Will packt mich. »Will ist verliebt in dich.«

Die Worte klingen bitter und boshaft. Offenbar habe ich mich nicht mehr im Griff, denn so sehr ich Will hasse, ich wollte nie, dass Alec das erfährt. Den Grund, warum Will und ich keine Freunde mehr sind. Dass mein bester Freund mich verraten hat, als er sagte, er wäre verliebt in meinen Freund, und dann erwartet hat, dass ich Mitgefühl mit ihm habe, dass ich weiter nett zu ihm bin. Er bat mich, meine Zuneigung nicht so offen zu zeigen, weil es ihm wehtäte. Noch heute hämmert mein Herz vor Wut, wenn ich daran denke. Und jetzt hat er Alec gesagt, er solle mit mir Schluss machen. Was hat er ihm sonst noch gesagt? Was wird Alec noch sagen?

»Was ist mit Will?«, sagt Alec entsetzt, als hätte er die Worte nicht gehört. Die Wahrheit nicht gehört.

Ich weigere mich zu wiederholen, was sich in diesem Sommer alles zwischen mir und Will geändert hat. »Du hast mich schon verstanden.«

Wir sitzen schweigend da.

»Ich hätte ihn nicht erwähnen sollen«, sagt Alec. »Aber bitte sag nicht so etwas über Will, okay? Er ist mein bester Freund. Abgesehen von dir. Lass uns einfach ... Lass uns diesen Teil des Gesprächs vergessen.« Seine Augen sehen wässrig aus, als würde er gleich anfangen zu weinen. Alec ist zu weich, hat Adele immer gesagt. Aber das ist auch ein Grund, warum ich ihn liebe: Das Weiche schlummert nicht allzu tief unter der Oberfläche.

»Ich möchte, dass es gut zwischen uns läuft, auch wenn wir nicht mehr zusammen sind«, sagt er. »Ich glaube nur, dass jetzt die Zeit für eine Trennung gekommen ist.«

Aber es kann nie wieder »gut« sein. Das, was immer wir hatten, ist zerbrochen. Und nichts wird wieder sein, wie es mal war.

Ich lasse nicht zu, dass er mich zurück zum Wohnheim bringt. Stattdessen gehe ich zu Adele, die eine Avenue westlich von der Schule lebt. Die Kälte lässt alle Tränen, die in mir hochsteigen, gefrieren, und ich nehme zwei Tabletten. Ich muss meinem Dealer simsen, dass ich mehr brauche, sobald meine Mutter mir mein monatliches Taschengeld gibt. Langsam wird mein

Vorrat knapp. Adele wohnt in einem schönen Haus mit Portier, Marmorböden im Foyer und hübschen, künstlichen Pflanzen. Viele der Tänzer leben hier, gewöhnlich mehrere zusammen. Es ist zwar ganz anders als das Townhouse, in dem wir aufgewachsen sind, aber Adele sagt, ihre Wohnung wäre »süß«. Der Portier lässt mich rein. Er hat mich oft genug gesehen und meine Mutter vermutlich viel zu oft.

Ich nehme den Aufzug in den siebten Stock. Zuerst klopfe ich leise, dann fester. Adele mag keine unangekündigten Besuche. Ihr wäre es wohl am liebsten, wenn wir auch noch Termine für unsere Anrufe ausmachen und unsere Gespräche vorher proben würden. Die Tür öffnet sich nur einen Spalt. Adeles verschlafene blaue Augen starren mich an. Ihr dichtes blondes Haar fällt perfekt um ihre Schultern, so, als habe sie sich gerade frisiert. Gertenschlanke weiße Beine stehen in makelloser Haltung. Selbst hier im Flur, mitten in der Nacht, ist sie ein Muster an Anmut und die perfekte Ballerina.

»Bette, was ist los?« Sie tritt nicht zur Seite, um mich hereinzulassen. »Es ist spät. Alle schlafen schon.« Sie wohnt mit drei anderen Mitgliedern der American Ballet Company zusammen.

»Kann ich reinkommen?«, frage ich. »Es ist erst elf.«

»Und morgen ist Premiere des *Nussknackers*. Hast du das vergessen?« Ihre Augenbrauen heben sich, und sie beugt sich vor wie unsere Mutter, um mich prüfend zu mustern.

Die Trennung von Alec und der Verlust der Zuckerfee haben mich so beschäftigt, dass ich Dinge vergessen habe, die ich eigentlich wissen sollte. Wenn ich eines Tages Teil der Kompanie sein will, muss ich mir Premieren und Schlussvorstellungen merken. Und dass sie in acht Ballettstücken pro Saison Solistin ist, sodass sie ständig müde und zerstreut ist.

»Deine Pupillen sind geweitet.« Sie fasst nach meinem Medaillon, bevor ich zurückweichen kann. »Jetzt mach mal langsam, okay?«

Ich weiche zurück. »Mit was?«

Ich konnte meine Schwester noch nie gut anlügen. »Ich habe nur ... das ist nur ... ich ...«

»Geh zurück in dein Zimmer. Nimm eine heiße Dusche. Bis du ganz rot bist. Bis du dich wieder im Griff hast. Dann ruf mich an. Morgen.« Sie schließt die Tür, bevor ich noch etwas sagen kann, und ich bin wieder allein.

Am nächsten Tag beendet Mr. K die Probe früher, und wenn ich die Art von Mädchen wäre, die Dankesschreiben verschickt, dann würde ich ihm jetzt eines schicken. In Alecs Nähe zu sein geht über meine Kräfte. Also beschließe ich, so zu tun, als wäre nichts geschehen. Stattdessen will ich Glitzer, überall Glitzer. Rote Lippen, die Augen lila umrandet, Glitzer auf den Wangen, den Schultern, dem Schlüsselbein, überall, wo man hingucken soll.

»Wow«, sagt Eleanor, als sie die Tür zu unserem Zimmer öffnet. Ich habe noch kein Kleid ausgewählt, deswegen stehe ich so gut wie nackt vor ihr, abgesehen von den hochhackigen Schuhen, dem schweren Make-up und meinem Medaillon.

»Komm in die Gänge.« Heute Abend schleppe ich sie mit, damit wir ein bisschen Spaß haben, uns ablenken. Schließlich ist es ein Samstagabend, an dem alle normalen Sechzehnjährigen in New York unterwegs sind.

»Ist nicht so gut gelaufen in der Probe, was?« Eleanor schlüpft aus ihrem Trikot und der Strumpfhose. Ihr Haar steckt immer noch in einem Dutt, deshalb strecke ich die Hand aus, um es selbst loszubinden. »Kommt Alec mit?«

Ich zucke zusammen und bedeute ihr mit einer Geste, dass ich nicht darüber sprechen will. Weder ihr noch Liz habe ich davon erzählt. Ich will mir nicht mal sein Gesicht vorstellen: sein leichtes Lächeln voller Mitleid, während er mich die Variation der Schneekönigin und nicht die der Zuckerfee tanzen sieht, und wie er pfeift, nachdem Gigi dran war. Wahrscheinlich ist es wirklich das Beste, wenn wir uns eine Weile trennen. Ich will nicht, dass mich jemand so ansieht, wenn wir uns küssen, berühren, miteinander schlafen. Also werde ich einfach warten, bis er mich wieder will. Bis er sieht, dass ich immer noch besser bin als alle anderen. Ich glaube, im Moment weiß er nicht, was er fühlt. So muss es sein. Noch nie hat er ein Pas de deux mit jemand anderem als mir getanzt. Ich werde ihm vergeben, dass er verwirrt ist. Und dass wir nicht so viel gemeinsame Zeit wie sonst hatten.

»Nur ich, du und Liz heute Abend«, sage ich abgehackt.

»Alec war auffallend nett zu Gigi«, beginnt Eleanor. »Ich habe sogar gesehen ...«

»Heute Abend reden wir nicht mehr über die Probe. Oder über Alec. Und vor allem nicht über Gigi«, ordne ich an. »Haare runter, Busen raus, na los.«

Ich bin ein bisschen überdreht von Kaffee, Tabletten und Adrenalin, weil ich jetzt fünf Stunden am Stück getanzt habe. Eleanor entzieht sich meinen Händen in ihren Haaren, die ganz verklebt sind von Haarspray und Schweiß, und Haarnadeln regnen von ihrem Kopf auf das Parkett. Seitdem wir klein waren, machen wir uns gegenseitig die Haare und helfen uns in die Kostüme und wieder heraus. So als wäre ihr Körper meiner und umgekehrt. Hinter der Bühne hat sie mir das Trikot ausgezogen, wenn ich mich schnell umziehen musste, und ich habe letzte Hand an ihr Make-up gelegt.

»Das räumst du aber auf.« Sie zeigt auf die verstreuten Haarnadeln, während sie ihr Haar zu einem weniger strengen, aber immer noch sehr straffen Zopf zurückstreicht. Als sie ihn zusammennimmt, heben sich ihre Augenbrauen. Ihr Gesicht ist zu pummelig; die Frisur lässt sie fett aussehen. »Ich hebe sie auf, während du dich fertig machst«, sage ich.

»Ich bin müde, und mir tut alles weh. Müssen wir denn unbedingt ausgehen?« Aber noch während sie jammert, greift sie sich ihr Handtuch und wendet sich in Richtung Badezimmer, weil sie weiß, dass ich ein Nein als Antwort nicht akzeptiere. »Und ist unsere Wäsche zurück?«, fragt sie, als wäre es ihre Haushälterin, die alle drei Tage unsere Kleider wäscht, faltet und an den Empfang liefert. »Das ist mein letztes Handtuch.«

»Ja, sie kam heute. Deine Tasche ist in deinem Schrank.« Ich wühle in dem leichten pinken Wäschesack auf dem einen Bett. »Wo hast du den hier gefunden?« Ich lasse einen schwarzen Rüschenslip, frisch aus dem Dessousgeschäft, an einem Finger baumeln. »Der gehört nicht mir. Verheimlichst du etwas vor mir, El?«

Ihre Kinnlade fällt herunter. Sie greift danach und beginnt tausend Gründe zu stammeln, warum sie etwas anderes hat als Baumwollunterwäsche. Dass der Slip nichts zu bedeuten hätte. Dass er ein Geschenk war.

»Aber du willst doch, dass ihn jemand sieht, oder nicht?«, frage ich.

Sie versucht, das Thema zu wechseln. »Ich sollte besser einfach ins Bett gehen. Ich bin so müde.«

»Es ist Samstagabend. Morgen gibt es kein Pilates. Wir gehen aus! Du kannst das silberne Kleid anziehen.« Ich hole das schimmernde Minikleid hervor, das ich in den Sommerferien gekauft habe und das ihr so gefällt, und hänge es an die Schranktür, damit es besser wirken kann. Mit religiöser Ehrfurcht nähert sich Eleanor dem Kleid und berührt den Stoff.

Schon eine Stunde später klebt er an ihrem Körper, und sie sieht überhaupt nicht mehr aus wie eine Ballerina. Eleanor war schon immer so etwas wie meine eigene Barbie-Puppe. Ihre Mutter hat ihr nie all die kleinen Tricks beigebracht, die man als Mädchen kennen sollte (so wie meine Mutter mir), deshalb fiel diese Aufgabe mir zu. Als wir zwölf waren, nahm Madame Matvienko, die Kostümbildnerin, sie nämlich beiseite und sagte ihr, sie solle sich am Riemen reißen, denn sie sähe aus wie eine Pennerin. Heulend und schniefend kam sie zu mir und bat um Hilfe, und seitdem war ich immer für sie da, seit dem ersten Tag am Konservatorium. Heute Abend lässt sie mich ihren Zopf toupieren und ihre Augen mit ganz dunklem Eyeliner umrahmen. Auf die Lippen gebe ich lila Lippenstift und lege ihr vier lange Perlenketten um den Hals. Plötzlich wirkt sie so zart, viel zarter als früher, sodass sie unter all dem Make-up, Glitzer und den funkelnden Perlen fast verschwindet.

Wie meine Mutter sagen würde: Das Kleid trägt sie und nicht umgekehrt.

Mein Kleid hat die Farbe meiner Haut – elfenbeinweiß – und ist schulterfrei. Grüne High Heels. Nichts zu verbergen.

Ich klopfe an Liz' Tür und drücke leicht dagegen. »Fertig?«

Es ist dunkel in ihrem Zimmer, und es riecht nach einer Mischung aus Schweißfüßen, verschwitzten Trikots und Erbrochenem. Eleanor sagt, sie halte das nicht aus, und bleibt im Flur. Statt das Kleid zu tragen, das ich für sie ausgesucht habe, hat Liz sich dick in Decken eingewickelt. Frankie, ihre Mitbewohnerin, liegt nicht in dem Etagenbett über ihr.

»Warum bist du nicht fertig?«, sage ich. »Und es riecht furchtbar hier drinnen.«

»Es ist zu kalt, um auszugehen.« Mit hohlen Augen sieht sie hoch zu mir, wickelt sich noch fester ein und knipst das Heizkissen an.

»Bist du krank?«, frage ich, weil ich nicht wahrhaben will, dass es hier um etwas völlig anderes geht. Der plötzliche Gewichtsverlust. Na ja, ganz so plötzlich kam er nicht, wenn ich ehrlich bin. Aber ich will nicht darüber nachdenken. Kein bisschen. Und sie hat mir gegenüber auch noch damit angegeben. Hat mir SMS geschickt, wenn sie ihre Ziele erreicht hatte.

»Ja«, sagt sie. »Ich bin so müde.« Ich verspreche ihr, dass ich ihr Tee bringe. »Bleib im Bett, okay? Du musst dich mal einen Abend ausruhen.«

Als Liz ihren Tee hat, nehmen Eleanor und ich den langen Weg aus dem Gebäude – die Treppe hinunter und durch den Keller. Ich vermeide jedes Gespräch über Liz. Das kann ich nicht brauchen; mein Kopf ist schon so voll mit schlimmen Dingen, und es werden immer mehr.

»Können wir nicht einfach direkt nach draußen gehen?«, beschwert sich Eleanor, die jetzt schon auf meinen teuren High Heels humpelt. Sie zupft an meinem Fünfhundert-Dollar-Kleid herum.

»Das ist der beste Teil«, sage ich. »Und ich brauche das, okay?«

Der Aufenthaltsraum ist voll mit Schülern – einige sehen fern, Henri und ein paar der anderen Jungs spielen Pool Billard, andere Air-Hockey, und Alec klimpert in der Ecke auf seiner Gitarre.

Will entdeckt mich und seufzt laut, was Alecs Aufmerksamkeit erregt. Ich puste Will einen Kuss zu. Früher ist er immer mitgekommen, wenn ich ausging. Wir alle fünf zusammen – Alec, Liz, Will, El und ich. Jetzt ertrage ich den Gedanken nicht, dass er mich begleiten könnte. Er runzelt die Stirn und sieht auf einmal genauso aus wie an dem Tag, als ich ihn kennengelernt habe. Der Neue, der vor dem Ballettunterricht der Jungs heult, nachdem er von Mr. K in Spitzenschuhen erwischt wurde. Ich habe ihn damals getröstet. Das ist so lang her.

Im Vorbeigehen stoße ich gegen Henris Queue.

»Pardon«, sagt er und tritt dann so nah an mich heran, dass ich die Schokolade riechen kann, die er wohl eben gegessen hat.

»Beweg dich«, sage ich. »Du stehst mir im Weg.«

»Nein.« Seine Augen mustern mich von oben bis unten. »Du hast mich angerempelt. Sodass ich meinen Stoß verzogen habe.«

Eleanor ergreift meine Hand. »Lass uns gehen.« Sie versucht, mich wegzuziehen.

Ich schaue über die Schulter zu ihr zurück, nur um mich zu vergewissern, dass Alec uns beobachtet. Und das tut er, die Hand erstarrt auf der Gitarre, was mich froh macht. Er hat noch Gefühle für mich. Ich wende mich wieder Henri zu, lege die Hand auf seine Brust und drücke leicht. »Soll ich etwa die ganze Nacht hier herumstehen?« Statt meinen Ärger zu zeigen, will ich flirten und setze deshalb jetzt zusätzlich ein Lächeln auf, so als hätte ich meinen Spaß.

»Wäre das so schlimm?« In seinem singenden Tonfall liegt Spott. »Oder vielleicht lädst du mich ja ein, mit dir auszugehen? Machen das Mädchen wie du nicht so?« Er nimmt meine Hand von seiner Brust und drückt sie leicht, bis ich sie wegreiße. Ich mache einen Schritt vorwärts, in der Absicht, ihn wegzustoßen. Er ist ein Nichts. Hier ist er ein Niemand. Nur weil er ein Pas de deux mit mir tanzt, wird er zu jemandem.

»Du weißt nichts über mich oder diese Schule«, sage ich so laut, dass alle mich hören können.

»Ich kenne Mädchen wie dich. Davon gibt es genug an der Opéra de Paris«, sagt er. »Ja, du bist nichts Besonderes. Eigentlich weiß ich sogar alles über dich.« Er beugt sich nah an mein Ohr heran. »Vor allem, was du Cassandra angetan hast. Während du so getan hast, als wärst du ihre Freundin.«

Ich zucke zurück und spüre, dass ich rot werde. Ich bedenke ihn mit einem Blick, der sagt: *Du weißt überhaupt nichts,* und hoffe, dass mein Gesicht nicht verrät, dass ich weiß, wovon er spricht. Alec geht an uns vorbei, ohne auch nur stehen zu bleiben, ohne sich zu vergewissern, dass es mir gut geht. Ich folge seinem Rücken mit den Augen, verstehe nicht, warum er mir nicht hilft. Selbst Eleanor geht auf Abstand zu uns und lässt mich mit meinem Peiniger allein.

»Ich weiß viel, Bette Abney. Vieles, das ich wohl besser nicht wissen sollte, wenn es nach dir geht. Und ich habe vor, es zu beweisen. Jedem zu zeigen, wer du bist.« Er streift mein Medaillon mit den Fingern.

»Fass mich nicht an«, sage ich.

Weiß er wirklich, was ich getan habe?

Ich bin wie festgewachsen.

Er lacht. »Deine Geheimnisse sind sicher bei mir.« Dann fügt er hinzu: »Oder auch nicht.«

Eleanor fasst sich ein Herz. Endlich. Sie packt meine zitternde Hand und zieht mich weg von Henri. Wie benommen lasse ich mich den ganzen Weg bis zum Seiteneingang der Schule schleifen. Ich ziehe noch nicht einmal meinen Mantel an, bevor wir hinaus in die kalte Novemberluft treten.

»Was ist los?«, fragt Eleanor, aber ich ignoriere sie, denn in Gedanken bin ich immer noch bei Henris Anschuldigungen, bei Cassie und dem, was ich getan habe. Meine Beine sind so weich und wacklig, dass sie jetzt nicht mal stark genug für Spitzenschuhe wären. Ich lasse mich auf die Stufe sinken. Eines weiß ich: Wenn ich dafür drankomme, dann nicht allein. Wir haben alle mitgemacht.

Letztes Jahr hielt ich es für eine geniale Idee, mich mit Cassie anzufreunden. Immerhin ist sie Alecs Kusine aus der Royal Ballett School, gekommen, um New York zu erobern, wie sie selbst immer gesagt hatte, weil sie wohl fand, dass es mit ihrem leichten britischen Akzent süß klang. Aber sie war kein normales Mädchen, das man so leicht loswerden konnte. Sie war zu gut. Schon nach einem Monat wurde sie von C1 in C2 versetzt, und nach nur wenigen weiteren Monaten durfte sie Parts tanzen, die eigentlich ich haben wollte – Parts, für ich an dieser Schule trainiert hatte, seit ich fünf war. Es war kaum zu ertragen.

Im April saß ich im Studio am Rand und sah mit Scott Betancourt, einem Senior, der gute Aussichten auf eine Stelle als Eleve in der Kompanie hat, Cassies Probedurchlauf für das Pas de deux im Frühlingsballett *La Sylphide* an. Meine Mutter hatte dafür gesorgt, dass ich überhaupt anwesend sein durfte, wahrscheinlich, indem sie Mr. Lucas und Mr. K der Vorzugsbehandlung beschuldigt hatte. Sie hatte schon immer gewusst, wie sie ihren Einfluss am besten geltend machen konnte.

Scott hatte Mühe, Cassie über seinen Kopf zu heben, weil sie so verkrampft war. Ihre Bauchmuskeln waren steif, und sie zuckte bei jeder Berührung zusammen.

»Lass ihn dich halten«, hatte Morkie geschrien. Cassie versuchte es. Wenn sie besorgt war, war sie nicht so hübsch. Ich unterdrückte ein zufriedenes Lächeln, kämpfte mit meinen Lippen, damit sie locker blieben. Es fiel mit schwer, mich nicht zu freuen, weil sie nicht so gut war, wie die Lehrer immer sagten. Dass ich die Rolle hätte bekommen können. Bekommen sollen. Ich genoss es zu sehen, wie Cassandras Augen vor Verwirrung und Sorge ganz groß und wässrig wurden.

Morkie klatschte gereizt im Rhythmus der Musik. »Ballett ist Frau«, brüllte sie und schimpfte dann weiter mit Cassie, dass sie sich von Scott über die Schulter heben und tief an der Hüfte fassen lassen sollte, weil sie so groß wäre. »Er versucht, dich schön aussehen zu lassen. Aber du vertraust ihm nicht.«

Will schlüpfte ins Studio, während sich Cassie und Scott weiter abmühten, wie Seelenverwandte zu tanzen. Mit einem breiten Lächeln ließ er sich neben mir nieder. Ich wusste, er wollte, dass ich fragte. Kurz überlegte ich, ob ich seinem unausgesprochenen Wunsch nicht nachgeben sollte, war aber zu neugierig. »Warum bist du hier?«

»Mr. K sagt, ich darf die Zweitbesetzung für das Pas de deux sein.« Die Worte purzelten so schnell heraus, dass er sie fast schrie.

»Wann ist das denn passiert? Das hast du mir gar nicht erzählt?« Er war doch einer meiner besten Freunde, da hätte ich zumindest eine SMS erwartet, nachdem er es erfahren hatte.

»Vor zwei Tagen«, sagte er. »Ich wollte erst sicher sein, dass es tatsächlich klappt.«

»Ich freu' mich so für dich«, sagte ich und spürte einen eifersüchtigen Stich im Magen. Ich sah zum Fenster, wo Liz stand und Cassie finster beobachtete, und dachte an unsere vielen nächtlichen Gespräche, wenn Liz, Eleanor und ich Pläne geschmiedet hatten, wie wir der britischen Hexe eins auswischen konnten. »Ist es offiziell? Dass du die Rolle hast?«

»Jepp«, sagte er und drückte sich tiefer in die Dehnung.

»Sie kann dir nicht mehr weggenommen werden? Man will nicht erst sehen, wie die Probe läuft?«, flüsterte ich. Ganz plötzlich hatte ich eine Eingebung.

»Warum?« Er setzte sich auf, und ich zog ihn näher. So eng beieinander haben wir früher so viel Zeit verbracht, unsere Geheimnisse geteilt, den neuesten Klatsch diskutiert und Intrigen geschmiedet. Ich strich ein Haar glatt, das von seinem Kopf abstand. Und ich erinnerte mich daran, was ich an ihm am meisten liebte: Er war verlässlich und aufmerksam. Und er zweifelte nie an mir. Er würde mir immer helfen.

»Tust du mir einen Gefallen?«, sagte ich, auf genau die richtige Art. So, dass er mir nichts abschlagen konnte. »Du bist mir was schuldig, weil ich dir aus diesem Fiasko geholfen habe, als deine Mom dich mit Ben erwischt hat. Und das andere Mal, als du Vicodin brauchtest und ...« Er runzelte die Stirn und legte mir verärgert die Hand auf den Mund.

»Okay, okay. Was soll ich tun?«, sagte er, jetzt ein bisschen sauer. Ich biss ihn in die Handfläche.

»Lass sie fallen«, flüsterte ich schnell, bevor mich der Mut verließ. »Nur einmal. Und nicht zu fest. Nur so, dass es reicht.«

Er zog die Nase kraus. Missbilligend.

»Bei einer Verletzung muss die Besetzung geändert werden.« Ich konnte nicht glauben, was ich da sagte. Es war, als würde ich in eine Art Parallelversion meines Lebens treten, in der ich tun konnte, was ich wollte. »Du schuldest mir was. Deine Mutter denkt, wir wären ein Paar. Ich schreibe ihr immer noch SMS, das ist dir doch klar?« Das Schweigen zwischen uns dauerte so lang, dass ich schon glaubte, er würde nie wieder etwas sagen. Dass ich es endlich geschafft hatte, unsere Beziehung zu ruinieren. Aber irgendwie bewahrte ich diese eisige Ruhe, diese pure Kraft, über die die Frauen in meiner Familie verfügen, obwohl ich innerlich brodelte. Dass er überhaupt zögerte, war unerhört. Ich tätschelte sein Bein, genau auf die richtige Art. Meine Art. »Bitte.«

Meine Hände zitterten, und ich sah mich nach Morkie und Viktor um. Sie standen neben dem Piano.

Will wollte etwas sagen, doch ich war schneller. »Komm schon, du musst einfach.« Um es abzumildern, brachte ich ein Lächeln zustande. Alec sagte immer, ich wäre schön, wenn ich lächle. Cassie kam zu uns herübergeeilt und ließ sich neben uns plumpsen, bevor er mir antworten konnte. Will und ich taten so, als wäre nichts, und ich fühlte mich verloren, unruhig, orientierungslos. Cassie jammerte eine Weile herum, sie hätte getrunken und würde sich »irgendwie komisch« fühlen. Ich heuchelte Mitgefühl, aber mal ehrlich! Sie war die Einzige aus dem zweiten Jahr, aus Stufe C, mit einem Solo. Ich hatte keinerlei Mitleid mit ihr.

Dann rief Morkie sie in die Mitte. Will blickte zu mir zurück, und für einen Moment wollte ich ihm sagen, er solle es nicht tun und dass es mir leidtäte, dass ich seine homophobe Mutter erwähnt hatte. Aber ich saß einfach da, mit offenem Mund. Ich musste ihren Part einfach tanzen. Ich musste wie Adele sein, ein Ballett-Wunderkind. Und jetzt war es so weit, jetzt konnten all meine Träume Wirklichkeit werden.

In dem Moment, als Cassie aus Wills Armen fiel, warf ich ihr ein Lächeln zu, das so schön war, dass sie nie vergessen würde, wer ganz dort oben hingehörte, wem sie zu danken hatte, wen sie hätte fürchten sollen.

Bei der Erinnerung überläuft mich ein kalter Schauer.

An diesem Abend hatte ich Albträume. Ich schrie und wälzte mich hin und her, so verzweifelt, dass ich Eleanor aufweckte. Sie brachte mir Wasser und einen kühlen Waschlappen, als wäre ich ein Kind und nicht ihre Freundin. Meine Mutter hat das nie für mich getan, selbst wenn ich verletzt war oder krank oder zu Tode verängstigt. Aber dass Eleanor mit mir in einem Zimmer war, reichte mir nicht. Ich musste die Verantwortung teilen. Ich musste ein winziges bisschen der Last dessen, was ich getan hatte, von mir nehmen. Alec konnte ich es kaum erzählen. Er war immer so gut, so nett, und außerdem war er mit Cassie verwandt. Er würde mich hassen. Er würde nie wieder mit mir sprechen. Und mit Will konnte ich auch nicht darüber sprechen; er hatte keine Zweifel daran gelassen, dass unsere Unterhaltung nie stattgefunden hatte. Dass es ein Unfall war.

Also beichtete ich es Eleanor. Flehte sie an, mir zu sagen, dass es in Ordnung gewesen war. Ließ sie mir bei ihrem Leben, bei ihrem Ruf an dieser Schule versprechen, dass sie es nie, nie weitersagen würde. Noch nie war ich so ehrlich mit jemandem gewesen, aber es schien mir der einzige Ausweg aus der Schuld und der Panik zu sein. Sie umarmte mich und sagte, sie würde es verstehen. Ich weinte in Eleanors Kissen. Und schlief dann viel ruhiger in Eleanors Bett, eng an sie geschmiegt. Wir haben nie wieder darüber gesprochen. Einen Monat lang rechnete ich jeden Tag damit, ins Büro zitiert zu werden, aber nichts geschah.

Die Bilder wollen nicht verschwinden. Eleanor drückt meine Hand und flüstert: »Henri weiß gar nichts, Bette.« Vielleicht lügt sie, aber ich fühle mich besser, so als würde es nie jemand herausfinden.

Ich lasse mich von Eleanor wieder hoch in unser Zimmer bringen, wo ich mich mit dieser Erinnerung und einer weißen Pille, die alles auslöschen soll, zusammenrolle.

15 | June

Nach der Probe werden wir alle in den Versammlungsraum neben dem Schulfoyer gepfercht. Früher war hier mal ein Gewächshaus, deshalb sind an der Decke große Fenster. Über uns erstreckt sich der Nachthimmel, was sicher eigentlich hübsch ist, mich aber kaltlässt, weil meine ganze Aufmerksamkeit auf Schwester Connie, Morkie und Mr. K gerichtet ist, die flüsternd vor uns stehen und Blicke wechseln, die vermuten lassen, dass sie uns Unangenehmes zu verkünden haben. Um mich herum reden alle über die Probe, doch ich kann das nicht. Ich will wissen, was sie uns zu sagen haben. Es muss etwas Wichtiges sein, wenn sie uns nicht gleich entlassen – in die Mensa zum Essen, dann zum Hausaufgaben machen und schließlich ins Bett. Es wird nicht gern gesehen, wenn unsere Abendroutine gestört wird. Vielleicht ein Wechsel in der Besetzung?

Ich mag keine Überraschungen.

Gigi lässt sich neben mich plumpsen. Sie ist zappelig und aufgeregt, und ich frage mich, ob sie schon ihren Krankenbericht im *The Light* entdeckt hat. Ob sie weiß, dass ich ihn genommen habe, und nur nichts sagt. Das war unvorsichtig von mir. Das letzte Mal, als ich in der Kammer nachgesehen habe, war er nicht mehr da. Jemand hatte ihn abgenommen. Ich betrachte ihre Brust und frage mich, wie ihr Herz so krank sein kann, ohne dass man es merkt. Die Fachbegriffe habe ich nicht wirklich verstanden, aber ein Blick auf das EKG zeigt ziemlich deutlich, dass sie ein ernsthaftes Problem hat. Und eine Sekunde lang fühle ich mich ein bisschen schlecht. Nur eine.

»Warum versammeln wir uns?«, fragt sie, das wilde Haar aus dem Dutt ziehend, wobei mir der Duft des fettigen Mists entgegenschlägt, den sie sich hineinschmiert. Kokosöl, glaube ich. Mein leerer Magen hebt sich.

Zur Antwort zucke ich nur mit den Achseln, weil ich nicht mit ihr reden will. Ich wende meinen Blick wieder nach vorne, zu Mr. K.

Die Koreanerinnen drücken sich an uns vorbei. Vor mir bleibt Sei-Jin stehen. »Oh, tu nicht so geheimnisvoll, June. Antworte doch deiner Mitbewohnerin.« Sie zwinkert Gigi zu, als wären sie alte Freunde. »Du weißt doch genau, warum wir hier sind.«

»Geh weg, Sei-Jin«, sage ich und tue ihr nicht den Gefallen, sie anzusehen.

»Es sind Ballerinas wie du, wegen denen sie unsere Zeit verschwenden«, fügt sie noch hinzu, bevor sie sich nicht allzu weit weg von uns auf einen Platz fallen lässt. Sie will mich verletzen, und das ist ihr gelungen. Mir wird ganz anders.

Mr. K klatscht in die Hände, so wie er es immer macht. »Bitte nehmt zur Kenntnis, dass das, was wir euch heute Abend mitzuteilen haben, sehr ernst ist. Und von größter Wichtigkeit. Ihr seid Tänzer. Eure Körper sind eure Instrumente. Sie sind heilig, und als heilig müssen sie auch behandelt werden. Falls ihr das nicht tut, werde ich, ohne zu zögern, die notwendigen Maßnahmen ergreifen. Und das habe ich bereits. Wir haben Liz weggeschickt.«

Alle blicken sich um, als würde er lügen. Ich sehe, wie Bette eine Hand auf ihren Mund legt, so als hätte sogar sie nicht davon gewusst.

»Sie wird nicht zurückkehren, deshalb wird jemand anders ihre Rolle, den arabischen Kaffee, übernehmen. Wir wollen sehen, wer der Herausforderung gewachsen ist. Und wir ziehen in

Betracht, ein paar Veränderungen in der Besetzung vorzunehmen und den Harlekin mit auf die Liste zu nehmen. Also freundet euch nicht zu sehr mit eurem Part an.«

Sofort erhebt sich überall im Raum Genörgel und Getuschel. Er fuchtelt mit der Hand durch die Luft, um alle zum Verstummen zu bringen. »Der Moment, in dem ihr denkt, ihr seid perfekt, ist der Moment, in dem ihr eure Leidenschaft verloren habt. Dann könnt ihr genauso gut aufhören.«

Damit streckt er den Arm zu Schwester Connie aus, die vortritt.

Meine Magen verkrampft sich. Ich beiße mir auf die Lippe und kratze meine Schenkel. Das verheißt nichts Gutes.

»Vor der Premiere des *Nussknackers* möchten wir einige Mitteilungen bezüglich eurer Gesundheit machen«, sagt Schwester Connie. Ihre Stimme ist nicht so angenehm tief wie Mr. Ks, im Vergleich klingt sie kraftlos. Vierzig Ballerinas stöhnen und verlieren das Interesse. »Natürlich ist es allgemein bekannt, aber ich möchte noch einmal betonen, dass diese Regel immer noch gilt: Wenn ihr ins Untergewicht rutscht, werdet ihr nach Hause geschickt. Keine Fragen. Keine Entschuldigungen. Wir tolerieren keine untergewichtigen Tänzer. Selbst wenn sie sehr talentiert sind. Ich bin mir sicher, dafür habt ihr alle Verständnis.«

Schwester Connie erreicht mit ihren Worten, was sie beabsichtigt hatte. Mir wird ein bisschen flau, und ich beginne, hinter den Ohren zu schwitzen. Liz ist fort. Und es hätte auch mich treffen können. Letzte Woche war ich schon wieder ganz nah an der kritischen Grenze. Ich spüre Schwester Connies Augen auf mir.

»Ich habe mein euch allen gut bekanntes Poster der Nahrungsmittelpyramide noch einmal mitgebracht«, redet sie weiter, und mir entfährt ein Seufzer. Obwohl sie mich unverwandt ansieht, um meine Reaktion einzuschätzen, schaffe ich es nicht, die angemessene, das heißt nachdenkliche und interessierte Miene aufzusetzen. Nicht schon wieder.

Schwester Connie und Morkie tauschen kurz einen traurigen Blick, dann fährt Schwester Connie damit fort, uns die Nahrungsmittelpyramide zu erklären. Auch für den BMI und das Verhältnis Größe zu Gewicht und die Übel von Abführmitteln und Diättees hat sie Poster. Sie erklärt, was mit Mädchen passiert, die zu wenig essen: Haarausfall, Knochendichteschwund, Flaum auf den Wangen, Nierenversagen, Zahnfäule. Die Konsequenzen knallen in meinem Kopf aufeinander wie Fahrzeuge bei Autounfällen. Ich konzentriere mich auf meine Hände, blocke alles ab.

Morkie steht mit verschränkten Armen dabei, weder ablehnend noch zustimmend. Morkie und Schwester Connie tragen einen stillen Kampf um unsere Körper aus. Um meinen Körper. Und jedes Mal gewinnt Morkie. Ballett ist zwar das Wichtigste: was die Russen wollen – schöne Ballerinas und Variationen – steht über allem. Bis man zu weit geht, so wie Liz. Bis man die Kontrolle verliert.

Ich blende es aus. Gigi nicht. Sie kritzelt eifrig auf einem Notizblock, macht sich Notizen. Notizen! Während sie schreibt, schiebt sich ihre rosa Zungenspitze aus ihrem Mund, und ich beschließe, dass ich sie nicht nur nervig finde, sondern tatsächlich hasse. Alle schönen Momente, all die Male, als ich dachte, wir könnten Freunde werden, sind wie weggeblasen. Jeder Strich ihres Stifts macht ein Geräusch, das mich zusammenzucken lässt.

Nach wohl einer halben Stunde packt Schwester Connie ihre Poster ein und verteilt noch ihre Merkblätter. Sie sieht jeder von uns in die Augen, als sie uns das kleine Päckchen aus dämlichen Broschüren in die Hand drückt, die sie für uns mitgebracht hat. Ich kann es nicht glauben, als sie neben mir auch noch stehen bleibt.

»Bitte sieh dir das an, June«, sagt sie mit falschem Flüstern. Wenn sie eine echte Krankenschwester wäre, würde sie mich nicht so in der Öffentlichkeit bloßstellen. Dagegen sollte es ein Gesetz geben. »Du hast noch einige Arbeit vor dir.« Sie tätschelt meine Schulter.

Ich zähle bis zwanzig. Sie wartet darauf, dass ich hochblicke. So als würde sie sich nicht rühren, bevor ich es nicht tue. Mein Make-up verläuft ein bisschen, und ich gebe nach und hebe den Blick, damit sie meine Augen sehen kann und weitergeht.

Dann haste ich hinaus, ohne auf Gigis Frage, ob ich zurück ins Zimmer gehe oder nicht, zu antworten. Sofort stürme ich in ein Studio, um mich wieder zu fassen. So darf mich niemand sehen. Denn dann könnte man denken, Schwester Connies Rede hätte etwas mit mir zu tun. Ich muss mich zusammenreißen. Ich muss ihnen zeigen, dass ich die Richtige bin, wenn sie eine Rolle zu vergeben haben oder die Besetzung ändern.

Ich lege das Bein auf die Stange und beuge mich ein- und ausatmend tief darüber, bis das Ziehen in den Muskeln aufhört. Dabei stelle ich mir vor, wie Liz auf diesen Waagen gestanden hat, wie die Zahl aufgeblinkt ist. Sie muss extrem niedrig gewesen sein. Und ich kämpfe gegen den Wunsch an, dieselbe niedrige Zahl bei mir zu sehen. Ich frage mich, wie lange sie gebraucht hat, um ihre Sachen zu packen. Wenn sie auf eine andere Tanzschule geht, wird sie dort beichten müssen, was passiert ist, dann rufen sie Mr. K an, und sie darf vielleicht nie wieder tanzen. Mein Albtraum. Ich erschaudere. Dann höre ich Sei-Jin und die anderen Mädchen kichern, als sie an dem Fenster zu dem Studio, in dem ich bin, vorbeikommen. Ihr Gespräch dringt herein.

»Ich muss mich mit dem Duschen beeilen. Jayhe kommt gleich. Er bringt mich um, wenn ich zu spät bin«, sagt Sei-Jin so laut, dass es alle mitbekommen. Typisch.

Ich höre, wie ihr Gefolge wegen ihr und ihrer großen Pläne in Begeisterung gerät. Und dazu hat sie Pläne an einem reinen Wochenabend. Das beeindruckt Sei-Jins Gefolge. Sie folgen ihr stupide, alle in einer Reihe, wie kleine Entchen, schwärmen von Jayhes Haar, seinen perfekten Zähnen, davon, wie stark er doch ist, obwohl er kein Tänzer ist. Die Dummchen. Als sie anfing, mit Jayhe auszugehen, war ich eifersüchtig auf sie. Und ich bin sicher, sie wusste es. Sie ist mit ihm durch die Schule stolziert, damit alle ihn sahen. Aber ich wusste, dass es nur eine Show war. Dass ich ihr perfektes kleines Leben in tausend Stücke schlagen konnte. Ich entschied mich dafür, es nicht zu tun. Weil wir einmal Freunde gewesen waren. *Jeol chin*. Beste Freundinnen.

Sobald sie weg sind, schleiche ich mich hinunter in den Keller, dorthin, wo Sei-Jin sich immer mit Jayhe trifft, um ihn ins Gebäude zu schmuggeln. Neben dem Aufenthaltsraum ist ein Kraftraum, dort gibt es einen Seiteneingang. Die ganze neunte Klasse haben wir beide hier unten auf ihn gewartet, haben in die Dunkelheit gespäht, ob sein Kopf auftaucht. Sie hat mir immer erzählt, dass sie ihn zuerst überhaupt nicht wollte und nur mit ihm ausgegangen ist, weil ihre Mutter es so wollte. Parallel traf sie sich noch mit einem weißen Jungen. Shane, der letztes Jahr seinen Abschluss gemacht hat. Jayhe weiß nichts davon.

Ich nehme an, dass sie ihn jetzt liebt. Vielleicht. Ich bleibe in der Nähe des Fensters und halte nach ihm Ausschau. Eigentlich weiß ich gar nicht, was ich sagen will, und auf einmal habe ich das Gefühl, dass dieser ganze Sabotage-Plan unausgegoren ist. Ich hätte es besser durchdenken sollen. Und ich bin zu nervös. Aber die Gelegenheit könnte nicht besser sein. Bevor ich das Gespräch in Gedanken durchspielen kann, sehe ich einen Schatten in der Dunkelheit und dann sein Gesicht. Sein Haar ist zottelig, und die schwarz gerahmte Brille, die er immer trägt, sitzt tief auf seiner Nase. Plötzliche Hitze steigt in mir auf. Ich erinnere mich, wie es sich anfühlte, ihn zu *mögen*.

Er entdeckt mich im Fenster und zieht die Nase kraus, so als wäre er verwirrt. Ich öffne ihm die Tür.

»Hallo«, sage ich.

»Hallo«, sagt er, darauf bedacht, mich nicht zu berühren. »Was machst du hier unten? Wo ist Sei-Jin?«

»Sie ist noch oben«, sage ich. »Wir hatten nach der Probe noch eine Versammlung.«

»Oh«, ist alles, was er erwidert, während er sein Gewicht von einem Fuß auf den anderen verlagert.

»Ich habe Gewichte gestemmt«, lüge ich.

Er lacht. »Ernsthaft? Was drückst du denn so?« Der Schauer, der mich beim Klang seiner rauen, spöttischen Stimme überläuft, trifft mich unvorbereitet. Er ist seltsam nett zu mir. »Ich wette, du kannst nicht mal fünfzig Pfund heben.« Ein Grinsen breitet sich auf seinem Gesicht aus. »Du wiegst ja nicht mal mehr als fünfzig Pfund.«

Seine Worte verletzen mich, und aus irgendeinem Grund kann ich die Tränen, die mir sofort über die Wangen rinnen, und den Schluchzer, der meinem Mund entfährt, nicht zurückhalten. Ich kann mich nicht erinnern, wann ich das letzte Mal geweint habe, und bei diesem Gedanken weine ich noch heftiger. Das gehört nicht zu meinem Plan.

»Es tut mir leid, June. Ich wollte nicht … ich habe nur …« Er umarmt mich; sein Körper ist warm und stark. Ich drücke mein Gesicht in seine Kapuzenjacke, atme den würzigen Duft seines Aftershaves ein, bis ich mich beruhigt habe.

Er entschuldigt sich immer weiter und versucht, mich zu beruhigen, aber ich bleibe einfach so stehen. Er fragt mich, ob er jemanden holen oder meine Mom anrufen soll. Ich antworte nicht. Also hört er auf zu reden, streicht mir übers Haar und drückt mich fest an sich, als hätte er es schon Tausende Male gemacht. So fest, dass ich glaube, ich könnte verschwinden. Irgendwie nimmt er mir die Härte.

Dann blicke ich hoch zu ihm, obwohl ich weiß, dass mein Make-up verlaufen ist, dass ich schrecklich aussehe. Ich will ihn fragen: »Warum sehen wir uns nicht mehr? Warum hast du sie vorgezogen? Waren wir nicht Freunde? Hast du geglaubt, was sie über mich erzählt hat?«

Dann sagt er aber plötzlich: »Meine *halomeni* fragt immer nach dir.« Als Nächstes macht er ihren weichen Akzent nach. »Wo ist dieses kleine Mädchen mit dem zu hellen Haar?«

Sie sagte immer, dass mein Haar ungewöhnlich hell für eine Koreanerin wäre. Ich hatte nicht das Herz, ihr zu sagen, dass mein Vater weiß ist. Jayhe beantwortet zwar keine der Fragen, die mir durch den Kopf wirbeln, aber er bringt mich zum Lächeln.

Wir lachen, und ich bekomme einen Schluckauf. Er wischt mir eine Träne von der Wange. Und ich fühle mich wieder wie das kleine Mädchen bei ihm zu Hause.

»Das Ballett macht euch alle so traurig. Früher warst du nie so.«

»Wie war ich denn?«, frage ich. »Wie war ich früher?«

»Heiter«, sagt er, was ein seltsames Wort ist. Aber es fühlt sich richtig an. Bevor er sagen kann, was er damit meint, stelle ich mich auf meine Zehenspitzen und küsse ihn. Mein erster Kuss mit einem Jungen. Schnell und hastig, so als könnte er sich in Luft auflösen, so als könnte er mir wieder entgleiten. Aber das tut er nicht. Sein Mund ist warm und schmeckt nach Zimtstange. Er stößt mich weder weg noch zieht er mich an sich, aber als ich spüre, wie sein Mund sich leicht gegen meinen presst, weiß ich, dass er mich gerade zurückgeküsst hat.

16 | Gigi

Das Licht des Samstagmorgens flimmert durchs Fenster herein, und wie zur Antwort schlagen die Schmetterlinge ihre Flügel; die winzigen Schatten huschen über das Fensterbrett. Ich denke daran, wie mein Vater mein erstes Terrarium mit nach Hause gebracht hat.

»Sie bringen Glück«, sagte er, als er den Glaskasten mit seinen großen, braunen Händen in mein Fenster stellte. Ich war acht und musste Bettruhe halten. Tag und Nacht sah ich den Straßenbahnen zu, die auf den Schienen vor meinem Fenster vorbeifuhren.

»Warum brauche ich Glück?« Ich presste meine Nase an das Terrarium und fragte mich, ob ich ihnen wohl beibringen könnte, auf meinen Locken wie auf Baumzweigen zu sitzen.

»Jeder braucht ein bisschen Glück.« Er drehte den Kasten zurecht, während ich zusah, wie die Monarchen darin herumflatterten. »Manche Leute glauben, Schmetterlinge wären die Seelen Verstorbener. Die, die zu uns zurückgekommen sind.«

Staunend betrachtete ich diese winzigen Kreaturen mit ihren runden Augen und überlegte, ob wohl eine davon Granny oder Mrs. Charlotte wäre, meine Lehrerin aus der dritten Klasse. War es das, was aus Menschen nach ihrem Tod wurde? Auch jetzt denke ich an Cassie, die ich natürlich nie kennengelernt habe und die nicht tot ist, aber sich vielleicht an einem schlimmeren Ort befindet – an einem Ort, wo man nicht tanzen kann. Ich klopfe gegen das Glas und grüße die zwölf Kleinen, die mich quer durchs Land begleitet haben. Dann ziehe ich zwei Blumen aus dem Glücksstrauß, den Mama und Dad mir geschickt haben, als ich ihnen endlich doch erzählt habe, dass ich die Rolle der Zuckerfee bekommen habe, und lege sie in das Terrarium. Die Monarchen kitzeln meinen Arm und landen dann auf den Blütenblättern, um den Nektar zu trinken.

»Okay, ihr Kleinen«, sage ich, doch dann fällt mir ein, dass June immer noch im Bett liegt. Vom anderen Ende des Zimmers höre ich ihr leises Atmen. Ich bin erschrocken, dass sie immer noch schläft. Das sieht June gar nicht ähnlich. Normalerweise ist sie vor mir auf und übt schon im Studio. Sie hält nichts davon, am Wochenende auszuschlafen. Und ich habe mich daran gewöhnt, am Wochenende morgens das Zimmer für mich zu haben.

Ich nehme mein Handy. Leise Hoffnung keimt in mir auf, als ich das Display anklicke. Vielleicht hat Alec eine SMS geschickt. Er hat mit Bette Schluss gemacht, aber was das für uns bedeutet, weiß ich nicht. Wir haben uns viel gesimst und unser Pas de deux trainiert, aber darüber hinaus ist nicht viel passiert.

Ich habe nur eine Nachricht, allerdings von meiner Tante Leah: *Arzttermin um 9:30. Hat deine Mom ausgemacht. Sorry! Komme um 8:30.*

Enttäuscht lege ich das Telefon wieder weg. Auf meinem Schreibtisch fällt mir ein Tütchen mit Origami-Truthähnen, die komische Gesichter machen, ins Auge. Ich werfe einen Blick auf den Kalender an der Wand. Hier verliert man so leicht das Zeitgefühl, weil man sich nur auf das eine konzentriert. Thanksgiving ist tatsächlich schon nächste Woche.

»Wer hat das da hingelegt?«, murmle ich. Vorsichtig krame ich nach einem Kärtchen oder einer Nachricht.

»Das ist von Alec«, flüstert June.

Ich schrecke zusammen, drehe mich aber nicht um. Sie hasst es, geweckt zu werden.

»Tut mir leid«, flüstere ich schnell, aber sie dreht sich ohne eine Erwiderung herum. Ich presse die Hand vor den Mund, um mein Lächeln zu verbergen. Mit dem Finger streiche ich über die winzigen Truthähne, fahre über jeden Knick, jede Falte. Schade, dass ich das nicht mit ihr teilen kann. In der ersten Zeit wollte ich unbedingt ihre Freundin werden, aber mehr als ein oder zwei Worte hat sie selten zu mir gesagt. Sie öffnet und schließt sich wie eine sehr empfindliche Blume. Und in der letzten Zeit ist sie sehr verschlossen und will nicht mal mit mir zusammen essen oder trainieren.

Ich verlasse das Zimmer. Unter der Dusche kann ich immer nur an Alec denken. Ich streiche mit den Fingern über meine Lippen und denke an den Kuss in der kleinen Kammer. Immer wenn ich an seine Küsse denke, hämmert mein Herz, aber es fühlt sich dann gut an. Ich versuche gerade ausnahmsweise nicht, es zu beruhigen. Oder meine Atmung zu kontrollieren. Stattdessen schließe ich die Augen, während das Wasser auf meine Schulterblätter prasselt, und stelle mir vor, wie es wäre, wenn seine Lippen genau diese Stelle fänden.

Ich habe noch nie einen Jungen gewollt, nicht wirklich, und ganz sicher niemanden, bei dem es so gefährlich ist, ihn zu wollen. Das Gefühl ist heute Morgen so stark, dass ich Angst habe, ich könnte es nicht für mich behalten. Dieses Gefühl lebt und atmet von allein. Außerdem weiß ich gar nicht, ob ich es überhaupt zurückhalten will. Auch zu Hause hatten Jungs mit mir ausgehen wollen – der rothaarige Robert, der zu all meinen Geburtstagsfeiern kam, obwohl er dort der einzige Junge war, der Skater Noah, der mich zum Ball in der achten Klasse einlud, und Jamal, der mir ein ganzes Jahr lang Nachrichten in meinem Spind hinterließ. Aber die haben mich immer kaltgelassen, so beschäftigt war ich mit Tanzen und Nachhilfeunterricht. Alec dagegen lässt mich nicht kalt. Selbst wenn ich weiß, dass ich mir wegen Bettes Reaktion Sorgen machen sollte.

Ich gehe zum Büro der Betreuer, um auf Tante Leah zu warten, obwohl sie sicher zu spät kommen wird, wie immer. Will liegt dort auf der Couch, mit einem Eis-Pack auf dem Knie.

»Was ist denn mit dir passiert?«, frage ich.

Zunächst reagiert er gar nicht. Deshalb wiederhole ich meine Frage. Dann erst dreht er den Kopf zu mir und sagt: »Vorsichtsmaßnahme.« Er zupft das Pack zurecht. »Ich kühle jeden Tag, auch wenn ich keine Verletzung habe, damit es sich nicht entzündet.« Seine Stimme klingt scharf und mürrisch.

»Oh«, ist alles, was ich herausbringe. Kein Wunder, dass er so ein technisch sauberer Tänzer ist.

»Ich bin überrascht, dass du auf bist«, sage ich, um die Stille zu füllen.

»Warum? Ich bin immer so früh auf«, nuschelt Will. Er ist Alecs bester Freund, das ist alles, was ich über ihn weiß. Und trotz der Tatsache, dass er in den Proben immer fantastisch ist, scheint Mr. K nie zufrieden mit ihm zu sein. »Wo willst du denn hin?«, fügt er hinzu, meine Jeans und meinen Pullover musternd.

Ich erröte und bin kurz in Versuchung, ihm die Wahrheit zu sagen. Aber das wäre dumm. »Brunch. Mit meiner Tante.« Was ja nicht gelogen ist. Wahrscheinlich werden wir wirklich brunchen – nach dem Arzttermin. »Stehen alle Jungs am Samstag so früh auf?«, frage ich versuchsweise, in der Hoffnung, dass er mir etwas von Alec verrät und ob er auch schon wach ist. Er lächelt auf diese vielsagende Art, die eine schlüpfrige Geschichte oder neue Informationen verspricht.

»Du magst ihn, oder?«, fragt er.

»Wen mag ich?«, frage ich zurück, obwohl ich sehr wohl

weiß, dass er Alec meint. Aber Will und ich sind nicht befreundet, und ich weiß nicht, ob es sicher ist, überhaupt etwas zu sagen, egal wem.

»Tu nicht so«, sagt er. »Er erzählt mir alles.«

Ich werde noch röter und blicke weg.

»Dann magst du ihn also?«

»Vielleicht«, sage ich endlich.

»Bette ist eine Hexe. Sie ist … irgendwie leer. Völlig leer. Und du weißt sicher, dass sie die Nachricht an den Spiegel geschrieben hat. Ich erkenne diesen viel zu pinken Chanel Lippenstift sofort. Den trägt sie ständig, schon ewig. Sie glaubt, es würde süß aussehen.«

»Wirklich?«, sage ich, auch wenn ich weiß, dass sie es war.

»Sei ehrlich … komm schon. Mir kannst du es sagen. Du weißt, dass sie es war. Das weiß doch jeder.« Will versucht, besorgt auszusehen, aber er kann sein eifriges Lächeln nicht verbergen. »Das ist ihr Markenzeichen. Glaub mir. Alle Streiche hier gehen auf ihr Konto.«

Das klingt logisch. Und ich komme ins Grübeln: Wenn sie das an den Spiegel geschrieben hat, muss sie es auch gewesen sein, die das Bild von mir und Henri und meinen Krankenbericht im *The Light* aufgehängt hat. Ob ich sie deswegen zur Rede stellen soll? »Warum tut sie das?«

»Ich kann noch nicht mal sagen, dass das alles geschieht, weil Bette gestört ist. Oder es auf ihre verrückte Familie schieben. Diese Schule hat etwas an sich« – er blickt sich um, als würde er ein Geheimnis mit mir teilen –, »das das Schlimmste in dir zum Vorschein bringt. In uns allen. Selbst ich habe Sachen gemacht, auf die ich nicht stolz bin.« Er legt das Eis-Pack auf das andere Knie. »Vielleicht liegt es am Ballett. Ich weiß es nicht. Es kann nur einen Star geben. Und alle anderen zählen nichts. Sie treten in den Hintergrund, so wie das Bühnenbild. Hier war immer

Bette der Star. Wie vor ihr ihre Schwester. Das stand fest. So wie ein Erbe. Na ja, bis du kamst. Du bist anders.«

Da war es wieder, dieses Wort. »Weil ich schwarz bin?«, frage ich geradeheraus, weil ich die Vorstellung hasse, *anders* könnte ein Codewort für schwarz sein, für alles, das nicht weiß ist.

»Nein.« Er schüttelt den Kopf und lacht. »Weil du nicht der Typ bist, die andere fertigmacht, nur weil sie die Beste sein will. Du tanzt zu gut. Du hast es nicht nötig. Du bist nicht verzweifelt. So wie Bette.«

»Warum lieben sie dann alle? Selbst Alec?«

Er stößt den längsten Seufzer aus, den ich je gehört habe. »Sie waren schon immer ein Paar. Seitdem wir hierher kamen. Ich muss mir das ansehen, seit ich sechs bin.«

Sofort muss ich mir Bette und Alec als Sechsjährige vorstellen – klein, blond, wie füreinander geschaffen –, und mir dreht sich der Magen um. Ich will einfach nicht mit ihr in noch einer Arena konkurrieren, die Tanzstudios und die Bühne reichen mir schon. Und ich bin so dumm: Er und ich passen nicht zusammen. Ich sollte das beenden. Mich auf Wichtigeres konzentrieren.

Will erzählt weiter, von der Zeit, als sie Kinder waren. Ich sehe Mamas Fotowand als Gegensatz dazu vor mir: flaumige Löckchen, braune Haut, sonnengeküsste Wangen, kleine Hippiekleidchen voller Matsch und Sand, meine Hände, von Mamas Farben verschmiert. Ich bin nicht das Mädchen, das mit Alec zusammen sein sollte, ich sehe nicht aus, als würde ich zu ihm gehören, so wie Bette. Alec und ich sind Puzzleteile, die nicht zusammenpassen.

»Ich weiß, dass er ... sehr viel von dir hält, Gigi.« Er strengt sich an, ein freundliches Gesicht zu machen, aber unter der Oberfläche ist er bitter und unzufrieden. Seine Augen leuchten, und seine Mundwinkel zucken immer wieder nach oben. »Wie ist das so?«

»Wie ist was?« Verwirrt sehe ich ihn erneut an.

»Wenn er dich mag?«, sagt er.

Ich habe keine Antwort für ihn. Der Ausdruck auf seinem Gesicht irritiert mich. Als ich etwas sagen will, kommt nur ein vages Murmeln heraus.

»Sei einfach vorsichtig. Mit Alec. Und mit allen anderen auch«, sagt er, springt auf und lässt mich dort dann alleine sitzen, während mir der Kopf schwirrt – von all den Enthüllungen, der leisen Warnung und dem Duft seines blumigen Rasierwassers, das noch in der Luft liegt. Plötzlich ist mir kalt.

Tante Leah erscheint in der Tür. »Bist du fertig, Kleines?«

Sie umarmt mich, drückt meine Arme, schaukelt mich hin und her – wie immer. Ihr Haar riecht wie Mamas Locken, nach Shea-Butter und Zitrone. In diesem Moment vermisse ich mein Zuhause und das gemeinsame Frühstück am Wochenende, den Duft von Dads Kaffee, ihm zu lauschen, wenn er meiner Mutter aus der Zeitung vorliest, während sie zeichnet.

Tante Leah meldet mich am Empfang ab, und wir gehen zur U-Bahn. Sie hält mich an der Hand, wie damals, als ich noch ein kleines Mädchen war, und ich lasse es zu. Ihre Hand sieht genauso aus wie Mamas – dünne, braune Finger und zwei Sommersprossen in einem der glatten, runden Nagelbetten.

Beim Vorbeilaufen kann ich den Park riechen und wünschte, wir könnten dorthin gehen statt zu diesem Arzt, einem Freund meiner Mutter, der sich bereiterklärt hat, mich an einem Samstag zu untersuchen. Dabei gäbe es so viel, was man heute im Park sehen und hören könnte: Dort schieben zum Beispiel Mütter friedlich ihre Kinderwägen, und von irgendwoher kommt der Klang von Kirchenglocken. Der Duft gerösteter Maronen weht von den Verkäufern im Park heran, als wir uns dem U-Bahn-Eingang nähern. Aber wir müssen zur U-Bahn, und schließlich betreten wir die Station. Tante Leah drückt meine

Hand, um meine Aufmerksamkeit zu erregen. »Bist du in Tagträume versunken? Du bist so still heute. Zu still. Wie läuft es in der Schule? Beim Ballett? Mit den Jungs?« Sie zieht mich durch das Drehkreuz, und wir warten auf dem Bahnsteig auf den nächsten Zug. »Gibt es da überhaupt heterosexuelle Jungs?«

Ich lache. »Natürlich«, sage ich. »Das ist nur ein Klischee.« Ich denke an Alec und Henri: Sie haben überhaupt nichts Schwules – eher das Gegenteil, weil Mr. K sie immer drängt, russische Maskulinität auszustrahlen.

»Und wie fühlst du dich im Moment? Nach dem Unterricht, meine ich, wenn du dich sehr verausgabt hast?«

»Gut. Normal.« Ich halte meine Antworten kurz, weil ich die Sorge in ihrer Stimme höre. Die ängstlichen Anrufe meiner Eltern reichen mir. »Mir geht es gut«, sage ich, als die U-Bahn heranfährt. Der Lärm und die Zugluft übertönen ihre anschließenden Fragen.

Wir fahren zum Times Square. Die Menschen hasten vorbei, füllen die Straßen und Bürgersteige. Ich werde von links und rechts angerempelt und versuche mit Tante Leah Schritt zu halten. Reklametafeln blinken mit Tausenden von Lichtern. Fasziniert blicke ich hoch zu den Plakaten der Broadway-Theater. Ich habe immer noch keine einzige Aufführung gesehen. Eigentlich kenne ich die Stadt kaum – nur die Gegend um die Schule und die um Tante Leahs Wohnung in Brooklyn. Sie lädt mich immer wieder ein, etwas mit ihr zu unternehmen, auf Erkundungstour zu gehen, aber ich bin zu beschäftigt mit dem Unterricht und den Proben. Und mit Alec natürlich. Aber das weiß sie ja nicht.

Ich folge ihr durch das Gewimmel. Männer und Frauen strecken mir Sachen hin, die ich kaufen soll, andere bitten um Kleingeld. Die hektisch pulsierende Menge schiebt uns beide ins Herz des Times Square. Wir biegen vom Broadway ab. Als wir uns der Praxis nähern, kann ich vor meinem geistigen Auge schon die Maschinen sehen, spüre die kalte Schmiere auf meiner Brust, das Adrenalin, das durch meine Adern strömt. Meine Handflächen werden feucht, und mein Herz rast. Dies ist mein erster Arztbesuch, seitdem ich Kalifornien im August verlassen habe. Und das war nur eine Kontrolluntersuchung für das Konservatorium gewesen.

»Es ist vorbei, bevor du dichs versiehst.« Tante Leah tätschelt meinen Rücken. »Ich verspreche es.«

Sobald wir drinnen sind, blende ich alles aus; ich will nur, dass es so schnell wie möglich vorbei ist.

»Ihre Tante wartet draußen, während Sie das Papierhemd anziehen«, sagt die Schwester. »Dann kommt Dr. Khanna sofort zu Ihnen.« Sie zieht ein zerknittertes Papierhemdchen aus einer Schublade und legt es auf den Untersuchungstisch. Bei seinem Anblick zucke ich zusammen. Es verdeckt so gut wie nichts.

»Achten Sie darauf, dass die offene Seite nach vorne zeigt«, erinnert sie mich und schließt dann die Tür.

Als ich mich ausgezogen habe, kommt der Arzt herein und schließlich Tante Leah. »Willst du, dass ich dabeibleibe, Liebes?«, fragt sie.

Ich nicke. Sie nimmt an der Wand Platz.

»Hallo, Giselle, ich bin Dr. Khanna«, sagt der Mann im weißen Kittel. Er reibt sich den dichten schwarzen Bart.

Ich ziehe mein Hemdchen zu, bevor ich ihm die Hand schüttle.

»Schön, dich kennenzulernen«, sagt er, während er sein Stethoskop anwärmt. »Du bist also eine Ballerina?«

»Ja«, antworte ich.

Er bedeutet mir, die verschränkten Arme zu öffnen, damit er mein Herz abhorchen kann. »Darf ich?«

Ich presse sie an meine Seiten, damit sich das Papierhemd nicht öffnet. Er legt das kalte Stethoskop an meine Haut.

»Dein Herzschlag ist beschleunigt. Bist du nervös?«

Ich nicke.

»Das musst du nicht. Solche Untersuchungen hast du doch bestimmt schon eine Million Mal mitgemacht.« Er klopft mir leicht auf die Schulter. Genauer gesagt, alle sechs Monate, seit meiner Geburt.

»Bitte entspann dich.« Er ergreift die Tube mit der Schmiere vom Tresen. Ich rieche das Latex seiner Handschuhe, als er sich nähert. Er drückt einen Klecks heraus. »Du musst dein Hemd ein bisschen weiter öffnen.«

Meine Wangen brennen. Ich blicke hoch zur Decke und lasse die Arme fallen. Der Kittel öffnet sich oben, und ich spüre die kühle Luft auf meinen Brüsten. Er verteilt die Schmiere auf meiner Brust. Immer wenn er meinen Brüsten zu nahe kommt, zieht sich mein Magen zusammen. Dann legt er Elektroden auf meine Brust – sie sehen aus wie Mini-Saugnäpfe – und drückt an der Maschine neben dem Untersuchungstisch einige Knöpfe.

Der Bildschirm erhellt sich wie ein Computermonitor, und ich sehe meine Herzschläge auf und nieder sausen. Zahlen blitzen auf, und die Maschine macht ein schmatzendes Geräusch, ein Zischen, das mich an den Wind in San Francisco erinnert, nur elektrisch. Der Arzt macht Small Talk über Ballett und die letzte Aufführung, die er gesehen hat – *Schwanensee* –, aber ich höre nichts, nur das Zischen der Maschine. Ich versuche, ruhig zu bleiben, damit ich keinen Ärger bekomme. Wenn mein Herz zu unregelmäßig schlägt, wird er sagen, dass ich nicht tanzen darf. Dass es meinem Herz nicht gut geht. Dass das Risiko zu hoch ist. Dass es zu gefährlich ist.

Ich höre die tiefe Stimme meines Vaters: »Schätzchen, du musst vorsichtig sein. Du bist nicht wie alle anderen. Und das kann gut und schlecht sein.«

Die Diagnose wurde gestellt, da war ich noch ein Baby, aber richtig verstanden habe ich sie erst, als ich vier Jahre alt war und es zum ersten Mal mit dem Tanzen versucht habe. Meine Eltern haben mich überall angemeldet: Jazz, Steppen und Ballett, und im Steppkurs passierte es dann: Als wir einmal besonders begeistert mit unseren Metallsohlen klackten und stampften, wurde ich ganz rot und fiel um. Die Lehrer dachten sich nichts dabei, sondern gaben mir nur ein Glas Wasser und befahlen mir, ich sollte einmal aussetzen. Als meine Eltern kamen, um mich abzuholen, sagten sie ihnen, dass ich wohl erschöpft gewesen sei. Ich weiß noch, dass meine Mutter mich hochgerissen und sofort ins Krankenhaus gefahren hat, ohne auf meinen Vater zu warten, der nicht mal die Zeit hatte, mit in den Wagen zu steigen. Er musste ein Taxi nehmen, um nachzukommen. Ich blätterte im Krankenhaus stundenlang im *Highlights*-Magazin und jammerte, wenn die Ärzte mich mit ihren kalten Metallinstrumenten berührten.

Eigentlich ist das lange her, aber jetzt bin ich gerade wieder dieses kleine Mädchen.

Dr. Khanna drückt einen Knopf. Ich kann mein Herz nicht mehr hören. »Okay, wir sind fertig. Gut gemacht, Giselle. Du kannst dich anziehen und in mein Büro gehen, dort drucke ich die Ergebnisse deines EKGs aus.« Er lässt mich allein, und als ich sein Büro betrete, ist er ganz geschäftsmäßig und ich wieder ich selbst: angezogen und ruhig.

»Nun, Giselle, ich brauche dir, glaube ich, nicht erklären, dass ein Ventrikelseptumdefekt ziemlich gefährlich ist, wenn man ihn nicht im Auge behält«, beginnt der Arzt.

Ich frage mich, warum er die Sache nicht beim Namen nennt: Das Loch in meinem Herz ist schlimm.

»Du bist ein kleines Wunder«, fährt er fort. »Die meisten Menschen mit dieser Krankheit leiden unter ernsten Komplikationen. Aber wenn ich mir deine Krankengeschichte so anschaue, sehe ich, dass du bisher noch keine großen Probleme hattest. Und so soll auch bleiben. Heute hat dein Herzrhythmus ein paar Unregelmäßigkeiten gezeigt, deswegen empfehle ich, Stress und Anstrengung zu reduzieren ...«

»Ich muss tanzen«, sage ich.

»Wie viele Stunden täglich tanzt du denn?«

Ich zähle alle Stunden im Kopf zusammen: Morgenballett, Charakter und Repertoire und die Proben. »Um die sechs Stunden.« Kaum habe ich das gesagt, sehe ich ihre Gesichter und weiß, dass ich hätte lügen sollen.

»Nun ...« Er macht eine Pause. »Es ist recht ungewöhnlich, dass jemand in deinem Zustand so athletisch ist. Es ist fast gefährlich, Giselle. Besser wäre es, du würdest dich nach jedem Training von der Krankenschwester untersuchen lassen.« Er schüttelt den Kopf. »Sechs Stunden ...« Er reicht mir den EKG-Bericht und sagt, ich solle ihn der Schwester in der Schule für meine Akte geben. Ich falte ihn, stecke ihn in die Hosentasche und weiß, dass ich genau das Gegenteil tun werde. Irgendjemand schnüffelt in ihrem Büro herum. Jemand hat in meine Akte gesehen. Dort ist nichts sicher.

»Aber ich springe nicht die ganze Zeit ... manchmal sind wir nur an der Stange oder dehnen uns«, sage ich.

»Trotzdem ... du musst auf dich achtgeben. Bei so viel täglicher körperlicher Anstrengung könntest du Herzrasen oder einen Anfall bekommen, selbst im Ruhezustand.« Er steht auf und geht zu einem Regal. »Ich möchte, dass du einen Pulsmesser trägst.« Er gibt mir ein kleines Gerät, das mich an die Stoppuhr meines Vaters erinnert.

»Ich ... ich will das nicht tragen«, entfährt es mir laut.

»Gigi ...« Auf Tante Leahs Gesicht zeichnet sich Entsetzen und Enttäuschung wegen meines Ausbruchs ab. »Wenn der Arzt sagt, du musst, dann musst du.« Sie wendet sich an Dr. Khanna. »Ich weiß, dass ihre Eltern ganz dahinterstehen werden.«

»Ich fürchte, sie wird es wirklich brauchen«, sagt Dr. Khanna, während er den Pulsmesser einstellt. »Nur zur Sicherheit.« Er drückt ein paar Knöpfe, und ich höre ein Piepsen. Dann erklärt er mir, wie man das Gerät an- und ausstellt, und befestigt es an meinem Handgelenk.

Ich höre nur mit halbem Ohr zu, weil ich überlege, wie ich das Morkie erklären soll und wie ich verhindere, dass das Gerät während des Unterrichts anfängt zu piepen. Heftige Wut steigt in mir auf; ich fühle mich wie damals, als meine Eltern mir zum ersten Mal von meiner Herzkrankheit erzählt haben. Dass das Organ einfach aufhören würde zu arbeiten, wenn ich nicht vorsichtig wäre. Dass ich anders wäre als alle anderen.

Ich kämpfe gegen die Tränen der Wut, als wir die Praxis verlassen. Während des ganzen Nachhausewegs sprechen Tante Leah und ich kein Wort miteinander, und als wir beim Wohnheim ankommen, gebe ich ihr nur ein ganz schnelles Küsschen auf die Wange und sprinte dann fast zu meinem Zimmer, wo ich mich aufs Bett werfe. Den Pulsmesser an meinem Handgelenk spürend starre ich meine kleinen Schmetterlinge eine Weile an, froh, dass June gerade nicht da ist. Das kann ich niemandem anvertrauen.

Ich werde nicht anders als die anderen sein. Und ich werde nicht zulassen, dass ich auch noch dadurch heraussteche. Dunkelhäutiges Mädchen. Dunkelhäutiges Mädchen mit dem Pulsmesser. Dunkelhäutiges Mädchen, das vorsichtig sein muss. Dunkelhäutiges Mädchen, das besser keine Tänzerin sein sollte. Ich stehe auf, nehme den Pulsmesser und lege ihn ganz hinten in eine Schreibtischschublade, so, dass ihn niemand je finden wird. So, dass ich vergessen kann, dass es ihn überhaupt gibt.

17 | Bette

Ich kann den Blick nicht von den Schneeflocken vor dem Fenster lösen. Dass der erste Schnee des Jahres in der ersten Dezemberwoche fällt, am Abend der ersten Kostümprobe, hat etwas perfekt Symbolisches. Vor nur einer Stunde habe ich eine Tablette genommen, deswegen ist meine Aufmerksamkeit ganz dort, wohin ich beschließe sie zu richten, was gerade eben die winzigen weißen Schimmer der Hoffnung sind, die vor den riesigen Panoramafenstern des Lincoln Centers tanzen. Besucher schlendern vorbei, und ich spüre ein paar neugierige Blicke auf mir, wenn sie sich wohl fragen, was einer der Tänzer hier draußen macht, statt sich drinnen vorzubereiten.

Alle anderen sind hinter der Bühne, aber sie vermissen mich nicht. Außerdem ist Mr. K noch nicht mal da, also warum die Eile? Es gibt keinen Grund, der aufsteigenden Nervosität nachzugeben, das Feuer noch anzufachen, indem ich mich zwinge, in der schummrigen, vollgestopften Garderobe zu bleiben.

Normalerweise ist Alec mit mir hier draußen, oder wir ziehen uns in eine dunkle Ecke zurück und tauschen Rückenmassagen und den neuesten Ballett-Klatsch aus. Mit Alec kann man wunderbar tratschen, und er kennt immer die pikantesten Geschichten über Kuratoriumsmitglieder und Lehrer. Als sich letztes Jahr die Nachricht von Mr. Ks Scheidung wie ein Lauffeuer verbreitet hat, war er der Erste, der es wusste. Was natürlich bedeutet, dass ich die Zweite war.

Heute lässt Alec sich nicht blicken. Dieses Mal hat er wirklich den Ausknopf gedrückt. Er reagiert weder auf SMS noch auf Anrufe noch auf Nachrichten in den sozialen Netzwerken. Ich habe so getan, als ich wäre ich krank, um nicht zum jährlichen Thanksgiving-Dinner bei der Lucas-Familie in den Hamptons gehen zu müssen, obwohl meine betrunkene und wütende Mutter deswegen fast einen Herzinfarkt bekam, weil wir ausnahmsweise mal zu Hause essen mussten.

Ich versuche, nicht daran zu denken, als ich jetzt das Fensterbrett als Stange nutze, das Bein ausstrecke und die Nase aufs Knie drücke. Die meisten Passanten in Schals, bauschigen Mänteln und kniehohen Stiefeln werfen nur noch einen kurzen, wenig interessierten Blick hinein. Mit der Magie des ersten Schnees kann ich am Ende nicht wirklich konkurrieren, selbst in meinem Kostüm als Schneekönigin nicht.

Zum x-ten Mal schaue ich auf mein Handy. Weil ich hoffe, Alec würde mir etwas anderes schreiben als »Viel Glück heute Abend«. Etwas wie: »Ich vermisse dich. Ich habe einen Fehler gemacht. Ich hätte nie mit dir Schluss machen sollen.«

Ich schmeiße das Handy zurück in die Tasche. Ob dabei das Display bricht, ist mir egal. Auch von Adele kommt nichts. Sie sitzt im Flieger nach Berlin, zu einer Galaaufführung. Meine Mutter hat nicht mal angerufen, um mir Glück zu wünschen. Beim Thanksgiving-Dinner sagte sie, sie sähe keinen Sinn darin, sich wegen etwas einen Kopf zu machen, das nicht wirklich von Bedeutung ist. Dann bat sie Adele, ihr die Süßkartoffeln zu reichen. Die ganze Zeit über machte Adele ein gequältes Gesicht und entschuldigte sich für meine Mutter, was die Sache nur noch schlimmer machte.

Ganz zu schweigen davon, dass ich diese Süßkartoffeln immer noch auf meinen Hüften spüre. Jedes Jahr bitte ich meine Mutter, sie nicht zu servieren, aber jedes Jahr tut sie es trotzdem, weil Alecs kleine Schwester Sophie sie beim Reste-Brunch, der am nächsten Tag stattfindet, so gern isst, und der köstliche Ahornsirup und die Marshmallows, die den eigentlichen Geschmack des Gemüses überdecken, sind stärker als meine Widerstandskraft. Ich bekomme sonst so wenig Zucker. Allein der Blick in den Topf ist verlockend: das herbstliche Orange, die süßen Breiwirbel unter den gebräunten Wolken von Marshmallows. Ich streiche mir mit den Händen über die Hüften, die Schenkel, und stelle mir vor, wie sich der Zucker darauf festsetzt, weil ich es gewagt habe, mich auch nur an diese luftige, süße Saftigkeit zu erinnern. Am liebsten hätte ich noch eine Tablette eingeworfen, damit diese Gedanken aufhören. Aber ich habe eben die letzte genommen.

Erneut wühle ich in meiner Tasche nach meinem Handy. Immer noch nichts von Alec. Ich simse meinem Dealer. Er ist ein Typ aus der Gegend, der ein Riesengeschäft mit verzweifelten Ballerinas macht. Ich weiß, dass ich damit aufhören sollte. Ich weiß Bescheid. Dazu habe ich zu viel Zeit in Adeles Wohnung verbracht und gesehen, wie die Kompanie-Tänzer den Stress und den Druck mit einem Mix aus Pillen, Diäten, Schmerzmitteln und Mini-Salatportionen bekämpfen. Aber im Moment brauche ich die Tabletten einfach. Ich werde ihn um mehr Adderall bitten und ihm sagen, dass er mich mit etwas überraschen soll, das ein wenig stärker ist. Er mag es, wenn ich in meinen Nachrichten ein bisschen flirte, dann gibt er mir etwas umsonst.

Nachdem ich mich damit eine Weile habe ablenken können, werde ich nun doch schwach und simse Alec. *Ich vermisse dich.*

Dann kann ich das Handy natürlich nicht mehr aus den Augen lassen. Ich mache ein paar halbherzige *pliés*, während ich mein undeutliches Spiegelbild in Weiß und Silber im Fenster betrachte. Er wird mich immer noch schön finden, denke ich. Vielleicht.

Mein Telefon macht ping.

Du wirst großartig sein, B, schreibt er.

Nicht genug, um mir Hoffnung zu geben, aber mehr als genug, dass ich mich sofort nach ihm sehne.

Können wir reden?, tippe ich schnell, bevor ich dazu komme, mir Sorgen zu machen, ob ich schwach wirke.

Doch es kommt keine Antwort. Mein Herz verwandelt sich in einen Ziegelstein und fällt schwer zu Boden. Seitdem wir klein waren, ist Alec bei jeder Kostümprobe im Dezember mit einem Strauß Papierrosen und einem Kuss aufgetaucht. Selbst als er noch zu klein war, um zu wissen, wie gut mir das tat, legte er mir die Hände an die Wangen und hielt mein Gesicht fest, bevor er mir diesen Kostümproben-Kuss gab. Schon als er zwölf war, wusste der Mann, was er tat.

Die kleinen Schneeschauer sind dichter geworden, und der Wind hat aufgefrischt, sodass draußen nichts als Weiß zu sehen ist. Es ist Zeit, hinter die Bühne zu gehen. Es ist Zeit, sich um meinen Auftritt Gedanken zu machen. Es ist Zeit, mich auf meinen Tanz mit Henri vorzubereiten.

Die Ruhe in der Lobby des Lincoln Centers steht in krassem Gegensatz zu dem Chaos auf der Hinterbühne. Klapperdürre Mädchen bewegen sich wie im Schnellvorlauf, drehen ihre Haare in Dutts, legen Schichten um Schichten von Bühnen-Make-up auf, gehen eine reduzierte Version ihrer Choreographie durch, indem sie die Schritte mit kleinen Hüpfern und flatternden Händen und komplizierten Fußbewegungen markieren, die nur ein paar Quadratzentimeter Platz benötigen. Der Geruch von Kolophonium, Haarspray und Bühnen-Make-up liegt in der Luft – der Duft des Balletts.

Ich schlucke und gehe geradewegs zu einem der Spiegel. Dabei bitte ich nicht um Erlaubnis, sage nicht: *Entschuldige bitte*, berühre nicht mal die anderen Tänzerinnen mit der Hand, um sie zu bitten, zur Seite zu gehen. Ich halte einfach den Kopf hoch und den Blick auf die Stelle im Spiegel gerichtet, die ich für mich ausgesucht habe, und mache langsame Schritte, darauf vertrauend, dass sie mir alle Platz machen werden.

Was sie auch tun. Das ist alles, was mir geblieben ist: die Fähigkeit, sie dazu zu bringen, Platz für mich zu machen, die Illusion von Macht.

Zitternde Hände tragen Lipgloss auf, silbernen Lidschatten, silbernen Eyeliner, schwarze Mascara. Sie sind so schwer zu kontrollieren, dass es ist, als wären sie gar nicht meine. Ich steche mir mit dem Eyeliner fast das Auge aus, ein echtes Kunststück, wenn man bedenkt, dass ich mir seit meinem achten Lebensjahr selbst den Eyeliner vor Kostümproben und Aufführungen auftrage, denn damals brachte Adele mir bei, dass man die Lippen leicht geöffnet und den Blick nach oben halten muss.

»Du siehst fantastisch aus«, sagt eines der Corps-Mitglieder schüchtern, als hätte sie stundenlang über diesen läppischen Satz nachgedacht.

»Wir müssen alle fantastisch aussehen«, sage ich. »Das ist das Mindeste, was Mr. K erwartet.«

Das habe ich im letzten Jahr oft getan: mit Autorität über Mr. K reden, über Kleinigkeiten berichten, die er gesagt oder getan hat. Letztes Jahr war es auch einfach: Mr. K und ich haben so viel Zeit miteinander verbracht, dass ich immer ein Zitat von ihm parat hatte oder die Mädchen an seine Vision vom Ballett erinnern konnte. Ich kannte ihre Kostüme noch vor ihnen. Ich hatte Insider-Informationen und zog den Vorhang stets nur ein Stückchen zurück, um ihnen ein bisschen von jedem kleinen Geheimnis zu zeigen. Genug, um sie bei der Stange zu halten. Genug, damit sie mich weiter bewunderten.

Ich versuche es heute wieder, doch der persönlichste Kontakt, den ich mit Mr. K in letzter Zeit hatte, war der Moment, als er mir sagte, ich müsste härter arbeiten.

Trotzdem, diese Mädchen erkennen den Unterschied nicht. Sie nicken alle so eifrig, als wäre ich der Messias, der ihnen die Botschaft des Ballett-Gotts überbringt. So als wäre ich wirklich die Schneekönigin, die aus dem Mini-Schneesturm da draußen kommt, um ihnen ihr Schicksal zu verkünden. Ich hole tief Luft, und meine Hand wird ruhig, sodass ich die Mascara vom Ansatz der Wimpern bis zu den weißblonden Spitzen auftragen kann, ohne abzusetzen. Endlich hört das Zittern auf.

Bis ich Gigis Spieldosen-Kichern höre.

»Alec!« Ihre Stimme sticht aus dem Gelächter heraus. Dann folgt sofort ein gehauchter Seufzer, sodass die harten Kanten seines Namens ganz weich werden.

Und ich kann nicht anders, als herumzufahren, um nach der Quelle des Geräusches zu suchen. Oder einen gequälten, animalischen Laut von mir zu geben, als ich sie endlich sehe.

Gigi lehnt gleich vor dem verspiegelten Umkleideraum an der Wand, und Alec hält ihren Fuß, als wäre er etwas Zerbrechliches. Etwas Zartes. Etwas, das jeden Moment schwach werden, bluten oder schmerzen könnte. Eine Hand hält diesen kleinen, zerbrechlichen Fuß, und die andere ist auf ihrem Schenkel, um das ganze Bein so zu drücken, dass es parallel zum Rest ihres Körpers ist. Sein Körper kommt ganz nah an ihren, und dabei hat er dieses typische Alec-Lächeln auf dem Gesicht. Ohne den Blickkontakt zu unterbrechen, auch als ihre Augen hierhin und dorthin fliegen und ihr Kichern stoßweise kommt. Er bleibt ruhig und stark. Diese Seite von ihm kenne ich sehr gut.

Meine Unruhe wird größer. Gigi trägt das Kostüm, das meines hätte sein sollen: Pflaumenblau und Gold und kunstvoll bestickt. Der Mann, der meiner sein sollte, atmet gegen ihren Hals. Diese Momente kurz vor der Probe sollten mir gehören, sie wurden mir gestohlen und nun vor meinen Augen zur Schau gestellt. Vor aller Augen.

Die Uniformjacke seines Nussknackerkostüms ist offen, und ich sehe seine nackte Brust. Gigi berührt sie spielerisch, so als hätte sie es schon tausendmal zuvor gemacht.

Meine Muskeln fühlen sich kalt an, meine Füße, als würden sie einschlafen, und ich kann das zusätzliche Thanksgiving-Gewicht so deutlich spüren wie das Gewicht einer klatschnassen Jeans. Das einzige Heilmittel, die einzige Sache, die mich jetzt beruhigen und mir zurück in meinen Körper helfen könnte, um die Schneekönigin zu tanzen, und die alle wieder dazu bringen würde, mich zu lieben, wäre Alec. Alec, der mich in seinen Armen hält, der flüsternd mit mir spricht und der mich so behandelt wie früher. Und das wird passieren. Was mich betrifft, kommen wir wieder zusammen.

Ein letzter Blick in den Spiegel zeigt mir, dass wenigstens mein Kostüm wunderschön ist und meine Haut von Feenstaub schimmert. Ich sehe majestätisch aus, auch wenn ich mich nicht so fühle.

Ich schaffe das.

Ich trete weg vom Spiegel und gehe zu Alec hinüber, ganz nah heran, sodass meine nackte Haut an seiner ist, als unsere Arme sich berühren. Er weicht zurück, und Luft streicht zwischen uns hindurch, woraufhin ich sofort das Gewicht wieder in seine Richtung verlagere und den Spalt schließe.

»Hallöchen«, sage ich, wobei ich versuche, meiner Stimme ein bisschen von Gigis Sanftheit zu geben, aber sie klingt flach und heiser. Ich sollte bei dem bleiben, was ich kann.

»Hallo«, sagt er und lächelt so, dass sich seine Grübchen zeigen, aber nicht so, dass ich ihm glaube. Er hält immer noch ihr Bein, obwohl ich da bin. Als wäre es ihm egal, dass ich hier stehe.

»Können wir kurz ein Stück gehen?«, sage ich. Damit meine ich: Können wir in die Lobby gehen, können wir uns heimlich küssen, kannst du mit mir zusammen den Schnee fallen sehen und mir sagen, dass ich magisch auf der Bühne sein werde? »Wäre das okay für dich, Gigi? Wenn ich deinen ... Partner entführe? Es ist nur so, dass wir schon seit Ewigkeiten ein gemeinsames Ritual haben.«

Gigi errötet und macht tausend kleine Gesten: ein Schulterzucken, ein Handwedeln, ein Beben. Es ist zum Verrücktwerden entzückend.

»Ich kann jetzt nicht, okay?«, sagt Alec und stellt Gigis Fuß wieder auf den Boden. Seine Hand bleibt zu lange an ihrer Wade, und ich weiß, dass er sich auch viel schneller aufrichten könnte. Sie wird ganz ruhig.

»Später?«, frage ich. Andere Mädchen würden jetzt aufgeben. Er sagte gerade, er könnte nicht, was bedeutet, dass er eben doch nicht mit mir zusammen sein will. Er hat mit mir Schluss gemacht, und er steht ganz offensichtlich auf eine andere, denn ein Teil seines Körpers bleibt stets in Kontakt mit ihrem. Mir egal. Sie ist ein Nichts. Eine dumme Jungfrau. Eine vorübergehende Laune. Wir beide dagegen, Alec und ich, sind nichts Vergängliches, wie eine Pfütze, die verdampft. Kein Unfall.

Wir kommen wieder zusammen.

»Klar, vielleicht«, nuschelt er. Das ist das erste Mal, dass ich Alec nuscheln höre. Sein Mund schneidet das Wort praktisch ab, so kurz und leise klingt es. »Ich muss mich konzentrieren«, fährt er fort, ein bisschen lauter, aber immer noch nicht mit seiner richtigen Stimme. »Bevor wir anfangen. Okay?« Ich weiß nicht, um wessen Erlaubnis er bittet, aber ich bezweifle, dass es meine ist.

Gigi errötet. Wut mischt sich in meine Unruhe, und mein ganzer Körper ist wie elektrisiert von zu vielen Gefühlen. Wenn ich mich nicht unter Kontrolle bekomme, werde ich nicht in der Lage sein zu tanzen. Eine echte Schneekönigin hätte nie zitternde Beine oder kochendes Blut. Und als Alec sich ohne ein weiteres Wort entfernt, spüre ich, wie der Drang zu weinen von meinem Brustkorb zu meiner Kehle und schließlich hinauf zu meinen Stirnhöhlen wandert, wie ein fremdes Ding, das mich angreift.

»Lampenfieber?«, fragt Gigi, als ob sie es auch hätte, was ich mir nicht vorstellen kann. Sie ist nicht der Typ, der sich leicht einschüchtern lässt, wenn dieses Semester an der Schule irgendwie aussagekräftig ist. Es scheint, als könnte nichts sie erschüttern.

»Normalerweise nicht«, sage ich.

»Nun, du siehst wunderhübsch aus.«

Das verschlägt mir die Sprache. Nicht, weil mich noch nie jemand wunderhübsch genannt hat, und auch nicht, weil ich mich nicht wunderhübsch fühle. In meinem Haar sind weiße Federn und um meine Taille ein Ring aus duftigem weißem Tüll, und meine Augen sind so stark geschminkt, dass sie fast doppelt so groß sind. Aber die Art, wie Gigi das sagt ... so einfach und schlicht ... Noch nie war ich mir so sicher, dass etwas aufrichtig gemeint ist. Gigi hat sich noch nicht geschminkt, deshalb ist ihr hellbraunes Gesicht ganz natürlich, so wie ihre Stimme, und einen schrecklichen Moment lang denke ich: Ja, ich kann verstehen, warum Alec sie wählt.

Aber das darf er nicht. Niemals. Bitte nicht. Ich kann ihn nicht gehen lassen. Ich will es nicht.

»Dein Kostüm ist aber auch sehr schön geworden«, sage ich. Etwas anderes, das einem Kompliment näher kommen würde, wird sie nicht von mir hören.

»Danke!«, sagt sie strahlend. Ihre Augen sind erwartungsvoll, als könnte unser Gespräch jetzt weitergehen, obwohl ich nichts mehr will, als es zu beenden. Ich verstehe sie nicht. Warum spricht sie mich nicht auf den Lippenstift am Spiegel oder das Foto im *The Light* an? Sie muss doch wissen, dass ich es war. Die anderen Mädchen haben darüber getuschelt. Wenn ich sie wäre, würde ich es zur Sprache bringen. Und irgendwie will ich auch, dass sie es tut, nur damit ich gemein sein und sie verrückt und anklägerisch aussehen lassen kann. Aber niemand wagt es, sich mit mir anzulegen.

»Nur damit du es weißt, das mit Alec und mir ist noch nicht vorbei«, sage ich. Wenn ich besser nachgedacht hätte, hätte ich etwas Beiläufigeres, aber Beängstigenderes, Bedrohlicheres gesagt. Etwas, das von meiner Mutter hätte kommen können. Im Stillen schimpfe ich mich, weil ich auf einmal so eine Amateurin bin. »So geht das immer zwischen uns, also freu dich nicht zu früh.«

Ihr hübscher Mund formt sich zu einem O. Sie setzt an, etwas zu sagen, aber ich mache einen kühlen, sauberen Abgang. Dabei remple ich allerdings, als ich zurücktrete, gegen einen anderen knochigen Körper.

Eleanor. Aber nicht Eleanor, ausgestattet als meine Zweitbesetzung oder in einem unscheinbaren Corps-Kostüm. Nein. Dies ist Eleanor mit einem kleinen, eleganten Kopfschmuck und einem straffen, goldenen nackten Bauch. Langen, durchsichtigen Haremshosen. Knappem goldenem Top. Eleanor hat sich in den arabischen Kaffee verwandelt.

Und sie lächelt breit. Jungs und Mädchen lugen aus den Umkleideräumen oder blicken von ihren Aufwärmübungen auf. Alle Augen sind auf Eleanor und ihren nackten Brustkorb gerichtet; keiner von uns wusste, dass sie so hübsch sein kann. Sie rufen ihr Glückwünsche zu. »Warum hast du dieses Kostüm an?«, frage ich sie.

»Ich übernehme.« Eleanor lächelt weiter, so voller Freude,

dass ich beginne zu glauben, dass sie dem Zusammenbruch ebenso nahe ist wie ich, wenn auch aus gegenteiligen Gründen.

»Sie haben *dir* die Rolle gegeben?« Ich wollte nicht so scharf klingen. Meine Worte hängen einen Moment über uns, und alle sind entsetzt.

Verletzt zieht sie die Stirn kraus.

»Glückwunsch«, sagt Gigi. »Das hast du dir wirklich verdient. Trotzdem hoffe ich, dass sich Liz wieder erholt.« Auf ihrem Gesicht zeichnet sich die Sorge um Liz und die Freude für Eleanor in perfektem Gleichgewicht ab. Es ist unglaublich, wie gut sie ist. Zu gut.

Sie will zu Eleanor, um sie zu umarmen, aber ich bin schneller und ziehe Eleanor an mich und weg von ihr. Ich kann ihren schnellen Herzschlag durch das knappe Kostüm fühlen. Ich halte sie fest, den einzigen Mensch, der mich liebt, egal, was passiert.

»Wann ist das passiert?«, flüstere ich.

»Ein privates Vortanzen für Mr. K.« Sie murmelt es so schnell, dass ich sie kaum verstehe, und sie drückt mich kaum zurück, sondern schlüpft schnell von meinen Armen in Gigis. Sie springen und kichern und flüstern etwas, das ich nicht hören kann. Offensichtlich lachen sie nicht zum ersten Mal so zusammen. Wie Freunde. Und so schnell habe ich alles verloren.

18 | June

Ich kann es nicht glauben. So wie ich den Kuss mit Jayhe nicht glauben konnte.

Ich muss Morkie bitten, dass sie es noch einmal wiederholt, was peinlich ist. Es ist neun Uhr morgens, und wir sind in den Studios. Die meisten sind noch im Bett, sie nutzen jede Minute Schlaf vor der Premiere.

»Willst du tanzen?«, sagt sie. »Dann zeig mir, dass du es kannst.«

Viktor spielt die Musik für den Harlekin. Meine Füße streichen über den Boden, als ich meinen Platz in der Mitte des Raumes einnehme. Ich halte den Kopf nach vorn geneigt. Acht Stunden vor der Premiere, und ich bin in der Schule, in einem Studio mit Morkie, Doubrava und Mr. K. Sie stehen entlang der Spiegel und warten darauf, dass ich ihnen zeige, ob ich die Choreographie kann. Außer mir sind noch andere Mädchen da. Alles Mädchen aus dem zweiten Jahr.

Ich bin erstaunt, dass sie sich entschlossen haben, diesen Part so spät noch hinzuzunehmen. Am Tag selbst. Aber so ist Mr. K: immer für eine Überraschung gut. Also beginne ich zu tanzen. Ich werde ihnen zeigen, dass ich alle Rollen draufhabe. Stundenlang habe ich jede Rolle in jedem wichtigen klassischen Ballett studiert.

Seitdem ich mich erinnern kann, habe ich jedes Weihnachten eine Aufführung von *Der Nussknacker* gesehen. Ich habe mir jede Rolle eingeprägt und könnte wahrscheinlich auch die männlichen Parts tanzen.

Ich versuche, zart und leicht zu sein, eine Verkörperung all dessen, was so wunderbar im »Land der Süßigkeiten« des Nussknackers ist. Ich versuche mir vorzustellen, meine Mom stünde vor mir und würde sehen, wie gut ich bin. Ich versuche, den Applaus in meinem Kopf zu hören. Ich versuche, mich daran zu erinnern, wie es sich anfühlte, als Morkie mich vor Wochen für meine Pirouetten gelobt hat.

Als ich zum Ende komme, wage ich nicht, aus der Verbeugung hochzukommen.

Mr. K nickt. »Gut gemacht, Schmetterling. Ich habe noch nie gesehen, dass du dich so bewegst. Du hast hart gearbeitet.«

»Ja«, nicke ich.

»Du tanzt, als würdest du es wirklich wollen. Als würdest du es wissen«, sagt er und umkreist mich. »In Russland sichert man sich als Tänzer einen Platz in der Geschichte. Ein Leben, das intensiver ist als andere und besonders. Es hebt dich ab vom Rest der Welt. Das spüre ich in dir.«

Eine grelle Röte steigt mir den Hals hoch.

Er sagt etwas auf Russisch zu Morkie, die mir ebenfalls zunickt. Sie beginnen mich zu sehen, wirklich zu *sehen*, wie hart ich arbeite, wie sehr ich es will.

Die anderen Mädchen lässt er gar nicht erst tanzen. Der Harlekin gehört mir. Eine Solistenrolle. Er traut mir zu, dass ich sie in nur acht Stunden perfekt beherrsche. Ich frage mich, ob es so etwas überhaupt schon mal gegeben hat. Ob ich nun in seinen Augen endlich etwas Besonderes bin.

Die Neuigkeit macht die Runde. Zeitplan, Musik – alles muss angepasst werden. Nachdem ich Stunden im Studio verbracht habe – und das Mittagessen habe ausfallen lassen –, habe ich die Anprobe für mein neues Nussknacker-Kostüm. Vor

Madame Matvienkos Kostümraum warten die anderen Mädchen und ich in unseren schwarzen Trikots und den weißen Trainingstutus.

Ich trinke *omija*-Tee, um meinen Magen zu beruhigen. Für mich werden drei Kostüme angepasst – die Zuckerfee, falls Gigi aus irgendeinem Grund, der nie passieren wird, nicht tanzen kann, das einfache rosafarbene des Corps für den Blumenwalzer und der Ganzkörperanzug des Harlekins. Mir gegenüber summt Gigi vor sich hin, und ich werfe ihr einen bösen Blick zu, damit sie aufhört.

Sie streckt sich flach über den Boden wie ein Pfannkuchen. Alecs laute Stimme dringt immer wieder aus dem Kostümraum, und jedes Mal wirft Gigi einen Blick zur Tür, wie ein Hund. Sie verbirgt es nicht einmal. Erbärmlich. Ich nehme an, sie sind jetzt richtig zusammen, auch wenn sie mir gegenüber irgendwas davon geschwafelt hat, dass er sie nicht »gefragt« hätte. Dass sie sich deswegen nicht sicher sein kann. Sicher sein kann sie sich zumindest einer Sache: Wenn Bette sie vorher nicht gehasst hat, dann tut sie es jetzt.

Bette nähert sich. »Sind die noch nicht fertig?«, fragt sie und wartet darauf, dass jemand ihr antwortet. Eines der jüngeren Mädchen ergreift das Wort und sagt, die Jungs wären spät dran. Ihr Eifer, Bette zu gefallen, steht ihr ins Gesicht geschrieben. Bette steckt sich ein Stück Frucht in den Mund. »Wie läuft es, Gigi? Fühlst du dich gut?«, fragt sie.

»Mir geht's prima«, sagt Gigi barsch. »Ich bin nicht krank.« Sie betont das Wort »krank«, als wäre es ihr zuwider. Mit misstrauisch zusammengekniffenen Augen mustert sie Bette. »Warum fragst du?«

»Na ja, Mr. K bat mich, nach dir zu sehen. Schließlich bin ich eines der Mädchen, das am längsten hier ist. Ich möchte nur wissen, wie du so klarkommst. Das hätte ich schon viel früher fragen sollen, aber ich hatte einfach zu viel zu tun und so. Mobbing tolerieren wir hier nicht. Es ist doch noch etwas anderes vorgefallen, oder?«

Gigi blickt nicht vom Boden auf, so als wäre sie ganz auf das Dehnen konzentriert. Bei dem Gedanken an meine Rolle in dieser Sache winde ich mich innerlich ein wenig. Ob Bette den Krankenbericht gesehen hat? Und Gigi? Kurz überkommt mich Reue, aber nur für einen Moment. Ich versuche, nicht an Cassie zu denken. Damals war es viel schlimmer.

»Mir geht's gut, Bette«, sagt sie, freundlich wie immer. »Aber danke.«

Bette klimpert mit den blauen Augen und kichert, dann fährt sie fort: »Gib mir Bescheid, falls noch mal was passiert, okay? Ich bin für dich da.«

Bevor Gigi etwas erwidern kann, werden wir in den Kostümraum gerufen. Er ist hell erleuchtet und riecht nach Parfüm und Make-up. Hierher kommen wir nur zweimal im Jahr, und unsere Kostüme werden aus dem Fundus der Kompanie hergebracht. Ich genieße jeden Moment. Auf einem Tisch liegen Tiaras aufgereiht, auf dem anderen liegen Kostümschmuck, handgefertigte Spitzenschuhe und Ballettschläppchen säuberlich aufeinander – kleine rosa Schichten, wie bei einer Miniaturtorte. Sobald wir alle Platz gefunden haben, wird die Stimmung ausgelassen. Hier sind wir nur Mädchen, die Verkleiden spielen – das Beste am Ballett.

Die Mütter, die sich freiwillig gemeldet haben, um zu helfen, bringen unsere Kostüme. Gigi und ich stehen beisammen, als unseres präsentiert wird. Von einem hölzernen Kleiderbügel hängt ein Kostüm in tiefem Pflaumenblau, das Mieder ist mit Schmucksteinen bestickt. Bewundernd streichen Gigi und ich mit den Fingern über den Stoff. Wir beide würden es am liebsten für immer tragen.

»Du wirst wunderschön darin aussehen«, sagt eine der Mütter zu Gigi. Mich sieht sie nicht mal an. Als hätte ich ohnehin keine Chance, dieses Kostüm je zu tragen. Sie weiß nur allzu gut, wie es in der Welt des Balletts zugeht. Ich nehme es nicht persönlich. Die Frau hilft Gigi ins winzige Kleid. Am Oberkörper sitzt es sehr eng und muss ganz offensichtlich ausgelassen werden. Ich unterdrücke ein Lächeln, weil ich weiß, dass so etwas bei mir nie nötig sein wird.

Ich ziehe mein Corps-Kostüm an – ein rosa, rüschenbesetztes, knielanges Outfit, das alle Mädchen tragen, die die Blumen im Gruppentanz spielen. Es kratzt.

»Setz das Haarnetz auf.« Eine Mutter reicht mir eines. Ich ziehe es über meinen Dutt und den Kopf und gehe dann zu den Perücken. Sie suchen mir eine weiße Perücke aus, die nach Babypuder und Mottenkugeln riecht und aussieht, als gehöre sie auf den Kopf eines Richters im 17. Jahrhundert. In den Spiegeln sehe ich die anderen Corps-Mitglieder. Wir sind alle dasselbe Mädchen.

Ich ziehe das Kostüm aus und das karierte Ganzkörperkostüm des Harlekins an. Schwarze und weiße Diamanten bedecken meinen ganzen Körper, und um meinen Hals liegt ein Kragen, der mich an einen Kaffeefilter erinnert. Auf dem Rücken ist ein goldenes Schlüsselloch, wo ich auf der Bühne aufgezogen werde wie die kleinen Tänzer in einer Spieldose.

»E-Jun Kim!«, schreit Madame Matvienko quer durch den Raum. Und an ihrem Stirnrunzeln sehe ich, dass sie meinen Namen schon mehr als einmal gerufen hat. Mit gesenktem Kopf gehe ich zu ihr und knickse. Sie ist genauso wichtig wie die anderen russischen Lehrer hier, auch wenn sie nur die Kostümbildnerin ist.

»Dreh dich«, sagt sie emotionslos – ihr Gesicht ist kalt und faltig, das Haar kurz geschnitten, die Lippen zusammengepresst und gespitzt wie die eines wütenden Fisches. Sie beugt sich auf ihrem Stuhl vor und legt mir ein Maßband um die Taille. Ich unterdrücke den Impuls, nach unten und auf die Zahlen zu schauen. Stattdessen konzentriere ich mich darauf, den Atem anzuhalten. Ich fühle mich dick, als müsste sich das Maßband dehnen. Sie steckt Nadeln in meine Taille und erhebt sich, um die alte Perücke auf meinem Kopf zurechtzuziehen.

»Hmm. Perücke zu groß«, sagt sie, nimmt sie ab und setzt mir eine andere auf. »Aber das Kostüm passt genau.« Sie tätschelt meine Seite, und ich atme aus. »Du ähnelst deiner Mutter wirklich sehr, aber dein Körper erinnert mich an den deines Vaters«, sagt sie. »So schmal, so groß und oben drauf ein winziger Kopf. Genau wie er.«

»W... wie bitte?« Ich kriege kaum ein Wort heraus. Das muss ein Irrtum sein. Sie muss mich mit Sei-Jin verwechseln oder mit einem der anderen koreanischen Mädchen. Ich weiß, dass sie finden, wir sähen alle gleich aus.

»Winziger Kopf. Alle seine Kinder. Sehr lustig. So ein winziger Kopf für so einen mächtigen Mann, nein?« Madame Matvienko sieht mir endlich ins Gesicht und bemerkt mitten im Lachen, dass mir die Kinnlade offen steht. Wahrscheinlich ist meine kalte, feuchte Haut inzwischen so blass geworden, wie ich sie eigentlich schon immer haben wollte. Meine Beine zittern so heftig, dass ich kaum noch stehen kann.

»Von wem reden Sie?«, bringe ich heraus, mit einer Stimme, die so viel höher ist als meine eigene, so fremd, dass ich hätte schwören können, dass sie nicht von mir stammt. Jetzt ist Madame Matvienko diejenige, die erst weiß, dann rot und dann grün wird, vor, wie ich vermute, Übelkeit, weil sie etwas Gefährliches und Falsches gesagt hat.

»Ich habe mich geirrt. Ich dachte, du wärst ... eine von den anderen. Aber natürlich nicht. Du bist E-Jun. Du siehst den anderen asiatischen Mädchen so ähnlich. Ihr habt alle so schmale Taillen und hübsches Haar. Alle gleich. Entschuldige.«

Sie versucht, zu lächeln und es als einen unbeabsichtigten, rassistischen Irrtum hinzustellen. Aber ich habe das sichere und beängstigende Gefühl, dass es kein Fehler war. Madame Matvienko weiß, wer mein Vater ist. Womöglich wissen sie es alle. Mir wird so schwindelig, dass ich mich auf einen der ramponierten Metallklappstühle sinken lasse. Ich bin in Schweiß gebadet und bringe keinen Ton heraus. Das, was ich mein ganzes Leben habe wissen wollen – möglicherweise bekomme ich nun doch eine Antwort.

19 | Gigi

Die Haarnadel gleitet in das Schloss und schiebt den Bolzen mit einem ganz leisen Klick nach links. Eigentlich sollte ich jetzt in meinem Zimmer sein und meine Tanztasche für die Premiere packen. Ich sollte meine Füße dehnen oder sie ins Eisbad im Physiotherapieraum halten. Ich sollte mich mental auf den heutigen Abend vorbereiten und mein Herz auf ein langes Programm. Heute werden alle Lehrer der American Ballet Company im Publikum sitzen, auf der Suche nach neuen Talenten für das Corps. Alle Kompanie-Tänzer haben heute Abend frei und werden uns zusehen, wie wir unsere Rollen tanzen. Uns beurteilen. Und Mama und Dad werden mit Tante Leah in der ersten Reihe sitzen und voller Sorge tief Luft holen, wenn ich die Bühne betrete.

Aber noch ist es ein paar Stunden hin, bis ich mir offiziell um diese Dinge Gedanken machen muss, deshalb drücke ich jetzt die Tür zum Schuhraum der American Ballet Company auf. Er war schon abgeschlossen, weil alle Tänzer freihaben. Der Flur ist verlassen, und die Lampen sind aus. Ich schlüpfe hinein, in den Duft von Satin und Kolophonium. Es ist das zweite Mal, dass ich mich hier reinschleiche. An den Wänden hängen Poster mit Werbung für verschiedene Spitzenschuhmarken. Durch den Schalter kann man in den Lagerraum sehen, wo in den Regalen haufenweise Spitzenschuhe, flache Stoff- und Lederschläppchen und, in etikettierten Kisten, die maßgeschneiderten für die Tänzer des Ensembles liegen, verlockend wie zarte rosa Süßigkeiten in pastellfarbenem Einwickelpapier.

Ich schwinge mich über den Tresen und schleiche mich ins Lager, um mit den Fingern über die Schuhe zu fahren und die Namen unter den Fächern zu lesen. Schuhe für jede Corps-Tänzerin, für jeden Solisten, für jeden ersten Tänzer.

Es war ein Paar Spitzenschuhe, das mich dazu gebracht hat, Ballerina werden zu wollen. Das erste Paar, das ich je zu Gesicht bekam, in einer Mülltonne in Downtown San Francisco – hübscher rosa Satin mit braunen Kaffeeflecken. Bevor Mama mich zurückhalten konnte, griff ich hinein und bekam einen Schuh zu fassen. Ich wollte ihn mit nach Hause nehmen, ihn für immer behalten, aber sie ließ mich nicht. Zu Hause badete sie mich erst in Desinfektionsmittel und meldete mich dann in einem Ballettkurs an. Sie dachte, es würde locker und einfach. Etwas, das für ein Mädchen mit einem Herzfehler nicht gefährlich wäre. Aber als es mir ernst wurde und die Lehrerin sagte, ich wäre gut, wollte sie mich wieder herausnehmen.

»Es ist zu viel Stress«, sagte sie beim Abendessen, nachdem ich das Aufnahmeschreiben des Konservatoriums erhielt.

»Ich liebe es«, war stets meine Antwort. Ich nähte währenddessen Gummiband in meine Spitzenschuhe, entschlossen, mindestens ein Dutzend Paar fertigzuhaben, bevor ich ging.

»Du könntest ins Krankenhaus kommen. Eine falsche Bewegung. Ein Training, eine Aufführung, die zu anstrengend war. Ich will dich nicht verlieren«, sagte sie, als wollte sie mich in eines ihrer Einmachgläser stecken, um mich dann in der Speisekammer bis zum Winter aufzubewahren.

Sie weinte, als ich ihr sagte, dass ich lieber ein Jahr lang durchgängig tanzen würde, als ein ganzes Leben ohne Ballett sein zu müssen. Und als meine Koffer gepackt waren und Dad mich zum Flughafen fuhr. Und als ich ihr sagte, dass ich nicht wollte, dass sie mich nach New York begleitet, um mir beim Einleben zu helfen.

Ich ziehe die Schuhe einiger Erster Tänzerinnen heraus und schlüpfe hinein, obwohl ich weiß, dass sie nicht passen werden und dass ich die brandneuen Schuhe von jemand anders nicht ruinieren darf. Doch ich stelle mich nicht auf die Spitze, ich will nur spüren, wie es sein könnte, diese Schuhe zu tragen, eine von diesen Frauen zu sein. Und alle Sorgen, die ich mir gemacht habe, weil ich hier an diesem Konservatorium bin, weil ich mich hier durchsetzen will, sind wie weggeblasen.

Eine halbe Stunde, bevor der Vorhang sich öffnet, wimmelt es hinter der Bühne von halb bekleideten Mädchen und erschöpften Helfern, die versuchen, letzte Hand an alles und jeden zu legen. Mein Magen fühlt sich an, als ob in ihm meine Schmetterlinge flattern würden, nachdem sie aufgeschreckt wurden. Ich kann nicht glauben, dass er endlich gekommen ist, der Moment, von dem ich mein ganzes Leben lang geträumt habe. Ich versuche, mir in Erinnerung zu rufen, wie ruhig ich mich eben noch gefühlt habe. Heute Abend werde ich endlich meine Eltern im Publikum sehen und ihnen zeigen, warum ich so weit von zu Hause ziehen musste, und dass es das alles wert war.

Ich schlüpfe an den Rand der Bühne, dorthin, wo sich der dicke, samtige Vorhang, der in einem dunklen Rot leuchtet, das mich an das Blut aus meinem Lieblingsmärchen erinnert, in nur wenigen Minuten teilen wird. Ich spähe durch den Spalt, während die Zuschauer hereinströmen, und plötzlich trifft es mich: das Lampenfieber. Mein Herz rast, Adrenalin schießt durch meine Adern. Ich mache die Atemübungen, die Mama mir beigebracht hat, aber sie wirken nicht. Mit zwei Fingern auf meinem Handgelenk bemühe ich mich, meine Gedanken wenigstens so lange zur Ruhe zu bringen, bis ich meinen Puls genommen habe. Wenn ich den Pulsmesser tragen würde, würde der jetzt sicher laut piepen und alle Aufmerksamkeit auf mich ziehen. Ich zähle in Gedanken: 68, 73, 84, 96, während mein Herz höher und höher schlägt. Schneller und schneller, außer Kontrolle.

Ich weiß, es ist riskant, aber wie kann ich diesen Moment aufgeben? Wie kann ich zu Morkie gehen, bevor sie ihren Platz im Zuschauerraum einnimmt, und ihr sagen, dass ich nicht auftreten kann? Dass ich die Warnsignale spüre? Ich kann nicht nicht tanzen. Nicht jetzt. Nicht wenn meine Füße mich so weit getragen haben. *Atme, Gigi, atme!*

Ich zähle wieder, wobei ich dieses Mal langsamer werde und wirklich auf meine Herzschläge höre. 57, 62, 78, 85. Einatmen, ausatmen, ein, aus. Ich spüre, wie meine Muskeln sich entspannen. Und dann erschrecke ich, als sich Arme um meine Taille legen und heißer Atem über meinen Hals streicht und Gänsehaut über meine Arme schickt, sodass mein Herz wieder zu rasen anfängt.

»Alec«, sage ich und drehe mich um, damit er mich ganz umarmen kann. Ich lehne mich an ihn und atme seinen seifigen Duft ein. Er trägt sein Nussknackerkostüm aus gold-rotem Brokat und Strumpfhosen. Das starke Bühnenlicht lässt das Gold in seinem Haar erstrahlen, und heute Abend liegt in seinen Augen etwas anderes. Etwas, das mein Herz noch schneller schlagen lässt.

»Showtime«, sagt er, und seine Stimme klingt klar und warm in meinen Ohren, trotz des Lärms, den die vielen Leute hier hinten auf der Bühne machen. »Es ist mir eine Ehre, dein Partner zu sein.«

Er geht auf ein Knie hinunter und macht eine kleine Verbeugung. Ich schenke ihm ein strahlendes Lächeln. »Ich freue mich auch, deine Partnerin zu sein.« Dann reiche ich ihm die Hand, um ihm aufzuhelfen. Er küsst sie, während er sich erhebt, und zieht mich in seine Arme.

»Und ich hoffe«, sagt er, jetzt flüsternd, obwohl wir uns so nah sind und alle anderen sich von uns abgewendet haben, »dass ich für dich noch mehr sein kann, als nur dein, du weißt schon … dein Tanzpartner.«

Fragt er mich das, was ich denke? Hitze strömt durch meine Wangen, den Hals und die Brust, wärmt mich von Kopf bis Fuß. »Ich hoffe«, sagt er, den Mund an meinem Ohr, »dass du meine Freundin wirst.« Er ist nervös; so habe ich ihn noch nie gesehen.

Und ich blicke auf, in das Meer seiner Augen, und nicke. Er zieht eine kleine Schachtel aus der Innenseite seiner Jacke. Rot und winzig, mit einem goldenen Band drumherum. Wie eines der Päckchen unter dem Weihnachtsbaum in der hinteren Ecke der Bühne.

Ich kann nicht anders, ich muss lachen, als wir uns beide in unseren prachtvollen Kostümen einfach auf den Boden setzen und ich die Schachtel aufreiße. Jemand klatscht in die Hände, als Warnung, dass sich in zehn Minuten der Vorhang hebt. Aber das kümmert uns nicht. In weißem Seidenpapier liegt eine winzige Rose, so klein wie der Nagel meines kleinen Fingers, aus Gold, mit einem kleinen Stängel und sogar Dornen.

»Für dich«, sagt er. »Als Glücksbringer.« Und dann küsst er mich endlich erneut.

Minuten später, wie in einem Traum, spielt die Musik, und ich warte auf der Seitenbühne. Die Spannung hinter der Bühne ist fast zum Greifen. Hinter mir huschen die anderen Tänzer auf die Bühne und wieder herunter, bis ich dann dran sein werde. Meine Hände zittern, und winzige Schweißtropfen sickern in mein Kostüm. Ich spüre ihre Blicke und ihre Sorge: *Werde ich es vermasseln?*

Meine Muskeln beben. Tausende andere Ballerinas aus aller

Welt haben dieses Kostüm schon getragen. Und ich hoffe, dass ich den Part genauso gut tanzen kann wie sie. Ich bausche den Rock auf, so wie Madame Matvienko, die Kostümbildnerin, es getan hat. Alecs Rose steckt in den Falten des pflaumenfarbenen Tülls. Ich habe sie an das Futter meines Kostüms genäht und höre nicht auf, sie zwischen Daumen und Zeigefinger zu drehen. Meine Schuhe habe ich noch ein letztes Mal in Kolophonium getaucht, um sicherzugehen, dass ich nicht falle.

June kommt vorbei, bereit für ihren Auftritt mit dem Rest des Corps. Ich spüre, wie ihr Blick über mich hinüberhuscht, als sie zur Bühne geht. Sie sieht schön und gertenschlank aus, und ich wünschte, wir stünden uns näher. So nah, dass wir uns umarmen könnten. Sie sieht zu mir hinüber. Ich nicke ihr zu, und sie nickt zurück. »Hals- und Beinbruch«, forme ich mit den Lippen, entgegen meiner Abneigung gegen Aberglauben.

»Du meinst: *Merde.*« Sie wirft mir ein leichtes Lächeln zu.

Ich erwidere es und wende mich dann ab. Jetzt versuche ich, mich nur auf meinen Auftritt zu konzentrieren und auf nichts sonst. Wir haben alle wochenlang an diesen Rollen gearbeitet, den ganzen Tag, nur für sechs Minuten auf der Bühne. Sechs Minuten, um den Ballettmeistern zu zeigen, was man gelernt hat. Ballett muss fehlerlos wirken, und wenn man einen Fehler macht, sieht das geschulte Auge es sofort.

Abgesehen von einigen wenigen Stellen an den Ballettschulen gibt es so wenige Jobs als Tänzer. Berühmte Ensembles haben meist bereits ihre Ersten Tänzer und Solisten und manchmal nur im Corps noch Platz, von wo aus man sich nach oben arbeiten muss. Man muss es lieben und sich seinen Weg hineintanzen. Für mich ging es beim Tanzen immer nur um die Schönheit der Bewegung, um die Leidenschaft. Aber nun kann ich es gar nicht erwarten, ganz oben zu sein. Auf der Bühne zu stehen ist es wert.

Ich weiß nicht, wo ich meine Hände lassen soll. Also streiche ich die Ränder meines straffen Dutts glatt, obwohl meine Locken perfekt glatt und glänzend sind. Die strassbesetzte Tiara drückt in meine Kopfhaut. Ich ermahne mich, mir nicht den Lippenstift abzulecken. In meinem Kopf höre ich Morkie: »Wenn ihr nervös seid, sobald ihr auf der Seitenbühne steht, dann wird euer Auftritt gut.«

Das erste Mal, als ich auf der Bühne war, war ich sechs und tanzte ein Bauernkind in *Dornröschen*, mit fliegenden offenen Locken, in einem gestreiften Trikot. Ich weiß noch, dass ich tagelang vor der Aufführung in dem Kostüm geschlafen habe und in Gedanken jeden kleinen Schritt durchgegangen bin. Meine alte Ballettlehrerin sagte, das würde den Unterschied zwischen einer guten Tänzerin und einer echten Ballerina ausmachen: Die Ballerina müsse perfekt sein – wie eine extra für die Bühne zum Leben erwachte Puppe.

Ich werde eine Puppe sein.

Ich werde eine Fee sein.

Ich luge hinter dem Vorhang hervor, kann aber nichts vor der Bühne erkennen. Das Publikum ist in Dunkelheit getaucht, aber ich spüre ihre Blicke. Noch nie habe ich vor so vielen Leuten getanzt. Es fühlt sich eigenartig an, vor mehr als zweitausend Menschen zu tanzen. Ich schüttle Arme und Beine aus. Der Applaus trifft mich in Wellen. Ich höre, wie ein Mädchen meinen Namen flüstert, als wüsste ich nicht, dass es endlich so weit ist. Mein Soloauftritt.

Es wird ein Fest gefeiert, und der Nussknacker-Prinz zeigt der kleinen Clara alle Wunder im Land der Süßigkeiten. Und ich bin eines davon. Ich werde mich dem Publikum und den anderen Tänzern zeigen. Die Lampen werfen große Diamantenmuster auf die Bühne.

Die Musik setzt ein – wie kleine Tropfen aus Klang, die auf

die Bühne fallen. Ich lausche der perlenden Melodie und fühle die musikalischen Phrasen, will auf diesen Tönen tanzen. Ich streiche mein Kostüm glatt und husche auf die Bühne. Die Lampen wärmen meine Haut, beruhigen mich. Die Anspannung fällt von mir ab, und ich betrete eine andere Sphäre – eine, in der ich nicht mehr Gigi bin, sondern die Zuckerfee.

Ich springe auf die Fußspitzen. Meine Füße bewegen sich mit der Musik, mein Körper gleitet. Die anderen sind unsichtbar für mich. Ich werde eins mit der Musik und den Schritten. Meine Arme sind elegante Linien aus Muskeln über meinem Kopf. Ich halte den Kopf hoch, sehe nur meinen Schatten an, um mich zu vergewissern, dass ich perfekt aussehe. Das Atmen fällt mir schwer, der Schweiß läuft mir den Rücken hinunter, doch ich lächle ins Publikum.

Meine Solo ist zu Ende. Ich knickse und höre den donnernden Applaus, in dem ich auch Mamas Pfiffe erkennen kann. Mit einem strahlenden Lächeln gehe ich zur Seite, während Alec zur Mitte der Bühne kommt. Meine Brust bewegt sich heftig auf und ab, und ich versuche zu Atem zu kommen, ohne dass jemand etwas merkt. Mein Herz flattert in meiner Brust wie ein Wildvogel in einem Käfig, der wieder in die Freiheit will.

Auf der Bühne sollen wir ätherische Wesen sein, selbst während der anstrengendsten Variationen. Aber jetzt bin ich erschöpft. Ich krümme mich, versuche, mehr Sauerstoff einzusaugen. Die Beklemmung dämpft meine Euphorie, die Atemnot lässt meine Muskeln zucken und krampfen. Mit reiner Willenskraft bewirke ich, dass es weniger wird, dass es aufhört. Ich will diesen Moment genießen, nicht gegen meinen eigenen Körper kämpfen. Also atme und zähle ich, atme und zähle, bis der Rhythmus sich endlich findet und sich beruhigt. Ich bin immer noch überwältigt von Emotionen und Müdigkeit und Glück.

Aber mir bleiben nur ein paar wenige Minuten, bis Alec mir seine Hand reicht.

Als wir unser Pas de deux tanzen, halten seine Hände mich bei jeder Drehung, stützen mich bei jeder Hebung. Ich spüre die Hitze seiner Hände an meiner Taille, als er mich hochhebt, fühle überall seine Berührung – an meinen Beinen, Armen, Fingern, Zehen – so wie warmes Duschwasser, das den ganzen Körper auf einmal trifft. Als seine langen Finger sich unter meinem Tutu bewegen, unterdrücke ich einen Schauder. Ich klimpere mit den Augen und werfe ihm neckische Blicke zu. Jede unserer Gesten sitzt, es wirkt, als hätten wir schon unser ganzes Leben zusammen getanzt. Seine cleveren Hände ahnen jede meiner Bewegungen voraus, und ich biege mich ohne ein Zögern in seinen Armen.

Und dann ist es vorbei. Das Stück ist zu Ende, und der Vorhang hebt sich für die Verbeugungen, für die jede Gruppe der Tänzer getrennt vor das Publikum tritt. Alec und ich halten uns an den Händen, während wir auf der Seitenbühne warten. Meine Finger verschränken sich mit seinen. Zitternd vor Müdigkeit und Aufregung. »Bist du bereit?«, flüstert er.

»Ja«, sage ich. Ich lege die andere Hand auf meine Brust, bringe mein Herz dazu, langsamer zu schlagen. Mein Kopf fühlt sich leicht an, und ich versuche, alles in mich aufzunehmen, was um mich herum geschieht.

»Du warst perfekt«, sagt er, bevor er mich auf die Bühne zieht, damit wir uns ein letztes Mal verbeugen.

Mit schleifenden Schritten überqueren wir die Bühne. Wir sind die Letzten, die nach vorne kommen und sich dem Publikum präsentieren. Dort knicksen wir und drehen uns zu unseren Ballettmeistern, um noch mal dasselbe zu tun. Sie nicken und klatschen und rufen Bravo.

Eine kleine *petit rat* kommt mit einem Blumenstrauß für

mich herangehüpft. Ich umarme sie, und sie drückt mich fest um die Taille. Die Schreie der Menge lassen die Bühne vibrieren. Alles um mich herum verschwimmt, als befände ich mich mitten in einem Tornado. Plötzlich wirbelt Alec mich herum, was die Zuschauer dazu bringt, noch lauter zu klatschen. Vor Verlegenheit werde ich rot und lächle. Dann zieht er mich an sich und küsst mich. Die Leute toben.

Die Blumen entgleiten mir und fallen auf den Bühnenboden. Sein Mund ist weich und feucht, seine Zunge schmeckt nach Pfefferminzschokolade. Es ist wie damals, als wir uns zum ersten Mal küssten, nur dieses Mal sind wir nicht allein. Jetzt sollen es alle sehen, und ich habe nicht mehr den Hauch eines Zweifels, ob er vielleicht doch Bette und nicht mich liebt. Inzwischen höre ich weder die Menge noch die Tänzer um uns herum. Ich höre nur mein Herz und seines, und spüre wieder das heftige Pulsieren zwischen meinen Beinen. Dann schmiege ich mich an ihn und verliere mich in diesem einen perfekten Moment, denn ich weiß, wie ungeheuer selten diese Art von Freude ist.

II. AKT: FRÜHJAHRSSAISON

Frühjahrsaufführung: *Giselle*

BESETZUNG

Solisten

Giselle: Giselle Stewart
Giselle Zweitbesetzung: E-Jun Kim
Bathilde: Bette Abney
Graf Albrecht: Alec Lucas
Königin Myrtha: Eleanor Alexander

Wilis: E-Jun Kim, Sei-Jin Kwon, Hye-Ji Yi
Hilarion: Henri Dubois
Prinz von Kurland: William O'Reilly

20 | Bette

Die Besetzungsliste ist jetzt seit 24 Stunden raus, und ich habe seitdem exakt fünf Tabletten genommen und damit alle aufgebraucht, die ich gerade erst bekommen hatte. Die Nebenwirkungen ignoriere ich: Herzrasen, Händezittern, Mundtrockenheit. Damit komme ich klar, weil ich sie brauche, diese seltsame Mischung aus Ruhe und rasiermesserscharfer Wachheit. Mr. K hat dieses Jahr die Besetzung superfrüh bekannt gegeben – in der letzten Januarwoche, statt Mitte Februar, wie sonst. Angeblich, damit wir mehr Zeit haben, aber das ist ein Fehler. Und nun habe ich nichts mehr, das mich davon ablenkt, dass mein Leben langsam ruiniert wird.

Aber durch die Tabletten habe ich getanzt, als wäre der Boden das Feuer und ich die Flamme. Nicht, dass mir irgendjemand zusehen würde, natürlich nicht. Die Russen haben aufgehört, mir ihre Gunst zu schenken. *Puff*! Einfach so, nach all den Jahren. Und die ganze Zeit hat Alec Gigis Schultern massiert, was wohl bedeutet, dass sie jetzt offiziell zusammen sind.

Eleanor ist mir keine Hilfe. Beim Dehnen hat sie sich im Spiegel betrachtet, als sähe sie ihren Körper zum ersten Mal. Was ja vielleicht auch so ist, so verändert hat er sich. Zum Guten. Über die Winterferien hat sie fünf Pfund verloren, und an ihren Beinen sind Muskeln aufgetaucht, die ich dort vorher noch nicht gesehen habe. Für mich waren die Winterferien eine einzige Enttäuschung: endlose, stupide Stunden vor dem Fernseher, um dem kalorienreichen Mist zu entgehen, mit dem meine Mutter immer die Küche füllt. Ich habe zusammen mit Adele trainiert, im Fitnessstudio, mit ihrem Trainer. Und meine Mutter hat eine meiner früheren Ballettlehrerinnen, die sich von Mr. K vom Konservatorium hatte vertreiben lassen, engagiert, damit sie jeden Tag zu uns nach Hause kam, um mit mir zu trainieren.

Ich zittere am ganzen Körper, als der Unterricht vorbei ist; ob von den Pillen, vor Wut oder vor Erschöpfung kann ich nicht sagen. Auf dem Weg zur Tür winke ich Morkie zu, aber bevor sie reagieren kann oder etwas zu meiner Präzision oder zu den zwei Pfund sagen kann, die ich über die Ferien herunterbekommen habe, fängt Gigi an, auf sie einzureden und mit den Armen zu wedeln, als wäre sie diejenige, die Superspeed-Pillen eingenommen hat. Alec verschwindet eilig, bevor ich mit ihm sprechen kann. Früher hat er auf mich gewartet.

Jetzt wartet niemand auf mich. Eleanor ist wahrscheinlich auf dem Weg in den Übungsraum, aber ich kann meinen Anblick im Spiegel nicht eine Sekunde länger ertragen. Irgendwo zwischen dem Studio und dem Flur zum Wohnheim bin ich plötzlich wie gelähmt und lehne mich gegen die Wand, um mich zu sammeln. Früher bin ich nach einer langen Probe immer zu Alec ins Zimmer gegangen. Oder habe mir mit Eleanor Filme angesehen. Oder nach Tanzwettbewerben oder Aufbaukursen für die Sommerferien gesucht. Oder mir vorgestellt, wie ich die Rollen tanze, die, wie ich dachte, mir vor Jahren versprochen wurden.

Jetzt ist nichts davon mehr möglich. Ich wickle die Bänder meiner Spitzenschuhe auf und ziehe die Füße heraus. Dann löse ich das Tape und massiere kurz jeden Zeh einzeln. Sie schmerzen alle von dem Druck und der stundenlangen Belastung.

Meine Hände betasten das leere Medaillon, während meine Gedanken hinunter an einen Ort wandern, an dem meine schlimmsten Albträume lauern. Mittelmäßig zu sein, eine aus dem Corps, ein Niemand. Das Chaos nach Unterrichtsschluss kann mit dem Trauma in meinem Kopf nicht konkurrieren, deshalb merke ich nicht einmal, dass Henri sich mir nähert.

»Wir werden gemeinsam proben«, sagt er. Er packt mich am Handgelenk, was ein bisschen wehtut, und zieht kurz und heftig daran. Das reißt mich zurück in die Realität.

»Äh, nein, werden wir nicht.« Ich reiße mich los, und das Ergebnis ist ein kurzer, plötzlicher Schmerz in meiner Hand.

»Ich könnte dir ein paar Sachen beibringen«, sagt er und will wieder nach meinem Handgelenk fassen, so als hätte er alles Recht der Welt, mich anzufassen. »Du solltest mal darüber hinwegkommen.«

»Worüber soll ich hinwegkommen?« Das schwarze Trikot klebt mir am Rücken und am Bauch, meine Strumpfhose kratzt, und die Muskeln darunter brennen. Ich kann nicht vergessen, was er zu mir gesagt hat. Dass er behauptet hat zu wissen, was ich Cassie angetan habe.

»Dass du die Rolle nicht bekommen hast, die du wolltest«, sagt er, als wären wir Freunde und er würde mit mir mitfühlen. Als Adele hörte, dass ich schon wieder leer ausgegangen bin, sagte sie mir, ich sollte einfach den Ball flach halten, weiter an mir arbeiten und auf meine Chance warten. Dass Besetzungslisten Wirbelwinde sind, die sich ständig ändern. Meine Mutter dagegen, wie immer das Teufelchen auf meiner zarten Schulter, drohte, mich von der Schule zu nehmen und mich zur Konkurrenz zu schicken, Mr. K feuern zu lassen, die Stiftungszahlungen der Familie Abney an das Konservatorium einzustellen. Aber dieses Mal versuche ich auf Adele zu hören – die, die tatsächlich das hat, was ich will.

»Komm schon, amüsieren wir uns ein bisschen. Das ist das, was deinem Tanz fehlt«, sagt Henri, verschränkt die Arme vor der Brust und lächelt. Seine Grübchen sind tiefe Einkerbungen in seinen Wangen, und sein Bizeps wölbt sich. Für einen Moment lasse ich mich hinreißen zu überlegen, was Cassie an ihm so attraktiv gefunden hat. Er sieht wirklich so aus wie in den zahlreichen Tanzmagazinen. Jetzt, da ich Platz geschaffen habe, um ihn zu sehen. Weil Alec nicht mehr da ist.

»Das Letzte, was ich will, ist, mit dir irgendwohin zu gehen«, fauche ich zurück und frage mich, ob er plötzlich vergessen hat, dass ich während der Proben zu unserem Pas de deux kein Wort mit ihm gesprochen, sondern nur über unsere Zweitbesetzungen, zwei aus der zweiten Klasse, mit ihm kommuniziert habe, wie in einer verqueren Version von Stille Post. Ich muss mir in Erinnerung rufen, dass es mir egal ist, wie viele Magazinstrecken oder Trikot-Sponsoren er hat. Er ist ein Nichts. Selbst wenn er von der einzigen Sache weiß, die mir wirklich schaden könnte.

»Du solltest nicht immer so gemein sein«, sagt er mit seinem charakteristischen Lächeln und beugt sich näher. »Das steht dir nicht. Und du machst dir noch mehr Feinde.«

Ich sehe durch ihn hindurch, als wäre er unsichtbar, als käme aus seinem Mund nur diffuses Rauschen, und gehe einfach weiter.

»Wenn du mich weiter so behandelst, könnte ich Lust bekommen, den anderen ein paar Dinge über dich zu erzählen.« Vor lauter Ärger kommt sein französischer Akzent durch.

»Du weißt gar nichts über mich«, gebe ich scharf zurück.

»Oh, doch.« Er deutet mit dem Finger hoch zur Flurdecke. »Wusstest du, dass es hier sogar in den Studios Kameras gibt? Sogar in Studio B?«

Röte erfasst meinen ganzen Körper, bis hinunter zu den Zehen, und ein fester Knoten bildet sich in meinem Magen.

»Wusstest du, dass sogar alle Gespräche aufgezeichnet werden?«, sagt er.

Vor Wut kommen mir die Tränen. Doch als ich mich zu ihm umdrehe, ist mein Gesicht steinern, verrät nichts. »Was hast du gesagt?«

»Anscheinend habe ich nun doch dein Interesse erregt«, sagt er.

»Du weißt gar nichts.« Ich habe das Gefühl, dass ich mich wie meine Mutter anhöre, wenn sie mit meinem Vater stritt. »Das stimmt nicht. Ich bin schon seit Ewigkeiten hier, meinst du nicht, ich wüsste so etwas?«, sage ich, obwohl mir Zweifel kommen.

»Es gibt da ein französisches Restaurant«, sagt Henri übergangslos. »Im East Village. Da darf ich Wein trinken, wenn ich hinten bleibe. Der Besitzer kennt meinen Vater. Es ist nett dort.«

»Ich gehe nirgendwo mit dir hin.«

»Oh, doch, das wirst du. Weil ich jemand bin, der deine kleinen Geheimnisse kennt. Dinge, für die du aus der Schule geworfen werden könntest. Oder für die du noch ganz anders bestraft werden könntest. Dinge, die dir noch lange nachhängen würden, dir und deiner Familie. Die vielleicht sogar zu einer Klage führen könnten. Du weißt ganz genau, was ich meine, deswegen bin ich ziemlich optimistisch, dass wir uns gleich draußen treffen werden.«

Er geht und lässt mich zurück, in einer Mischung aus Elend, Aggressivität und Verwirrung. »Na gut«, rufe ich ihm nach. »Aber lass mir wenigstens Zeit, mich umzuziehen.«

»Mir gefällst du so«, sagt er, »aber okay.«

Ich ärgere mich über diese letzte Bemerkung. Also versuche ich, nicht an die Gründe zu denken, warum ich mich umziehe, warum ich den Geschichtsunterricht schwänze und Eleanor anlüge, indem ich ihr sage, ich würde Adele besuchen, um stattdessen mit Henri auszugehen. Er wartet auf mich in der Eingangshalle der Schule, schick gemacht und mit selbstzufriedenem Gesicht, als hätte er nicht daran gezweifelt, dass ich komme. Als wüsste er genau, wie er mich dazu bringt, das zu tun, was er will.

»Französisches Essen ist zu schwer«, sage ich. Was ich wirklich meine, ist: Alles, was ich in letzter Zeit esse, ist zu schwer. Sellerie, Karotten, Brühe – von all meinen Notbehelfen wird mir schlecht. Als ich mich jetzt in dem Spiegel im Foyer erspähe, sehe ich mit Entsetzen, dass meine Hüften über die Taille hinausragen und meine Wangen voller sind als gewöhnlich. In diesen Straßenklamotten hat mein Körper die ganz falsche Form. Ich darf nicht auf die Größe eines normalen Mädchens anschwellen. Die zwei Pfund, die ich abgenommen habe, reichen nicht. Meine kleinen Pillen scheinen es nicht zu schaffen, mich aufzuputschen, mich wacher zu machen *und* mein Gewicht unten zu halten. Derweil ist alles, was ich sehe, wenn ich meine Augen länger als einen kurzen Moment schließe, Gigis biegsamer, schlanker Körper, wie er wirbelt und springt, hinein in Alecs starke Arme.

Dreißig Minuten später sitzen wir in einer Nische ganz hinten in dem kleinsten French Bistro von Manhattan. Alles ist rot: die Sitzbänke, die Fransen an den Lampen, der Teppich, der Wein, die Flecken, die er auf Henris Lippen hinterlässt. Sein Fuß hat meinen unter dem Tisch gefunden, und während er sein Steak hinunterschlingt, füßelt er immer wieder heftig mit mir. Oder versucht es zumindest. Mir ist schon klar, worauf das hinauslaufen soll.

»Das kannst du vergessen«, sage ich wieder. »Ich weiß nicht, warum du mich hierhergeschleppt hast und was deiner Meinung nach danach passieren soll.«

»Spiel wenigstens mit«, sagt er.

Als ich es nicht tue, grinst er erst süffisant und versucht dann, meine Hand zu fassen, aber nachdem er die halbe Flasche Wein intus hat, aus der die Kellner ihm immer wieder nachgegossen haben, wird er sauer. Ich will nur wissen, was er denkt, herausgefunden zu haben, mehr nicht. Und dann sorge ich dafür, dass niemand es ihm glaubt. Cassie ist jetzt psychisch labil. Das habe ich gehört. Und solchen Leuten glaubt niemand.

»Was ist?« Seine Aussprache hört sich inzwischen leicht undeutlich an. »Gefällt dir das Restaurant nicht? Es ist lauschig, oder?«

»Nicht mein Stil.« Ich nippe am Wein, obwohl meine Zähne davon fleckig werden. »Wenn du eine süße, kleine Maus aus dem ersten Jahr zur Freundin hast, bring sie her und verführe sie.« Das bringt ihn endlich zum Schweigen, und er isst schnell sein Steak auf. Ich rühre das Essen auf meinem Teller nicht an, picke nur mit der Gabel darin herum, während ich immer wieder abwechselnd Gigis Gesicht und Henris Augen vor mir sehe. »Das ist Zeitverschwendung. Wenn du wirklich etwas wüsstest, hättest du es längst gesagt.«

Der Besitzer kommt an den Tisch, und er und Henri reden in Französisch aufeinander ein. Mit meinen kümmerlichen Französischstunden, die ich als Kind hatte, komme ich da nicht mit. Henri dreht sich auf seinem Stuhl um, unterhält sich angeregt, ohne sich die Mühe zu machen, mich vorzustellen. Was mir ganz recht ist. Ich höre gerade dem Paar neben uns zu, das sich über die Mathenoten ihres Sohnes in der Middle School aufregt, als Henris Handy aufleuchtet.

Ich recke den Hals, um einen Blick darauf zu werfen. Es ist Will. Er ruft zweimal an, dann flutet eine Reihe von SMS das Display. Viele verzweifelte »Wo bist du?« und »Willst du Pool spielen?« oder »Gucken wir nachher Fernsehen?«. Sie erinnern mich an die Nachrichten, die ein liebeskrankes Mädchen ihrem Schwarm schickt.

Henri ertappt mich beim Schauen und dreht sein Telefon herum. Ich unterdrücke ein Lächeln und frage mich, ob Henri sowohl auf Mädchen als auch auf Jungs steht. Was in der Welt des Balletts nichts total Abgefahrenes wäre. Aber was noch besser ist: Will ist jetzt in jemand anderen als Alec verknallt.

Henri beendet seine Unterhaltung, und ich stehe einfach auf. »Ich gehe jetzt auf die Toilette und dann nach Hause«, verkünde ich, während ich meinen Mantel anziehe. »Mittlerweile ist es mir egal. Sag, was du willst, niemand wird dir glauben.« Ich erhebe mich, bevor er etwas erwidern kann.

Die Toiletten befinden sich in der hintersten Ecke des Bistros, zusammen mit gestapelten Schürzen, den Hochstühlen und einem einsam aussehenden alten Münzfernsprecher. Ich streiche meinen Dutt glatt, den ich nicht gelöst habe, und ziehe den Lippenstift nach. Er wird nichts unternehmen, und niemand wird ihm ein Wort glauben. Nachdem ich mir das ein paarmal gesagt habe, simse ich meinem Pillendealer und sage ihm, dass er mich beim Wohnheim treffen soll, sobald er kann.

Ich bin nicht überrascht, Henri an der Wand lehnen zu sehen, als ich herauskomme. Er legt mir den Arm um die Taille, seine Finger streicheln meine Seite. Ich schiebe ihn weg. Er packt mich fester, als würde er mich über den Kopf heben wollen, wie beim Pas de deux. Es kitzelt, und ich zucke zurück, aber weiter in die Ecke hinein, weiter ins Dunkle.

»Denk nicht mal dran, deinen Scheiß bei mir zu probieren«, sage ich und gebe ihm einen leichten Schubs. Er schubst mich zurück. »Lass mich los!«

»Wie fühlt sich das an?«, fragt er.

»Wie fühlt sich was an?« Ich sehe mich nach den Kellnern oder anderen Gästen um, die zur Toilette wollen, aber es ist, als hätte man ihnen gesagt, sie sollten der kleinen, dunklen Ecke fernbleiben.

»In die Ecke gedrängt zu werden. So wie du es mit Cassie gemacht hast.«

»Ich habe nichts mit deiner heißgeliebten Freundin gemacht. Wir waren Freundinnen.« Die Lüge geht mir leicht von den Lippen. Die Unterhaltung ist beendet. Wieder versuche ich – einigermaßen graziös –, von ihm wegzukommen, doch er hält mich noch fester. Verstellt mir den Weg.

»He«, sage ich, lauter und böser. »Mach Platz.«

Doch er tut es nicht. »Oh, komm schon, Bette«, flüstert er, und sein Atem, der über meinen Hals streicht, fühlt sich an wie Finger, die mich würgen. »Sei nicht so eine Zicke. Offensichtlich weiß ich doch, was du ihr angetan hast ...« Ich schneide ihm das Wort mit einem kräftigen Schubs ab. Nicht mit den Händen, die ich, so wie er mich umklammert, nicht bewegen kann, sondern mit dem ganzen Körper, den ich gegen ihn ramme.

Die Wucht muss ziemlich groß gewesen sein, denn er rührt sich endlich ein Stückchen.

»Halt einfach die Klappe. Ich habe ihr gar nichts getan«, zische ich, jetzt genauso böse wie er, sodass meine eigene Stimme mich erschaudern lässt. »Das denkst du dir alles aus. Weil du nämlich gar nichts weißt.« Jetzt spucke ich ihn praktisch an. Einen Moment lang hat er mich dazu gebracht, mich in dieser Ecke klein und machtlos und verängstigt zu fühlen, dafür will ich ihn bezahlen lassen. Dass er mich betatscht, mir den Weg verstellt, mich überhaupt so weit manipuliert hat, dass ich mit hierhergekommen bin, lässt mein Herz hämmern. Aber ich bin Bette, und ich werde nicht zulassen, dass er mich das vergessen lässt. »Du bist nicht Cassies Held, also hör auf, so zu tun.« Ich rede jetzt schnell. Zu schnell. Ich bin in Fahrt gekommen.

Ich könnte Mr. K sagen, dass Henri mich gepackt, in eine dunkle Ecke gedrängt und mich dort festgehalten hat. Dann würde ihm niemand glauben. Einen wahnsinnigen Moment lang stelle ich mir vor, wie Mr. K mich an seine Brust zieht und mich auf sein makellos gebügeltes Hemd weinen lässt, aber dann fällt mir wieder ein, dass ich nicht mehr dieses Mädchen bin.

Wahrscheinlich könnte ich ihn nicht mal mehr unter vier Augen sprechen, wenn ich ihn darum anbetteln würde.

»Ich *lüge?*«, sagt er, das Wort mit seinem Akzent so dehnend, bis es sich fast lustig anhört.

»Kümmere dich um deinen Kram.« Ich schlüpfe an ihm vorbei.

»Du hattest etwas damit zu tun, dass Will sie letztes Frühjahr fallen gelassen hat«, sagt er, bevor ich mich auch nur zwei Schritte von ihm entfernt habe. »Sie hat sich die Hüfte gebrochen und ist immer noch nicht ganz gesund. Aber ich wette, genau darauf hast du gehofft.«

Ich erstarre, versuche, mein Gesicht ruhig und ausdruckslos zu halten. Hat Will es ihm gesagt? Würde er das tun? Ich drehe mich wieder herum.

»Und ich wette, hinter diesen anderen dämlichen Sachen steckst du auch.« Bei seinen Worten sackt mir das Herz in meinen leeren Magen, wie ein Felsblock in einen leeren Brunnen. *Bumms.*

»Außerdem habe ich eine Theorie, nachdem ich die letzten Monate beobachtet habe, wie du Gigi ansiehst. Wie du funktionierst.« Er greift wieder nach mir und ist jetzt so nah, dass ich den Wein in seinem Atem riechen kann. »Du hast Will gesagt, er soll Cassie fallen lassen. Sie sagt nämlich, die Hebung hätte super geklappt. Und ich habe vor, es zu be ...«

Ich stoppe das Wort »beweisen« mit einem harten, widerwärtigen, feuchten Kuss. Ich schiebe meine Zunge in seinen Mund und lasse seine in meinen. Lasse sie seine Beschuldigungen und was auch immer er weiß auslöschen. Ich muss tun, was ich kann, um mich zu schützen. Vielleicht vergisst er Cassie, wenn ich ein bisschen entgegenkommender bin. Ich habe es so weit geschafft. Das kann ich jetzt nicht verlieren.

21 | June

Ich bin mit meiner Mutter in ihrem Lieblingsrestaurant, Cho Dang Kol in Koreatown. Davor hatte ich nicht mal mehr Zeit, nach der Probe zu duschen oder mich umzuziehen oder darüber nachzudenken, wie ich dieses Mal wieder eine Solistenrolle ergattern kann. Morkie hat mich zwar für meine Interpretation des Harlekins im *Nussknacker* gelobt, doch auf der neuen Besetzungsliste ist alles beim Alten. Meine Mom ist einfach unangemeldet erschienen und hat mich von einem Betreuer aus dem Studio holen lassen. Offensichtlich liegt ihr etwas auf dem Herzen, denn sie spitzt immer wieder die Lippen. Aber ich bin von dem lauten Stimmengewirr draußen abgelenkt. Das große Macy's-Kaufhaus liegt in gefährlicher Nähe, sodass ständig verwirrte Touristen hereinkommen und nach Pad Thai und Curry fragen.

Ich trinke Tofusuppe mit Kimchi und Wasser und schiebe das Essen auf meinem Teller hin und her. Aber meine Mutter ist in höchster Alarmbereitschaft, deshalb zieht sie alle paar Minuten die Augenbrauen hoch und zeigt auf meinen Teller, sodass ich doch ein paar Bröckchen aufspieße und schlucke. Meine Kehle bringt mich um. Bei jedem Bissen fühlt es sich an, als würde Metall an offenen Stellen in meinem Körper kratzen, und ich frage mich, wie überhaupt jemand Spaß am Essen haben kann. Kauen widert mich an. Mein Körper ist schuld daran, dass ich nicht die Giselle bekommen habe. Daran kann ich aber etwas ändern. Ich schaffe das.

»Du bist zu dünn«, sagt meine Mutter schließlich. Bis sie zu diesem Schluss kommt, ist unser Essen in Schweigen fast vorüber.

»Nein«, sage ich. Ich halte es für das Beste, so wenig wie möglich zu ihr zu sagen. Je mehr Worte ich ihr gebe, desto mehr Möglichkeiten hat sie, sie hin und her zu schieben und sie so zu deuten, wie es ihr passt.

»Es bringt nichts, so dünn zu sein, wenn du keine Ballerina wirst.« Sie faltet die Hände im Schoß und hebt wieder die Augenbrauen, was heißt, dass ich noch einen Bissen nehmen soll.

Ich esse und weiß, dass ich es sowieso nicht lange bei mir behalten werde. Es scheuert wieder, als es nach unten wandert, und der Schmerz treibt mir die Tränen in die Augen.

»Ich bin eine Ballerina«, sage ich.

»Wir hatten eine Abmachung.«

Ich hatte zwar nicht angenommen, dass sie unser Gespräch zu Beginn des Schuljahres vergessen hat. Sie ist keine Frau, die leere Drohungen ausstößt. Aber ich glaube, ich hatte das Ultimatum, das sie mir gestellt hat, in eine dunkle, mit Spinnenweben bedeckte Ecke meines Hirns verbannt und gehofft, ich würde es nie wieder hervorholen müssen.

»Hmm?«, ist alles, was ich herausbringe. Dumm stellen kann ich mich schlecht. Ich weiß, dass sie merkt, wie ich den Blickkontakt meide, die Serviette in meinen Hände drehe, aber mir fällt nichts anderes ein, was ich sagen könnte. Der Kellner stellt die Frühlingsauswahl an Sorbets in die Mitte des Tisches. Obwohl es erst Anfang Februar ist.

»Unsere Vereinbarung. Wenn du es nicht von der Zweitbesetzung wegschaffst, wirst du endlich wieder auf eine normale Schule gehen, eine gute Schülerin werden und es zu etwas bringen. Erinnerst du dich?« Sie löffelt sich einen rosafarbenen Klecks in den Mund. Ich stelle mir vor, wie er auf ihrer Zunge schmilzt und wie sich der Zucker und das Fett dann in ihrem Gesicht und dem Rest des Körpers festsetzen.

Sie blinzelt nicht einmal. Schließlich lässt sie den Löffel gegen die Glasschale klirren, den Blick auf mich gerichtet, und selbst die Kellner wissen, dass sie nun besser nicht mehr um uns herumhuschen sollten, damit sie mich so sitzen lassen kann, in meinem Elend. Warum will sie nicht, dass ich tanze? Warum hat sie mich dann überhaupt an dieser Schule angemeldet?

Sie holt eine Mappe aus ihrer Tasche und reicht sie mir. »Schulunterlagen.« Sie tippt auf die Formulare.

»Ich muss auf die Toilette«, sage ich.

»Der Direktor sagt, du kannst über den Sommer kommen, damit du das nötige Niveau in Mathematik hast und den Lesestoff aufholst«, ergänzt sie, als hätte ich gar nichts gesagt. »Du kannst auch Sommerkurse nehmen. In der Ballettschule bekommst du keine gute Ausbildung, das weiß ich.«

Ich sage nichts, schüttle einfach nur weiter den Kopf. Nein, nein, nein! Ich werde auch diesen Sommer wieder Aufbaukurse machen, so wie immer. Ich werde dasselbe Zimmer wie jetzt seit drei Jahren haben, *mein* Zimmer. Und ich werde jeden Tag tanzen. Ich werde all meine Fehler ausmerzen, sodass ich, wenn das Herbstsemester beginnt, perfekt sein werde.

Wütend schaue ich auf die Seiten, die meine Mutter vor mich hinlegt. Die Leerstellen hat sie schon mit ihrer krakeligen Handschrift ausgefüllt. Die einzige Zeile, in der nichts steht, ist die mit den Daten des Vaters.

»Wer ist mein Vater?«, frage ich. »Ich weiß, dass er ein Tänzer war.«

Sie fährt zurück, als hätte ich sie geohrfeigt. »E-Jun ...«

»Vielleicht würde der nicht wollen, dass ich auf eine öffentliche Schule gehe«, sage ich, weil es sich anhört wie etwas, das die Kinder im Fernsehen sagen. »Ich habe ein Recht darauf, es zu wissen. Du kannst nicht alle Entscheidungen für mich treffen.« Das sage ich nur, um zu sehen, wie sich ihr Gesicht verändert und gegen den mir so vertrauten, unbehaglichen Ausdruck ankämpft, während sie den Blick fest auf mich gerichtet hält. Herausfordernd. Meine Mom meint, wenn sie mich nur lange genug böse anschaut, werde ich schon klein beigeben.

»Ich kann mich auch für volljährig erklären lassen.« Ich denke an das Mädchen in der Schule, das sich damit gebrüstet hat. »Ich könnte dich sogar zwingen, mir zu sagen, wer mein Vater ist, indem ich die Polizei rufe«, sage ich, wohl wissend, dass das ihr den Rest geben wird. Und so ist es auch.

Sie schnauft laut und abfällig und räuspert sich dann. Schließlich bittet sie den Kellner um die Rechnung und schüttelt den Kopf, so wie ich eben. Ihr Schütteln ist energischer, und sie hört nicht auf damit. Sie schüttelt einfach weiter und weiter den Kopf, als könnten die Worte, wenn sie es nur lange genug täte, herausfallen.

»Dein Vater ...« Sie versucht, meine sanftere, weniger schrille Stimme nachzumachen.

»Und außerdem ...«, jetzt komme ich in Fahrt, »... bin ich nicht nur eine Zweitbesetzung. Ich bin eine der Wilis. Die sind wichtig im Stück.«

»Wir wissen beide, dass das nichts ist«, sagt sie.

Aber ihr Kopf bewegt sich immer noch hin und her. Im Geiste ist sie weiterhin damit beschäftigt, dass ich herausfinden könnte, wer mein Vater ist. Ihr Gesicht ist wie ein offenes Buch. Diese Runde geht nicht an mich. Aber auch nicht an sie.

Ich schaffe es nicht länger, ihrem Blick standzuhalten, deshalb stehe ich auf.

»E-Jun«, ruft sie mir nach, als ich zur Toilette renne. Sie ist schmutzig, der Boden ist nass, von Fußabdrücken und von wer weiß noch was. Aber ich kann nicht anders, die Porzellanschüssel ist zu verlockend. Meine Augen füllen sich mit Tränen und mein Mund mit Speichel. Ich knie mich auf den Toilettenboden. Mein Körper ist darauf trainiert, sich entleeren zu wollen, deshalb ist es nicht schwer, das, was in ihm ist, nach draußen zu befördern. Der starke Duft des Lufterfrischers auf dieser Toilette mischt sich mit den Körpergerüchen aus den anderen Kabinen. Dazu kommt noch der Geruch meiner eigenen Füße, der hoch zu meiner Nase zieht. Ich muss noch nicht mal den Finger benutzen, sondern fahre einfach nur mit der Zunge über meinen Rachen und lasse mich von der schrecklichen Geruchskombination überwältigen. Dann würge ich.

Alles kommt heraus. Flüssigkeit, Wut, Essen, Anspannung. Jedes Mal, wenn mein Magen sich hebt, fühle ich, wie mich etwas verlässt – kleine Ballons, die mit allem, was mich bedrückt, davonschweben. Ich fühle mich frei, auch wenn es nur für kurze Zeit ist. Das Linoleum unter meinen Knien kühlt meine heißen Glieder, und mein Kopf hängt in der Toilette. Ich bereite mich auf eine letzte Entleerung vor, die, bei der nichts mehr kommt, damit ich weiß, dass ich völlig leer bin. Meine neue Puderdose fällt aus meiner Rocktasche, springt auf und splittert, genau wie die, die Sei-Jin kaputtgemacht hat. Ich kann das Würgen nicht unterbrechen, um sie zu retten, die Flüssigkeit kommt immer weiter.

Ich höre nichts außer meinen Tränen, meinem Herzschlag, dem Musikstück in meinem Kopf. Dann erbreche ich mich ein letztes Mal und ziehe mich vom Boden hoch. Als ich die Kabinentür öffne, erstarre ich. Meine Mutter steht direkt davor wie ein Wachmann.

Ich bin so überrascht, dass ich zurückstolpere. Es war zu riskant, das hier zu tun, ich hätte es wissen müssen. Ich hätte warten sollen, bis ich wieder im Wohnheim bin.

»Oh, June«, sagt meine Mutter und sieht ein bisschen erschüttert aus. »Vielleicht keine öffentliche Schule. Vielleicht brauchst du ein Krankenhaus.«

Zwei Stunden später bin ich zurück in meinem Zimmer. Auf dem Heimweg haben meine Mutter und ich kein einziges Wort miteinander gesprochen. Es ist elf Uhr. Ich sollte im Bett liegen und schlafen oder wenigstens noch trainieren, wenn ich schon wach bin. Aber ich kann nicht. Zu viel ist passiert, und ich bin so erschöpft. Ich schleiche mich durch den Flur, das knarrende Dielenbrett sorgfältig meidend, das scheinbar strategisch geschickt am Kopf der Treppe zum Jungentrakt liegt. Stattdessen zieht es mich nach unten. Dort ist es dunkel und still, nur in einem Studio oder zwei brennt noch Licht, was heißt, dass dort noch jemand trainiert, auf der Suche nach Perfektion. Normalerweise wäre ich das. Aber heute habe ich nicht die nötige Kraft. Ich muss etwas unternehmen, um die Situation mit meiner Mutter zu entschärfen, etwas, das sie davon abhält, mir meinen Traum zu nehmen – nicht, wenn ich so nahe dran bin. Deshalb werde ich meinen Vater finden.

Wenn das, was Madame Matvienko gesagt hat, stimmt, war mein Vater auch auf dieser Schule. Vielleicht hat meine Mutter ihn hier kennengelernt, und das Tanzen liegt mir wirklich im Blut. Vielleicht hätte ich ebensolche Vorzugsrechte, wie andere Kinder ehemaliger Absolventen. Der Gedanke macht mich froh und wütend zugleich. Ich stehe inzwischen in der Eingangshalle. Draußen wirbelt der Schnee und bedeckt die Upper East Side mit einem reinen, pudrigen Weiß, das morgen schon schmutzig und dunkel sein wird. Aber heute Nacht ist es wunderschön. Fast hätte ich Lust hinauszugehen, mich davon einhüllen zu lassen, die Kälte in meine Knochen sickern zu lassen. Stattdessen starre ich hinauf zu den Porträts der ABC-Tänzer, die vor mir durch diese Flure gegangen sind und die die Geschichte und den Erfolg der Schule geprägt haben. Meine Mutter hat recht. An dieser Wand hängen keine asiatischen Tänzer, auch wenn die Schule ihr Geld gerne nimmt und jedes Jahr Dutzenden die einmalige Gelegenheit gibt, es auf die Bühne des Lincoln Center zu schaffen. Aber was weiß sie schon? Jetzt haben die Dinge sich geändert, oder nicht? Sie müssen sich geändert haben.

Wie dem auch sei, ich suche ja auch nicht nach ihr. Sondern nach meiner anderen Hälfte – meinem Vater, einem Spiegelbild meiner Selbst. Woher habe ich meine breite Stirn oder die karamellfarbenen Flecken in meinen Augen? Mein zu helles Haar? Ich suche mich im Knochenbau der männlichen Tänzer, die die Wände zieren, imitiere ihr Lächeln, stelle mir ihre Gesichter auf meinem vor, versuche mich zu finden. Aber es ist zwecklos. Hier, in dieser dunklen Halle, bin ich wieder einmal unsichtbar, selbst für meine Augen.

Als ich wieder nach oben komme, brennt Licht im Zimmer. Mein Gesicht ist noch ganz fleckig von der Sache auf der Toilette und weil ich nun doch habe weinen müssen, obwohl ich so dagegen angekämpft habe, aber zunächst sagt Gigi nichts. Sie weiß, dass ich meinen Freiraum brauche. Still macht sie sich im Zimmer zu schaffen, beugt sich über ihre Schmetterlinge, bleibt vor den Rosen auf ihrem Schreibtisch stehen, um daran zu riechen. Dann setzt sie sich kurz, tippt mit dem Stift auf die Tischplatte, während sie ihre Mathehausaufgaben macht, und fängt dann an, in ihrem Schrank herumzuwühlen. Sie ist wegen irgendetwas unruhig, aufgeregt und versucht, es sich nicht anmerken zu lassen, was ihr aber nicht wirklich gelingt. Sie riecht noch einmal an einer der Rosen. Wahrscheinlich ein Geschenk von Alec. Ich muss an Jayhe denken und an unseren Kuss. Aber selbst diese Gedanken können mich den Abend mit meiner Mutter nicht vergessen lassen.

Ich weiß, dass es ihr schwerfällt, den Mund zu halten, also seufze ich laut, um ihr zu signalisieren, dass sie reden kann, wenn sie will. Sie will immer.

»Es schneit.« Sie späht aus dem Fenster. Zahlreiche kleine Flocken fallen daran vorbei. Eine weiße Puderzuckerschicht hat die Stadtlandschaft inzwischen bedeckt, so, als hätte ein Konditor seinen Lebkuchenhäusern gerade den letzten Schliff gegeben. Mein Magen knurrt. Als ich klein war, habe ich den Schnee geliebt. Meine Mutter und ich haben unsere dicken Wintermäntel angezogen und sind raus in den während dieser Tage menschenleeren Park in Queens gegangen, über dessen weiten grünen Flächen dann eine weiße Decke lag. Sogar die Schneeflocken schienen außerhalb von Manhattan dicker zu sein. Wir machten Schneeballschlachten und Schneeengel, und sie erzählte mir Geschichten von Korea, aus der Zeit, bevor sie hierherkam. Von ihrer Zeit am Konservatorium oder warum sie abgegangen war, sprach sie nie, aber sie liebte es, mir Geschichten von ihrem Leben mit ihren drei Schwestern zu erzählen und wie sie ihrer Mutter beim Kochen und Nähen geholfen hatten. Wie einfach damals alles gewesen war und wie sie *hanbok*-Kleidchen genäht hatte, die die Mädchen dann in den Stücken trugen, die sie aufführten. Aber als es mir mit dem Tanzen immer ernster wurde, wurde sie immer stiller, bis wir schließlich kaum noch miteinander sprachen.

»Wir sollten nach draußen gehen«, sagt Gigi mit vor Begeisterung funkelnden Augen. Aber dann sieht sie mich wieder an und zieht den Kopf ein. »Oder vielleicht nicht. Es gibt viel zu tun. Und es ist spät.« Sie setzt sich wieder an den Schreibtisch und grübelt, an ihrem Stift kauend, über einer Matheaufgabe.

»Vermisst du deine Familie?«, frage ich sie, während ich meine Decke zurückschlage und darunterkrieche. Ich weiß nicht, wie ich auf diese Frage komme und wie sie meinem Mund entschlüpft ist. Aber ich kann nicht aufhören, an meine Mutter zu denken. Die ganze Zeit hatte ich gedacht, ich wäre ein vaterloses Kind, aber jetzt verstehe ich endlich, dass ich eigentlich meine Mutter vor langer Zeit verloren habe. Ich bin eine Waise. »Das muss schwer sein.«

Sie blickt zu mir auf; das Funkeln in ihren Augen weicht Traurigkeit. »Ja. Hier gibt es so viel, das ich gerne mit ihnen teilen würde«, sagt sie und fängt wieder an, mit dem Stift auf den Tisch zu tippen. Immer ruhelos. »Aber es ist toll, dass meine Tante hier ist. In den Ferien haben wir uns eine besondere Aufführung vom *Nussknacker* in Harlem angesehen, in der alle Darsteller dunkelhäutig waren. Und wir haben eine Liste mit Restaurants, in denen man unbedingt gewesen sein muss, und wollen jede Woche eins abhaken.« Sie blickt hinunter auf ihren flachen Bauch. »Obwohl ich versuche, es nicht zu übertreiben.«

»Ich nehme dich mal in ein koreanisches Restaurant mit«, rutscht es mir heraus, so als hätte mein Mund ein Eigenleben. »In Midtown gibt es ein paar echt gute Läden.« Wohin ich nie mehr nur aus Spaß hingehe, nicht seit Sei-Jin und ich uns zerstritten haben. Aber ich vermisse es, mit meinen Freunden über den Herald Square zu spazieren und die Straße, die scherzhaft Korea Way genannt wird, so als hätte man sie direkt aus Seoul hierherbefördert. »Redest du oft mit deinem Dad?«

»Mindestens einmal in der Woche.« Gigi betrachtet das Foto auf ihrem Schreibtisch, das sie und ihre Eltern an einem sonnigen Strand zeigt, mit zerzaustem Haar und schimmernder Haut. Sie sehen glücklich aus. »Ich glaube, ihn traf es härter als meine Mama, dass ich ausgezogen bin. Auch wenn er es nicht sagt.«

Ich sehe durch das Zimmer zu meinem Schreibtisch; er ist leer, keine Erinnerungsstücke, keine Fotos sind darauf. »Ich kenne meinen Vater nicht.« Ich setze mich im Bett auf. Schon seit Ewigkeiten habe ich mit niemandem – außer mit meiner Mutter – darüber gesprochen. Wenn überhaupt. Sei-Jin war die Letzte, der ich es erzählt habe. »Ich glaube, er war auch Tänzer. Aber ich weiß es nicht. Meine Mutter redet nie über ihn.«

Gigi schweigt, wahrscheinlich weiß sie nicht, was sie darauf sagen soll. Deshalb rede ich weiter. »Aber ich will wissen, wer er ist. Ich werde es herausfinden. Und wenn es mich umbringt.« Oder meine Mom.

»Richtig so«, sagt sie breit lächelnd. »Das macht doch sicher einen großen Teil von dir aus. Deswegen bist du so ein Naturtalent, eine geborene Tänzerin. Es liegt dir im Blut.« Sie lächelt in sich hinein, dann wieder mich an. »Ich helfe dir, wenn du willst. Wenn ich kann.«

Ich weiß nicht, warum ich überrascht bin. Wenn Gigi eines ist, dann hilfsbereit. Selbst jemandem wie mir gegenüber, die sie nicht sehr nett behandelt hat. Vielleicht sollte ich mich mehr anstrengen. Doch ich schüttle den Gedanken ab. »Danke, aber ich komme schon klar.«

Ich drehe mich im Bett um, mit dem Gesicht zur Wand. Ich werde nicht weinen. Ich werde nicht weinen. Vor allem nicht vor ihr. Ich weiß nicht mehr, wie man jemanden nah an sich heranlässt.

22 | Gigi

Hier vergeht die Zeit wie im Flug, viel schneller als in Kalifornien. Meine Tage sind voll ausgefüllt mit Proben, Unterricht, Hausaufgaben und ja ... Alec. Wenn ich ein bisschen Ruhe haben will, gehe ich frühmorgens heimlich in den Park mit den hohen, majestätischen Bäumen, der nur ein paar Blocks entfernt liegt. Doch die meisten Mädchen wissen nicht mal, dass es den gibt. Wenn ich June frage, ob sie mitkommt, will sie nie.

In der letzten Zeit sagt sie immer, es wäre zu kalt. Das liebe ich aber besonders – die Dampfwolken beim Ausatmen, der frische Schnee auf der Erde. June erinnert mich dann stets daran, dass er in zwei Tagen schwarz sein wird. Und sie zieht sich in sich selbst zurück. Deshalb bekomme ich um diese Zeit am Abend meist Heimweh.

Es dämmert, und wir sitzen beim Abendessen, aber kaum jemand isst wirklich etwas. In San Francisco ist es jetzt mitten am Nachmittag, um die Zeit kam ich immer von der Schule nach Hause, und Mama hat mir einen Snack zubereitet – ihr selbstgemachtes Blaubeermüsli und Joghurt oder hartgekochte Eier und Vollkorntoast –, bevor ich zum Training ging. Sie malte im Atelier neben der Küche, und wenn mein Vater kam, ein breites Grinsen im Gesicht und die Hände mit Druckerschwärze verschmiert, von den mindestens zehn verschiedenen Zeitungen, die er gelesen hatte, bombardierte er mich mit Fragen über meinen Tag, über das Ballett, das wir einstudierten, über die Schule, wie ich mich fühlte und ob ich Herzrasen gehabt hätte.

Und über Jungs.

Damals habe ich nie mit ihm über Jungs geredet. Denn bevor ich hierherkam, vor Alec, gab es ja keine. Zur großen Erleichterung meines Vaters. Jetzt ist alles anders. Mit Alec fühle ich mich wohl, als würde ich hierhergehören und hätte nicht nur einfach Glück gehabt. Mit ihm vermisse ich mein Zuhause weniger. Er macht mich glücklich.

Ich öffne das Fenster einen Spalt. Schnee sammelt sich auf dem Sims, und ein bisschen weht herein. Kurz sehe ich zu, wie sich kleine Häufchen aus Schnee bilden. Wie hübsch es aussieht, wenn die kleinen Flocken an der Scheibe hängen, bevor sie zu Tropfen schmelzen. Aus dem Nebel, der über San Francisco liegt, wird nie so etwas Hübsches. So sollte der Februar aussehen. So sollte der Valentinstag sein.

Mein Handy brummt. Ich kann spüren, wie Junes Wut wächst, während ich meine Decken danach durchwühle. Diese Woche scheint sie jede Kleinigkeit, die ich mache, zu nerven. Sie ist total komisch und launisch, noch mehr als sonst. Und falls es mal so etwas wie Freundschaft zwischen uns gab, ist das längst wieder vorbei. Es ist fast so, als hätten wir nie über ihren Vater geredet. Als ich mich bei Ella, einer Freundin von zu Hause, per SMS darüber beklagte, meinte sie, June wäre wahrscheinlich wegen der Besetzungsliste so anders. Sie erinnerte mich daran, dass ich nicht wüsste, wie es ist, wenn man nur Zweitbesetzung ist, wenn man nicht erste Wahl ist.

»Sollen wir morgen nach dem Pilates zusammen trainieren?«, frage ich June.

Sie lässt sich so lange Zeit mit ihrer Antwort, dass ich fast vergesse, dass ich die Frage überhaupt gestellt habe.

»Nein«, sagt sie endlich.

»Hast du Lust, stattdessen nach dem Pilates zum Times Square zu gehen?« Bevor ich auf diese Schule kam und in das Wohnheim zog, glaubte ich, ich würde eine enge Freundin finden, mit der ich alles gemeinsam unternehme, so wie viele andere Mädchen auch. Pech gehabt.

»Warum sollte ich dorthin wollen?«, fragt sie mit saurem Gesicht. »Zu schmutzig. Zu laut.«

Ich gebe auf. Mittlerweile habe ich auch mein Handy gefunden. Alecs Name erscheint im Textfeld, zwei Sekunden, nachdem ich meinen Code eingetippt habe. Mein Herz beschleunigt daraufhin viel zu schnell. Mir wird ein wenig schwindlig vor Aufregung. Er war fast die ganzen Winterferien mit seiner Familie in Europa, und wir haben hin und her gesimst, aber ich weiß nicht genau, was es bedeutet, mit jemandem fest zusammen zu sein. Außerdem haben wir uns nach dem Abend auf der Bühne kaum gesehen, weil wir seit Ferienende mit Unterricht und Proben voll ausgelastet waren.

Die SMS lautet: *Valentinsdinner?* ☺

Ich quieke leise auf, dann simse ich ihm zurück.

»Was ist jetzt wieder?«, beschwert sich June, mit dem Stift auf ihr Schulbuch tippend. »Worüber bist du so begeistert?«

Ich kann es nicht für mich behalten. »Alec hat mich zum Dinner eingeladen.«

Eigentlich warte ich darauf, dass sie sich für mich freut, doch sie seufzt nur.

»Zum Valentinstag!«, rufe ich begeistert.

»Oh, wow«, sagt sie monoton. »Wie aufregend.« Sie verdreht die Augen, auch wenn sie sich wohl bemüht, es ein wenig zu verbergen.

Ich schlüpfe in das neue Kleid, das meine Eltern mir zu Weihnachten geschenkt haben: ein Teekleid aus den 40er-Jahren, das meine Mutter in einem Second-Hand-Laden ein paar

Blocks von unserem Haus entfernt gefunden hat. Ich ziehe eine Strumpfhose an, befeuchte mein Haar und arbeite Creme hinein, dann ziehe ich an meinen Locken, bis sie mein Gesicht wie ein Heiligenschein umrahmen. Schließlich lege ich süße, lange Ohrhänger und ganz viele Armreifen an. Für einen Moment überlege ich, ob ich den Pulsmesser umschnallen soll. Ich öffne die Schublade, in der ich ihn versteckt habe, und sehe darauf hinunter. Mir klingen noch Dr. Khannas Worte in den Ohren: *Selbst im Ruhezustand kannst du immer Herzrasen oder einen Anfall bekommen.*

June tut so, als wäre sie ganz in ihr Schulbuch vertieft, aber ich merke, dass sie mich beobachtet. Deshalb lasse ich den Pulsmesser da, obwohl ich weiß, dass ich ihn besser anlegen sollte. Und wenn es nur dazu dient, Mama, Daddy, Tante Leah und Schwester Connie zu beweisen, dass ich ihn gar nicht brauche.

Ich gehe zur Tür. »Bis später? Du deckst mich doch, oder?«

Ohne eine Antwort abzuwarten schleiche ich auf Zehenspitzen in den Flur. Bettes Tür steht weit auf, und Musik dringt heraus. Als ich mich langsam daran vorbei und gen Treppe schiebe, höre ich einen Pfiff.

»Na, du siehst aber hübsch aus«, sagt Bette, die in der Tür erscheint, mit kurzen Shorts und Mukluk-Strickstiefeln. Ihre Beine sind so unglaublich lang, wie zwei fahle Lichtstrahlen: glatt und hell und makellos.

Ich weiß nicht, was ich sagen soll. Jedes Mal, wenn ich sie sehe, bin ich versucht, sie wegen der gemeinen Dinge, die sie mir letztes Semester angetan hat, zur Rede zu stellen, aber dann finde ich, dass es die Mühe nicht wert ist. Immerhin habe ich die Hauptrolle bekommen. Zum zweiten Mal. Und ihren Freund. Bette ist daran gewöhnt zu gewinnen. Wenn es mir nur gelingt, Frieden zu halten ... aber das scheint mir mehr und mehr unwahrscheinlich, als sie mich jetzt so herausfordernd anstarrt. Ihr Blick ist eisig und ihr Mund grellpink. Selbst zu diesem bequemen Outfit trägt sie Lippenstift.

»Äh, hallo«, ist alles, was ich herausbringe. Auf einmal fühle ich mich hässlich und unzulänglich, obwohl ich diejenige bin, die sich schick gemacht hat. Ich frage mich, was sie wohl an besonderen Abenden mit Alec getragen hat. Oder was sie unternommen haben, ob dieser Abend anders für ihn ist. Auf gute Weise anders, hoffe ich.

Sie spielt mit einer Locke ihres seidigen blonden Haars. »Gehst du den Valentinstag feiern?«

»Ja …«

Bette mustert mich – und die perfekte Haut auf ihrer Stirn legt sich in Falten. Ein Anflug von schlechtem Gewissen überkommt mich, weil sie Alec wahrscheinlich vermisst und sie sicher letztes Jahr zur gleichen Zeit mit ihm ausgegangen ist.

»Habt ihr euch ein Zimmer genommen«, fragt sie vielsagend, und das schlechte Gewissen fällt von mir ab wie ein Anker, der ins Wasser plumpst. »Das haben wir immer gemacht. Im Waldorf. Das ist Alecs Lieblings …«

Da ich weiß, dass sie keine Ruhe geben wird, drehe ich mich weg von ihr und gehe. »Bye, bis später.«

Während ich die Treppe zwei Stufen auf einmal nehmend hinunterspringe, spüre ich, wie sich ihre Augen in meinen Rücken brennen.

»Hallo, Solomon«, grüße ich den Mann am Empfang, und er strahlt. Ich bin die einzige Tänzerin, die ihn mit seinem Namen anspricht. Bei ihm trage ich mich aus, lasse die Stelle für die Zeit leer, und er lässt mich nach draußen. Immer wieder muss ich daran denken, was sie gesagt hat, doch ich bin entschlossen, mir den Abend – oder Alec – nicht von ihr madig machen zu lassen. Vom dunklen Himmel flattern Schneeflocken, ihre zarten Schatten malen wunderschöne Bilder auf den Bürgersteig.

Ich lasse sie auf meiner Nase liegen und auf meiner Haut schmelzen. Tatsächlich glaube ich, ich könnte den Winter an der Ostküste lieben lernen. Als Kalifornierin sollte ich eigentlich etwas gegen Schnee haben, aber er hat so etwas Sauberes, Frisches. Ich finde es wunderbar, dass diese kleinen Eiskristalle die Macht haben, Ruhe in die Straßen zu bringen und die Menschen nach drinnen zu treiben.

Die *petits rats* kommen aus dem Gebäude gerannt; das Abendtraining ist vorbei. Kichernd deuten sie mit dem Finger auf mich. Manche fragen nach einem Autogramm, und ich verspreche, ihnen morgen eins zu geben, vor dem Ballettunterricht. Ich wende mich von der Schule ab und der Geschäftigkeit der Stadt zu. Beim Gehen blase ich Luft durch die Nase, nur um zu sehen, wie daraus kleine Wölkchen werden. Als ich einen Pfiff höre, blicke ich die Straße hinunter. Alec ist schon da.

Er lehnt an einem Laternenpfahl. Von Weitem sieht er aus, als würde er in ein College gehören, nicht in die Highschool. Er trägt Chucks und eine gute Hose, dazu einen Blazer mit einem Kapuzenpullover darunter. Ich bemühe mich, langsam zu gehen, damit ich nicht falle. Doch als ich sein breites, weißes Lächeln sehe, kann ich nicht anders, als schneller zu gehen. Am liebsten wäre ich gerannt.

»Hallo«, sagt er, als ich näher komme. Wieder kommen mir Bettes Worte in den Sinn, aber Alecs Anwesenheit ist mächtiger.

»Hallo«, sage ich, dann gebe ich meinen Gefühlen nach und springe in seine Arme. Er küsst mein Gesicht ab. Ich küsse ihn zurück, sein ganzes Gesicht. Die kleinen Stoppeln, die er auf seinen Wangen gelassen hat, gefallen mir.

»Da freut sich jemand genauso, mich zu sehen, wie ich sie«, sagt er. Einen Moment bleiben wir einfach so stehen, während der Schnee auf unsere Jacken und Mützen fällt. Ich lasse mich wieder von ihm küssen, dieses Mal auf den Mund, und die

Wärme löscht die Kälte aus. Ich lasse ihn das harte Pfefferminzbonbon von seinem Mund in meinen Mund schieben. Ich lasse ihn seine Hand auf meinen unteren Rücken legen. Ich lasse ihn sich an mich drücken, damit er meinen Körper spürt.

Als er seine Lippen auf meine presst, kann ich ein Lächeln nicht unterdrücken, woraufhin er grinst. Wenn es so ist, seine Freundin zu sein, würde ich es gern für immer sein. Er lässt mich los, sodass ich nun an dem Pfefferminz lutsche. Dann zieht er mich weiter in das abendliche Schneegestöber. »Los! Wir kommen sonst zu spät.«

»Wozu?«, frage ich.

»Ich habe einen Tisch für uns reserviert.«

Ich liebe es, wie er »wir« und »uns« sagt – das sind Worte, mit denen ich sonst nur meine Eltern bezeichne oder meine Freunde zu Hause. Die neue Bedeutung umhüllt mich. Wenn ich früher Paare gesehen habe, die sich in der Straßenbahn geküsst haben, hatte ich mich immer gefragt, wie sie es geschafft haben: geschafft, sich zu finden und miteinander Straßenbahn zu fahren und sich in aller Öffentlichkeit zu küssen. Ich weiß noch, dass ich geglaubt habe, ich würde so etwas nie erleben. Weil ich es vielleicht nie wirklich gewollt hatte. Und jetzt will ich nichts anderes, als diese drei Dinge mit Alec zu tun.

Er geht voran.

»Wo gehen wir hin?« Eifrig folge ich ihm.

»Das wirst du schon sehen.«

Wir kommen zu einem Eingang des Central Park und nehmen dort einen ruhigen Weg von Westen nach Osten. Ich finde es wunderbar, dass ich jedes Mal, wenn ich durch diesen Park gehe, etwas Neues entdecke, und genieße unseren Spaziergang. Schließlich erreichen wir ein schickes italienisches Restaurant namens Sophia's auf der Upper East Side. Alec hält mir die Tür auf. Im Restaurant ist es warm, Votivkerzen verbreiten ein warmes Licht. Wir klopfen uns ab, und Alec streicht die Schneeflocken aus meinen Locken. Während ein Kellner uns zu unserem Tisch bringt, kämpfe ich gegen das permanente Grinsen auf meinem Gesicht an. Meine Wangen tun weh, von dem vielen Lächeln und der kalten Luft.

»Können wir uns ans Fenster setzen?«, frage ich. »Ich möchte gerne hinaus in den Schnee sehen.«

Der Kellner sieht mich an, als wäre ich zehn Jahre alt, erbarmt sich aber und führt uns zu einem der kleineren Tische. Ich betrachte all die Paare um uns herum, die Wein trinken und ihr Brot in Öl tunken. Ist es das, was Erwachsene am Valentinstag tun? Ich meine, das hier und vielleicht schicke Hotelzimmer buchen? Verglichen mit Bette oder mit Alec fühle ich mich wie ein Kind. Ich weiß noch, wie ich früher Karten aus besonderem Papier gebastelt und sie mit den Farben meiner Mutter bemalt habe, um sie in der Schule zu verteilen, und wie mein Vater zwei Blumensträuße mit nach Hause gebracht hat, einen für meine Mutter und einen für mich. Mehr passierte für mich nicht an den Valentinstagen der letzten fünfzehn Jahre, und nun ist es dieses Jahr anders. Ich fühle mich wie ein kleines Mädchen, das die hochhackigen Schuhe seiner Mutter trägt.

Vorhin hat mein Vater angerufen und mir eine seiner zuckersüßen Nachrichten hinterlassen. Er hat sogar ein Dutzend Rosen geschickt. Ich lache laut auf, als ich daran denke, was auf der Karte stand.

»Was ist so komisch?«, fragt Alec und holt mich aus meinen Erinnerungen.

»Mein Vater«, sage ich, »und die Valentinskarte, die er mir geschickt hat.«

Ich lache wieder. »Er sagt, er wäre mein einziger Valentinsschatz, ganz gleichgültig, dass ich auf der Bühne diesen Jungen geküsst habe. Ich denke, er versucht immer noch herauszufinden … na ja … was wir machen. Ich habe ihnen nichts erzählt.«

»Ach, nein?«, sagt Alec verschmitzt.

»Ich meine …, na ja«, gebe ich zu. »Sie haben gemeckert, weil ich dir in den Ferien so viel gesimst habe.«

»Mein Vater auch. Ich habe die Telefonrechnung ganz schön in die Höhe getrieben, als wir in der Schweiz waren.« Er nimmt meine Hand. »Nun, ich würde niemals mit Mr. Stewart konkurrieren wollen. Aber du weißt, dass ich dich mag.«

»Ist das so?« Ich versuche zu flirten und merke dann, wie meine Wangen rot werden. Das ist alles so neu und schön für mich.

»Äh, na ja, ich schätze schon.« Er reibt sich über den Kopf. »Jetzt klinge ich wie ein Idiot. Normalerweise kann ich besser mit Worten umgehen. Und du hast meine Frage nie beantwortet. Ob du meine Freundin sein willst.«

In meinem Kopf spielt sich der Abend des Workshops noch einmal ab, dann sehe ich uns beide auf der Bühne. Ich erinnere mich daran, dass er das gefragt hat, aber dass ich zu überrascht war. Ich lache. »Ja, das stimmt, ich habe gar nicht offiziell Ja gesagt.« Schnell übe ich im Stillen, Ja zu sagen, damit ich es nicht durchs Restaurant schreie. Eine große Hitze steigt in mir auf, von meinem Magen hoch zu meinen Wangen.

»Dann sollte ich wohl besser noch einmal fragen«, sagt er.

»Das solltest du«, erwidere ich.

Er legt die Hände auf die Brust, so als wäre er Romeo in Tschaikowskys Ballett. »Giselle Elizabeth Stewart, willst du mit mir gehen?« Er greift nach meiner Hand, um es noch übertriebener und kitschiger zu machen. »Warte! Warte, bevor du antwortest.« Er wühlt in seinen Taschen und zieht ein Bündel zusammengeknüllter Papiertücher heraus. Das schiebt er über den Tisch.

Meine Beine unter dem Tisch zittern. Mir ist, als könnte ich jeden Moment vor Emotionen platzen. Ich wickle das Bündel aus, und darin liegt ein winziger Strauß aus Origami-Rosen aus rotem Papier. Origami, sein Erkennungszeichen.

Ich streiche mit dem Finger darüber. Jede hat eine andere Form. »Alec ...«

Sein Mund verzieht sich zu dem typisch schiefen Lächeln. »Also ...?«

»Ich dachte, ich wäre schon deine Freundin!«

Er grinst mich an, als wäre er der glücklichste Mann der Erde. Und ich kann nicht anders: Ich muss zurücklächeln. Niemals hätte ich damit gerechnet, dass mein erstes Jahr hier in New York so sein würde: dass ich so schnell eine Solistenrolle bekommen würde. Dass ich diese Stadt lieben würde. Und das hier. Nie hätte ich mit Alec gerechnet.

Immer noch rot im Gesicht stotterte ich meine Pasta-Bestellung heraus, als der Kellner kommt, weil ich mit den Gedanken woanders bin. Was tun Leute in Beziehungen? Alle Liebesfilme, die ich je gesehen habe, spulen sich in meinem Kopf ab.

»Also, Freundin?«, sagt er.

»Ja, Freund?«, antworte ich, und komme mir dann dumm vor, als wären wir wirklich in einer Liebeskomödie.

»Wird denn Mr. Stewart mit der Entwicklung unserer Beziehung zufrieden sein?«, scherzt er.

Ich stelle mir vor, wie mein Dad den Kopf schüttelt, so wie immer, wenn er versucht, nicht zu lachen. Mama wird die Stirn runzeln, weil sie findet, dass Jungs nur eine Ablenkung sind, vor allem für eine Künstlerin – sie hat meinen Vater erst Ende dreißig kennengelernt, was auch der Grund ist, warum sie nur mich haben.

Ich mache ihn nach. »Wird Mrs. Lucas erfreut sein, wenn sie von mir erfährt?«

Sein Gesicht fällt in sich zusammen, und die aufgeregte Energie zwischen uns wirbelt fort, wie Wasser durch einen Abfluss. Sein Lächeln verschwindet, und er lehnt sich auf seinem Stuhl zurück. Ich bekomme Angst und spiele mit der Serviette in meinem Schoß. »Habe ich etwas Falsches gesagt?«

»Nein«, sagt er und senkt den Blick. »Ich rede nur nicht gern über sie, das ist alles.«

Ich öffne den Mund, um zu fragen, warum, aber er redet weiter. »Sie ging, als ich noch klein war«, sagt er.

»Wer ist die Frau, die mit deinem Vater bei der Premiere war?«, flüstere ich und komme mir neugierig und lächerlich vor, doch das Bedürfnis, es zu wissen, ist stärker.

»Meine Stiefmutter«, sagt er und tunkt ein Stück Brot in Olivenöl.

»Oh«, sage ich, weil mir nichts Besseres einfällt. Ich nahm an, dass es seine Mutter war, weil sie alle das gleiche weißblonde Haar und dieselben leuchtend blauen Augen haben.

»Sie ist eine echte Hexe«, murmelt er. »Meine Mutter ging, weil mein Vater sich nicht von anderen Frauen fernhalten konnte.«

Ich muss wohl ein verwirrtes Gesicht gemacht haben, denn er erklärt: »Er hat sie zu oft betrogen, also ging sie. Aber mich hat sie nicht mitgenommen. Und meine kleine Schwester Sophie auch nicht. Ich habe sie seit fast sechs Jahren nicht mehr gesehen.«

Mir wird schwer ums Herz. Wie kann jemand Alec nicht wollen oder ihn zurücklassen? Ich greife unter dem kleinen Tisch nach seiner Hand. Er lässt mich sie halten, und ich male Worte wie »Mitgefühl«, »Liebe« und »wundervoll« in seine Handfläche.

»Ich habe noch nie wirklich mit jemandem darüber geredet«, flüstert er. »Nicht ernsthaft.«

Ich sage nichts und verkneife mir die Frage, ob Bette es

weiß – erlaube einfach das Schweigen zwischen uns und lasse meine Hände ihm alles sagen, was ich gerne aussprechen würde. Er entspannt sich, reibt mit der Handfläche über mein Bein und zwickt mich leicht in die weiche Innenseite meines Oberschenkels. Ein Schauder durchfährt mich, und ich frage mich, ob seine Hände wohl weiter unter mein Kleid wandern werden. Ob er ein Zimmer für uns gebucht hat. Ob ich bereit dafür bin. Mein Herz schlägt heftiger, und leichter Schwindel überkommt mich, von dem Tanztraining vorhin und der Aufregung wegen dieses Dates. Er erinnert mich daran, was mit mir nicht stimmt. Soll ich ihm von meiner Krankheit erzählen? Ein mir vertrautes Gefühl stellt sich ein. Ich will nicht, dass es jemand weiß. Ich will nicht, dass er mich anders ansieht.

Alec wechselt das Thema. Seine Miene hellt sich sofort auf, als er nicht mehr von seiner Mutter redet, sondern von der Rolle, die er in unserer nächsten Aufführung tanzen wird, Graf Albrecht, und dass sie für ihn ein früher Karrierestarter sein könnte, genau wie Giselle möglicherweise für mich. Er erklärt mir, dass alle Ballettmeister der Kompanie da sein werden, ebenso die von ein paar Konkurrenzensembles, in der Hoffnung, sie könnten uns der Kompanie wegschnappen. Ich versuche zuzuhören, aber irgendwie gelingt es mir nicht, meine Fragen und meine neuen Zweifel zum Schweigen zu bringen, ob ich ihm etwas so Persönliches wie meine Krankheit anvertrauen kann, obwohl er sich mir gegenüber doch gerade geöffnet hat.

»Hast du Lust, ganz früh mit dem Training für unser Pas de deux anzufangen? Bevor DouBrava und Mr. K mit uns arbeiten wollen? Damit wir bereit sind?«

»Hast du überhaupt gehört, was ich gerade gesagt habe?«, fragt er. »Was ist los mit dir?«

»Nichts«, sage ich.

»Was ist gerade passiert?« Er starrt mich an, als suche er die

Antwort in meinem Gesicht. »Sag es mir einfach. Ich merke doch, dass etwas nicht stimmt.«

»Ich kann nicht«, flüstere ich. »Es ist nichts.«

»Komm schon ...«

»Ich kann nicht«, sage ich, schärfer als beabsichtigt. »Es tut mir leid. Ich bin einfach ...«

Er fährt sich mit den Händen über die kurzgeschorenen Haare und trinkt von seinem Wasser. Schluck. Er setzt das Glas ab. Hebt es wieder an. Schluck. Er setzt das Glas ab. Wieder und wieder. Ich glaube nicht, dass er überhaupt durstig ist. Und jetzt habe ich es ruiniert.

»Der Abend war wirklich sehr schön.« Ich versuche zu lächeln und fasse nach seiner Hand. Er lässt mich seine Handfläche reiben, aber er streichelt nicht meine Finger, macht keine Anstalten, meine Hand zu halten.

Ich stochere in den Resten meines Essens, während er bezahlt.

»Danke«, sage ich. »Für das Dinner.«

»Gern geschehen.« Er steht auf, und wir holen unsere Mäntel. Auf dem Weg nach Hause hält er wieder meine Hand, doch es fühlt sich nicht genauso an wie auf dem Hinweg. Er drückt sie nicht und zieht mich nicht mehr so an sich, als würde er meine Nähe suchen. Meine Füße sind schwere Felsblöcke. Als wir an der Schule ankommen, sind die Lichter schon aus. Es ist fast elf. Er hält mich zurück, bevor wir hineingehen.

»Bitte verheimliche mir nichts. Das hat Bette immer getan.«

Ihr Name trifft mich tief ins Herz.

Ich öffne gerade den Mund, um zu protestieren und zu sagen: *Es ist kompliziert*, als er mich abrupt an sich reißt und mich hart küsst. Dieser Kuss ist ganz anders als der, den er mir zu Beginn des Abends gegeben hat. Er ist grob und heftig und aggressiv – so wie Alec auf der Bühne. Als er mich loslässt, sehe ich mich um, ob jemand uns beobachtet. Dann stampft er ohne ein weiteres Wort die Treppe zum Jungentrakt hoch.

Weil ich mich unruhig fühle, beschließe ich, nicht sofort zu den Räumen der Mädchen auf der anderen Seite zu gehen. Stattdessen zieht es mich zum Studio im Keller. Als die Betreuerin nach oben geht, um ihre Kontrollrunde zu machen, schleiche ich auf Zehenspitzen den dunklen Flur hinunter. *Nevezeniya*. Pech. Die Russen haben recht, und heute Abend fühle ich, wie es sich um mich legt wie lange Finger, als ich in die Dunkelheit trete. Ich stelle das Licht nicht an. Meine Füße kennen den Weg, und mein Körper biegt sich um jedes Hindernis. Ich schaffe es gerade bis vor den Spiegel, als die Tränen zu fließen beginnen.

Alecs Duft hängt noch an mir, während sich der Abend noch einmal in meinem Kopf abspielt. Ich höre mich, wie ich mich weigere, ihm von meiner Krankheit zu erzählen. Ich höre die Unsicherheit in meiner Stimme. Und die Enttäuschung in seiner. Ich stelle mir vor, dass er jetzt im Bett liegt und denkt, dass er mich doch nicht liebt. Wie könnte er auch, wenn er mich eigentlich gar nicht kennt? Wenn ich nicht zulasse, dass er mich kennenlernt?

Ich drücke die Taste an meinem Handy und hoffe und wünsche, dass er mir etwas gesimst hat, etwas wie: »Es ist in Ordnung, dass du mir nicht sagen willst, was es war«, »Ich verstehe es und bin dir nicht böse« oder »Du kannst es mir sagen, wenn du dich bereit dazu fühlst«. Aber das Display ist leer.

Ich betaste die kleinen Rosen, die er mir geschenkt hat.

Dann richte ich das Licht auf den gesprungenen Spiegel, lasse den Strahl reflektieren und einen Weg in die Ecke erhellen. In der zersplitterten Spiegelung bricht der gelbe Strahl in tausend winzige Sonnen. Aber etwas ist anders. Teile des Spiegels sind verdeckt. Ich hebe das Handydisplay, und die Tränen beginnen wieder zu fließen, bevor ich überhaupt registriert habe, was ich da sehe.

Es sind Fotos. Fotos von Bette und Alec. Einer nackten Bette und einem halb nackten Alec. Überall auf den Spiegel geklebt. Zu einem großen, schrecklichen Herz arrangiert. Ich wische mir die verzweifelten Tränen aus den Augen und sehe etwas, das das Ganze noch übertrifft: eine riesige, voll erblühte schwarze Rose, die mit Klebeband an den Spiegel befestigt ist, mitten in dem Herz. Die Rose macht mir Angst. Die Fotos sollen mich an meine Unzulänglichkeiten erinnern, aber die Rose ist eine Drohung. An dem dornigen Stängel hängt ein Zettel, und als ich ihn abnehme, steche ich mich an einer Dorne.

Was darauf einfach hingekritzelt steht, lässt meine Eingeweide zu Eis werden. Mein Herz klopft in einem seltsamen Rhythmus und erinnert mich erneut daran, dass ich den Pulsmesser tragen sollte.

Schönen Valentinstag, Gigi! Pass auf dein Herz auf. Und auf Bette.

23 | Bette

Ich stehe auf der Vordertreppe der Schule und warte auf Eleanor und unser Taxi. Eleanor ist spät dran. Sie ist immer spät dran. Es ist fast zehn, und morgen haben wir Probe, aber ich bin fest entschlossen, mir den Valentinstag nicht verderben zu lassen. Ich schaudere und ziehe meinen Mantel an. Er ist nicht sehr dick, aber der Pelzkragen wärmt meine Wangen. Ein altes Teil mit Kaninchenfell, den ich meiner Mutter aus dem Schrank geklaut habe. Ein Klassiker. Ich will nicht daran denken, was Alec und ich sonst am Valentinstag gemacht haben. Es war unsere Tradition, Schneemänner im Park zu bauen oder tanzen zu gehen, fein herausgeputzt, als wären wir Miniversionen unserer Eltern.

Ich starre auf die Tür und überlege, ob ich wieder hineingehen soll, da höre ich meinen Namen. Es ist Adele. Sie trägt eine von diesen russischen Fliegermützen, schneeweiß, wie ihr Haar und ihre Haut. Ihr Mantel umschmiegt ihren Körper, und obwohl sie mehrere Schichten anhat, sieht man es ihr nicht an. Ich würde so gekleidet einfach nur fett aussehen. Laut meiner Mutter und allen anderen, mit denen ich je geredet habe, ist Adele dem Familienfluch, der einem Kurven ohne eigenes Zutun beschert, selbstverständlich entkommen. Aber wir können nicht alle so leuchtend und spindeldürr und zart sein wie Adele.

Einen Tag vor Ende der Winterferien fragte meine Mutter mich, ob ich einen gefütterten BH trage. Als ich Nein sagte, schnellten ihre Augenbrauen gen Himmel, und sie zeigte mir ihr spitzlippiges, mitleidiges Lächeln. »Nun, den Jungs wenigstens wird es gefallen«, sagte sie. Adele, die so freundlich ist, dass es wehtut, sagte meiner Mutter, sie solle mich in Ruhe lassen. Ihre Nettigkeit machte es sogar noch schlimmer.

»Hast du meine SMS bekommen?«, sagt sie, so verärgert, dass ihr Gesicht anfängt auszusehen wie das unserer Mutter.

»Nein.« Ich habe mein Handy tief in meiner Handtasche vergraben, damit ich nicht in Versuchung komme, nach Nachrichten von Alec zu schauen, die doch nie kommen werden.

Ihre Wangen sind rosa von der Kälte, was mich an die Zeit denken lässt, als wir klein waren und im Winter in Montauk am Strand herumgetollt sind. Bevor unser Vater uns verließ und wir dann nicht mehr ins Strandhaus konnten. »Was machst du hier draußen?«, fragt sie und betrachtet missbilligend meinen dünnen Mantel und meine nackten Hände. »Mom hat dir doch gesagt, dass ich heute vorbeikommen wollte, oder?«

Liebevoll blickt sie zum Schulwappen über der Tür hoch. Und für einen Moment möchte ich einfach nur neben ihr auf meinem Bett sitzen, das früher mal ihres war, sie ein paar meiner neuen Spitzenschuhe zurechtnähen lassen, auf unsere Mutter schimpfen, den neuesten Klatsch hören, wer in der Kompanie mit wem rummacht, und noch einmal durchsprechen, was bei meinem Vortanzen für die Rolle der Giselle schiefgelaufen ist. Aber das würde bedeuten, dass ich ich bin. Heute Abend will ich aber jemand anders sein. Ich will woanders sein. Ich will alles vergessen, was in diesen Wänden passiert. Vor allem mit Henri.

»Ja, das habe ich wohl vergessen. Jetzt gehe ich aus. Es ist Valentinstag«, sage ich. »Hast du keine Pläne?«

»Ich arbeite daran, Erste Tänzerin zu werden, Bette. Ich habe keine Zeit für irgendetwas anderes außer Ballett«, sagt sie. Ihre Worte treffen mich: Wenn ich mehr wie Adele und weniger wie ich wäre, wäre ich die elegante und ätherische Giselle. Aber ich bin nicht wie Adele. Und den heutigen Abend mit ihr zu verbringen, würde mir das nur wieder unter die Nase reiben.

Adele hatte früher immer gesagt: »So viele Ballettstücke handeln von der Liebe, da sollten wir besser ein wenig darüber wissen, was?« Vielleicht war Adele irgendwann einmal verliebt, aber wir sind nicht die Art von Schwestern, die solche Dinge miteinander teilen.

»Nun, wir sollten uns unterhalten. Ich habe das Gefühl, du bist nicht fokussiert genug. Mom sagte, du hättest ihr nie erzählt, was genau bei dem Vortanzen passiert ist.«

»Vielleicht weil ich nicht darüber reden möchte.« Mein Blick findet ein eisbedecktes Geländer, auf das er sich fixieren kann.

»Wie kann ich dir helfen? Ich zeige dir noch mal die Variation, die du verpatzt hast.« Besorgt fasst sie mich am Arm, und ich merke, wie Wut in mir aufkommt.

Endlich rauscht Eleanor heran und rettet mich vor einer weiteren Unterhaltung mit Adele. »Wo gehen wir hin?«, fragt Eleanor, bevor sie Adele entdeckt. Dann fällt ihr die Kinnlade herunter, und sie bekommt diesen dümmlichen, schwärmerischen Ausdruck. »Oh, hallo Adele«, sagt sie mit einer komischen, piepsigen Stimme. »Kommst du mit? Bitte sag Ja.«

»Na ja, Bette hat nicht gesagt, wohin ihr wollt?«, sagt Adele und zeigt all ihre Zähne, als wäre sie auf der Bühne.

»Lass uns gehen«, sage ich und mustere Eleanors Kleid. Ich muss sie so schnell wie möglich von Adele loseisen; ich werde nicht noch jemanden aus *meinem* Leben verlieren. »Rot am Valentinstag? Ist das nicht ein bisschen sehr klischeehaft?«

»Das hab ich letztes Jahr im Fundbüro entdeckt«, jammert sie, und ich weiß sofort, dass ich das nicht hätte sagen sollen. Sie arbeitet sehr hart an ihrem Look.

»Und wahrscheinlich hast du uns damit Bettwanzen ins Zimmer eingeschleppt.« Ich weiß nicht, warum ich heute Abend nicht aufhören kann, verletzende Dinge zu sagen. Vielleicht weil es Valentinstag ist und ich noch nie ohne eine Verabredung war.

»Bette«, sagt Adele vorwurfsvoll.

»Wir haben reserviert«, sage ich.

»Haben wir?«, fragt Eleanor.

»Ja.« Ich packe ihren Arm und ziehe sie mit mir, um die Lüge glaubwürdiger zu machen. »Ich rufe dich morgen an, Adele.«

Wir lassen Adele auf der Treppe zurück und gehen die Straße hinunter. Ich recke den Hals, um nach dem Town Car Ausschau zu halten, das ich bestellt habe, muss aber immer wieder auf Eleanors Kleid sehen. Es kommt mir so bekannt vor: das tiefe Dunkelrot, der fransige Saum. Die Art von Kleid, die man nicht vergisst. Aber ich komme nicht drauf.

»Ich glaube, es hat Cassie gehört«, sagt Eleanor langsam und deutlich, als wäre ich schwer von Begriff. Sie sieht mich an, und ich weiche ihrem Blick aus. Weiche Erinnerungen an Cassie aus. Erinnerungen an das, was ich getan oder nicht getan habe. Ich will vergessen, was ich mit Henri getan habe, um mir sein Schweigen zu sichern. Aber natürlich ist sie der Grund, warum ich das Kleid wiedererkenne. Cassie trug es vor einem Jahr, letzten Herbst, zu der Party im September, die ich immer zu Beginn des Schuljahres gebe. Es ist auf Hunderten von Fotos zu sehen. Sie hat sich den ganzen Abend hin und her gedreht und gesagt, dass sie es mag, wenn die Fransen gegen ihre Schenkel schlagen. Ich schlucke hart: Die Aussicht auf einen schönen Abend schwindet schnell.

Unser Fahrer stellt das Licht an. Ich zerre Eleanor zu dem Wagen, immer noch erschüttert, dass sie die lächerliche Kühnheit hat, etwas von Cassie zu tragen und mir dann davon zu erzählen. Sie stottert tausend Entschuldigungen, während wir ins Auto steigen. »Erster Halt Fünfundsiebzigste und Fünfte«, sage ich zu dem Fahrer.

»Wir fahren zu Liz?«, fragt Eleanor.

»Ja, sie kommt mit.«

»Ist das eine gute Idee?«

»Ist das wichtig?« Wütend starre ich sie an.

»Hast du mit ihr gesprochen, seitdem sie nicht mehr da ist?« Eleanor macht große, mitfühlende Augen.

»Nur online. Aber es geht ihr gut. In der Schule und auch sonst.« Liz ist jetzt auf einer Schule, in der man teure Blazer trägt und gefälschte Personalausweise hat. Viele Promikinder gehen dorthin. »Warum hast du keinen Kontakt mehr mit ihr?«

»Sie antwortet nicht auf meine SMS. Tanzt sie noch?« Dass sie nicht miteinander reden, ist so eigenartig. Es kommt mir vor, als würde sich alles viel zu schnell verändern.

»Sie macht eine Pause vom Ballett, bis zu den Aufbaukursen im Sommer.« Der Wagen hält vor dem luxuriösen Gebäude in der Upper East Side, in dem Liz wohnt. Der Portier öffnet die Tür auf meiner Seite mit einer behandschuhten Hand. Ich sage ihm, er soll Liz herunterrufen. Kurz darauf kommt sie in einem zu engen Kleid in Kaugummipink, karierten Absatzschuhen und großen goldenen Ohrringen heruntergeschlichen, als wäre sie einem schrecklichen Musikvideo entsprungen. Ihre Beine sehen aus wie Stöcke, und das hässliche Kleid rutscht nach oben, weil da nichts ist, an dem es sich festhalten kann.

Ich öffne den Mund, um etwas zu sagen, als sie sich ins Auto schiebt.

»Sag bloß nichts Gemeines über mein Kleid«, sagt sie. »Endlich bin ich so dünn, dass ich reinpasse.«

Ich spüre Eleanors Blick auf mir. Er sagt: *Sie klingt und sieht aus wie eine Verrückte.*

Dem kann ich kaum widersprechen, aber jetzt sind wir schon mal hier, und ich könnte weiterhin ein wenig Spaß gebrauchen. Ich habe keine Ahnung, was mich erwartet, aber wir fahren in einen Club Downtown, wo man uns wohl mit unseren gefälschten Personalausweisen reinlassen wird. Das behauptet zumindest Liz. Während Eleanor und Liz über deren neue Schule sprechen, muss ich mich bemühen, an der Unterhaltung teilzunehmen und meine Gedanken nicht wandern zu lassen, zurück zu Cassie, Alec und zu dem, was mit Henri passiert ist.

Als wir vor dem Club halten, bin ich bereit für etwas Tolles, Neues, Berauschendes. Wir stellen uns in der Schlange an und holen unsere gefälschten Personalausweise hervor. Der Nervenkitzel ist fast der gleiche, wie wenn ich vierfach gedrehte *fouettés* schaffe. Das ist das, was die Teenager in New York City tun, laut meiner Mutter und dem Fernsehen und den trashigen Magazinen, die gelegentlich im Aufenthaltsraum herumliegen.

Aber als wir hineingehen, ist es ganz und gar nicht so, wie ich es mir vorgestellt habe.

Der Geruch von Alkohol liegt schwer in der Luft, und obwohl die Clubdeko so viel Glamour hat, wie ich es mir nur wünschen kann – hohe Decken, alte Spiegel, teure Kunst, Kerzenleuchter –, gibt es an der Bar nur ein paar Plastikflaschen mit billigem Zeug und Eiskübel, in denen ein paar Biere stecken. In unseren engen Cocktailkleidchen und dem übertriebenen Make-up sind wir total overdressed. Alle anderen tragen Leggings, zerrissene T-Shirts, schwere Stiefel und Kunstfellwesten. Sie machen gelangweilte Gesichter und sehen aus, als wären sie im College-Alter. Wir sind die Jüngsten, um einige Jahre.

Wie erwartet zieht Eleanor sofort ein genervtes Gesicht. »Äh, übel«, sagt sie. »Können wir wieder gehen? Morgen früh haben wir Pilates.«

»Nur eine Stunde«, sage ich und ziehe sie weiter. Liz verschwindet in der Menge, als würde sie hierher gehören.

»Wo gehst du hin?«, rufe ich.

»Bin gleich zurück«, sagt sie.

»Ich hole uns was zu trinken«, sage ich zu El, die immer noch finster guckt. »Lass uns heute ein Abenteuer erleben.«

»Du *trinkst*?« Eleanors Lippen kräuseln sich angewidert, als hätte ich angekündigt, vor allen anderen zu urinieren oder mir Mr. Ks Gesicht auf den Bauch tätowieren zu lassen.

»Nur einen Drink. Wodka?«, sage ich. »Egal was.«

Eleanor sieht aus, als wollte sie es mir verbieten, deshalb verschränke ich die Arme, bereit, mich zu verteidigen. »Was ist denn nur los mit dir in den letzten Tagen? Ich merke doch, dass etwas nicht stimmt«, sagt sie und schüttelt den Kopf, so wie es vielleicht eine Mutter tun würde. Nicht meine Mutter. Aber zumindest die Mutter von jemand anderem.

»Ich hatte eine Scheißwoche«, sage ich. »Willst du etwa, dass ich jetzt darüber rede?« Am liebsten wäre ich ihr auf die Zehen getreten, die aus ihren Sandalen lugen. Mit einem Stiletto-Absatz. Der Impuls, sie zu zermalmen, ist so heftig und unerwartet, dass ich vorsichtshalber einen großen Schritt zurück mache und die Augen eine extralange Sekunde schließe, um mich wieder in den Griff zu bekommen.

»Nein, will ich nicht«, sagt sie. »Ich will nur ein Wasser.«

Ich bahne mir den Weg zur Bar. Und Eleanor folgt mir. Henry hat mich ganz verrückt gemacht; jedes blonde Mädchen, das ich sehe, erinnert mich an Cassie. So als wären überall Fotos von ihr. Ich sehe einer Blondine beim Tanzen zu, und es ist, als wäre sie Cassie. Die Anmut der Bewegungen, das unglaubliche Talent. Ich versuche, diese Gedanken abzuschütteln.

»Ich hole dir Wein, das ist schon in Ordnung«, sage ich zu Eleanor, die jeden anstarrt, der an ihr vorbeikommt.

Ehrlich gesagt trinke ich nicht viel. Mal ein Glas Champagner auf Premieren oder Galas, mal ein paar Drinks, wenn ich jemand anderen zum Trinken bringen will, um an Informationen zu kommen, aber mehr nicht. Ich bin ja nicht blöd. Schließlich habe ich nicht so hart und so lang gearbeitet, um es für eklig schmeckenden, kohlehydratreichen Mist wegzuwerfen, als wäre ich ein Vorstadt-Teenager mit schlecht gefärbten Haaren, einem Football spielenden Freund und nichts anderem, für das es sich zu leben lohnt als die nächste Party.

Ich bin etwas Besonderes. Angeblich.

Aber nur dieses eine Mal will ich etwas Normales und Belangloses und schlecht Geplantes. Ich will trinken, bis Henris Drohungen ihre Wirkung verlieren, bis ich Gigi Stewart vollständig vergessen habe und genauso die Tatsache, dass Alec mich tatsächlich verlassen hat. Ich sehe einen kräftig gebauten Typ mit einem fleckigen Konzert-T-Shirt einen Drink bestellen, indem er etwas in den Touchscreen an der Bar eintippt. Ich mache es ihm nach, und der Barkeeper bringt mir einen Drink in einem wässrigen Pink.

Ich blicke mich nach Liz um, aber die Lichter flackern so sehr, dass ich nicht viel erkennen kann. In dem Moment, kurz bevor ich den kleinen roten Strohhalm an meine Lippen halte, um die Mixtur zu probieren, überkommt mich eine Welle der Panik. Adele hat mir mal gesagt, der Schlüssel zum Erfolg läge darin, das Ziel nicht mal eine Minute aus dem Blick zu verlieren. Laut meiner Mutter liegt der Schlüssel zum Erfolg dagegen darin, besser zu sein als alle anderen. Das sagt sie mit diesem Ausdruck in den Augen, so als wären manche Menschen (wie Adele) es eben und manche Menschen nicht, und sie könnte noch nicht entscheiden, zu welcher Gruppe ich gehöre.

Ich nehme einen ersten Schluck und fange zu meiner Blamage an zu husten. Das Brennen treibt mir die Tränen in die Augen.

»So gut?« Eleanor zieht die Augenbrauen hoch und guckt sich um wie ein gefangenes Eichhörnchen. »Siehst du? Das ist es, was du *nicht* verpasst.« Ausgiebig mustert sie jeden einzelnen Gast. »Stimmt's?«

Ich bin nicht ihrer Meinung, auch wenn ich es wohl sein sollte. Aber ich mag diese laute, düstere Musik, den auffälligen Plastikschmuck, den die Mädchen alle tragen, und die gelangweilte Art, wie sie über ihren Drinks hocken und an der Wand lehnen.

Liz kommt zurück, stürzt einen Drink und dann noch einen hinunter, ignoriert uns aber ansonsten.

»Was ist los mit dir?« Fast genau die gleiche Frage hat Eleanor mir eben gestellt.

»Nichts, mir geht's gut«, sagt sie, wobei die Silben der Wörter übereinanderstolpern. »Ich will tanzen. Ich bin eine Ballerina.« Sie verlässt uns und stolziert in die Menge hinein, ihre Hüften schüttelnd und wiegend, als wäre sie keine klassisch ausgebildete Ballerina, sondern etwas gänzlich anderes.

Ich folge ihr, fest entschlossen, mich heute Abend zu amüsieren. Beim Gehen versuche ich, eine Hüfte sinken zu lassen und meine Schultern nach vorne zu ziehen, die Füße so zu bewegen, dass sie parallel sind und nicht nach außen zeigen. So wie sie. Meinen Körper so zu halten fühlt sich falsch an. Ich nehme noch einen Schluck von dem schrecklichen Getränk und behalte ihn im Mund, bevor ich ihn herunterschlucke. Dann nehme ich noch einen. Und noch einen. Eleanor beginnt, über die schwulen Jungs im Konservatorium zu tratschen und wer was mit wem hat, und es dauert nicht lang, da ist der Drink – so widerwärtig er war – ausgetrunken. Mein Kopf fühlt sich benebelt an.

»Mir gefällt der Laden«, sage ich. Wahrscheinlich liegt das am Wodka. Mir gefällt die Dunkelheit und der sich ständig ändernde Strom aus Gerüchen: schwere, moschuslastige Parfüms, Wein, Tequila, Bier und Körperausdünstungen. Mir gefallen die schweren Ponyfransen der Mädchen, die bis über die Augen gehen, dass sich Fremde hier finden, aufeinandertreffen, zum ersten Mal küssen. Ich mag die Wortgeplänkel um mich herum, von denen ich hier und da ein paar Fetzen auffange: wer einen super

Laden im West Village entdeckt hat oder welche U-Bahn-Linie die schlimmste ist.

In der Schule gibt es nur dunkles Holz und endlose Spiegel und den zitronigen Geruch des Desinfektionsmittels am Morgen, gefolgt von Schweißgeruch am Abend, nachdem wir alle bis zum Umfallen getanzt haben. Es ist alles wie erwartet, Routine, ganz genauso wie am Tag zuvor und an den Tagen danach.

Dieser lächerliche Club ist ein Angriff auf meine Sinne. Ein willkommener Angriff. Eine Erleichterung. Nicht das, was ich im Sinn hatte, aber eigentlich sogar noch besser.

Ich habe ganz vergessen, dass Eleanor neben mir ist, und sie schüttelt nun ungläubig den Kopf über all das Chaos um sie herum: Körper, die sich betatschen und sich aneinander reiben, ein Mann, der einer Frau die Zunge in den Hals steckt und ihren Rock hochschiebt. Ich versuche, Eleanor dazu zu bringen, über die Musik, die läuft, zu reden, aber sie sagt nichts. Normalerweise redet sie wie ein Wasserfall, hat immer eine Meinung zu allem und jedem, immer gibt es etwas, das sie mir unbedingt sagen muss. Aber hier, in der realen Welt oder zumindest dieser Version von ihr, ist Eleanor stumm, überwältigt von ihrer Umgebung. Sie zittert sogar ein wenig. Spielt nervös mit ihrer Halskette. Reibt sich die roten Wangen. Sie ist ein Nervenbündel.

Ich stolpere leicht vorwärts.

»Bist du okay?«, fragt Eleanor, aber ich fühle mich gut. Besser als gut. Sehr gut sogar. Ruhig, wie mit einem Beruhigungsmittel meiner Mutter, aber auch aufgeregt. Bereit.

»Bist *du* okay?«, frage ich. »Wir sollten Liz suchen. Wir sollten ihr von Henri erzählen. Ich will ihr sagen, wie sehr ich ihn hasse«, sage ich, als mein Glas leer ist. »Ich will, dass sie weiß, wie er mich schikaniert. Sie weiß bestimmt, was zu tun ist.« Ich habe Eleanor bisher gar nicht erzählt, was in diesem Restaurant passiert ist. Eigentlich habe ich ihr in letzter Zeit überhaupt nicht viel erzählt.

»Was ist denn mit Henri?«, fragt Eleanor, und ich weiß, sie guckt mich so verletzt an, weil ich ein Geheimnis vor ihr habe. »Wer ruft dich so oft an? Wohin verschwindest du in letzter Zeit ständig?«

Ihr Mund öffnet und schließt sich, aber es kommen nur erstickte Laute heraus, so als würden die Worte ihr die Luft abschneiden. »Es ist nichts.«

»Dann ist auch nichts mit Henri«, sage ich und gehe, um in der Menge wieder nach Liz zu suchen. Natürlich kommt Eleanor mir nach. Wir sind die ganze Zeit in der Nähe der Bar geblieben, aber jetzt bewegen wir uns durch die Menschen und den Lärm. Wie immer sehen uns alle an. Manchmal mit Sorge, manchmal mit Neid, manchmal mit Lust. Wir bestehen nur aus Beinen und Knochen und spitzen Schultern und nicht enden wollenden Hälsen. Natürlich fallen wir auf.

»Es ist nichts«, ruft sie wieder, als müsste sie sowohl sich selbst als auch mich überzeugen.

»Wenn du es sagst.« Ich halte Ausschau nach Liz, werde aber von einem hübschen Mädchen abgelenkt, das ihr Haar über die Schulter wirft und mit einem Typ flirtet, der mit hängenden Schultern dasteht, die Hände tief in den Taschen vergraben. Vielleicht muss ich sie gar nicht finden. Vielleicht will ich nur wissen, wie es wäre, keine Ballerina zu sein. Ich stemme eine Hand in die Hüfte und wuschle mir durchs Haar, so wie dieses Mädchen hier es tut. Nippe an meinem Glas, spüre den metallischen Geschmack des Alkohols. Dann schlendere ich näher zur Tanzfläche, während Eleanor mir nachläuft wie ein verlorenes kleines Hündchen. Mitten im Schritt pralle ich gegen Liz. Nach vorn gebeugt redet sie mit einem sinnlich und fremdländisch aussehenden älteren Mann – ein Brasilianer, ein Argentinier? Sie hängt an seinen Lippen.

»He!«, sage ich, zu laut und zu nah an ihrem Gesicht. Liz

weicht von mir zurück und versucht, über die Schulter zurück zu dem Mann zu gucken, als hätte sie keinen blassen Schimmer, wer ich bin.

»Henri lässt mich nicht in Ruhe. Er droht mir, wegen dem, was wir mit Cassie gemacht haben. Dabei ist das längst vorbei.« Der Alkohol ist wie ein Wahrheitsserum – die Worte purzeln einfach aus mir heraus, ohne Rücksicht auf die Konsequenzen. Das weckt endlich ihr Interesse.

»Dann solltest du besser vorsichtig sein«, schreit sie und hört sich dabei gar nicht an wie meine alte Komplizin. Sie entfernt sich von dem älteren Mann, um sich mir zuzuwenden. »Du kannst niemandem trauen, das habe ich auf die harte Tour gelernt.« Ich muss wohl schockiert ausgesehen haben, denn sie fährt mit leiser und beherrschter Stimme fort, so als hätte sie nur darauf gewartet, das sagen zu können. So, als hätte sie es geübt. »Zum Beispiel habe ich gedacht, wir könnten einander vertrauen, aber ich wette, du bist diejenige gewesen, die mich bei Schwester Connie verpetzt hat. Damit sie mich zweimal die Woche wiegen. Mich ansehen, als wäre ich eine Kriminelle. Du wusstest, dass ich bald besser sein würde als du.« Aber ihre hin und her huschenden Augen verraten sie. Sie hat Angst. Das sehe ich an der Art, wie sie sich den Lippenstift herunterknabbert.

Ich spiele am Saum meines zu kurzen Kleides. Wahrscheinlich bin ich die Nackteste im ganzen Raum. Um mich sicherer zu fühlen, drehe ich die Füße wieder nach außen, straffe die Schultern und beuge leicht die Ellbogen. Ballerina Bette lässt sich nicht unterkriegen. »Für wen hältst du dich?« Jetzt klinge ich wie meine Mutter, wenn sie schlecht behandelt wird, von Leuten, die wissen sollten, dass sie eine *Abney* ist. Sie ist wichtig. Sie ist reich. Sie hat Beziehungen. »Ich habe niemandem irgendetwas über dich gesagt. Ich war besorgt. Und habe trotzdem kein Wort gesagt. Du bist eine meiner besten Freundinnen.«

»Du bist die Einzige, der ich erzählt habe, wie viel ich wiege. Woher sollten sie es denn sonst wissen?« Die Antwort ist für jeden, der sie ansieht, offensichtlich: Sie ist fast ein Skelett. Doch sie glaubt fest daran, dass jemand sie verraten hat.

»Ich schwöre, ich habe nichts gesagt.« Ich versuche, sie am Handgelenk zu fassen. Sie darf ich nicht auch noch verlieren. Aber vielleicht habe ich das schon.

Der ältere Mann grinst uns dreckig an, bevor er sich an eine andere Gruppe von Mädchen heranmacht, die alle verzweifelt genug aussehen, um sich mit ihm einzulassen.

Sie legt den Kopf schief und mustert mich. »Du machst dich lächerlich.«

Mein Gesicht nimmt ein noch grelleres Rot an. Ich bin gefangen in einem Tornado aus Wut und Traurigkeit. Keine Ahnung, was passiert ist. Ich vermisse Liz an der Schule, auch wenn ich nicht dazu gekommen bin, ihr so oft zu simsen oder sie anzurufen, wie ich es gerne gewollt hätte. Jetzt ist sie richtig wütend.

»Das ist doch genau dein Stil. Ich bin zu gut geworden.«

Eleanor blickt zwischen mir und Liz hin und her. »Worum geht es?«

»Bette hat mich verpfiffen. Damit sie mich im Auge behalten. Damit sie mich wiegen.« Jetzt hört Liz sich einfach nur noch verrückt an.

Wie von Zauberhand reicht mir ein Mann zwei widerlich süße Shots. Ich stürze sie beide hinunter. Als ich ihm die beiden leeren Gläser zurückgebe, lächle ich ihn auf diese verführerische Art an, von der ich weiß, dass Alec sofort darauf reagiert. Doch dann, durch den Wodka mutig geworden, wende ich mich sofort wieder dem aktuellen Problem zu.

»Wie soll Bette das dann getan haben?«, fragt Eleanor.

»Ich war das nicht, Liz. Du bist eine meiner besten Freundinnen. Schon immer.« Ich fange an zu lallen. »Ich habe dich beschützt. Wenn jemand etwas über dich gesagt hat, habe ich ihr gesagt, sie soll den Mund halten. Ihr gedroht. Ich habe den Mädchen Angst gemacht.« Mir ist schwindelig, ich bin sauer, und Liz' Beschuldigungen tragen noch zu meiner inneren Unruhe bei. Ich will sie daran erinnern, wie viele Mädchen ich mir in der Vergangenheit vorgeknöpft habe, weil sie Liz »Ana« nannten, ein Codename für Anorektiker, oder behaupteten, sie hätte nur eine Erdbeere zu Abend gegessen. Ich schließe die Augen, die Welt dreht sich, und ich kann meine Mitte nicht finden, mein Gleichgewicht, mein Innerstes, das, was mich ausmacht, an dem ich arbeite, seitdem ich laufen kann. Es ist, als wäre ich für diese eine Minute eine gänzlich andere Person.

»Du warst so fies zu so vielen Leuten, wie kannst du dich da noch erinnern? Da kommt es doch auf eine Sache nicht mehr an, oder? Gigi konntest du nicht loswerden, deshalb musste ich dran glauben«, schreit Liz. »Pass besser auf, Eleanor. Ich wette, du bist die Nächste. Die Mädchen in der Schule haben solche Angst vor dir, die melden nicht mal die Hälfte von dem, was du dir leistest. Aber denk an meine Worte, Karma rächt sich.«

Bevor ich kapieren kann, was sie meint, nimmt Eleanor meine Hand in ihre weiche, kleine, und ihre pummeligen Finger legen sich fest um meine. Das Gefühl ist so vertraut, so tröstlich, dass ich mich das erste Mal seit Jahren, vielleicht in meinem ganzen Leben, führen lasse. Sie zieht mich weg. Sagt Liz, dass sie Mist rede und nach Hause gehen solle.

Wir lassen sie im Club zurück und nehmen ein Taxi zum Konservatorium. Während der schweigsamen zwanzigminütigen Fahrt wickelt Eleanor sich die Ketten vom Hals und lässt sie in ihre Handtasche fallen. Dann löst sie ihr Haar, das sich sofort wieder kräuselt. Sie schafft es sogar, ein bisschen von ihrem Make-up abzuwischen.

»Was sollte das?«, fragt sie schließlich. Ich weiß nicht, was sie meint: den Alk, die Bar, den Streit mit Liz. Wahrscheinlich alles zusammen.

»Ich wollte nur ein bisschen Spaß haben«, sage ich. Meine Stimme klingt, als käme sie aus weiter Ferne, gedämpft, selbst für meine Ohren.

»Ballett macht Spaß«, erwidert Eleanor mit gepresster, leiser Stimme. Die Kühnheit ist plötzlich verflogen, und übrig bleibt nur die gute alte Eleanor. »Sie ist wirklich krank, Bette.«

»Jap.«

»Sollten wir es nicht ihrer Mom sagen? Sie braucht Hilfe. Das wächst uns über den Kopf, oder?« Eleanors Stimme wird wieder hoch und jammernd. Ich kann sie nicht mehr hören. »Vielleicht sollten wir nicht versuchen, alleine damit klarzukommen. Vielleicht sollten wir es Mr. K sagen, statt die Sache selbst zu …«

Ich packe sie am Arm und zwinge sie, mich anzusehen – und zwinge gleichzeitig mich selbst, mich zusammenzureißen. »Ich regle meine Angelegenheiten immer alleine. Und das wirst du auch tun. Weil du nämlich kämpfen musst. Und du musst aktiv werden und dir auch nehmen, was du willst.« Ich weiß nicht, ob das meine Worte sind oder ob es der Alkohol ist, der spricht. »Du musst die Dinge in die Hand nehmen. So wie damals, als du den Part im *Nussknacker* bekommen hast.«

Eleanor seufzt, als würde sie mich nicht hören. »Bette, was ist, wenn es schlimmer mit Liz wird? Oder wenn sie im Sommer für die Aufbaukurse zurück an die Schule kommt?«, fragt sie zaghaft. »Was sollen wir nur tun?« Sie blinzelt die Tränen fort.

»Ich weiß es nicht«, sage ich.

Denn das ist die Wahrheit. Ich weiß es wirklich nicht.

24 | June

Der Valentinstag kam und ging, aber wohin ich auch sehe, sind weiterhin Pink und Rot, Herzen und Blumen. Zum Kotzen. Nicht dass ich nicht ohnehin schon Lust dazu gehabt hätte. Die Betreuer haben noch nicht mal die Papierdrachen und verwehten Wolken ans schwarze Brett im Flur gehängt, so wie sonst immer im März.

In letzter Zeit kann ich nicht aufhören, an meinen Vater zu denken. Ich grüble, wer er wohl ist und wie ich ihn finden könnte. Aber meine Mutter will ich nicht wieder fragen, und ich werde auch nicht nach Hause gehen. Womit ich in einer Sackgasse stecke und mein Hirn in einer Endlosschleife, in der sich meine Gedanken immer wieder um die wenigen Informationen, die ich habe, drehen.

Ich habe noch einmal versucht, Madame Matvienko zu befragen, aber sie hat mir die Tür des Kostümraums vor der Nase zugeschlagen. Vorher hatte sie noch gemurmelt, dass sie meine Frage nicht verstanden habe.

Deswegen versuche ich, mich mit Tanzen abzulenken. Ich trainiere jede freie Minute, Tag und Nacht, wenn die anderen längst die Studios verlassen haben, um zu studieren oder sich mitten in der Nacht fettiges chinesisches Essen liefern zu lassen, das monatelang an ihren Hüften kleben wird. Oder um rumzumachen. Wie Gigi.

Ich muss lächeln, während ich die Beine an der Stange

dehne und mich im Spiegel betrachte. Am Valentinstag kam sie abends ganz verzweifelt nach Hause, so als wäre bei ihrem ach so perfekten Date mit Alec etwas schiefgelaufen. Sie war ganz verschwitzt und aufgelöst, vom Tanzen oder vielleicht von etwas ganz anderem. Aber sie hatte eine Serviette um etwas gewickelt, das sie versuchte zu verbergen, etwas, das sie, bevor sie unter der Dusche verschwand, in ihre Kommode gesteckt hat, wohl weil sie hoffte, ich würde es nicht bemerken. Selbstverständlich habe ich, sobald sie weg war, einen Blick riskiert. Fotos von Bette und Alec. So gut wie nackt. Wahnsinn, Bette ist selbstsicher. Und eine echte Hexe, weil sie die für Gigi liegen gelassen hat.

Ich drehe mich im Spiegel seitwärts und streiche mit den Fingern über meinen Bauch und meine Hüften. Noch habe ich mich nie nackt einem Jungen gezeigt. Damals in Jayhes Planschbecken im Sommer nicht mitgezählt. Ich kann verstehen, warum Gigi so aufgewühlt war. Aber sie hat kein einziges Wort darüber verloren – nicht mir gegenüber zumindest –, und am nächsten Tag schien zwischen ihr und Alec alles in Ordnung zu sein. Morgens kam er, um sie abzuholen, und sie machten einen Spaziergang oder so. Als Gigi zurückkam, hatte sie sogar eine Blume im Haar. Jetzt ist es so, als hätte es sie noch näher zusammengebracht. Sie verbringt jede wache Minute mit ihm, beim Tanzen, beim Proben, beim Lernen. Und wer weiß, was sie sonst noch so treiben. Vielleicht hat sie etwas zu beweisen. Ihm. Sich selbst. Es ist bestimmt nicht einfach, Bettes Nachfolgerin zu sein. Auf der Bühne oder im Leben. Ich weiß, dass ich nicht an ihrer Stelle sein möchte.

Als ich meine Übungen zum Abkühlen beende, ist das Studio leer – bis auf mein Spiegelbild, das mich aus jeder Ecke des Raumes anstarrt. Sofort hasse ich mein Aussehen. Meine Augen sind schmal, meine Wangen fleckig. Ich wünschte, sie würden die Spiegel verhängen, weil ich es leid bin, mich ansehen zu müssen. Ich habe gut getanzt, aber wenn ich nicht mehr auf den Zehen stehe, erfasst mich Müdigkeit, und die Erschöpfung wird sichtbar. Das steht mir nicht. Ich muss mich zusammenreißen und darf nicht auf meine innere Stimme hören, die mir zuflüstert: *Du musst mehr essen, um zu Kräften zu kommen.* Stattdessen spreize ich die Beine zu einem weiten V und lege die Brust auf den Boden, um dann mit den Händen nach meinen ausgestreckten Zehen zu fassen. Ich kann den Schmerz an meinen Muskeln spüren, als sie sich anspannen und krampfen, dann entspannen, und schließlich überkommt mich Ruhe. Gerade als ich aufstehen will, merke ich, dass ich nicht alleine bin. Jemand beobachtet mich.

Jayhe.

Er steht in der Tür und zieht den Kopf ein wenig ein, plötzlich verlegen, weil er sich beim Beobachten ertappt fühlt. Ich muss grinsen, ich kann nicht anders. Unser Kuss scheint Ewigkeiten her zu sein, doch jetzt kann ich ihn gerade auf meinen Lippen spüren.

»Hallo«, sagt er. »Das sah gut aus.«

Immer noch lächelnd nicke ich, was er als Einladung auffasst. Was es auch war. Vielleicht. Er kommt rein und lässt sich vor mir auf den Boden fallen. Ich bin so erschrocken, dass ich nicht weiß, was ich tun soll. »Du hast hart trainiert, was? Sei-Jin sagt, dass du eine Solorolle bekommen hast.«

Ich nicke wieder und stehe auf, um einen Schluck Wasser aus meiner Flasche zu nehmen. Währenddessen frage ich mich, was sie sonst noch über mich sagt. Warum sollte sie ihm erzählen, dass ich ein Solo habe?

Ich fange an, meine Sachen zusammenzusuchen, und stelle schnell fest, dass ich nach kaltem Schweiß und vermutlich derselben Ginseng-Seife rieche, die seine Mutter benutzt. Als ich deshalb ein wenig Abstand zwischen uns bringen will, steht er ebenfalls auf, als wollte er mir folgen.

»Wo willst du jetzt hin?«, fragt er und bleibt nicht mal einen halben Meter vor mir stehen. Ein Grinsen umspielt seine Lippen – die so rosa und so blass sind –, als hätte er nichts Gutes im Sinn.

»Wo ist Sei Jin?«, frage ich. Spitz.

»Lernt.« Er zuckt die Achseln. »Sie hat morgen einen Mathetest und ist die ganze Zeit schon schlecht gelaunt. Ich habe ihr gesagt, dass ich später zu ihr kommen werde. Und ich ... keine Ahnung ... hab gedacht ... äh ...« Er zuckt wieder die Achseln und wirkt auf einmal unsicher. »Hast du Hunger?«

Schockiert von seiner Frage sehe ich ihn an. Dann blicke ich an meiner Tanzkleidung hinunter und fühle mich ein wenig nackt. Ich sehe fürchterlich aus. Und ich bin erschöpft. Aber diese Chance ist zu gut, um sie sausen zu lassen. Außerdem sollte ich wirklich etwas essen.

»Ich muss mich noch umziehen.«

Ich war so davon besessen, meinen Vater zu finden, dass ich meine Pläne für Sei-Jin vernachlässigt habe. Aber Jayhe tappt mir jetzt direkt in die Falle. Oder könnte es sein, dass er mich vielleicht, nur vielleicht, wirklich mag?

Eine halbe Stunde später, nach einer schnellen Dusche – für die ich mir etwas von Gigis nach Erdbeeren duftendem Duschgel stibitzt habe – sitzen wir in dem Diner am Ende der Straße. Dorthin verirrt sich nie einer der ABC-Tänzer, denn hier gibt es nur Burger, gegrillten Käse und anderes Zeug, das sie niemals anrühren würden. Normalerweise würde ich es auch nicht. Aber heute bin ich wie ausgehungert. Ich bestelle einen Chili-Cheeseburger und eine Coke. Keine Diät-Coke. So etwas habe ich noch nie gegessen. Jayhe grinst mich an.

»Bist du sicher?« Er nimmt einen Schluck von seinem Kaffee.

»Ich dachte, ihr Tänzer esst nicht.« Er macht eine Pause. »Sei-Jin isst kaum was.«

Die Kellnerin bringt einen Brotkorb, und ich greife gleich hinein, als wäre ich ein ganz normales Mädchen, buttere das Brot und nehme einen Bissen. Butter habe ich tatsächlich schon seit Jahren nicht mehr gegessen. Das Essen rutscht allerdings so schwer die Kehle hinunter, als könnte ich spüren, wie das Fett langsam meine Eingeweide überzieht. Aber ich zwinge mich zu schlucken. Heute werde ich eine andere June sein. Ein gewöhnliches Mädchen. Das Jayhe vor vielen Jahren gekannt hat.

»Du kommst gar nicht mehr in die alte Gegend«, sagt er und nimmt selbst ein Stück Brot. Keine Butter. »Sonntags in die Kirche oder zu Festen.«

»Ich kenne da eigentlich niemanden mehr.« Ich nehme noch einen Bissen. »Außer meiner Mom. Und sie hat keine Zeit für solche Dinge.«

»Ja, ich habe gehört, dass ihre Firma gut läuft.«

Ich nicke. Der Tisch ächzt unter dem Gewicht des vielen Essens, dass die Kellnerin vor uns hinstellt. Jayhe greift sofort nach einer meiner Pommes frites und taucht sie in die Fleischsauce auf seinen Spaghetti. Bei dem Anblick dreht sich mir der Magen um. Mein Chili Burger steht vor mir. Erwartungsvoll. Höhnisch. Ich habe ihn bestellt, aber ich weiß nicht, ob ich mich wirklich überwinden kann, ihn zu essen.

»Will deine Mom etwa, dass du in die Firma einsteigst? Oder, na ja ... aufs College gehst?«

»Ich will tanzen«, sage ich ihm, hebe den Burger hoch und halte ihn vor mein Gesicht. Die halbe Chilisauce fließt auf der anderen Seite heraus und klatscht auf den Teller wie ein totes Tier. Was der Burger ja eigentlich tatsächlich ist. Ich schmecke Galle. »Und ich werde tanzen.«

»Sei-Jin hat sich in Harvard und Princeton beworben«, sagt

Jayhe und nimmt sich noch eine Pommes. »Sie will Orthopädie studieren.« Er tunkt sie in die Fleischsauce. »Du weißt schon, um ein Knochendoktor zu werden. Sie glaubt, das Tanzen ist dafür ein Pluspunkt.«

Er hört nicht auf, von Sei-Jin zu reden. Wenn ich will, dass mein Plan aufgeht, muss ich hier die Zügel in die Hand nehmen. Ich muss dafür sorgen, dass er nicht mehr an Sei-Jin denkt – und nicht mehr von ihr redet. Und ich kann nicht glauben, dass sie es nicht in ein Ensemble schaffen will. Dass sie nicht wenigstens vortanzt. Um eine professionelle Tänzerin zu werden. Soll die ganze Arbeit etwa umsonst gewesen sein? Was hat das alles für einen Sinn, wenn sie keine Ballerina wird?

Ich zwinge mich, einen weiteren Bissen zu nehmen. Das Fleisch in meinem Mund ist noch ein bisschen blutig, salzig und kühl. Das Chili ist heiß und scharf. Pikant. Die Kombination ist köstlich, ganz anders als alles, was ich bisher gekostet habe. Ich schlucke und nehme noch einen Bissen. Dann noch einen.

Jayhe grinst mich an. »Gut, was?« Er schlürft seine Spaghetti genießerisch. »Willst du mal probieren?«

Ich beuge mich vor, so weit, dass der V-Ausschnitt meines Pullovers tiefer rutscht, nehme die Hand, die die Gabel hält, und führe sie an meinen Mund. Ich schlürfe die Spaghetti, so wie er eben, und lächle. »Lecker.«

Ich esse eine Pommes, dann noch eine und noch eine. Als ich wieder zu ihm hochblicke, ist ein Glitzern in seinen Augen. Ich sehe schnell auf meinen Teller und bin mir sicher, dass ich rot werde, weil mir die Hitze den Hals herunterkriecht. Dann hebe ich erneut den Blick zu ihm.

»Und was wird dann aus dir und Sei-Jin, wenn sie nach Princeton oder Harvard geht?«, frage ich. Jayhe ist intelligent, aber wohl kaum für die Ivy League geeignet.

Er zuckt die Achseln. »Dann werde ich sie wohl trotzdem noch sehen«, sagt er. »Meine Eltern wollen, dass ich nach Queensborough gehe und in den Restaurants helfe. Sei-Jin vielleicht irgendwann sogar heirate, weil ihr Dad so viel Einfluss in Seoul hat.«

»Willst du das denn auch?« Ich beuge mich wieder vor und sehe ihm geradewegs in die Augen. Sie haben die Farbe von dunkler Schokolade und sehen schläfrig aus.

Erneut zuckt er mit den Achseln und isst weiter. »Ich will immer noch zeichnen.«

Seitdem wir klein sind, hat Jayhe immer irgendetwas gezeichnet, Bilder, die zum Beispiel den Animes nachempfunden waren, die wir bei seiner *halomeni* zu Hause geguckt haben, und unzählige Porträts von mir. Ich wusste nicht, dass er das immer noch tut. Aber es freut mich.

»Ich würde gern irgendwann mal wieder etwas von deiner Kunst sehen«, sage ich und spiele mit meinen Fritten. Mein Magen protestiert nachdrücklich, doch ich zwinge mich weiterzuessen. Wie ein normales Mädchen. »Wenn du sie mir zeigen willst.«

Es ist fast dunkel, als wir durch die letzten Reste des Februarschnees zurück zum Wohnheim gehen, und ausnahmsweise bin ich mal dankbar, dass Gigi so besessen von Alec ist. Seit Tagen verlässt sie kaum noch sein Zimmer, und ich weiß, dass sie erst zur Schlafenszeit zurück sein wird. Oder später.

Jayhe lässt sich ganz entspannt auf meinem Bett nieder, als wäre er schon tausendmal hier gewesen, als wären wir dieselben wie damals, vor langer Zeit. Ich weiß nicht, warum er so nett ist. Ich weiß nicht, warum er mit mir Zeit verbringt und so tut, als hätte sich nichts geändert, nachdem er mich so viele Jahre ignoriert hat. Aber ich frage ihn nicht. Ich versuche, mir keine Gedanken deswegen zu machen. Es war aufregend, ihn hier herauf zu schmuggeln, ohne von Sei-Jin oder den anderen koreanischen Mädchen ertappt zu werden.

Ich setzte mich neben ihn, und wir blättern durch sein Skizzenbuch, während er auf diese oder jene Zeichnung zeigt. Seine Zeichnungen sind so gut, so vertraut, eine erwachsene Version seines klassischen, kräftigen Strichs, der sich trotzdem das Verwegene bewahrt ist. Als wir zum Ende kommen, versucht er das Buch zuzuklappen, und zieht es mir aus den Händen.

»Warte«, sage ich und halte es fest. »Ich bin noch nicht fertig.« Ganz hinten sind Zeichnungen einer Tänzerin, lang und geschmeidig, mit spitzen Winkeln und weichen Kurven. Sie sind wunderschön.

Ich brauche einen Moment, bis ich erkenne, dass sie nicht Sei-Jin darstellen. »Das bin ich«, sage ich.

Da sieht er mich lange an. So, als würde er all die Momente, die wir vertan haben, wettmachen wollen. Mein Herz macht einen Satz, und mein Magen dreht sich fast um, aber dieses Mal schmecke ich keine Galle, wie sonst immer. »Die habe ich neulich gezeichnet, als ich dir zugesehen habe. Keine Ahnung, warum.«

Seine Finger streichen leicht über meinen Arm, ich spüre ihre Hitze durch den Pullover. Er berührt meinen Wangenknochen, meinen Kiefer, studiert mich, prägt sich meine Linien ein.

»Du bist schön«, sagt er. Und dann beugt er sich vor und küsst mich.

Mein Herz hämmert, und durch meinen Kopf wirbeln alle möglichen Gedanken: ob mein Atem nach Chili und Zwiebeln riecht, dass es jetzt endlich wirklich passiert und dass ich mir die Zähne hätte putzen oder mich vielleicht hätte übergeben sollen und eine Million anderer Dinge. Aber er lehnt sich einfach zu mir, und ich spüre seinen Atem an meinem Ohr, als er

»Pssst« flüstert, als könnte er meine rasenden Gedanken hören, als wüsste er, was ich die ganze Zeit gedacht habe.

»Schon gut«, sagt er. »Es ist in Ordnung.«

Es ist dunkel, als Gigi endlich kommt. Jayhe ist vor einer Stunde gegangen, und seitdem liege ich auf meinem Bett, leer, die Zähne gebürstet und sauber geschrubbt, aber ich kann immer noch spüren, wo seine Lippen gewesen sind, so als hätte er mich markiert. So als wäre ich tatsächlich eine andere June.

Nachdem Jayhe gegangen war, habe ich geduscht und mich lange nackt im Spiegel betrachtet. Ich habe meine hervorstehenden Rippen gesehen, und, als ich mich gedreht habe, mein Rückgrat, das sich sichtbar wölbt. Und ich habe gedacht: Wenn er mich schön findet, könnte ich es vielleicht auch. Und ich war so aufgeregt und konnte es nicht erwarten, ihn wiederzusehen und ihn wieder zu küssen, und fast war es mir egal, was Sei-Jin davon halten würde. Fast.

Aber dann habe ich mich übergeben. Ich musste. Am Ende konnte ich nicht alles in mir behalten, nicht mehr. Dann habe ich mich auf der kleinen Waage, die ich im Schrank verstecke, gewogen: 102. Zuerst wollte ich sofort zurück ins Badezimmer oder ins Studio, um mir alles herunterzutanzen. Doch ich war zu erschöpft, habe stattdessen meinen ältesten Flanellpyjama angezogen und bin ins Bett gegangen.

Das war vor drei Stunden, und die Schatten haben sich gesenkt und fallen über mich her wie die alten Bestien, von denen Jayhes Großmutter uns früher immer erzählt hat, und rauben mir den Verstand.

Ich muss es jemandem erzählen. Und weil ich es niemand anderem erzählen kann, muss es eben Gigi sein. Als sie hereinkommt und das Licht anknipst, erschrecke ich mich so sehr, dass ich senkrecht im Bett hochfahre. »Oh, ich dachte, ich wäre allein«, sagt sie mit einem verlegenen Kichern. »Hast du geschlafen?«

»Ich habe heute jemanden geküsst.«

Gigi grinst. »Super!« Sie macht sich im Zimmer zu schaffen, zieht die Schneestiefel aus, wirft die Skimütze in die Ecke, schüttelt die Locken aus. »Jemand, den ich kenne?«

»Das kann ich nicht sagen. Aber ich musste es jemandem erzählen.«

Ich blicke zu ihr hoch, und sie hat dieses Leuchten, die leichte Röte der ersten Liebe, so als wäre in ihrem Inneren ein Licht angeknipst worden. Vielleicht habe ich dieses Leuchten auch? »Er findet mich schön.«

»Natürlich tut er das, June.« Ihr Lächeln ist ehrlich. »Du bist schön.«

Ich lächle zurück, und zum ersten Mal seit langer Zeit gestatte ich mir zu denken, dass es wahr ist. Also lasse ich mich im Bett zurücksinken, müde, aber glücklich, während sie sich für das Bett fertig macht. Dann begreife ich, was ich getan habe.

»Gigi«, flüstere ich, als sie die Tür öffnet, um zu den Duschen zu gehen. »Aber du darfst es niemandem sagen.« Sie sieht überrascht aus, hin und her gerissen, so als wäre sie es leid, meine Geheimnisse zu bewahren. »Es darf niemand wissen.«

Sie nickt stumm und schließt die Tür hinter sich.

25 | Gigi

»Kann mir jemand die Geschichte von *Giselle* erzählen?«, fragt Mr. K zu Beginn der Probe.

»Sie kam aus Kalifornien hierher«, sagt Will und zwinkert mir zu. Ein paar jüngere Mädchen aus Stufe C, die immer noch hoffen, er könnte doch hetero sein, kichern, doch wir anderen bleiben ernst. Mr. K hat nicht wirklich Sinn für Humor.

»Kann mir jemand die Geschichte des Balletts *Giselle* erzählen, bitte.« Mr. Ks Miene ist streng. »Ich hätte nicht gedacht, dass ich das präzisieren muss. Schließlich wusste ich nicht, dass ihr euch heute Abend alle so albern aufführen wollt.«

Hände gehen in die Höhe, und sein Blick schweift darüber, um dann auf Eleanor ruhen zu bleiben.

»Ja, Miss Alexander, bitte sagen Sie uns, worum es in diesem Ballett geht.«

Sie knabbert an ihrem Fingernagel, bevor sie beginnt. Bette verzieht das Gesicht. »In *Giselle* geht es um ein junges Bauernmädchen, das sich in einen Edelmann verliebt.«

»Ist das alles?«, fragt er.

Ihr Gesicht rötet sich, und sie öffnet gerade den Mund, um fortzufahren, da wirft Bette ein: »Und weil es ihr nicht erlaubt ist, ihn zu lieben, stirbt sie an gebrochenem Herzen.« Ihr Ton ist kalt und sachlich, als sie mit ihren großen, langwimprigen Augen in meine Richtung blickt.

Mr. K reibt sich leicht genervt den Bart. »Ihr denkt alle nicht nach.« Er geht vor dem Spiegel auf und ab. »Das Ballett *Giselle* handelt von sehr, sehr viel mehr. Ihr habt alle die Geschichte vereinfacht. Den wichtigsten Teil herausgesucht. Das Herz des Ganzen. Es geht um Natur und Schicksal und Liebe und Leidenschaft.« Er schüttelt den Kopf und fährt dann fort: »Giselle liebt jemanden, den sie nicht lieben darf. Und er liebt sie.«

Alec zieht mich an seine Brust und legt die Arme um meine Taille. Ich spüre, wie sein Herz pocht und sich sein Daumen in meinen Hüftknochen drückt. Nach unserem Streit am Valentinstag ist alles wieder gut zwischen uns. Am nächsten Morgen kam er in mein Zimmer, und später habe ich ihm meinen Lieblingsort im Central Park gezeigt, wo wir ganz für uns waren. Dort sah es aus wie auf einer dieser I LOVE NY-Anzeigen – der unberührte Schnee, die Bäume, die von dem Weiß niedergedrückt wurden, die morgendliche Stille. Und dort habe ich es ihm gesagt. Nicht das von meinem Herz, sondern dass ich zufällig Bette getroffen habe. Was sie mir über das Hotel gesagt hat und dass ich damit nicht konkurrieren kann. Dass ich eine Jungfrau bin, und dass ich ihn zwar sehr mag – und ihn vielleicht sogar liebe, wenn ich ehrlich mit mir bin –, aber nicht bereit *dafür* bin. Noch nicht. Und er hat meine Hand genommen und war so süß, als er mir sagte, dass er mich auch sehr mag. Er sagte, er würde warten, und dass wir es so schnell oder so langsam angehen könnten, wie ich will. Dass ich das Tempo bestimme. Danach habe ich mich besser gefühlt. Für einen Moment. Bis ich wieder an diese Bilder habe denken müssen. Ich sehe, wie Bette seufzt und dramatisch die Augen verdreht, während Mr. K seinen Vortrag fortsetzt. Nachdem ich am Valentinstag diese Nacktfotos von ihr gesehen habe, kann ich sie kaum noch ansehen. Ich habe niemandem davon erzählt, nicht mal Alec. Ich würde ihm gerne glauben, aber ich warte darauf, dass er ehrlich zu mir ist – ehrlich über seine Beziehung zu Bette. Sie kennen sich eine halbe Ewigkeit. Und sie kommen aus ähnlichen Familien, sie beide gehören in diese Welt. Er und ich, wir passen dagegen nicht zusammen. Können seine Gefühle für mich wirklich jemals so stark sein?

»Aber die Kräfte der Natur sind gegen diese Vereinigung. Es durfte nicht sein. Das ist sicher für euch alle schwer zu verstehen. Diese Vorstellung vom Schicksal entstammt einer vergangenen Welt«, redet Mr. K weiter, der sicher den Klang seiner eigenen Stimme und die bewundernden Blicke der Tänzerinnen genießt. »Heutzutage nimmt man sich einfach, was man will. Aber so war es nicht immer. Und selbst heute gilt noch: Wenn man sich gegen das Schicksal auflehnt, kann es gefährlich werden.« Er murmelt den Lehrern etwas auf Russisch zu, und ich wünschte, ich würde verstehen, was es war.

Ich fange Bettes Blick auf. Sie starrt mich herausfordernd an. Ihre pinken Lippen biegen sich nach oben, doch das einzelne Grübchen, das sie hat, kerbt kaum die Oberfläche ihres perfekten Gesichts.

Ich versuche, mich zu konzentrieren und Mr. Ks Worte in mich aufzusaugen. Zum allerersten Mal habe ich *Giselle* gesehen, als meine Mutter mich mit ins San Francisco Ballett genommen hat. Mit angehaltenem Atem sah ich zu, wie die Ballerina über die Bühne schwebte und schimmerte, als bestünden ihre Arme und Beine aus Sternen. Ich war begeistert, dass wir denselben Namen trugen und fühlte sofort eine Verbundenheit mit der Rolle, obwohl ich mir sicher war, dass ich niemals jemanden so lieben würde. Jetzt lehne ich mich ein wenig stärker gegen Alec und frage mich, ob ich nun endlich diese Art von Romantik erfahre, die das Wesen des Balletts ist.

»Im Leben gibt es so viel, das sich unserer Kontrolle entzieht. Und im Ballett umso mehr.« Mr. Ks Stimme erfüllt den Raum. »Manche sind zum Tanzen geboren, manche werden mit

Gebrechen geboren, die sie behindern. Und manche werden als ewige Zweite geboren und immer im Schatten anderer stehen, egal, wie sehr sie es versuchen, egal, wie hart sie arbeiten. Darum geht es in diesem Ballett«, sagt er. »Die Kräfte der Natur. Das, was am Himmel geschrieben steht. Das, was euch durch die Geburt gegeben ist. Schmetterlinge, ich muss Liebe und Gefahr in euren Variationen spüren. Ich muss die Freude und das Leid fühlen können, das euer Schicksal bringt.« Er endet, indem er uns heranwinkt. »Alec, Gigi, zeigt mir, wie weit ihr seid.«

Die Lehrer drehen sich um und gehen zu ihren Stühlen an der Seite. Alec überrascht mich, indem er mir einen Kuss auf den Mund gibt, so als wäre Mr. Ks Ansprache ein direkter Befehl an uns gewesen. Nie habe ich mich sicherer gefühlt als in dem Moment, in dem seine Hände mein Gesicht umfassen, mich halten. Nach ein paar Augenblicken schiebt er die Hände weiter zurück, sodass seine Finger in meinem Nacken liegen. Ich schnappe nach Luft, als mich plötzlich Lust packt.

Wir gehen in die Mitte, wo ein paar Requisiten die richtige Stimmung wecken sollen. Mr. K sagt, die Atmosphäre des Stücks sei genauso wichtig wie die Variationen. Er sagt, wir brauchen diese Requisiten, um wirklich zu verstehen, wie dieses Ballett getanzt wird.

Jetzt soll gerade Mitternacht auf dem Friedhof des Dorfes sein, und ich bin in der Welt der weiblichen Geister, die am Tag vor ihrer Hochzeit starben. Langsam bewege ich mich mit winzigen Halbschritten auf der Spitze vorwärts, während das Licht nach und nach meinen Weg erhellt. Ich bin tot, meine Haut und meine Haare sind mit weißer Kreide gepudert. Mein Körper und mein langer weißer Übungstutu sind eins.

Mit Blumen in den Händen gehe ich unter den hängenden Zweigen der Friedhofsbäume hin und her. Die Geister – die Wilis – wirbeln um mich herum. Die Corps-Mädchen strömen in die Mitte. Wir tanzen zusammen, bis Alec an meinem Grab erscheint. Da verstecke ich mich und sehe zu, wie er dort Blumen ablegt. Ich versuche, ihn nicht anzulächeln, versuche, in der Rolle zu bleiben, obwohl er so gut aussieht. Wir gehen umeinander herum und tanzen dann unser Pas de deux. Er hebt mich, als hätte er das schon jahrelang getan.

»Ja, ja«, sagt Mr. K.

»Weiter«, sagt der andere männliche Lehrer, DouBrava. »Sobald ihr anhaltet, ist die ganze Bewegung vorbei.«

Die russischen Lehrer klatschen, als wir fertig sind.

»Wir werden besser und besser«, flüstere ich Alec zu.

»Ja, das ist echt komisch. Wir hatten erst ein Pas de deux zusammen, aber es kommt mir vor, als würde ich schon ewig mit dir tanzen.« Er gibt mir einen Kuss auf die Stirn und beginnt sich zu dehnen, während die anderen Tänzer vor den Lehrern ihren Auftritt haben.

Dann verschwinden alle, manche zum Abendessen, andere in die Studios, um weiter zu trainieren, die meisten hinauf in die Wohnräume, um zu duschen. Wir sind allein, worüber ich mich freue. Selbst Bette bleibt nicht länger, um mich mit bösen Blicken zu bedenken oder Alec dazu zu bringen, mit ihr zu reden. Jedes Mal, wenn ich sie sehe, muss ich an diese Fotos denken. An ihre Körper, die sich umschlingen – wie ein endloses Vexierbild, sodass ich nicht weiß, wo Alec endet und Bette beginnt. Dieses Mädchen könnte ich nie sein. Ein Mädchen wie Bette. Eine, die sich nackt fotografieren lässt. Die sich so einem Jungen zeigt. Die sich so von ihm anfassen lässt. Je mehr ich grüble, desto mehr Selbstzweifel kommen mir. Ist das die Art von Mädchen, die Alec will?

Ich habe nicht den Mut, ihn zu fragen. Und herauszufinden, wessen Idee das war. Würde Alec wollen, dass ich so etwas tue? Alec lehnt sich auf mich, um ihr zu helfen, mein Bein zu dehnen. Aus den Lautsprechern kommt immer noch die Musik von *Giselle*. Ich fange an zu summen, um mich wieder zu fangen. Denn eigentlich hatte ich vor, nicht mehr daran zu denken. Ich will Alec da nicht mithineinziehen. Ich schaffe es allein.

Er öffnet den Mund, um etwas zu sagen, aber ich lege einen Finger an seine Lippen. Dies ist meine Lieblingsstelle im Stück. Er leckt über meinen Finger und küsst mich dann. Seine Hände finden ihren Weg zu meinem unteren Rücken, wo sie meinen Rock zusammenraffen. Wir sind verschwitzt und klebrig und fast nackt unter unserer Tanzkleidung. Mich überläuft eine Gänsehaut.

Mein Herz beginnt zu rasen. So sehr, dass es gefährlich ist. Das sagen mir der Schwindel und die Punkte vor meinen Augen und meine zittrigen Hände. Ich stoße ihn weg und muss an Bette denken. Sie würde Alec nie wegstoßen. Das Mädchen auf diesen Fotos würde sich jetzt und hier sofort nackt ausziehen.

»Was ist los?«, flüstert Alec.

Ich antworte nicht. Er zieht mein Bein zur Seite und stemmt sich selbst ein bisschen höher. Ich bin unter seinem Gewicht gefangen, doch ich will nicht, dass er sich bewegt. Er streicht mit den Fingern mein Schlüsselbein entlang. »Du bist so traurig«, sagt er. »Wir waren gut heute. Was ist passiert? Vor ein paar Minuten warst du noch glücklich. Genauso war es auch am Valentinstag.«

Plötzlich prasselt alles auf mich ein: die Fotos, die in mein Gedächtnis eingebrannt sind, und gleich danach die Sorge, dass es jemand gibt, der mir Böses will. Die Nachricht auf dem Spiegel, der Krankenbericht, die schwarze Rose. Was kommt noch? Will mich jemand hier rausekeln? Denn das wird ihm oder ihr nicht gelingen.

»Du musst endlich mit mir reden.« Er zieht mich an sich, sodass ich mich in seine Seite schmiege wie ein Knick in ein

Blatt Papier. Langsam lasse ich die Hand über seine Brust gleiten, und dann küsse ich ihn fest, um das alles zu vergessen. Wir küssen uns so lange, dass ich Angst habe, ich könnte keine Luft mehr bekommen. Ich spüre meinen unregelmäßigen Herzschlag in den Ohren hämmern.

Ich erröte und nehme den Arm ungelenk von ihm. Mit zitternden Fingern massiere ich mir die Schläfen. Dann rutsche ich unter ihm hervor und rolle mich auf die Seite. Ich weiß nicht, was ich sagen oder wie ich die Worte formen soll, um ihm beizubringen, dass ich krank bin. Also wühle ich in meiner Tasche und lege den Pulsmesser an, den Dr. Khanna mir gegeben hat. Ich dachte, wenn ich ihn in der Tasche bei mir trage, würde das mich verantwortungsbewusster machen. Mein Herzschlag ist in letzter Zeit so unregelmäßig, dass ich mir nicht erlauben kann, ihn nicht zu tragen. Ich *muss* mir Sorgen machen.

»Was machst du?« Er packt meinen Arm, bevor ich das Armband schließen kann. Ich gebe nach und lasse ihn den Pulsmesser betrachten. »Was ist das? Sag es mir«, flüstert er, mit den Fingern über den Pulsmesser fahrend. »Das habe ich noch nie an dir gesehen. Sieht aus wie eine von meinen Sportuhren«, sagt er. »Das ist doch gar nicht dein Stil.« Er lacht leise.

»Das ist ... das ist ... keine Uhr.« Ich stelle das Gerät an, damit es mir sagt, wie hoch meine Herzfrequenz ist, und tausend kleine warnende Vibrationen schicken kann. Den Blick fest auf ein kleines Loch in seinem Tanktop gerichtet, warte ich darauf, dass er oder der Pulsmesser etwas sagt. Um die Stille zu füllen. Ich stecke den Finger durch die winzige Öffnung, will alles tun, irgendwas, nur um ihm nicht von meiner Krankheit erzählen zu müssen. Dann starre ich seine schönen Augen, seinen schönen Mund an. Was wird er sagen? Wie wird er mich behandeln? Wird er mich noch mögen? Mein Herz gerät ins Stolpern, während die Sorgen in meinem Kopf durcheinanderwirbeln. Der blöde Pulsmesser summt. Die Hitze seines Körpers, die Probe, der Stress bringen mich ins Schwitzen.

Ich setze mich auf. Dabei spüre ich seinen Blick auf mir – Verwirrung liegt darin. Ich fühle mich schuldig, weil ich ihm nicht hundertprozentig vertraue. Dass ich niemandem hier mein Geheimnis anvertrauen will.

Auch Alec richtet sich auf und spielt mit einer meiner Locken, dreht sie um seinen Finger.

»Du hast doch was.« Sein Daumen zeichnet Formen von meiner Schläfe hinunter zu meinem Wangenknochen. Dann lehnt er sich näher, und ich kann seinen Atem an meinem Hals spüren. »Vertraust du mir nicht?«

Ich schlucke und lüge dann: »Doch, ich vertraue dir.«

»Was ist es dann?«, flüstert er mir ins Ohr. Jedes Wort kitzelt an meiner Haut und weckt wieder das Pochen zwischen meinen Beinen.

»Ich bin anders«, sage ich.

Er fährt fort, meinen Hals zu küssen. »Das weiß ich. Deswegen mag ich dich.«

»Nein, wirklich anders«, sage ich. »Ich habe ... ein Problem.«

»Ein Problem?« Sein Mund wandert zu meinem Nacken. »Wo denn? Dein hübscher Hals ist es schon mal nicht.«

Seine Berührungen sind wie warmer Regen; ich kann mich nicht konzentrieren, um die Worte herauszubringen. So kann mein Herz unmöglich langsamer schlagen, selbst wenn es wollte. Ich will, dass er mich überall küsst, an Stellen, die ich nie jemanden habe sehen lassen, Stellen, die ich nie jemanden habe berühren lassen.

Der Pulsmesser summt wieder und reißt mich aus dem Moment. Ich entwinde mich Alec, weil ich den Abstand brauche, um ihm die Wahrheit zu sagen.

»Da ist das Geräusch wieder«, sagt er. »Deine Uhr.«

»Ich muss dir etwas sagen.« Vor Angst zieht es mir die Eingeweide zusammen. »Das ist keine Uhr.« Während wir schweigend dasitzen, probe ich im Kopf ein paarmal, was ich sagen will. Die Welt bleibt stehen, als seine blauen Augen sich auf mich richten. »Das ist ein Herzfrequenzgerät«, hauche ich fast unhörbar.

»Ein was?«, sagt er.

»Ein Herzfrequenzgerät«, wiederhole ich, dieses Mal deutlicher. Ich will ihm nicht in die Augen sehen, will nicht weinen.

»Wozu brauchst du das?« Als er nach meinem Handgelenk greift, ziehe ich es weg.

»Ich ... bin krank«, beginne ich.

»Krank?«, unterbricht er mich, doch ich presse ihm die Hand auf den Mund, bevor er weiterreden kann. Ich brauche jetzt den stillen Alec, den, der mit mir im Schnee durch den Central Park spaziert und mir zuhört, wenn ich von zu Hause erzähle, den Alec, der einfach dabeisitzt, wenn ich meine Solos trainiere und mir keine Ratschläge gibt, wie ich es besser machen kann.

»Lass mich ausreden, okay?« Mir kommen die Tränen, ich kämpfe dagegen an. Ich denke an all die Male, in denen ich jemandem von meiner Herzkrankheit erzählen musste – an den erschrockenen Ausdruck in den Gesichtern, dass man mich anschließend wie etwas Zerbrechliches behandelt hat, an das Mitleid, das überall und immer mitschwang.

Ich will nicht, dass Alec mich so ansieht. Mich behandelt, als wäre ich beschädigt. Ich schlucke und sage dann schnell: »Ich wurde mit einem Herzfehler geboren. Es nennt sich Ventrikelseptumdefekt.«

Alecs Augen weiten sich, als ich den Furcht einflößenden wissenschaftlichen Begriff wiederhole. »Was bedeutet das?«, fragt er.

»Dass mein Herz unregelmäßig schlägt«, antworte ich. »Und

dass ich darauf aufpassen muss.« Ich halte mein Handgelenk hoch, um ihm das Gerät zu zeigen. »Immer.«

»Oh«, ist alles, was er sagt. Dann streichelt er meine Hand.

»Es geht mir gut«, sage ich, und es ist, als wäre dies eines der tausend Male, die ich es schon am Telefon zu Mama und Dad gesagt habe.

»Also ...«, sagt er.

Bevor er seinen Satz beenden kann, platze ich heraus: »Eigentlich soll ich das immer tragen, aber ich tue es nicht. Ich hasse das Ding. Wenn ich mich zu sehr aufrege und mein Herzschlag sich ändert, piepst oder summt es. Wie ein Alarm.«

»Das klingt, als wäre es ernst. Ist es das?« Sein Blick ist voller Sorge. »Und du solltest es wirklich tragen, wenn du musst.«

»Es kann ernst werden ... aber es geht mir gut«, sage ich wieder. »Du klingst wie meine Mama.«

»Kann man etwas dagegen tun?«

Ich schüttle den Kopf. »Nicht mehr. Als ich klein war, wollten meine Eltern mich nicht operieren lassen. Es war zu riskant. Ich war ein Frühchen. Also haben wir einfach immer das Beste daraus gemacht.«

Ich suche in seinem Gesicht nach einer Reaktion, doch ich kann seine Mimik nicht deuten. Mir ist, als wäre er ein Stückchen von mir abgerückt. Bestimmt hält er mich jetzt für eine Missgeburt. Meine Hände beginnen zu zittern, während er mir weitere Fragen stellt. Jetzt wird er mit mir Schluss machen. Ich weiß es.

Ich bereite mich innerlich auf die Worte vor. Schweiß sammelt sich in meinen Kniekehlen. Ich bin ein bisschen benommen. Und mein Pulsmesser brummt wieder.

Alec hört auf, mich anzustarren. »Warum meldet sich das wieder?« Er greift nach mir. »Und du zitterst. Warum?«

»Ich dachte ... ich dachte ...«, stammle ich.

»Du dachtest was?«, fragt er, und dann sieht er mich an, sieht mich richtig an, mit festem, eindringlichem Blick, und nun fange ich doch an zu weinen. Er zieht mich zu sich herunter, und ich lege meine nasse Wange an seine Brust. Als er die Arme um mich legt, ist mir, als könnte ich niemals fallen. Ich lasse die Tränen laufen, bis sie versiegen. Er ist wieder der stille Alec. Der, der meinen Rücken streichelt, mir ins Ohr summt und mich fest umarmt.

Gerade als ich anfange einzuschlafen, höre ich ihn leise sagen: »Gigi, ich mag dich. Und nichts, was du sagst, kann daran etwas ändern.«

Die Worte legen sich schützend um mich.

»Gigi?«, höre ich von der Studiotür her. Alec und ich drehen uns herum. Eine der *petits rats* kommt mit schleifenden Schritten zu uns. Ihr kleiner brauner Dutt sieht wie ein Schokoladen-Cupcake auf ihrem Kopf aus. Sie knickst, in den Händen eine kleine Gebäckschachtel.

»Die ist für dich«, sagt sie.

»Danke«, erwidere ich. »Aber du musst mir nichts schenken. Wie heißt du?«

»Margaret«, flüstert sie. »Eines der älteren Mädchen hat gesagt, ich soll dir das geben. Aber ich weiß nicht, wer das war, es ging alles so schnell.«

»Okay«, sage ich und nehme ihr die Schachtel aus den kleinen, zarten Händen.

Sie huscht aus dem Studio, während ich das Band löse. Alec beginnt, an meiner Schulter zu knabbern. »Was ist das?« Ich lächle Alec an. »Ist das eine Überraschung von dir?« Genau das, was ich brauche, nachdem ich ihm mein Geheimnis verraten habe.

»Nein.« Er beugt sich vor, um in die Schachtel zu sehen. »Die kommt nicht von mir.«

Auf einmal fühlt sich mein Inneres ganz weich und komisch an, und ich reiße die Karte ab, die am Boden klebt. Schnell drehe ich sie um. Darauf steht:

Ein kleiner Schreck für dein Herz, du wirst es schon sehen.
Ich hoffe, dein Herzchen bleibt nicht doch plötzlich stehen.
Als Warnung für dich: Wer im Dunklen kriecht, den zertreten wir.
Und unser kleines Geheimnis: Das hüten wir vorerst hier.

Die Karte werfe ich weg und reiße gleich die Schachtel auf. Kakerlaken strömen heraus, wollen in die dunklen Spalten des alten Gebäudes entkommen, und geben einen herzförmigen Donut frei, so wie man ihn am Valentinstag in vielen Coffeeshops kaufen kann. Ich lasse die Schachtel fallen. Die Kakerlaken krabbeln in alle Richtungen davon.

Ich kreische, erst erschrocken, dann wütend, und springe dann auf.

Sofort renne ich in den Flur. Alec folgt mir, entsetzt, zornig. Er sagt etwas zu mir, doch ich höre es nicht. Mädchen flitzen vorbei, in die Übungsstudios hinein und hinaus.

»Wer hat mir das hier bringen lassen?«, rufe ich laut, die leere Schachtel schüttelnd. »Wer will sich mit mir anlegen?«

Sie bleiben stehen und starren mich an, als hätte ich den Verstand verloren. Und vielleicht habe ich das auch. Ich höre das Blut durch mich hindurchrauschen und spüre mein Herz hämmern. Alec versucht, mich zurück ins Studio zu ziehen. Ich kann nicht aufhören zu schreien: »Wer? Wer!«

Sie flüstern untereinander. Sagen, ich sei verrückt. Paranoid. Sie lassen mich dort schreiend stehen, und die Schreie gehen weiter und weiter, bis mein Shirt vor Schweiß ganz nass ist und meine Knie so wacklig, dass ich zu Boden sinke.

»Gigi«, sagt Alec und legt die Arme um mich, um mich hochzuziehen. »Das sind nur Psychospielchen. Genau das ist auch mit Cassie passiert.«

Ich zittere am ganzen Körper, und er versucht, mich aufrecht zu halten. Aber ich fühle mich so, als würde ich gleich wieder hinfallen. »Alec, ich will nur ...«

»Sie versuchen, dich fertigzumachen.« Er zerrt mich zurück ins Studio, weg von dem Flüstern und den Blicken. »Es ist alles in Ordnung.« Das wiederholt er immer wieder. »Du musst stark sein, Gigi. Wir wollen hier alle die Besten sein, und du bist die Beste. Ich weiß, dass du es in dir hast. Aber du darfst dich davon nicht verunsichern lassen. Du darfst sie nicht gewinnen lassen.«

»Ich verstehe nicht, warum sie das tun!« Ich wische mir die Tränen vom Gesicht. Wie gern würde ich ihm jetzt von den Fotos von Bette und ihm erzählen. Aber ich kann nicht. Er zieht mich an sich und streichelt meinen Rücken.

»Es ist Bette«, flüstere ich. »Ich weiß, dass sie es ist.«

»Was?« Er weicht zurück.

»Es ist Bette. Sie muss es sein.«

»Sie übertreibt manchmal etwas, aber das würde sie nicht tun«, sagt er. »Außerdem hat sie vor Kakerlaken eine Todesangst.«

»Du glaubst mir nicht.« Meine Tränen fließen stärker.

»Das ist es nicht. Ich kenne sie nur einfach, und das ist wirklich nicht ihr Stil. Das ist alles.«

»Sie hat diese Nachricht auf den Spiegel geschrieben. Und die anderen Sachen hat sie auch getan.« Ich mache einen Schritt weg von ihm. »Du verteidigst sie.« Vor lauter Tränen kann ich ihn kaum sehen. Alles ist verschwommen. Vielleicht liebt er sie noch. Vielleicht ist es noch nicht ganz aus zwischen ihnen. Warum sollte er sonst Partei für sie ergreifen?

»So etwas tut sie nicht«, sagt er. Sie hat ihn um den Finger gewickelt. Er nuschelt noch etwas, aber vor lauter Angst und Tränen kann ich ihn nicht mehr hören.

Es gelingt ihm, mich an sich zu ziehen, obwohl ich mich gegen seine Umarmung wehre. »Alles wird gut«, sagt er in mein Haar hinein, und seine Arme schließen sich um mich.

Und obwohl er es immer und immer wieder sagt, weiß ich nicht, ob ich es glauben kann.

Beim Abendessen gibt es viel Geflüster. Meine Wangen fühlen sich heiß an, aber ich vertiefe mich in mein Englisch-Schulbuch und versuche zur Ablenkung etwas Schmackhaftes an dem faden Stück Hühnchen auf meinem Teller zu finden. Dies sind die Momente, in denen ich die Ballerina-Versionen von Mamas Gerichten am meisten vermisse: gedämpften Kohl, bestreut mit Flocken von rotem Chili, Schwarzaugenbohnen mit einer winzigen Portion Bacon (vom Truthahn natürlich), Hühnchen, gewälzt in Mehl und Brotkrumen und dann kurz in Olivenöl frittiert, gedünstetes Gemüse der verschiedensten Art.

Nicht einmal eine tröstende SMS von Alec kann heute das Heimweh vertreiben. Ich will es meinen Eltern erzählen. Mit ihnen darüber sprechen, was passiert ist. Aber ich wage es nicht. Mama will mich sowieso schon die ganze Zeit nach Hause holen. Wenn sie hiervon wüsste, würde sie verlangen, dass ich von der Schule abgehe.

Eines der Mädchen aus dem zweiten Jahr lacht in meine Richtung, und ich höre, wie sie sich flüsternd über meinen Zusammenbruch im Flur unterhalten. Am liebsten würde ich jetzt wieder schreien und kreischen. Stattdessen stehe ich vom Tisch auf und gehe weg, versuche ruhig und beherrscht zu bleiben. Denn eigentlich bin ich ja nicht wütend auf sie. Ich weiß, auf wen ich wütend sein müsste. Und es ist an der Zeit, dass ich sie zur Rede stelle.

Ich steige die Stufen hinauf in den ersten Stock, immer zwei auf einmal, und ich bleibe nicht eher stehen, bis ich in jedes Studio gesehen habe und sie in einem finde, in der Mitte, wo sie Pirouetten übt.

»Bette?«, sage ich scharf und drücke die Tür auf. Es gibt keinen Grund, so zu tun, als würde dies eine freundliche Unterhaltung werden. Wir wissen beide, dass sie mich schikaniert. Und es muss aufhören. »Wir müssen reden«, sage ich und fühle mich ein bisschen wie jemand anders. Jemand, der keine Angst vor ihr hat.

»Worüber?« Sie bewegt keinen Muskel, verharrt im *retiré devant*, und ihre Nase kräuselt sich, als hätte sie etwas Schlechtes gerochen. Als wäre ich dieses Etwas. Was mich veranlasst, meinen Rücken noch weiter zu straffen. Ich lasse meine Schultern nach hinten und dann wieder zurücksinken, als wären sie plötzlich zwei sehr schwere Flügel geworden.

»Du hast etwas Furchtbares getan«, sage ich, jetzt selbstbewusster. »Eigentlich sogar mehrere furchtbare Dinge.«

»Ich habe etwas Furchtbares getan?« Nun dreht sie sich doch zu mir um. Ihre Augen sind schmal, aber ihr Gesicht ist ungerührt, ohne irgendwelche Anzeichen, dass sie gewillt ist, klein beizugeben.

»Die Nachricht auf dem Spiegel. Die Fotos von mir und Henri in der Kammer, die Nacktfotos und dieser widerliche Donut«, sage ich. »Nicht zu vergessen der Krankenbericht. Du hast Schwester Connies Akten durchwühlt und vertrauliche Information gestohlen.«

»Fotos? Ein Krankenbericht? Donut?« Sie klingt, als würden wir über Einhörner und Kobolde reden. So als hätte ich das alles nur erfunden. »Wovon redest du überhaupt?«, stottert sie und wirkt dabei ganz verblüfft, wie wütend ich bin.

»Komm schon«, sage ich. »Ich weiß doch, dass du mich hasst.«

Langsam gehe ich auf sie zu.

»Tja, das ist mir neu«, erwidert sie. »Denn ich hasse dich nicht.«

»Warum hast du dann all diese Dinge getan? Denn du warst es, von Anfang an. Du willst mich fertigmachen.« Ihre Gleichgültigkeit macht mich noch zorniger.

»*Du willst mich fertigmachen*!« Sie äfft meine Worte nach, als wären wir im Kindergarten und sie hätte gerade meine Buntstifte zerbrochen. »Ich weiß nichts von einem Krankenbericht oder von Fotos. Von der Donut-Sache habe ich allerdings gehört. Das war ich nicht. Ich habe was gegen Kakerlaken. Aber gut. Ja. Die anderen Sachen ... die Nachricht auf dem Spiegel, das Foto von dir und Henry. Ja. Stimmt. Ich wollte, dass du nicht vergisst, dass Alec mir gehört. Dass diese Schule mir gehört. Und so weiter. Aber du hast die Zuckerfee bekommen. Und Giselle. Es gibt also keinen Grund, eifersüchtig zu sein. Du hast gewonnen.« Es liegt Endgültigkeit in ihrer Stimme, Erschöpfung. »Wegen mir musst du dir keine Sorgen mehr machen.«

»Was, und damit ist alles in Ordnung?« Ich kämpfe gegen das Zittern meiner Hände, das Beben in meiner Stimme. »Du kannst machen, was du willst, weil du ein schlechtes Jahr hast? Du kannst mich fertigmachen, weil du mich nicht magst? Weil Alec mich mag? Lass den Scheiß, verstanden?« Ich wusste nicht mal, dass ich so reden kann, und dann auch noch so, dass es jemand hört. »Und du gibst es nicht mal jetzt zu.«

Sie seufzt, als wäre ich ein bockiges Kind, betrachtet sich wieder mit prüfendem Blick im Spiegel und sagt: »Was willst du machen? Das Ghettokind spielen? Mich zusammenschlagen, damit ich gestehe?«

Meine Augen müssen nun wie Tornados aussehen, und obwohl ich in meinem Leben noch nie jemanden geschlagen habe oder geschlagen wurde, hätte ich ihr am liebsten eine Ohrfeige verpasst. Mit der ganzen Handfläche ins Gesicht, sodass man nachher den Abdruck sehen kann. Ich will schreien, dass ich nicht aus einem Ghetto komme. Mein Herz fühlt sich an, als könnte es jeden Moment stehen bleiben ... es schlägt so schnell wie die Flügel eines Kolibri, der Muskel droht aufzugeben.

»Red nicht solchen Unsinn«, sagt sie.

Ich hole ein paarmal tief Luft und strecke mich in der Mitte, bis ich mich fühle, als wäre ich sechs Meter groß. Ich bin eine Ballerina. Ich habe mich unter Kontrolle.

Sie grinst, so als wüsste sie, dass sie gewonnen hat. Ich nehme die Fotos von ihr aus meiner Tanztasche und werfe ein paar auf den polierten Hartholzboden: ihre Brüste, ihre Schenkel, Alecs Hände auf ihr, ihr selbstzufriedenes Gesicht, das zu mir hochguckt. Schnell tritt sie vor, und ich sehe Erkennen auf ihrem Gesicht ... und vielleicht Abscheu.

»Wo hast du die her? Warst du in meinem Zimmer?«, fragt sie. »Die sind privat.«

»Red nicht solchen *Unsinn*, Bette«, äffe ich sie jetzt mit ihren eigenen Worten nach. Sie beugt sich hinunter und will die Fotos aufnehmen, doch ich trete sie weg. »Tu nicht so, als wärst du das nicht gewesen. Und es gibt noch mehr von diesen Fotos.« Ich gehe und lasse sie die Fotos auf den Knien aufsammeln.

26 | Bette

Das Wochenende verbringe ich zu Hause, um mir nicht noch mehr Beschuldigungen wegen Gigi anhören zu müssen. Die Betreuer haben ihren Zusammenbruch mitbekommen, und die Kakerlaken haben die Hausmeister ordentlich in Aufregung versetzt. Es brauchte nur ein bisschen Druck von Seiten der Betreuer, dann hat sie ihnen alles über die kleinen Streiche der letzten Wochen erzählt. Wer ihr diese Nacktfotos von Alec und mir gegeben hat, die ich in einer Schachtel mit Andenken aufbewahrt hatte, weiß ich immer noch nicht. Eleanor war an diesem Abend mit mir aus. Die einzige Person, die sonst noch davon wusste, ist Will. Ich weiß, er hasst mich jetzt, aber wir standen uns einmal sehr nahe – wie Bruder und Schwester. Würde er mir das wirklich antun? Uns wurden wegen der Vorkommnisse Einzelgespräche zum Thema Mobbing mit dem Beratungslehrer und den Betreuern aufgebrummt. Da bin ich doch lieber bei der Obermobberin höchstpersönlich – meiner Mutter.

Wir haben zu Hause einen Übungsraum. Ein Nebenbau im Keller mit einer Spiegelwand, einer Stange, einem professionellen Schwingboden und Ventilatoren an der Decke. Wenn ich also ein Wochenende weg von der Schule bin, heißt das nicht, dass ich eine Pause mache. Niemals. Und auf eine schöne Zeit mit Alec kann ich mich ja nun nicht mehr freuen. Keine Heimlichkeiten in meinem Schlafzimmer, keine Küsse, während wir uns gegen die Spiegelwand drücken, die meine Mutter im Keller hatte anbringen lassen, als ich zwölf war. Diese Momente mit Alec haben mich fast die schrecklichen Zeiten, die ich dort unten in diesem Übungsraum erlebt habe, vergessen lassen, aber jetzt, wo er nicht mehr hier ist, kommen die Erinnerungen mit ganzer Macht zurück.

»Duscht du dich bald?«, ruft Adele herunter, woraus ich schließe, dass die Sonne gerade untergeht. Aber hier unten gibt es keine Fenster, kein Zeichen der realen Welt. Adele hat sich den Morgen vom Tanzen freinehmen dürfen. Meine Mutter lässt sie beim Kochen des Ostermenüs helfen und am Ferienglück teilhaben, während ich hier unten bleiben und dafür sorgen soll, dass ich meine »jämmerliche Rolle nicht auch noch verliere«, nachdem ich schon die Giselle verloren habe.

»Bald«, rufe ich zurück, aber ich würde mir lieber die Knöchel brechen, als das zu tun, was für heute Abend auf der Agenda steht. Osteressen mit Nana und Grandpa und meinen schrecklichen Verwandten aus New Jersey und Connecticut und natürlich mit dem Lucas Clan. Ich habe meine Mutter angefleht, sie nicht einzuladen, weil Alec mit mir Schluss gemacht hat und offenbar in eine andere verliebt ist.

»Und wessen Schuld ist das?«, hat sie gefragt.

»Wessen Schuld ist es, dass Dad uns verlassen hat?«, habe ich zurückgegeben. Sobald die Worte meinen Mund verlassen hatten, quietschte Adele wie eine Maus, auf die jemand getreten ist. Manchmal bin ich selbst erschrocken, mich meine Gedanken laut aussprechen zu hören. Ich habe mich in der Schule so an die alltäglichen Grausamkeiten gewöhnt, dass ich vergesse, welche Wirkung sie hier zu Hause haben.

Meine Mutter hat mich nicht geschlagen, aber ich weiß, dass sie kurz davor stand. Stattdessen marschierte sie aus der Küche und in die kleine Frühstücksecke, die gleich an die Küche anschließt und die meine Mutter angesichts der Tatsache, dass in diesem Hause niemand wirklich isst, in eine Trinkecke umgewandelt hat. Sie weiß, dass dies das Schlimmste ist, was sie mir antun kann: mich glauben zu lassen, dass ich diejenige bin, die sie zum Alkohol greifen lässt.

»Na toll, Bette«, sagte Adele. »Mach mal langsam mit den Pillen, okay? Du high *und* Mom betrunken, das können wir nicht gebrauchen.«

Daraufhin bin ich nach unten verschwunden. Mom hätte mich sowieso irgendwann dorthin geschickt, und es ist einfacher, meine Muskeln zu quälen, bis sie krampfen, als es mit meiner betrunkenen, wütenden Mutter aufzunehmen.

Mein Telefon summt, zum achten Mal schon heute Morgen, aber ich ignoriere es. Henri simst mir nonstop, weil er sich mit mir treffen will. Aber den Fehler werde ich nicht noch mal machen. Lieber sterbe ich hier vor Erschöpfung. Außerdem glaube ich nicht, dass er mich verraten wird. Die kleine Kostprobe hat gereicht, um ihn ins Team Bette zu holen. Hoffe ich.

Ich beschließe, noch auf der Spitze zu arbeiten, bevor ich mich vor meinen Schrank voller Kleider stellen muss – Kleider, die letztlich alle nicht hübsch genug sind, um Alec wieder in mich verliebt zu machen.

Trotz Adeles gutem Rat werfe ich eine kleine blaue Pille ein, bevor ich mir die Bänder meiner Spitzenschuhe um die Knöchel wickle und Beinwärmer bis hoch über mein empfindliches Knie ziehe. Gestern Abend habe ich es mit Eis gekühlt, doch es tut immer noch weh von dem gestrigen stundenlangen Training im Keller. Normalerweise kann ich den Muskelkater, den Schmerz, das unvermeidliche leichte Ziehen hier und da ausblenden. Aber jetzt meldet sich diese alte Verletzung, und entweder liegt es am körperlichen Schmerz oder an der Erinnerung, aber ich bin so abgelenkt, dass ich nicht richtig in den Flow komme.

Niemand weiß von meinem Knie außer Mr. K, der im letzten Jahr während eines Einzelunterrichts bemerkt hatte, dass ich es weniger belaste. Daraufhin hat er einen seiner Finger geküsst und den an meine Kniescheibe gelegt.

Worauf ich ihm sagte, dass es so schon viel besser wäre.

Aber heute kann ich praktisch spüren, wie das Knie anschwillt. Es fühlt sich an, als könnte es durch meine Strumpfhose platzen, als könnte es durch den Schmerz so schwer werden, dass es mich zu Boden zieht. Wahrscheinlich ist das psychosomatisch. Ich suche in meinem Spiegelbild nach Anzeichen von Wahnsinn.

Zwar sehe ich verängstigt aus und gequält, aber nicht wahnsinnig. Was wohl bedeutet, dass der Schmerz wirklich echt sein könnte.

Schmerz hat Gewicht. Adele ist diejenige, die mir das gesagt hat.

Sie hat mich im Krankenhaus besucht, Weihnachten, nachdem unser Vater uns verlassen hatte, und mir die Narbe an ihrem Haaransatz gezeigt, die mir vorher nie aufgefallen war, dort, wo sie sich als ganz kleine Kinder-Ballerina den Kopf gestoßen hatte.

Ich will nicht daran denken, aber als ich meine Schläppchen endlich angezogen und mich auf die Zehen gehoben habe, tut meine alte Verletzung so schrecklich weh, dass ich unmöglich tanzen kann. Also setze ich mich auf den Boden und will mich dehnen, doch stattdessen gerate ich in einen Sog aus Erinnerungen, die ich eigentlich verdrängen wollte.

Meine Mutter hatte das Ballett schon immer geliebt und freute sich, dass Adele und ich am Konservatorium so viel Erfolg hatten, doch als mein Vater ohne Vorwarnung ging, wurde aus ihrem Interesse regelrechte Besessenheit. Adele war dazu bereit: Sie war in perfekter Verfassung und tanzte schon lang genug, um die Anstrengungen wegzustecken, die meine Mutter auch in den Ferien von uns verlangte.

Ich war zwölf und wurde gerade vom Mädchen zur Frau, von dem kleinen Engelchen im *Nussknacker* zur Clara – endlich. In der Schule wurde alles, was ich tat, überwacht und kontrolliert: von den Mahlzeiten bis hin zu den Proben. Keine Dehnung, kein Sprung, keine neu erlangte Fähigkeit entging Morkie und den anderen Lehrern. Meine Mutter dagegen kannte die Regeln nicht. Sie scherte sich nicht um die Struktur oder die Betreuung, die ein junges Mädchen in der Pubertät eigentlich braucht.

Sie verbrachte ihre Abende damit, im Schlafzimmer meinem Vater nachzuweinen, während ich versuchte, sie zu übertönen, indem ich mir in meinem Zimmer alte Musicals auf dem Computer ansah. Und die Tage verbrachte sie damit, Weißwein zu trinken und mich zu quälen.

Jetzt gerade liege ich auf dem Rücken und bringe ein Bein zu meinem Gesicht. Ich drücke sanft dagegen, und das Ziehen ist angenehm, befriedigend. Doch die Erinnerungen lassen sich nicht unterdrücken und bringen mich nahe an einen Zusammenbruch. Meine Finger zittern leicht. Ich habe meinen Gedanken nicht die Erlaubnis gegeben, an solche Orte zu wandern.

Damals, während dieser Weihnachtsferien, hat meine Mutter mich regelrecht ausgehungert. Bis auf Äpfel und Sellerie räumte sie alles Essbare aus dem Kühlschrank heraus. Morgens bekam ich ein Ei und einen halben englischen Muffin, den Rest des Tages nichts weiter als Kaffee und Sellerie und manchmal, falls sie nicht die Kraft aufbrachte, Hähnchenbrust zu garen, einen Energieriegel zum Abendessen.

Sie ließ mich hungern und trainieren. Hart. Härter als in der Schule, mit weniger Kalorien zum Verbrennen.

Sie sperrte mich praktisch den ganzen Tag in diesem behelfsmäßigen Kellerstudio ein, so wie es auch diese Osterferien passiert. Manchmal ließ sie mich von Adele trainieren, manchmal von einer Lehrerin im Ruhestand, die mal zum Konservatorium gehört hatte, und manchmal übernahm sie das Training einfach selbst.

Schon damals kannte ich meinen Körper so gut wie heute. Ich wusste, wann ich mich weiter dehnen musste, wann ich eine Pause brauchte, wann ich mich mehr anstrengen konnte. Aber sie glaubte mir nicht. Und mit der Zeit bekam ich so viel Angst, dass ich den Mund nicht mehr aufmachte. Ich war ja noch so klein. Also ließ ich mich von ihr treiben und treiben, bis mein Knie von dem Stress anschwoll und ich so schwach war, dass aus einer Erkältung eine Lungenentzündung wurde. In diesem Jahr verbrachte ich die zweite Hälfte der Weihnachtsferien im Bett und eine Nacht sogar im Krankenhaus.

Ich erinnere mich, wie dankbar ich für die Nadel in meinem Arm war, für die Infusion, die Nährstoffe in mich hineinpumpte. Dabei konnte ich regelrecht spüren, wie die Infusion mich durchströmte: dieses kalte, geisterhafte Gefühl in meinen Adern. Endlich.

Ich lege die Beine nebeneinander und strecke sie gerade aus, damit ich die Form der Kniescheiben miteinander vergleichen kann. Jetzt ist die Entzündung noch klein, aber trotzdem schon beängstigend. Der Arzt hatte damals sehr eindringlich vor zu viel Stress gewarnt, und tatsächlich ist es so, dass ich alle paar Monate etwas Neues unter meiner Haut entdecke, das wehtut.

Doch so schlimm war es schon seit Jahren nicht mehr. Wie beim Muskelgedächtnis weiß mein Knie, dass es anschwellen muss, sobald ich dieses Haus, dieses Studio betrete, und ganz besonders in den Ferien weiß es das.

Ich erkenne Adele an ihren leichten Schritten, als sie die Treppe herunterkommt. Die meiner Mutter sind nämlich unsicher und hart, Adeles sind dagegen leichte Ballerinaschritte. Sie geht stets auf den Zehen, so als hätte sie vergessen, wie man als normaler Mensch lebt, und könnte nur noch eine Tänzerin sein. Davor habe ich Angst. Dass ich wie Adele werde und dass ich ihr nicht genug ähnle. Beide Vorstellungen sind beängstigend.

»Du musst dich fertig machen, Bette«, sagt sie. Doch ihre Augenbrauen schießen in die Höhe, als sie sieht, dass ich mir das Bein halte. »Oh, Liebes, dein Knie?« Sie eilt zu mir, setzt sich zu mir auf den Boden und hebt mein Bein an, als wäre es ein Neugeborenes. Adele ist niemals mitfühlend, wenn es um mein Privatleben geht, unsere Mutter, mein gebrochenes Herz oder meine Probleme in der Schule. Nur wenn mein Körper betroffen ist. Wenn ich verletzt bin, dann ist sie da und tut alles, was in ihrer Macht steht, damit es mir besser geht. Daran erkenne ich, dass sie mich liebt.

»Ist nicht schlimm«, sage ich. Aber der Schmerz macht mich ein wenig schwindelig. Entweder der Schmerz oder die Tatsache, dass ich den Abend mit meiner Mutter und Alec verbringen muss.

»Kannst du gehen?«

»Natürlich kann ich gehen.«

»Ich wusste nicht, dass dir das immer noch Probleme macht«, sagt Adele. Sie streicht mit den Fingern über die geschwollenen Stellen. »Es tut mir so leid. Es tut mir wirklich furchtbar leid, dass ich das nicht verhindert …« Adele hat eine winzige Falte im Gesicht, ganz oben auf der Stirn. Und ich weiß, die hat sie, weil sie sich schuldig fühlt, wegen dem, was damals an Weihnachten passiert ist. Weil sie dem kein Ende bereitet hat. Weil sie nicht erkannt hat, wie schlimm es geworden war.

Sie zieht mich auf die Füße. »Brauchst du Hilfe beim Duschen?«

»Es ist wirklich alles in Ordnung. Das geht wieder weg, ich verspreche es.« Ich lächle. Keine Ahnung, warum ich so tue, als wäre alles in Ordnung. Ob ich die neue Situation nutzen kann, um mich vor dem Abendessen zu drücken und einfach in meinem Zimmer zu bleiben? Aber es ist zu spät. Adele hat schon gesehen, dass ich kaum humple und es die Treppe hinaufschaffe, wenn ich mich nur leicht auf das Geländer stütze. Sobald wir wieder im Erdgeschoss sind, ist sie von meiner torkelnden Mutter abgelenkt, die sich abmüht, eine Weinflasche zu öffnen, aber immerhin ihr bestes Chanelkleid trägt und angemessen mütterlich und feiertagstauglich aussieht.

»Zieh das schwarze Kleid an, Bette«, sagt meine Mutter, ohne zu bemerken, dass mein Knie dick ist, ich humple und Adele mir über den Rücken reibt. »Und mach bitte etwas mit deinem Haar. Große Locken, denke ich. Es braucht Volumen.«

Adele holt mir eine Eispackung, worüber meine Mutter die Nase rümpft, als wäre das eher überflüssig denn nötig. Und die Mühe zu fragen, warum ich Eis brauche, macht sie sich auch nicht.

Die Familie Lucas sagt die Einladung zum Osteressen in letzter Minute ab, woraufhin meine Mutter die ganze Zeit über Mr. Lucas' neue Frau schimpft. Obwohl sie eigentlich nicht mehr ganz so neu ist.

Ich bin vor sieben Uhr wieder im Konservatorium. Meine Schwester zu sehen hat mir eine neue Mission gegeben. Ich habe mich umgezogen und trage nun wieder Trikot und Tanzrock. Doch mein Ziel ist nicht das Studio, sondern Mr. Ks Büro. Ich weiß nicht, warum ich plötzlich so mutig bin. Aber der Nervenkitzel bewirkt, dass ich mich wieder wie ich selbst fühle. Und ich muss es riskieren.

Ich klopfe, obwohl er mich in der Tür stehen sehen kann. »Mr. K, haben Sie einen Moment Zeit für mich?«, sage ich mit zaghafter Stimme, um wie eine von den *petits rats* zu klingen.

Er winkt mich herein, und ich lasse mich auf einen seiner Sessel mit den hohen Lehnen sinken. Sein Büro ist genau so, wie ich es in Erinnerung habe: das Holzregal mit russischer Literatur, Ballett-Porträts, Pokale von den Wettbewerben seiner Schüler, ein Foto von ihm auf der Bühne des Mariinsky Theaters, beschirmte Lampen, die ein warmes Licht geben, der Duft von handgerollten Zigaretten und Alkohol. Ich weiß, wo er seine kleine Büro-Bar und den Wodka versteckt (noch ein Geheimnis, das Adele mir anvertraut hat).

Ich sitze auf meinem alten, vertrauten Platz und spiele mit den Händen in meinem Schoß.

»Bette, warum bist du hier?«, fragt Mr. K, und leichter Ärger liegt in seinem weichen Bariton. Deshalb sehe ich auf, mache meine Augen ganz feucht und glänzend und verführerisch, so wie auf der Bühne. Für einen wunderbaren Moment trifft mein Blick auf seinen, und mein Adrenalinpegel steigt. Es ist ein Reflex, nach all der gefährlichen Aufmerksamkeit, mit der er mich die letzten zwei Jahre bedacht hat. Nicht, dass es sich wirklich *gut* angefühlt hätte, wenn während der Pas-de-deux-Proben seine Lippen ein wenig zu nah an meinem Hals waren oder seine Hand auf mir lag. Aber nichts kommt dem nahe, wenn Mr. K einen *wirklich* sieht. Das findet selbst Adele, und sie bekam schon immer mehr Aufmerksamkeit, als ihr lieb war. Ich erinnere mich, dass ich auf ihrem Handy herumgeschnüffelt und SMS von ihm gefunden habe, in denen er sie sein hübsches, kleines Ding nannte und sie bat, sich zu ungewöhnlichen Zeiten mit ihm zu treffen. Ihre Antworten waren sehr geschäftsmäßig, aber ich weiß, dass sie gegen seine Aufmerksamkeiten nichts hatte. Jenseits von all seinem Gepolter und dem etwas gammeligen Look ist Mr. K trotzdem ziemlich attraktiv. Er muss Ende dreißig sein, hat sich allerdings gut gehalten. Das seidige blonde Haar ist kurz geschnitten, und die fülligen rosa Lippen umrahmt ein säuberlich getrimmter Bart. Auf den alten Fotos an der Wand sieht man ihn auf der Bühne, vor Charme und Charisma nur so sprühend, mit einer solchen Präsenz, dass seine Mäzene sich sicher gefragt haben, wie er all diese Energie abreagiert, wenn er nicht auf der Bühne steht. Aber immer wenn ich sie gefragt habe, ist Adele rot geworden und hat das Thema gewechselt. Manchmal jedoch hat sie mir auch Ratschläge gegeben, zum Beispiel: »Mr. K mag Frauen, die zurückhaltend wirken, dann aber doch stark sind ... vor allem auf der Bühne.«

Trotzdem erinnere ich mich an Abende, wo ich spät in der Nacht an ihre Tür geklopft habe, weil ich einen Albtraum oder Schmerzen hatte, und ihre Mitbewohnerin mir gesagt hat, Adele hätte ein »privates Training«.

Ich will ihn an diese Zeit mit meiner Schwester erinnern. Ich will, dass er weiß, dass ich es weiß, und dass andere es ebenfalls wissen. Denn er will sicher nicht, dass es herauskommt. Schließlich ist das etwas, das beim Kuratorium oder in der Welt des Balletts oder sogar bei der Polizei nicht gut ankommen würde. Ich will, dass er sich daran erinnert, wie gut ich bin und mir die Rollen gibt, die mir zustehen.

»Ich glaube, ich habe mich überdehnt. *Adele* sagte mir, dass Sie gut darin wären, so etwas zu erkennen. Besser als die Krankenschwester«, lüge ich. »Würden Sie es sich mal ansehen? Ich habe Angst, dass es das es, was mich behindert. Warum alles dieses Jahr so anders ist.«

Er zieht eine Augenbraue hoch und winkt mich heran. »Fünfte Position.«

Fast gefällt es mir, allein mit ihm in seinem Büro zu sein und ihn meine Beinmuskeln inspizieren zu lassen. Ich gehorche und hebe mein Röckchen.

Er kniet sich hin und bewegt meine Füße, dreht sie nach

außen, dann streichen seine Finger über meine Schenkel und Knie – fest, geschäftsmäßig, kräftig. Als ich hinunterblicke, ist sein Gesicht emotionslos, ausdruckslos, so als würde er mich kaum sehen. Deshalb bücke ich mich hinunter, in ein tiefes *plié*, um ihn zu überraschen, als seine Hände meine Oberschenkel hinauf und unter meinen Rock schnellen.

»Bette«, sagt er verdutzt und zieht die Hände zurück. »Vorsicht.«

Aber ich gehe noch tiefer ins *plié*, bis ich auf den Knien bin, Auge in Auge mit ihm, von Angesicht zu Angesicht. »Irgendwie habe ich das Gefühl, ich hätte mir etwas verstaucht, vielleicht eine Zerrung.« Ich nehme seine Hand und lege sie auf meinen Oberschenkel. »Genau hier.«

Sein Atem ist flach, bebend. Er weiß, was ich ihn frage. »Adele hat gesagt, Sie hätten genau gewusst, was zu tun war, als ihr das passiert ist.« Ich mache eine Pause. »Um die Blockaden zu lockern.«

»Bette.« Er steht abrupt auf und tritt weg von mir, geht auf Abstand. »Ich weiß nicht, was du da andeutest, aber ...«

Ich stehe ebenfalls auf und mache einen Schritt vor, um die Distanz zwischen uns zu verringern. »Es ist in Ordnung, Mr. K«, sage ich leise. »Ich weiß, dass Sie gerne schöne Dinge betrachten.« Ich löse die Bänder an meinem Röckchen und lasse sie fallen, damit er meine Figur sehen kann. Dann strecke ich mich so, dass mir ein Träger meines Trikots von der Schulter rutscht. Ich drücke die Arme ein wenig zusammen, damit mein Dekolleté besser zur Geltung kommt – ein Dekolleté, das ich eigentlich nie gewollt habe. »Ich erzähle es auch niemandem, wenn Sie mich anfassen.«

Er setzt sich wieder an seinen Schreibtisch, macht sich erst an einem Stapel Papier zu schaffen und wendet sich dann dem Monitor zu. »Bette« sagt er mit strenger, unnachgiebiger Stimme,

»ich dachte, du wärst wieder auf einem guten Weg, aber offensichtlich ist es nur noch schlimmer geworden. Wie läuft es denn zu Hause? Wie läuft es mit Alec? Vielleicht ist es an der Zeit, einen Termin beim Schulpsychologen zu machen. Natürlich«, sagt er mit einem vielsagenden Blick, »ist das etwas, für das ich die Einwilligung deiner Mutter einholen muss. Aber«, er zieht eine Grimasse, »das scheint mir der nächste logische Schritt zu sein.«

Ich höre die Drohung in seiner Stimme und begreife dann langsam, dass der Mann, obwohl er mich kennt, seitdem ich sechs Jahre alt bin, gar nicht weiß, wie ich ticke. Ich mag keine Drohungen. »Das ist schade, Mr. K«, sage ich mit sanfter Stimme, doch er kann nicht missverstehen, dass ich es ernst meine. »Ich habe meiner Mutter erzählt, dass Sie mir viel mehr Zeit widmen als all den anderen – so wie Sie es auch mit Adele getan haben, erinnern Sie sich –, und es wird sie sicher nicht freuen zu hören, dass es gar nicht geholfen hat. Ich werde sie wohl jetzt anrufen und ihr erklären müssen, wie unser Gespräch geendet ist.«

Mr. K steht auf, seine Miene ist angespannt, aber es wirkt nicht so, als würde er sich entschuldigen wollen. »Das ist in Ordnung, Bette. Sicher muss deine Mutter nicht über jede Minute deiner Zeit hier Bescheid wissen. Vielleicht sollten wir einfach beide vergessen, was gerade geschehen ist«, sagt er. Dann geht er brüsk zur Tür und öffnet sie. »Und jetzt ... ist es nicht Zeit für dein Abendtraining?«

Im Hinausgehen lächle ich ihn beruhigend an. »Das klingt vernünftig«, sage ich und wickle mir das Röckchen wieder richtig um die Taille. Meine Finger zittern, als ich den Knoten zu machen versuche. »Es bleibt einfach zwischen uns.« Fürs Erste.

Er schlägt die Tür ein wenig zu heftig zu. Der Knall echot durch den Flur. Ich atme tief ein und aus, um gegen die brennende Röte anzukämpfen und mich zu sammeln. Das war entweder unglaublich clever oder unglaublich dumm. Ich kann mich nicht entscheiden.

Als ich aufblicke, steht Will direkt vor mir, ein strahlendes Lächeln im Gesicht. Neben ihm ist Eleanor, die äußerst gequält guckt ... genau so, wie ich mich fühle. Sie braucht eine Minute, bevor sie etwas sagt. »Was ... was hast du hier gemacht?«

»Ja, Bette«, sagt Will. Seine hässlichen roten Augenbrauen klettern hinauf zu den beginnenden Geheimratsecken, und sein Mund verzieht sich zu diesem vertrauten »Ich weiß alles«-Grinsen. »Was hast du vor, sag mal?«

»Nichts.« Ich suche nach Worten, während mein Blick von Will zu Eleanor und wieder zurück wandert und ich diskret meine Kleidung richte. »Mr. K hat mich zu sich gerufen. Meine Mutter organisiert wieder eine Spendenveranstaltung. Keine große Sache.« Aber ich weiß, dass Eleanor mir kein Wort glaubt. Ich bin eine sehr gute Lügnerin, aber nach einem Jahrzehnt als meine beste Freundin durchschaut sie mich sofort.

27 | June

Ich warte im Büro der Betreuer auf meine Mutter, damit sie mich abholt, als ich Bette aus der geheimen Kammer schleichen sehe. Ein zufriedenes Grinsen verunziert ihre sonst so makellosen Gesichtszüge. Sie schreckt zusammen, als sie mich sieht, lächelt dann aber wieder, als würden wir ein Geheimnis teilen. »Bis bald«, sagt sie und tänzelt dann lautlos in ihren Schläppchen den Flur hinunter, immer noch in ihren Trainingsklamotten.

Während ich ihr nachblicke, steigt etwas Scheußliches in mir hoch. Sie ist auf so selbstverständliche Art gemein, fast als wäre sie sich selbst dessen gar nicht bewusst. Wenn ich gemein bin, dann mit Absicht. Dann weiß ich, was ich tue. Und niemand rächt sich je an Bette. Wahrscheinlich weil sie es so gut versteht, ihre Spuren zu verwischen. Meistens. Alle haben zu viel Angst, um sie zu beschuldigen. Und wenn doch, gibt es genug Mädchen, die die Schuld für sie auf sich nehmen. Cassie hat den Lehrern damals gesagt, wir alle wären dafür verantwortlich, dass sie geht.

Doch heute wird Bette bekommen, was sie verdient. Ich fühle mich rachsüchtig. Nicht, dass Bette gemein zu mir gewesen wäre. Aber sie war auch nicht nett. Das Zimmer ist leer, als ich zurückkomme, deshalb gehe ich geradewegs zu Gigis Schreibtisch und öffne die Schublade, wo sie diese Nacktfotos versteckt. Die von Bette und Alec. Die, die Bette selbst ausgelegt hat, um Gigi zu quälen, dessen bin ich mir sicher.

Ich habe vor, sie anonym abzugeben. Sie verstoßen gegen jede Anstandsregel im Schülerhandbuch. Dafür bekommt Bette (und Alec als Kollateralschaden) richtig Ärger. Die Russen haben etwas gegen schwere Tänzer, die Gepflogenheiten amerikanischer Teenager und moderne Choreografie, aber vor allem hassen sie offensive sexuelle Zurschaustellungen. Letztes Jahr wurden zwei Schüler suspendiert, weil sie dabei ertappt wurden, wie sie in einem der Treppenhäuser herumknutschten.

Ich durchwühle die Schublade, aber die Fotos sind nicht mehr da. Also sehe ich in einer anderen und noch einer dritten nach, doch sie sind unauffindbar. So als hätten sie nie existiert. Stattdessen liegt da ein halbes Dutzend kleine rote Papierrosen, alle in einem anderen Stil. Wahrscheinlich wieder ein Geschenk von Alec. Und dort, ganz hinten, ist ein kleiner Talisman. Der, den Gigi in den Falten ihrer Tutus bei wichtigen Proben versteckt, wie ich beobachtet habe. Ein Glücksbringer. Klein und golden und so süß. Der Anblick macht mich wütend. Wozu braucht dieses Mädchen einen Glücksbringer? Sie hat doch alles Glück der Welt.

In der letzten Zeit sind wir ganz gut miteinander klargekommen, doch Minuten später stehe ich im *The Light*, stecke den Talisman hoch oben an der Wand fest, an der die Fotos der schwebenden, gleitenden, lachenden, strahlenden Tänzer hängen, die das Leben leben, das ich auch für mich will. Das Leben im Rampenlicht, das ich nie haben werde. Das für Mädchen wie Gigi und Bette so selbstverständlich ist. Ich kann mich nicht zurückhalten, es ist, als würden sich meine Finger von allein bewegen. Dabei zittere ich und weiß nicht, ob vor Wut oder Traurigkeit.

Ich sehe hoch zu der kleinen Rose, die dort hängt, als wäre sie einfach zurückgelassen worden, um dort zu verwelken, und frage mich, was ich hier tue. Wie bin ich hierhergekommen, was hat mich an diesen Punkt gebracht? Ich bin es leid, immer nur die zweite Wahl zu sein, mir alles so hart erarbeiten zu müssen. Meine Mom nervt immer noch wegen meiner Noten, ich weiß nicht, wie ich mit der Suche nach meinem Vater weitermachen soll, und Jayhe ist wieder wie vorher: Er zieht den Kopf ein und tut so, als würde ich nicht existieren, wenn er Sei-Jin besuchen kommt. Es scheint, als hätte sie mehr Macht über ihn denn je, also war mein Plan vielleicht doch nicht so clever wie gedacht.

Ich rolle mich auf der Bank zusammen und starre die Wände an, die ich schon so oft betrachtet habe: all die inspirierenden Zitate und Worte der Ermutigung. Und dazwischen natürlich immer wieder bissige kurze Zeilen, die hier hängen, um jemand Bestimmtes damit zu treffen. In ein paar geht es, wie erwartet, um Gigi, es gibt aber auch welche, die von Bette und ihrem Absturz handeln. Doch so etwas prallt sicher einfach von ihr ab, das kann sie nicht treffen. Ich wünschte, ich könnte auch so sein: jemand, der nichts an sich heranlässt. Denn trotz meiner Fassade nehme ich mir alles zu sehr zu Herzen.

Ich starre hinauf zu einer Fotoserie von Sei-Jin und ihrer Entourage aus einem Fotoautomaten am Times Square. Sie lachen aus vollem Hals. Wann habe ich zum letzten Mal so gelacht?

Nicht seit Sei-Jin nichts mehr mit mir zu tun haben will, realisiere ich, und spüre einen Stich. Unter dem Foto sind ein paar hingekritzelte Kommentare auf Koreanisch. Die Namen sind das Einzige, was ich lesen kann. Ji-Hyun, Sei-Jin, Jayhe – und dann sehe ich es. Meinen Namen. E-Jun und dann einen langen Text, von dem ich kein Wort verstehe. Was könnte es heißen? Nichts Gutes, das steht fest. Ich betrachte die Worte von Nahem und erkenne hier und da ein Zeichen, aber nichts, aus dem ich mir etwas zusammenreimen könnte. Vielleicht sollte ich froh sein, dass ich mich auf einer dieser Wände finde. Das bedeutet, dass jemand denkt, ich wäre gut. Jemand hält mich offenbar für eine Bedrohung. Ich mache ein Foto davon mit meinem Handy und gehe dann zurück in mein Zimmer, entschlossen herauszufinden, was da steht.

Ich wünschte, ich könnte meine Mutter zu dem Text befragen. Doch sie darf nie davon erfahren. Außerdem reden wir sowieso nicht viel miteinander, sogar bei meinem Besuch zu Hause nicht. Man hatte mir gesagt, ich sollte fürs Wochenende packen, eine Anweisung von Schwester Connie, damit ich wieder auf ein anständiges Gewicht käme. Ich war in letzter Zeit sehr vorsichtig – mit Jayhe zusammen zu sein bedeutet, dass ich schnell Pfunde ansetze und umso härter trainieren muss, um sie wieder herunterzubekommen. Das Kotzen allein reicht da nicht, deswegen war ich oft auf dem Crosstrainer, mit dem auch Liz so schnell Gewicht verloren hat. Aber es hat ein bisschen zu gut geklappt, sodass ich wieder auf hunderteins Pfund gefallen bin. Eigentlich kann ich froh sein, dass Schwester Connie mich nicht für immer nach Hause geschickt hat. Ich habe gejammert, wie schwer es war, überhaupt die von ihr verlangten Pfunde zuzulegen. Dieses Mal war sie nett. Aber nun beobachtet mich meine Mutter, als wäre ich eine Glasfigurine, die jeden Moment vom Tisch fallen könnte. Trotzdem redet sie nicht wirklich mit mir. Es sei denn, sie befiehlt mir etwas.

»Die Kwons haben uns zum Kirchenessen eingeladen, und wir gehen hin«, sagt meine Mutter und sieht aus dem Flur, den sie praktischerweise gerade putzt, in mein Zimmer.

Ich kann ihren Blick spüren, während sie darauf wartet, dass ich die Augen verdrehe oder die Lippen spitze oder in irgendeiner Weise reagiere, die sie für unkultiviert, respektlos, hässlich hält. Nach unserem letzten gemeinsamen Dinner sagte sie mir, sie würde keine weitere Respektlosigkeit tolerieren, sonst müsste ich das Konservatorium noch vor der Frühjahrsaufführung verlassen. Und das ist schon in wenigen Wochen, Ende Mai. Der April ist fast vorüber, die Zeit verging so schnell. Zu schnell, wenn ich will, dass die Besetzungsliste sich noch ändert.

»Okay«, sage ich. Wie gern würde ich mich weigern, denn das Letzte, was ich will, ist den Abend damit zu verbringen, mich von Sei-Jin kritisieren zu lassen und ihr zuzusehen, wie sie mit Jayhe Händchen hält – und dann die Frage der anderen Mütter danach beantworten zu müssen, welche Rolle ich in *Giselle* bekommen habe. Ich will ihnen nicht sagen müssen, dass ich schon wieder nur der Ersatz bin. Und ich habe Angst, dass die Sprache auf die Einschreibung für die Sommerkurse kommen könnte, denn dann würde ich ihnen erklären müssen – denn koreanische Kinder lügen koreanische Erwachsene nicht an –, dass dies mein letztes Semester an dieser Schule sein wird, weil meine Mutter mich in eine öffentliche Schule stecken wird.

Aber ich weiß, dass sie mich sowieso zwingen wird, zu diesem Dinner zu gehen, und ich bin es leid, mich zu streiten. Ich bin das alles leid, ich habe keine Energie mehr. Und ich will nicht nachgeben und auf die kleine Stimme in meinem Kopf hören, die mir sagt, das läge daran, dass ich nichts gegessen habe. Schwester Connie hat meine Mutter angerufen, um nach meinem Gewicht zu fragen, aber meine Mom hat etwas vom »Fettproblem der Amerikaner« und »koreanischem Körper« gezetert und ihr erklärt, dass ich sehr gesund sei. Dass ich genauso viel esse wie andere Tänzerinnen auch. Vor anderen verteidigt sie mich, verfolgt aber zu Hause mit Argusaugen jede meiner Bewegungen. Ich kann nicht auf die Toilette gehen, ohne dass sie gleich mit dem Ohr an der Tür davor steht.

Ich schreibe Jayhe noch eine SMS, doch er antwortet nicht. So wie vorher auch. Mein Kopf (und mein Herz) begreifen es nicht.

Langsam bekomme ich einen Lagerkoller. Ich bin den ganzen Samstagnachmittag in meinem Zimmer geblieben und habe dann drei Stunden damit verbracht, Koreanisch zu googeln, um die Nachricht von der Wand in der Kammer zu entziffern. Wenn ich noch ein bisschen weiter im Internet suchen würde, fände ich vielleicht eine passende Übersetzung. Aber ich dachte, Jayhe könnte mir helfen. Jungs fühlen sich doch gerne nützlich. Sei-Jin hält ihn immer noch an der kurzen Leine. Wir simsen uns seit Wochen, aber zwischendurch ist immer wieder lange Funkstille. Manchmal antwortet er – gewöhnlich spätnachts, wenn Sei-Jin nicht an sein Handy kann –, aber meistens tut er es nicht. Ich verstehe ihn einfach nicht. Sind alle Jungs so? Oder ist das nur mein typisches Pech?

Erschöpft werfe ich mich aufs Bett und schiebe eine Kassette mit einer Ballettaufführung in den uralten Videorecorder. Nachdem ich Eleanor in Liz' Rolle im *Nussknacker* gesehen habe – die Geschichte von der erfolgreichen Zweitbesetzung, die meine hätte sein sollen –, will ich gar nicht erst daran denken, was als Nächstes auf mich wartet: wieder ein Ersatz zu sein, wieder hinter Gigi zu landen, vom Konservatorium geholt zu werden, ein ganz normales Mädchen zu sein.

Daran hat mich meine Mutter gestern Abend beim Essen wieder erinnert. Wir saßen an unserem hässlichen Küchentisch aus Plastik, und sie wollte nicht aufhören, von unserer Vereinbarung zu reden, davon, dass ich es nicht geschafft hätte, eine Rolle zu bekommen, und von »dieser hübschen Eleanor« und dass wirklich besondere Tänzer immer ihren Weg machen.

Nun lehnt sie im Türrahmen und wartet wieder einmal darauf, dass ich sie zur Kenntnis nehme. »Wir brechen in einer Stunde auf«, sagt sie schließlich, als ich weiter schweigend schmolle. »Ich gehe noch schnell zum Laden, um ein Mitbringsel zu besorgen. Du mach dich fertig. Was Hochgeschlossenes bitte. In meinem Schrank ist ein Kleid, das ziehst du an. Viel hübscher als das, was du hast. Angemessen.«

Wieder denke ich nicht einmal daran zu widersprechen. Ich weiß, es wird eine hässliche, kratzige Scheußlichkeit sein, doch ein Wutanfall wird nur das Unvermeidliche hinauszögern. Und ich habe heute noch nichts gegessen, deshalb fehlt mir umso mehr die Energie. Fast fühlt es sich besser an, so ausgelaugt zu sein, dass ich einfach keine Wahl habe. Ich werde tun, was man mir sagt. Keine Spekulationen. Keine großen Pläne. Keine Auseinandersetzung. Nur ein Nicken mit dem Kopf und das hohle Gefühl in meinem Magen, das mich ruhig hält.

Als sie weg ist, gehe ich wie ein Zombie in ihr Zimmer und zu ihrem Schrank. Wir haben dieselbe Größe, meine Mom und ich. Vielleicht bin ich ein paar Pfund leichter, aber nicht viel. Sie hat ihren Ballerinakörper länger halten können als ihre Liebe zum Ballett. Als wenn es das wäre, was ihr in ihrer Zeit am Konservatorium am meisten bedeutet hat: dic Fähigkeit, den Umfang und die Form ihres Körpers zu kontrollieren. Sie mochte die Routine, die strikte Struktur, die Unsichtbarkeit eines Ballerinakörpers in einem Meer aus Frauen mit Hüften und Brüsten und auffälligen Kleidern. Sie mochte, dass alle die gleichen Trikots hatten, die gleichen Torsos, die gleichen Bewegungen.

Ich kann nicht erkennen, welches der Kleider im Schrank für mich bestimmt ist. Sie sehen alle mehr oder weniger gleich aus: dunkle, triste Farben, keine Ausschnitte und schlecht passende Röcke, die bis tief über meine Knie gehen. Ich suche weiter, ob ich eins finde, an dem das Preisschild noch dran ist. Normalerweise rühre ich den Schrank meiner Mutter nicht mal an. Während ich ihre deprimierende Garderobe durchsehe, beuge ich mich tief in den Schrank und taste mit ausgestreckten Händen nach den Regalen, die normalerweise von der Kleidung verdeckt sind. Ich weiß, dass dort hinten die Schuhe lagern, die gerade nicht Saison haben, doch da ich nie in Versuchung bin, mir flache, klobige Stiefel oder aus der Mode gekommene halbhohe Barockabsätze auszuleihen, habe ich mich hierhin nie verirrt.

Meine Hände treffen auf eine Kiste. Sie ist aus Holz und lässt sich leicht aufschieben. Weil sie ein bisschen zu groß für das wacklige Schuhregal ist, auf dem sie steht, fällt sie zu Boden, als ich mit der Hand dagegenkomme.

Bumm.

Noch bevor ich den Deckel ganz aufgeschoben habe, erkenne ich, was darin ist.

Ein Foto, mit meiner Mom, nur ein Jahr oder zwei älter als ich, in den Armen eines attraktiven, älteren Mannes. Der Mann ist nur verschwommen, doch ein paar Details kann ich erkennen. Blondes Haar. Strahlend blaue Augen. Die Art von Lächeln, die ein Mädchen dazu bringt, sich nackt auszuziehen oder sich zu verlieben oder das Ballett aufzugeben. Sie trägt ein Kostüm für das Ballett *Don Quichotte* und blickt zu diesem Mann auf, als hätte sie nur Augen für ihn.

Mein Herz beginnt so heftig zu hämmern, dass ich mich auf den Boden des Kleiderschranks setzen muss. Die Säume der eintönigen traurigen Kleider streifen meine Stirn, meine Ohren, geraten mir in die Augen, doch ich bemerke das nur nebenbei. Da ist noch mehr in der Kiste.

Ein Liebesbrief von einem Mann namens Dom an meine Mom.

Und dann: ein Brief von einem Anwalt an meine Mom. Voll juristischer Begriffe und großer, Furcht einflößender, aber letztlich bedeutungsloser Worte. Der Name meines Vaters ist mit schwarzer Tinte unkenntlich gemacht. Doch im Wesentlichen steht da: Er erkennt an, dass das Kind seines ist. Solange sie Stillschweigen bewahrt, wird für das Kind gesorgt werden. Und wenn sie fünfundzwanzig wird, wird es eine große Summe Geld erhalten.

Es. Ich.

Ich bin das Kind in diesen Unterlagen.

Ich möchte mich übergeben. Nicht so wie sonst. Das jetzt ist ein stärkerer Impuls, eine notwendige Reaktion, ein krankes Gefühl in meinem Bauch und weniger das Bedürfnis, mich zu leeren.

Denn eigentlich will ich jetzt gerade so viel von mir bei mir behalten wie möglich. Ich will mich ausdehnen, größer werden, damit es mehr gibt, an dem ich mich festhalten kann. Denn ich habe das Gefühl, als würde ich in einen tiefen, tiefen Abgrund fallen, dessen Grund ich nicht sehe. Den Grand Canyon. In ein schwarzes Loch. In das Bermudadreieck aus Verwirrung. Etwas so Monumentales.

Ich halte mir die Hände vor den Mund, damit ich nicht in den Schrank kotze. Mir ist, als hätte ich nur diesen einen Moment, um mehr Informationen zu sammeln. Als würden diese Unterlagen und Fotos und Beweise für die, die ich bin, verschwinden, sobald ich diesen Ort verlasse. Ich schlucke die in mir hochsteigende Flüssigkeit hinunter.

Es gibt noch ein paar weitere Fotos von meiner Mutter, auf denen sie tanzt. Ihr biegsamer Ballerinakörper in Bewegung. Als meine Mom mich bekam, war sie noch sehr jung. Vielleicht würde sie, wenn sie wirklich an sich gearbeitet hätte, heute noch tanzen. Wenn es ihr wichtig gewesen wäre, hätte sie sich nach der Geburt wieder in Form bringen können. Oder sie hätte sich gegen mich entscheiden können. Und für den Tanz. Warum nicht? Ich hätte es getan.

Jetzt übergebe ich mich doch noch. Es ist nicht viel, fast nur Wasser, und ich schaffe es, dass nur ein bisschen davon auf den Schrankboden kommt. Ein widerwärtig demütigender Moment, dem eine lange Dusche und heftiges Schrubben des Schrankbodens folgt – so kräftig, dass ich schon Sorge habe, dass der Bodenbelag Schaden nimmt. Dass meine Verzweiflung dort Narben hinterlässt.

Ich verkrieche mich ins Bett, ohne das Kleid, ohne geföhnte Haare, ohne die geringste Absicht, zu der blöden Einladung der Kwons zu erscheinen. Gerade will ich einfach nicht denken müssen. Was ich entdeckt habe, ist so überwältigend, so bedeutend, dass ich nicht alles auf einmal verarbeiten kann. Als würde ich nur am Zuckerguss eines riesigen Stücks Torte lecken wollen. Weil ich seit Jahren nichts gegessen habe. Vielleicht habe ich noch nie etwas gegessen. Und jetzt steht dort gleich vor mir eine ganze Schokotorte. Das ist zu viel, viel zu viel.

»Bist du fertig, E-Jun?«, ruft meine Mutter hoch, als sie vom Einkaufen zurückkommt. Mittlerweile sollte ich sauber geschrubbt und in ihrem hässlichen Kleid bereitstehen. Stattdessen liege ich in ein Handtuch gewickelt in Embryonalstellung auf meinem zu harten Bett. Ich antworte nicht.

»E-Jun! Zeit zu gehen.« Ich hasse den Klang ihrer Stimme, und hasse es noch mehr, wenn sie Koreanisch spricht, wie jetzt. Etwas klappert laut. Als ich nichts erwidere, höre ich ihre schnellen Schritte auf der Treppe. Ohne anzuklopfen stürmt sie in mein Zimmer. Sie klopft nie. »Was hast du zu verbergen?«, fragt sie immer, wenn ich sie darum bitte.

»E-JUN!«, kreischt sie, als sie mich sieht, unbekleidet, unfrisiert und unwillig auf meinem Bett.

»Ich komme nicht mit«, murmle ich in mein Kissen hinein.

»Wo ist dein Kleid? Zieh dich an!«

»Ich komme nicht mit«, wiederhole ich. Meine Mom fasst sich ans Herz, als würde dieser schwache Widerspruch schon reichen, um einen Herzinfarkt auszulösen.

»Also wirklich, E-Jun. Nicht in diesem Ton. Ungehorsam.«

»Ich sagte: Nein.«

»Wer hat dich so verändert? Ich habe dich an dieser schrecklichen Schule gelassen, damit du deine Zeit im Corps verschwendest, und du hast nichts weiter gelernt, als respektlos zu sein.«

»Die Schule ist nicht das Problem«, sage ich. Dies ist meine Chance, um sie zur Rede zu stellen. Aber ich bin nicht bereit. Informationen, die solche Macht verleihen, brauchen einen Zweck. Obwohl mir der Kopf schwirrt und ich schwören könnte, dass mir der Geruch meines Erbrochenen immer noch an den Händen klebt und das Gesicht dieses Mannes durchgängig vor meinem geistigen Auge erscheint wie ein kranker Bildschirmschoner, reiße ich mich wenigstens ein kleines bisschen zusammen.

»Ich kann dich sofort von der Schule nehmen. In Horace Mann oder in Trinity School ist ein Platz für dich frei.« Sie verschränkt die Arme vor der Brust und mustert mich mit Abscheu. Ich bin das Schlimmste, was ihr je passiert ist. Das weiß ich jetzt sicherer denn je.

»Fünf Minuten, dann gehen wir«, sagt sie. Das ist eine Feststellung, keine Frage.

»Ich weiß«, sage ich. Aber sie kapiert nicht.

»E-Jun, zieh dich an. Wir kommen zu spät.« Sie dreht sich um, um zu gehen.

»Wer ist mein Vater?«, flüstere ich.

Sie erstarrt.

»Ich habe die Fotos gesehen. Und die Gerichtsdokumente gelesen. Ich weiß von dem Geld. Aber du hast den Namen unkenntlich gemacht. Wer ist er? Heißt er mit Vornamen Dominic?«

Sie stürzt sich auf mich, mit angespannten Wangen und schmalen Augen. »Du schnüffelst nicht in meinen Sachen.« Sie schlägt mich mit der flachen Hand ins Gesicht. So wütend habe ich sie noch nie gesehen. Als sie erneut zuschlagen will, packe ich ihre Hände. Sie mag meine Mom sein, und ich mag einen kleinen Körper haben, aber ich habe gelernt, dass ich stark bin – viel stärker, als ich aussehe. Innerhalb von Sekunden habe ich die Oberhand und halte sie fest, damit sie mich nicht mehr schlagen kann. Damit sie mir nicht mehr wehtun kann.

»Mom, hör mir jetzt gut zu«, sage ich mit stählerner Stimme. »Ich gehe heute Abend zurück in die Schule. Und ich nehme die Kiste mit. Denn ich habe ein Recht darauf zu erfahren, wer ich bin, woher ich komme, und du kannst mich nicht daran hindern, es herauszufinden. Dazu hast du kein Recht.«

Ich stehe auf und ziehe das Handtuch fest um mich. »Wenn du willst, dass ich darüber schweige«, sage ich scharf, weil ich weiß, dass sie die Schande, die Demütigung nicht ertragen würde, wenn ihr Geheimnis herauskäme, »dann will ich von jetzt an nicht mehr hören, dass ich von der Akademie abgehen soll, um auf eine öffentliche Schule und aufs College zu gehen. Du wirst mich in allem, was ich erreichen will, unterstützen und sogar loben. Weil ich nämlich jetzt weiß, dass ich das Tanzen im Blut habe. Ich habe es immer gewusst. Und niemand – nicht einmal du – wird mich aufhalten.«

28 | Gigi

Die neue Woche hat begonnen, und ich dehne mich allein vor dem Ballettstudio, nicht zusammen mit den anderen. Ich brauche ein wenig Abstand von all dem Drama. Nachdem ich wegen des Donuts so ausgeflippt bin, sagen die Leute, ich wäre verrückt. Bette zum Beispiel. Aber ich bin nicht verrückt. Zu Hause würde das niemand über mich sagen. Ich brauche eine Pause von den neugierigen Blicken. Eigentlich bräuchte ich den ganzen Monat März frei, um mal hier herauszukommen. Oder nur einen Tag mehr. Ich muss neu anfangen.

Die *petits rats*, deren Morgenunterricht gerade beendet ist, hüpfen durch den Flur. Als sie mich sehen, verstummen sie, gehen langsamer und flüstern untereinander.

»Gigi ist so hübsch.«

»Das beste Mädchen aus Stufe D.«

»Ich will Giselle werden, so wie sie.«

»Wusstest du, dass sie wirklich Giselle heißt? Genauso wie in dem Ballett!«

»Sie hat perfekte Füße. Sie kann höher springen als alle anderen.«

Die leise Bewunderung der Kleinen bringt mich zum Lächeln. Ich erinnere mich, dass ich genauso empfunden habe, als ich zum ersten Mal eine Ballerina sah. Sie schwebte über die Bühne wie ein Engel, ihr Tutu war eine Sternenwolke um ihre Taille.

Eine der Kleinen nähert sich mir. »Gigi.« Ihre Stimme ist leise und zart. Ich blicke hoch, und ein rundes, rosafarbenes

Gesicht grinst mich an. Zunächst zucke ich zusammen, weil ich denke, eines der älteren Mädchen hat sie dazu angestiftet, nur um mich in Verlegenheit zu bringen oder mir wieder einen Streich zu spielen.

»Kann ich ein Autogramm haben?«, sagt sie mit einer lieben, piepsigen Stimme.

Ich entspanne mich. Kämpfe gegen die aufsteigende Paranoia an. Und ich versuche, Alecs und Mamas Rat zu folgen, das alles als Psychospielchen zu sehen. Schikane, die nicht wirkt.

»Bitte, bitte«, bettelt sie.

Ich frage mich, warum um alles in der Welt sie mein Autogramm möchte. Ich bin ein Niemand. Wenn ich mir ihre perfekte Figur so ansehe, dann ist sie bestimmt schon am Konservatorium, seitdem sie fünf ist und hat eine Menge talentiertere Tänzerinnen als mich gesehen. Sie streckt mir einen Stift und ein geblümtes Notizbuch hin.

»Es ist mir ein Vergnügen.« Ich blättere durch die Seiten mit kleinen Zeichnungen und Kritzeleien zu einer leeren Seite, auf die ich *Du bist ein Star* und meinen Namen schreibe. Als ich ihr das Notizbuch zurückgebe, ist sie ganz außer sich vor Aufregung. Sie knickst und läuft zurück zu ihrem Grüppchen, um die Seite stolz herzuzeigen.

Morkie kommt um die Ecke, deshalb schlüpfe ich schnell ins Studio, wo die anderen Mädchen sich dehnen – die Beine gegen Spiegel gepresst, über Stangen hängend oder in der Grätsche auf dem Boden, manche liegen auf dem Rücken und haben die Fersen zu den Schultern gezogen. Ich stelle mein Handy aus, ignoriere den Anruf von Mama und die Nachricht von Alec mit dem Smiley.

Ich setze mich neben June, doch selbst sie weicht etwas von mir zurück, sobald sie meinen Körper zu nah an ihrem spürt. An einem anderen Tag hätte mir das noch etwas ausgemacht.

Ich umwickle meine Füße mit elastischem Stoff und biege und strecke sie, bis die Gelenke und Muskeln sich lockern, doch als Viktor hereinkommt, laufen wir alle eilig zu unseren Plätzen an der Stange, wo wir uns aufstellen, nach Größe sortiert, in einer Reihe. Ich bin irgendwo in der Mitte. Weder groß noch dünn, weder klein noch zart, zwischen Bette und June. Bettes eisblauer Blick wandert meinen Hals hinunter, und ich höre ihre missbilligenden Seufzer bei jeder meiner Bewegungen.

Viktors Schuhe knallen auf dem gewachsten Boden, und sein schwerer Hintern lässt die Klavierbank quietschen. Morkie kommt herein und schließt die Tür. Die *petits rats* drücken sich die Nasen am Fenster platt. Ich winke dem kleinen Mädchen, das mich um ein Autogramm gebeten hat. Sie winkt wild zurück, bis Morkie ihnen allen einen bösen Blick zuwirft. Dann nehmen die Lehrer Platz und sehen uns zu.

Viktor fängt an, eine langsame Melodie zu spielen – das Signal für unser Warm-up. Wir gehen die Positionen durch, gewöhnen unsere Muskeln an die Bewegungen. Morkie geht von Mädchen zu Mädchen, beginnend bei der Kleinsten. Bei June bleibt sie stehen und bemängelt ein Haar, das sich gelöst hat, und merkt an, wie feingliedrig sie aussähe. In Bettes Richtung nickt sie nur anerkennend, ohne sich die Mühe zu machen, sie zu berühren. Bettes Körper ist makellos geworden: lange Beine mit Muskeln an den richtigen Stellen – stark an der Innenseite der Oberschenkel, dort wo Balletttänzerinnen am meisten Kraft brauchen, und weich an der Außenseite – die Brust flach und zart, und sogar ihre Hände fallen genau richtig. Sie muss hart an sich gearbeitet haben.

Ich halte die fünfte Position, die Hüfte auswärts gedreht, und hoffe, dass sie an mir vorbeigeht. Schweiß tritt auf meine Stirn. Ich bin nicht genug aufgewärmt und muss meinen Körper zwingen, sich zu fügen. Hätte ich mich doch gedehnt, trotz der

Blicke und des Geflüsters. Morkie mustert meinen Arm in der zweiten Position. Der Muskel zuckt.

»*Battement tendu jeté* in der Zweiten«, befiehlt sie. Ich werfe das Bein schnell zur Seite und fünfundvierzig Grad in die Höhe. Sie fängt es und dreht es noch weiter nach außen. Ich spüre das Zwicken in der Hüfte, doch schlucke den Schmerz herunter. »Spitze!«

Ich gehorche. »Schöne Wölbung.« Sie reibt meine Fußsohle. »Mädchen, Gigi hat den besten Ballettfuß. Der Spann biegt sich fast ganz durch.«

Meine Wangen brennen, als alle Blicke sich auf mich richten und sich Druck in meinem Magen aufbaut. Ich spüre Bettes kalten blauen Blick von hinten. Morkie kneift mir in die Schenkelinnenseite und zieht die Augenbrauen hoch, dann stupst sie mich in den Po. »Iss mageres Eiweiß«, sagt sie und lässt mein Bein fallen. »Vor allem vor den Auftritten. Musst länger werden.«

Sie winkt Viktor zu, und der Unterricht beginnt. Zu der sanften Klaviermusik können wir uns gut dehnen und unsere Muskeln langsam an die vertrauten Positionen gewöhnen. Die Spiegel zeigen unsere sechzehn Körper, die sich im Gleichklang bewegen und den Raum mit stiller Energie füllen. Ich fühle mich besser. Das Tanzen nimmt mir die Nervosität, die Angst, die Unruhe, die Paranoia. Alles ist gut. Wir machen eine Stunde lang Übungen und kurze Adagio-Kombinationen. Dann lässt Morkie uns Wasser trinken und unsere Spitzenschuhe anziehen.

In der kurzen Pause umklebe ich jeden Zeh mit Tape und wickle sie dann alle in Stoff ein. Mit geübten Bewegungen ziehe ich einen Schuh heraus, schlüpfe hinein und binde die Bänder. Als ich die Hand erneut in die Tasche stecke, um den anderen Schuh zu nehmen, finde ich ihn nicht. Die anderen Mädchen kommen von der Wasser-Pause zurück und ziehen ihre Spitzenschuhe an, während ich weiter meine Tasche durchwühle. Ich muss alles herausnehmen, weil der Schuh ganz unten auf dem Boden liegt, als hätte er sich versteckt.

Alle versammeln sich in der Mitte. Ich bin die Einzige, die noch nicht da ist, und Bette tippt mit dem Fuß auf den Boden, als hätte sie schon den ganzen Tag auf mich gewartet, statt nur ein paar Sekunden. Morkies Gesicht ist ein ernster Strich, als wäre sie enttäuscht.

Ich schlüpfe in den rechten Schuh und binde schnell die Bänder. Er fühlt sich viel zu eng an, aber ich habe keine Zeit mehr, daran herumzufummeln. Eilig nehme ich meinen Platz in der Mitte des Raumes ein. Ich spüre etwas Dickes, Fremdes in meinem Schuh, achte aber nicht weiter darauf. Morkie macht die Kombination vor, und Viktor beginnt zu spielen. Ich erhebe mich auf die Spitze. Das, was ich da in der Ferse des Schläppchens gefühlt habe, rutscht jetzt nach vorne zu meinen Zehen, und plötzlich schießt ein scharfer Schmerz durch meinen Fuß. »Ah!« Vor Schmerz lasse ich mich auf den Boden fallen. Ich packe mein Bein, meine Augen schließen sich, mein Körper will zumachen. Warmes Blut sammelt sich in meinem Schuh, das Rot sickert durch das Rosa wie ein fortschreitender Sonnenuntergang.

Die Mädchen halten inne. »Dein Schuh ist blutig«, ruft jemand.

Sie kommen herbeigelaufen, drängen sich um mich. Morkie bahnt sich den Weg zu mir. Ich zerre mir den Spitzenschuh herunter, so heftig, dass die Bänder abreißen. Morkie hält meinen Fuß und zupft die weiße Polsterung ab. Sie zieht meine Strumpfhose zurück, reißt sie weiter auf. Etwas steckt in meiner Haut. Mein Blick verschwimmt vor Tränen, ich kann nicht sehen, was es ist. Blut rauscht durch meinen Spann.

Alle schnappen erschrocken nach Luft.

Alle außer Bette, die sich die Hand vor den Mund hält und wegrennt, so als könnte sie kein Blut sehen. Wenn ich nicht so große Schmerzen hätte, würde ich sie dafür hassen.

»Was ist das?« Ich schreie vor Schmerz. Auf den Gesichtern der anderen malt sich Schock, doch ich entdecke auch ein bisschen Freude.

Morkie wendet sich Viktor zu und ruft etwas auf Russisch. Er rennt aus dem Raum. Kurz darauf strömen die Jungs ins Studio. Henri ist zuerst bei mir, aber Alec packt seinen Arm und zieht ihn weg. Er kniet sich neben mich.

»Bring sie zur Krankenschwester, Alec«, sagt Morkie. »Und June, geh und hol Monsieur Kozlov.« Sie fasst sich an die Stirn. »Wie kann das passieren?«

Ich untersuche meinen Fuß und entdecke ein Stück Glas. Dann sehe ich, dass da noch drei, vielleicht vier Scherben sind. Noch mehr Blut beginnt zu fließen.

Morkie schiebt meine Hand fort. »Nicht anfassen«, sagt sie.

Ich schreie noch einmal vor Schmerz auf, und beim Anblick meines Fußes wird mir schlecht. Alec hebt mich vom Boden auf wie eine Puppe.

»Ich kann laufen«, sage ich.

»Nein«, sagt er.

Ich versuche mich aus seinen Armen zu befreien, ich will nicht schwach sein.

»Lass mich dich tragen«, sagt er. »Du bist verletzt.«

»Lass mich runter«, sage ich ein bisschen zu scharf. Er gehorcht.

Ich humple voraus, vor Ärger und Wut brüllend: sowohl auf den, der mir das angetan hat, als auch auf meinen blutigen Fuß. Hastig machen die anderen Mädchen den Weg frei, mit entsetzter Miene wegen meines emotionalen Ausbruchs. Niemand sieht meinen Fuß an, alle ducken sich furchtsam und starren auf ihre eigenen Füße. Bette hat sich abgewendet und geht im Kreis umher, während sie die Hände auf den Kopf presst.

»O mein Gott, o mein Gott«, glaube ich sie murmeln zu hören, aber durch den Schmerz nehme ich zunehmend alles gedämpft, wie durch einen Nebel wahr, deswegen kann ich mir nicht sicher sein. Die Münder der Umstehenden öffnen und schließen sich, die Gesichter verzerren sich zu seltsamen Ausdrücken, aber die Stimmen sind dumpf, verzerrt, langsam, nicht zu verstehen. Mir ist schwindlig, und meine Glieder fühlen sich an, als würden sie nicht zu mir gehören. Die Menschen sind Bojen, die von mir wegtreiben. Selbst June tritt zurück, bis ich sie nicht mehr sehen kann. Hitze sammelt sich in meinen Wangen und scheint sogar von meiner Haut auszustrahlen.

Alec greift mich am Arm, bevor ich stolpere. Ich rieche sein Rasierwasser und seinen Schweiß, und seine warmen Handflächen geben mir das Gefühl, ich würde schweben. »Das kommt wieder in Ordnung«, flüstert er nah an meinem Ohr, und fast glaube ich ihm, doch dann fühle ich wieder das Pochen im Fuß, dort, wo die Scherbe steckt. Uns folgt eine hysterische Morkie. Ich fühle mich schwach und sehe schwarze Sternchen vor den Augen glitzern. Mein Herz zieht sich zusammen und brennt und schlägt zu schnell in meiner Brust.

Als wir schließlich das Krankenzimmer erreichen, hat sich eine Menschenmenge im Korridor versammelt – die *petits rats* und ihre Eltern, die jüngeren Tänzer, das Verwaltungspersonal und Mr. Lucas. Mr. K erscheint schließlich auch, mit düsterer und ernster Miene nimmt er Alec meinen Arm ab. Er hebt mich auf den Untersuchungstisch. Schwester Connie zieht die Strumpfhose weiter hoch. Sie dreht meinen Knöchel so, dass die glänzenden Glasscherben zu sehen sind, die aus meinem Fuß herausragen.

Ich beiße die Zähne aufeinander, muss aber trotzdem jedes Mal zusammenzucken, wenn sich ihre Hände meinem Fuß nähern, denn ich weiß, wie weh es jetzt tun wird.

»Wie ist das passiert?«, fragt Schwester Connie. »Hast du etwas in deinem Zimmer zerbrochen? Oder ist etwas in einer Tanztasche kaputtgegangen?« Sie fragt, als würde sie die Antwort bereits kennen.

»Ich weiß es nicht«, antworte ich schwer atmend.

»Sie war im Unterricht«, sagt Alec.

Mr. K und Schwester Connie tauschen Blicke. »Wir wissen beide, dass das jemand anders war«, sagt Mr. K zu Schwester Connie. Alle seufzen. Wahrscheinlich ist es nicht das erste Mal, dass sie so etwas zu sehen bekommen. Ich versuche, mich auf ihre Gesichter zu konzentrieren, doch ich habe Mühe, die Augen offen zu halten.

Der Schmerz in meinem Fuß und die Sorge darüber, was jetzt mit mir passieren wird, haben mich erschöpft.

»Tiefe Atemzüge«, sagt Schwester Connie. »Bleib entspannt. Das hält die Herzfrequenz niedrig. Schließ die Augen.« Mit dem Festnetztelefon ruft sie im Krankenhaus an. »Ich bringe dich in die Notaufnahme.« Außerdem höre ich, wie sie meinen Eltern und Tante Leah eine Nachricht hinterlässt.

»Muss das wirklich alles sein?«, frage ich. »Können Sie das nicht einfach sauber machen?«

»So lautet die Vorschrift«, sagt Schwester Connie. »Ich will sichergehen, dass kein Gewebe beschädigt ist.« Da trifft mich die Erkenntnis: Alles, für das ich all die Jahre so hart gearbeitet habe, könnte hier zu Ende sein. Hiermit. Durch etwas, das für eines von diesen bösartigen Mädchen nichts weiter als ein dummer Streich ist.

»Ja, ja, natürlich«, meldet sich Mr. K zu Wort. »Alec, trag sie zum Van der Betreuer. Fahr mit ihr.«

Schwester Connie nimmt ihre Tasche und meine Krankenakte. Alec hebt mich hoch und trägt mich durch den Korridor zur Frontseite der Schule. Dieses Mal akzeptiert er kein Nein als Antwort, und Mr. K besteht sogar darauf. Dort draußen warten sie alle, stellen flüsternd Spekulationen an. Ich schließe die Augen und schmiege den Kopf an Alecs Brust.

Sobald wir im Van sitzen, zeichnet Alec Kreise und Herzen und Dreiecke in meine Handfläche, und ich entspanne mich. Während wir die Columbus Avenue hinunterrasen, habe ich das Gefühl, nicht richtig wach zu sein. Ich will nicht darüber nachdenken, was diese Verletzung bedeutet, für meinen Fuß, für das Tanzen, für meine Rolle. Der Wind lässt die Wagenscheiben beben. Der Himmel ist dunkel und düster. Unheilvoll. Ein Frühlingsgewitter naht. Mein Fuß pocht. Ich drücke Alecs Hand und lasse ihn sich endlich so um mich kümmern, wie er es gerne möchte.

»Das kommt wieder in Ordnung«, flüstert er.

»Unser Pas de deux ...«, murmle ich, doch er sieht mich nur kopfschüttelnd an.

Von nun an halte ich die Augen geschlossen, bis wir beim Krankenhaus angekommen sind. Wir müssen nicht einmal warten. Eine Schwester führt uns sofort zu einer Nische und reißt den Vorhang zurück. Alec legt mich auf das Bett.

»Alec, du musst jetzt ins Wartezimmer gehen«, sagt Schwester Connie.

Nachdem er mich noch mit einem besorgten Blick bedacht hat, zieht er sich zurück. Die andere Schwester schließt die Vorhänge.

»Wie ist das passiert?«

Ich kann nicht antworten. Eine Menge weiterer Fragen wird gestellt, ich höre sie kaum. Schwester Connie reicht der Krankenhausschwester meine Akte. »Ihre aktuelle Krankengeschichte und die letzten Untersuchungen.«

Während Schwester Connie der Krankenhausschwester alles sagt, was sie wissen muss, fallen mir die Augen zu. Ich will nicht hören, wie sie beschreibt, was mit mir nicht stimmt. Die neue Schwester untersucht meinen Fuß und wischt ihn mit etwas Kaltem ab, das brennt. »Tief atmen«, sagt sie.

Ich atme so tief, wie es meine Lunge schafft, und sie zupft das Glas aus meinem Fuß.

Auf den stechenden Schmerz folgt Erleichterung. Mehr Blut fließt, alles schwillt weiter an, wird noch heißer.

Ich blicke hinunter auf meinen böse zugerichteten Fuß. Überall ist Blut, doch die Quelle sind mehrere tiefe Schnitte in meiner Ferse, die sich anfühlen, als gingen sie bis auf den Knochen. Ich frage mich, ob dies das Ende ist, nachdem sich meine Mama die ganze Zeit Sorgen um mein Herz gemacht hat. Werde ich je wieder tanzen? Ich habe Angst, danach zu fragen. Vielleicht will ich die Antwort gar nicht hören.

»Sie verliert das Bewusstsein«, höre ich Schwester Connie sagen, aber ich habe keine Kraft zum Protestieren. »Sie hat eine Vorerkrankung.«

Jemand drückt mir den Kopf zwischen die Knie und sagt mir, ich solle atmen. Eine Sauerstoffmaske legt sich auf mein Gesicht. Ein Herzmonitor wird an meinen Finger geklemmt. Er piepst wie wild, unkontrolliert. Zu schnell.

Die Krankenhausschwester gibt einen leisen, besorgten Laut von sich, als meine Werte auf dem Bildschirm erscheinen. Schwester Connie beugt sich über das Silbertablett, auf das die Krankenhausschwester den Gegenstand aus meinem Fuß gelegt hat. Sie streift sich Gummihandschuhe über und nimmt ihn mit einer Pinzette auf, um ihn ins Licht zu halten. »Hm«, sagt Schwester Connie, fast zu sich selbst. »Sieht nach einem Teil eines Spiegels aus.«

29 | Bette

Ich bleibe nach dem Training im Übungsraum. Selbst die Flure sind leer, alle verstecken sich in ihren Zimmern, nachdem Gigi ins Krankenhaus gebracht wurde. Aber ich habe mich noch nie so bereit zum Tanzen gefühlt, seitdem die Besetzung der Frühjahrsaufführung bekannt gegeben wurde, also nutze ich meine Zeit. Ich arbeite auf der Spitze, genieße den Druck auf den Zehen und die absurde neue Größe, wenn ich so auf den Zehenspitzen balanciere.

Ich bin am besten, wenn ich Spitze tanze. In flachen Schläppchen zu tanzen ist eine ganz andere Sache, und Menschen wie Gigi mögen ja mit ihrer fragwürdigen Technik oder ihrer besonderen Art durchkommen. Letztlich verstehe ich sogar warum: Gigi zeigt Persönlichkeit, wenn sie tanzt, und das Publikum lehnt sich zurück und denkt, das könnte es auch, weil es ihre Leichtigkeit und ihre Freude spürt.

Aber Spitzenschuhe verzeihen nichts. Für diese kindische Ausgelassenheit ist kein Platz, wenn deine Füße in eine für sie vollkommen unnatürliche Haltung gezwungen werden und das ganze Gewicht gefährlich über der jetzt geraden Linie zwischen deinem großen Zeh und deinen Hüftknochen balanciert.

Ich umfasse die Stange, um mich daran festzuhalten, während ich die Grundübungen durchgehe, um meine Muskeln auf den kurzen, überraschten Krampf vorzubereiten, der kommt, wenn man sich in diese fremde, aufrechte Position hebt.

Gigis verstümmelter Fuß und das blutige Schläppchen tauchen vor meinem geistigen Auge auf – das tiefe Braunrot des Blutes, ihre lauten Schreie. Der ganze Vorfall spielt sich noch einmal vor meinem inneren Auge ab, treibt mich an, mich noch mehr anzustrengen, als ich jetzt mit meiner Variation beginne. Wir alle haben abgebrochene Nägel, die sich von den Zehen lösen, und blaue und gelbe Flecken, die wie moderne Gemälde unsere Füße dekorieren. Aber nach dem, was heute passiert ist, wird Gigis zarter Fuß wohl sehr viel schlimmer entstellt sein.

Ich strenge mich noch mehr an. Das reicht schon, damit ich mich komplett durchstrecken kann. Im Kopf zähle ich die Takte, weil ich die Musik nicht anstellen will, für den Fall, dass doch noch ein paar Nachzügler da sind. Ich will nicht mal, dass die Kleinen mir bewundernd zusehen. Ich will nur allein sein mit dem Spiegel und den grausamen Bildern von Glas und Haut, die mir durch den Kopf schießen.

Mein Spiegelbild lächelt mich an. Eigentlich sollte ich nicht lächeln nach dem, was heute passiert ist. Wenn mich jemand sieht, könnte er denken, ich wäre es gewesen. Dabei denken sowieso alle, dass ich die Scherben in ihren Schuh gesteckt habe. Vor allem die, die wissen, dass ich die Nachricht auf den Spiegel geschrieben habe. Und die anderen Sachen getan habe. Wer auch immer die Scherben in Gigis Schuh versteckt hat, hat es vermutlich genauso auf mich abgesehen. Um es mir in die Schuhe zu schieben, weil er wusste, dass alle sofort mich für die Schuldige halten würden. Ich überlege, wer infrage kommen könnte. June natürlich, und vielleicht auch Will, jetzt, da Alec offiziell mit Gigi zusammen ist. Und ganz sicher auch Henri, der sich an mir rächen will, weil ich Cassie eins ausgewischt habe. Ich lege mich noch mehr ins Zeug, in der Hoffnung, dass die Anstrengung mir hilft, klarer zu sehen.

An eines will ich *nicht* denken: wie Alec Gigi zu Hilfe geeilt ist, noch in der Sekunde, als sie aufschrie wie ein kleines Mädchen. Wie er ihren zerschnittenen Fuß in den Händen gehalten hat und ihm das Blut anscheinend ganz egal war. Der Blick, den Will mir inmitten all des Chaos noch zugeworfen hat. So, als wollte er sagen: Wenn er Alec nicht haben kann, dann kann ich es auch nicht. So, als würde er Alec buchstäblich lieber mit jemand anderem sehen als mit mir. Und warum macht es mir nach so vielen Wochen überhaupt noch etwas aus? Er hat mich verlassen. Unsere An-aus-Beziehung scheint endgültig vorbei zu sein.

Ich gehe in eine Drehung und wirble herum, bis ich ein Tornado bin und an nichts denken kann außer daran, meinen Punkt an der Wand zu fixieren. Drei Pirouetten. Vier. Ich will mich drehen, bis ich Alec nicht mehr sehen kann oder Gigi oder irgendeinen anderen von ihnen. Fünf. Bis ich nicht mehr daran denke, was ich Cassie angetan habe. Sechs. Mein Stützbein und meine Knöchel werden müde und wackeln in meinem Spitzenschuh. Sieben. Plötzlich ist Alec wieder in meinem Kopf. Acht. Ich rutsche weg, stolpere und knalle mit dem Hintern auf den Boden. Zum Glück schürfe ich mir nichts auf oder verrenke mir die Hüfte. Aber es tut weh, der Schmerz schießt wie ein Laser vom Knöchel hoch zu meinem empfindlichen Knie und dieser dämlichen, unkontrollierbaren Hüfte.

Wenn jetzt alles gut zwischen mir und Alec wäre, würde er, sobald er hört, dass ich Schmerzen habe, mit einem Heizkissen auftauchen. Doch was wir hatten, ist jetzt kaputt. Und ich muss herausfinden, wie ich es wieder kitten kann.

Ich hebe mich wieder auf die Zehen. Wie ein Mädchen auf einem Pferd, ein kleines Kind auf einem Fahrrad oder ein Akrobat auf dem Seil hoch oben in der Luft darf ich nicht aufgeben, auf keinen Fall. Wenn Alec hier wäre, hätte er niemals zugelassen, dass ich weitertanze.

Ich strecke mich hoch und höher. Es ist, als stünde ich auf

Stelzen, obwohl es nur ein paar Zentimeter mehr sind. Einen Moment lang halte ich mich noch an der Stange fest, finde mein Gleichgewicht, meine Sicherheit, hebe mich, lasse los und gehe langsam in den Tanz über.

»Du verlierst immer wieder deine Mitte«, sagt jemand. Vor Schreck verliere ich das Gleichgewicht. Dieses Mal greife ich nach der Stange, bevor ich zu Boden gehe, aber der Schmerz schießt trotzdem meine rechte Seite hoch, als wüsste er etwas, das ich nicht weiß. Meinen Körper kann ich nicht so täuschen, dass er den Schmerz nicht spürt.

»Blödsinn.« Als ich herumfahre, sehe ich nur June.

Sie ist leise, das muss ich ihr lassen.

Und wenn ich ehrlich bin, hat sie wahrscheinlich recht.

»Tut mir leid. Ich habe mir nur deine Haltung angesehen. Sie ist perfekt, aber wenn du die Pirouette machst, verlierst du einen Moment die Mitte und kommst raus.« Wenn Eleanor das zu mir sagen würde, würde ich sie anblaffen, aber June hat das ernste Gesicht eines Lehrers oder Pfarrers, sodass ich es nicht übers Herz bringe, sie abzukanzeln. Heute bin ich zu nichts Gemeinem mehr fähig. Mit schiefgelegtem Kopf mustert sie meinen Körper von oben bis unten, kritisch, aber nicht grausam.

»Oh«, sage ich. Ich bringe die Zehen in Position und mache mich wieder zum Tanzen bereit.

»Ich finde, du bist wirklich sensationell auf der Spitze«, sagt sie. Ich bin es gewöhnt, so etwas von den *petits rats* zu hören oder manchmal sogar von den Lehrern, aber nicht von meinesgleichen. Nicht von den Mädchen. Das reicht, damit ich mich wieder auf die Fußsohlen herunterlasse. Ich frage mich, was sie will. Wir waren nie Freundinnen. Und hatten auch sonst nicht viel miteinander zu tun.

»Offensichtlich bist du der Ansicht, dass ich noch an mir arbeiten muss«, sage ich.

»Das müssen wir alle. Aber ich habe dich bewundert, bevor mir auffiel, was du falsch machst.« Das alles sagt sie ohne jede Betonung. In ihren Worten ist keine Bewegung, sie beschreiben ausdrucklos, emotionslos die Situation. Daher kann ich auch nicht wütend werden.

»Oh. Na ja. Ich bin wohl abgelenkt.« Ich drehe mich wieder von ihr weg und betrachte meinen Bauch im Spiegel, wie er sich leicht zusammenzieht, wenn er sich anspannt, wie er weich wird, wenn ich ihn lockere. Manchmal hilft es zu sehen, zu was dein Körper fähig ist.

»Abgelenkt durch Gigi?«, fragt sie.

Schweiß bricht auf meinem Rücken aus. »Das arme Ding«, sage ich. »Ihr teilt euch ein Zimmer, richtig? Weißt du schon mehr?« Ich bleibe beiläufig. June ist clever. Und vielleicht nicht so schwach, wie ich dachte.

»Sie war ziemlich lange beim Arzt«, erwidert June.

Manchmal sagen die Leute Dinge einfach so dahin und machen sich keine Gedanken über die Konsequenzen. June ist nicht so. Ich weiß nicht, warum sie mir das erzählt oder was es überhaupt bedeuten könnte, aber der knappe, kurze Satz hat einen Zweck. Das ist das einzige Mal, dass ich June über etwas anderes reden höre als die Technik eines Tänzers oder seine Schwächen. Auf meinem Rücken sind nun nicht mehr nur vereinzelte Tropfen, er klebt vor Schweiß.

»Mr. K hat schon Blumen in mein Zimmer geschickt.« So wie sie *Blumen* sagt, klingt es, als meinte sie *Hundescheiße*.

Ich wähle meine Worte mit Bedacht. »Sein Star soll sich in dieser schweren Zeit geliebt fühlen.«

»Und sie wird sehr geliebt«, sagt sie, und ich hoffe, dass das nicht auf Alec abzielt. »Und ich hätte auch nicht gedacht, dass sie die Giselle bekommt«, sagt sie. Da weiß ich, dass ich mit ihr ein bisschen über Gigi lästern kann. Ich glaube, Eleanor habe ich mit meinen Gedanken, Theorien, meinem Ärger über Gigi schon überbeansprucht.

»Man könnte meinen, er bevorzugt sie«, sage ich. »Dass sie sein Liebling ist.«

»So wie Cassie«, sagt June, und ich würde alles tun, um diesen Namen und alle Parallelen zu Gigi auszulöschen.

»Interessant, was? Cassie war Mr. Lucas' Nichte, und Gigi schläft wahrscheinlich mit Mr. K«, gebe ich zurück, wahrscheinlich zu lässig.

Aber June geht auf meine versteckte Andeutung nicht ein. »Der Typ ist sie nicht.« Ich wünschte, sie hätte einfach gelacht oder gelächelt oder irgendetwas anderes getan. Jetzt ist die Atmosphäre wieder angespannt.

Ich antworte nicht, sondern komme zurück auf die Spitze und bewege mich wieder weg von der Stange, diesmal kontrollierter.

»Besser«, sagt June und klingt dabei genauso wie Morkie. Sie versucht, sich unauffällig zurückzuziehen, doch ich merke es und rufe, bevor sie durch die halb offene Tür schlüpfen kann: »Danke für deine Hilfe. Richte Gigi liebe Grüße aus. Und halt mich auf dem Laufenden, wie es ihr geht, okay?«

Ich fange ihren Blick im Spiegel auf. Wir sehen uns an und gleichzeitig wieder nicht, und das ist eine der Sachen, die ich am meisten an diesem reflektierenden Glas mag. Den surrealen, entrückten Aspekt, den es dem echten Leben verleihen kann. Wir interagieren, wir reden miteinander, wir sehen uns, aber nicht *wirklich*. Nur durch den Spiegel. Unter Druck könnten wir sogar sagen, dass dies nie passiert ist.

»Soll ich ihr sonst noch etwas von dir ausrichten?«, sagt June. Ihre Lippen zucken, als würden sie lächeln wollen, wären aber noch nicht bereit, sich ganz in die Höhe zu ziehen. »Noch eine ... Nachricht?« Ihre Augenbrauen hüpfen, so beweglich und ausdrucksvoll wie ihr Körper, wenn er tanzt. Ich will mich verteidigen, schlucke aber die Worte hinunter. Gott sei Dank habe ich vor einer Stunde eine Pille genommen, die immer noch wirkt, sodass ich klar im Kopf und mutig und sicher bin. Ich kontrolliere meine Impulse.

»Du solltest öfter ausgehen«, sage ich schließlich, ihre leichte Anschuldigung übergehend und dieses Mal sogar, ohne sie im Spiegel anzusehen. Ich sage es einfach zu meinem Bein, während ich mich dehne. »Ich schulde dir was. Weil du, du weißt schon ... mir mit meiner Mitte geholfen hast. Ich lade dich ein, okay?«

Eigentlich erwarte ich nicht, dass sie etwas erwidert. Sie geht nie aus. Dafür ist sie nicht der Typ. Doch als ich mich umdrehe, um ihr Gesicht zu mustern, ob darauf irgendeine Reaktion zu erkennen ist, sehe ich, dass sie rot wird. Ein hübsches Hellrot, das von ihrem Hals bis zu ihrer Nase geht.

»Klar«, sagt sie. »Vielleicht irgendwann mal.« Endlich bebt diese feste Stimme ein wenig. Sie schlüpft hinaus.

Im Physiotherapieraum lege ich mich in die Eiswanne. Aus dem Fernseher plärrt eine schlechte Realityshow, und ich hoffe, dass die kalten Würfel meine Knöchel und Füße abschwellen lassen – und vielleicht sogar mein Herz. Aber vielleicht fühlt sich das Leben ohne Alec einfach so an. Trübe, bindungslos, mit unbeschreiblichen Schmerzen an unerwarteten Stellen. Adele sagte mir am Telefon, ich »solle den Schmerz tanzen«, aber in diesem Fall ist der Schmerz steinig und widerlich. Man kann ihn nicht durchtanzen. Mir fehlt nur noch ein Glas Weißwein und ein Handtuchturban auf dem Kopf, dann bin ich meine Mutter, die ihre Trauer nach dem Weggang meines Vaters im Alkohol ertränkt.

Eine der Trainerinnen hilft einem jungen Mädchen, ihren

verhärteten hinteren Quadrizeps zu dehnen. Ihre Schreie dringen aus dem kleinen Behandlungsraum. Ich drehe die Lautstärke höher, damit ich weder sie noch das Chaos in meinem Kopf hören muss. Früher bin ich immer mit Liz hierhergekommen, und gerade jetzt würde ich unsere dummen Gespräche über die Frage, was mehr Kalorien hat, Grapefruit oder Brunnenkresse, den neuesten Promi-Klatsch oder ihre alberne Schwärmerei für Henri dem Alleinsein vorziehen.

Ich schließe die Augen und lasse mich tiefer ins Wasser sinken. Mittlerweile mag ich kalte Bäder lieber als warme. Die Kälte rötet meine Haut, sickert in meine Muskeln, löscht den Schmerz aus und stellt alles auf null. Meine Zähne klappern, aber ich beiße sie aufeinander. Ich bin schon so lange hier drin, dass meine Lippen wahrscheinlich blau sind. Viel länger, als die Trainerin angeordnet hat.

»Du siehst aus, als wärst du tot«, sagt eine kalte Stimme. »Und vielleicht wäre das gar nicht so schlecht.«

Ich setze mich auf. Es ist Henri. Er fasst mit der Hand auf den Boden der Wanne. Ich ziehe die Beine wieder hinein, die Kälte setzt sich in meiner Wirbelsäule fest. Er nimmt einen Eiswürfel, steckt ihn sich in den Mund und lutscht daran. Wasser tröpfelt über sein Kinn, als er mich anlächelt.

»Lass mich in Ruhe.« Ich habe keine Lust, mich noch einmal von ihm antatschen zu lassen.

Er lässt die Hand wieder in die Wanne fallen, seine Finger streifen meine Zehen. Als ich hastig versuche, seiner Berührung auszuweichen, spritzt Wasser über den Rand. Er lacht, freut sich, dass er mich kontrollieren kann. Ich stemme mich hoch, um aus der Wanne zu klettern. Seine Hand zerrt meinen Knöchel herunter. »Nicht so schnell«, sagt er. »Das gefällt mir.« Er zieht sein Hemd aus, als wollte er zu mir in das Eisbad steigen.

»Du kannst nicht zu mir hereinkommen. Das ist gegen die Regeln«, sage ich, wie ein kleines Strebermädchen, das tatsächlich die Hausregeln befolgt – und überhaupt alle Regeln.

»Keine Sorge, ich komme nicht zu dir.« Er taucht sein verschwitztes Balletthemd in mein Wasser. Erst jetzt bemerke ich, dass er ein Tattoo hat. Es ist klein, aber ich kann es genau erkennen. Cassies Name, in schnörkeliger Schrift, auf der Brust. Lächerlich. Er schlägt mit dem Hemd nach mir. Damit will er erreichen, dass ich reagiere. Dass ich wieder vor ihm zurückschrecke. Stattdessen verschränke ich die Arme vor der Brust, zeige ihm ein entspanntes Lächeln und warte darauf, dass seine Arme vom Auswringen des Hemdes müde werden. Ich lasse ihn meine Angst nicht in meinen Augen sehen oder wie schrecklich ich ihn finde. Und ich lasse mir nicht anmerken, wie angeekelt ich bin, dass er sein schmutziges Hemd in das Wasser gehalten hat, in dem ich sitze. Henri kriegt mich nicht klein. Das schafft niemand.

Doch auch er gibt nicht auf. »Was willst du?«, frage ich endlich.

»Was willst du mir denn geben?«

»Nichts! Ich bin fertig mit dir.« Ich blicke zur Tür, um mich zu vergewissern, dass niemand im Flur ist oder vorbeigeht.

»Bist du wirklich fertig?« Er schiebt die Hände tiefer ins Wasser. Seine Finger streichen über meine Waden, dann über mein Knie. »Hast du Angst, dass ich allen, die wichtig sind, deine Geheimnisse verrate?«

Ich zucke zusammen. Seine Augen werden schmal.

»Wenn du das wolltest, hättest du das nicht schon längst getan?«, frage ich, während seine Finger weiter mein Bein hochwandern und seine rauen Handflächen auf den Innenseiten meiner Oberschenkel Kreise beschreiben. »Ich habe mit dir rumgemacht. Aus Mitleid. Ich dachte, damit wäre die Sache vorbei.« Ich versuche aus dem Wasser aufzustehen und spüre seine Augen auf meiner geröteten Haut. Mich überläuft Gänsehaut. Jetzt steigt er hinein, drückt sich fest gegen mich, und ich sinke zurück in die Wanne. Ein einziger Finger genügt, um mich festzuhalten. Ich hasse mich selbst dafür, dass ich mich nicht gegen ihn wehre. Dabei könnte ich die Beine nach vorne stoßen und ihm eiskaltes Wasser ins Gesicht treten. Aber was, wenn er es Mr. K sagt? Schlimmer noch: Was, wenn er es Alec sagt? Ich würde ihn für immer verlieren. Statt mich also gegen ihn zu wehren, ziehe ich ihn an mich, bis die Wärme seines Körpers die Kälte in meinem vertreibt. Während ich seinen Mund meinen erforschen lasse, wandern seine Hände weiter, umfassen meine zu üppigen Kurven, und seine Finger suchen, bis sie die kleine spezielle Stelle unter meinem winzigen Bikinihöschen finden.

In dem Moment kommt die Trainerin aus den hinteren Räumen. »Raus«, befiehlt sie. Henri steht grinsend auf. »Sofort!« Die Trainerin versucht, die Fassung zu wahren, nach Vorschrift vorzugehen, aber als ihr Blick auf Henry verharrt, weiß ich sofort, dass sie ihn ohne einen Tadel davonkommen lassen wird.

»Pardon«, sagt er zu ihr. »Kein Grund zur Sorge. Das wird nie passieren, egal, wie sehr sie es will.« Dreckig grinsend betrachtet er mich, wie ich immer noch im Wasser liege, die Lippen wund von der Kälte oder vielleicht sogar von den Küssen, gedemütigt, mit verletztem Ego. »Und glauben Sie mir, sie will es.«

30 | June

»Bleibst du heute Abend bei ihr?«, fragt Alec mich, als wir hinauf in den Wohntrakt der Mädchen gehen. Der Klang seiner Stimme weckt Übelkeit in mir.

»Bei ihr bleiben? Sie ist doch nicht krank.«

Gigi nickt zustimmend, während sie die Stufen hinaufhumpelt, den Fuß in einer Gipsschiene, mit einer Hand das Geländer umklammernd. Ständig sind Leute in unser Zimmer gekommen, um nach Gigi zu sehen. Seltsamerweise hat sogar Henri kleine Kärtchen und Nachrichten dagelassen. Gigi hat sie alle weggeschmissen, aber einige habe ich wieder aus dem Papierkorb gefischt. Henri schrieb besorgt und mitfühlend und immer wieder, dass sie reden sollten, sobald sie sich wieder besser fühle. Unter vier Augen. Und dass sie vorsichtig sein solle.

Aber heute Abend treffe ich Jayhe – endlich, nachdem er mir wochenlang immer wieder abgesagt hat –, und ich bin kein Babysitter. Und Gigi ist nicht fünf.

»Mir geht's gut«, sagt sie. Aber ich kann ihre Sorgen zwischen den wenigen kurzen Worten hören.

»Du musst doch durchdrehen«, sagt Alec. »Ich würde durchdrehen. Komm schon, June, sei so gut.«

»Ich habe vielleicht was vor.« Ich versuche mir meinen Ärger nicht anmerken zu lassen. Stattdessen mache ich einen weiteren Schritt die Treppe hoch, um zu signalisieren, dass ich das

Gespräch beenden will, dass ich rauf in mein Zimmer will. Vage. Noch soll niemand von Jayhe und mir wissen. Ich weiß nicht, ob es meine Entscheidung oder seine ist. Aber es ist zu früh, um darüber zu sprechen. Was sich aber möglicherweise ändert, wenn er mich wiedersieht. Es ist die perfekte Rache. Ich kann den Moment gar nicht erwarten, wenn er begreift, dass er mich mehr liebt als sie.

Ich weiß, dass es so ist. Er will es Sei-Jin nicht gestehen, aber ich bin es, die er mitten in der Nacht über Facetime anruft. Letzte Woche bin ich sogar im *The Light* eingeschlafen, nachdem wir stundenlang über Kunst und Tanz geredet haben, und die Restaurants, die er leiten soll, wenn es nach seinem Vater geht, und meinen Vater, den Geist, und wie es wohl sein wird, wenn wir endlich selbst entscheiden können, was wir aus unserem Leben machen wollen. Und das war der Augenblick, in dem ich realisiert habe, dass es, trotz all meiner schönen Rachepläne, nicht mehr nur um Rache ging. Unsere Gespräche haben dazu geführt, dass ich mich nun nach ihm sehne – nach seinem Duft, seiner Haut, dem träumerischen Blick, mit dem er mich mustert. Es ist Wochen her, seit wir das letzte Mal zusammen waren, und heute Abend wird es endlich, vielleicht, passieren.

»Weißt du«, sagt Alec nach einer schweren Pause und wechselt auf die andere Seite der Treppe, »du bekommst die wichtigen Parts nicht, weil niemand dir zutraut, dass du sie tanzen kannst. Es liegt nicht daran, dass du nicht gut genug bist. Ich habe gehört, wie sie darüber geredet haben. Es ist deine Art. Weil du keine Freunde hast. Weil du so nervös bist und so komisch mit anderen Leuten.«

Die Worte treffen mich wie ein Schlag in die Magengrube. Und echoen durch das Treppenhaus. Treffen mich wieder und wieder. Wenn Bette das gesagt hätte, würde ich an eines ihrer Psychospielchen glauben, dass sie mich verunsichern will. Aber

Alec ist nicht wie sie. Er war immer ziemlich nett. Seine Worte brennen ein kleines Loch in mich.

»Ich …« Ich bekomme nichts heraus. Was ich sagen will, ist: *Früher habe ich Freunde gehabt. Ich habe zu einer Clique gehört. Ich war jemand.*

»June und ich sind Freundinnen!«, unterbricht mich Gigi. Die Worte schweben wie Blasen aus ihrem Mund, die ich liebend gern vor ihrem Gesicht zerplatzen lassen würde. Selbst jetzt will sie überall nur Positives sehen.

Alec lächelt, aber nicht über sie.

»Danke für deine Hilfe, Alec«, sagt Gigi, als ich nichts erwidere und auch nicht bestätige, dass wir Freundinnen sind. »Ich komme schon klar. Ich … na ja … ich versuche, es nicht mehr an mich heranzulassen.« Das glaube ich eher nicht. Sie ist zu ruhig und ist schon zweimal wegen unwichtigerer Dinge zusammengeklappt. Und ich hätte wahrscheinlich sagen sollen, dass ich ihre Freundin bin. Ich will nicht, dass man mich beschuldigt, ich würde sie mobben. Ein naheliegender Gedanke, schließlich bin ich ihre Zimmergenossin und ihre Zweitbesetzung. Ich will aber nur die Rolle, die sie bekommen hat, und manchmal genieße ich es sogar zuzusehen, wenn sie sich so mit ihrem Gips abmüht. Aber dann gibt es auch wieder Zeiten, in denen ich sie mag. Ein bisschen.

»Sag mir sofort Bescheid, wenn wieder was passiert, okay?« Als er sie auf die Stirn küsst, wirkt es gönnerhaft. »Und, June, beweis mir, dass ich mich in dir irre, ja?«

Soll ich das etwa als Drohung auffassen? Alecs Vater ist der Vorsitzende des Kuratoriums, einer der wichtigsten Leute an dieser Schule. Ein Gespräch mit Alec kann ganz unschuldig sein. Oder es ist eine Botschaft von ganz oben. Ich habe das Gefühl, hier handelt es sich um Letzteres.

»Na gut«, sage ich und bleibe auf der Treppe stehen, um

beide vorausgehen zu lassen, damit ich nicht mehr mit ihnen reden muss.

Alec hebt Gigi hoch in seine Arme – trotz ihrer schrillen, ohrenbetäubenden Proteste – und rennt die Stufen zu den Wohnräumen hinauf. Ich spüre einen leichten Stich, als ein Teil von mir sie um das, was sie haben, beneidet, und der andere Teil sich wünscht, es würde mir nichts ausmachen. Die Zeit mit Jayhe hat mich wohl verändert. Vielleicht ist es nur eine körperliche Sache, vielleicht war es zu Beginn nur der Wunsch, sich an Sei-Jin zu rächen, aber jetzt habe ich das Gefühl, ich könnte ihm vertrauen. Schon ein paarmal war ich kurz davor, ihm die Kiste zu zeigen, die ich gefunden habe, und ihm zu erzählen, dass ich kurz davor bin, meinen Vater zu finden. Das kann ich sonst niemandem anvertrauen.

Langsam gehe ich die Treppe weiter hoch. Ich will Alec genug Zeit geben, wieder zu gehen. Auf der obersten Stufe warte ich darauf, dass Gigis Kichern bald verstummt und ich Alecs blonden Kopf aus unserem Zimmer kommen sehe.

»Begutachtest du dein Werk?«, sagt jemand hinter mir. »Du verdienst es nicht, mit uns zusammen zu tanzen. Du verdienst es nicht, an dieser Schule zu sein.« Ich drehe mich um und blicke in Sei-Jins wütendes Gesicht. Ihre Augen sind schmale Schlitze, die Zähne aufeinandergebissen. »Ich weiß, was du getan hast«, sagt sie.

Ich wende ihr den Rücken zu. Mit stampfenden Schritten rennt sie die Stufen zu mir hinauf. Ihre Hand packt meine Schulter und reißt mich herum. Das Geländer drückt sich mir in den Rücken.

»Lass mich los«, sage ich. »Was hast du für ein Problem?« Meine Hand auf dem Geländer zittert. Ich versuche, mich an ihr vorbeizudrängen.

»Ich weiß, dass du das mit Gigi warst«, faucht sie.

Ich spüre, wie mir die Gesichtszüge entgleisen. Schnell versuche ich, mich wieder zu fassen. »Soll das ein verspäteter Aprilscherz sein?«, witzle ich. Ich lasse mich nicht von ihr verletzen. Nicht mehr. Ich werde bald eine der Top-Tänzerinnen sein, und dann wird sie wieder um meine Freundschaft betteln, aber ich werde sie abweisen und es genießen. Sie hat mir mein Leben versaut, und sie ist der Grund, warum ich keine Freunde habe. Ich glaube, nach ihr habe ich die Fähigkeit verloren, Freundschaften zu schließen.

»Du hast diese Nachricht auf den Spiegel geschrieben und das ganze Zeug über sie im *The Light* aufgehängt. Und dieser ekelhafte Donut und die schwarze Rose, das warst auch du. Und ich weiß, dass du die Scherben in ihren Schuh getan hast. Das ist doch wohl eindeutig. Du bist ihre Zweitbesetzung. Wenn sie nicht tanzen kann, bist du dran!«, sagt sie, und ihr Griff an meiner Schulter wird fester, ihre Stimme echot durch das Treppenhaus. »Wer außer dir wäre sonst so verzweifelt?« Ich will sie anschreien, und ich will, dass einer der Betreuer sie erwischt, wie sie mich hier gegen meinen Willen festhält. Aber am meisten will ich, dass sie still ist.

»Das warst alles du!«, schreit sie. »Wegen dir sehen wir alle schlecht aus, weißt du das?«

Ihre Beschuldigungen treffen mich eine nach der anderen wie Faustschläge. Ich bekomme ein wenig Angst. Jemand könnte sie hören. Vielleicht glaubt man ihr sogar. Das Blut weicht aus meinem Gesicht. Mein Herz fängt an zu hämmern. Ich will mich übergeben, das alles loswerden – ihre Worte, meinen Tee, die paar Nudeln, die ich zum Mittagessen gegessen habe, die Beschuldigungen.

»Ich war das nicht.« Ich verteidige mich, aber meine Stimme zittert. »Du weißt gar nichts.«

»Ich weiß, dass du eifersüchtig auf sie bist. So warst du immer schon.« Sie drängt sich so stark gegen mich, dass ich nicht an ihr vorbeikomme. »Weißt du noch, wie du mir mein Trikot mit den Strasssteinen geklaut hast, als wir acht waren?«, sagt sie mit vor Wut sprühenden Augen. »Die ganze Zeit hast du gelogen und gelogen und wolltest nicht zugeben, dass du es genommen hast, bis ich dich damit in deinem Zimmer ertappt habe. Wie du dich vor dem Spiegel gedreht hast, zu der Musik aus dieser dämlichen kleinen Spieldose.«

Ich schüttle den Kopf, will mich nicht daran erinnern. Sie wusste nicht, was los war. Dass das das Jahr war, als meine Mom mir sagte, dass mein Vater nicht mein Vater sein wollte, dass er keine Beziehung zu mir wollte. Ich denke an die Spieldose in meinem Regal und höre die klimpernde Melodie in meinem Kopf. Eigentlich hatte ich vor, mir ihr Trikot nur kurz auszuleihen, um Prinzessin zu spielen. Dann wollte ich es ihr zurückgeben. Als zu Hause alles so verwirrend war, habe ich wohl ein paar schlimme Dinge getan. Aber ist das nicht verständlich? Ich war doch nur ein kleines Mädchen und hatte ein Geheimnis von der Größe und dem Gewicht eines erwachsenen Mannes.

»Oder als du zu Hye-Ji gesagt hast, sie wäre fett?«, sagt sie.

Mein Gesicht brennt. »Sie hatte mich in die Abstellkammer gesperrt.« Wut packt mich, als die Erinnerungen auf mich einstürmen. Wie sie mich gequält haben. Wie gemein sie waren. Der Druck von meiner Mutter, die Abwesenheit meines Vaters.

»Oder dass du meinst, es wäre okay, meinem Freund zu simsen. Ja, ich habe deinen Namen gestern auf seinem Handy gesehen. Er mag dich nicht, June. Er hat einfach Mitleid mit dir, aber nur, weil er nicht weiß, was für ein Miststück du bist.«

»Das höre ich mir nicht länger an. Ich habe nichts Falsches getan. Und das wirst du mir auch nicht einreden können.« Ich muss meine ganze Selbstbeherrschung aufbieten, um meine Stimme ruhig zu halten. Inzwischen zittere ich am ganzen Körper, deshalb halte ich mich am Geländer fest und schlucke die Angst herunter, dass sie wissen könnte, was wirklich zwischen mir und Jayhe vorgeht. Ich hoffe nicht, noch fühle ich mich nicht bereit dazu. Doch die Wut kocht in mir hoch und tötet das letzte bisschen Hoffnung in mir, dass es zwischen uns noch einmal so wie früher sein könnte. Weil es manchmal immer noch Momente gibt, in denen ich sie vermisse. Nein, jetzt werde ich sie zerstören. »Geh weg von mir, Sei-Jin.« Ich beuge mich vor. »Oder vielleicht ist das dein Problem. Dass du es gar nicht willst.« Ich sehe sie an und spitze die Lippen.

Ihre Augen treten hervor, und sie beißt die Zähne aufeinander. »Ich weiß nicht, wovon du redest. Und eigentlich hätte ich schon viel früher draufkommen müssen. Weißt du, Mr. K hat mich nämlich zur Seite genommen. Er hat ein paar von uns unter vier Augen gefragt, ob wir wüssten, was mit Gigi passiert ist. Ich hätte ihm sagen sollen, dass ich glaube, dass du es warst. Und das werde ich gleich morgen früh auch als Erstes tun. Weißt du, was ich ihm sagen werde? Dass E-Jun Kim hinter all dem steckt. Dass sie ein Miststück ist. Dass sie ihre arme Zimmergenossin terrorisiert. Deine Mutter wird so stolz sein. Oh warte, sie wird dich wahrscheinlich genauso hassen, wenn sie es erfährt, so wie wir anderen auch! Arme June! Kein Vater. Und dann auch keine Mutter.«

»Halt die Klappe!«, schreie ich und merke erst dann, wie laut ich war. Mein Blick verschwimmt, sodass ich ihr Gesicht nicht mehr richtig sehe. Ich sehe vor mir, wie sie in Mr. Ks Büro marschiert und sagt, sie wüsste etwas, und ihm dann erklärt, dass ich gewalttätig sei. Er wird ihr einen Platz anbieten und sich ihre Lügen anhören. Dann wird er Mr. Lucas zu sich rufen und Sei-Jin bitten, auch ihm ihre Lügengeschichte zu erzählen. Mr. Lucas' Gesicht wird sich vor Enttäuschung und Scham und Verlegenheit verziehen. Man wird mich von der Schule verweisen. Auf den Tanzwebseiten wird man Geschichten über die Ballerina vom American Ballet Conservatory lesen, die von der Schule geworfen wurde, weil sie eine andere Tänzerin geschlagen hat. Ich frage mich, was Jayhe wohl denken wird, und hasse mich dafür, dass mir das so wichtig ist.

»Es ist alles so offensichtlich«, sagt sie höhnisch.

Ich höre das Blut durch meine Adern rauschen, und mein Herz ist eine Trommel, auf der ein Kriegsgesang geschlagen wird. Jetzt will ich jemandem wehtun. Nichts Schlimmes. Keine wirkliche Gewalt. Nur so viel, dass sie wissen, dass mit mir zu rechnen ist. Um sie daran zu erinnern, wie viel Macht ich wirklich habe.

Ohne dass ich wirklich weiß, was ich tue, sind meine Hände plötzlich auf ihren Schultern, und ich schubse sie. Fest. Ihr Mund öffnet und schließt sich, aber ich kann nicht hören, was sie sagt. Sie kippt rückwärts und stürzt fünf Stufen hinunter. Es gibt einen dumpfen Schlag, als ihr Hintern auf das Holz auftrifft. Und ihr Kopf bumst gegen die Wand.

Bette erscheint am Fuß der Treppe. Sie kommt heraufgerannt und fängt Sei-Jin auf, bevor sie noch weiter hinunterfällt. »June!«, brüllt Bette, und ich komme zu mir, und mir wird bewusst, wo ich bin und was gerade passiert ist. Mit schweren Schritten gehe ich hinunter zu Bette, die Sei-Jin in den Armen hält. Ich lege die Hände auf den Kopf, weiß nicht, was ich tun soll. Die Stimme bleibt mir im Hals stecken, will nicht gehorchen. Ich bringe keinen Ton heraus. Hat Bette gesehen, dass ich sie geschubst habe? Habe ich sie wirklich geschubst? Nein, nein, sie muss gefallen sein.

Sei-Jin ist hysterisch. Sie schreit und brüllt, ihre Mascara läuft in schwarzen Streifen über ihre Alabasterhaut. Ich strecke die

Hand nach ihr aus. »Fass mich nicht an!«, ruft sie. »Sie hat mich gestoßen! E-Jun hat mich gestoßen!«

Bette hilft ihr die restlichen Stufen hinunter, Sei-Jins dürre Ärmchen über ihren Schultern, während Sei-Jin ihren zarten Körper auf Bettes kräftigeren stützt. Sie verschwinden den Flur hinunter in Richtung Betreuerbüro. Ich lasse mich auf die Treppe sinken.

»Du kommst besser mit uns«, ruft Bette, als sie bemerkt, dass ich ihnen nicht folge. »Du willst doch nicht, dass du noch schuldiger aussiehst, oder?«

Wenige Minuten später sind wir im Büro der Betreuer. Sei-Jin weint ins Telefon. Ich höre die koreanischen Flüche ihrer Mutter durch den Hörer und weiß, dass sie mir gelten. Ich höre den Namen meiner Mom, *Kang-Ji*, und weiß, dass Sei-Jins Mom sie auf der Stelle anrufen wird, obwohl es schon so spät ist. Mein Herz hat sich immer noch nicht beruhigt. Bette sitzt neben mir auf der weichen Couch, ihre Finger spielen ohne Unterlass mit ihrem kleinen Medaillon. Die Betreuerin hat zwei Anrufe in der Leitung, zwischen denen sie hin- und herwechselt, einen mit Mr. K, den anderen mit Mr. Lucas. Mein ohnehin winziger Magen zieht sich weiter zusammen.

»Was ist passiert?«, flüstert Bette mir zu. Es klingt, als kenne sie bereits die Antwort auf ihre eigene Frage, wolle aber eine Bestätigung von mir.

Ich zucke mit den Schultern. Inzwischen bin ich alles noch mal im Kopf durchgegangen, wie ein Ballett. Jede meiner Bewegungen, jede ihrer Bewegungen. Die Erinnerung an Sei-Jins Worte umschwebt mich wie Musik, wiederholt sich in Refrains. Ich weiß nicht, was ich Bette antworten soll. Ich weiß nicht, ob sie auf meiner Seite ist. »Ich … ich weiß nicht«, sage ich.

Die Betreuerin legt auf und baut sich vor Bette und mir auf. Sei-Jin geht in den Flur, um dort am Handy weiterzuheulen.

»Was ist passiert?«, fragt die Betreuerin. Ich wünschte, sie würden nicht alle immer wieder dieselbe Frage stellen. Davon wird mir schwindelig.

Mein Mund ist wie zugeklebt. Es ist, als könnte ich ihn nicht öffnen. Ich sitze auf meinen Händen und sehne mich nach meiner Puderdose, um etwas zu haben, an dem ich mich festhalten kann. Etwas, das mir Sicherheit gibt. Die Betreuerin blickt Bette an und wartet auf eine Antwort. Bettes blaue Augen richten sich auf mich.

»Ich kam aus dem Training«, beginnt Bette. »Dann habe ich Geschrei gehört, als ich gerade die Treppe zu den Wohnräumen erreicht hatte. Und ich habe genau gesehen, wie Sei-Jin gefallen ist. Einfach nur gefallen ist. Erst neulich habe ich dem Hausmeister gesagt, wie glatt die Stufen sind.«

Verblüfft starre ich Bette an. Ich weiß, dass sie gesehen hat, wie ich Sei-Jin gestoßen habe. Die Lüge kommt ihr so leicht über die Lippen, dass ich sie fast selbst glaube. Die Betreuerin wendet sich an mich. »Stimmt das, June? Sei-Jin sagt, du hättest sie gestoßen.«

»Das habe ich nicht«, flüstere ich. »Sie ... ist gefallen.«

»Und warum sollte sie dann so etwas sagen?«, fragt die Betreuerin.

»Keine Ahnung«, antwortet Bette an meiner Stelle.

»Wir hatten schon immer ... Probleme«, erkläre ich der Betreuerin. Das Telefon auf dem Schreibtisch schrillt.

»Nun, dann geht jetzt ins Bett. Wir kümmern uns morgen darum.« Sie nimmt den Hörer ab, hält aber die Hand darüber. »Und in der Zwischenzeit halt dich fern von Sei-Jin«, warnt sie mich, und ich weiß, dass sie mich im Verdacht hat, aber auch auf Bettes Wort vertraut. Außerdem will niemand sie der Lüge beschuldigen und es dann mit ihrer verrückten Mom zu tun bekommen.

Gerade als wir gehen, kommt Sei-Jin wieder herein. Sie bedenkt mich mit einem koreanischen Schimpfwort, das ich aus den Seifenopern meiner Mom kenne, und legt sich mit einem Eis-Pack auf die Couch, immer noch schniefend und rot im Gesicht vom Weinen.

Schweigend gehen Bette und ich zurück zu den Wohnräumen. Ich spüre ihren Blick auf mir, doch sie wartet darauf, dass ich zuerst etwas sage. Schließlich, als wir oben an der Treppe sind und sie sich umdreht, um zu ihrem Zimmer zu gehen, fasse ich sie am Arm. »Danke«, sage ich.

Zunächst erwidert sie nichts, und ich verstehe ihr Schweigen als: gern geschehen. »Aber stimmt es?«, fragt sie stattdessen.

»Was?«, antworte ich.

»Ich habe mitgehört, was Sei-Jin gesagt hat.« Sie blickt mir geradewegs in die Augen. »Warst du das, diese Sachen mit Gigi?«

»Nein«, sage ich mit einem Stirnrunzeln. »Du?«

Bette macht ein empörtes Gesicht. »Nein!«

»Na ja, du warst ja nicht immer ein Vorbild für alle«, rufe ich ihr in Erinnerung. »Das wissen wir alle.«

»Genauso wenig wie du«, gibt sie scharf zurück.

Jetzt, wo ich plötzlich unter Verdacht stehe, will ich sie mit hineinziehen. Ich will, dass auch ihre Geheimnisse ans Tageslicht kommen. Nicht nur meine. Denn je mehr von ihren schmutzigen Geheimnissen bekannt werden, desto wahrscheinlicher ist es, dass ihr die Schuld gegeben wird. Nicht mir.

Zumindest versuche ich mir das einzureden.

31 | Gigi

Die Schmerzen in meinem Fuß reißen mich aus dem Schlaf. Aprilregen läuft in Schlieren das Fenster herunter, das graue Licht dringt kaum hindurch. Eine Zeit lang sehe ich zu, wie meine Schmetterlinge mit ihren orangefarbenen und schwarzen Flügeln im Käfig schlagen. Ich wette, dass sie sich nach Sonnenschein sehnen. Oder vielleicht tue ich das selbst. Ich habe meine Schmetterlinge nach großen Balletttänzern benannt: Martha, Gelsey, Mikhail, Svetlana und Rudolf. Schmetterlinge sind schließlich die Ballerinas der Tierwelt. Ihre Bewegungen sind leicht und sanft und von der Natur geschaffen. Ich blinzle gegen die Tränen an, die in ruhigen Momenten kommen, wenn ich allein bin. Die Schmerzmittel betäuben mich und stumpfen alle Gedanken ab, die mir in letzter Zeit durch den Kopf gehen, aber manchmal, wenn ich morgens wach werde, kommt alles zurückgeströmt wie eine große Meereswelle, die droht, mich zu verschlingen.

Hat mir jemand die Scherben absichtlich in den Schuh getan?

Die bittere Wahrheit lautet: *Ja.*

Und: *Warum ich?*

Die wahrscheinlichste Antwort lautet: *Weil ich die Rolle der Giselle bekommen habe.*

Und noch weitere Gedanken kommen mir hoch: *Weil ich neu bin. Weil ich dunkelhäutig bin. Weil Alec und ich zusammen sind.*

Ich erinnere mich an die Tränen in Tante Leahs Augen, als

sie im Krankenhaus meinen Fuß gesehen hat. Meine Eltern drohten damit, quer durchs Land zu fliegen, um mich nach Hause zu holen. Ich hatte keine Antworten auf ihre besorgten Fragen. Und jetzt sind ihre Fragen auch meine. Jedes Mal, wenn sie mir durch den Kopf gehen, wird mir übel. Mein Magen zieht sich zusammen, aber mein Gehirn kann nicht damit aufhören, die einzelnen Puzzleteilchen zusammenzusetzen. Und die Liste wird immer länger, je mehr ich nachdenke.

Ich weiß, dass Bette die Nachricht auf den Spiegel geschrieben hat. Sie hat es zugegeben. Und außerdem, dass sie das Bild von mir und Henri in der Kammer aufgehängt hat. Doch sie behauptet weiterhin steif und fest, sie wäre nicht die Person gewesen, die die Fotos von ihr und Alec an den Spiegel in meinem Kellerstudio geklebt hat. Dabei ist sie die Einzige, die es gewesen sein kann. Oder will sie mir etwa weismachen, dass Alec es war? Oder Eleanor? Sie hat zwar nicht gesagt, dass sie an die Wand in der Kammer geschrieben hat, ich solle auf mich aufpassen, aber es würde zu ihr passen. Ich weiß nicht, wer mir den ekelhaften Donut geschickt hat, oder wer die Scherben in meinen Schuh getan hat. Und darüber sollte ich mir wohl am meisten Sorgen machen. Doch irgendwie beschäftigt mich die Sache mit der Krankenakte mehr. Obwohl das schon im Oktober passiert ist. Jemand hat meinen EKG-Bericht gesehen. Und dieser Jemand hält mich nun für schwach, weil ich krank bin.

Benebelt von den Medikamenten hinke ich im Zimmer herum und versuche, mich halbwegs anständig anzuziehen. Heute ist Donnerstag, fast alle sind in den Studios, machen Hausaufgaben oder Erledigungen mit den Betreuern. Sogar June ist nicht da. Ich wünschte, ich könnte das alles mit ihr besprechen. Sie denkt so logisch. Ich wette, sie würde ganz leicht darauf kommen, wer mir das alles antut. Es muss mehr als einer sein. Bette allein, das ist eigentlich unmöglich.

Ich schreibe Alec eine SMS, um ihn zu fragen, ob er sich nach der Probe mit mir treffen will, und gehe dann hinunter in den Trainingsraum, um mich zu dehnen. Schließlich muss ich bei Kräften bleiben. Ich werde mindestens eine Woche Pause vom Unterricht und von den Proben machen müssen, und die Aufführung ist in fünf Wochen. Die vielen Korrekturen in letzter Minute, die Änderungen in den Bühnenanweisungen, die werde ich alle nicht selbst umsetzen können, sondern nur zusehen müssen.

Der Raum ist voller Spiegel, knautschiger Gummibälle, lila und blauer Matten, und außerdem stehen ein paar Trainingsgewichte herum. Gerade ist er leer. Auf einem der Geräte platziere ich mich so, wie der Physiotherapeut es mir gezeigt hat. Ich lege mich auf den Rücken, stelle beide Füße auf die Fußstange, obwohl ich eigentlich noch keinen Druck auf meinen verletzten Fuß ausüben darf, und schiebe. Der Stahlwagen unter mir, der dafür sorgen soll, dass meine Muskeln nicht abbauen, gleitet hoch und runter. Nach fünf Minuten auf der Maschine kann ich die Nähte in meinem Fuß spüren, und Schmerz schießt mein Bein hinauf.

»Darfst du das überhaupt?«, kommt eine Stimme von der Tür her.

Ich recke den Hals und sehe Will dort stehen, ganz verschwitzt, mit einem Handtuch über den Schultern.

»Nein«, sage ich, drücke aber noch ein paarmal zu. Inzwischen steht Will über mir und streckt die Hand aus, als wären wir auf der Bühne und würden gleich ein Pas de deux tanzen. Ich halte inne, setze mich auf und ergreife seine Hand.

»So könntest du dir den Fuß noch mehr ruinieren«, sagt er.

»Du klingst wie einer unserer Lehrer«, sage ich. Oder sogar wie meine Mama.

»Gut.« Er setzt sich auf die Matte und beginnt sich zu dehnen. »Also, was kannst du machen? Was haben sie gesagt?«

»Dehnen und leichte Gewichte.« Also eigentlich nichts.

Seine Augenbrauen heben sich mitleidig.

»Können wir über etwas anderes reden?« Ich wanke hinüber zu einem Eckregal, um Gewichte herauszuholen. Er kommt mir zuvor und trägt sie für mich. Zunächst murre ich, lächle dann aber und danke ihm. Wir lassen uns zusammen auf dem Boden nieder.

»Dann soll ich also besser nicht fragen, ob sie schon herausgefunden haben, wer die Scherben in deinen Schuh getan hat?«

»Nicht, wenn du es nicht schon weißt«, witzle ich.

»Nein, tue ich nicht. Normalerweise würde ich ja denken, es war Bette«, sagt er und verdreht die Augen, »aber dieses Mal bin ich mir nicht so sicher. Fähig dazu wäre sie auf jeden Fall. Ernsthaft. Glaub nicht das, was Alec über sie sagt. Sie macht ihm was vor, so wie allen anderen auch.« Seine Augen werden ganz groß, so als würde ihm das, was er sagt, Angst machen. »Sie hat schon so viele Leute terrorisiert. Wenn sie es doch war, hat sie in jedem Fall eine Strafe verdient.« Er inspiziert meinen Fuß. »Du solltest dich vor ihr in Acht nehmen.«

Fast das Gleiche hat Henri mir gesagt, zu Beginn des Semesters und in den Nachrichten, die er mir weiterhin schickt. »Ich will nicht darüber reden.« Vor allem nicht mit ihm. »Wie geht es dir denn so?«, frage ich, weil mir nichts Besseres einfällt.

»Wirklich gut«, sagt er so schwärmerisch, wie ich das bei ihm noch nie gehört habe, und beugt sich dann vor. »Ich habe vielleicht bald meinen ersten Freund.«

Das ist eine Neuigkeit für mich, aber ich versuche, mir die Überraschung nicht ansehen zu lassen. »Oh wirklich?«, sage ich. »Kenne ich ihn? Ein Tänzer?«

»Hmm … vielleicht«, ist alles, was er sagt. »Groß, dunkelhaarig und attraktiv.«

Es ist ausgesprochen schwer, neue Leute außerhalb der Welt

des Balletts kennenzulernen. Man verbringt so viel Zeit in den Studios, um zu proben, sich zu dehnen und an jeder noch so kleinen Bewegung einer Variation zu tüfteln, dass wenig Raum für anderes bleibt. Die Einladungen für den Abschlussball und das Homecoming treffen ein und bleiben unbeantwortet oder werden abgesagt, bis sie dann irgendwann nicht mehr kommen. Es ist einfacher, mit jemandem auszugehen, der ebenfalls Ballett tanzt.

»Details? Was ist passiert? Ein Kuss? Was macht ihr zusammen so?« Ich ahme Mama nach, wenn sie Tante Leah über ihr Liebesleben ausfragt.

»Das verrate ich nicht!«, sagt er und wird so rot, dass sein Gesicht perfekt zu seinen Haaren passt. »Na ja, zumindest noch nicht. Er ist irgendwie schüchtern. Jedenfalls, wie sieht die Prognose für deinen Fuß aus?«

»Moment, Moment.« Ich drehe mich zu ihm um und schenke ihm meinen besten »Spuck's aus«-Blick. »So einfach kommst du mir nicht davon.«

»Na ja, sagen wir einfach, er ist wirklich heiß.« Will grinst und will noch mehr sagen, doch Alec erscheint in der Tür, und sofort erlischt Wills Aufregung und Lachen wie eine Flamme, die ausgeblasen wird. Er räuspert sich und tut so, als müsste er sich im Spiegel das perfekt sitzende Haar glätten.

»Hallo«, sage ich zu Alec, und er betritt den Raum, als wäre dieser voller Landminen.

Sie schweigen sich an, und ich frage mich, was wohl zwischen den beiden vorgefallen sein mag.

32 | Bette

Zum ersten Mal in meinem Leben hört mir niemand mehr zu. Selbst Eleanor tut sich Ohrstöpsel in die Ohren und summt mit der Musik von *Giselle* mit, wenn ich von Gigi und Alec anfange, von Gigis Besessenheit, mir alles zu nehmen, was ich habe, und von Gigis offensichtlich psychotischem Zusammenbruch nach dem Vorfall mit dem Donut.

Doch heute ziehe ich ihr die Ohrstöpsel einfach heraus, während wir uns für den morgendlichen Ballettunterricht fertig machen. »Hörst du mir überhaupt zu?«

»Ich versuche mich zu konzentrieren«, sagt sie. »Und irgendwie kommst du mir so besessen vor.«

»Nein, bin ich nicht«, widerspreche ich.

»Warum redest du denn die ganze Zeit von ihr?«

»Ich will dich nur auf dem Laufenden halten.« Mir ist, als hätte sie mir gerade ins Gesicht gespuckt.

Sie will sich die Ohrstöpsel wieder einstecken. »Ich weiß nicht, ob ich noch auf dem Laufenden gehalten werden will.«

Doch ich übergehe diesen Kommentar und rede einfach weiter. »Ich habe sogar mit June darüber gesprochen. Wir glauben beide, dass Gigi und Mr. K eine Affäre haben. So ist sie an diese beiden Rollen gekommen.«

Eleanors Hände erstarren, bevor die Stöpsel im Ohr sind.

»Ich habe mich vor ein paar Wochen ein bisschen an ihn herangeschmissen«, beichte ich ihr, weil ich meine beste Freundin zurückwill, wieder alles mit ihr teilen will, egal was. »Nur als Test.«

Sie wird rot, und es ist nicht das hübsche Rot, wie nach einem anstrengenden Ballettunterricht. Eher so, wie wenn man vor den Augen aller die Treppe heruntergefallen ist. Oder wenn man merkt, dass man einen Popel sichtbar in der Nase hat, während man mit jemandem redet, den man mag.

»Warum machst du so was?«, fragt sie.

»Ich dachte, ich könnte meine Rolle zurückbekommen.« Ich fange an, mein Haar zu einem Dutt zurückzunehmen. »Es ist ja nicht so, als hätte das nicht vorher schon mal geklappt. Adele hat es mir gesagt.«

»Er lässt sich doch nicht wahllos mit seinen Tänzerinnen ein«, sagt sie mit schnippischem Ton. »Glaubst du nicht, dass er dazu zu clever ist? Dann bekommt er doch Ärger.«

»Adele sagt ...«

»Ich will nichts mehr hören.« Sie springt auf und ergreift ihre Tanztasche. »Ich muss mich für den Unterricht fertig machen.«

Ich nehme eine Pille, um die Gedanken daran auszulöschen, und ziehe mich für den Unterricht an. Dabei versuche ich nicht darüber nachzudenken, wie viele Tabletten ich schon genommen habe, oder dass ich in den letzten Monaten die Menge fast verdoppelt habe. Stattdessen kämme ich meine Haare glatt, vergewissere mich, dass alles perfekt sitzt, und gehe nach unten. Im Flur weiche ich Henris Blick aus und flüchte schnell ins Studio, verdränge die Erinnerungen an seine Haut auf meiner, seine Lippen auf meinen.

Ich halte mich abseits von den anderen. Die Mädchen hören Mr. Ks Ausführungen aufmerksam zu. Gigi sitzt auf einem Stuhl, den Fuß im Verband auf einem Kissen, als wäre er ein zerbrechlicher Glasschuh. Jetzt, da sie vom Rand zusehen muss, lege ich mich mehr ins Zeug. Hoffentlich fühlt sie sich wie ich, als ich ihr zusehen musste, wie sie die Zuckerfee tanzte, oder Cassie, als sie die Sylphide, die Fee war.

Als der Unterricht endet, teilt Mr. K uns mit, dass die Probe heute Abend abgesagt wurde. Weil die Geburtstagsparty von Alecs Vater stattfindet. Alle Lehrer und Kuratoriumsmitglieder werden dort sein, und noch andere einflussreiche Ballettfreunde. Meine Mutter will mich aus dem Schulunterricht am Nachmittag holen, damit ich mir das Haar machen lassen und ein neues Kleid kaufen kann. Sie glaubt, ich müsste Alec zurückgewinnen. Sie glaubt, ich wäre mit den Nerven am Ende. Vielleicht hat sie recht.

Ich bleibe im Studio, nachdem alle anderen gegangen sind, um mich noch ein bisschen zu dehnen. Nach einer längeren Abkühlungsphase tut mir mein Knie nicht mehr so weh. Die anderen Tänzer sind unterwegs in die Mensa zum Mittagessen oder gehen in den Nachmittagsunterricht. Ich bin immer wieder erstaunt, wie plötzlich dieser Wandel passiert: vom Chaos zur Ruhe, von der drückenden Enge zur Einsamkeit. Ich hätte nie gedacht, dass ich mal allein sein will.

Die Studiotür öffnet sich, nicht mit einem Knarren oder einem Klopfen, sondern mit einem lauten Knall und einem Windstoß. Offenbar weiß jemand, dass ich hier drinnen bin, kümmert sich aber einen feuchten Dreck darum, ob er mich erschreckt oder meine Dehnübungen unterbricht.

Mr. K.

»Genau das Mädchen, nach dem ich gesucht habe«, sagt er.

Bei den Worten erschaudere ich – es liegt die Drohung darin, meine Mutter anzurufen und einen Termin beim Schulpsychologen zu vereinbaren.

»Hallo«, sage ich möglichst beiläufig und stehe auf, obwohl sich dabei mein Knie wieder ein bisschen meldet. Ich brauche nur ein paar Schmerztabletten und vielleicht einen heimlichen Besuch beim Physiotherapeuten. Dann wird das schon wieder.

»Morkie ist zufrieden mit deiner Arbeit in den letzten Wochen«, sagt er. Seine Worte haben Gewicht: Was er meint, ist, dass ich eine Zeit lang schlecht war und mich nun endlich wieder richtig anstrenge. Ich nicke, denn eigentlich ist es kein Kompliment, das wissen wir beide.

»Du hast dich von Gigi überflügeln lassen«, fährt er fort. »Du kannst nicht immer ganz oben sein. Aber trotzdem noch sehr gut.«

»Oder ich kann die Beste sein«, sage ich.

Mr. K räuspert sich. »Verbringst du viel Zeit mit ihr?« Er ist nicht sehr gut im Small Talk, deshalb wirkt der beiläufige Ton aufgesetzt. »Sie hat es gerade schwer, wie du weißt.«

»Gigi?«

»Ja. Deine Konkurrentin. Hörst du mir überhaupt zu?«

»So viel Zeit wie mit allen andern auch.« Ich merke, dass er etwas von mir will, aber nicht weiß, wie er weitermachen soll. Auf eine seltsame und unerwartete Weise habe ich die Zügel in der Hand. Er weiß, dass ich das Herz dieser Schule bin. Ich weiß, wie es um seine Tänzer wirklich steht.

»Hat sie nie erwähnt, ob es Gerüchte gibt, wer hinter all diesem Blödsinn steckt? Hast du irgendwelche Gerüchte gehört? Du weißt, dass ich nicht will, dass sich meine Tänzer von Klatsch beeinträchtigen lassen ...« Mr. K verlagert sein Gewicht. Ich habe ihn nie anders als in einer geraden, perfekt vertikalen Linie stehen sehen, doch jetzt lehnt er sich leicht gegen die Stange. Wie ein normaler Mann und nicht wie ein großer Balletttänzer. Nicht wie der Mann, der unser aller Zukunft kontrolliert. Meine Zukunft. Er streckt mir die Hand hin. Ich nehme sie, und er führt mich näher zur Stange. Das letzte Mal hat er die Hand zurückgezogen, aber dieses Mal ist er warm, einladend. So, als würde es vielleicht anders laufen, wenn ich es nur noch einmal versuche.

»Von Nahem siehst du deiner Schwester bemerkenswert ähnlich.« Er hebt mein Kinn an, und seine Augen tasten über mein Gesicht, meinen Nacken und sogar mein Dekolleté. Ganz plötzlich höre ich nur noch die Unterhaltung, die ich eben mit Eleanor über ihn geführt habe, in meinem Kopf wieder abspielen. Alles, woran ich denken kann, ist, wie Adele mir gesagt hat, sie hätte immer zugelassen, dass Mr. K ihren Hals küsste und mit den Fingern an ihrem Trikot entlangstrich, wenn er ihr zeigte, wie sie sich von ihrem Partner heben lassen muss. Gott weiß, was sie sonst noch zusammen getrieben haben.

»Ich dachte, ich würde sie zurückbekommen. Als du immer besser wurdest. Ich dachte, du würdest mehr wie sie tanzen«, sagt er todernst. Ohne Rücksicht auf die Gefühle, die ich für meine Schwester haben könnte. Ich werde nicht oft rot, doch jetzt kann ich die unangenehme Hitze spüren, die von meinem Gesicht ausstrahlt. Und die Tränen, die gewöhnlich damit einhergehen.

Ich schlucke das alles herunter, lasse nichts heraus. »Ich habe keine Zeit für Gerüchte.« Meine Stimme klingt ruhig und ungerührt. »Und ich habe ganz sicher keine Zeit, über Adele zu plaudern. Auch wenn sie Ihr *Liebling* war.«

Mr. K nimmt seine Hand so schnell von mir, als wäre ich etwas Ekliges in einem Abfalleimer. Er räuspert sich erneut. »Ich frage mich, ob Gigi möglicherweise einen falschen Eindruck gewonnen hat. Manchmal bringt ihr Mädchen einiges durcheinander«, sagt er nach einer Pause, die sich anfühlt, als würde sie mich verschlingen. Er ist ein Stück abgerückt, nimmt aber nicht den Blick von mir. Unsere Augen sind gleich: hellblau und voller Herausforderung. Ich darf nicht zulassen, dass er mich wieder abweist, so wie letzte Woche in seinem Büro. Die Drohung, mich zum Schulpsychologen zu schicken, liegt mir noch im Ohr, und die gleiche Hitze der Verlegenheit kriecht über meine Haut.

Ich antworte nicht. Er reibt die Hände gegeneinander, als wären sie zwei Stöcke, die Feuer erzeugen sollen. Mr. K ist so hitzig und so mächtig, dass ich nicht überrascht wäre, wenn plötzlich Flammen aus seinen Händen steigen würden. Ich mache einen winzigen Schritt zurück.

»Ich weiß es wirklich nicht«, sage ich schließlich. Ich vermisse die Zeit, als seine Sorge noch mir und meiner Karriere galt und nicht Gigi. »Ich könnte mich mal umhören«, schlage ich vor. Wir wissen beide, dass es eine Drohung ist und kein Gefallen.

Mr. K schüttelt den Kopf und lässt mich einfach dort stehen. Sobald er durch die Tür ist, drücke ich meinen Kopf in meinen Ballettpullover und stoße einen wütenden Schrei aus.

Das Haus der Lucas sieht aus wie immer, nur dass es jetzt zur Geburtstagsparty von Alecs Vaters mit Geschenken vollgestopft ist. Ein schönes Upper East Side Townhouse zwischen Madison und Fifth Avenue, sogar noch besser als unseres. Auch wenn meine Mutter das nie zugeben würde. Aber als wir vor der Tür stehen, legt Mr. Lucas nur einen Arm um mich und küsst mich nicht auf die Wange, wie früher. Die Hand seiner neuen Frau ist so kalt auf meiner Schulter, dass ich erschaudere, und seine Schwester Sophie, die mich früher anflehte, sie zu schminken und ihr bei ihren Pirouetten und Sprüngen zu helfen, bringt kaum die Energie auf, in meine Richtung zu winken. Der Salon ist voll mit wichtigen Leuten aus der Tanzwelt, alle in Abendkleidung, die meisten schon bei ihrem dritten oder vierten Cocktail. Ich sehe keine anderen Schüler – nicht einmal Alecs kostbare Gigi. Die meisten von uns werden nicht für wichtig genug für eine Einladung erachtet, es sei denn, es gibt noch andere Absolventen aus der Familie. So wie Adele.

»Alec ist oben«, sagt Mr. Lucas, bevor er sich vorbeugt, um Adele zu umarmen und ihr ein Kompliment zu ihrem letzten Auftritt zu machen. Er zitiert sogar einen Satz aus der Rezension der *New York Times*. Seine lächerliche Frau lacht lauthals, so als wäre Adele eine Berühmtheit, was sie wohl in der Welt des Balletts auch ist. Aber das werde ich irgendwann genauso sein. Und dann werden sie es bedauern, mich so kühl behandelt zu haben.

»Äh ... erwartet Alec mich?« Die Worte klingen formell und fremd in meinem Mund, irgendwie nicht richtig, woraufhin sich auf ihren Gesichtern das gleiche Unbehagen abzeichnet, das ich empfinde. Ich warte nicht auf die Antwort, sondern gehe gleich die Treppe hinauf, so wie bei jeder anderen Erntedank- oder Weihnachts- oder Geburtstagsfeier, obwohl er jetzt eine andere liebt und ich ganz allein bin.

Seine Tür steht weit auf, sodass ich einen Blick auf ihn erhasche, bevor er mich dort stehen sieht. Offenbar zieht er sich gerade fürs Dinner an, denn er knöpft sich sein Hemd zu. Ich habe nicht vergessen, wie attraktiv er ist, doch er sieht sogar noch besser aus als das Bild in meinem Kopf. Vielleicht liegt es daran, dass ich ihn in normalen Kleidern statt in seinem Kostüm sehe, aber er ist so jungenhaft und schön und real, dass es mir fast den Atem verschlägt. Als ich endlich wieder Luft holen kann, verwandeln sich meine Gefühle in Tränen.

In dem Moment bemerkt er mich.

Ich versuche wenigstens lautlos zu weinen, wenn ich die Tränen schon nicht unterdrücken kann. Doch ich schniefe erst ein paarmal und breche dann in laute Schluchzer aus. So laut und hemmungslos habe ich seit dem Weihnachtsfest, als mein Vater uns verließ, nicht mehr geweint, und der Gedanke daran lässt mich noch heftiger weinen. Mein Knie, der Aprilschneeregen dort draußen, mein wildes Schluchzen – es ist, als würde ich diese furchtbaren Tage noch einmal durchleben.

»O mein Gott, was ist? Was ist passiert? Hat deine Mom …?« Alec kommt auf mich zu, und ich lasse mich von ihm in seine Arme ziehen. Ich weine an seiner Schulter, bis sich in seinem frischen, weißen Hemd die nassen Abdrücke meiner Augen und meines Mundes abzeichnen. Er streichelt meinen Rücken, flüstert beruhigend auf mich ein, den Mund nah an meinem Ohr. Eine Bewegung seines Mundes, und er würde mein Ohrläppchen küssen, dann meinen Hals hinunter, bis wir auf seinem Bett landen. Dieser Ablauf ist so vertraut, dass ich überrascht bin, dass er es nicht einfach aus Reflex tut.

»Alles ist falsch«, sage ich schließlich. Ich flüstere, aber das ist vermutlich gar nicht nötig. Unten klingen Gläser, und es wird gelacht, gefolgt von einem Stimmengewirr. Alle versuchen sich zu übertönen, doch Adeles Stimme ist die klarste, ist am deutlichsten zu hören.

»Was hat sie getan?«, sagt Alec, der immer noch denkt, es ginge nur um meine Mutter, obwohl sie nur ein Teil davon ist.

»Sie ist … nicht so schlimm. Das Trinken lenkt sie ab.«

»Oh.«

»Willst du mich nicht mehr?« Ich drücke meinen Körper ein bisschen gegen seinen. Er widersteht, rückt aber nicht von mir ab.

»Ich weiß, dass du das nicht hören willst, aber ich bin jetzt mit Gi…«

»Das ist in Ordnung. Es muss ja nichts Ernstes sein. Aber willst du mich nicht trotzdem? So wie vorher? Ich verrate es auch nicht. Könnten wir nicht …« Ich lege die Hand um seinen Hals und fahre mit dem Finger auf der Stelle hin und her, wo sein Haar auf seinen Nacken trifft. Das hat er immer gemocht, und tatsächlich reagiert er mit einem kleinen Schauder.

»Du weißt, dass du mir immer wichtig …«

»Ich weiß, dass sie sehr unerfahren ist.« Ich hatte nicht geplant, das zu sagen, und es ist auch nicht das beste Argument, um das zu bekommen, was ich will. Denn was ich eigentlich will, ist, dass Alec mich wieder liebt. Aber im Moment würde ich alles nehmen.

»Gott, Bette …«

»Ich vermisse dich so sehr. Du musst mich doch auch ein wenig vermissen. Man macht das doch nicht mit jemand anderem und denkt dann niemals zurück …« Ich fasse hinunter an seine Hose. An den Bund. Den Reißverschluss. Er schiebt meine Hand nicht weg.

Ich warte auf ein plötzliches Gefühl der Liebe, ein Hochgefühl, weil ich ihn wiederhaben kann, aber stattdessen habe ich nur einen einzigen schrecklichen Gedanken: Wie kann ich es anstellen, dass Gigi hiervon erfährt?

Dann, als hätte er gehört, was in meinem Kopf vorgeht, reißt er sich von mir los.

»He. Nein. Tut mir leid. Aber nein«, sagt er. Er ist weiterhin nett, vielleicht weil sein Hemd immer noch nass ist von meinen Tränen oder vielleicht weil ich bemitleidenswert bin, wie ich mich ihm so schick aufgemacht und humpelnd an den Hals werfe. Ich erwidere nichts; es gibt nichts zu sagen. Er macht ein paar Schritte zurück und lächelt mich traurig an.

»Warum magst du sie?«, frage ich, ganz die Tochter meiner Mutter: eine Masochistin.

»Wir sollten besser nicht darüber reden«, sagt er. »Nicht jetzt.«

»Nein, sag es mir, ich halte es aus«, sage ich.

Er seufzt.

Ich gebe ihm einen leichten Stoß. »Ich will es wissen. Das ist das Mindeste, was du mir schuldig bist.«

»Sie ist einfach«, antwortet er und meint damit nicht, dass sie einfach zu haben ist. »Sie bringt mich zum Lachen und hilft mir, den ganzen Wahnsinn an der Schule zu vergessen. Okay?«

Ich weiche einen Schritt zurück.

»Es war schon eine ganze Weile schwierig zwischen uns, Bette. Du hast geklammert. Wir haben uns auseinandergelebt«, sagt er.

Ich hebe die Hände. »Ich hab's verstanden«

»Hör mal, ich gehe jetzt nach unten.« Schnell wechselt er sein tränenfeuchtes Hemd in ein frisches, neues. »Um deiner Schwester Hallo zu sagen. Du kannst ja runterkommen, wenn du ... so weit bist. Okay?« Ich sage nichts. »Okay. He, alles wird wieder gut.«

Dann bin ich allein in seinem Schlafzimmer, und alles sieht aus wie seit Jahren, aber auch anders, weil er nicht mit mir hier ist und an der Pinnwand keine Bilder von uns hängen und das Bett gemacht ist und nicht zerknüllt von unseren Körpern, die sich darin herumgerollt haben.

Dann sehe ich es: eine braune Schachtel mit Gigis Namen darauf auf seinem Schreibtisch. Daneben ein kleines Häuflein von Origami-Rosen. Ein Brief. Ein paar Pralinen.

Den Brief fasse ich nicht an, obwohl ein Teil von mir ihn nur zu gern gelesen hätte, um zu sehen, welche Worte er benutzt, um ihr zu sagen, wie schön sie ist. Ob er sie liebt. Ich betaste die Rosen erst nur ganz vorsichtig. Dann nehme ich sie eine nach der anderen in meine Hand. Ich wünschte, ich könnte die braune Schachtel mit Fotos von Alec und mir vollstopfen. Wer immer ihr damals die Nacktfotos gegeben hat, hat mir einen Gefallen getan. Ich frage mich, ob er noch Abzüge hat und ob er überhaupt weiß, dass sie die Fotos kennt. Warum hat Gigi ihm nicht davon erzählt?

Das leise Flüstern in meiner Brust, das sagt, *vielleicht weil sie besser ist als du, Bette*, ignoriere ich.

Um nicht mehr daran zu denken, durchsuche ich sein Zimmer nach seinen Abzügen der Fotos. Ganz offensichtlich hat sie die Botschaft nicht verstanden. Sie braucht eine Erinnerung, dass Alec und Bette zusammengehören. Dass Alec und Bette etwas bedeuten. Ich weiß, dass er sie früher in seinem Schrank aufbewahrt hat, in einer Schachtel, in der er das versteckt, was niemand sehen soll: ein paar erbärmliche Playboy-Magazine, einen Brief von seiner richtigen Mutter, Whiskeyflaschen, die er aus einem Hotelzimmer stibitzt hat, ein Foto von seinem Vater, als er noch jünger war, mit einer schönen koreanischen Tänzerin, mit so vielen Knicken, dass man sofort sieht, dass es jahrelang in einer Brieftasche herumgetragen wurde.

Und die Fotos von mir und Alec, zusammen. Meist zeigen sie nur mich, obwohl auch Alec manchmal ein bisschen im Bild ist. Ein paar von mir allein hat Alec aufgenommen: nackt und in die Kamera lächelnd. Dann habe ich ihn überzeugt, den Timer einzustellen und sich zusammen mit mir fotografieren zu lassen. Auf einem Foto liegen meine Beine um seine Taille, und sein Gesicht ist an meinem Hals. Das war vor zwei Jahren, als wir gerade vom Küssen und Händchenhalten dazu übergegangen waren, uns gegenseitig auszuziehen und das zu berühren, was darunter war.

Aber gleich darunter finde ich etwas viel Besseres: die ganzen Liebesbriefe, die wir uns geschickt haben. Als wir vierzehn waren, schlug er vor, wir sollten eine Zeitkapsel bestücken und sie neben dem kleinen Brunnen im Garten vergraben. So hatte er es im Fernsehen gesehen. Also ließ er mich alle Briefe mitbringen, die er mir geschickt hatte, und legte sie dann zusammen wie Puzzleteile. Damals war ich dumm: Ich sagte ihm, das wäre nicht sexy, als hätte ich wirklich gewusst, was das Wort bedeutet. Danach hat er mir keine Briefe mehr geschrieben.

Er wird sie nicht vermissen, denke ich.

Und dann: *Ich kenne ihn immer noch am besten.*

Und dann: *Sie würde so etwas niemals tun.*

Ich wähle die besten Briefe aus, die, in denen er aufzählt, was er an mir liebt, die, in denen er beteuert, dass wir für immer zusammen sein und heiraten werden, die, in denen er mir sagt, wie schön ich bin. Danach ist der Rest des Abends gar nicht mehr so schlimm. Alec lächelt mich weiter traurig an, Mr. Lucas ignoriert mich, und niemand sagt mir, wie hübsch ich bin oder wie toll ich in der Probe war. Aber das macht mir nichts aus. Weil ich nämlich jetzt wieder die Oberhand habe.

Zurück im Wohnheim gehe ich sofort mit den Briefen, Papier, Klebstoff und Schere in die kleine Kammer. Wo ich allein sein kann. Ich schneide meine Lieblingssätze aus den Briefen aus und arrangiere sie auf einem Blatt Papier, und ignoriere Gedanken, die mir immer wieder in den Kopf kommen, wie: *das ist verrückt; nur Psychopathen tun so etwas; das sieht eher einem Serienkiller ähnlich.*

Ich stelle mir ihren Gesichtsausdruck vor, wenn sie sieht, was wir hatten, womit sie konkurrieren muss, was sie niemals sein wird. Die Selbstzweifel, die in ihr aufkommen werden, wenn ich das hier in ihr Zimmer bringen lasse.

»Ich bin nicht verrückt«, sage ich. »Alec und ich wissen alles voneinander. Wir gehören zusammen. Wir haben eine Geschichte. Wir sind füreinander bestimmt.«

33 | June

Es ist 3:00 Uhr nachmittags am Sonntag, und in der geschäftigen Küche des Restaurant *Chae's Chom Chom* in Elmhurst, Queens, drängen sich Abräumer, Spüler, Kellner, mehrere Köche und sein Vater, der den ganzen Laden schmeißt. Jayhe wird eingewiesen, weil er diesen Zweig des Familiengeschäfts übernehmen soll, und obwohl er nicht begeistert darüber ist, scheint er sich doch zu freuen, mir gegenüber ein bisschen damit angeben zu können. Und mit mir bei seinem Vater anzugeben, so kommt es mir vor.

»*Naneun del geunyeoleul joh-ahaneun*«, sagt sein Vater mit einem breiten Grinsen und reicht mir eine Reihe von winzigen Vorspeisentellern, auf denen sich Spinatsalat, eingelegter Rettich, Sojasprossen und mehr türmt. Der Kellner hinter ihm serviert noch mehr: Kimchi, knusprige Süßkartoffeln, Pfannkuchen aus frittierten Zwiebeln, gefüllte Teigtaschen. Die Porzellanteller klimpern eine Melodie auf dem Tisch, während sie vor uns aufgestellt werden. Allein beim Anblick von all dem Essen bläht sich mein Magen widerwillig auf. Doch mir läuft gleichzeitig das Wasser im Mund zusammen. Ich möchte es essen. Und es unten behalten.

Jayhes Vater wiederholt, was er gesagt hat. Ich verstehe es nicht, aber ich glaube zu wissen, was er meint. »Iss«, sagt er auf Englisch zu mir und zeigt mit dem Kopf auf den Teller. »Gut für deine Rippen.«

Er wartet immer darauf, dass ich antworte, doch ich kann es nicht. Ich merke, wie sich auf meinem Gesicht ein hilf- und verständnisloser Ausdruck breitmacht. Es ist peinlich.

Wieder prasselt ein Schwall Koreanisch auf mich ein, aber dieses Mal verstehe ich das Wort *halmeoni* – Großmutter. Ich erinnere mich an ihr kleines, faltiges Gesicht und diese warmen Augen und wünschte, ich könnte Jayhes Grandma wiedersehen. Es ist zu lange her, dass jemand so nett zu mir war.

Jayhe und sein Vater reden aufeinander ein. Jayhe schüttelt den Kopf und sagt mehrmals Nein. Sein Vater ist für einen Moment abgelenkt, als er einem Kellner eine Anweisung gibt.

»Was sagt er?«, flüstere ich Jayhe zu und schäme mich, weil ich meine eigene Sprache nicht verstehe.

»Nichts Wichtiges.« Er steckt sich eine Kartoffel in den Mund, um mir nicht antworten zu müssen.

»Doch, es ist wichtig. Er hat von deiner Großmutter und mir geredet. Ich habe es gehört.« Ich stupse ihn gegen das Bein, bis er seufzt.

»Er sagt, ich soll dich nach dem Essen zu ihr bringen.« Er taucht seine Stäbchen in ein anderes Gericht. »Du weißt, dass wir das ...« Die Worte *nicht können* schluckt er mit dem *jwipo jorum*, dem würzigen getrockneten Fisch in seinem Mund, herunter.

Ich lasse den Löffel in meiner Tofu-Suppe kreisen. Er freut sich zwar, dass ich hier bin, aber so weit kann er nicht gehen. Nicht ohne dass alle erfahren, was wir tun. Angefangen hat alles als ein Spiel, und jetzt bin ich hier mit seinem Vater, in einem ihrer Familienrestaurants. Mir kommt die Erkenntnis, dass daraus so viel mehr geworden ist, als ich gedacht habe. Und es muss immer noch ein Geheimnis bleiben.

Aber vielleicht merken es die anderen koreanischen Mädchen ohnehin sofort, wenn ich zurück ins Wohnheim komme. Denn der Duft des Sesamöls durchzieht alles – und ich weiß, dass ich nachher danach riechen werde, scharf und würzig. Sein Dad stellt weitere Schalen vor uns hin und starrt mich abwartend an. Er erhofft sich ein kleines Kopfnicken, die Bestätigung, dass alles sehr gut ist. Doch es fällt mir mittlerweile so schwer, Essen zu genießen.

Ich nehme einen zögerlichen Bissen von den dampfenden, gebratenen *mandu*-Teigtaschen und nippe erst an der Suppe, um dann, weil ich weiß, was Jayhe möchte, einen großen Schlürfer davon zu nehmen.

Jayhe und sein Vater grinsen sich an, dann nickt Mr. Chae in Richtung Küchentür. »Geht, setzt euch«, sagt er, und seine dunklen Augen – dieselben wie Jayhes – funkeln entzückt. »Guten Appetit!« Den Blick, den er und Jayhe tauschen, kann ich leicht deuten: Er ist erfreut, dass sein Sohn eine Freundin gefunden hat, die auch etwas isst. Nicht wie Sei-Jin.

Nur, dass Jayhe immer noch mit Sei-Jin zusammen ist und ich nur seine Freundin aus alten Kindertagen bin. Aber Mr. Chae weiß genauso wie ich, dass Sei-Jin nach Harvard oder Yale oder wohin auch immer entschwinden und Jayhe merken wird, dass er sie nicht mal vermisst. Dass er die ganze Zeit mich geliebt hat. Ja, so muss es sein.

Ich warte darauf, dass Jayhe mich nach Sei-Jins Treppensturz fragt, und ob ich sie gestoßen habe. Bette hat mich den anderen Mädchen gegenüber gedeckt, indem sie das böse Gerücht verbreitete, Sei-Jin wäre nur auf den Stufen ausgerutscht und wollte es jetzt mir in die Schuhe schieben, um mich loszuwerden. Alle glauben immer Bette.

Ich nehme eines von den klebrigen Rippchen, die sich zusammen mit noch mehr Essen auf dem Tisch türmen: Hähnchenflügel und Nudeln und *bibimbap* in Steinschalen, alles Spezialitäten des Hauses, die sein Vater uns drängt zu probieren.

Jedes Mal, wenn ich blinzle, bringen mehr Hände mehr Essen. Ich reiße das Fleisch mit den Zähnen vom Knochen und fühle mich wild und seltsam sexy, als ich Jayhes Blick auf mir spüre. Es liegen ein solcher Stolz und eine solche Zärtlichkeit in seiner Miene, wie ich sie schon lange nicht mehr bei jemand gesehen habe – zumindest nicht, wenn Jayhe mich bisher angesehen hatte. Und ganz sicher nicht bei meiner Mutter. Aber dann bricht er in Lachen aus. »Du bist das einzige Mädchen, das ich kenne, die es schafft, das Essen nicht nur im Gesicht, sondern auch in den Haaren zu verteilen.« Er streicht mir über die Stirn, als er ein kleines Stück gegrilltes Fleisch aus einer Haarsträhne zupft. »Dein zu helles Haar«, sagt er leise und liebevoll.

Ich schiebe seine Hand weg. »Du schmierst mir Sauce auf den Kopf!«, sage ich gespielt verärgert.

»Du hattest schon Sauce auf dem Kopf!«, sagt er lachend, »und an deinen Händen und deinem Gesicht.« Er pikst mich in den Busen, sodass ein Klecks auf meinem babyrosa Cardigan landet. »Und deiner Brust«, sagt er grinsend. »Iss schneller.« Seine Augen sind hungrig. »Wir müssen zurück ins Wohnheim.«

Ich will noch nicht zurück. Gerade will ich einfach nur für einen Moment hierbleiben, in dieser Welt – fern von der Gemeinheit hungernder Mädchen und der Last, immer die Zweitbeste zu sein.

Aber so gern ich auch hier bin und seinen Dad besuche, weiß ich doch, warum er mich nach Elmhurst gebracht hat und nicht ins Astoria, in das Restaurant, dass seine Mutter leitet. Wo seine Großmutter mich sehen und über die guten alten Zeiten sprechen würde und wie traurig sie wäre, dass wir uns aus den Augen verloren haben, und wie froh, dass wir uns wiedergefunden haben. Er kann nicht riskieren, dass Sei-Jin davon hört. Sie darf nichts von mir wissen. Ich bin immer noch ein Geheimnis, und das tut weh. Dabei weiß ich, dass er mich mag. Und ich habe angefangen, ihn auch zu mögen, obwohl ich das gar nicht wollte. Eigentlich wollte ich mich nur rächen. Ich wollte endlich das bekommen, was jemand anders will. Doch jetzt fühle ich mich bei Jayhe wie in einem Zuhause – das Einzige, das ich noch habe.

So wird mich niemals ein Publikum tanzen sehen. Die Arme weit gestreckt, den Rücken durchgedrückt und dann nach vorne gekrümmt, einen unsichtbaren Kreis um mich selbst beschreibend. In Momenten wie diesen bilden mein Körper und die Musik eine perfekte Einheit. In der zweiten Hälfte des Balletts ist der Charakter Giselle ein Geist. Ich muss mit der Musik verschmelzen, unsichtbar werden. Auf der Bühne sein, ohne je wirklich da zu sein. Ich weiß, wie man unsichtbar ist. Als Gigis Zweitbesetzung darf ich ihren Part während unserer ersten wöchentlichen Abendproben tanzen, doch das ist auch das einzige Mal.

Gigi hatte eine gute, starke Bühnenpräsenz. Sie hat Charisma. Sie hat das Strahlen, von dem Mr. K immer redet, und starke Schultern und ein tiefes, warmes Lächeln, wenn sie tanzt. Trotzdem könnte Gigi das hier nie so gut machen wie ich.

Deswegen ist sie auch die Falsche für diese Rolle und ich die Richtige. Ich schwebe. Es ist drei Tage her, seit ich mit Jayhe in Queens gewesen bin, und seitdem habe ich so wenig gegessen und mich so oft entleert, dass ich kaum das Gewicht meines eigenen Körper spüre, wenn ich auf den Zehen stehe. Ich kann mich so leicht, so anstrengungslos bewegen. Ich bin kaum hier. Niemand sieht mich wirklich. Ich bin es ja gewöhnt, unsichtbar zu sein.

Fast verliere ich in der Pirouette die Konzentration. Ich weiß nicht mehr, wie viele Drehungen ich schon gemacht habe. Sieben. Acht. Vielleicht zehn. Bei der letzten präzisen schnellen

Drehung sehe ich, dass Gigi mir zusieht, den Mund zu einem kleinen O geformt, die Hand über dem Herzen ruhend. Ich weiß nicht, ob sie zu Groll oder Bitterkeit fähig ist, aber wenn, dann würde sie so aussehen, wenn sie eifersüchtig ist. Ihr Oberkörper lehnt sich sogar ein Stückchen zurück, als hätte sie Angst vor mir, vor meiner ruhigen Kraft auf der Bühne.

Ich beende den Tanz auf einem Knie; meine Arme sind so stark, dass sie eine Ewigkeit über meinem Kopf bleiben könnten. Dabei bewege ich keinen Muskel, bis der letzte Ton verklungen ist. Meine Muskeln zucken nicht einmal von der Anstrengung.

Selbstverständlich ist es Gigi, die zuerst klatscht. Fast wünschte ich mir, sie hätte es nicht getan. Ich wünschte, die Tatsache, dass ich ihre Rolle so perfekt getanzt habe, würde ihre unendliche Freundlichkeit erschüttern. Dass es etwas anderes in ihr wecken würde. Etwas Dunkleres. Aber Gigi klatscht, und der Rest der Klasse tut es ihr nach. Morkie, Viktor, der Klavierspieler und sogar Bette. Der Applaus hält nicht lange an, plötzlich steht Mr. K in der Tür und macht ein spöttisches Gesicht, unbeeindruckt von dem Applaus, dem Schweiß auf meinen Schultern, der Perfektion meiner neunundneunzig Pfund.

»Immer noch die Zweitbesetzungen? Nehmen Sie sie nachher dran. Wir müssen weitermachen«, sagt Mister K zu Morkie. »Die Premiere kommt schneller, als man denkt.« Dann fügt er noch etwas auf Russisch hinzu. Ich glaube, er weiß noch nicht mal meinen Namen – obwohl er mich schon mein ganzes Leben lang kennt. Morkie räuspert sich und klatscht in die Hände, doch dieses Mal ist es ein Befehl.

»Natürlich«, sagt sie. »June, ab.«

Wenig anmutig stemme ich mich vom Boden hoch. Was eben noch schön und leicht und unsichtbar war, ist nun knochig und ungelenk und leer.

»Bevor wir fortfahren«, sagt Mr. K und sieht jedem von uns kurz in die Augen, »möchte ich nicht vergessen, euch mitzuteilen, dass viele der *Giselle*-Variationen ein wichtiger Bestandteil der Jahresendprüfungen sein werden.«

Es wird still im Raum. In diesen Prüfungen werden die mit unsicherer Technik ausgesiebt. Sie sind ebenso wichtig wie die Abschlussprüfung, und wenn man nicht besteht, kann man genauso gut seine Sachen packen. Dann ist in diesem Konservatorium kein Platz für dich.

»Ich muss euch nicht daran erinnern, dass wir uns in den Jahresendprüfungen ansehen, welchen technischen Fortschritt ihr gemacht habt, und entscheiden, ob ihr als Eleve für die Kompanie infrage kommt, ob wir noch weiter an euch arbeiten müssen oder ob ihr ein Mitglied des Ensembles werdet.« Wie aufs Stichwort fange ich an zu schwitzen und zu zittern und will auf die Toilette, um die Angst in flüssiger Form auszutreiben. Ich kann es mir nicht leisten, die Nerven zu verlieren, nicht, wenn ich gerade den besten Tanz meines Lebens hingelegt habe. Nicht, wenn ich endlich die Chance habe, ihnen mein Potenzial zu zeigen. Nicht, wenn ich meiner Mutter beweisen muss, dass sie sich irrt.

Keiner wagt es, sich zu rühren, als Mr. Ks Schuhe über den Studioboden klicken und klacken. Er kommt zu Bette und betrachtet sie einen Moment lang. Einen langen, langen Moment.

»Du bist müde.« Er mustert ihr Gesicht. Sie errötet und neigt den Kopf. Selbst die große und mächtige Bette wird vor ihm klein.

»Ich habe hart trainiert«, sagt sie, und zu meiner Überraschung zittert ihre Stimme – etwas, das ich noch nie zuvor bei ihr gehört habe. Irgendwie ist es seltsam, wie viel sich gerade hier verändert.

»Zeig es mir«, sagt Mr. K.

»Wie bitte?« Bettes Stimme wird sogar noch zaghafter, noch zittriger. Sie ist nur noch ein einziges Zittern.

»Zeig mir, wie hart du trainiert hast.«

Vorher waren wir alle reglos, jetzt sind wir die reinsten Statuen. Bette saugt die Luft ein, von woher, weiß ich nicht. Denn der Raum ist dicht verschlossen, es kommt weder Luft rein noch raus, wir könnten alle ersticken, hier und jetzt.

Und dann tanzt Bette, gleitet vor und zurück über den Boden, zittert, wenn sie auf die Spitze geht, verliert das Gleichgewicht, wenn sie sich in eine Arabesque emporhebt. Sie ist Bathilde, die reiche Frau, die mit Albrecht verlobt ist, dem Mann, den Giselle liebt. Es ist eine winzige Rolle, aber Morkie hat eine Choreografie nur für sie gemacht, die in dem originalen, klassischen Ballett nicht vorkommt.

Sie ist nicht schlecht. Technisch ist sie immer noch ausgezeichnet, die Bewegungen sind elegant und fließend. Aber gleichzeitig holprig. Und unsicher. Genau wie an dem Abend, als ich ihr mit den Pirouetten geholfen habe. Die Technik ist da, die Schönheit ist da, aber die Spannung ist weg. Ich habe sie noch nie so tanzen sehen.

Als die Variation vorüber ist, verlässt Mr. K ohne ein Wort den Raum. Ich sehe, wie Bette schluckt. Wir gehen alle zur Stange und tun so, als wäre nichts passiert.

»Variationen«, sagt Morkie und geht zu Bette. Das bedeutet, wir sollen alle eine Weile für uns allein arbeiten, damit unsere Muskeln nicht abkühlen.

Eleanor dehnt sich tief über die Stange und stimmt dabei eine Art Singsang an. Ich höre sie die Worte ihrer Choreografie eines nach dem anderen in einem eigenartigen Rhythmus sagen. Sei-Jin tänzelt herüber, als ich mich auf dem Boden dehne. Ihre Präsenz ist so stark, dass ich sie kommen spüre. Dann steht sie über mir, die Hände in den Hüften.

»Ich höre, du gehst«, sagt sie und macht einen Schmollmund. Ihre Freundinnen kichern. Die freudige Erregung, die sich in meiner Brust breitgemacht hat, erstarrt, wird hart und kalt und plumpst hinunter in meinen Magen.

»Hm?«

»Jepp, meine Mutter hat mir gesagt, du würdest von der Schule abgehen. Sie meinte …« Sie hält inne und legt einen Finger an den Mund. »Dass du auf eine normale Schule gehen wirst. Weil du nie eine Hauptrolle bekommst. Immer nur Ersatz bist.«

Ich ringe meinen Aufwärmpullover in den Händen und denke daran, dass meine Mom Mrs. Kwon angerufen hat, um mit ihr zu besprechen, ob sie mich vom Konservatorium nehmen soll und um sich nach normalen Schulen zu erkundigen.

Ich beiße die Zähne so fest aufeinander, dass meine Wangen durch den Druck zittern. Ich sehe die Missbilligung in ihren Augen. Und ich weiß, was sie denkt: eine echte koreanische Ballerina gibt niemals auf. Sie trainiert und trainiert und trainiert, bis sie besser ist als die anderen, bis sie die Rolle bekommt, egal, was es kostet. So sind die Koreaner. Wenn ich eins geerbt habe, dann das.

»Ich gehe nicht ab«, sage ich. »Mach dir keine Sorgen.«

Ich sehe sie an und mache ein Kussgeräusch.

Ihr Gesicht wird flammend rot. »Mache ich mir auch nicht. Ich dachte nur, du solltest wissen, was man über dich erzählt.«

»Ich fange gerade erst an«, sage ich, jetzt mit lauterer Stimme. Es ist mir egal, wer es hört. »Du hast keine Ahnung, was noch kommt.« Ich mache einen Schritt näher auf Sei-Jin zu, damit sie genau erkennen kann, wie ernst es mir ist.

»Du machst niemandem Angst, E-Jun«, sagt sie, doch sie lehnt sich auf den Fersen zurück, so als wäre sie vielleicht doch ein bisschen eingeschüchtert. »Du hast mich die Treppe runtergeschubst, das zahl ich dir heim. Ich hasse dich.«

Beinahe hätte ich Sei-Jins Geheimnis verraten. Fast hätte ich das Wort *lesbisch* laut herausgeschrien, weil ich will, dass es von den Studiospiegeln widerhallt. Aber ich kann nicht. Ich muss den richtigen Moment abwarten. Den Moment, wenn ihre Mutter es hören kann. Wenn allein das laut ausgesprochene Wort die Macht hat, etwas zu ändern.

Ich beuge mich näher zu ihr, fühle mich mächtig. »Bist du dir da sicher? Es gab mal eine Zeit, da hast du mich sehr gemocht. Erinnerst du dich?« Sie rennt weg, und ihre Zuschauer folgen ihr, gerade als Mr. K wieder zurückkommt, um uns zum Abschluss der Probe einen Vortrag über Emotion und *Giselle* und Ballett zu halten.

Irgendwann entlässt er uns mit einem Winken. Wir knicksen, und die Lehrer gehen.

Ich überspringe das Abkühlen – obwohl so etwas wirklich schlecht für die Muskeln ist –, weil ich mir nicht anhören will, wie die anderen Mädchen Mr. K zustimmen, dass Zweitbesetzungen nicht proben sollten. Manchmal ist es schwer, einfach dabeizusitzen und nichts zu sagen. Zweitbesetzung, das klingt wie Verlierer, bedeutungslos, unsichtbar.

Ich steuere zu den Postkästen, um die Instantsuppe abzuholen, die meine Mutter dort, wie ich weiß, für mich hinterlegt hat. Als ich den Schlüssel in den Kasten schiebe, geht die Tür quietschend auf. Darin sind drei Pakete koreanische Nudeln und ein Umschlag. Ich bekomme sonst nie Post. Keinen Brief, keine Postkarte, nicht einmal einen simplen Post-it-Zettel. Und schon gar nicht von meiner Mutter, abgesehen von koreanischem Essen.

Insgeheim hoffe ich, dass es ein Brief von Jayhe ist. Eine Anime-Zeichnung. Oder ein kurzer Comic. Es ist dumm, das weiß ich. Jemand anderen, der sich so benimmt, hätte ich ausgelacht. Aber ich kann das Gefühl nicht unterdrücken, egal wie sehr ich es versuche oder mir sage, dass es nicht real ist. Mein Kopf macht aus einem schlichten Umschlag die größte Sache, die mir je passiert ist.

Ich warte, bis ich in meinem Zimmer bin – allein –, um ihn zu öffnen. Vorsichtig ziehe ich die Lasche heraus und falte das Blatt Papier auf. Meine Augen überfliegen die getippten Worte. Meine Finger beginnen zu schwitzen. Das Blatt entgleitet meinen Händen, schwebt zu Boden.

Es ist die Bestätigung für meine Aufnahme in eine öffentliche Schule.

Es ist mein Stundenplan für den Sommer.

Es ist das Ende meines Lebens.

Fast falle ich hin, als mir die Knie weich werden. Mein Herz droht stehen zu bleiben, und mein Kopf wird ganz schwer. Ich muss kotzen, kotze über mich selbst, ich schaffe es nicht einmal mehr bis zum Abfalleimer. Die glibberige, brennende Flüssigkeit schießt aus mir heraus und über mein schwarzes Trikot und malt ein Muster aus Galle und halb verdauten Grapefruitstückchen auf Madame Matvienkos Übungstutu. Meine Hände können nichts mehr in meinem Mund halten.

Ich sinke auf die Knie. Meine Augen brennen. Meine Brust hebt und senkt sich. Mir ist, als müsste ich mich auf ewig erbrechen.

Die Tür öffnet sich. Es ist Gigi.

»O mein Gott, June!« Sie rennt mit dem Abfalleimer zu mir. Durch den Schluckauf tun meine Magenmuskeln weh. Die Tränen beginnen zu strömen, ich kann sie nicht zurückhalten, als sie mich über dem Metalleimer festhält und ich meinen schon leeren Magen entleere. Das fettige chinesische Essen, das sie gestern dort hineingeworfen hat, lässt mich noch heftiger würgen. Sie streichelt rhythmisch meinen Rücken, fast als wäre es ein Lied, bis das Würgen aufhört.

Ich kann meine Arme nicht bewegen und fühle mich, als würde ich in den Boden hineinsinken, geradewegs hindurch. All meine Energie ist nun in diesem Abfalleimer. Sie wischt mir das Gesicht, die Brust und den Tutu mit einem Handtuch ab. Dann setzt sie eine Kanne Tee auf, während ich dort zusammengesunken sitzen bleibe, und kommt mit einer dampfenden Tasse zurück. Sie hat ihn auf koreanische Art gemacht, genau richtig. Hat die Gerste aus einem meiner Päckchen geholt. Das Wasser in meinem Kessel zum Kochen gebracht. Die Gerste daraufgestreut und sie im Wasser ziehen lassen, ohne sie herunterzudrücken. Ich weiß nicht, woher sie weiß, wie ich Tee zubereite.

Lange sagt sie nichts. Während sie die Teetasse neu auffüllt. Während sie mir beim Ausziehen hilft. Während sie mich weiter sauberwischt. Während sie mich ins Bett bringt. Dann endlich fragt sie: »Was ist passiert?«

Ihr Blick ist besorgt. Ehrlich besorgt. So, als würde sie mich liebhaben. Und dann laufen wieder die Tränen, weil ich so schrecklich zu ihr war. Ich will ihr sagen, dass ich nicht weiß, wie man nett ist. Dass ich schon so lange gemein war, dass ich nicht mehr anders sein kann. Es ist jetzt ein Reflex, so natürlich wie ein *plié*. Es ist etwas Dunkles in mir, das herauswill, und ich kann es nicht aufhalten.

Die Worte sprudeln aus mir heraus wie Erbrochenes. Ich erzähle ihr von der öffentlichen Schule, dass ich nicht weiß, wer mein Vater ist, und, das Schlimmste von allem, dass ich Sei-Jin gestoßen habe. Ihre Augen werden groß, ihre Lippen formen sich zu einem kleinen O. Doch sie steht nicht von meinem Bett auf. Ihre Nase kräuselt sich nicht missbilligend. Sie sagt nur, dass alles gut werden wird, und streicht mir noch mehr über den Kopf, bis ich von dem vielen Kotzen und Reden und den Emotionen schläfrig werde. Immer wieder schlummere ich ein und schrecke wieder auf. Mir dröhnt der Kopf von den vielen Tränen, und mein Hals tut weh vom Kotzen.

Schließlich geht das Zimmerlicht aus. Gigi entzündet eine ihrer Duftkerzen, und ich bin zu müde, um ihr zu sagen, dass sie sie wieder ausblasen soll. Dass sie stinkt und mir Kopfschmerzen bereitet. Sie war so nett zu mir, ich sollte nicht einmal an Klagen denken. Die Tür geht knarrend auf, und ich höre Alecs heisere Stimme und spüre, wie er an meinem Bett vorbeigeht. Ich rolle mich herum, wütend, dass sie ihn ausgerechnet heute Abend herkommen lässt. Auf einmal wünsche ich mir, es wäre Jayhe, der sich um mich kümmert, doch ich verdränge den Gedanken schnell.

»June ist aber früh ins Bett gegangen«, höre ich Alec flüstern. Der Bass in seiner Stimme dröhnt durch das Zimmer. »Und es stinkt hier drinnen.«

»Ja ... die Arme hatte einen harten Abend«, wispert Gigi.

Ich erstarre. Meine schwachen Hände umklammern meine Decke, bis die Knöchel weiß sind. Ich warte darauf, dass sie ihm erzählt, dass ich mich bekotzt habe wie eine Zweijährige mit Magenschmerzen, doch sie tut es nicht. Sie bewahrt meine Geheimnisse. Und da begreife ich, dass sie, obwohl sie mir alles zu nehmen scheint, vielleicht trotzdem die einzige echte Freundin ist, die ich habe.

34 | Gigi

Ich bin in meinem Zimmer und schreibe einen Aufsatz für Geschichte, als es an der Tür klopft. Es ist die Betreuerin, Bethany. Früher hat sie auch getanzt, hat dann aber aufgehört, um an die Columbia University zu gehen und stattdessen Performance-Kunst zu studieren.

»Ich bringe dir was Gutes«, sagt sie, eine große Kiste schleppend. »Noch ein Carepaket von deiner Mom.« Die Kiste ist in eine braune Einkaufstüte eingepackt, auf die dunkellila und türkise Blumen gemalt sind. »Ich freue mich immer, wenn deine Mom dir etwas schickt«, sagt sie. »Das macht den Postraum gleich viel fröhlicher.« Sie wendet sich zum Gehen, dreht sich dann aber noch einmal herum. »Oh, und das hier ist auch gekommen.« Sie reicht mir einen schlichten Manila-Umschlag. Auf die Vorderseite ist mein Name gekritzelt, doch es gibt keine Absenderadresse. Das reicht, um bei mir wieder Panik auszulösen – meine Handflächen fangen an zu schwitzen, mein Herz schlägt schneller.

Natürlich öffne ich den Umschlag als Erstes. Darin befindet sich ein unordentlicher Stapel mit ausgeschnittenen handgeschriebenen Texten. Eine Handschrift erkenne ich, es ist Alecs. Und Bettes, wie ich schnell herausfinde. Ihre Liebesbriefe, voller Zärtlichkeiten.

Er schrieb: »Ich werde dich ewig lieben. Und für immer.«

Er schrieb: »Wir sind füreinander bestimmt.«

Er schrieb: »Du bist meine Seelenverwandte.«

Ich weiß, dass Bette sie mir geschickt hat. Das sieht ihr ähnlich. Sie bemüht sich nicht einmal mehr, subtil zu sein. Und ich weiß, ich sollte das nicht an mich heranlassen. Doch es trifft mich. Denn bei den Ausschnitten aus ihren Liebesbriefen ist noch eine zusammengeklebt Nachricht, die sagt: »Du wirst nie das haben, was wir hatten. Er wird wieder mir gehören.« Und aus irgendeinem Grund weiß ich, dass sie recht hat. Ich kann nicht mit ihr konkurrieren. Aber dieses Mal bin ich wütend. Und ich werde etwas dagegen unternehmen. Ich werde den Beweis dafür finden, dass sie es war.

Alle anderen sind beim morgendlichen Ballettunterricht. Ich muss nicht hin, deshalb kann ich meinem Fuß eine Pause gönnen und mich für die Probe heute Abend schonen. Meine erste Probe seit Langem. Ich gehe den ganzen Flur ab, um sicher zu sein, dass niemand hier oben ist. Ich lausche auf die Stimmen, die klassische Musik, das weiche Tapsen von Ballettschläppchen. Dann mache ich einen Schritt nach dem andern, bis ich vor Bettes Tür stehe. Ich drehe den Knauf. Die Tür schwingt sofort auf. Ich bin überrascht, dass nicht abgeschlossen ist. Mama sagt, es wäre zwanghaft, dass ich mich so gerne an verbotene Orte schleiche, und hat mir das eigentlich verboten.

Licht sickert durch die weißen Vorhänge vor dem Fenster. Ich erkenne sofort, welche Seite des Zimmers Bette gehört und welche Eleanor. Eleanor hat die Korkwand neben ihrem Bett über und über mit Motivationssprüchen und Mantras behängt. Auf Bettes Seite steht einer dieser teuren Schrankkoffer, die man in den Schaufenstern auf der Madison Avenue sieht. Auf ihrem Schreibtisch reiht sich der Nippes aneinander, und sie besitzt ein hübsches Schmuckkästchen randvoll mit diamantenbesetzten Ringen, Armbändern und Halsketten.

Origami-Blumen stecken an ihrer Wand. Sicher von Alec. Ich

spüre einen leichten Stich und komme mir dumm vor, weil ich aus irgendeinem Grund angenommen hatte, dass Alec die nur für mich gemacht hat.

Ich mache mich auf die Suche nach dem Originalbrief, den sie zerschnitten hat.

Der kleine Schminktisch in der Ecke riecht nach einer Mischung aus Haarspray, teurem Parfüm und Puder. Wie ein Kosmetikgeschäft. Lippenstifte stehen säuberlich in einer Reihe, alles schicke und teure Marken, wie Dior und Nars und Chanel. Ich öffne einige, atme ihren Duft ein und betrachte die Farbe, bevor ich sie wieder sorgfältig verschließe. Und da ist er – der in dem knalligen Pink mit der eingedrückten Spitze, derselbe Lippenstift, mit dem die böse Nachricht damals auf den Spiegel geschrieben wurde.

Ermutigt durch meinen ersten Fund fahre ich mit meiner Suche fort. Beim Durchstöbern der Schreibtischschubladen werde ich schnell erneut fündig: Hier hortet sie ihre Andenken an Alec. Eine Valentinskarte aus dem letzten Jahr, Fotos von ihren Auftritten, eines, als sie vielleicht sieben Jahre alt waren, engelsgleich und licht mit ihren blonden Haaren und den blauen, lächelnden Augen, als würden sie zusammengehören. Dann noch eines im Alter von zehn oder elf; sie sind größer, sehen sich aber immer noch erstaunlich ähnlich, als wären sie Geschwister. Doch die nächsten Aufnahmen sprechen eine gänzlich andere Sprache – sie tanzen ein Pas de deux in *Don Quichotte*, die Freude zeichnet sich deutlich auf ihren Gesichtern ab, dann spielen sie am Strand, Alecs Arm liegt um Bette, die nur einen Bikini trägt, locker und entspannt und sehr intim. Ich habe schon sehr viel Schlimmeres gesehen, doch das Bild schmerzt mir in den Augen und im Herz, weil es mir beweist, wie gut sie zusammenpassen und wie schlecht Alec und ich dagegen. Was denke ich mir nur? Was mache ich hier? Warum quäle ich mich selbst? Warum kann ich nicht darauf vertrauen, dass er mich mag?

Ich lege die Fotos wieder in die Schublade und gehe auf Zehenspitzen zum Schrank, um dort in den Klamotten zu stöbern – teure Tanzkleidung und Bettes wunderbare Kleider, alle in Size Zero selbstverständlich. Auf dem Boden stehen ihre Schuhe mit den unglaublich hohen Absätzen, von großen Designern, die wahrscheinlich mehr kosten als ein Jahr auf dem Konservatorium.

Ich streichle über die ordentlich gestapelten Kaschmirpullover in den Fächern und stelle fest, dass ich schon wieder neidisch bin auf das, was Bette hat. Also versuche ich mich zusammenzureißen. Ich sollte machen, dass ich herauskomme. Doch da ist noch eine Schachtel, dort auf dem Boden, aus Pappe, mit hübschem Damaststoff bezogen, die quasi meinen Namen ruft. Ich muss einfach hineinsehen.

Ich knie mich hin, hebe vorsichtig den Deckel und finde ein Durcheinander aus Zetteln – Quittungen für Essen und Kleidung, darunter Bettes kraklige Unterschrift. Darin wühle ich herum und finde ein Tagebuch der Extravaganzen, festgehalten in den Quittungen: Mahlzeiten im Russian Tea Room und im Jean George, schicke Klamotten, die feinste Tanzkleidung aus Europa. Und da ist eine ganz andere Quittung. Völlig deplatziert. Vier Dollar für einen herzförmigen Donut vom Coffee Shop um die Ecke. Gekauft am Valentinstag. Der unwiderlegbare Beweis – zumindest für mich. Auch wenn sie es bestreitet, es war Bette, von Anfang an. Alles. Vor allem die Sache mit dem alten Donut und den Kakerlaken.

Ich verstaue die Quittung in der hinteren Tasche meiner Jeans und stülpe den Deckel wieder auf die Damastschachtel.

Und gerade als ich aufstehen und zufrieden gehen will, höre ich eine Stimme.

»Was machst du da?«, fragt Eleanor, die in der Tür steht und mit erschrockener und ein wenig besorgter Miene zwischen mir und der Schachtel hin und her schaut.

»Ich … äh … ich dachte …« Aber ich weiß nicht, wie ich diesen Satz beenden soll. Es gibt keine vernünftige Erklärung. Es gibt nur mich und meine Paranoia und den Beweis, der mir ein Loch in die Hosentasche brennt.

»Du solltest nicht hier sein«, sagt Eleanor. Aber ihr Gesicht wird weich, und ihre Stimme ist leise, so als hätte sie nicht vor, mich zu verraten. Sie ist ganz verschwitzt vom Unterricht, und ich frage mich, ob er schon vorbei ist.

»Ich musste es einfach wissen.« Meine Stimme hebt sich und klingt schuldbewusst, als ich jetzt auf Eleanor und die Tür zugehe, so als wäre ich diejenige, die all diese Dinge verbrochen hat. »Ich musste mich selbst davon überzeugen. Und weißt du was? Ich hatte recht.« Ganz automatisch ziehe ich die Quittung aus der Hosentasche und halte sie ihr unter die Nase. »Siehst du, hier. Der herzförmige Donut.«

Eleanor sieht ehrlich überrascht aus und gleichzeitig ernsthaft besorgt. »Wo hast du das gefunden?«

Ich zeige auf die Schachtel. »Da drin«, sage ich. »Bei Eleanors Zeug. Sie war das. Diese ganzen kleinen Gemeinheiten. Und die großen.« Ich fühle, wie mir die Tränen über die Wangen laufen. Eine, dann zwei, dann ein endloser Strom. »Das war alles sie.« Jetzt zittere ich am ganzen Körper, so groß ist das Gefühl der Demütigung. Aber wenigstens weiß ich jetzt Bescheid.

»Gigi«, sagt sie. »Ich …«

»Du darfst es niemandem sagen«, flehe ich. Ich muss hier raus. Ich muss mich zusammenreißen. »Bette darf es nicht erfahren.«

»Ich sage es niemandem.« Sie schaut hinunter auf die Quittung, und ihr Gesicht nimmt einen komischen Ausdruck an, etwas zwischen Schreck und Grinsen, als sie erkennt, was es ist. Sie beißt sich auf die Unterlippe. »Gigi, das war ich.«

»Was?«, sage ich.

Sie holt tief Luft. »Ich war das.«

»Der Donut?«

»Ja.« Sie schüttelt den Kopf.

»Das war widerlich«, sage ich. »Warum?«

»Früher haben wir öfters solche Sachen gemacht, Bette, Liz und sogar Will und ich. Es laut auszusprechen ist schon peinlich, und es tut mir leid. Und ich habe auch diese Nacktfotos von Bette aufgehängt.« Ihre Gesichtsfarbe ist inzwischen fast erdbeerfarben. »Ich ... bin da einfach irgendwie hineingeraten. Ich hatte eine gute Rolle bekommen und ...«

»Warum sollte ich dir glauben? Du bist Bettes beste Freundin. Warum erzählst du mir das?«, frage ich.

Sie ringt die Hände. »Ehrlich, ich fühle mich schrecklich deswegen. Ich wollte es dir schon so oft sagen. Mich entschuldigen. Es war kindisch.«

»Warum hast du das getan? Hasst du mich, oder so?«, sage ich und breche damit Mamas goldene Regel: keine Fragen stellen, auf die ich die Antwort nicht hören will.

»Ein kleiner Teil von mir schon«, gibt sie zu, doch ich habe nicht das Gefühl, als wäre es eine Drohung. »Wir sind schon so lange hier, haben so hart gearbeitet. Und du ...« Sie nimmt ein Paar frische Strumpfhosen aus dem Schrank. »Aber das ist keine Entschuldigung, wirklich. Es tut mir leid. Ich mache das nicht mehr.«

Sie umarmt mich, bevor ich antworten kann.

»Bitte sag es nicht Mr. K«, sagt sie. »Ich mache auch, was du willst. Nur erzähl ihm nicht, was ich getan habe.« Sie drückt mich fester.

Ich stoße sie nicht weg, aber ich umarme sie auch nicht

zurück. Zwar kam ich hierher, um Antworten zu suchen, aber was ich fand, war noch schlimmer als erwartet. Wenn die freundliche, liebe Eleanor mich hasst, wenn sie solch schlimme Dinge tun kann, was mögen dann die anderen noch für mich in petto haben?

35 | Bette

Gigi lungert in dem Studio herum, in dem ich eigentlich mit Henri trainieren will. Was mich nervt. Mit ihm zu tanzen ist schon Folter genug, da muss sie nicht auch noch zusehen und es noch schlimmer machen. Ich dehne ein Bein auf der Stange und tue so, als wäre sie nicht da. Ich frage mich, warum sie nicht geht, und mir fällt ein, wie sie sich von ihm in der Woche, nachdem die Besetzung für den *Nussknacker* bekanntgegeben wurde, hat dehnen lassen. Will sie sich jetzt auch ihn noch schnappen? Will sie beide haben, ihn und Alec?

Mit entschlossenen Schritten kommt sie jetzt zu mir herüber. »Warum schickst du mir immer wieder all das Zeug?«

»Ich weiß nicht, wovon du redest. Ist das wieder eine von deinen verrückten Theorien?«, sage ich und drücke mich weiter in die Dehnung hinein. Ihre Stimme klingt ängstlich, was mich freut.

»Die Briefe«, sagt Gigi. »Das ist total wahnsinnig, Bette!« Und damit hat sie recht.

»Briefe?«, sage ich, obwohl ich sie in ihren Händen sehe. Alecs Beteuerungen, wie sehr er mich liebt, meine Brüste, all die Sachen, die wir gern zusammen taten, die Rundung meiner Oberschenkel, den Duft meines Haares, dass wir eines Tages heiraten werden. Eine Version unserer Liebesgeschichte. Und das ist hundertmal übler als Gigis Blick voller Hass und Vorwurf und Mitleid.

»Wo hast du die her?«, frage ich, doch ich stolpere über die Worte, weil ich so überrascht von dem Anblick dieser Briefe bin. Hier im Studiolicht wirken sie noch tausendmal wahnsinniger.

»Komm schon«, sagt Gigi.

»Vielleicht hast du die aus meinem Zimmer genommen?« Sie glaubt, dass ich nicht wüsste, dass sie in meinem Zimmer war. Dass ich nicht alles aus Eleanor herauskitzeln kann. Dass ich es nicht merke, wenn jemand an meinen Sachen war. Aber das ist meine Schule, und ich erfahre alles. Zumindest daran hat sich nichts geändert. »Du hast in meinem Zimmer herumgeschnüffelt, nicht wahr? Du dachtest wohl, ich würde es nicht rausfinden?«

Auf ihrem Gesicht zeichnen sich viele Gefühle auf einmal ab. Verwirrung. Angst. Ärger. Sie öffnet den Mund, zweifellos, um sich zu verteidigen. Ich muss versuchen, ihr die Briefe wegzunehmen; sie darf damit nicht zu Alec gehen.

»Das warst alles du!« Sie kreischt praktisch. »Mir machst du nichts vor! Eleanor hat es mir gesagt. Ich wette, du hast sie dazu gezwungen. Nach unserem letzten Gespräch dachte ich wirklich ... Aber das ist der Beweis! Und ... und ... die Scherben in meinem Schuh, das warst auch du!« Jetzt weint sie, wringt die Briefe in ihren Händen, als wären sie ein schmutziges Geschirrtuch. Endlich bin ich nah genug, um sie ihr zu entreißen, aber sie will nicht loslassen.

»Ich habe keine Ahnung, wovon du redest«, sage ich, aber sie ist zu aufgewühlt. »Gib mir die Briefe«, sage ich mit zusammengebissenen Zähnen. Sie hält sie in die Höhe und schreit heraus, was ich alles getan habe.

»Sie schikaniert mich! Sie will mir etwas antun!«, schreit Gigi den Leuten zu, die an der Tür vorbeigehen, woraufhin diese wie erstarrt stehen bleiben. Schüler aus dem ersten Jahr, Schüler aus dem zweiten. Ich habe Glück, dass wenigstens die Seniors gerade einen Termin zum Vortanzen auswärts haben.

Jetzt strömen Mädchen aus dem Flur herein.

Sie geben mitfühlende Laute von sich. Gigis Muskeln spannen sich an und zittern; niemand wagt sich in ihre Nähe.

»Genug!« Plötzlich steht ein Betreuer im Raum. Die Mädchen drücken sich an die Wände, die Hintern an den Spiegeln festgeklebt, damit sie zusehen können, als wären wir ein dummes Fernsehdrama und keine echten Menschen.

»Sie ... sie war das alles«, sagt Gigi. Mit der Hand auf dem Herzen schließt sie die Augen und holt ein paarmal bebend Luft. Sie sieht aus, als würde es sie große Anstrengung kosten, sich wieder in den Griff zu bekommen. Ich dagegen habe das nicht nötig. Ausnahmsweise zeigt sich die perfekte Gigi mal von ihrer hysterischen Seite, und ich stehe in einer perfekten ersten Position mit ungerührtem Gesicht. Wer ist jetzt hier die Verrückte?

»Ich will einfach nur mit Henri an meinem Pas de deux arbeiten. Sie führt sich auf wie eine Wahnsinnige«, sage ich in genau der richtigen Tonlage, ohne einen Hauch von Aufregung. »Und sie hat Sachen aus meinem Zimmer geklaut.«

Das Blut steigt mir in den Kopf, als ich plötzlich Angst bekomme, dass man ihre Beschuldigungen glauben könnte. Außerdem war ich das wirklich nicht alles. Es gibt andere Mädchen in diesem Raum, die genauso viel zu verbergen haben. Und genauso viele Gründe, ihr die Pest an den Hals zu wünschen.

Die Betreuerin versucht, Gigi nach draußen zu führen.

»NEIN!«, schreit Gigi. Es klingt wie ein Heulen, wie ein tierischer Laut, ist eher ein gequältes Überschnappen der Stimmbänder als ein tatsächliches Wort. Ihre Hände zittern, und sie stolpert, so als könnte sie jeden Moment einfach vornüberkippen. »Ich bin noch nicht fertig.«

»Doch das bist du«, sagt die Betreuerin.

Gigi schmeißt die Briefe in hohem Bogen auf den Boden. »Die kannst du auch haben.« Sie zieht die restlichen Nacktfotos von Alec und mir heraus und wirft sie zu den Briefen.

Hastig sammle ich sie auf, während die anderen versuchen, einen Blick darauf zu erhaschen. In dem Moment steht Henri auf, und er muss wohl die Fotos erblickt haben, denn er hebt einen Mundwinkel zu dem schönsten und schrecklichsten Grinsen der Welt. Dann hebt er schnell drei der Fotos vom Boden auf.

»O là là«, sagt er und betont dabei noch seinen französischen Akzent, als glaubte er, dass mich das irgendwie verrückt machen würde. Oder Gigi verrückt macht, denn er sieht sie dabei an. Die Fotos von mir, nackt, in den Händen. »Sehr hübsch, Bette. Kann ich die behalten?«

»Ekelhaft«, sage ich.

»Du bist wirklich *schön*, Bette«, sagt Henri, jetzt mit leiserer Stimme. Das Grinsen ist aus seinem Gesicht verschwunden, und für einen kurzen, wunderbaren Moment fühle ich mich wieder begehrt. Begehrt und hübsch und besser als Gigi.

»Mach damit, was du willst, aber ich will sie nie wieder zu Gesicht bekommen«, sagt Gigi und macht Anstalten zu gehen. »Bitte lass mich einfach in Ruhe, okay?« Sie wischt sich die Tränen weg, mit dem geschlagenen Ausdruck von jemandem, der gerade ein wichtiges Spiel verloren hat.

»Ich werde die Ohren offen halten«, sage ich. »Wir finden heraus, wer dich ärgert.« Was natürlich nicht freundlich gemeint war, sondern als eine Erinnerung daran, dass ich nicht die Kriminelle bin, nach der sie alle suchen. Und um sicherzustellen, dass die Betreuerin mich nicht meldet.

Gigi schüttelt den Kopf. Und überhaupt, ich habe gemeint, was ich gesagt habe. Ich will nicht, dass ihr etwas zustößt, ich will nur, dass sie geht. Die Betreuerin führt sie so vorsichtig weg, als hätte sie gerade von einem Todesfall in Gigis Familie erfahren.

Und dann ist sie fort, zumindest aus diesem Studio. Die anderen folgen. Die Show ist vorbei. Der Star ist gegangen. Ich atme zum ersten Mal seit viel zu langer Zeit aus. Ein lauter Seufzer mit offenem Mund.

»Ihr beiden hasst euch wirklich, eh? Das ist irgendwie sexy.« Henry hebt die Augenbrauen, und mir fällt ein, dass er immer noch meine Fotos hat.

»Gib mir die zurück«, sage ich. Er hält sie sich über den Kopf, sodass ich sie nicht erwische. Ein Mädchen wie Gigi würde jetzt nach ihnen springen, aber so ein Mädchen bin ich nicht. Stattdessen verschränke ich die Arme vor der Brust und warte darauf, dass seine Arme müde werden. Blicke zu ihm hoch, mit einer Miene, die Alec früher so gern gemocht hat: große Augen, geneigter Kopf und ein kleiner Schmollmund. Henry lacht und senkt den Arm. Blättert ein letztes Mal durch die Fotos, bevor er sie in die Tasche steckt. Ich mache einen protestierenden Laut, doch er unterbricht mich: »Ich meine es ernst, Bette, du bist wunderschön. Eigentlich nicht mein Typ, aber trotzdem heiß, objektiv gesehen.« Ich habe keine Bestätigung von Henri nötig. Ich habe gar nichts von diesem seltsamen, geheimnisvollen Franzosen nötig. Der eigentlich nur ein Nichts ist.

»Tja, den Eindruck hatte ich aber in der Physio nicht. Oder das letzte Mal, als wir aus waren«, sage ich, obwohl ich mich nicht unbedingt an diese vergangenen Momente erinnern möchte. Aber ich kann ihn nicht gewinnen lassen.

»Hmm, vielleicht war das ein Fehler«, stichelt er. »Gigi dagegen ...«

»Ich weiß. Strahlend. Fantastisch. Das muss ich mir nicht anhören.« Ich drehe mich um, um zu gehen. An Tanzen ist jetzt nicht mehr zu denken. Es wird wohl wieder mal einen Abend im Wohnheim mit der mir früher so fremden Einsamkeit, die mein Leben immer mehr durchdringt.

»Und du hast vergessen, dass du mich in dem Restaurant geküsst hast«, sagt Henri. »Und dich von mir im Wasser hast *freiwillig* anfassen lassen.«

Ich will sagen: *Halt die Klappe*, doch stattdessen setze ich mich hin und wickle meine Spitzenschuhe auf. »Ich weiß nicht, was du meinst und was hier passiert, aber du irrst dich«, sage ich. Dann lässt er sich neben mir nieder und nimmt meinen Fuß in seine Hand. Zunächst wehre ich mich, doch er lässt nicht los.

Auch nicht, als ich nach ihm trete. Er löst das Tape um meine Zehen. Mein Fuß ist mit blauen Flecken übersät und feucht, an diesem Teil meines Körpers ist in diesem Moment so gar nichts Verführerisches – zart wirkt er nur, wenn er in dem rosa Seidenstoff eines Ballettschläppchens steckt. Nackt sieht er aus wie der Fuß eines Ungeheuers. Als er meine Zehen begutachtet, schrecke ich kurz zurück, weil ich daran denke, dass er leicht einen davon brechen könnte, wenn er wollte.

»Entspann dich.« Henry drückt die Fingerknöchel in das schmerzende Fleisch, und etwas in mir gibt nach. Es ist nicht nur die fachmännische Art, wie seine Finger die Druckpunkte auf meiner Fußsohle finden, die weichen Stellen zwischen jedem Zeh, die Schwielen an der Ferse. Ich ergebe mich auch der Art, wie er mich ansieht, während er meine Zehen massiert, der Unendlichkeit seines Blicks und der Tatsache, dass er keine Angst hat, er könnte mich zerbrechen.

Ich warte darauf, dass er Cassie erwähnt. Ich lausche auf ihren Namen, als könnte er unter jedem seiner Worte lauern.

»Du willst Alec immer noch.« Seine Worte echoen durch das jetzt so stille Studio und treffen mich wieder und wieder. Ich rutsche von ihm weg. Er fasst meinen Fuß fester an. Eigentlich will ich nicht, dass er mich zurückhält, aber heißt es nicht, Angst lähmt? Bei mir ist das wenigstens so. Die Worte fühlen sich so wahr an, dass es mir den Atem verschlägt.

»Ich will ganz nach oben. Zurück in die Tanzmagazine, um wieder an einen Sponsorenvertrag zu kommen«, redet er weiter. Ich höre ihn kaum. Diese Worte habe ich so noch nicht mal gedacht, und nun spüre ich, wie sich meine Brust vor Erleichterung entspannt. Er lässt meinen Fuß los. Sofort stehe ich auf und versuche mir nicht anmerken zu lassen, dass mein Knie wehtut. Ich will schnellstens so viel Abstand wie möglich zwischen mich und ihn bringen.

Er folgt mir dichtauf, und ich fahre herum, bevor seine Hüften sich gegen mich drängen. Ich strecke die Hand aus, bis er dagegenläuft und sie sich in seine Brust drückt. Seine Augen werden schmal und seine Knöchel weiß, und ich kann spüren, wie die Gedanken in seinem Kopf rasen.

»Würde Alec es nicht schlimm finden, wenn er dich zusammen mit mir sieht?« Sein Flüstern trifft auf meinen Hals, bedrängt mich. Er macht noch einen Schritt, mein Ellbogen biegt sich unter seinem Gewicht, und ich denke: Näher kann er mir nicht kommen.

»Alec ist in letzter Zeit ziemlich abgelenkt«, sage ich. Aber natürlich weiß ich, dass er recht hat. Selbst wenn Alec Gigi »wirklich mag«, wie er sagt, Henri mag er nicht wirklich. Obwohl sie sich ein Zimmer teilen, sind sie sich nie nahegekommen. Er wäre die letzte Person, mit der Alec mich sehen will.

»Wir können seine Aufmerksamkeit erregen«, sagt Henri. Sein Körper berührt meinen an allen Stellen, die sich an mir wölben: an meiner Brust, meinen Hüften, meinen Oberschenkeln. Er legt seine Stirn an meine. »Gib nicht auf, meine Hübsche. Wenn ich mir etwas in den Kopf setze, dann bekomme ich es auch. Meine Mutter sagt: ›Besessenheit ist der Quell des Genies und des Wahnsinns.‹«

Ich hasse ihn dafür, dass er mich »meine Hübsche« genannt hat, und ich weiß nicht einmal, was diese Koseform soll. Trotzdem lasse ich zu, dass seine Hände auf meinen Rücken wandern, und es ist unmöglich, ihnen nicht nachzugeben. Sie sind riesig und stark und umfassen meine Taille so weit, dass es ist, als könnten sie allein mich halten. Und ich bin schon so lange nicht mehr berührt worden; die Wärme seiner Handflächen, die durch meine Strumpfhose auf meine Haut dringt, fühlt sich gut an. Ich könnte einfach aufhören, mich zu wehren. Ich könnte einfach nachgeben.

»Es wäre gar nicht so schrecklich, mit mir zusammen zu sein. Sie verrückt zu machen. Vielleicht macht es sogar Spaß.« Er spricht direkt in mein Ohr. »Und wir könnten so gut zusammen tanzen, dass wir das nächste ›It‹-Paar werden.« Er trommelt auf meinen unteren Rücken. »Ich könnte alles vergessen, was ich weiß, wenn du mir hilfst.«

Ich hasse meinen Körper, weil ihn die Kombination aus seinem Akzent, seinen Händen und seinem warmen Atem so schwach werden lässt. Ich atme schwer. Auf einmal fühlt sich die Welt so klein und beengt an. Auf einmal bin ich so müde, dass ich tatsächlich versucht bin, ihn einfach machen zu lassen. Könnte ich nicht einmal das tun, was am einfachsten ist?

Seine Berührung ist so anders als Alecs. Drängend und aggressiv. Als wenn es ihm egal wäre, was ich seiner Ex angetan oder nicht angetan habe. Er walzt meine Zweifel nieder. Seine Lippen finden mein Ohrläppchen, und ich spüre seine Zähne zart auf diesem weichen Zentimeter Haut. Mir kommen die Tränen, nicht aus Schmerz, denn es tut nicht weh und ist eigentlich sogar ein bisschen angenehm, sondern weil ich auf einmal Alec vermisse. Die kontrollierte Gefahr. Das gegenseitige schmerzhafte Begehren. In Alecs Berührungen habe ich mich verloren, aber Henri ist beharrlich. Zielgerichtet.

»Du machst dich lächerlich«, sage ich, aber ein wenig keuchend, und da weiß ich, dass ich meine Karten aufgedeckt habe. Ich bin erregt: Nicht nur von Henri, der sich an mich presst, mit seinen Muskeln und den Grübchen und allem anderen, sondern auch von der Vorstellung, Alec zurückzubekommen, wieder die Kontrolle über mein Leben zu haben, Gigi zu verletzen, ein Fotoshooting für ein Tanzmagazin zu bekommen, das nicht vom Geld meiner Mutter oder vom Ruhm meiner Schwester erkauft wurde.

»Du weißt, dass ich recht habe. Und selbst wenn nicht: Was hast du zu verlieren, richtig?« Ich höre, wie sich die Tür öffnet, reiße mich aber nicht von Henri los, als eine Schar Mädchen die Treppe herunterkommt. Eleanors Stimme ist in der Gruppe, aber ich tue so, als würde ich es nicht bemerken. Ich lasse zu, dass Henry sich noch einen Zentimeter weiter vorlehnt und mich küsst, wobei wir ihnen den Weg versperren, sodass sie zu uns hinsehen müssen. Seine Zunge ist rau und dick, als sie sich mit Gewalt den Weg in meinen Mund bahnt, ihn ohne meine Zustimmung erkundet. Seine Hände wandern weiter, und obwohl ich irgendwie auch abgestoßen bin, kann ich nicht anders, als zu reagieren. Ich fühle mich klein und verängstigt, aber gleichzeitig sicher.

Es fühlt sich an wie ein Kuss und wie ein Vertrag. Nicht gut, aber auch nicht schlecht. Doch mir ist, als hätte ich wieder die Kontrolle. Als wäre ich wieder Bette.

36 | June

Nach der Probe gehe ich in die Mensa und hole mir nur eine Schale Reis *congee*, den die Köche für die asiatischen Schüler zum Abendessen machen. Alle anderen packen sich ihre Teller voll. Mit richtigem Essen. Heute Abend gibt es nämlich Tacos, zur Feier des Cinco de Mayo. Auf den Tischen sind kleine Sombreros. Ich schnipse einen herunter und sehe zu, wie er auf den Boden fällt. Als ich zu meinem Stammplatz gehe, sitzt dort schon Will. In meiner Ecke. Allein. Ohne nachzudenken setze ich mich ihm gegenüber.

»Du kannst doch gut Geheimnisse bewahren, oder?«, sage ich mit ganz leiser Stimme, gerade so laut, dass ich seine Aufmerksamkeit errege.

Will schreckt zusammen. Wahrscheinlich hat er nicht gemerkt, dass ich mich gesetzt habe.

»Verdammt, June, du hast mir einen Schreck eingejagt.« Er streicht sich das Haar glatt.

Vielleicht bin ich wirklich unsichtbar. Er bedenkt mich mit einem langen Blick, bevor er antwortet, so als müsste er jeden meiner Gesichtszüge einzeln erfassen: meinen Mund, meine Nase, beide Augen, beide Ohren, die Neigung meines Kinns. Ich weiß nicht, zu welcher Schlussfolgerung er kommt, aber er nickt und zuckt mit den Schultern. Wir haben noch nie richtig miteinander geredet.

Er verschränkt die Arme vor der Brust und räuspert sich, als würde er das Thema wechseln wollen. »Hast du ein Geheimnis? Das du mit mir teilen willst?«

»Nein, ich dachte nur, damit könnte ich dein Interesse wecken«, sage ich mit einem Grinsen. Ein Teil von mir möchte Sei-Jins Geheimnis verraten, und Gigis und mein eigenes. Ich frage mich, ob ich wirklich mit Will darüber reden könnte. Jetzt gleich. In diesem halb leeren Speisesaal. In einem langen Satz, ohne nach Luft zu holen oder um Rat zu fragen. Ich frage mich, ob ich die Worte einfach so herausbekommen könnte: *Sei-Jin ist lesbisch. Gigi ist herzkrank. Ich habe mit Jayhe herumgemacht. Jemand findet mich schön. Liebt mich vielleicht sogar. Und das ist nicht mein Vater. Oder meine Mutter.*

»Na ja, Geheimnisse bewahren ist eine meiner besten Eigenschaften«, sagt Will. »Doch Geheimnisse solltest du besser für dich behalten. Das habe ich hier gelernt. Vertraue sie niemandem an. Nicht einmal deinen Freunden. Nicht mal mir. Wenn es hart auf hart kommt, kann man sich auf niemanden verlassen.« Seine Augen füllen sich mit Tränen, so plötzlich und heftig, wie ich es mir nie erlauben würde. Ich verstehe nicht, warum, und ich bin zu befremdet, um zu fragen. Er wischt sie mit den Handrücken weg, die ganze Zeit das Gesicht zu einer lächelnden Grimasse verzogen.

Ich weiß nicht, ob ich wirklich geglaubt habe, ich könnte Will irgendetwas erzählen, doch einen kurzen, flüchtigen Moment lang hatte ich die Hoffnung, diese Last könnte von meinen Schultern genommen werden. Doch nun senkt sie sich wieder ganz auf sie.

»Was ist los?«, frage ich.

Er schüttelt den Kopf, und wieder treten Tränen in seine grünen Augen. »Ich dachte, da wäre etwas zwischen mir und jemand anderem. Aber es ist so verwirrend. Ich weiß nicht mal, warum ich dir das erzähle. Nichts für ungut.«

»Ich verstehe schon«, sage ich. Zumindest ist er direkt.

»Vielleicht liegt es daran, dass wir, na ja, verschieden sind, weil wir eine andere Herkunft haben.« Er spricht mit leicht stockender Stimme, wegen der Tränen, die er sich immer wieder aus dem Gesicht wischt.

»Aber, na ja, beantworte mir diese Frage«, sagt er. »Wenn man Zeit mit jemandem verbringt, dann bedeutet das doch etwas, oder?«

»Kommt drauf an wie«, sage ich. »Als Gruppe. Oder nur als Freunde.« Ich versuche mir zusammenzureimen, in wen er verliebt sein könnte oder mit wem er eine Beziehung haben könnte.

»Wenn man allein zu zweit ist. Pläne macht. Lacht. Witze macht. Abhängt«, sagt er, als würde er Beweismaterial für diese verwirrende Beziehung zusammentragen. »Das bedeutet etwas. Du weißt ja, hier haben wir nicht viel Zeit für uns. Um nur abzuhängen, ohne Grund. Es gibt immer etwas zu tun.«

Er hat recht. Wir haben keine Freizeit wie normale Teenager. Denn wir könnten ja jederzeit trainieren, in die Studios gehen, noch mehr üben.

»Es war so viel besser vorher. Früher habe ich still gelitten. Ich dachte, wenn ich Alecs bester Freund wäre, könnten wir es vielleicht irgendwann mal, na ja, versuchen, verstehst du?«

Ich verstehe nicht, nicke aber trotzdem.

»Jetzt weiß ich nicht mal, was ich je in Alec gesehen habe. Er hält sich für den besten Tänzer hier. Glaubt, dass er einen Platz in der Kompanie sicher hat.« Es ist wie eine Achterbahn der Gefühle, erst ist Will traurig, dann wütend, dann wieder traurig. »Aber bei dem Neuen weiß ich es einfach nicht. Manchmal flirtet er mit mir. Schreibt süße SMS. Viele Smileys, verstehst du? Und dann, kurz darauf, nichts. Schweigen. Ich kann dieses Spiel nicht noch einmal spielen.« Die Tränen kommen zurück. Und ich weiß, was er meint. Nur zu gut. »Aber vielleicht ist das so in seinem Land. Vielleicht hat er Angst.«

Ich beuge mich vor und flüstere: »Ist es Henri?«

Jetzt verbirgt er sein ganzes Gesicht, und seine Schluchzer werden ein bisschen zu laut. Die anderen schauen zu ihm herüber. Ich tätschle seine Hand, versuche ihn zu trösten. Was nicht meine Stärke ist.

Er packt meine Hand und drückt sie fest. »Bitte, erzähl es nicht weiter. Ich sollte ihn einfach fragen. Ich muss einfach Klarheit haben.« Wills Stimme fällt am Ende des Satzes ab. Ich folge seinem Blick, um herauszufinden, was ihn hat verstummen lassen.

Es sind Henri und Alec. Und, gleich hinter ihnen, Gigi. Henri setzt sich allein an einen Tisch uns gegenüber. Alec und Gigi drücken sich am Ende unseres Tisches herum, so als könnten sie sich nicht entscheiden, ob sie heute Abend bei uns sitzen wollen.

»Ihr guckt ja so ernst, Kinder«, sagt Alec und gibt Will einen lauten, kräftigen Klaps auf die Schulter. »Alles in Ordnung?«

»Ja«, sagt Will, der leicht zurückweicht. »Warum sollte es das nicht sein?«

Gigi setzt sich neben mich. »Wie war dein Tag, June?« So, als wäre sie meine Therapeutin, in einem Ton, der suggeriert, ich könnte es schwergehabt haben.

»Gut. Wie geht es *dir*?«, schnauze ich sie an. »Gab's wieder Probleme?«

Ihr Gesicht fällt ein bisschen in sich zusammen, und ich fühle mich besser, aber Alec eilt zu ihrer Rettung. »Nichts Neues. Gott sei Dank. Vielleicht haben die Leute sich wieder beruhigt und unternehmen nichts Dummes und Kindisches mehr.«

Will stimmt ihm eifrig zu, als wäre Alec eine Art Genie. Er

sieht Alec an, als wäre er der schönste Mensch der Welt, und alles, was er noch eben über Alec gesagt hat, wäre vergessen.

»Weißt du, dass mein Vater neulich nach dir gefragt hat?«, sagt Alec und blickt auf mich hinab. So wie er es immer tut. »Er fand schon immer, dass du gut bist. Er sagte, deine Mutter habe getanzt. Stimmt das? Viel hat er nicht gesagt, nur dass sie dir offensichtlich viel beigebracht hat.«

Mr. Lucas hat meinen Namen gesagt, hat sich nach meinem Wohlergehen erkundigt. Ein Funke von etwas Ähnlichem wie Freude flammt in meiner Brust auf. Vielleicht ist das ein gutes Zeichen für meine Zukunft am Konservatorium. Etwas, das mich vor der öffentlichen Schule retten könnte.

Alec setzt sich neben Will, so selbstverständlich, als würde ihm hier alles gehören. Was es ja auch fast tut. »Er sagte, du und Sei-Jin und ein paar von den anderen koreanischen Mädchen arbeiten zu hart und bekommen nicht genug Anerkennung dafür. Dass Sei-Jin vermutlich die beste Tänzerin wäre, die wir haben, dass aber Mr. K ihr Gesicht nicht gefällt. Eine Schande, wirklich.«

Es ist seltsam, ihn über das Problem des Rassismus im Ballett reden zu hören, als würde es ihn betreffen und als würde er ebenfalls darunter leiden. Vielleicht hat ihm die Beziehung zu Gigi ein wenig die Augen geöffnet.

»Er hat noch ziemlich lange darüber geredet. War ein komischer Abend. Mein verdammter Dad. Im Grunde wollte er mir wohl nur sagen, dass Gigi nie so weit kommen wird wie Bette, weil die Russen die Hellblonden lieben, verstehst du?« Alec klingt nervös, und die Hoffnung, die ich hatte, wird so schnell wieder erstickt, dass ich vergesse, dass sie je da war. Er ist nur verärgert, dass sein Dad Gigi nicht mag. Und Mr. Lucas hat nicht wirklich nach mir gefragt. Er wollte Alec zu verstehen geben, dass Mädchen wie ich und Gigi nie wirklich Erfolg haben werden. Nur dass das selbstverständlich ganz und gar nicht für Gigi gilt. Nur für mich.

Ich starre Alec ein paar Augenblicke länger an, als angemessen wäre, und er bemerkt es. Doch er tut es mit einem Lachen ab und lehnt sich in seinem Stuhl zurück.

»Seid ihr stumm?« Ein spöttisches Lächeln beginnt an seinen Lippen und breitet sich über sein ganzes Gesicht aus, während er von mir zu Will blickt.

»Rassismus ist nicht gerade ein angenehmes Gesprächsthema«, sagt Gigi. Sie reibt ihm den Nacken so wie Bette früher, wahrscheinlich, um ihrem Kommentar die Schärfe zu nehmen.

»Ich bin müde«, sagt Will. Seitdem Alec hier ist, ist er noch eine Nuance röter als gewöhnlich. Sein ganzer Körper ist so angespannt und steif auf dem Stuhl, dass er praktisch eins mit dem Möbelstück geworden ist. Und er starrt immer wieder auf Henris Rücken vor uns.

Ich sage immer noch nichts. Niemand will mit dem privilegiertesten Jungen an der Schule über Dinge reden, mit denen sich nicht-weiße Mädchen im Ballett konfrontiert sehen.

Als mir eine andere Tänzerin zuruft: »June, die Tutus müssen eingesammelt werden«, bin ich tatsächlich froh über die Unterbrechung. Ich stehe auf, winke kurz und eile davon. Gigi folgt mir, ruft, ich solle auf sie warten. Doch das tue ich nicht. Dann höre ich sie hinter mir herlaufen.

Alle Mädchen, die aus der Probe der Klasse C2 kommen, halten ihre weißen Übungstutus in den Händen. In einer großen Gruppe gehen wir hoch zu den Wohnräumen. Wir betreten unseren Trakt, und alle stürmen zu unserem Zimmer. Immer wieder muss ich an Will denken und daran, wie einfach ihm das Weinen gefallen ist. In gewisser Hinsicht ist er wie ich, der ewige Außenseiter. Doch er muss sich damit abfinden. Er ist, was er ist, und wird es hier immer sein. Entweder muss er selber etwas daran ändern, so wie ich, oder lernen, es zu akzeptieren.

»Lasst mich durch«, herrsche ich die Mädchen an, und versuche, zu unserer Tür durchzukommen. Jeden Abend, seitdem die Proben angefangen haben, geben sie alle ihre Tutus in meinem Zimmer ab – mein neuer Job für Madame Matvienko. Ich habe mich freiwillig gemeldet, in der Hoffnung, so mehr Zeit mit ihr zu verbringen und hier und da ein paar Fragen über meinen Vater stellen zu können, um zu sehen, was sie weiß.

Ich zwänge mich durch den Pulk. Bette stößt versehentlich gegen mich, als sie versucht, Gigi den Weg abzuschneiden.

»Pass doch auf«, faucht sie, ohne sich umzudrehen.

»Das ist mein Zimmer«, sagt Gigi und schiebt sich an ihr vorbei.

»Ganz ruhig, Gigi. Du regst dich schon wieder auf.« Bettes Augen kneifen sich warnend zusammen. »Ich mache mir große Sorgen um dich.« Sie sagt es so laut, dass alle es hören können, und in gekünstelt freundlichem Ton, weil sie weiß, dass sie damit Gigi reizen kann.

»In eine Reihe! In eine Reihe!«, rufe ich, das Klemmbrett mit den Namen hervorholend. »He, eine nach der anderen«, protestiere ich. Aber sie werfen ihre kleinen Tutus mitten ins Zimmer hinein, als wäre ich ihre Dienstbotin. Bette und Eleanor kommen als Letzte. Der Haufen von Tutus auf dem Boden wird immer höher, wie die Schichten einer mehrstöckigen Hochzeitstorte.

»Was ist das?«, fragt Eleanor. Die Kakophonie aus Getratsche und Gelächter verstummt abrupt.

»O mein Gott, o mein Gott«, sagt eine der jüngeren Tänzerinnen, offenbar unfähig, ihren Mund davon abzuhalten, diese Worte immer und immer wieder von sich zu geben. Bette schlägt die Hand vor den Mund und weicht kopfschüttelnd zurück an die Wand. Es kracht richtig, als sie dagegenstößt. Alle starren die Wand hinter mir an, doch ich drehe mich nicht sofort um. Als Gigi aufschreit, erschrecke ich mich so, dass ich das Klemmbrett fallen lasse.

Langsam drehe ich mich um.

Das Terrarium liegt auf der Seite. Die Zweige sind auf dem Fensterbrett verstreut. Mein Bett ist mit getrockneten Rosenblättern bedeckt.

Ich wende den Blick von Gigi ab. Mein Magen zieht sich zusammen, dreht sich um. Alle kleinen Schmetterlinge sind an der Wand festgesteckt, mit einer Nähnadel durch die Mitte.

Gigi sinkt zu Boden und fasst sich an die Brust. Tränen strömen über ihre Wangen. Ich kann nichts von dem verstehen, was sie sagen will. Sie weint und schluchzt gleichzeitig und macht so schreckliche, krächzende Laute, dass alle weiter und weiter vor ihr zurückweichen. Jemand schreit nach den Betreuern. Andere beginnen nach ihren Handys zu suchen, um Hilfe zu rufen. Gigis ganzer Körper zittert, ein unkontrollierbares Beben, das erst Sekunden, dann Minuten andauert.

37 | Gigi

Die dunklen, toten Augen meiner Schmetterlinge fangen das Licht auf. Ihre Flügel sind verdreht und geknickt; sie wirken so still um so viel zarter, als sie noch geflattert haben. Flattern konnten. Es ist die traurigste Parade, die ich je gesehen habe: unbeweglich und bedrohlich.

Und wohlüberlegt. Sie sind akkurat aufgereiht, wie mit einem Lineal.

Meine Schmetterlinge.

Mir ist ganz kalt innen drin. Mein Gesicht ist heiß.

Mir ist, als könnte ich jeden Moment durch den Boden fallen.

Sie alle wollen mir Böses.

Die Worte klingen laut in meinem Kopf und hallen durch meinen Körper. Ich weiß, dass es stimmt. Das ist eine Drohung. Nicht nur, um mir meinen Platz im Konservatorium streitig zu machen, sondern auch um mein Leben zu bedrohen. Die Worte dröhnen in meinem Kopf, das Piepen des Pulsmessers pulsiert in meinen Ohren.

Und meine toten Schmetterlinge starren von der Wand herunter.

Schwarze und weiße Punkte erscheinen überall um mich herum. Alles verschwimmt leicht, scharf sehe ich nur noch Bettes übertriebenes Kopfschütteln und Junes zusammengezogene Augenbrauen, während sie Bette anstarrt.

»Du warst das«, schreie ich erst Bette an, dann alle anderen.

Mein Herz fühlt sich an wie eine Trommel, die zu schnell geschlagen wird. Ich weiß nicht, wie ich es verlangsamen kann.

Alle weichen von mir zurück. Ein Betreuer kommt in den Flur und fragt die Mädchen, was passiert ist. Ich schreie und schreie sie alle weiter an. Sie machen entsetzte Gesichter und reißen die Augen auf.

Ich stürze mich auf sie. June versucht, mich zurückzuhalten. Ich spüre, wie sich ihre dürren Ärmchen schnell um meine Taille legen. Bette weicht zurück und rennt den Flur hinunter. Ich will ihr nachrennen. Ich will ihnen allen nachrennen.

»Wer war das?«, schreie ich. »Wer war das?«

Ich spüre Eleanors Arm um mich, dann, wie mich ein Betreuer die Treppe hinunterführt. Meine Augen sind vor Tränen blind, ich kann die Stufen, den Flur kaum erkennen. Mein Puls rast. Schließlich bin ich in Mr. Lucas' Büro. Er ist der einzige mit einem Lehrerstatus, der so spät noch im Gebäude ist. Andere Tänzer hasten an uns vorbei, auf dem Weg nach oben oder nach Hause, runter vom Campus, und sehen neugierig zu, wie ich weinend und verschwitzt in Mr. Lucas' Büro geschoben werde.

Bei meinem Anblick zeigt Mr. Lucas' Gesicht keine Regung, nicht einmal ein mitfühlendes Lächeln, nicht mal, als er mir einen Platz vor seinem Mahagoni-Schreibtisch anbietet oder sich den Bericht der Betreuerin anhört. Ich plumpse auf den Stuhl mit der hohen Lehne und fühle mich klein, als meine Beine baumeln, ohne den Boden zu berühren. Er sieht Alec sehr ähnlich, doch sein Gesichtsausdruck ist nie so warm, so offen wie Alecs.

Ich versuche mir die Nase und die Tränen abzuwischen und mich zu fassen, aber bei dem Gedanken an meine Schmetterlinge fange ich wieder an zu weinen. Mein Herz hört nicht auf, so schnell zu schlagen, und mein Kopf fühlt sich so leicht an, als könnte er mir jeden Moment von den Schultern und in den Schoß fallen.

Er schließt die Tür und seufzt. »Dir ist es in letzter Zeit schlimm ergangen.« Sein Ton ist ernst. »Ich wollte ohnehin mit dir sprechen. Es tut mir leid, dass es dieser Vorfall ist, der uns zusammenbringt.« Er reicht mir eine Schachtel mit Papiertüchern und versichert mir, dass die Schule alle Schikanen gegen mich untersuchen wird.

Nach diesem Versprechen fühle ich mich zwar kein Stück besser, doch es ist ein Anfang, denke ich. Ich weiß nicht, wer so etwas tun würde. Bette? Würde sie meine Schmetterlinge töten? Wegen *Giselle*? In meinem Kopf herrscht ein Chaos aus Verdächtigen, Motiven und Drama. Mr. Lucas hört mir zu, als ich erzähle, während mir die Tränen weiter über das Gesicht laufen. Er steht auf, tätschelt mir verlegen die Schulter und nickt dabei. Ihm ist sichtlich nicht wohl in seiner Haut. Dann kehrt er zu seinem Schreibtisch zurück, notiert etwas in einer Akte und räuspert sich.

»Ich frage dich das nur ungern, aber können wir kurz auf ein anderes Thema zu sprechen kommen?«, fragt er, unbehaglich an seiner Krawatte zerrend. Ich weiß nicht, was jetzt kommt, aber ich würde über alles lieber sprechen als über meine Schmetterlinge und das, was die Mädchen mir antun.

»Ich habe ein paar Fragen an dich.« Er nimmt einen Schluck Wasser. »Ein paar sehr ernste Fragen.«

»Bin ich in Schwierigkeiten?«, platzt es aus mir heraus.

»Hast du etwas Falsches getan, Giselle?«, fragt er.

Ich schlucke, unsicher, ob ich beichten soll, dass ich gegen eine der Schulregeln verstoßen habe – als ich Alec ein paarmal in meinem Zimmer habe schlafen lassen und auch in seinem Zimmer geschlafen habe. Vielleicht sollte ich es ihm einfach sagen. Dann ruft er vielleicht meine Eltern nicht an oder verbietet uns, uns zu sehen. Ich will nicht, dass er schlecht von mir denkt. Und ich frage mich, ob Alec ihm gesagt hat, dass ich jetzt seine Freundin bin. Ich weiß noch nicht mal, ob er mich überhaupt mag.

Ich werde ganz zappelig und zwinge mich, mich zu entspannen.

»Keine Sorge«, sagt er. »Du bekommst keine Schwierigkeiten. Vor allem nicht nach dem, was heute Abend passiert ist. Ich wollte dich nur etwas fragen.«

»Okay.« Ich habe keine Ahnung, worauf er hinauswill.

»Du weißt, dass ich der Vorsitzende des Kuratoriums dieser Schule bin«, beginnt er.

»Ja«, sage ich.

»Und deshalb ist meine Arbeit sehr vielseitig. Im Wesentlichen bin ich verantwortlich für ein gesundes Gleichgewicht zwischen dem Ballett und dem akademischen Unterricht. Das heißt, unser Ruf ist uns hier sehr wichtig.«

Meine Gedanken rasen, und ich rutsche an den Rand des Stuhls.

»Gerüchte jeglicher Art können sehr nachteilig und schädlich für diese Schule sein. Daher auch meine Frage.« Er beugt sich über den Schreibtisch. »Und es ist sehr wichtig, dass du sie wahrheitsgemäß beantwortest. In unserer kleinen Gemeinschaft haben Worte große Wirkung. Und egal, was du mir sagst, es wird diesen Raum nicht verlassen.« Er kneift seine Augen ein wenig zusammen.

Da ich nicht weiß, was ich darauf sagen soll, zucke ich mit den Schultern. Unter dem Druck füllen sich meine Augen mit Tränen, und der besorgte Ausdruck auf Mr. Lucas' Gesicht verstärkt sich.

»Giselle, es geht ein Gerücht über dich und Mr. K um«, sagt er.

Meine Wangen fangen Feuer. »Was?«

»Dass ihr beide eine unangemessene Beziehung habt«, sagt er, ohne seine Worte zu mildern oder sie weniger anklagend klingen zu lassen.

»Nein.« Ich schreie fast.

Er macht mit der Hand eine beschwichtigende Geste. »Mir gegenüber musst du keine Hemmungen haben. Ich weiß, es ist hart, aber es ist besser, ehrlich zu sein.«

»Er würde nie ... ich würde nie«, stottere ich, unfähig, mich zu verteidigen. Der Gedanke ist absurd. Ich wusste nicht einmal, dass es Mädchen gibt, die so etwas tun. Nun fließen die Tränen ganz unkontrolliert, und es ist mir peinlich, dass ich sie nicht zurückhalten kann. Er steht auf und tätschelt meine Schulter.

»Bist du sicher, dass es nicht doch irgendwann mal zu weit gegangen ist?« Ich bringe es nicht über mich, ihm in die Augen zu sehen. Und ich weiß, dass das Gerücht auch Alec erreichen wird. Dass er vielleicht denken könnte, dass etwas daran wahr ist. Erst vor ein paar Tagen hat er eine schlechte Seite von mir gesehen, wie ich mich von all dem aus der Fassung habe bringen lassen. Ich habe herumgeschrien und gebrüllt. Mittlerweile hat er außerdem sicher schon gehört, wie ich wegen meiner Schmetterlinge ausgeflippt bin.

»Sie müssen mir glauben, da ist absolut nichts dran. Ich weiß nicht, wer so etwas ... warum jemand ...«

»In Ordnung, schon gut«, sagt Mr. Lucas. Seine Hand war immer noch auf meiner Schulter, doch jetzt reißt er sie weg, als wäre ihm plötzlich eingefallen, dass auch das als unangemessen gelten könnte. »Das ist alles, was ich wissen musste. Danke, Giselle. Ich werde mit dem Betreuer über deine Schmetterlinge sprechen und darüber, wie jemand in dein Zimmer kommen konnte, während alle bei der Probe waren.«

Er hält mir wieder die Schachtel Papiertücher hin, geht dann aus dem Zimmer und schließt sogar höflich die Tür hinter sich, um mir ein bisschen Privatsphäre zu geben. Hastig versuche ich mich wieder in den Griff zu bekommen. Als ich einen Blick in den Spiegel erhasche, sehe ich, wie mitgenommen ich aussehe. Rote Augen. Eine rote Stelle, an der Alecs Bartstoppeln an meinem Kinn gerieben haben, als wir uns gestern Abend geküsst haben. Ein schwacher schwarzer Strich unter meinen Augen, die Reste des Make-ups, das ich mittlerweile doch meistens auflege, aber immer wieder vergesse abzuwaschen. Das bin nicht ich. Es ist, als würde ich eine Fremde ansehen.

38 | Bette

Ich weiß nicht, ob ich je etwas Schlimmeres gesehen habe als die festgesteckten Monarchen an der Wand in Gigis Zimmer. Die eingerissenen Flügel, das leere Terrarium auf dem Fensterbrett, die verstörende Stille, die uns alle gefangen hielt, während wir die Wand anstarrten. Diese Schmetterlinge werden immer weiter austrocknen, ihr Orange wird schwarz werden, und bald werden sie zu Staub zerfallen. Nichts in dieser Welt sollte so zerbrechlich sein.

Und dann der Blick, den June mir danach zuwarf: erschüttert, voller Gewissheit, anklagend. Während Eleanor ihre langen Arme um die zitternde, kreischende Gigi schlang und June sich von mir abwandte und anfing aufzuräumen, ergriff ich die Flucht. Es war nichts, das ich geplant hatte, wie von allein rannte ich so schnell ich konnte rüber zum Trakt der Jungs. Ich musste unbedingt Kontrolle über die Situation bekommen.

Jetzt stehe ich immer noch am Fuß der Treppe und kämpfe mit mir, ob ich hinaufgehen soll.

Ja, geh.

Derjenige, der eine Geschichte zuerst erzählt, bestimmt auch den Inhalt. Das ist der Lieblingssatz meiner Mutter, wenn sie mit jemandem, den sie hasst, einen Prozess führt oder im Streit liegt. Sei immer die Erste, die ihre Version erzählt.

Ich renne die zugige Treppe hinauf, und auf einmal ist mir so kalt, dass ich wünschte, ich hätte einen Mantel dabei.

Oben angekommen öffne ich zitternd die Tür und gehe geradewegs zu Alecs Zimmer – das dritte auf der rechten Seite. Es liegt jetzt an mir, ihnen zu erzählen, was passiert ist. Es Alec zu erzählen. Ich beginne zu glauben, dass meine Mutter recht hat mit ihrem Spruch. Nun kann ich die Geschichte so drehen, wie ich will.

Ich muss. Um mich selbst vor Junes anklagendem Blick und Gigis wilden Beschuldigungen zu schützen.

Will steht im Flur, ein schniefendes, verrotztes Häuflein Elend. »Was machst du hier?« Er hat ein Tuch um den Kopf geknotet, als wäre er Rosie, the Riveter, aus dieser berühmten 40er-Jahre-Anzeige, und sein Haar ist zu einem monströsen Look gegelt.

»Ich will zu Alec«, fauche ich.

»Willst du es ihm endlich sagen? Oder soll ich? Ich bin es so leid, deinen Scheiß für mich zu behalten«, sagt er. »Das bringt mir nichts als Probleme. Dadurch verliere ich nur die Menschen, an denen mir etwas liegt.«

Alles, was ich darauf sagen kann, würde abwehrend oder wahnhaft klingen, und ich werde nicht zulassen, dass er mich dahin treibt. »Ich weiß nicht, wovon du redest. Was in der Vergangenheit passiert ist, bleibt auch dort. Und du hast immer gerne und freiwillig mitgemacht. Also komm mir nicht so.« Ich muss dafür sorgen, dass er die Klappe hält. »Du bist kein Opfer.« Doch dabei sehe ich ihn nicht mehr an. Meine Worte sind an ihn gerichtet, doch meine Aufmerksamkeit ist schon weitergewandert. Wie bei einer Pirouette, wenn wir uns eine Stelle an der Wand suchen, an der wir uns festhalten können, auch wenn wir ins Wanken geraten, finde ich einen Riss in der Ferne, der mir Halt gibt. Damit ich keine Tablette nehme. Heute muss ich einen klaren Kopf behalten.

»Du hast mich gezwungen, sie fallen zu lassen«, schreit er so laut, dass ich zurückspringe.

Türen öffnen sich knarrend, eine nach der anderen.

»Meine Mom hatte mich mit diesem Jungen erwischt, und damit ich mich nicht outen muss, hast du meine Freundin gespielt, und diese Lüge hast du ausgenutzt. Immer wieder hast du davon angefangen. Und ich hatte keine Wahl.« Jetzt ist er hysterisch.

Alec betritt im Pyjama den Flur. Anscheinend nimmt er *Giselle* sehr ernst, denn eigentlich ist es zu früh, um ins Bett zu gehen. Die strahlende Haut und seine makellose Figur zeigen, dass er gut auf sich achtet. Ich dagegen, die ich niemanden mehr habe, der auf mich aufpasst, merke den Schlafmangel an meinen schmerzenden Muskeln und den Wassermangel an meinem trockenen Mund. Hinter ihm steht Henri mit freiem Oberkörper und hält ein Handy an sein Ohr.

»He, was ist hier los?«, fragt Alec und verschränkt die Arme vor der Brust, wodurch sie noch breiter und stärker aussehen. Er ist natürlich immer noch schlank, aber kompakter. Jetzt, da ich ihn im Pyjama sehe, fällt es mir mehr auf, als jeden Tag im Trikot bei der Probe. Mir wird klar, dass ich dieses Semester Alec vor allem im Trikot erlebt habe. Ich kann mich nicht erinnern, wann ich ihn das letzte Mal nackt gesehen habe.

»Es ist Gigi«, sage ich ohne Umschweife, aus Angst, dass er mir die Tür vor der Nase zuschlägt, wenn ich mit irgendetwas anderem anfange. Das Gefühl tut weh.

»Ist mit Gigi alles in Ordnung?« Alecs schläfrige Augen wachen sofort auf; er nimmt die Arme auseinander und macht einen Schritt auf mich zu. Ich rieche seinen mir so vertrauten Duft: holziges Deo, Pfefferminzkaugummi, mein eigenes blumiges Shampoo, das er sich einmal ausgeliehen und nie zurückgegeben hat.

»Wahrscheinlich nicht, wenn Bette hier ist, um dir etwas über Gigi zu erzählen«, sagt Will.

Henri kommt weiter in den Flur hinein, das Mobiltelefon immer noch am Ohr. Er sagt etwas auf Französisch und legt auf, um seine Aufmerksamkeit dann ganz Alec und mir zuzuwenden, wie immer belustigt. Will scheint auf einmal gelähmt zu sein. Sein Blick fliegt zwischen Alec, Henri und mir hin und her. Schnell löst er das Tuch aus seinem Haar und befummelt sich, als würde er sich zurechtmachen.

Ich mache schnell weiter, damit er nur ja nicht Alec erzählt, was er und ich Cassie angetan haben. »Gigi ist nicht verletzt. Aber sie ist ... Ich glaube, irgendetwas stimmt nicht mit ihr. Im Kopf. Sie dreht durch. Sie ... also, ich glaube, sie hat ihre Schmetterlinge getötet.« Noch während ich rede, strafft sich mein Rücken. Mein Blick trifft auf seinen. Meine Schultern rollen zurück. Ich fühle mich wieder wie ich selbst. Stark. Herrin der Lage.

»Was?« Alec greift nach einem Sweatshirt hinter der Zimmertür, und noch mehr Türen öffnen sich. Ich hebe meine Stimme; ich will, dass sie es alle von mir hören.

»Ihre Schmetterlinge sind an der Wand festgesteckt. Ich glaube, sie hat sie alle getötet. Das ist ... na ja. Unheimlich, verstehst du? Sie macht mir irgendwie Angst. Uns. Sie macht uns allen Angst, deswegen bin ich hergekommen.«

Auf Alecs Gesicht erscheint ein besorgter Ausdruck. Seine Augen werden warm und feucht. Er beißt sich auf die Unterlippe und zieht sein Handy aus der Tasche, um sie anzurufen, nehme ich an. Und da weiß ich es. Er liebt sie. Der Riss in meinem Herz bricht auf, als er nickt und einen Seufzer ausstößt. Er ist imponierend und sanft zugleich, in dem Flanellpyjama und dem Sweatshirt. Ich sehne mich nach seiner Nähe.

»Sie wirkt ... unberechenbar. Gefährlich«, schließe ich. Ich lasse meine Stimme ein wenig beben und meine Augen sich mit Tränen füllen.

In dem Moment ist es keine Lüge. Ich habe Angst vor Gigi. Und ich habe tatsächlich das Gefühl einer drohenden Gefahr. Ich zittere, und dann, wie aus dem Nichts, fange ich sogar an zu weinen und ziehe Alec an mich, lasse meine Hände von seiner Taille zu seinem Rücken wandern, über seine Muskeln, vertraut und erregend zugleich.

»Ich habe Angst«, sage ich. Und dann sage ich es wieder und noch ein drittes Mal, während Alec meinen Rücken so wie früher reibt und die Stellen massiert, an denen ich, wie er weiß, am meisten verspannt bin. Ich tränke sein Hemd mit meinen Tränen, und ich finde gar nicht, dass ich übertreibe oder die Wahrheit verdrehe oder irgendetwas auch nur annähernd Unehrliches tue. Ich fühle mich verletzlich und gleichzeitig wunderbar. Endlich ist mir warm.

»Es ist okay«, sagt Alec, seine Worte landen auf meinem Oberkopf, verfangen sich in meinem Haar. »Tief atmen, okay?« Ich drücke ihn fester. Und warte darauf, dass Will oder Henri dem ein Ende setzen.

»In ihrer Nähe ist es nicht sicher«, sage ich. »Ich habe mich schon so lange nicht mehr sicher gefühlt.«

Ich verschlucke mich an den Worten, so wahr sind sie. Seit Gigi nach New York kam, fühle ich mich tatsächlich nicht mehr sicher. Alec reibt meine Schultern und atmet tief durch. *Er hat mich gern,* denke ich. *Er kommt zurück zu mir.* Er wird sie vergessen. Es war nur eine Affäre, nichts Ernstes. Meine Tränen beginnen zu trocknen. Ich neige den Kopf, um ihn anzusehen, und schenke ihm ein kleines Lächeln, eines, das nur für ihn bestimmt ist, das weder Will noch Henri oder die anderen Spanner im Flur sehen können.

»Das ist doch lächerlich«, ruft Will. »Ist das dein Ernst, Bette?«

Er wartet bis zum besten Teil. Natürlich.

Alec rückt von mir ab. Meine Hände fallen von seinem Körper ab, im selben Moment, als er mich noch einmal drückt, um »Danke« zu sagen. Es fühlt sich an wie ein Schlag und schmerzt mehr, als die schlimmste Zerrung oder eine fürchterliche Verstopfung oder ein blutender Zeh, wenn der Nagel abgefallen ist. Ich weiß, was Schmerz bedeutet, mein Körper ist mehr als vertraut damit, aber das ist etwas gänzlich anderes. Das ist das Gefühl, das ich hatte, nachdem die Besetzungsliste für den *Nussknacker* aufgehängt wurde, nur dass es jetzt wohl kaum helfen würde, in einen Spiegel zu schlagen.

Und auch meine Pillen würden nicht helfen.

Und auch mit Eleanor zu reden würde nicht helfen.

Nichts kann mir helfen.

Alec wendet sich an Will. »Was ist los mit dir? Und mit euch beiden?«

»Frag sie«, sagt Will.

»Bette war ein böses Mädchen«, sagt Henri.

»Was machst du überhaupt hier draußen, verdammt?«, herrscht Alec Henri an, aber Henri lächelt nur als Erwiderung.

»Das ist mir alles zu dumm. Gehen wir«, sagt Alec. Er hält meine Hand, wie er die seiner Schwester halten würde. Seltsam, dass ich den Unterschied erkenne, aber allein die Temperatur und der Griff seiner Hand machen deutlich, wie viel sich verändert hat. Unsere Finger sind nicht verschränkt, sie sind nicht verschwitzt vor freudiger Erregung, und ich merke keinen liebevollen Druck. Er zerrt mich praktisch in Richtung Mädchentrakt.

»Damit kommst du nicht durch! Das lasse ich nicht zu!« Ich blicke zurück, und Will folgt uns dichtauf, den Kopf schüttelnd und sehr entschlossen wirkend. »Alec muss es erfahren.«

»Was? Was muss ich erfahren?«, fragt Alec, und in diesem Moment begreife ich, wie gut ich meine dunklen Seiten vor ihm verborgen habe. Will, dem ich diese Seiten zeigen konnte, war immer da.

Mir fällt die Kinnlade herunter, aber niemand sieht mich an, niemand kümmert sich um mich, niemand kann den Ausdruck auf meinem Gesicht sehen. »Ich habe nicht ...«

»Nur weil du so verkorkst bist, müssen es nicht alle anderen auch sein. Sie ist ein gutes Mädchen. Ich war ein guter Kerl. Du willst uns einfach alle ruinieren, ist es nicht so?«

Die Überzeugung, mit der Will das verkündet, verschlägt mir den Atem. Ich bewege mich schneller, will nur weg von Will und dem, was er weiß.

»Sie hat mich gezwungen, Cassie fallen zu lassen, Alec. Kurz vor der Aufführung letztes Jahr. Bette hat mich dazu gezwungen.« Nun schluchzt er hemmungslos. »Wegen uns hat sie sich die Hüfte gebrochen.«

Alec lässt meine Hand fallen und bleibt stehen. Er tritt von mir weg.

»Lügt er?«, sagt Alec. Er fragt es mich noch ein paarmal in schneller Folge. Ich bin unfähig, mich zu rühren, meine Beine, meine Arme, mein Körper und schließlich mein Mund, alle sind gelähmt. Alecs Gesicht verzerrt sich vor Abscheu. »Du warst das alles, oder? Du bist dafür verantwortlich. Manchmal dachte ich, dass du es sein musst. Ich habe das Getuschel gehört. Ich habe dich sogar verteidigt, weil ich wusste, dass man doch immer zuerst an Bette Abney denkt. Cassie war meine Freundin. Eine der besten Tänzerinnen im Konservatorium. Sie hatte hart gearbeitet. Wir hatten alle hart gearbeitet. Wer bist du? Was ist mit dir passiert?« Seine Augen werden kalt, stählern. »Wie konnte ich je mit dir zusammen sein?«

Es ist alles so furchtbar schiefgelaufen.

39 | June

Es ist schon Wochen her, aber Gigi will die Schmetterlinge immer noch nicht abnehmen.

Sie bleiben an der Wand festgesteckt: braun werdende Geister. Sie lösen sich vor meinen Augen auf, ihre Körper schweben die Wand hinunter wie Staub, eine Miniatur-Horrorshow der Schmetterlinge.

»Ich kann sie nicht mehr ansehen«, sage ich, als ich versuche einzuschlafen. Gigi ist wach, und die Wand wird teilweise von der kleinen Klemmlampe angestrahlt, mit der sie nachts liest. In den seltsamen Schatten sehen ihre Leichen sogar noch Furcht einflößender aus.

Sie antwortet nicht. Doch kurz darauf höre ich ersticktes Weinen, und ich weiß, dass ich sie nicht selbst herunternehmen kann, ohne dass sie ganz zusammenbricht. In dieser Nacht schlafe ich nicht. Lange, nachdem Gigi ihre kleine Lampe ausgeknipst hat, betrachte ich immer noch die Wand. Das Dutzend kleiner Morde.

Es sollte eine Drohung für Gigi sein, um ihr den letzten Rest zu geben. Aber möglicherweise bin ich diejenige, die nicht damit klarkommt.

Gigis Tanz hat nicht darunter gelitten. Wenn überhaupt, macht ihre Verletzung sie nur noch besser. Am nächsten Tag in der Probe laufen ihr stille Tränen übers Gesicht. Morkie lobt ihre emotionale Bindung zum Ballett. Doch abends weint sie ganz offen, jenseits vom Ballett. Draußen auf der Vortreppe hockend, selbst wenn es regnet, durch die Flure wandernd oder einfach nur ins Leere starrend. Fast geisterhaft. Heute Abend sitzt sie vor ihrem leeren Terrarium, während ich versuche, mich auf meine Arbeit zu konzentrieren. Ich bin gereizt und warte ab, was sie als Nächstes tut. Ob sie komplett überschnappt oder ewig so am Rand des Abgrunds balancieren wird.

»Was unternehmen wir wegen Bette?«, bricht sie das Schweigen mit gebrochener, bebender Stimme.

»Was meinst du?«, frage ich.

Ich hoffe, dass Alec bald kommt. Zum ersten Mal hoffe ich das wirklich. Er kann besser mit Gigi umgehen als ich. Er liebt sie auf eine Art, wie ich es sicher nicht tue. Will sie in den Armen halten, sie trösten und stärker machen. Das will ich nicht. Ich will, dass sie geht. Das ist die Wahrheit. Ich will nicht zusehen, wie sie langsam zugrunde geht, ich will, dass man sie so weit treibt, dass sie zurück nach Kalifornien verschwindet. Cassie ist einfach so verschwunden. Puff! In der einen Minute noch da, in der nächsten schon weg. Das schlechte Gewissen, weil ich selbst nicht ganz unschuldig daran war, verdränge ich, so gut es geht.

»Ich brauche mehr Beweise. Für das, was sie getan hat. Hast du nicht irgendwelche echten Beweise?« Gigi wendet sich von ihrem Terrarium ab und blickt mich zum ersten Mal seit Tagen an. »Dir vertraut sie mehr. Vielleicht kannst du Informationen von ihr bekommen. Du könntest aufnehmen, was sie sagt. Sie dazu bringen, alles zuzugeben. Dann können wir dafür sorgen, dass sie rausgeworfen wird. Ich meine, dich quält sie doch auch, oder? Wir wollen alle, dass sie verschwindet. Und dann wird alles gut. Dann ist es hier wieder sicher. Ich bin wieder sicher.«

Die Art, wie das alles aus ihr heraussprudelt, macht mir Angst; offensichtlich hat sie schon lange darüber nachgedacht. Sie hat sich das alles gut überlegt.

»Wir sind nicht gerade Freundinnen«, sage ich und sehe weg von der Intensität auf Gigis Gesicht, der Falte, die sich zwischen ihren Augen gebildet hat, die Grübelei und Sorgen anzeigt. »Außer Eleanor ist niemand mit Bette befreundet.«

Alec kommt vorbei, bevor Gigi Gelegenheit hat, weitere Argumente vorzubringen. Sie rennt in seine Arme, als hätte sie nicht schon die ganze Probe über an ihm gehangen.

»Wie geht es meinem Mädchen?«, fragt er, den Kopf an ihrem Hals. Er winkt mir über ihre Schulter hinweg zu, doch sie drückt sich fester an ihn, sodass er das Winken nur andeuten kann, bevor er die Hand wieder an ihren Rücken legt.

»Vielleicht kannst du mir helfen«, sagt sie zu ihm, als sie sich voneinander lösen und sich auf ihrem Bett niederlassen.

Alec hebt die Augenbrauen und lächelt, bereit, alles zu tun, was sie möchte. »Natürlich. Was brauchst du?«

»Bring Bette dazu, alles zu gestehen. Damit ich sie melden kann. Damit sie von der Schule abgeht und ich keine Angst mehr haben muss.«

Alecs ganzer Körper reagiert auf diese Bitte mit einem Schauder, den er nicht kontrollieren kann. Ich weiß, dass er Gigi zwar liebt, aber seine Gefühle für Bette sind noch nicht ganz verschwunden. Und wahrscheinlich werden sie das nie. Gigi scheint den Reflex nicht zu bemerken.

»Bette und ich reden nicht mehr miteinander«, sagt er. »Nicht mal als Freunde. Ich bin fertig mit ihr.« Hilfe suchend guckt er zu mir. Da ich nicht will, dass jemand weiter darin herumstochert, nicke ich.

»Schlechte Idee«, nuschle ich, aber Gigi scheint es nicht einmal zu hören.

»Du könntest anfangen, wieder mit ihr zu reden«, sagt sie. »Mehr Zeit mit ihr verbringen, ihr Vertrauen wiedergewinnen. Mir macht das nichts aus. Ich weiß, ich habe gesagt, dass ich dich nicht mehr in ihrer Nähe sehen will, aber jetzt ist es anders. Weil es für mich wäre. Es … es würde mir alles bedeuten. Jemand muss doch … Niemand unternimmt etwas deswegen. Niemand will die Sache aufklären, sie wird nicht bestraft, nichts passiert. Also müssen wir einfach …«

»Gigi, das ist doch verrückt …«

»Du hast mir gesagt, es wäre nichts. Dass ich mir keine Sorgen machen muss – und jetzt sind meine Schmetterlinge …« Ihre Stimme bricht. Er hält sie in seinen Armen.

»Dann rede mit deinem Dad. Dein Vater wird das tun, was du ihm sagst, oder? Wenn du ihn bittest. Oder wenn du ihm sagst, dass du nicht mehr mit ihm redest, wenn er sie nicht rausschmeißt. Er ist der Leiter dieser Schule. Der große Dominic Lucas. Er kann alles herausfinden«, sagt sie. »Oder … Hast du nicht gesagt, er hätte Affären? Du könntest damit drohen, das öffentlich zu …«

Alec wirft Gigi praktisch von sich und springt von ihrem Bett herunter. »Warum sagst du das?«, sagt er mit nur mühsam beherrschter Stimme, kurz vor der Explosion. »Das habe ich dir unter vier Augen erzählt! Ich versuche doch für dich da zu sein! Ich unterstütze dich. Du hast viel durchgemacht. Aber zieh meine Familie da nicht mit hinein. Schlag so etwas nicht einmal vor! Was ist nur mit dir los?« Er schüttelt den Kopf, als wollte er die Erinnerung daran, dass sie ihn um diesen unerhörten Gefallen gebeten hat, aus dem Kopf bekommen. Doch anscheinend ohne Erfolg, denn er macht einen Schritt näher zur Tür.

»June, sag ihm, wie gefährlich sie ist!« Gigi kreischt inzwischen. Ich schüttle nur den Kopf. Es gibt hier keine richtige Antwort. Ich will, dass Bette schuldig aussieht, aber ich will auch, dass niemand weiter nachforscht.

Doch etwas anderes beschäftigt mich wirklich. »Warte!«, sage ich. »Alec, der Vorname deines Vaters ist Dominic?«

»Eigentlich ist das sein zweiter Vorname, aber er wird so genannt.«

Ich will ihm hundert Fragen stellen, doch Gigi ist außer sich.

»Ich wette, das mit Cassie war sie auch!«, schreit sie.

Alec packt ihre wild fuchtelnden Hände und hält sie fest. Er sieht ihr tief in die Augen. »Ich will nicht über Cassie reden, okay? Oder überhaupt über dieses Thema.«

Gigi holt ganz tief Luft, um sich zu beruhigen. Ein helles Rot färbt ihre Wangen. Ein tiefes Unbehagen. »Es tut mir leid«, sagt sie, zuerst in meine Richtung und dann wieder, sogar noch verzweifelter, zu Alec. »Es tut mir leid. Ich rege mich zu sehr auf. Es ist nur ... Ich habe Angst. Ich fühle mich hier nicht mehr wohl. Aber du hast recht.« Sie ist hübsch, wenn sie weint ... natürlich. Die Tränen, die ihr in wunderschönen Mustern über die Wangen laufen, verschwommene Augen, feuchte Tupfen an den Wimpern. Ätherisch. Feengleich. Sie leckt sich die vollen Lippen, und Alec legt die Hände an ihr Gesicht, um mit den Daumen die Tränen wegzuwischen.

Sie beide so zu sehen lässt mich an Jayhe denken, an die Art, wie er mich ansieht, mich küsst.

»Okay«, sagt Alec. »Okay. Ich weiß. Was dir passiert ist, ist furchtbar. Aber das ist nicht das erste Mal. Das haben viele andere Tänzer vor dir auch schon durchgemacht«, sagt er. »Von jetzt an bist du sicher. Das verspreche ich dir. Wir passen beide auf dich auf, June und ich.« Er sieht mich an, als wären wir tatsächlich ein Team, eine Familie. »Und nach der Aufführung helfe ich dir, der Sache auf den Grund zu gehen. Aber jetzt müssen wir uns darauf konzentrieren.«

»Du hast recht«, gibt sie endlich zu. Ihr Atem ist immer noch zittrig, und ihre kräftige Gestalt bebt sichtbar. »Vielleicht sollte ich nicht mehr so viel darüber nachdenken, das macht es nur noch schlimmer.« Sie lehnt sich wieder an ihn, und das

Zittern hört auf, zumindest für einen Moment. »Ich brauche einen klaren Neuanfang. Ein neues Ziel.«

Das klingt wie die alte Gigi, optimistisch und glücklich und leicht. Es versetzt mir einen leichten Stich, dass die Heiterkeit so schnell wieder in ihre Stimme zurückkehrt, zu wissen, dass meine niemals so fröhlich klingen wird. Dass sie am Ende, trotz allem, was passiert ist, gewonnen hat. Sie ist immer noch das Mädchen, das alles hat – die Hauptrolle, den wichtigen Freund, das Glück, das ihr aus allen Poren ihrer wie Gold glänzenden Haut strömt.

Vielleicht ist es diese Fröhlichkeit, die ich brauche, ein kleines Licht, das mich aus der Dunkelheit führt. Vielleicht bin ich diejenige, die einen Knacks hat, die bei alldem ihren Weg verloren hat. Scham und Reue steigen mir wie Galle die Kehle hoch, und ich entschuldige mich, weil ich mich umziehen muss.

»Wir feiern heute Abend«, erkläre ich Gigi und Alec, als ich gehe. Wir drei gegen den Rest der Welt, als wären wir wirklich Freunde. Aber als ich meine Sachen zusammensuche, bin ich diejenige, die zittert. Keiner von beiden hat auf das reagiert, was ich gesagt habe. Sie sind wieder in ihrer eigenen kleinen Welt. Denn tief in mir drin weiß ich: Ich habe keine Freunde.

Lange Lichterketten glitzern im Inneren des Lincoln Center, wo das Konservatorium und die Kompanie ihren jährlichen Frühjahrsempfang abhalten. Kellner im Smoking teilen sparsam Champagner, perlenden Apfelwein und winzige kleine Häppchen, die auf den goldenen Tabletts wie ungeöffnete Geschenke liegen, aus. Alle haben sich mit ihrer besten Abendgarderobe fein herausgeputzt, die Ballerinas lassen ihr Haar herunter, nachdem es monatelang in strammen Dutts gebändigt war. Die ganze Veranstaltung ist für uns alle eine Möglichkeit zur Entspannung, am Abend vor der ersten Aufführung von *Giselle*, bevor wir Schüler ein paar Tage später zwei der Aufführungen übernehmen dürfen. Die Ballerinas und ihre Eltern reden alle laut über die Intendanten, die kommen werden, und dass sie dann alle ihre Pirouetten und Variationen noch besser hinbekommen werden.

Mein Blick wandert über die Gesichter um mich herum. Dabei suche ich nach dem dunklen Bob meiner Mutter und dem langen Bleistiftrock, den sie vermutlich trägt. Ich habe ihr eine Nachricht wegen des Galaempfangs hinterlassen, und ich weiß, dass sie die offizielle Einladung zur Aufführung per Post bekommen hat. Aber sie kommt nie. Ein Teil von mir möchte sie hierhaben. Ich bin allein unter all diesen Leute, ohne jemanden, mit dem ich reden kann, außer dem Kellner, der meinen zarten Hinweis, dass es mir egal ist, wie köstlich die Lachskroketten sind, nicht verstehen will.

Als ich still stehen bleibe, bewegt sich die Menge um mich herum, als wäre ich eine der vergoldeten Säulen. Ich entdecke eine Frau mit kurzem dunklem Haar und schenke dem Kellner meine beste Imitation eines entschuldigenden Lächelns, bevor ich zu ihr renne. Es ist meine Mutter. Und ein winziger Teil von mir ist froh, dass sie gekommen ist. Vielleicht hat sie es sich anders überlegt und nimmt mich nicht vom Konservatorium. Vielleicht zieht sie es nun doch in Betracht, mich bleiben zu lassen.

»Mom.« Ich fasse sie am Arm.

Die Frau zieht ihren Arm weg und dreht sich um. Als sie mich sieht, runzelt sie die Stirn. Und ich erkenne meinen Irrtum. Hye-Jis Mutter, nicht meine, schaut mich böse an. Sie nennt mich auf Koreanisch eine Plage. Das Wort kenne ich, ich habe es oft genug von meiner Mutter gehört, als ich klein war. Alle koreanischen Mütter hier mustern mich finster, Sei-Jins Mom eingeschlossen. Sie stehen alle in einer großen Gruppe zusammen.

»Tut mir leid«, sage ich. »*Jwe-song-ham-ni-da.*«

Als ich zurückweiche, remple ich jemand hinter mir an. Dann flüchte ich hastig durch die Menge, mit rasendem Herzen, in eine möglichst weit entfernte Ecke, wo niemand mich finden kann.

Ich bin allein.

Ich werde immer nur die Zweitbesetzung sein.

Ich bin die Tänzerin, die die kleinen Rollen bekommt.

Ich hole mein Handy hervor, um Jayhe eine SMS zu schreiben. Er hat mir schon den ganzen Tag nicht geantwortet, was mich nicht überraschen sollte. Trotzdem tut es noch weh. An jenem Tag, mit seinem Vater im Restaurant, dachte ich, nun wäre es anders. Dass da wirklich etwas zwischen uns ist. Doch seitdem sind wir wieder zu spätnächtlichen Chats und meist unbeantworteten SMS übergegangen. Ich wette, dass das Sei-Jins Schuld ist. Sie hat ihm von Gigi erzählt. Hat ihm gesagt, dass ich unberechenbar bin, dass ich sie geschubst habe. Wahrscheinlich denkt er, dass ich gestört und gefährlich bin.

Vielleicht bin ich das auch.

Mit Jayhe war ich die sexy, außergewöhnliche, gefährliche Ballerina. Der Schluchzer in meiner Kehle droht herauszubrechen. Ich lege die Hand dorthin, um ihn zurückzuhalten.

Ich greife mir ein Glas mit etwas Prickelndem – Champagner oder Apfelwein, keine Ahnung – von einem Tablett und trinke es in einem Zug aus. Die Bläschen steigen mir geradewegs in den Kopf, und sofort fühlen sich meine Glieder locker an. Trotz der warnend erhobenen Augenbrauen des Kellners nehme ich ein weiteres Glas. An dem nippe ich, während ich herumschlendere und die anderen plaudernden Gäste betrachte. Als ich den Champagner ausgetrunken habe, nehme ich mir sofort ein neues Glas. Mr. Lucas steht in einer Ecke und redet mit einigen Förderern, seine hübsche blonde Frau hat eine schön manikürte

Hand auf seinen Arm gelegt, still, höflich und geistlos. Ich denke daran, was Gigi vorhin aus Versehen verraten hat, und frage mich, ob es wahr ist. Nachdenklich mustere ich seine Gesichtszüge – die scharfe Nase, die hohe Stirn. Kann es sein, dass ich meine Antwort gefunden habe? War er die ganze Zeit direkt vor meiner Nase? Aber wenn es stimmt, wie kann er dann hier stehen und mich ignorieren? Wie kann er meinen Schmerz spüren und mir nicht zu Hilfe kommen? Ich nehme noch einen Schluck Champagner und steuere dann mit entschlossenen Schritten auf ihn zu. Als ich nur noch wenige Meter entfernt bin, bringt mich seine Frau, mit ihrem ordinären Blond aus der Flasche und dem einfältigen Gesicht, mit einem bösen Blick zum Stehen. »Heute keine Fachgespräche, Schätzchen«, sagt sie leise. »Mr. Lucas hat Wichtigeres zu tun.«

Ich will sie dreist ignorieren, einfach weitergehen, aber die Hexe lenkt Mr. Lucas geschickt weg zu einem anderen Förderer. Da höre ich ein vertrautes Kichern.

Alec und Gigi sind auf der Tanzfläche, drehen sich ein bisschen und lachen. Sie wirkt so leicht wie Luft, als wenn sie sich seine Worte vorhin zu Herzen genommen hätte. Als hätte sie alles vergessen. Ich wünschte, es wäre auch für mich so einfach. Ich wünschte, ich könnte vergessen. Loslassen. Oder natürlich den Mumm haben, mich für die andere Option zu entscheiden. Die, an die ich nicht denken will, die mir aber immer wieder in den Sinn kommt: *Gigi loswerden.*

Während perlende Flüssigkeit in meinem Magen herumschwappt, merke ich, dass ich ausgehungert bin. Schnell nehme ich mir ein Kanapee von einem vorüberziehenden Tablett, dann ein zweites. Mein Magen grollt inzwischen wie eine heranfahrende U-Bahn, deshalb gehe ich hinüber zum Büfett. Viele Salate, Platten mit Fleisch und Käse, Bruschette und kleinen chinesischen Teigtaschen. Ich belade mir einen Teller, obwohl dessen bloßer Anblick mir Übelkeit bereitet. Was aber gut ist, oder? Doch ich kann es mir trotzdem nicht leisten, das alles unten zu behalten.

Ich will gerade einen Bissen nehmen, als ich Gekicher höre. »Jetzt geht das wieder los«, dringt Sei-Jins Stimme an meine Ohren, an meine Seele. »Sie ertränkt ihre Sorgen in Teigtaschen, was, June?« Sie zeigt durch die Halle. »Dort ist die nächste Toilette«, fügt sie lachend hinzu. »Du weißt schon, wenn du satt bist.«

»Sei-Jin!« Jayhe bringt sie mit einem vernichtenden Blick zum Schweigen, doch er verteidigt mich nicht. Ich hätte wissen müssen, dass er mit Sei-Jin hier sein würde.

Zornig nehme ich meinen Teller und stürme zu den Terrassentüren, zu erschöpft, um mich zu wehren. Sie gewinnt. Soll sie ihn haben. Aber Jayhe folgt mir, sein Arm streift meinen, als er versucht, mich zurückzuhalten, doch ich bin zu wütend, um ihm den Gefallen zu tun, zu gedemütigt, um irgendeinem von ihnen diese Befriedigung zu verschaffen. Ich trete hinaus auf die Terrasse, setze mich an einen leeren Tisch und stochere auf meinem Teller herum. Jayhe folgt mir und lässt sich auf den Stuhl neben mir fallen. »Ich habe dich vermisst«, flüstert er nahe an meinem Ohr.

Ich blicke zu ihm hoch. »Ach ja? Warum hast du dann nicht auf meine SMS geantwortet?«, frage ich, obwohl ich es nicht will. Ich spüre, wie meine Wangen brennen.

»Sie weiß es«, sagt er mit weiterhin leiser Stimme. »Ich sollte gar nicht bei dir hier draußen sein.«

Ich erhebe mich, Wut bläht sich um mich herum auf. »Dann vergiss mich. Lass mich in Ruhe. Geh zurück zu Sei-Jin und eurer kuscheligen kleinen Beziehung«, fauche ich und will weggehen. Doch er packt mich am Arm, zieht mich zurück, mit festem Griff, so vertraut, dass er auf meiner Haut brennt. »O ja.«

Der Hass verändert meine Stimme bis zur Unkenntlichkeit. »Aber ich würde dir etwas geben, das sie dir nie geben wird«, sage ich. »Zu schade, dass du nicht beides haben kannst.«

Er ist so schockiert, dass er mich nicht aufhält, als ich jetzt einfach weitergehe. Aber Sei-Jin steht in der Terrassentür und beobachtet uns mit blankem Entsetzen. »Keine Sorge«, sage ich, doch in meiner Stimme liegt immer noch eine leichte Drohung. »Ich verrate dein Geheimnis nicht. Zumindest noch nicht.«

Auf dem Weg hinein schnappe ich mir noch ein Champagnerglas, wild entschlossen, das alles zu ertränken, wenigstens für heute Abend. Ich bin es leid, an zweiter Stelle zu kommen, immer nur Ersatz zu sein. Das muss sich ändern, ein für alle Mal.

40 | Gigi

Alec reicht mir ein Glas Champagner, wir lassen unsere Gläser klirren und trinken sie auf ex. Er küsst mich.

»Ich habe etwas für dich«, sagt er. »Damit du dich besser fühlst.«

Ich erröte und versuche ein glückliches Gesicht aufzusetzen, obwohl ich mich in Wahrheit fühle, als wäre ich in ein riesiges Loch gefallen und käme niemals unten auf. »Was ist es?« Ich bemühe mich, aufgeregt zu klingen. Eigentlich sollte ich ja aufgeregt sein. Schließlich hat er an mich gedacht.

Er zieht eine Halskette aus der Tasche. Die winzige silberne Scheibe an der antiken Kette fängt das Licht ein. Sie ist wunderschön. Sogar noch schöner als der kleine Rosentalisman, den er mir geschenkt hat. Der, den ich seit Monaten vermisse. Doch ich bringe es nicht übers Herz, ihm das zu beichten.

»Alec.« Ich habe das Gefühl, ich müsste ersticken, vor Traurigkeit, aber auch weil ich all diese Gefühle habe, von denen ich nicht weiß, was ich damit tun soll.

»Sie hat meiner Mom gehört«, sagt er und dreht mich herum. Er hebt meine Locken hoch und legt mir dann die Kette um. Das kühle Metall schmiegt sich an meine Haut. »Meine Mutter hat sie zurückgelassen. Vor ihr hat die Kette meiner Großmutter gehört. Ich will, dass du sie bekommst.«

Ich presse die Finger darauf, spüre ihr enormes Gewicht. »Ich weiß nicht, was ich sagen soll.« Und ich weiß es wirklich nicht.

Ich will außer mir sein vor Freude. Ich will ihm in die Arme springen und sein ganzes Gesicht abküssen. Aber ich kann dieses Gefühl einfach nicht in mir finden.

»Trag sie nur«, sagt er. »Und lächle.«

Ich gebe ihm einen Kuss auf die Wange. Meine Eltern winken mir durch den Raum hinweg zu. Wir haben vorhin zusammen gebruncht. Sie sind braune Punkte in einem Meer aus Weiß. Tante Leahs Haar ist üppig gebauscht und lockig, aber meine Mutter hat ihres zu meiner Überraschung zu einem Dutt zusammengenommen. »Ich möchte, dass du meine Eltern kennenlernst.« Ich ziehe ihn mit mir.

Er folgt mir, als wir uns an den Händen haltend durch die Menge schieben.

»Hallo«, sage ich.

»Das ist unser Mädchen.« Mein Dad packt mich als Erster. Ich rieche Kaffee und spüre, wie sein Bart an meiner Wange reibt. Seine Augen sind warm und braun, und er hat sich in den einzigen Anzug geworfen, den er besitzt. Mama umarmt mich als Nächste. Sie riecht nach Heimat – nach Mango und Räucherstäbchen. Ich habe sie beide vermisst, auch wenn ich ganz gerne nicht mehr zu Hause wohne. In ihren Armen muss ich gegen die Tränen kämpfen. Am liebsten hätte ich ihnen sofort alles erzählt, doch ich schlucke es herunter. Sie würden sich nur Sorgen machen. Und ich würde ihnen einen Grund geben, mich von der Schule zu nehmen. Als würden sie nicht schon längst glauben, genug Gründe zu haben.

»Hallo, Kleines«, sagt meine Tante Leah. »Ich habe dich vermisst.« Sie hält meine Hand und drückt sie. »Ich kann es nicht erwarten, dich in *Giselle* zu sehen, Giselle!« Sie versucht, mich zum Lachen zu bringen.

»Ich will euch jemanden vorstellen.« Ich ziehe Alec an meine Seite. »Das ist Alec.«

Mein Dad taxiert ihn, und ich sehe, wie Alec schluckt. Kleine Schweißtröpfchen sammeln sich auf seiner Stirn, und er beißt sich auf die Lippe, was ich ihn noch nie habe tun sehen. Irgendwie süß.

»Oh, ist das der süße Junge, den du am Ende des *Nussknackers* geküsst hast?«, neckt mich Tante Leah.

»Tante Leah!« Mir wird heiß.

»Stimmt das?« Meine Mutter wendet sich an Alec. Als er sie angrinst, weiß ich, dass sie ihn wahrscheinlich genauso lieben wird wie ich. »Das haben wir uns nämlich gefragt.«

»Es war nur ein ganz kurzer, höchst respektvoller Kuss«, sagt Alec.

»Nun, dann …« Sie öffnet die Arme und umarmt ihn fest.

Nachdem sie sich wieder getrennt haben, nimmt Mama mich zur Seite, während Dad mit Alec spricht. »Warum trägst du den Pulsmesser nicht?«, fragt sie. »Und was ist los? Ich kann es in deinen Augen sehen.«

»Nichts, Mama. Mir geht es gut. Auch gesundheitlich. Den Pulsmesser trage ich nicht, weil ich gerade nicht tanze«, sage ich. »Alle würden es sehen. Ich brauche ihn nicht.« Ich bin schon genug gestresst, nun hat sie auch noch Angst um mich.

Sie schnalzt missbilligend mit der Zunge. »Ich weiß nicht, Gigi … Ich meine, ich freue mich für dich, aber du darfst das Wichtigste nicht aus den Augen verlieren: deine Gesundheit. Das macht mir wirklich Sorgen. Und ich habe das Gefühl, dass du etwas verheimlichst«, sagt sie, als hätte sie mir in den Kopf geguckt und meine Gedanken gelesen.

»Machst du dir nicht immer Sorgen?«, frage ich, den Hals reckend, um zu hören, was mein Vater zu Alec sagt. Ich gebe ihr ein Küsschen auf die Wange und werfe ihr ein *Alles-ist-bestens-*Lächeln zu.

»Tja, deswegen habe ich das hier mitgebracht!« Sie zückt ein zartes Armband. Es ist flach und sieht so ähnlich aus wie die Bänder, die man am Eingang eines Freizeitparks bekommt, nur dass das hier ein digitales Display hat. »Es vibriert, wenn du in eine Gefahrenzone kommst.«

Ich runzle die Stirn. »Mama!«

»Gigi, bitte tu das für mich.« Sie nimmt mein Handgelenk, und ich lasse sie es mir anlegen. »Mein schlimmster Albtraum ist, dass du die ganze Sache nicht ernst nimmst. Dass du dir zu viel zumutest. Den *Nussknacker* habe ich mir auch nur mit angehaltenem Atem anschauen können, und ich weiß, bei *Giselle* wird es wieder genauso sein. Ich habe einfach Angst, dass die Anstrengung zu groß ist.«

»Mir geht es gut.« Ich versuche mich langsam wieder zurück zu Alec, Dad und Tante Leah zu schieben.

»Trag es einfach für mich. Zu meiner Beruhigung.« Sie küsst mich auf die Stirn und reibt meine Wange. »Du siehst hübsch aus. Ich kann die Veränderungen an dir sehen. Eine echte Ballerina.« Sie sieht mich warm an, voller Freude und Anerkennung.

Ich behalte das Gerät am Handgelenk. »Zufrieden?«

Sie lächelt. Wir gehen wieder zu den anderen. Doch ich fühle mich kein bisschen besser. Mama nimmt Dads Hand.

»Und was ist das für eine schöne Halskette, die du da trägst?«, fragt Tante Leah.

Stolz zeige ich Alecs Familienerbstück. Als mein Dad mich ein bisschen hin und her dreht, fange ich Bettes eisigen Blick auf, der auf uns ruht. Und den Blick der Frau, die neben ihr steht. Dieselben Wangenknochen, dieselbe aufrechte Haltung: Mrs. Abney, ihre Mutter. Und sofort ist meine gute Stimmung wieder verflogen.

Ich erstarre und drehe mich hastig um. Meine Hand fliegt an meinen Hals, und mir ist, als müsste ich die Kette vor aller Augen verbergen. Es fällt mir schwer, weiter dem Geplauder zwischen meinen Eltern und Alec zuzuhören, denn ich spüre, wie sich ihre Augen in meinen Rücken brennen. Will kommt zu uns geschlendert und umarmt mich und Alec herzlich. Aber Alec ist zu abgelenkt von meinem Vater, um mit Will zu sprechen – der ein wenig verletzt aussieht.

Will zieht mich schließlich beiseite. »Ich wollte nur fragen, wie es dir geht. Du weißt schon, nach all dem. Nach der Sache mit den Schmetterlingen.« Seine Worte tun mir gut, doch ich spüre, wie die Tränen in mir aufsteigen. Wie soll ich es bloß meinem Vater beibringen? Soll ich die Wahrheit sagen? Will nimmt ein Glas Champagner vom Tablett eines vorbeigehenden Kellners.

Ich murmle meinen Dank. »Ich will das alles hinter mir lassen.«

Er streicht über meinen Hals und die Kette, die Alec mir geschenkt hat. »Du weißt, dass er dich liebt, oder?« Dabei wirft er einen Blick zu Alec.

Ich nicke.

Er sieht mich nicht mehr an. »Und ich liebe ihn, auf dieselbe Art, wie er dich liebt.« Sein Geständnis macht mich sofort noch trauriger. Ich frage mich, ob Alec es weiß. Ich öffne den Mund, um zu antworten, aber ich bin innerlich irgendwie leer.

Will muss es an meinem Gesicht gesehen haben, denn er streicht noch ein letztes Mal mit den Fingern über die Kette. »So hübsch. Sei vorsichtig.« Dann eilt er davon, ohne auf eine Antwort zu warten.

Bette nähert sich meinen Eltern. Mein Magen krampft sich furchtsam zusammen. Ich erinnere mich daran, was Alec mir über sie und ihre Mama und all ihre Probleme erzählt hat. Als sie an uns vorbeigeht, halte ich den Atem an.

»O Gigi, wer ist das Mädchen?« Meine Mama zeigt auf Bette und streckt die Hand nach ihr aus. Sie berührt sie an der Schulter.

»Äh, Mama, nein!«, sage ich zu spät.

»Sie waren einfach wunderbar im *Nussknacker*, junge Dame«, sagt meine Mama. »Ich bin nicht dazu gekommen, Ihnen das nach der Aufführung zu sagen. Ich weiß, es ist lange her, aber ich dachte, das sollten Sie wissen.«

»Oh, danke schön«, sagt Bette höflich, und ihre großen blauen Augen gucken sanft und freundlich.

Alec tritt unbehaglich von einem Fuß auf den anderen. Ich lege die flache Hand über die Halskette. Eine lange Pause dehnt sich zwischen uns allen aus. Mir geht auf, dass ich sie eigentlich gleich hätte vorstellen müssen.

»Mama, Dad, Tante Leah, das ist Bette Abney«, sage ich endlich.

»Gigi ist eine unserer besten Tänzerinnen«, platzt Bette plötzlich heraus, und alle saugen ihr Lob auf. »Wie schön, dass Sie alle den weiten Weg aus Kalifornien hierher machen konnten, um unsere Aufführung zu sehen und den Galaempfang mitzuerleben.«

Ihr Kompliment wirkt ehrlich, dabei ist Bette so falsch wie eine Plastikpuppe.

»Das hätten wir doch nie verpasst«, sagt mein Dad stolz und zieht mich wieder an sich.

»Sie sehen aus wie eine Ballerina in einer Spieldose.« Meine Mama berührt Bettes Arm. »Nicht wahr?«

Bette drückt die Hand meiner Mutter und tut so, als würden sie sich schon ewig kennen. Meine Mama hat sie schließlich gerade perfekt genannt.

»Ich bin so froh, dass du hier Freunde gefunden hast, Gigi.« Meine Mutter beugt sich vor, um mir einen Kuss auf die Stirn zu geben. »Darüber habe ich mir unter anderem Sorgen gemacht. Das muss ich jetzt nicht mehr. Obwohl ich es sicher trotzdem tun werde. Aber du hast Alec und ... wie war noch einmal Ihr Name, Liebes?« Sie wendet sich Bette zu.

»Bette.« Als sie ihren Namen ausspricht, klingt er leicht und luftig.

»Oh, richtig, ja!« Meine Mama streicht erst über meine, dann über ihre Wange. »Was für hübsche Mädchen es hier gibt.«

Als Bette und ich uns ansehen, lächeln wir beide unbehaglich.

41 | Bette

Ich kenne diese Halskette, ist alles, was ich zunächst denken kann. Auch Mr. Lucas und seine Frau kennen sie – natürlich –, und ich frage mich, ob sie den gleichen Gedanken haben wie ich: dass sie ganz falsch an Gigis Hals aussieht. Eigentlich sollte sie um meinen Hals hängen, näher an meiner Kehle als mein Medaillon, doch das Silber hat den gleichen Schimmer, die antiken Glieder der Kette sind genauso zart.

Gigi streicht mit den Fingern über die Kette, hin und her. Fummelt nervös daran herum. Ein Mädchen, das nervös herumzappelt, sollte keine Primaballerina sein. Sie sollte nicht die Familienerbstücke der Lucas' tragen, ihr Platz ist nicht neben Alec. Es sieht einfach falsch aus, sie dort zu sehen, wo ich hingehöre. Ich verabschiede mich von Gigis Eltern und versuche meine Wut im Zaum zu halten, während ich den Buffettisch ansteuere.

Doch bevor ich versucht sein kann, mir ein Häppchen zu stibitzen, rauscht meine Mutter heran. Nicht Adele. Nicht Eleanor. Nicht einmal June. Nur meine Mutter in ihrer schwarzen Robe und den grell funkelnden Diamantohrringen.

»Du lässt dir wirklich alles von ihr wegnehmen, was?«, zischt sie mir ins Ohr.

Ich balle die Hände zu Fäusten und frage mich, warum sie keine Blumen mitgebracht hat, warum sie mich nicht umarmt oder mir Glück wünscht für die baldige Premiere unserer Aufführung, warum sie so besessen von Gigi ist und an mich kaum einen Gedanken verschwendet.

Gigis Make-up ist von der Probe verwischt, sie hat vergessen, es nach dem Tanzen nachzubessern. Die ganze Zeit stand sie da und hat sich unterhalten, ohne sich darum zu kümmern. Ich blicke zu ihnen zurück – diese perfekte glückliche Familie. Nun reden sie mit Mr. K. Und Alec weicht kaum von ihrer Seite, so als würde er nun zu ihnen gehören und nicht mehr zu mir. Mit meiner Mutter hat er heute Abend kein Wort gewechselt.

Ich habe den Dutt gelöst und trage die Haare offen, bin aber immer noch im Kostüm, obwohl die Regeln vorschreiben, dass man es nach der Generalprobe zurückgibt. Es hat einen langen, weißen Tüllrock und ein besticktes Trikot, das mir von den Schultern hängt. Keine Sommersprosse weit und breit. Nur ein bisschen Glitzer, den ich mir auf das Schlüsselbein und die Schultern gestäubt habe. Ansonsten schneeweiße, makellose Haut. Daran hat sich nichts geändert. Auch nicht an meinem fast weißen Haar, meinen pinken Lippen und dass ich meine Mutter um knapp drei Zentimeter überrage.

Alle wollen Gigis Sommersprossen haben, ihre karamellfarbene Haut und das wilde Haar, aber wenn ich mich, die Schneekönigin Bathilde, die Edelfrau, im Spiegel ansehe, bin ich immer noch das Ebenbild der Ballerina in einer Spieldose: die Goldhaarige im schimmernden Tutu mit den langen Beinen und einer perfekten Pirouette.

Die Erkenntnis lässt mich beinahe weinen.

Der Stolz.

Selbst Gigis Mutter hat es gesagt.

Deshalb gibt es nichts, wovor ich Angst haben müsste, wenn ich nicht mehr auf meine Mutter und Mr. K und die Stimme in meinem Kopf höre. Die *petits rats* hüpfen herbei, ziehen an meiner Hand, bitten mich um Autogramme und Küsse auf ihre Wangen. Sie wollen sein wie ich. Nicht wie Gigi.

Ich beobachte, wie Alec Gigis Hand küsst, und bereue, dass ich diese Tablette eingeworfen habe. Es scheint mir unmöglich zu sein, es *nicht* zu bemerken, sobald er sie auch nur leicht berührt. Am liebsten würde ich hingehen, ihn von ihr wegreißen und daran erinnern, dass ich die Einzige für ihn bin. Dann sehe ich, wie Alec Gigi verlässt und sich zu seinem Vater und seiner Stiefmutter stellt. Offenbar ist ihre Unterhaltung ziemlich hitzig. Gigis Eltern sind schon gegangen. Ob die Eltern wohl einander vorgestellt wurden? Wenn ich mir ausmale, wie Alecs Stiefmutter Mrs. Stewarts verrücktes Hippiekleid, ihre Eigentümlichkeit und das ganze Multikulti kühl zur Kenntnis nimmt, muss ich ein bisschen lächeln, weil ich weiß, dass sie mich und meine Mutter immer lieben wird. Das zumindest kann Gigi mir nicht nehmen.

Letztes Jahr haben Alec und ich auf der Frühjahrsgala eine spontane Show hingelegt: ein Stück aus unserem Pas de deux aus *Cinderella*. Ich trinke noch mehr Champagner, ohne mich darum zu kümmern, wie viel Kalorien er hat. Oder vielleicht wird Alec sie leid, wenn ich nur lange genug warte. Denn zwischen Gigi und mir wird immer ein riesiger Unterschied sein. Sie wird nicht immer neu und faszinierend und fremd und mysteriös bleiben, aber ich dagegen werde weiterhin das Mädchen in der Spieldose sein, das Mädchen, das ihn praktisch schon immer kennt. Nichts, was sie tut, kann das ändern.

Henri gesellt sich zu mir ans Buffet, nachdem meine Mutter wieder losgestürzt ist, um mit Morkie zu reden. Er grüßt mich nicht, streicht einfach nur mit seinem Körper an meinem entlang. Ich spüre seinen Atem in meinem Haar und die Wut, die von ihm ausstrahlt. Seine Finger graben sich in meine Hüften, schnappen zu, wie das Raubtier, das er ist.

»Was ist los mit dir?« Ich drehe mich zu ihm um. »Geh weg.«

»Du solltest anfangen, netter zu den Leuten zu sein«, warnt er mich.

Ihn ignorierend gehe ich im Ballerinagang – gestreckte Zehen, lange Beine, erhobener Kopf – zu meiner Schwester, die den Raum gerade mit ein paar Tänzern der Kompanie betreten hat. Auf dem Weg dorthin nehme ich noch ein Glas Champagner von einem Tablett und schlucke eine weitere Tablette. Die brauche ich, um richtig aufzudrehen. Es ist kaum noch Zeit bis zur Aufführung von *Giselle*, nur noch ein paar Tage, um etwas zu ändern. Und ich bin Bette Abney, entschlossen, willensstark und erfolgreich. Das Mädchen, das die Dinge in die Hand nimmt.

Dies wird ein guter Abend werden. Ein Abend, an den man sich erinnert. Ein Abend, der alles verändert. Ich werde dafür sorgen.

42 | June

Ich erkenne das Klopfen an der Tür. Schnell, leicht, aggressiv. Bette.

»Heute ist der Tag«, sagt sie. Sie hat ein schickes silbernes Fransenteil an, das sie vorhin auf dem Empfang noch nicht getragen hat. Eigentlich sollen wir uns für den Stress der baldigen Aufführungen ausruhen. »Wir gehen alle aus.« Missbilligend mustert sie meinen Schlafanzug. »Wie ich versprochen habe.«

Ich öffne den Mund, um abzulehnen, aber sie lässt mich nicht. »Das ist Tradition am Abend des Galaempfangs«, sagt sie. »Obligatorisch. Das weißt du. Letztes Jahr haben alle D-Mädchen mitgemacht. Das ist Pflicht.«

Ich kann nicht glauben, dass sie es tatsächlich ernst gemeint hat und wir wirklich ausgehen. Wir alle zusammen. Ich bin so verblüfft, dass ich die Tür offen stehen lasse und ein Stückchen zurückstolpere. Im Flur kommentieren ein paar Mädchen schnatternd Bettes Kleid. Sie wünschen sich sicher, dass sie auch zu ihrem Zimmer kommt. Oder sie einlädt mitzukommen. Sie sagen ihr, dass sie toll aussieht.

»Ich kann nicht …«, setze ich an, doch sie schiebt sich an mir vorbei und kommt herein, ohne auf eine Antwort zu hören. Gigi ist mit Alec und ihren Eltern unterwegs und hat mir gesagt, wir würden uns später sehen.

Ich gehe nie aus. Das passt einfach nicht zu mir. Und trotzdem lasse ich mich jetzt nach nur zwei Minuten von Bette wie ein kleines Püppchen, wie ihr kleines Spielzeug einkleiden. Ein Teil von mir hasst mich dafür, doch ein anderer Teil, wenn auch ein sehr viel kleinerer, hat sich danach gesehnt. Weil es das ist, was normale Mädchen tun. Sie machen sich schick und tanzen und schlagen manchmal über die Stränge. Sie haben Freundinnen und teilen Geheimnisse und reden kichernd über Jungs. Sie sind Schwestern, vielleicht nicht blutsverwandt, aber doch zumindest in genau diesem Moment, wenn es ist, als würde nichts je wieder so real sein. So wird es heute Abend sein. Ich kann es spüren. Und so etwas habe ich noch nie getan.

»Das gefällt ihm bestimmt.« Sie zieht eines ihrer Kleider – ein Teil in einem tiefen Pflaumenblau – über meinen Kopf.

»Wem?«, frage ich, unsicher, ob sie etwas weiß.

Sie hält inne, um mir in die Augen zu sehen. »Oh, komm schon. Es gibt doch sicher jemanden.« Sie lässt mir nicht mal die Zeit zu nicken. »Dann ist es jetzt an der Zeit, ihn dir zu schnappen.«

»Sie wird ihn nie gehen lassen«, höre ich mich sagen, obwohl ich noch nie jemandem von Jayhe erzählt habe. Na ja, außer Gigi.

Sie reibt Make-up auf meine Wangen, schminkt meine Augen mit Lidschatten und Eyeliner. Dann sagt sie: »Die Sache ist die: Du musst begreifen, dass es nicht um sie geht. Sondern um dich.«

Ich weiß nicht, ob sie sich selbst meint oder mich, doch es klingt, als wäre es in jedem Fall wahr.

In Bettes fähigen Händen fühle ich mich hoffnungsvoll; ich bin glitzernd und schimmernd und süß und sexy geworden. Irgendwie sehe ich durch Bettes Make-up-Künste aus wie ein neuer Mensch. Meine Haut ist makellos, meine Augen haben Tiefe, und mein heiseres, aufregendes Lachen wird die Jungs heiß machen. So jemand bin ich noch nie zuvor gewesen und vielleicht werde ich es auch nie wieder sein, wenn ich ehrlich bin. Ich bin das, was Bette will, dass ich bin, und jetzt gerade ist das in Ordnung für mich. Mein Bild im Spiegel erlaubt mir zu glauben, dass ich ein Mädchen bin, das Jayhe wollen könnte – das jeder Junge wollen könnte. Ich streiche über die Vorderseite des Kleides. Mein Profil gefällt mir, ausnahmsweise.

Obwohl ich noch immer den Ärger sprudeln spüre wie die allzu vertraute Galle, schreibe ich Jayhe eine SMS. Vielleicht kommt er ja her und sieht mich und wird sich dann ein für alle Mal für mich entscheiden. Vielleicht ist er sogar so hin und weg, dass wir überhaupt nicht in den Club gehen müssen.

Ich habe viel zu viel getrunken. Ich weiß nicht mal, wie ich hierhergekommen bin, nur dass ich in einem Taxi mit Bette und Eleanor war und wir über den West Side Highway rasten, die Fenster weit geöffnet, durch die die Frühlingsluft rauschte, auf dem Weg zum Meatpacking District in einen Club, dessen Türsteher Bette kennt. Wir steigen alle aus, und der Typ winkt uns durch, ohne nach unseren Ausweisen zu fragen. Ich war noch nie in einem Club, aber genauso habe ich ihn mir vorgestellt: die Musik, die in meinem Inneren hämmert wie ein Herzschlag, die Menge, die von allen Seiten auf mich eindrückt, sich im Gleichklang bewegt, eine große, kollektive Seele.

Sobald wir drinnen sind, entdecken wir die anderen. Und es ist, als wäre heute Nacht alles vergeben, wir tun zumindest alle so, als ob. Um der Tradition willen.

Normalerweise wäre ich gehemmt, würde mir Gedanken machen, ob ich mich richtig bewege, aber ich lasse mich einfach von der Musik mitreißen, tanze mit dem Flow. Will nimmt meine Hand und fängt an, mich herumzuwirbeln, doch es fühlt sich zu vertraut an, zu sehr wie Ballett, daher entziehe ich mich seinem Griff.

»Danke, dass du nichts gesagt hast. Ich war so paranoid. Alles ist in Ordnung. Nein, alles ist super.« Seine Aussprache ist ein bisschen lallend und feucht, als er mir ins Ohr brüllt. Ich nicke und versuche mich zu verdrücken. Er grinst und zeigt zur Bar. Dann verschwindet er, um Drinks zu holen.

Gigi strahlt, sie ist sturzbesoffen. Und sie leuchtet vor Glück. Vielleicht ist es auch nur das Schwarzlicht, als ihr Gesicht in Dunkelheit getaucht wird und ihre Zähne glitzern wie kleine weiße Lichter in ihrem Mund. Kichernd dreht und schüttelt sie sich und wackelt mit Schultern und Po, und plötzlich tue ich das Gleiche, tanze näher an sie heran, lachend, so wie es echte Mädchen tun. Wie es Freundinnen tun. Sie ruft etwas in Richtung meines Ohrs, doch der Lärm ist zu groß, schluckt ihre Stimme, als hätte sie gar nichts gesagt. Dann zeigt sie zur Tür, und ich sehe sie. Sei-Jin und die Mädchen. Und Jayhe, der verlegen hinter ihnen hertrottet.

All meine betrunkene Fröhlichkeit fällt von mir ab, ganz plötzlich. So muss sich wohl, denke ich, ein nüchterner, reuiger Kater am nächsten Morgen anfühlen. Deswegen hat er mir nicht zurückgesimst.

Will kommt mit den Getränken zurück, die neongrün in klaren Plastikbechern strahlen. Ich reiße ihm meines aus den Händen und trinke es in einem Zug. Dann packe ich seine Hand und fange an, meinen Po an ihm zu reiben, mache eine Show. Will ist überrascht, aber dann folgt er meinem Blick und spielt mit. Schließlich weiß Jayhe nicht, dass Will schwul ist.

Ich versuche, mich wieder im Puls des Tanzes zu verlieren, zu vergessen, dass Sei-Jin und Jayhe hier sind, die Energie einzufangen, die ich noch vor ein paar Augenblicken gefühlt habe. Doch sie ist fort, und auf einmal fühle ich mich sehr erschöpft.

»Toilette!«, schreie ich Will zu, dann beginne ich mir einen Weg durch die Menge zu bahnen. Sei-Jin und die anderen Mädchen sind alle an einer Seite der Tanzfläche. Als ich vorbeikomme, mustern sie mich finster. Als ich endlich die Damentoilette erreiche, ist dort eine kilometerlange Schlange, die sich bis tief in den Club hinein windet, bis zur Bar. Ich sehe auf meine Armbanduhr. 2:34 Uhr. Was tue ich hier? Das bin nicht ich. Das werde ich nie sein. Ich sollte die anderen einfach hierlassen, in ein Taxi springen und zurück ins Wohnheim fahren. Die Aufführung ist bald. Vielleicht wird Gigi ja dann immer noch zu verkatert und krank sein, um zu tanzen?

Ich überlege gerade, welcher der beste Weg nach draußen ist, als ich es spüre – die vertraute Art, wie er mit den Fingern über meine Hüften streicht, über meine Seiten nach oben, bis zu meinen Schultern. Wie sich seine Finger um meinen Nacken spreizen, mich näher locken, bis kein Raum mehr zwischen uns ist.

»Hi«, flüstert er. Sein Atem ist heiß an meinem Ohr. »Es tut mir leid.«

Er zieht mich noch fester an sich und küsst mich. Gleich hier, in diesem Club, vor einer Million Leuten, wo jeder uns sehen kann. »Ich habe dich vermisst.« Er küsst mich wieder. Und wieder. Und wieder. Und ich will nur noch ihn spüren, das, was er mich fühlen lässt. Als gäbe es nur uns beide auf der Welt.

Doch stattdessen reiße ich mich los, und die Wut kommt mit voller Macht zurück. Tränen brennen in meinen Augen. Ich weine nie. So ist es eben. Und ich werde auch jetzt nicht weinen. »Tja, Pech«, sage ich und stoße ihn weg, um mich durch die Menge zur Tür zu kämpfen. Er folgt mir auf das Kopfsteinpflaster der Straße, nur wenige Zentimeter hinter mir, als ich stolpere und fast falle. Er fängt mich auf.

»Hey, warte, June.« Er umklammert meinen Arm mit diesem vertrauten Schraubstockgriff, dem ich nicht entkommen kann. »Warte, ich bin wegen dir gekommen.«

»Nein, bist du nicht.« Ich schreie, doch niemand nimmt Notiz davon. »Du bist mit ihr hier. Es geht immer nur um sie.«

Er schüttelt den Kopf, und da ist eine Traurigkeit in seinen Augen, die mir sagt, dass das nicht wahr ist. Dass er wirklich wegen mir hier ist. Auch wenn es sich nicht so anfühlt, auch wenn alles andere unglaubwürdig klingt. »Können wir irgendwo hingehen?«, fragt er und geht schon voran.

Minuten später sitzen wir auf dem Rücksitz eines Autos, dem ramponierten alten Camry, mit dem sein Vater früher, als wir Kinder waren, immer zur Kirche gefahren ist. Das Silber ist zu Grau verblasst, der Glanz längst verschwunden. Es ist unheimlich still, so als wären wir wirklich allein auf der Welt, obwohl das Wummern des Clubs nur einen halben Block entfernt ist. Und er sieht hinunter auf seine Hände, abgearbeitet und voller Schnittwunden vom Gemüseschneiden im Restaurant seiner Mutter, und er sieht genauso erschöpft aus, wie ich mich fühle. Er überlegt, was er sagen kann, wie er es wieder in Ordnung bringen kann, hat Angst, dass es zu spät ist.

Als er sich schließlich zu mir wendet und den Mund öffnet, küsse ich ihn einfach. Damit es still bleibt, warm und sicher. Aber dieses Mal nicht sanft, nicht vorsichtig, wie damals in meinem Zimmer. Dieses Mal ist der Kuss drängend, jetzt oder nie, Zeit der Entscheidung. Und alles in mir sagt, dass es Zeit ist, nachzugeben, Ja zu sagen, die Vergangenheit hinter uns zu lassen und dafür zu sorgen, dass die Zukunft rosig aussieht. So wie Bette sagt: Es ist an der Zeit, dass ich mir Jayhe schnappe. Um eine Sache zu haben, die real ist.

43 | Gigi

Der DJ legt Hip-Hop auf, und ich kann nicht aufhören, mich zu bewegen. Keine Ballettfiguren.

Wild. Frei. Hemmungslos.

Positionen, die Morkie hassen würde. Bewegungen, die Mr. K missbilligen würde. Wir tanzen alle in einer Gruppe zusammen, lachen zusammen, bewegen uns zusammen. Bette lacht und lächelt. Sogar June – von der ich angenommen hatte, dass sie gegangen war – ist zurück und lässt sich gehen, mit einem entrückten Lächeln auf dem Gesicht. Ich fühle mich tatsächlich ein bisschen besser. Meine Stimmung hat sich gebessert, so wie Alec es versprochen hat.

Alec geht, um an der Bar neue Drinks zu holen. Während ich auf ihn warte, fängt der Boden unter mir an, Wellen zu beschreiben. Die Lichter werfen Streifen über die Tanzfläche, es ist, als wären Regenbogen darin eingefangen. Ich strecke die Arme und Beine und spüre, wie der Raum sich dreht. Mein Armband leuchtet in verschiedenen Farben; ich weiß nicht, ob es an meinen Augen liegt oder ob es wirklich das Band ist. Ich bin froh, dass ich etwas anderes trage als den Pulsmesser. Ich habe zu viele Gläser Champagner und Gott weiß was noch getrunken. Mehr Alkohol als in meinem ganzen Leben. Mehr Alkohol, als Ella und ich letztes Jahr am Strand, zu ihrem sechzehnten Geburtstag, getrunken haben. Es fühlt sich schön an zu schweben, und ich wünschte, ich hätte meine eigene Wolke, nur für mich.

Ich lache, als der Raum mich im Kreis herumwirbelt, als wäre ich in einen Whirlpool gefallen. Mir ist, als könnte ich die Rotation der Erde spüren; ich bin überzeugt, dass ich mich mit ihr drehe. Ich fühle mich wieder wie ein ganz normaler Teenager.

Wahrscheinlich bilde ich mir das alles nur ein.

»Waffenstillstand?!«, höre ich über die Musik hinweg.

Bette hält mir einen Drink hin. Eine Ananasscheibe schwimmt in blauen Perlen.

»Was ist das?«, brülle ich.

»Sonderzustellung«, sagt sie.

Ich lache. »Nicht wirklich.«

»Ernsthaft. So heißt der Drink. *Special Delivery*.« Sie drückt ihn mir in die Hand. »Es tut mir leid, dass ich an ein paar Sachen, die dir dieses Jahr passiert sind, schuld war. Ich habe mich geirrt.«

Ich weiß nicht, was ich sagen soll. Was will sie mir jetzt Neues gestehen?

»Aber die Scherben habe ich nicht in deinen Schuh getan. Das war ich nicht.« Sie hebt abwehrend die Hände, als wäre sie wirklich unschuldig. »Und ich habe ganz sicher deine Schmetterlinge nicht getötet.«

»Okay ...«, sage ich zögernd, weil ich nicht weiß, wie ich reagieren soll.

»Also, sollen wir neu anfangen?« Sie hebt ihren Drink. Eine Weile lasse ich sie den Drink dort oben halten, tue ihr dann aber den Gefallen, nur damit sie weggeht. Ich stoße mein Glas gegen ihres und nehme einen Schluck.

Alec kommt zurück. Wir tanzen alle und wirbeln herum, bis ich meine Beine nicht mehr spüre. Er zieht mich näher zu sich. Vergräbt das Gesicht zwischen meinem Hals und meiner Schulter. Zunächst verharrt er so, dann beginnt er, die weiche Haut zu küssen.

Ich zittere von dem Mix aus Alkohol und seiner Nähe. Das

Gefühl seiner Zunge in der Nähe meines Ohrläppchens. Der Hitze zwischen uns.

»Ich kann dein Herz hämmern hören«, sagt er. »Alles in Ordnung?«

»Alles fühlt sich fantastisch an«, sage ich mit einer belegten Stimme, die ich kaum wiedererkenne. Er wandert von meinem Hals zu meinem Mund, und der Kuss ist intensiv, leidenschaftlich. Ich lege die Arme enger um ihn. Höre das scharfe Luftholen, als ich mich gegen ihn presse. Bald hat er mich in eine dunkle Ecke gedrückt, seine Hände sind unter meinem Kleid, streichen begierig über meine nackte Haut. Ich habe nur Augen für Alec, aber ich kann Blicke auf mir fühlen. Bettes vermutlich, natürlich, egal was sie vielleicht sagt. Doch dann entdecke ich auch Will, der uns beobachtet, und Henri nicht weit hinter ihm. Aber zum ersten Mal in meinem Leben ist es mir egal. Sollen sie doch zusehen. Sollen sie uns doch begehren.

Als wir uns voneinander lösen, um Luft zu schnappen, kann keiner von uns beiden das Lächeln zurückhalten. Er küsst mich wieder, und ich lasse mich in ihn hineinsinken. Alec teilt meine Beine mit der Hand und meine Lippen mit seiner warmen Zunge. Sein Gewicht auf mir fühlt sich gut an, ich fühle mich beschützt unter ihm.

Ich gleite aus der Zeit und wieder hinein, bis Will uns unterbricht. »Schluss, ihr Turteltäubchen. Die Betreuer wissen Bescheid. Sie laufen Amok. Ich habe ein Dutzend Anrufe bekommen. Mr. K ist auf dem Weg hierher.«

Wir rennen nach draußen. Alec ist vor mir. Dann spüre ich eine Hand auf meiner Schulter. Ich sehe auf. Mein Blick ist verschwommen, aber es ist Will.

»Hiiii«, sage ich und will ihm danken, weil er uns gewarnt hat, dass Mr. K herkommt. Aber Alec ruft meinen Namen, und ich versuche, zu ihm aufzuholen.

Meine Füße rutschen auf dem Kopfsteinpflaster aus, doch dann denke ich, dass ich wohl auf diesen Straßen laufen können sollte, wenn ich in Spitzenschuhen tanzen kann. Ich kann nicht aufhören zu lachen. Wir fallen alle übereinander, begeistert von der Vorstellung, was für ein böses Gesicht Mr. K machen wird. Die Aufregung (oder vielleicht der viele Alkohol) macht mich schwindlig. June, die sich wieder zugeknöpft gibt, aber immer noch sanfter ist als sonst, lächelt mich an, als sie neben Jayhe hertanzt, obwohl Sei-Jin ihnen kochend vor Wut zusieht. Und Bette und ich lachen sogar zusammen über einen dummen Witz, den Will macht.

Ich trete auf die Straße, um sie zu überqueren. Mein Absatz verfängt sich in einem der Kopfsteine. Ich spüre Hände auf meinem Rücken, und mein Körper taumelt vorwärts.

Mein Blick gleitet ins Leere.

Das unregelmäßige Schlagen in meiner Brust verstummt.

Die Straßen stehen still.

44 | Bette

Schreie schallen über die Straße, alle laufen wild durcheinander, es ist fast wie Backstage vor einer Generalprobe. Ich spüre, wie mir die Tränen in die Augen treten, doch bevor sie die Chance haben zu rollen, weiß ich, dass ich nur Alec will.

Gigi liegt ausgestreckt vor einem gelben Taxi. Ein Bein ist unter ihr angewinkelt, dass andere ist blutüberströmt. Sie rührt sich nicht.

Ich weiche zurück und wäre fast rückwärts auf den Bordstein gefallen. Dort steht Will mit der Hand vor dem Mund.

»Wo ist Alec?«, frage ich, und ich weiß, dass ich die Worte regelrecht ausspucke. Dass ich krank aussehe.

»Was ... ist ... passiert?«, sagt Will. Alles an ihm bebt – Hände, Mund, Stimme.

Sirenen hallen die Straße hinauf.

»Wo ist Alec?«, wiederhole ich.

Will starrt mich lange an, und seltsame Gefühlsregungen huschen in schneller Reihenfolge über sein Gesicht. Er sagt kein Wort, blickt nicht weg, lässt sich einfach von den Gefühlen überwältigen, bis er seine Stimme zurückgewinnt. Er ist festgefroren.

»Ich kann Alec nicht finden«, sage ich, als eine Minute vorbei und das Geschehene in sein Bewusstsein vorgedrungen ist.

»Alec!«, schreit Will, als wieder Leben in ihn kommt. Er weiß, was zu tun ist.

Wir rennen durch die Menge der Schaulustigen. Körper verschwimmen um mich herum, ein bewegtes Mosaik aus Armen und Beinen.

»Will!« Ich fahre herum, als ich Alecs Stimme höre. Er tritt aus dem Schatten eines nahen Gebäudes.

»Gigi war gleich hinter mir«, sagt Alec. Der Ausdruck auf seinem Gesicht sagt alles. Seine blauen Augen sind riesig und düster. Er sinkt auf den Bordstein und setzt sich.

»Wo warst du?« Meine Stimme wird lauter. »Was machst du hier? Warum versteckst du dich?«

»Lass ihn in Ruhe, Bette«, sagt Will. Aber ich möchte ihm die Augen auskratzen, weil er meint, ich müsste irgendetwas anderes tun, als herausfinden, was passiert ist.

»Ich kann es nicht erklären«, sagt Alec mit immer leiser werdender Stimme.

»Was ist passiert?« Ich gehe näher und näher an Alec heran, der einfach nicht vom Boden aufstehen will. »Wir haben alle hier gestanden ...«

Vor uns auf der Straße umringen die Rettungssanitäter Gigi. Polizeibeamte drängen die Leute zurück. Sie beginnen, Fragen zu stellen. Ich stürze davon, versuche, in der Menge unterzutauchen. Schließlich finde ich Eleanor, deren Augen rot sind vom Weinen.

»Herrgott«, sagt sie, als sie mich sieht. »Wo warst du?« Sie ist beunruhigt, aber sie legt den Arm um mich. Drückt mich an sich. Und ich weiß, ich kann ihr vertrauen. Sie ist dasselbe Mädchen, das ich kennengelernt habe, als ich sechs Jahre alt war – meine beste Freundin. Ich versuche meinen Körper dazu zu bewegen, nicht mehr zu zittern.

»Bitte sag, dass ich neben dir gestanden habe. Bitte. Ich glaube, man wird mich beschuldigen.« Dann fange ich an zu weinen, vergrabe meinen Kopf an ihrer Schulter und verstecke mich dort. Sie sagt weder Ja noch Nein, aber sie reibt über meinen Rücken, sodass ich Hoffnung schöpfe. Dann flüstert sie mir ins Ohr: »Ich war auf der anderen Straßenseite, Bette. Du bist genau neben Gigi gestanden, und Will auch.«

Als ich aus diesem kurzen Moment an Eleanors Schulter wieder auftauche, sehe ich Alec mit der Polizei reden. Der Impuls, wieder zu flüchten, ist stark, doch ich widerstehe. Ich drücke Eleanors Arm, bis sie aufschreit. Schließlich brauche ich sie, damit sie mir Halt gibt. So wie sie es immer getan hat, wenn es schlimm wurde.

Ich bin die Nächste. Ich weiß, dass sie mich als Nächste rufen werden. Also drehe ich mich um und suche nach einem Laden in der Nähe, in den ich gehen könnte, um zumindest ein bisschen die Fassung wiederzufinden, bevor ich versuche, mit der Polizei über dieses Mädchen zu sprechen, von der jeder weiß, dass sie das ganze Jahr meine Feindin war. Aber ich schaffe es nicht aus der Menge heraus, denn breite Schultern versperren mir den Weg.

»Hallo«, sagt Henri. Er weint nicht. Weder zittert er, noch ist er traurig. Stattdessen lächelt er. Er feixt. »Wo willst du denn hin? Die Polizei will mit uns allen reden.«

Er ist Furcht einflößend. Die Lichter des Rettungswagens tauchen ihn in Blau und Rot. Seine Augen glühen beinahe.

Die Polizisten nähern sich mit ihren Notizblöcken. Mein Mund öffnet sich, aber nichts kommt heraus. Ich will nur meine Mutter anrufen. Zum ersten Mal in meinem Leben will ich, dass sie bei mir ist.

»Wo haben Sie gestanden?«, fragt der Polizeibeamte inzwischen zum wiederholten Mal.

Ich kann nicht antworten.

Eleanor drückt meine Hand. »Bette, antworte.«

Henri hebt die Hand, als wären wir im Englischunterricht und sagt: »Officer, ich habe gesehen, wie Bette Abney das Opfer auf die Straße gestoßen hat.«

45 | June

Wir befinden uns alle in einem Zustand wie in einem Traum. Oder wie in einem Albtraum. Ich sehe zu, wie die Sanitäter Gigi zum Rettungswagen rollen. Sie ist festgeschnallt, und ihr Kopf steckt in einem Stützapparat. Von ihrem hübschen Gesicht, den langen Gliedern, den perfekten Füßen ist nichts zu sehen.

Die anderen bombardieren mich mit Fragen, deswegen lasse ich immer und immer wieder meine Schultern zucken. Hoch, runter. Hoch, runter. Hoch, runter. Den Mund ein bisschen geöffnet. Langsam mit den Augen blinzeln. Meine Hand wandert alle paar Minuten an meine Stirn, als könnte ich den Kopfschmerz irgendwie wegwischen.

Ich bin kaum anwesend.

Bette bricht in Tränen aus. Keine wütenden oder bitteren. Die Tränen eines kleinen Mädchens. Traurige Tränen. Unerwartet, nachdem sie sonst stets so boshaft ist. Fast hätte ich die Hand nach ihr ausgestreckt, um ihren Arm zu tätscheln oder so, aber sie ist immer noch Bette. Sie ist immer noch unberührbar und unberechenbar, und ich bin immer noch June. Trotz des engen Kleids und des dicken Make-ups. Daran hat sich nicht wirklich viel verändert.

Sie kreischt: »Ich habe sie nicht geschubst!«

Die Polizisten führen sie einfach beiseite.

Da alle außer Henri erstarrt sind und Alec völlig weggetreten ins Nichts starrt, weiß ich auch nicht, was ich machen oder wo ich hinsoll, deshalb lasse ich mich einfach gleich hier auf die Bordsteinkante sinken. In Gedanken gehe ich noch einmal durch, was gerade geschehen ist und wo jeder auf der Straße gestanden hat.

Ich habe als Letzte den Club verlassen. Henri als Erster. Ich glaube, Bette, Gigi, Alec und Eleanor sind zusammen gegangen. Will war, überlege ich, vielleicht auch dabei. Ich kneife die Augen fest zusammen. Aber ich kann nicht mehr denken. Ich schaffe es nicht, sie alle im Kopf zu platzieren.

Wie aus dem Nichts sind plötzlich Gigis Eltern und ihre Tante Leah da. Weinend laufen sie von einem zum anderen, auf der Suche nach Antworten. Wir haben aber keine. Einige Tänzer klopfen Mrs. Stewart auf die Schulter, aber die meisten schauen einfach nur zu Boden und weinen genauso wie sie. Gigi sieht aus wie ihre Mutter – dichte Locken wie eine Löwenmähne, ein paar Sommersprossen, warme Augen und ein schöner Mund, der sonst sicher immer liebevoll lächelt. Ihr Vater starrt nur alles und jeden mit leerem Blick an.

Mr. K geht vor mir entlang. Ich wusste gar nicht, dass er schon hier ist, aber immer wieder tauchen völlig unerwartet Menschen auf der Straße auf, wie in einem Traum. Ohne Zusammenhang. Er trägt einen Morgenmantel, und seine Haare sind ungekämmt. Mr. K mit Bettfrisur und panischer Stimme, mit der er Taxis herbeiruft. Die Welt ist aus den Fugen geraten.

Wir sind alle so still, abgesehen von einer Gestalt, die plötzlich in vollem Sprint zum Bürgersteig rennt. Ohne sich darum zu kümmern, dass wir alle zusehen. Es ist natürlich Bette. Die aussieht, als wollte sie vor allem flüchten. Der Anblick der vielen Leute bringt sie zum Stehen. Die Blicke, die auf sie gerichtet sind. Und vermutlich die Tatsache, dass sie nicht wegkann. Nicht jetzt.

»Steigt in die Taxis«, befiehlt Mr. K. »Alle. Sofort!« Aber es liegt keine Kraft in dem Befehl. Und zum ersten Mal hören wir nicht auf ihn.

46 | Bette

Ich gehe im Kreis herum, weil der Polizist mir gesagt hat, ich soll mich nicht von hier wegbewegen. Ich warte geduldig, bis noch mehr Polizisten oder Mr. K oder Gigis Eltern zu mir kommen.

Aber dann kommt Alec.

Seine Hand auf meiner Schulter und endlich die eine Sache, nach der ich mich so gesehnt habe: Er zieht mich in seine Arme, küsst mein Haar. Drückt mich so fest, dass ich mich in dem Gefühl verlieren könnte, wenn ich es wollte.

»Ich habe es nicht getan«, sage ich. »Ich schwöre, ich habe nichts getan.« Ich blicke hoch zu ihm, meine blauen Augen treffen auf seine in stillem Einverständnis. So haben wir uns seit Monaten nicht mehr angesehen.

»Ich weiß«, sagt Alec langsam und bedächtig, als wüsste er ganz genau, was geschehen ist und wer es war. »Aber irgendjemand hat es getan.«

47 | June

Die Menge schließt sich enger um mich. Gigis Eltern nähern sich, und die Fragen der Polizisten kommen schnell und drängend. Ich habe den ganzen Tag nichts gegessen, ich habe zu viel Champagner getrunken, und meine Zimmergenossin ist fort. Dann habe ich plötzlich einen seltsamen Geschmack im Mund und sehe Sternchen.

Ich werde ohnmächtig.

Es ist nur ein kurzer Moment, und an jedem anderen Tag wäre es keine große Sache gewesen und hätte mir, wenn man es nicht gleich einfach ignoriert hätte, höchstens eine weitere Strafpredigt von Schwester Connie eingebracht. Aber heute Nacht, da es hier von Sanitätern nur so wimmelt und das Opfer schon verstaut ist, stürzen sich alle auf mich. Als ich eine halbe Sekunde später wieder zu mir komme, nervt mich ein Kaugummi kauender Sanitäter mit Fragen. Ich erschaudere unter seiner Berührung.

Er sucht an meinem Handgelenk nach einem Puls und legt dann das Stethoskop an mein Herz. Lauscht dem Herzschlag, so wie sie es eben bei Gigi getan haben.

»Hören Sie auf damit«, knurre ich.

»Sie sind in keiner guten Verfassung«, sagt der Rettungssanitäter. »Stehen Sie nicht auf.«

»Mir geht es gut.« Wieder versuche ich, mich ihm zu entwinden, aber er macht einfach weiter.

»Ihr Blutdruck ist so niedrig, dass ich überrascht bin, dass das nicht schon früher passiert ist. Wir müssen es Ihren Lehrern sagen. Mit Ihrer Schulkrankenschwester sprechen.« Der Sanitäter redet noch weiter, aber dann kommt Mr. K und steckt mich in eines der gerufenen Taxis.

Zurück in der Schule erlaubt Mr. K mir nicht, nach oben und in mein Bett zu gehen. Stattdessen muss ich in sein Büro kommen und bekomme dort, umgeben von ihm, Mr. Lucas, Morkie und einem Polizisten im Anzug, alle mit grimmigen Mienen, wieder und wieder die gleichen Fragen gestellt. Wie ist es passiert? Wer war neben Gigi? Was haben wir gemacht? Getrunken? Drogen genommen? Hatte sie irgendwelche Feinde? Hatte jemand ein Motiv? Sie fragen mich nach den Schmetterlingen, den Glasscherben in ihren Schuhen, der Nachricht auf dem Spiegel, den Kakerlaken im Studio. Sammeln Beweise, um jemanden festzunageln. Sie hören nicht auf, mich mit Fragen zu bombardieren, und ich glaube zu reden, ich glaube zu antworten, dabei schniefe und schluchze ich nur und bin mir nicht sicher, ob irgendetwas von dem, was ich sage, Sinn ergibt.

Dann fliegt die Tür auf, und alle in unserer kleinen Runde schrecken zusammen. Es ist meine Mom. Und sie ist wütend. Ihr Gesicht ist rot und fleckig, und sie trägt einen Pyjama und einen Morgenmantel, als wäre sie sofort hergeeilt, als sie davon erfuhr. Unter all meinem Schmerz, meiner Frustration und Traurigkeit registriere ich, dass ich mich darüber freue. Dass sie sich vielleicht wirklich Sorgen macht. Dass ich wichtig genug war, um die Illusion von Perfektion zu zerstören, weil sie so schnell sie konnte hergekommen ist. Und dass sie das erste Mal seit fast einem Jahrzehnt dieses Gebäude betritt.

»Meine Tochter wird keine weiteren Fragen ohne einen Anwalt beantworten«, schreit sie in den Raum hinein, doch sie sieht dabei Mr. Lucas direkt an, dessen Gesicht alle Farbe verloren hat, als hätte er einen Geist gesehen.

»Dominic, hast du mich gehört?« Sie droht ihm mit dem Finger ein paar Zentimeter vor seinem Gesicht.

Ihre aggressive Reaktion ist die Bestätigung, die ich brauche. Und in diesem Moment weiß ich es: Mr. Lucas ist wirklich mein Vater. Er ist der Mann, mit dem meine Mutter vor all diesen Jahren tanzte. Er ist der Mann, in den sich meine Mom verliebt hat. Er ist der Mann, der sie grausam fallen ließ und mich aufgab, noch bevor ich geboren wurde. Er ist der Mann, der sich dafür entschied, sein eigenes Fleisch und Blut zu ignorieren, all diese Jahre, selbst als ich vor ihm stand, so nah, dass sein Schatten auf mich fiel. Jetzt, wo ich darüber nachdenke, ist es so offensichtlich. Wir haben dieselbe Stirn, mein Vater und ich. Dieselbe lange, schlanke Gestalt.

Noch bevor ich überhaupt anfangen kann, das zu verdauen, feuert meine Mutter Fragen über Fragen ab. Warum bin ich hierhergebracht worden? Was habe ich mit Gigi zu tun? Warum sollte ich einen Grund haben, ihren Tod zu wollen? Mr. Lucas sitzt in düsterem Schweigen da, während meine Mom wütet und ich mir den Kopf zermartere, was ich sagen könnte, um sie zu beschwichtigen.

»Ich ... äh ...« Mein erster Impuls ist zu sagen, dass ich nicht will, dass Gigi stirbt, sondern nur, dass sie geht – doch das würde mich wohl offensichtlich wirklich zur Zielscheibe machen. Da ich mir selbst nicht trauen kann, nicht doch etwas Falsches zu sagen, beschließe ich, besser den Mund zu halten. Ich kann mich nicht auf das Gespräch konzentrieren.

»Wie kannst du es wagen, meine Tochter mit hineinzuziehen?«, sagt Mom und funkelt Mr. Lucas böse an. »Ich nehme sie von dieser gottverdammten Schule. Sie gehört hier sowieso nicht hin.«

Mit einem Ruck kehre ich in die Realität zurück. Das kann ich nicht zulassen. Sie darf diese Sache hier nicht als Vorwand nehmen. Ich öffne den Mund, um meine Mutter zu fragen, ob ich recht habe, dass Mr. Lucas mein Vater ist. Doch da tritt Mr. K in Aktion und führt meine Mom zu einem Stuhl, während er sich entschuldigt und sagt, dass sie alles ihnen Mögliche tun, um mit den Behörden zu kooperieren. »Es ist schließlich«, seine Stimme nimmt einen entnervend selbstgefälligen Ton an, »eine Frage von Leben und Tod.«

Alles, was ich sagen will, wird vom Chaos in meinem Inneren verschluckt, als mich diese Erkenntnis trifft: Dieses Mal ist Gigi tatsächlich schwer verletzt. Gigi könnte wirklich sterben.

Zu meiner Überraschung ist das Erste in meinem Kopf nach dieser Erkenntnis weder Traurigkeit noch Wut noch Angst. Es ist etwas anderes: *Das bedeutet, dass ich die Giselle tanzen werde.*

48 | Bette

»Bette?«, sagt Mr. K. Es ist, wären wir beide unter Wasser, und er würde versuchen, mit mir zu sprechen.

»Ja?« Ich versuche aufzustehen. Er ergreift meinen Arm.

»Du bist an der Reihe.« Er geht in Richtung des Büros. »Und deine Mutter ist hier. Wir haben alle Eltern angerufen, und sie hat darauf bestanden, bei deiner Aussage anwesend zu sein.«

Ich bin nicht in der Lage, aus der ersten Position herauszukommen. Mr. K winkt mit den Fingern, als wäre ich ein Hund, der ihm folgen soll, aber ich bin mit dem Rücken zum Fenster der Eingangshalle erstarrt, sodass unglücklicherweise alle in der Klasse, die natürlich hier warten müssen, mein Gesicht sehen können.

REISS DICH ZUSAMMEN!, schreit eine Stimme in meinem Kopf, und das reicht, damit ich die Arme an die Seiten nehme und meine Füße parallel setze, um loszulaufen. Ich gebe mein Bestes, um den Kopf hoch zu halten.

Mr. K macht lange, eilige Schritte, sodass ich fast rennen muss, um mit ihm mitzuhalten.

»Kann ich noch auf die Toilette?«, sage ich endlich, kurz bevor wir die schreckliche Metalltür erreichen, die in sein Büro führt.

Er seufzt nur zur Antwort. Bleibt stehen, dreht sich aber nicht herum. So gibt er seine Erlaubnis, aber nur widerstrebend.

Ich. Bin. Am. Arsch.

Auf der Toilette werfe ich eine Pille ein. Die wird mich zwar nicht ruhiger und möglicherweise sogar noch aufnahmefähiger für die schrecklichen Dinge machen, die gleich in diesem Raum gesagt werden. Aber wenigstens bringt sie meinen Verstand in Gang, denn im Moment sind da nur verschwommene, unvollständige Gedanken. Sie machen mich dumm, dabei muss ich hellwach sein, wenn ich das überleben will, was hinter diesen Türen wartet.

Vor allem meine Mutter. Vor allem die Beschuldigungen, dass ich irgendwie Gigi vor dieses Taxi geschubst haben soll.

Mr. K hält mir die Bürotür auf. Die Augen meiner Mutter sind rot, aber abgesehen davon sieht sie schön aus. Sie trägt immer noch ihre Galarobe. Offenbar ist sie darin eingeschlafen, denn auf ihren Lippen sind Weinflecken. Der Polizeibeamte hat einen schrecklichen gelben Notizblock in der Hand.

Als ich neben meiner Mutter Platz nehme, werden ihre Augen wässrig. Was sehr seltsam ist, denn meine Mutter weint nicht. Niemals. Nicht, als mein Vater sie verließ, nicht, als Adele den Platz am American Ballet Theatre angeboten bekam, nicht, als sie am Knie operiert wurde oder an der Hüfte, weil sie ein paar Jahre zu lang getanzt hatte. Niemals.

»Erzähl dem Polizeibeamten, was heute Nacht passiert ist, Bette«, sagt Mr. K. Dabei sieht er mich überhaupt nicht an, sondern redet mit der Wand vor ihm. So konzentriert, so eindringlich sieht er diese leere weiße Wand an, dass man denken könnte, es wäre mein Gesicht.

»Ja, Bette. Ich bin Officer Jason Hamilton.« Der Polizeibeamte reibt sich den dunklen Schnurrbart über seiner Lippe. »Erzählen Sie mir, was geschehen ist.«

»Gigi hat sehr viel getrunken. Und wir haben viel getanzt. Ich glaube ... ich glaube, sie ist gestolpert.«

»Ihre Klassenkameradinnen haben mir gesagt, dass Sie nicht

gerade ein großer Fan von Giselle Stewart sind«, sagt Officer Hamilton.

»Mein Gott«, sagt meine Mutter, als würde sie erst jetzt von dem Vorfall erfahren. Ihre Stimme ist erstickt. Ich blicke ihr ins Gesicht – ich will es nicht verpassen. Es freut mich nicht, dass sie weint, aber die Tatsache, dass ich der Grund für diese Tränen sein könnte, fasziniert mich. Dass Gigi bewirkt, dass sie etwas so tief empfindet.

»Welche Klassenkameradinnen?«

Er blättert durch seine Notizen. »Es steht mir nicht frei, Ihnen das zu sagen. Aber viele von ihnen sagen aus, dass Sie sie auf dem Kieker hatten. Und ein paar der anderen Mädchen haben diese Geschichte bestätigt.«

Schamesröte schießt mir ins Gesicht, und ich weiß, dass ich jetzt ein schreckliches grelles Rot angenommen habe, das erst verschwinden wird, wenn ich diesen Raum schon lange verlassen habe. Ich widerstehe dem Impuls, die Hände zu Fäusten zu ballen. Aber ich darf mir meine Wut nicht anmerken lassen, das könnte mich erst recht in Schwierigkeiten bringen. Der Polizist hat versucht, mir eine Falle zu stellen. Er will mich zum Sündenbock machen.

»Ich habe sie nicht gestoßen«, platze ich heraus. Mir ist so heiß, dass ich Angst habe, in Ohnmacht zu fallen.

Niemand rührt sich.

»Keiner hat etwas davon gesagt, dass sie gestoßen wurde, Bette«, sagt Officer Hamilton. »Aber wenn Sie sie gestoßen haben, sollten Sie es besser jetzt sagen, sonst machen Sie es nur noch schlimmer.«

»Gigi könnte sterben, begreifst du das, Bette?«, fragt Mr. K. Seine Augen sind Laser.

Ich öffne den Mund, um mich zu verteidigen.

»Wissen Sie, was Mobbing bedeutet?«, fragt Officer Hamilton.

Mr. K zieht ein Lexikon aus dem Regal und legt es in meinen Schoß. Ich wage nicht, den Blick zu senken.

»Schlag es nach«, sagt Mr. K.

»Aber ... aber ...«, stottere ich. Meine Mutter rutscht hin und her.

»Bette!« Mr. K sagt meinen Namen, als hätte er alle Geduld mit mir verloren. Als wäre ich irgendein fremdes, neues, nichtsnutziges Kind. Als würde er mich nicht schon immer kennen. Ich klappe das Lexikon auf und fahre mit dem Finger die Seite herunter, bis ich das Wort finde. Dort lasse ich den Finger liegen.

»Lies vor«, sagt er.

Nur mit Mühe bringe ich die Worte heraus. »Mobbing bedeutet, auf jemand in schädigender Weise aggressiv Druck oder Einschüchterung auszuüben oder wiederholt auf ihn kleine Angriffe auszuführen.«

Gefühlte tausend Jahre lang sagt niemand etwas.

»Bette, ich denke, wir sollten jetzt nach Hause gehen«, sagt meine Mutter. »Kein weiteres Wort. Officer Hamilton, richtig? Machen Sie doch bitte einen Termin mit unserem Familienanwalt aus, wenn Sie noch weiter mit meiner Tochter sprechen möchten.« Wie durch Zauberei fördert sie eine Visitenkarte aus ihrer Tasche zutage.

Mr. K lächelt zynisch. Seine Augen sind wieder auf die Wand gerichtet, und für alle anderen sieht es wohl so aus, als hätte er seine normale, neutrale Miene aufgesetzt. Aber ich kenne ihn: Er unterdrückt ein Lachen. Denn endlich hat er, was er braucht, um mich loszuwerden. Ob ich schuldig bin oder nicht.

49 | Gigi

Ich sehe mich um. Sterile weiße Wände, Blumensträuße, Ballons und Mitbringsel. Mein Blick ist in tausend kleine Stückchen gesplittert. Meine Augen sind empfindlich, als hätte ich sie lange nicht benutzt. Das Deckenlicht summt rhythmisch. Mein linkes Bein schwebt über mir, hängt in einer Schlinge.

Ich weiß nicht, wo ich bin. Dicht neben mir stehen Maschinen; sie piepsen und surren.

Als ich versuche, mich umzudrehen, fühlt sich mein Körper so steif an, als hätte ich mich seit tausend Jahren nicht bewegt. Meine Hände sind mit Schnitten und blauen Flecken übersät.

»Was ist passiert?«, flüstere ich, unsicher, wo ich mich befinde und wie viel Zeit vergangen ist. »Mama? Dad? Tante Leah?« Meine Stimme kratzt an meiner Kehle, und ich muss husten.

Niemand antwortet mir. Ich kneife die Augen zu. Langsam lichtet sich der Nebel in meinem Kopf, und Erinnerungen blitzen auf wie Lichtpulse.

Der Frühjahrsempfang.

Soho House.

Das Tanzen mit Alec.

Das Kopfsteinpflaster.

Der Bürgersteig.

Das Gefühl, von hinten gestoßen zu werden.

Die letzte Erinnerung tut weh. Das Taxi, das mich an der Seite trifft. Bei dem Gedanken daran schmerzt mein ganzer Körper.

»Mama?« Ich recke den Hals, um mich im Zimmer umzusehen. Meine Augen sind voller Tränen. Ich taste an der linken Bettseite nach einem Knopf. Etwas, das mich mit jemandem außerhalb dieses Zimmers verbindet. Jemand, der mir Auskunft geben kann.

Ich höre das Klicken von Schuhen auf dem Boden und drehe den Kopf nach links. Mein Blick ist von Tränen verschleiert. Ich versuche, sie wegzuwischen.

Doch die Person, die zu mir kommt, ist nicht meine Mama oder meine Tante oder jemand Sicheres und Vertrautes. Stattdessen steht dort eine dunkle, schemenhafte Silhouette.

»Du warst das!«, sage ich.

Will fällt auf das Bett und fängt so heftig an zu zittern und zu schluchzen, dass ich zurückweichen will. Doch ich kann mich kein Stück rühren, mein Bein hängt in einem langen Gips, die Arme kann ich kaum bewegen, weil sie festgeschnallt sind: Ich werde festgehalten wie meine süßen, früher flatternden Schmetterlinge an der Wand.

»Es tut mir so leid, Gigi«, weint er. Sein Eyeliner verläuft, als er von Heulkrämpfen geschüttelt wird. »Ich weiß nicht, warum ich es getan habe!«

50 | June

Endlich ist er gekommen, der Moment, auf den ich mein ganzes Leben, sechzehn Jahre lang, gewartet habe. Der Moment, der mich aus der Mittelmäßigkeit heben wird, hinauf zum Horizont, der mich zur nächsten dem Hauptprogramm würdigen Primaballerina machen wird, der mich höher heben wird, als ich es je für möglich gehalten hätte. Ich habe lang und hart für diesen Moment gekämpft, Ich habe Blut, Schweiß und Tränen gegeben, mir selbst alles versagt. Und ja, Gigi musste verlieren, damit ich hierhin gelangen konnte. Doch ich habe es mir verdient, daran besteht kein Zweifel.

Die Hitze der Lampen ist fast wie ein Gewicht auf meinen Schultern, schwer und spürbar. Und ich fühle den Blick meines Vaters auf mir, der gleich hinter der Bühne steht, so wie immer, und mich beobachtet. In seiner Welt mag er die Sonne sein, aber für mich gibt er keine Wärme ab. Das Corps beendet seinen Tanz der Wilis, alle Füße und Arme synchron, und für einen Moment ist die Musik, das Publikum, die Welt still, als ich die Bühne betrete. Ich hüpfe zur Mitte. Dort gehöre ich hin – dort habe ich immer hingehört. Ich bin wahrhaft zum Tanzen geboren.

Ich weiß, ich sollte diesen letzten Moment des Ruhmes, wenn der Vorhang fällt und der Applaus aufbrandet, in vollen Zügen genießen. Jetzt bin ich ganz oben angekommen. Aber ich kann nur daran denken, wer dort im Publikum sitzt. Meine Mom, die immer noch lieber sterben würde, als zuzulassen, dass ich eine Primaballerina werde. Aber das ist in Ordnung. Ich bin heute Abend nicht allein. Jayhe ist hier, mit seinem Vater und seiner Großmutter. Jayhe, der mir endlich gezeigt hat, dass ich geliebt werden kann, ob ich nun die Hauptrolle habe oder nicht. Wenn ich mir vorstelle, wie er dort sitzt, mit einem seligen Grinsen im Gesicht und vor Stolz schier platzend, muss ich nun doch lächeln. Ich werfe ihm von der Bühne eine Kusshand zu – ich kann ihn nicht sehen, weiß aber, dass er da ist.

Doch lange darf ich meinen Moment nicht genießen. Denn als ich mich umwende, steht sie da, nur ein paar Schritte entfernt, und lächelt dieses furchtlose, sorglose Lächeln – dieses Grübchen in ihrer Wange wird bald von allen wichtigen Tanzmagazinen zu ihrem Markenzeichen erkoren werden. Sie sollten mich umschwärmen, mein Loblied singen, mir seitenlange begeisterte Artikel versprechen, die mich zum nächsten It-Girl des Tanzes ernennen. Doch das tun sie nicht. Weil sie sich um sie drängen, Gigi, die dort steht, im Publikum, aber die es immer noch schafft, mir das Rampenlicht streitig zu machen. Mein Rampenlicht.